Say YOU Swear

JÚRAMELO

MEAGAN BRANDY

Say YOU Swear

JÚRAMELO

Traducción de Pilar de la Peña Minguell

Besties Books

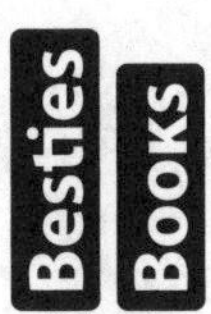

Obra editada en colaboración con Editorial Planeta - España

Título original: *Say You Swear*

Bajo el sello editorial MARTÍNEZ ROCA M.R.
Avenida Presidente Masaryk núm. 111,
Piso 2, Polanco V Sección, Miguel Hidalgo
C.P. 11560, Ciudad de México
www.planetadelibros.com.mx

Primera edición impresa en España: junio de 2025
ISBN: 978-84-270-5416-5

Primera edición impresa en México: octubre de 2025
Primera reimpresión en México: diciembre de 2025
ISBN: 978-607-39-3502-9

Impreso en los talleres de Impregráfica Digital, S.A. de C.V.
Avenida 11 463, interior Bodega 2, Colonia San Nicolas Tolentino
C.P. 09850, Iztapalapa, Ciudad de México
Impreso en México – *Printed in Mexico*

A quien temía la caída, pero se atrevió a dar el salto de todos modos. Esto es para ti

1

Arianna

El trayecto a Oceanside suele ser tranquilo, pero anoche mi hermano, Mason, y sus dos mejores amigos, Chase y Brady, decidieron que «una cerveza más» era otro pack de doce. Y allí se quedaron, despidiéndose borrachos de nuestros compañeros de clase en la última fiesta del verano que íbamos a celebrar en nuestro pueblo natal.

A mi amiga Cameron y a mí ni se nos ocurrió embriagarnos en vísperas de un viaje, y nos fuimos a casa pronto, a terminar de preparar las maletas para la última escapada a la playa antes de empezar nuestra vida universitaria.

El viaje no debería haber durado más de tres horas y media, pero ya llevábamos cinco en la maldita camioneta. Hace años que aprendimos que no es buena idea hacer un viaje largo con chicos crudos y malhumorados, y aquí estamos otra vez, participando con resignación, aunque algo fastidiadas, en el cálculo estadístico de «cuántas veces tiene que parar un tipo para mear».

La respuesta es siete. Hemos parado siete veces ya, gracias a la vejiga diminuta de Brady.

Por lo menos parece que se les ha pasado un poco la

resaca en los últimos quince minutos, y por fin nos dejan subir la música lo suficiente como para que se oiga.

La verdad, no sé de qué me quejo.

Los viajes en grupo son prácticamente el único momento que tengo para hacerme la inocente cuando me acerco más de la cuenta al protagonista de mis fantasías, más conocido como «el mejor amigo de mi hermano». Coquetea pero sin pasarte es el juego al que tengo que conformarme. Y, la verdad, lo hago increíble.

Y es que el día que Chase y su familia se mudaron a la casa de enfrente de la mía ¡yo lo vi primero! Fue como si un sello invisible bajara del cielo y le plantara en la frente una etiqueta descomunal de «mío».

Yo aún estaba en la secundaria, sí, pero había visto *Obsesión*, sabía bien lo peligroso que es cegarse y, aun así, me cegué en cuanto le puse los ojos encima. También es cierto que el mío no era un asesino y que ver la peli me hizo albergar ilusiones corporales irrealizables, pero eso no viene al caso.

Chase Harper había llegado al barrio y yo estaba decidida a ser quien se lo enseñara, así que frené bruscamente la bici al borde de su césped para llamar su atención.

En cuanto me lanzó su primera sonrisa ortodóncica desde el otro lado del jardín, apareció de la nada mi mellizo, algo que, por desgracia, se le da de maravilla. Mason se abalanzó sobre él, lo tiró al suelo y, cuando se levantó, le soltó una frase con la que ojalá se hubiera atragantado.

—¡Ni te acerques a mi hermanita! —gruñó.

Horrorizada, vi a Chase ponerse en pie de un brinco, como una especie de mono araña. Contuve la respiración y me preparé para la pelea que sospechaba que vendría (sí, a mi hermano se le conocía por tirar a cualquier niño que se me acercara), pero Chase se rió y los demás nos quedamos mudos.

Volteó sonriente hacia mi hermano, con la boca llena de

césped, y le preguntó a Mase en qué equipo de futbol americano jugaba, porque él quería entrar a uno.

Resoplé y me fui pedaleando, porque sabía que, solo con aquella pregunta, Mason y Brady habían hecho un nuevo amigo, y a mí, una vez más, me habían marcado con un símbolo invisible de prohibido.

En cosa de cinco minutos, el dúo de mi hermano se convirtió en trío, y nuestra casa en el sitio elegido para pasar el rato. Hasta entonces yo nunca había entendido eso de la fruta prohibida, lo de que no poder tener algo hace que lo desees más.

«¡Vaya sarta de estupideces!», habría dicho si me hubieran preguntado.

Solo que nadie me preguntó, así que me puse cómoda y no me quedó otra que ver cómo los burlones de secundaria se transformaban en los guapos de la prepa.

Todas las chicas querían tener algo con ellos, claro, ¿quién las podía culpar?

Eran estudiantes ejemplares, atletas destacados y buscapleitos camuflados. Daba igual de qué clase de chica se tratara, uno de los tres le encajaba seguro.

Yo solía decir en broma que eran como distintas versiones de Dwayne Johnson, que siempre se ve supermamado haga el papel que haga. Brady sería, sin duda, el Dwayne de la lucha libre.

No, en serio, los tres están dotados de buenos genes. Mason, mi mellizo sobreprotector, es alto y esbelto, y podría hacer de doble de un Theo James algo más joven; Brady es como un muñeco Ken, pero mamado; y Chase es, bueno, el paradigma de la perfección.

Por desgracia para mí, no soy la única que lo piensa.

Chase es igual de alto y fuerte que Mase, pero su pelo castaño es unos cuantos tonos más claro. Sus ojos, vivos y alegres, son una mezcla de verde hierba y verde alga. Es amable, fuerte y seguro de sí mismo. Casi tan mandón como Mason y Brady, pero, de los tres, es el único que se muestra un poco más comprensivo con nosotras de vez en cuando.

Yo me digo a mí misma que es su forma de distinguirse del rol de hermano mayor sobreprotector, y que en realidad Chase es un hombre con ojos en la cara y deseos ocultos, aunque, claro, todo el mundo sabe que soy una optimista.

Nueve de cada diez veces me lo imagino a mi lado.

Es el cliché más viejo de la literatura: querer a quien no puedes tener. Un amor no correspondido por el mejor amigo de tu hermano, un hermano protector hasta lo enfermizo y, sí, algo psicótico cuando se trata de las personas que le importan. Es que no lo puede remediar. En cuanto tuvimos edad para enterarnos de qué forma perdió nuestro padre a su hermana pequeña, Mason se propuso ser mi sombra en todo momento. Si a eso le sumamos la muerte del novio de nuestra amiga Payton hace un par de semanas, el pobre es un manojo de paranoias.

Que Chase se haya pasado casi todo el viaje de hoy dormido seguramente me ha servido para librarme de un buen puñado de miradas asesinas por el retrovisor. Apuesto lo que sea a que por eso Mase se empeña en que me siente en el centro siempre que viajamos todos juntos: para poder tenerme vigilada en todo momento.

¡Qué tierno que mi mellizo se tome tan en serio su papel de hermano mayor!

¡Y qué fastidio!

De no habernos retrasado esta mañana, habríamos llegado al pueblo hacia las once, pero aquí estamos, entrando en la finca de la casa de la playa al cuarto para la una.

A Mason apenas le ha dado tiempo de estacionar el Tahoe cuando Cameron abre de golpe la puerta y baja del coche de un salto. Empieza a subir corriendo los escalones de entrada y, de pronto, se gira, descalza, y sonriente y levantando los brazos nos grita:

—¡Vamos, chicos! ¡Que el tiempo vuela!

—¡Nos queda todo el mes! —le grita Mason por la ventanilla abierta.

—¡Y ya hemos perdido medio día! —replica ella.

Sonrío y le doy una palmadita en el hombro a mi hermano.

—Vamos, Mase, que ya hemos perdido medio día —bromeo, y él refunfuña mientras bajo y sigo a Cameron por la terraza que rodea la casa.

Cam esboza una enorme sonrisa mientras se sube de un salto al barandal, así que me sumo a ella, y Brady no tarda en hacer lo mismo.

—¡Esto está brutal! —dice Cam, y niega con la cabeza mientras explora la zona.

—¡Ya sé, está increíble! —confirma Brady mirando al mar con una enorme sonrisa.

Oímos a nuestra espalda unos pasos fuertes que nos alertan de que los otros dos se acercan, y giramos al mismo tiempo. Nos quedamos los cinco allí parados un segundo, respirando en silencio la brisa fresca al tiempo que miramos por el ventanal de la casa de la playa.

De «nuestra casa», desde hace como un mes.

Mi madre, la de Cameron y la de Brady son mejores amigas desde la universidad y, antes de casarse con nuestros respectivos padres, compraron juntas una casa en la playa. Con los años llegaron las bodas y, luego, nosotros. La conservaron para volver siempre que quisieran. Más tarde, cuando éramos pequeños, reventó el mercado inmobiliario y nuestros padres tuvieron la suerte de poder comprarse otra casa en la playa. Desde entonces pasábamos las vacaciones allí, todos juntos. Aunque nunca entendí por qué, no llegaron a vender la primera casa, y en esa es en la que estamos a punto de entrar, claro que no se parece en nada a la que conocimos de niños. La destrozaron, arrancaron algunas partes y no solo la han reconstruido, sino que además le han añadido cosas. Está completamente reformada.

La casa, de color azul costero, es enorme. Tiene un inmenso patio envolvente que conecta con una terraza gigantesca, en la que estamos ahora, y al otro lado un acceso privado que lleva a un muelle precioso rodeado de amapolas californianas. Hay hasta un equipo de sonido completo, con altavoces instalados cada medio metro en todos los rincones, en el patio y en el revestimiento de madera. No hay un solo sitio en toda la casa o alrededor de esta al que no llegue la música. Como está en un extremo de la hilera de viviendas, se encuentra algo apartada, con lo que el sonido no molesta a los que quieren tener unas vacaciones más tranquilas.

Es el refugio perfecto, un palacio al borde del mar.

Y nos lo han regalado sin más.

A los cinco.

Nuestros padres nos sorprendieron en la fiesta de graduación, haciéndonos entrega de las escrituras, en las que figuramos todos como copropietarios. Nos dijeron que hacía años que lo habían decidido, para evitar que el grupo se disolviera, independientemente de adónde nos lleve la vida después de la uni, como les pasó a ellos con esa casa.

Como todos somos propietarios, ninguno puede vender sin el consentimiento de los otros, y si la vida termina distanciándonos, siempre tendremos un sitio al cual volver.

Decir que nos entusiasmó la idea sería un eufemismo, pero a mí, además, me produjo algo de miedo. La conversación me deprimió un poco, la verdad. No soy tan ingenua como para pensar que nuestra vida vaya a seguir igual, que siempre estaremos los cinco juntos, pero la alternativa resulta aterradora.

Entrarán personas nuevas en nuestra vida, eso lo sé, algunas para mejor y otras para peor, pero ¿y si a alguno de nosotros se le pone el mundo patas arriba? ¿Y si zozobramos y nos ahogamos? Si nos perdemos unos a otros por el camino, ¿quién estará ahí para sacarnos del agua? Igual suena un poco dramático, pero se trata de una posibilidad real. Una posibilidad terrible.

Dentro de menos de un mes, empieza el futuro.

Mi hermano y los chicos irán a la Universidad de Avix para comenzar de forma oficial su carrera universitaria como jugadores de futbol americano, y Cam y yo volveremos a casa para hacer las maletas y reencontrarnos con ellos en el campus unos días antes de las charlas de orientación.

Que nos vamos de casa ya es un hecho. Será la primera vez que no tenga a mi hermano en el cuarto de al lado y, aunque eso me da un poco de miedo, lo bueno es que la casa de los futbolistas y la residencia en la que nos vamos a alojar Cam y yo están en lados opuestos del campus, con lo que Mason no nos «controlará» todo el tiempo. Solo por eso vale la pena celebrar el traslado.

Quiero a mi hermano, pero a veces podría alejarse un poco. Tiene suerte de que yo no haya elegido una universidad en la otra punta del país. Claro que sabe perfectamente que eso no lo iba a hacer: no sé vivir lejos de mi familia. A lo mejor a alguien le parezco codependiente, pero para mí son cosas de mellizos.

—Les sigue pareciendo bien el reparto de habitaciones que hicimos hace un par de semanas, ¿no? —dice Mason rompiendo el silencio—. ¿Las chicas arriba con el baño compartido, la habitación extra se queda tal cual y nosotros abajo?

—Mamá decoró nuestros cuartos y llenó el refrigerador cuando vino a ver a Payton la semana pasada, así que...

—¡No hay vuelta atrás! —me interrumpe Cam con una sonrisa.

Los chicos ríen y luego Mason inspira hondo y saca la llave del bolsillo.

—No hay vuelta atrás. —Sonríe—. ¿Listos para repetir, pero sin padres ni normas?

—Todos mayores de dieciocho esta vez —tercia Brady dándonos un empujón de broma a Mason y a mí, porque Mason, él y yo cumplimos la mayoría de edad hace tres días.

Miro a Chase, que justo me mira en ese momento. Sonríe, y yo le devuelvo la sonrisa.

—¡Uf, qué peligro! —bromea mi mejor amiga—. ¡La cosa se va a calentar por aquí!

Ojalá hubiera sabido entonces lo acertada que iba a ser la predicción de Cameron, pero no tenía ni la menor idea.

2

Arianna

—¡Tengo el refrigerador abierto y el alcohol en la mano, así que vengan aquí de inmediato y que empiece la fiesta! —dice Cameron pegando con la botella la encimera hasta que entramos en la cocina.

—No maltrates el granito, Camibaby, machácame a mí mejor —bromea Brady, y se apoya en los antebrazos.

—La próxima vez, Brady, la próxima vez —contesta ella sonriendo.

Mientras empieza a servir los tragos en los vasos que Chase le ha ayudado a bajar, yo exploro la estancia.

La cocina es todo lo que se puede esperar en una casa de playa: un espacio diáfano de colores claros. La mesa de comedor es un asiento de esos en forma de U, con cojines de color blanco y azul claro en los rincones. Está justo delante del mirador, con lo que puedes asomarte a la playa y ver amanecer o atardecer sin necesidad de salir. Hay estufas y horno doble y, en el centro, una isla grande de mármol, que es donde está encaramada Cam ahora, con cinco vasos de tragos llenos hasta arriba al lado.

Espera a que agarremos un trago cada uno y ella se queda el último.

—Brindemos por todas las estupideces que vamos a hacer mientras estemos aquí y por lo bien que nos la vamos a pasar haciéndolas. —Reímos, y ella entorna esos ojos azules, traviesa—. Lo digo en serio, idiotas. Esta escapadita va a ser nuestro último recuerdo oficial antes de que empecemos una vida nueva. ¡Es muy fuerte!

—Tiene razón —confirma Chase, y se acerca a ella con una sonrisa—. Vamos a aprovechar.

—Pero ¿cuándo has visto tú que no le entremos con todo y hagamos locuras? —replica Brady alargando el brazo y apretándole la rodilla—. Vamos a ser los malditos amos de esta playa, niña.

Cameron lo agarra de los cachetes y le frunce los labios como si fuera un pez.

—Así me gusta, grandulón —le dice dándole un besito, y luego se bebe el trago de un solo golpe.

Los demás hacemos lo mismo y nos bebemos el trago de un solo golpe.

Me arden los ojos de lo que quema el alcohol, y me río cuando Cameron sacude la cabeza sacando la lengua.

—Uf, qué fuerte está esto —espeta; ríe y le pasa tan contenta la botella a Brady cuando él hace ademán de agarrarla.

—Los veo en la playa, cabrones. Mase, llama a tu primo. Dile que venga cuanto antes, ¡y traigan el balón de futbol americano uno de los dos!

Dicho eso, sale por la puerta corrediza de atrás.

Cam voltea hacia mí con cara traviesa.

—Vamos a cambiarnos. Ahí afuera nos espera un montón de chicos guapos en traje de baño.

Subo y bajo las cejas con picardía.

—No, si al final valdrá la pena la depilación brasileña.

—Ufff, me largo —refunfuña Mason, y se dirige deprisa a la puerta del patio. Mientras la cruza, se detiene para lanzarle a Chase una mirada impaciente—. ¿Vienes?

Al principio Chase ni se inmuta, pero luego sacude la cabeza y Cameron disimula la carcajada con una tos, consciente de que le hemos hecho imaginarse cosas.

—Sí, ya voy —contesta aclarándose la garganta, y agarra el balón del cesto que está junto a la puerta.

En cuanto se cierra la puerta, Cam y yo nos morimos de risa.

—Qué chistoso. —Chocamos los cinco y subimos corriendo las escaleras; luego, arrastrando las maletas que los chicos nos han dejado al lado de la pared, nos metemos cada una en nuestro cuarto—. ¡Hoy me pongo el fucsia! —me grita Cam.

—¡Me lo imaginaba! ¡Yo creo que me voy a poner el negro!

Abro de golpe la maleta, con la intención de deshacerla más tarde, y sacó los bikinis. Ya me estoy atando la parte de abajo cuando Cam irrumpe en mi cuarto por la puerta del baño que compartimos.

—Átame esto, anda —me dice dándome la espalda—. Por cierto, te prohíbo que te pongas el negro; mejor el rojo.

Pongo los ojos en blanco y le abrocho la parte de arriba mientras ella se mira en el espejo de cuerpo entero montado en la pared que tenemos delante.

—Gracias, Victoria, por tus superrebajas de verano —masculla.

—Pues algo está haciendo mal, porque yo no le veo secretos a esto —bromeo, y Cam me avienta un beso.

Mi mejor amiga tiene un cuerpo espectacular, tonificado y terso donde toca, y casi lo contrario al mío en todos los sentidos.

Cam medirá como metro setenta y ocho, mientras que yo no llego ni al metro setenta. Es alta, está en forma, con cuerpazo de modelo y ojazos azul cristal. Aunque no se puede negar, no le gusta que la llamen «flaca».

Cuando éramos pequeñas, se reían de ella por ser

demasiado alta y delgada. A ver, luego se las veían con Mason o Brady, pero lo hacían igual. La pasó mal un tiempo. Los chicos siempre procuraban que no se acomplejara por su estatura, a pesar de que durante un tiempo llegó a ser más alta que ellos, pero con eso no evitaban que los comentarios de los demás le hicieran daño.

Lo ha probado todo, desde dietas a base de hidratos y productos farmacéuticos, hasta echar nutrientes en polvo a las comidas todos los días durante meses, pero nada. Su metabolismo no funciona así y punto. Ahora que somos mayores, ya lo tiene asumido, se ha rellenado un poco por ciertas zonas y va a todas horas al gimnasio con los chicos para mantener el músculo y pesar más. No obstante, siempre ha demostrado mucha seguridad en sí misma, y es de esas en las que «la procesión va por dentro».

Cameron se recoge la cabellera rubia en un chongo alto y se gira hacia mí.

—Vamos... —dice arrojándome el bikini rojo nuevo—. Me muero de ganas de ver cómo les sienta eso a tus nenas —añade al tiempo que me señala el pecho.

—¿En serio?

—Pues claro. O apuestas fuerte o no apuestes.

—Igual Mason me lleva a rastras a casa como empiece con este —resoplo. Lo agarro y examino el escotazo—. Esto es como «quinta cita y a ver si cae».

—Me lo dices como si no te hubieras soltado ya la parte de arriba del otro para cambiártelo.

—*Touchée* —contesto, y, quitándome el bikini negro, me pongo el minúsculo bikini rojo.

Cam se acuesta en mi cama y echa un vistazo rápido a las notificaciones del celular, pero luego me mira cuando me volteo y le hago mi mejor pose a lo Marilyn Monroe.

—¿Cómo lo ves?

—Yo lo que veo es que ya puedes darle gracias al de arriba por esas cualidades que te ha dado —dice mirándome de arriba abajo—. Esa nueva generación de chicas de *Guardianes de la bahía* no tiene nada que envidiarte.

—Uy, gracias, amiga. Anda, vámonos.

Me dirijo a la puerta.

—Espera —indica enseguida, reptando hasta el borde de la cama—. Vamos a hablar un segundo. —Está claro que algo la inquieta, así que me acuesto a su lado y espero a ver qué me cuenta—. Nuestra última escapada terminó en un problema tremendo, con el accidente de tráfico de tu prima y Deaton. Fue muy complicado, pero esta es nuestra oportunidad de acabar el verano con buen sabor de boca.

—Por eso volvimos a casa con nuestros padres un par de semanas, para resetearnos.

—No, si ya, solo que ahora ya no queda nada para que empecemos las clases en la uni y, en cuanto estemos en Avix, apenas vamos a coincidir. Por primera vez, no pasaremos un montón de tiempo juntas —empieza, más seria de lo que es normal en ella.

—Cam, vamos a compartir cuarto —digo entre risas—. Nos vamos a ver un montón, y siempre nos quedarán los fines de semana.

—Sí, pero... —Resopla—. Supongo que quiero aprovechar esto al máximo, ¿sabes? Esta va a ser la última vez que no tengamos responsabilidades, salvo la de no ponernos una borrachera épica y evitar que nos asesinen. —Río, pero ella ni lo duda—. Así que voto por que actuemos como en nuestra escapadita secreta y, de paso, nos divirtamos pintándoles el dedo a los chicos al menos en nuestra mente.

—¿Vamos a tomar el sol en *topless* y al demonio con los chicos?

Divertida, suelta una carcajada, se incorpora y me zarandea.

—No he dicho que pretenda que nos asesinen —dice

con una sonrisa, bromeando—. Pero sí, la misma vibra. —Reímos las dos—. O sea, auténtica diversión de dieciochoañeros: nadar, echarnos por ahí, hacer carne asada, beber, bailar, ligar... —Levanto una ceja—. Enredarnos con algunos tipos a los que no vamos a volver a ver en la vida... —añade con un contoneo que remata encogiéndose de hombros—. Los chicos lo van a hacer, así que si nos dan ganas a nosotras también, deberíamos hacer lo mismo. Y lo mejor de todo es que aquí nadie temerá al «gran hermano y sus achichincles» —dice volviendo a sonreír.

Yo río, me levanto de la cama y me dirijo, caminando hacia atrás, a la puerta.

—Sin darle muchas vueltas ni pensarlo mucho, nos dejamos llevar y nos la pasamos bien, aunque tengamos que ocultar alguna cosita a los chicos.

—Y si no podemos...

—Les pintamos el dedo en nuestra mente y lo hacemos de todos modos.

—Eso es justo lo que te estaba diciendo. ¡Que se vayan al demonio los chicos y a su necesidad obsesiva de saberlo todo! Vamos a disfrutar al máximo pase lo que pase.

—Pase lo que pase —confirmo.

Cam lanza un gritito, se levanta de un salto y avienta el reloj encima de mi cama.

—Vamos, hagamos babear a unos pobres idiotas. Que no se diga que hemos pasado los últimos cuatro meses entrenando para nada.

Pega la frente a la mía y nos sonreímos.

—¡Que empiece el juego!

Sondeamos la playa al salir por la terraza trasera y vemos a los chicos a unos diez metros siguiendo la orilla, así que nos dirigimos hacia ellos.

—Parece que Brady ya ha encontrado a la chica más buena de toda la playa para que lo entretenga —bromea Cam, señalando con la barbilla hacia donde está nuestro amigo.

Entorno los ojos, exploro el grupito y me detengo en la chica guapísima, de pelo oscuro y piel bronceada, sentada en una roca, y esbozo una sonrisa.

Se llama Kalani Embers y es, sin duda, la más guapa de por aquí, pero no está disponible. Es la que pronto se convertirá en la esposa de mi primo Nate, a la que ya tuvimos ocasión de conocer y con la que pasamos algunos ratos cuando vinimos a preparar la casa a principios del verano. También es la única que ha conseguido ganar a Brady en la trivia de deportes. Él se ha comprado, literalmente, todos los juegos que hay sobre la materia para estudiar las respuestas y así, la próxima vez que la vea, poder recuperar el título de sabelotodo, pero Kalani, o Lolli, que es como la llamamos, pertenece a ese mundo desde que nació, porque toda su familia ha formado parte de la NFL, la Liga Nacional de Futbol Americano, y las estadísticas son lo suyo. El pobre no tiene nada que hacer.

Es la propietaria más joven de un equipo en la historia de la NFL, pero eso ya es otra historia.

—¡Cuidado, que ahora viene lo bueno! —espeta Brady, llamando la atención de los otros.

Mason gruñe, niega con la cabeza y grita:

—Pero, chicas, ¿me están buscando problemas con algún imbécil?

—¿Qué pasa, Mase: tienes miedo de que alguien muerda el anzuelo? —replica Brady con una sonrisa.

No es ningún secreto que a Cameron le gusta Mason, pero ninguno de nosotros sabe lo que él siente por ella. Hace cosas como espantarle a los pretendientes o abrazarla cuando llora, pero es que Mason es así: protector por naturaleza. Cuida de ella igual que de mí, y está a su disposición si ella lo necesita, igual que los otros. Igual que yo.

Somos así. Somos familia, los cinco, y en nuestro entorno ese pequeño detalle supera a todo lo demás. Por eso cuesta tanto entenderlo. Como digo, Mase la trata igual que a mí, con lo que es posible que no haya nada romántico en todo ello. Él no sabe preocuparse solo un poco; siempre lo hace todo a lo grande.

Es una bendición y una maldición a la vez, porque se estresa y les da demasiadas vueltas a las cosas, pero no lo puede evitar.

Mi hermano es el tipo más fuerte que conozco. Es todo lo que un padre podría esperar de un hijo y más de lo que yo podría pedir de un hermano. Es la persona más importante de mi vida y, si hay alguien en este mundo a quien yo quiera enorgullecer, ese es él. Mi mellizo es mi otra mitad, pero eso no significa que entienda todo lo que hace, por mucho que me empeñe.

En cualquier caso, Cameron ni siquiera se lo plantea, para no hacerse ilusiones tontas. No está loca por él, ni mucho menos, y tampoco anda esperándolo de forma patética, como todo el mundo sabe que hago yo, pero, si él le tendiera la mano, la aceptaría sin pensarlo dos veces.

Lo que complica aún más las cosas es que Mason es el mayor conquistador que ha conocido la humanidad, posiblemente a la par con Brady, pero no lo hace con mala intención y jamás la provocaría a propósito, así que supongo que con el tiempo se verá.

Miro a Mason mientras le pinta el dedo a Brady, pero este se limita a reír.

Lolli sonríe y se levanta de la roca en la que estaba tomando el sol.

—Vaya, vaya, tan estupendas como de costumbre.

Sonrío yo también, y recuerdo que no debo abrazarla. A Lolli no le gusta mucho que la toquen.

—Había que intentar ponerse a tu altura.

—Chica, por favor —dice Cam—. Tendrías que haber

visto el bikini que se quería poner hoy. Tuve que insistirle.

—Vamos, que Chase te lo debe a ti, ¿no? —contesta Lolli con una sonrisa pícara.

Tuerzo la boca y Lolli ríe.

Lolli adivinó lo que siento por Chase nada más conocernos y le encanta soltar bromitas subidas de tono para incomodar a los chicos, con disimulo, pero solo por mí, porque, si de ella dependiera, le propondría descaradamente a Chase que me desnudara en la arena. Ella es así de directa.

—¿Has sabido algo de Kenra? —Le pregunto por mi prima, la hermana mayor de Nate, cuando me vienen de pronto a la cabeza los sucesos de la semana pasada.

El que ahora es el exprometido de Kenra tuvo un accidente de coche con ella y el hermano pequeño de él. Kenra y él salieron bien parados, pero Deaton, su hermano pequeño y padre del bebé no nacido de Payton, no tuvo tanta suerte. Apenas tenía diecisiete años.

«¡Vaya crueldad!»

—¿Cómo lo lleva Payton?

Lolli levanta un hombro y mira con disimulo a su espalda, donde veo a Payton paseando por la playa.

—Procuro no preguntar. Se me da mejor el entretenimiento, así que la tengo entretenida cuando puedo.

—Seguro que eso le viene mejor de lo que piensas —le dice Cam con una sonrisa.

Lolli parece incómoda porque no le gusta hablar de cosas profundas, por lo que cambio de tema.

—Bueno, ¿qué plan tenemos para hoy, si es que hay uno? —pregunto mirándolos a todos.

Brady se encoge de hombros y lanza el balón al aire.

—Supongo que empezaremos bien, saliendo a comer, a bailar, nos agarraremos una buena borrachera, y luego mañana perderemos el tiempo junto a la fogata, ¿no?

Cam y yo asentimos.

—Por nosotras, bien. Lolli, ¿ustedes se apuntan?

—Mi chico tiene que volver a entrenar dentro de dos días, o sea que va a ser que no. —Esboza una sonrisa pícara—. Nos vamos a pasar la noche encerrados en la habitación, pero los vemos mañana, seguro.

—Por cierto... —dice Nate, que se acerca, nos saluda con un abrazo y se despide acto seguido, llevándose a su prometida a la casa de ambos.

—Pues muy bien. —Cameron ríe—. Decidido: noche de locura. Pero primero... —Sale corriendo y se mete directamente en el agua. Brady la sigue de cerca.

—Esperen, que voy a enganchar a la Chiquitina —pide Mason, que señala con la cabeza a Payton—. No le vendrá mal distraerse un poco —añade, y sale corriendo hacia la joven rubia sentada en una piedra, buscando respuestas que no va a encontrar en las olas californianas.

Despacio, Chase y yo nos acercamos a la orilla.

—¿Contenta de haber vuelto a la playa? —me dice, y me empuja el hombro con el suyo.

—Siempre, ya lo sabes. —Le sonrío, pero se me escapa un suspiro al mirar al frente—. Espero que esta vez sea menos traumático.

—Sí —coincide asintiendo—. No quiero ni imaginarme lo mal que lo debe de estar pasando.

Miramos hacia donde está Payton justo a tiempo para ver su cara de espanto cuando descubre, en el último segundo, que Mason se dirige a ella. Él se agacha, la carga como si nada, y ella grita y nos hace reír a todos.

Mi hermano me hace sonreír, y un sosiego que solo el mar me brinda se me instala en los hombros.

—Creo que este viaje va a ser distinto.

—Ah, ¿sí? —dice Chase mirándome de reojo.

—Sí —asiento—. Cuando vinimos a finales de junio, aún se notaba que acabábamos de terminar las clases,

¿sabes? Como que teníamos todo el verano por delante, pero ya no. El verano está a punto de terminar y, en cuanto nos marchemos de aquí, empezaremos una etapa nueva por nuestra cuenta. Es... otra cosa. Como que ya somos adultos, y esto ya es la vida. —Arrugo la nariz y me giro para mirarlo—. ¿No te parece?

Asoma a su cara esa sonrisa de medio lado que me encanta.

—Sí, supongo que es distinto. —Calla un segundo y luego añade—: Puede que muchas cosas sean distintas ahora.

Parece que se lo dice a sí mismo más que a mí, así que no contesto.

Un segundo después, se detiene y me mira a la cara. Estudia mi bikini con el ceño fruncido, y no puedo evitar reírme.

—¿Algún problema?

—Sí.

Asiente, me mira a los ojos. Frunce aún más el ceño, pero inmediatamente después esboza una sonrisa, una que reconozco.

—Chase... —le advierto, pero antes de que me dé tiempo a salir corriendo, me echa sobre su hombro y sale disparado hacia el mar.

Los otros ríen cuando me lanza, y luego vienen nadando hasta nosotros. Ojalá pudiera inmortalizar este momento: todo el grupo disfrutando del último sol del verano, porque nadie sabe qué nos traerá la luna veraniega.

Miro a Chase, que me sonríe con malicia desde la otra punta.

Yo, por ejemplo, estoy impaciente por saberlo.

3

Arianna

—¡Dense prisa, idiotas, que el taxi está a punto de llegar! —grita Mason desde el pie de las escaleras.

—Uf, qué tipo —dice Cam sonriendo al espejo—. ¡Mira que es seco! ¿Tú crees que me dejaría ayudarlo con eso?

—¡Cameron! —Río—. ¡Puaj!

—Relájate, Virgen María —contesta dándome un caderazo, y luego se inclina sobre el lavabo para terminar de ponerse el rímel—. Además, ¿qué crees que estás haciendo tú? —Me mira el vestido—. Quítate esa cosa espantosa, anda. Parece que estés a punto de salir a buscar huevos de Pascua, no a pasártela de maravilla en la pista de baile.

—Tampoco es para tanto. Yo no puedo ponerme ese trapito al que tú llamas «vestido».

—Claro que puedes.

—¿Tú te la quieres pasar bien? Tengo que ser yo quien decida cuándo ir sexi, y la primera noche no es el momento.

—Al contrario, mi florida amiga... —me dice arqueando una ceja rubia perfectamente depilada, apuntándome con el dedo y dando una vuelta sobre sí misma—. Esta es la noche perfecta para ir sexi. Es hora de avivarse, y si con eso Mason se ve obligado a aceptar de una vez que tienes vagina, pues que así sea. —Cierro fuerte los ojos; no pienso reaccionar a ese comentario—. ¡Anda! —Cameron ríe—. ¡Hemos quedado en que nos íbamos a divertir!

—Y eso vamos a hacer, pero no voy a desmadrarme ya desde el primer día.

—Cielo, hablo por tus futuros amantes cuando te digo que te quites ese vestido... y lo tires a la basura.

Intento en vano no reírme.

Cam y yo aún estamos muriéndonos de risa cuando Brady empieza a tocar mi puerta.

—¡Chicas, se ve que la están pasando genial! —grita—. Si hay almohadas o calzones de por medio, ¡yo también quiero!

—¡Lárgate, Brady! —se oye gritar a Mason enseguida desde... quién sabe dónde, porque siempre anda cerca.

Oímos reír a Brady.

—Ahora en serio, ¿están listas? ¡Que ya está aquí el Uber!

—Mierda. ¡Sí, vamos! —contesta Cam a gritos, lanzándome una mirada asesina.

—Carajo, cómo te odio —refunfuño, y me quito el vestido por la cabeza y le tiendo la mano—. Dame la cosa esa.

Con una risita triunfante, Cameron me pone en la mano el trapito negro y sedoso. Me lo pongo y me calzo deprisa los zapatos negros de salón con el tacón dorado que me pone por delante.

—¿Contenta? —le digo ladeando la cadera.

—Contentísima —responde sonriente—. Anda, vámonos antes de que tu hermano irrumpa en este cuarto.

Mi vestido es sencillo, pero sexi. Es un cuello *halter* muy escotado por delante, ceñido en la cintura y más suelto por la cadera, para que puedas coquetear mientras bailas. Llevo el pelo castaño oscuro recogido en una cola de caballo alta y apretada, y la sombra de ojos oscura y difuminada resalta el conjunto. No me maquillo a diario, pero es una de las cosas que más me gustan de salir por la noche.

Saco del bolso unos aretes de botón negros, salgo corriendo al pasillo detrás de Cam y sonrío satisfecha al verla. Lleva un vestido sin tirantes color berenjena, ajustado desde el pecho hasta la cadera. Lo ha combinado con unas sandalias de tacón y no se ha puesto sombra de ojos, solo una buena capa de rímel. Además, se ha dejado suelta la larga cabellera rubia, ondulada como las olas del mar. Mi mejor amiga se ve preciosa.

—¡Vamos, chica! —dice tomándome del brazo en cuanto pisamos el último escalón—. ¡Hora de divertirse!

Me pongo los aretes con un clic y levanto bien la cabeza.

Brady, como de costumbre, es el primero que nos ve, y suelta su infame silbido.

—¡Guapísimas! —Se nos acerca, nos planta un beso en la mejilla y nos sujeta a las dos de la mano—. Den una vueltecita, que quiero ver lo que llevan.

Nos reímos, pero damos la vuelta sin dudarlo.

—¿Qué te parece, Brady? ¿Aprobamos?

—Con medalla de honor, carajo —contesta sonriente—. Anden, vamos a tomarnos unos tragos en la cocina antes de salir.

—¿No decías que ya estaba el Uber aquí?

—Algo había que hacer para que bajaran de una maldita vez —reconoce dándonos a las dos una palmada en el trasero.

Mason voltea en cuanto entramos, y frunce el ceño de inmediato.

—Pero ¿qué demonios...? —espeta—. Quieren que termine en la cárcel, ¿verdad?

—Relájate, que esta noche no se esposa a nadie. —Río y a la vez niego con la cabeza.

—Bueno, salvo que quieras que... —empieza Cam parpadeando exageradamente.

—Está bien —dice él, y levanta las manos en señal de rendición—. Me da igual. Ponte un vestido que le quedaría a nuestra vecinita de seis años si quieres, pero a mí denme un trago doble.

—Hecho —le asegura Brady sonriendo aún más. Me mira de reojo, con cara de travieso. Luego extiende la mano y me acaricia el brazo despacio, deteniéndose después en la cadera. Con la otra mano, me sirve un trago y me lo acerca a los labios—. Abre, Aribaby —me indica con voz grave y pastosa.

Lo miro a los ojos y, apuntándome a su jueguecito, hago lo que me pide.

Me sostiene la mirada, con la risa en la punta de la lengua mientras me vierte en la boca el líquido caliente. En cuanto trago, me pasa el pulgar por el labio inferior para recoger la única gota que no me ha entrado en la boca.

—Mira que eres imbécil —protesta Mason en broma, y no podemos contenernos y los dos nos soltamos a reír.

—Anda, idiota, déjate de numeritos y sírvenos un trago para que podamos largarnos de aquí —dice Chase ceñudo señalando la botella con la cabeza.

Cam se lleva una mano a la espalda con disimulo y yo choco los cinco con ella; las dos miramos al frente y contenemos las ganas de sonreír.

Brady da una palmada.

—Bueno, chicos, ¡por nuestra primera noche como adultos que beben legalmente! —exclama sujetando su trago y levantándolo—. Bueno, ¡al menos según esas identificaciones falsas que he conseguido para todos!

—¡Esoooooo! —grita Cam. Brindamos contentos y nos bebemos el trago de un solo golpe—. ¡Vamos! —suelta mientras se gira ligeramente camino de la puerta.

La seguimos los cuatro.

Brady se pasa todo el trayecto de diez minutos repasando lo que sí y lo que no debemos hacer, y cómo debemos actuar cuando saquemos las identificaciones falsas, pero luego resulta que se ha preocupado para nada.

El cadenero nos deja pasar a Cameron y a mí después de que ella le sonríe. Igual también le ha pedido que le dijera si llevaba bien subido el cierre del vestido, pero, oye, el tipo estaba encantado de ayudar.

Los chicos, en cambio, han tenido que enseñar la identificación, pero el Tom Hardy de la puerta ni ha pestañeado, así que le habrán parecido legales. O eso o, en el fondo, le da igual.

En cuanto pasamos el umbral de la puerta, Cam suelta un gritito y me agarra del brazo.

—¡Este sitio es genial! —grita moviéndose ya al ritmo de la música.

El local es un círculo gigante con una distribución diáfana. A izquierda y derecha hay sillones semicirculares con sus mesas, todo blanco, y la barra se extiende por la pared del fondo. La iluminación es oscura con un tinte azulado, pero no como el de una luz negra, sino que más bien transmite un aire gélido, hechizado. El suelo brilla de un color plata metalizado que potencia esa ilusión óptica.

Cameron nos lleva a un cuarto cercano a la barra y nos sentamos a tomar unas copas.

Una hora y tres midoris después, me vibra el cuerpo entero y estoy lista para lanzarme en la pista de baile. Lo cierto es que Cam y yo ya estábamos listas nada más entrar, pero los chicos, que son unos brutos sobreprotectores, primero querían checar el ambiente.

Miro a mi alrededor y contemplo mi siguiente movimiento. Estoy atrapada en el cuarto, con Chase a la izquierda y los otros a la derecha, con lo que solo tengo una salida lógica. Lógica pero potencialmente problemática. Al alcohol que llevo dentro parece que le da igual, eso sí, mientras levanto el trasero del asiento.

Actúo rápido, antes de que me lo impidan o yo misma me acobarde, y deslizo el cuerpo por delante del de Chase, que se paraliza con el contacto. No hay mucho sitio entre los asientos y las mesas, con lo que, para poder salir, no me queda otra que pegarle un poco el trasero al regazo, y eso hago.

Él me lleva de inmediato las manos a la cadera y me ayuda a pasar rápido, dejándome parada con cuidado al lado de la mesa; luego mira enseguida a Mason, que no tarda en hablar.

—Podrías haberle pedido que se apartara, Ari —me dice con una mirada asesina.

No le hago ni caso.

—Como ves, hermano querido, no ha hecho falta. Sigo en pie, y ahora... me voy a bailar.

—¡Espérame, amiga! —me grita Cam emocionada, y se pone a mi lado.

—¡Wow! —espeta Brady, y nos hace voltear a todos hacia el objeto de su babeo. Con una sonrisa gigante en los labios, le da un golpe en el hombro a Mason—. Quítate, que tengo que llegar allí —le pide, y, sacando el pulgar por encima del hombro, señala a una morena recostada en la barra.

—Si ni siquiera le ves la cara desde aquí... —dice Cam arrugando la nariz.

—Pero ese trasero... —contesta él mientras me mira expectante.

Sonrío de oreja a oreja, porque entiendo a lo que se refiere.

—Ese hermoso trasero...

—En esos jeans... —termina Brady con una carcajada, y levanta la mano para chocar los cinco conmigo—. Sabía que no me decepcionarías.

—Bueno, cabrones, vamos ya —propone Cameron con los ojos en blanco, y me jala hacia la pista.

Nos colamos entre varios grupos de personas, encontramos un hueco atestado y agradable cerca del centro y nos soltamos.

—¡Amiga, me siento muy bien! —me grita Cam por encima de la música.

—¡Y yo! —Río—. La última copa me ha venido de maravilla.

Empieza a sonar por los altavoces *She Knows*, de Ne-Yo, y nos miramos.

—¡Caraaajo! —gritamos, riéndonos borrachas, y nos ponemos manos a la obra.

Meciendo las caderas, girando el cuerpo al ritmo de la música, disfrutamos nuestra primera noche en la disco.

Cierro los ojos y dejo que la música se apodere de mi cuerpo como hace siempre. Cuando estoy contenta, triste, enojada, lo que sea, es música lo que busco. Asocio la vida a las letras, el tono al estado de ánimo.

El ritmo puede despertarme o hacerme pedazos. Las palabras pueden levantarme el ánimo o dejarme hecha un guiñapo. Muchas personas evitan las canciones que les traen recuerdos dolorosos cuando se ahogan en una pena, pero yo prefiero que me derrumben. Cuando uno se siente bien, suele poner música movida a todo volumen con la que dan ganas bailar, así que, si bailas cuando se te antoja, ¿por qué no vas a llorar también cuando tienes ganas?

Yo necesito la música igual que mi mellizo necesita el futbol. Lo llevamos en el alma, y, ahora mismo, yo tengo el alma seductora.

No tarda mucho en abrirse paso entre la multitud un chico rubio que se me empieza a acercar. Sonrío dándole el visto bueno, él se pone a mi lado y comenzamos a bailar. De reojo veo que Chase y Mason están bailando con unas chicas a escasa distancia de nosotras. Estoy convencida de que lo hacen a propósito, para no perdernos de vista, pero no nos interrumpen, y eso es de agradecer.

Probablemente porque guardamos las distancias con nuestras parejas. Unas canciones más tarde, suena *Loyal*, de Chris Brown, y oigo gritar a Cam a mi lado. Levanto los brazos, dejó tirado a mi ligue por mi mejor amiga y cantamos las dos como un par de borrachas en un karaoke, alto y desafinando.

Cam señala con la cabeza a nuestros amigos, y sé muy bien lo que está pensando. Nos acercamos a ellos, justo a tiempo para cantarles el coro, y nos morimos de risa todos.

—Increíble, chicas. —Mason ríe, apartándose de la pelirroja ceñuda—. Absolutamente increíble.

Cameron sonríe y se abanica.

—¡Necesito un agua y otra copa!

Mason mira a su alrededor, supuestamente en busca de Brady, y luego le pasa el brazo por el hombro a Cameron.

—¡Yo la acompaño! —grita, y se la lleva hacia la barra, pero antes le dice a Chase señalándome—: Quédate con ella.

Se van y yo me giro hacia Chase, moviendo los hombros exageradamente, seductora, y él ríe, moviendo la cabeza, pero no acepta la invitación, así que bailo sola.

Cierro los ojos y me dejo llevar por la música, y como media canción después me invade la proximidad de Chase. Aunque me cuesta una barbaridad, no abro los ojos, aún no. Espero, meciéndome todavía con la música, y por fin se acerca un poco más. Me inunda los sentidos su olor a sándalo, a limpio, y abro los ojos de golpe y los clavo en los suyos irritados.

Sus movimientos son algo descoordinados, por el alcohol, pero me sigue y, cuando lo agarro de los hombros y me acerco un poco más, me lo permite.

—Anda, mira, si casi estamos bailando —bromeo.

Asoma a la comisura de sus labios una sonrisa y yo respiro hondo cuando me lleva la mano libre a la cadera.

—Qué valiente eres por ponerte esto —comenta, y jala el resorte.

—¿Te gusta?

Frunce el ceño y yo río en voz baja, pero no digo nada más, porque el calor de su mano me está friendo el cerebro. No puedo pensar en otra cosa más que en el tacto de sus manos.

Con cada segundo que pasa, mis fantasías me arrastran aún más, el pulso se me vuelve errático. Moverme con el roce de su cuerpo contra el mío me acelera, hace que me bombee la sangre a más velocidad, que el alcohol me recorra entera y se me suba directo al cerebro y, al hacerlo, se lleve por delante mi sentido común, o al menos esa es la única explicación que le encuentro a que, de pronto, me atreva a bajar las manos un poco más.

Sin dejar de mover las caderas, deslizo despacio las manos por la curva de sus hombros y las paseo por los relieves de sus pectorales. Chase me mira enseguida a los ojos, y mis manos deciden trepar, subir más y más, hasta que le cubro con los dedos ese cuello fuerte. Traga saliva y empieza a dibujársele una arruga en la frente.

Los graves de la música nos retumban fuerte bajo los pies, las luces cambian de color, se atenúan, y la multitud parece cercarnos. Nos tienen acorralados, a Chase y a mí.

Ya hemos bailado antes, en los cumpleaños, los aniversarios de nuestros padres, un par de fiestas oficiales de la escuela..., pero no así, no tan cerca y nunca después de unas copas. Esto es nuevo. Nos es ajeno.

Le entierro los dedos en el pelo y le acaricio la base del cráneo con una especie de masaje suave. Me desplazo un poquito, sin querer, y él suelta aire entre dientes cuando le rozo la entrepierna.

La tiene dura, carajo.

Inicio un nuevo ritmo, aplicándole una ligerísima presión con el cuerpo en cada movimiento, y entonces sube la mano, me agarra la muñeca y acerca la boca a mi oído.

—¿Qué haces, Ari?

El fuerte olor a tequila de su aliento me produce un escalofrío de ilusión por todo el cuerpo, al tiempo que recuerdo la conversación que hemos tenido Cameron y yo, y una seguridad en mí misma recién descubierta me recorre entera.

—¿Que qué hago? —Repito su pregunta y me aparto un poco para mirarlo a los ojos fruncidos—. Hago lo que se antoja. —Y que se vayan al demonio los chicos.

Se le tensa el semblante, terso hasta en el último centímetro.

Estrujo los labios contra los suyos.

Chase se paraliza, sus manos me vibran en el cuerpo un segundo y luego me agarran enseguida de los hombros, y nos separa, estirando por completo los brazos. Me mira espantado, con esos ojos enrojecidos, y palidece.

Niega con la cabeza y empieza a torcer el gesto.

—Arianna..., no.

Abro la boca, pero no consigo decir nada, y él se frota la cara con las manos.

Se me llenan los ojos de lágrimas al verle la expresión de vergüenza en la cara. Me ruborizo y miro a otro lado.

Mason y Cam se abren paso entre la multitud, y Chase me suelta de inmediato, se lleva las manos al pelo y esboza la sonrisa más falsa que he visto en mi vida.

Muero por dentro cuando caigo en cuenta de lo ocurrido: yo quería besarlo, pero él a mí no, solo que nada me arde más que la cara de espanto que ha puesto.

Sin su permiso, lo he obligado a cruzar esa línea que tiene siempre tres metros por delante. Esa línea está de pronto cubierta por una capa de arena mojada, y cualquiera que haya estado en la playa alguna vez sabe que eso no se limpia fácilmente. Se hace más gruesa con el viento y las olas, y estamos en el sur de California, donde hay mucho de eso.

Tampoco es que me importe, porque, si esa cara de pánico me dice algo, está listo para enterrar todo con una pala, incluso en lo más profundo del océano, si es necesario.

Por suerte, el alcohol no solo nos chapotea por dentro a nosotros dos, sino también a los dos que se nos acaban de unir, con lo que no notan nada, y cuando mi hermano me pasa una botella de agua y me besa la frente antes de girarse hacia su mejor amigo con una sonrisa ñoña, yo la acepto y me finjo contenta también. Me bebo la mitad de un trago y volteo hacia Cameron. Ella me pasa uno de los tragos que lleva en las manos y, antes de que nos los bebamos, aparece Brady de la nada con una copa propia.

Formamos un pequeño círculo los cinco, nos tomamos los tragos de un golpe, y la cosa no termina ahí, porque la necesidad de agarrarme un buen pedal es mayor que nunca, así que, cada vez que alguien propone que nos pidamos otro, secundo entusiasmada la moción.

Me siento imbécil, pero las luces bajas y todo el alcohol que estamos bebiendo me nublan la visión y me disimulan las lágrimas que se me escapan a traición. Menos mal, y menos mal que los meseros generosos siguen sirviéndonos aun después de cerrada la barra.

Son más de las dos cuando bajamos del Uber dando tumbos y nos encaminamos, cansados, hacia la entrada de la casa.

Cameron se quita los zapatos y empieza a dar pequeños saltos de puntitas.

—¡Date prisa, Mase, que me estoy haciendo pipí como no tienes idea!

A él le da risa y no acierta con la cerradura.

—Yo lo intento, pero es que la llave está rota o algo —balbuce.

—¡Demonios, dejamos a Brady! —digo espantada mirando a mi alrededor, y le doy una patada a Mase.

—¡Carajo, Ari! —protesta él dando saltos alrededor, y entonces pierde el equilibrio y se estampa contra la pared que tenemos al lado.

Suelto una carcajada, trastabillo con los tacones y, para no perder el equilibrio, me agarro enseguida al poste del pórtico que tengo a la derecha.

—Brady se ha ido con esa chica —gimotea Cameron, sin dejar de bailotear, a la espera de poder entrar.

—¿Con la culona?

—No, la de los pechos grandes.

Ah, sí, ya me acuerdo.

Mason vuelve a trastear con la puerta y, justo cuando había conseguido encajar la llave en la cerradura, se le escapa de los dedos y cae al suelo de madera.

—¡Carajo!

Se carcajea y, agarrando la manija, la sacude.

Chase ríe a mi espalda y volteo justo a tiempo para verlo desplomado sobre el barandal, agarrándose a él como puede. Oigo un gran estrépito y, al voltear bruscamente, veo a Mason dando tumbos al tiempo que intenta enganchar el llavero.

—¡Mierda! —grita Cam, que cae de rodillas delante de él.

Medio segundo después se oye el «Maldita sea...» de Chase.

Volteo de pronto y lo veo caer de espaldas y aterrizar de trasero al fondo del pórtico, despatarrado en los escalones. Me dejan impresionada, y de mirar a uno y al otro me dan náuseas.

Cam se ríe descontroladamente, se cae de sentón y apoya la parte superior del cuerpo en Mason, que ya ni intenta levantarse y ha cerrado los ojos.

—Ahora mismo nos podríamos aprovechar de ellos sin problemas —dice Cam sonriente.

Me contagia la risa, y luego me quito los zapatos y me dejo caer en uno de los camastros del pórtico y suelto un suspiro hondo.

Gana el alcohol.

4

Arianna

Hoy el sol calienta y resulta tentador, al contrario que ayer, cuando nos despertaron las carcajadas de Brady hacia las cinco de la mañana.

No habíamos conseguido entrar en casa y nos habíamos quedado dormidos en el patio y alrededores, que fue justo donde nos encontró él. Después de dormir un poco, quisimos bajar a la playa a pasar un rato con nuestros primos y amigos, pero no llegamos más allá de la terraza. La resaca nos ganó. Así que dimos media vuelta y nos tiramos en los sofás. Fue un día de maratón de pelis.

Hoy, en cambio, nos hemos levantado recompuestos y listos para divertirnos. Hemos ido a desayunar al Oceans Café, un sitio que le gusta a Lolli, y luego fuimos a la tienda de bebidas alcohólicas para poner a prueba la identificación falsa de Brady. Ha funcionado y contamos con suministros para rato, por si acaso. Como tenemos todo lo necesario para hacer la fogata de esta noche, sacamos las cosas de las maletas y bajamos a la playa.

Cam, Mason y Brady salen corriendo y se meten directo en el agua fría, pero yo extiendo mi colchoneta y me lanzo de inmediato en ella. Cierro los ojos y sonrío mientras el sol me quema la piel, pero el movimiento que noto a mi lado me hace levantar la vista.

Chase está ahí parado, mirando fijamente a nuestros amigos con el gesto torcido, así que me armo de valor y le jalo el traje de baño para llamar su atención. Mira abajo, y yo, apoyándome en los codos y protegiéndome los ojos del sol con la mano, le hago una seña para que se acueste a mi lado. Duda un segundo y después, sin mirarme, se deja caer e imita mi postura. Me siento preocupada porque sé que no podemos seguir evitando hablar de lo que pasó en la disco. Es la primera vez que estamos a solas desde esa noche y estoy convencida de que no soy la única que lo tiene presente.

Reconozco que al día siguiente me levanté algo avergonzada, pero no lo suficiente como para lamentarlo. Si él me hubiera mostrado alguna señal de enfado o me hubiera ignorado, probablemente sí, pero no lo ha hecho. No me ha vuelto a mirar a los ojos, pero tampoco me ha esquivado la mirada. Ahora sí, y la tensión de los hombros se le duplica por segundos. Procura centrarse en las payasadas de los otros en el agua, delante de nosotros, pero yo sé que no ve lo que tiene delante. Yo le nublo el pensamiento, o más bien se le nubla por mi culpa.

Agacha la cabeza y se lanza.

—¿Estamos bien tú y yo? —pregunta, sin apartar la vista de la arena que tiene debajo.

—¿Por qué no íbamos a estarlo?

—Anda, Ari, no me hagas eso —dice negando con la cabeza, y mira a otro lado.

Me empiezo a agobiar y respiro hondo.

—Mírame, Chase, por favor. —Lo hace, y lo veo triste y confundido—. Habla conmigo. ¿Qué ocurre ahí dentro? —le pregunto mientras me doy unos golpecitos en la sien con la mano libre.

Suspira y se acerca más a mí, y voltea la cabeza para mirarme a los ojos.

No sé cómo voy a concentrarme teniéndolo tan cerca, pero le lanzo una sonrisita para animarlo a hablar.

Me mira tan fijamente que me dan ganas de mirar a otro lado, pero no lo haré.

—¿A qué vino lo de la disco? —dice, entrando poco a poco en materia.

Se me hace un nudo en la garganta, pero trago saliva para deshacerlo.

—Me estaba liberando.

—Tomarse unas copas con unos amigos ya es liberarse.

Entorna los ojos y yo suspiro, me incorporo y me siento.

—Si buscas una disculpa, no te la voy a dar.

—Solo quiero entenderlo.

Se me escapa una carcajada herida, desganada, y miro al cielo.

—No finjas que no lo sabías —murmuro—, ni que no sentías la misma curiosidad que yo, aunque no lo desearas. Sé que lo habías pensado.

—¿Qué quieres decir con eso?

Me giro bruscamente para mirarlo molesta.

—Igual te apartaste, pero antes me estrechaste en los brazos.

—¡Estaba conmocionado! —me grita en susurros—. No me lo esperaba en absoluto.

—Ah, ¿no? —le digo, y arqueo una ceja—. ¿Fue la conmoción lo que te la puso dura?

—¡Oye, detente, detente! —me contesta, levantando las manos de pronto y mirando a su alrededor—. Eso fue por el alcohol, el ambiente y...

—Y yo. —Termino la frase mientras niego con la cabeza—. A lo mejor no querías que pasara nada, pero eso no lo puedes negar. Ya sé que estábamos borrachos, no hace falta que me lo recuerdes, te lo aseguro. De haber estado sobria, seguramente ni me habría atrevido, pero no me arrepiento de haberlo hecho. Y lo volvería a hacer.

—No... —Se le escapa de los labios tan rápido, con el siguiente aliento, que ni se da cuenta hasta que ya ha pasado.

Nos paralizamos los dos.

Chase vuelve a mirar a la arena y luego me mira despacio a mí.

—No —susurra tan bajo que casi no se oye—. Eso no puede volver a pasar. Te quiero, Ari, ya lo sabes, pero esto no... No podemos.

—¿«No podemos» de «no debemos»? —Trago saliva, obligándome a mirarlo cuando lo que quiero es desaparecer—. ¿O es «no podemos» de «no quieres»?

Chase exhala bruscamente y asoma a sus labios una sonrisa trágica.

—Las dos, Ari.

Me aparto un poco, para distanciarme de él, y Chase extiende la mano para acercarme, pero yo me zafo de él.

—Lo siento —me dice derrotado.

Respiro hondo y vuelvo a mirarlo. Quiero enojarme, gritar y chillar, pero no voy a dejar que la decepción eclipse la verdad, porque no soy tan tonta.

Chase no pretende ser cruel. No es malicioso ni manipulador. Solo... el mejor amigo de mi hermano.

Nos miramos un rato y luego tuerce la boca.

—¿Qué? —le digo.

—Que me sorprende un poco que saliera de ti —contesta, y sonríe.

Se me escapa una risita de vergüenza y me tapo la cara con las manos, pero él me la destapa.

Me vuelvo a reír, solo que él no, y poco a poco se va extinguiendo la sonrisa de su semblante.

Trago saliva.

—Chase...

—¡Cuidado!

Antes de que me dé tiempo a reaccionar, algo me golpea en la cabeza y el impacto del objeto no identificado me hace tambalear ligeramente.

—¡Caraaajo! —exclama Chase, que levanta los brazos y los deja congelados en el aire—. ¡Ari! ¿Estás bien?

Me masajeo la cabeza y veo un balón de futbol americano junto a mis pies.

—Sí, estoy bien, no me dolió. Es que...

No termino la frase porque el peso de una mano caliente en la espalda, justo por debajo de la tira del bikini, me pone la carne de gallina.

Me giro para mirar y se me corta la respiración al encontrarme con la mirada de un desconocido.

Un desconocido de ojos azules.

De un azul tan intenso que es como un océano tropical y tormentoso por la noche.

No, no es así. Son más como la medianoche. Como cuando la luna brilla más en el cielo y arroja una sombra sobre el mar oscuro.

¿O de un azul metálico, como el del pez arcoíris?

No sabría decirlo con certeza.

Le miro el pelo, de un castaño muy oscuro. Parece que acabara de salir del agua, y a lo mejor es así. No lo sé. Su cabello tiene ese aire como de peinado despeinado. Me pregunto si será suave.

Parece suave.

Y esos labios. Me...

Espera... ¿Qué diablos estoy haciendo?

Ni siquiera conozco al tipo.

Pero, en serio, ¿quién tiene esos labios tan perfectos? Y la forma en que los mueve cuando habla es como la sincronía absoluta de una sinfonía...

Un momento. Que está moviendo los labios.

Me está hablando. Y ahora... ¿me sonríe?

Y qué sonrisa tan bonita, además, como de medio lado y muy linda.

Por Dios, se está riendo de mí. Alzo la vista y detecto humor e intriga en su mirada.

—Me... —Trago saliva—. ¿Qué?

Me noto el calor en el pecho y sé que no voy a poder hacer nada para disimular el sofoco.

El hombre misterioso suelta una risita que hace que me arda algo en la boca del estómago. Y ya es oficial: estoy perdiendo el juicio.

Carraspea alguien a nuestra espalda.

Es Chase. ¡Demonios, Chase!

Me levanto de un brinco para apartarme un poco y dejo a Chase sentado en el suelo con el hombre misterioso arrodillado al lado.

—¿Estás bien? —pregunta el hombre misterioso disimulando una sonrisa.

¿He dicho que la oculta? Me refería a que intenta en vano disimularla. Muy en vano.

—¡Eh, diecinueve! —se oye una voz familiar a lo lejos.

El chico gira la cabeza, resistiéndose a quitarme los ojos de encima hasta el último segundo. Le sigo la mirada y veo a Brady acercarse.

Brady hace un gesto con la cabeza, el típico «te voy a tirar el balón y más vale que lo atrapes» que todos los chicos parecen entender, y luego lo hace.

El otro lo atrapa sin esfuerzo. En serio. Sin esfuerzo. Se pone en pie, levanta la mano y, ¡zas!, lo agarra con la mano abierta.

Y de nuevo esa risa.

Brady viene corriendo, lo siguen Mason y Cameron.

El hombre misterioso vuelve a mirarme y sonríe, dándome un repaso rápido, pero no en plan pervertido, quizá incluso sin darse cuenta, sino más bien tipo «eres una mujer con un bikini minúsculo y yo un hombre con ojos».

Chase debe de notarlo también, porque baja de la nube en la que estuviera, se levanta de un brinco y se sitúa justo detrás de mí. Y me refiero a cuerpo con cuerpo. Se acerca tanto que volteo sorprendida y veo que empieza a fruncir el ceño.

Brady llega adonde estamos y repara enseguida en la proximidad que hay entre Chase y yo. Se extraña e, inquisitivo, enarca una ceja rubia. Y, en cuestión de segundos, Chase se aparta de mí.

Me arde el pecho por una razón del todo distinta a la de antes.

—¿Qué pasa, amigo? —dice Brady sonriente, y le da el típico apretón de mano con palmada en la espalda de supercolegas—. No sabía que habías vuelto.

—Un momento... —tercio, mirando alternadamente a Brady y al desconocido—. ¿Se conocen?

El chico misterioso me sonríe con picardía.

—Anda, ¡si habla!

Brady entorna los ojos intrigado, así que se lo explico.

—He sido víctima de un balonazo.

Otra merecida risita del desconocido, pero cuando voy a mirarlo no consigo verle la cara porque Brady se me acerca y me besa el pelo.

—¿Estás bien, Aribaby? —me pregunta con sinceridad, acariciándome el cabello como a un perro.

—Estupendamente —contesto, e intento quitármelo de encima, pero él se recoloca y me pasa el brazo por la cintura.

—Deduzco que aún no conoces a mi chica —dice entonces, dirigiéndose al que parece su amigo.

El hombre misterioso se muestra intrigado y mira de reojo a Chase.

Genial, ahora piensa que soy su fan. Antes de que me dé tiempo a defenderme, aparece Mason y lo hace por mí.

—No es tu chica, imbécil —le suelta mi hermano, visiblemente molesto.

Brady ríe y yo me escabullo de él, mirando a Mason, que se acerca con una sonrisa de oreja a oreja, de esas que pones de niño cuando entras en el estadio el día de tu primer partido profesional de futbol americano.

—¿Qué hay, amigo? ¿Qué tal?

El misterioso me mira a mí, pero le habla a Mason.

—Bien, relajándome ahora que puedo. —Se gira un segundo hacia Mase, pero luego me convierte otra vez en su foco de atención—. ¿Seguro que estás bien?

—Muy bien, no ha sido nada. —En cuanto contesto, Mason se para delante de mí preocupadísimo. Qué tipos, de verdad—. Que estoy de maravilla, Mason. Relájate. Me han dado un balonazo, pero sigo viva y respiro. Ya te dije que no fue nada.

—Ha sido culpa mía —interviene el desconocido, con cierto aire jocoso en su voz melodiosa—. No he visto el pase.

Mase asiente y se aparta esbozando una sonrisa.

—Que no has visto el pase... Eso no va con la persona que conozco.

—Igual puedo enseñarte una o dos cositas sobre pases —espeta Chase con innegable arrogancia.

Me paralizo, pero me obligo a no voltear.

—Harper —dice el otro irguiendo la cabeza—. ¿Qué tal el hombro?

—Perfecto.

—¿Qué...?, ¿se la van a medir? —tercia Cam—. ¿Saco la regla?

Miro inevitablemente a Cameron, que sonríe al recién llegado.

—Nah, estamos bien —asegura el misterioso—. Creo que está preocupado por su chica —añade sin quitarme los ojos de encima.

Contengo una risita de satisfacción y él se da cuenta y saca la lengua para disimular la suya. Vaya forma de tantearme: lanzarse en pleno caos. Estaba claro que iba a picar, y lo sabe, igual que yo sé que a Cam no se le va a escapar esta.

Y, en efecto, así es.

—Uy, no es su chica para naaada, ¿verdad, Chaser? —le dice Cam desafiándolo con la mirada.

¡Ve por él, amiga!

En vez de dejar que Chase conteste, aunque no vaya a hacerlo, Mason toma la iniciativa, como de costumbre.

—No sé de dónde sacas eso, colega, pero estás equivocadísimo. Ari, este es Noah Riley, el capitán de nuestro equipo —dice dirigiéndose a mí—. Noah, estas son mi hermana melliza, Ari, y nuestra amiga Cameron —añade, y señala a Cam—. Van a ir a Avix con nosotros.

Noah saluda con una sonrisa.

—Guau —suelta Cameron cuando Mason se calla, haciéndole la ficha a Noah—. Si tú eres una muestra de lo que está por venir, nos vamos a meter en muchos líos este año. —Sin dejar de mirar a Noah, ladea la cabeza—. ¿Verdad, Ari?

—No contestes —me ordena Mason con mirada asesina, que traslada de inmediato a Cameron.

—De acuerdo —intervengo antes de que cualquiera de los dos decida volver a abrir la boca, y luego volteo hacia Noah—. Encantada, Noah, y, como tengo la sensación de que me lo vas a volver a preguntar, sí, te juro que estoy perfectamente. Estos tres me han dado tantos balonazos ya que ni llevo la cuenta. A estas alturas, es algo de lo más normal.

Se me queda mirando, y le brilla en los ojos el destello de algún propósito desconocido.

—Claro, cosas de tener un hermano *quarterback*.

Noah sonríe y yo hago un esfuerzo por no hacerlo.

¡Por Dios, si es que está tan bueno que resulta inquietante!

—Bueno, amigo, ¿y qué cuentas? —le pregunta Mason—. ¿Te quedas unos días?

A regañadientes, Noah desplaza su atención.

—Ojalá. Tengo un par de reuniones y debo volver al campus. Siempre hay un puñado de alumnos novatos superentusiastas que se plantan allí antes de tiempo. Si no estoy disponible para ponerlos al día, el entrenador me limita. —Sonríe mirándome a mí—. De hecho, me voy mañana a primera hora.

—Qué pena —suelta Chase entonces—. Supongo que nos veremos en la universidad.

Noah asiente mirando a Chase un segundo.

—Bueno, mañana es mañana, así que tienes que venir a la fogata que vamos a hacer en casa esta noche —propone Cameron, que se aparta de la cara el pelo mojado.

—Sí, amigo, vamos —se suma Brady.

Noah mira un segundo a su espalda, algo indeciso.

—He venido con otros chicos del equipo y no sé si quiero colarme en su fiesta...

—¿Hay más como tú? —dice Cam espantada.

—¡Vamos, no me jodas! —protesta Mason.

—Los hay —confirma Noah, conteniendo la sonrisa que amenaza con asomarle a esos labios gruesos—. Somos cuatro, para ser exactos, y la hermana de mi colega se ha venido con unas amigas —añade, y me mira a mí.

—La hermana nos da igual.

—¡Cameron! —la reprendo en voz baja.

—Solo he dicho lo que estamos pensando las dos.

La tonta de mi mejor amiga interpreta perfectamente mi cara de «¿Qué demonios haces?» y me contesta con la suya de «¡Si tú piensas lo mismo que yo!» al tiempo que da un manotazo al aire.

Luego la muy sinvergüenza me guiña un ojo.

Yo la mato, en serio.

—No le hagas ni caso —dice Brady, y luego señala a Mase—. Me parece que está en modo pompón rosa.

Noah parece confundido.

—¿Pompón rosa?

Ay, no, por favor, no.

—Sí, ya sabes —explica Brady encogiéndose de hombros como si sus estupideces tuvieran algún sentido—: nosotros nos encogemos, nos lanzamos al piso hasta que nos duelen el trasero y las pelotas, y ellas se hinchan como pompones rosas, supersensibles.

Me tapo la cara con las manos. Adoro a mi grupito, pero ¿qué les pasa?

Mason ríe, y no me hace falta mirar a Cameron para saber que está asintiendo con la cabeza.

—¿Quiénes han venido? —pregunta Chase, en tono cordial por primera vez desde que ha aparecido Noah.

—Nick y Jarrod, y mi colega, que no entrena con nosotros, Trey Donovan.

Levanto de golpe la cabeza y miro a Cam a los ojos.

—Está en el equipo, es defensa.

—No sabía que el entrenamiento fuera algo opcional —bromea Brady, y hace sonreír a Noah.

—Y no lo es, te lo aseguro, pero él termina la uni este año, se perdió el sorteo el año pasado y ahora tiene un poco de margen. Lo invitaron a una exhibición exclusiva en...

—Tampa —espetamos Cam y yo a la vez, haciendo que volteen todos para mirarnos.

—Sí, así es... —dice despacio.

—No inventes... —susurra Cam mirándome con disimulo. Por fin se le ensancha la sonrisa y me empieza a estrujar los brazos—. ¡No inventes! —exclama sonriendo de oreja a oreja—. ¡Y eso que pensamos que no lo íbamos a volver a ver!

—¿Cómo es que ustedes...? —Noah se interrumpe a media frase y asoma a sus labios una sonrisa. Me mira fijamente unos segundos y después se mira los pies—. ¿Maripos
itas? —dice alzando la mirada.

—¡Ayyy...! —grita Cam entusiasmada—. ¿Te ha hablado de nosotras?

—Pero ¿qué demonios pasa aquí? —pregunta Chase.

—Eso me gustaría saber a mí —suelta Mason.

—¡Lo sabía! —grita Brady.

Cam y yo nos quedamos de piedra, mirándonos espantadas.

Ups.

—¿Que sabías el qué? —protesta Mason mirando nervioso a todo el mundo.

—Se largaron en cuanto nos fuimos al entrenamiento —nos acusa Brady señalándonos, y luego se cruza de brazos malhumurado.

—¡¿Qué?! —gritan Mason y Chase a la vez mientras dan medio paso hacia delante.

Miro atónita a Brady.

—¿Por qué haces siempre eso?

Noah levanta las manos como disculpándose.

—Oye, que yo no pretendía...

—No, Noah, no es culpa tuya —contesta Cameron furiosa—. Estos imbéciles nos tienen bien controladas y sin compensación, ya sabes a lo que me refiero. Así que, sí, idiotas, nos largamos. Nos fuimos de vacaciones sin ustedes. Mi mejor amiga y yo nos desatamos tres semanas en Florida —añade con las manos en la cintura, negándose a sentirse mal por ello—. Conocimos a una gente alucinante, incluido Trey Donovan, que, por lo visto, es su nuevo compañero de equipo, y lo pasamos de maravilla.

—¡Qué cabronas! —grita Mason, y levanta los brazos, pero enseguida vuelve a bajarlos—. ¿Y a mamá le pareció bien? ¡¿Y a papá?!

Levanto un hombro.

—Paul estaba trabajando allí —le digo refiriéndome al padre de Cameron—. Nos registramos en el hotel con él y estábamos en la habitación de al lado.

Mason sigue furioso, pero ya está menos tenso. Le consuela saber que no estábamos allí solas o, bueno, sin él, pero no lo bastante como para que no se enoje. Luego llamará a nuestros padres y les soltará todos los motivos habidos y por haber por los que no pueden volver a permitir algo así, pero sus comentarios caerán en saco roto, porque, por fin, hemos cumplido los dieciocho. Nos darán su opinión, pero mis padres no son nada controladores. No sé a quién ha salido Mason. Mi padre dice que él era igual a su edad y que a Mason se le pasará, pero yo no lo tengo tan claro.

—A ver, vamos a dejarlo fluir, ¿de acuerdo? —Brady le da una palmada en el hombro a Noah, agarra a Mason y se lo lleva consigo; Chase los sigue—. Noah, nuestra casa es la del fondo, la del muelle. Quedamos a las siete. Todos.

Cameron suspira, se despide de Noah con la mano y se dirige a casa. Yo los sigo con la mirada hasta que llegan a la terraza trasera y luego volteo hacia Noah.

—Perdona, no es nada personal contra Trey. Es que... —Suelto un suspiro de derrota y vuelvo a mirar hacia la casa—. Dios, si es que son un montón de cosas, supongo.

Noah me mira a los ojos y asiente como si lo entendiera. Lo curioso es que tengo la sensación de que es así.

—Cam puede ser complicada aun en sus días más tranquilos —digo riendo un poco y masajeándome los brazos para deshacerme del frío que me asalta de pronto la piel—. Le gusta mi hermano, pero él es... ¡Yo qué sé!

Lo miro de reojo, esperando encontrármelo aburrido o buscando un modo de volver con sus amigos, pero, en cambio, me encuentro con unos ojos azulísimos que me miran fijamente y una cabeza ladeada, como si le interesara lo que tengo que decir, aunque no tenga nada que ver con él.

—Perdona, que estoy divagando.

Esboza una sonrisa.

—Tranquila. Me gusta el sonido de tu voz —bromea.

—Claro —contesto con una risita—. Más vale que vaya a echarles una mano con la fogata —añado señalando la casa de la playa.

Asiente.

—Sí, supongo que es buena idea.

—Bueno, igual nos vemos esta noche —digo; sonrío y me voy, haciendo un esfuerzo consciente por no voltear para mirar.

Avanzo despacio, repasando mentalmente lo sucedido en la última media hora.

Chase por fin ha accedido a hablar de nuestro beso, pero no como yo esperaba. Lo reconozca o no, me sintió al menos un momento. Se le puso dura, y me la pegó al cuerpo.

Me deseaba.

O igual solo lo puso cachondo el ambiente y el rollo de la disco, como dice. Igual no era por mí ni mucho menos.

Entonces, ¿a qué ha venido esa cara larga de angustia de hoy? ¿En qué estaba pensando? ¿Qué estaba a punto de decirme? Porque estaba a punto de decirme algo, ¿no?

Suelto un suspiro entrecortado y me detengo a los pies de los escalones de la terraza.

Si no nos hubiera interrumpido Noah...

Me muerdo el labio.

Noah. Un tipo cualquiera de la playa.

O no tan cualquiera, porque es el nuevo capitán del equipo de los chicos.

Me agarro al barandal y, sin fijarme en lo que hago, volteo para mirar justo adonde he dejado a Noah Riley, adonde el desconocido de ojos azules sigue parado, con la atención puesta en mí.

No sé por qué, pero levanto la mano y saludo, y nada más hacerlo me sonrojo, porque, de algún modo, sé que eso lo ha hecho reír, aunque no lo oiga desde aquí.

Tenía el presentimiento de que este viaje estaría repleto de sorpresas, y parece que aún va a haber más.

5

Arianna

—¡Hola! —saludo a Mason mientras él suelta la última hielera y completa de forma oficial la parafernalia de nuestra fogata de esta noche—. ¿Necesitas algo más antes de que vaya a arreglarme?

—Creo que ya está. Brady ha ido a casa de Nate por vasos, y con eso lo tenemos todo. —Mira por encima de mi hombro—. Chase está preparando el fuego.

—Genial. Voy a buscar a Cam y venimos dentro de un rato.

Me dirijo a la casa.

—Ari, espera...

Volteo y se para delante de mí.

Ya está negando con la cabeza.

—¿En serio se largaron sin nosotros? ¿A Florida? Un sitio al que siempre hemos hablado de ir.

—Ustedes tenían que quedarse en el campus para el entrenamiento. Nosotras también queríamos divertirnos.

—¿Y por qué no vinieron aquí, a estar con Lolli y Nate? Por entonces ya estaban instalados.

—Quieres decir que por qué no vinieron aquí, donde Nate podía vigilarnos...

—No —contesta, y se cruza de brazos—. Quiero decir a

un sitio donde alguien a quien le importan las pudiera proteger y quitarles a los imbéciles de encima.

—Vamos, que todo esto es por Trey.

Entorna los ojos.

—Eso no es justo.

—Ah, ¿no?

Niega de nuevo con la cabeza y suelta un resoplido.

—Háblame de ese tipo.

Lo miro fijamente un segundo y decido presionar.

—¿Por qué, Mase?

—Ari... —protesta.

—No me vengas con «Ari» ahora. Dime por qué quieres saberlo y te lo cuento.

—Ese tipo va a ser mi compañero de equipo. Los compañeros hablan en los vestuarios, Ari. ¡Mucho! Si hay algo que saber, necesito que me pongas al día para que no le arranque la cabeza a alguien y lo estropee todo antes de empezar.

Resopla y se lleva las manos a la cadera.

¿Me lo está diciendo en serio?

—¿En serio? —Lo miro pasmada. Antes de que pueda replicar, levanto las manos para detenerlo—. ¿Es eso lo que te preocupa, de verdad? ¿O es que no sabes qué te preocupa porque eres demasiado necio para plantearte siquiera que pueda ser otra cosa?

—¡¿Qué quieres que te diga, Ari?, ¿eh?! —me grita—. ¿Que me importa Cameron? Pues claro que me importa, ya lo sabes, pero ¡no es por eso! Necesito saber si algún imbécil tiene algo que decir de mi hermana que no quiera que oigan otros, y ¿sabes qué?, que sí, que también quiero saber si pasó algo con Cameron.

—Para evitar los chismes, ¿no?

—Si fuera por otra cosa, ¿tú crees que estaría aquí ahora mismo en vez de encerrarme con esa tipa en su cuarto para asegurarme de que no sale de ahí si no es conmigo? —Lo dice con rotundidad, con la mirada limpia, clavada en la mía—. Me conoces de sobra. —Suaviza un poco el gesto, casi como si quisiera disculparse por lo que está a punto de decir—. Si Cam me interesara, Arianna, ella ya lo sabría.

Me noto una punzada en el pecho al pensar en mi amiga. Mi hermano puede ser violento y posesivo y todo lo demás que venga con esas dos cosas, pero no es un mentiroso.

Asiento y hago todo lo posible por disimular la tristeza que me produce.

—A Trey le gusta Cam, bastante, por lo que pude ver. Tuvieron algo, pero ella le dijo que no podía ofrecerle más en esos momentos y, cuando nos fuimos, se acabó. No se dieron los teléfonos ni se dijeron dónde iban a estar en otoño. Él quería, pero ella le dijo que no. Nos marchamos y Cam pensó que no volvería a verlo, pero ahora que está aquí... —Me encojo de hombros—. ¿Quién sabe?

Mase mueve la cabeza bruscamente.

—¿Y tú?

Me muerdo los labios y niego con la cabeza.

—Nada que contar.

—Como a ese tipo se le ocurra hablar mal de ella, estará en problemas —jura mi hermano.

—Lo sé.

No dudará en defender a los suyos, y que se vaya al demonio el equipo, pero no creo que Trey vaya a ser motivo de preocupación.

Pero que lo descubra él solito.

Dicho eso, engancho mi brazo en el suyo y me lo llevo conmigo a la casa.

Fogata, allá vamos.

La fiesta está en todo su apogeo. Corren las bebidas, arde el fuego y todo el mundo parece estar pasándola bien.

Me agarro del brazo de Cam y me dejo caer en un tronco que los chicos han traído rodando para que nos sentemos. En cuanto ponemos el trasero , Brady se nos acerca por detrás y nos ofrece otras dos cervezas.

—Ayyy, gracias, Brady —dice Cam, y agarra la suya, pero yo niego con la cabeza.

—¿Aún no se te antoja, Aribaby? —pregunta arrastrando la voz.

—No mucho, grandulón.

Río y levanto la vista hacia Mason y Chase, que se acercan.

—¿Todo bien, chicas? —pregunta Mase acabándose su trago y robándose la cerveza que Brady me ha ofrecido a mí.

—Salvo porque tu hermana me está haciendo beber sola, sí —contesta Cameron con una sonrisa—. Menos mal que Brady me tiene bien hidratada —bromea, y echándose hacia atrás besa a Brady en la mejilla.

—¿Y yo, mariposita? —se oye una voz grave a su espalda.

Cam se voltea bruscamente y se dibuja en sus labios una sonrisa preciosa que le ilumina la cara. Con un fuerte grito, sale corriendo y se encarama a Trey, enroscando los brazos y las piernas a su cuerpo. Él ríe y, agarrándola fuerte, da vueltas con ella.

Miro de reojo a los chicos, que no le quitan ojo, sin saber muy bien cómo tomárselo.

Trey la deja en el suelo y suelta un suspiro.

—¡Qué mujer! —Se aparta, pero no tanto como para tener que soltarle la mano, y la mira de arriba abajo—. Estás hecha una auténtica Barbie de Malibú. —Sonríe—. Pensé que jamás volvería a ver esos ojos. —Cam se sonroja, me mira a mí y Trey hace lo mismo—. ¡Ahí está! —dice, y me jala mí para darme un abrazo fuerte—. ¿Qué tal?

—Yo bien, ¿y tú?

—Ahora mejor. —Voltea hacia Cam y luego hacia los chicos, que están a mi derecha. Se han acercado los tres un poco. Inclina la cabeza y les tiende una mano; con la otra aún tiene sujetada a Cameron—. Trey...

Mi hermano levanta orgulloso la cabeza y le estrecha la mano con fuerza. Le cuesta un poco, pero al final sonríe.

—Mason Johnson.

—Ah, bien, el hermano, ¿no? —dice cabeceando, y mira a Cameron antes de voltear de nuevo hacia mí.

—Mellizo —añado sonriente.

—Y el tipo que pretende ocupar la posición de *quarterback* el año que viene, ¿no? —comenta, y mueve la cabeza afirmativamente una vez más—. He visto grabaciones de tus partidos, colega. Estoy impaciente por jugar contigo.

Mason relaja los hombros y sonríe satisfecho.

—Sí, señor. Estos son mis amigos, Brady Lancaster y Chase Harper.

—He visto grabaciones de todos —dice Trey riendo—. Vamos con todo este año.

—¡Por supuesto! —Mason se lleva la bebida a los labios y me lanza con disimulo una mirada que solo puede querer decir «pues ni tan mal»—. Voy por otra. Trey, ¿tú quieres algo?

—¡Por favor! —contesta Trey, y le suelta la mano a Cameron, que lo empuja suavemente para que se vaya con los otros.

Y se van.

Cam y yo nos volvemos a sentar, nerviosas, aguzando el oído para enterarnos de lo que Trey les cuenta a los chicos de su viaje a Tampa y de cómo nos conoció. Lo último que esperábamos era que esos tipos coincidieran en algún sitio.

Como Cameron siga mordiéndose así las uñas, a la pobre no le va a quedar nada que morder al final de la noche.

Cuando conocimos a Trey en Tampa, enseguida se sintió atraída por él, lo cual es comprensible. Es alto, casi tanto como Brady, de pelo corto castaño oscuro y ojos color avellana. Además, lo conocimos en la playa, donde exhibía todo el día su cuerpo musculoso para que ella no dejara de babear. Le brilla la piel como el caramelo tostado y lleva un tatuaje enorme que le tapa media espalda y la parte superior de los brazos. Te alegra la vista, desde luego, pero ese no es su único atractivo. Por lo que vimos, también es un buen tipo que adora a su familia y es fiel a sus amigos, cosas que valoramos en la misma medida. Y lo más importante de todo: trata a Cameron como se merece.

Aún no me creo que esté aquí.

Volteo hacia Cam y ella me sonríe y choca el hombro con el mío. Contemplamos juntas la casa de la playa, contentas de que mi padre colgara esas luces la última vez que vinimos.

—Me encanta este sitio.

—Me cuesta creer que sea nuestro —comenta ella riendo—. Podemos venir aquí siempre que queramos, ¿qué más podemos pedir?.

Río.

—¿Verdad? A ver quién es el guapo que nos manda a casa en vacaciones ahora.

—Sí, eso no se les ocurrió.

—¡Mariposita! —grita Trey, supersonriente, mientras cambia la música—. ¿Podrías venir un momento?

Cam ríe como una boba, mirándome.

—Ve —le digo, y la empujo, y luego me inclino hacia atrás, apoyándome en las manos, suelto un suspiro largo y tristón, y sonrío a mis amigos.

Justo de frente, tengo a Chase y a Brady jugando con unas chicas al *flip cup*, mientras que Parker, el futuro cuñado de Nate, y este empiezan a hacerse pases con el balón. Mason está cerca del fuego, charlando con Lolli y Payton.

Sonriente, alarga el brazo para jalarle la cola de caballo a Payton, y yo niego con la cabeza y me río de cómo ella le sigue el juego.

Sopla una ráfaga de viento, me abrazo el cuerpo para entrar en calor y, un segundo después, me llega una voz conocida a los oídos.

—¿Tienes frío?

Me giro para mirar y sonrío al llanero solitario que se me acerca.

—Has venido.

—O sea, que me estabas esperando —bromea ladeando la cabeza. Volteo cuando crepita el fuego, como excusa para apartar la mirada, y doy un pequeño salto cuando me roza la mano con los nudillos, recuperando sin duda mi atención—. Era broma —dice con voz más tierna, aunque esboza una sonrisa—. No voy a tener tanta suerte.

—Siéntate, Romeo —le contesto sin poder reprimir una sonrisa, porque sabe muy bien lo que hace.

Se le escapa una risita delatora y se deja caer a mi lado.

—Romeo, ¿eh? Me gusta.

No me hace falta mirarlo para saber que está poniendo cara de satisfacción; se le nota en el tono seductor.

—Ahora en serio, siento haber llegado tarde. He tardado más en hacer la maleta de lo que habría querido.

—Bueno, como ves, la fiesta ha sobrevivido sin ti —le digo señalando a la pequeña multitud que nos rodea.

Risueño, se inclina hacia delante y apoya los antebrazos en los muslos.

—¿Y qué estamos mirando?

Imito su postura y ladeo la cabeza hacia Cam y Trey.

Noah sonríe enseguida.

—Tendrías que ver la cara que ha puesto el tipo cuando le he dicho que estaban aquí.

—Me la imagino.

Me alegro por mi amiga, pero también estoy inquieta.

—Ella parece contenta de verlo.

Deslizo los ojos hacia él, estudio su perfil, contemplo el ángulo afilado de su mandíbula, la firmeza de sus hombros. Al cabo de un rato, me mira él también.

—¿Cuánto te ha contado?

Hace un esfuerzo por quitarle importancia, como si no supiera nada, pero se me hace que...

—Ay, Dios, ¿te lo ha contado todo? —pregunto espantada, subiendo una pierna al tronco mientras volteo hacia él.

Noah levanta las manos, como haciéndose el inocente, pero yo se las agarro para apartarlas.

—Aaah, no, de eso nada. Escúpalo, señor Riley —digo riendo.

Su risa es grave y sus ojos se posan en mis manos, que aún sujetan las suyas. Las retiro enseguida, pero él es más rápido y me las atrapa y me gira la muñeca dejándome las palmas hacia arriba y los nudillos hacia la arena.

—Está bien, te lo cuento —claudica, y me empieza a hacer dibujos en la mano, y esas caricias tan suaves me ponen la carne de gallina. Se da cuenta, porque reprime una sonrisa y no se molesta en levantar la vista mientras habla—. Trey me dijo que había conocido a dos chicas de espíritu muy libre y muy divertidas que habían salido a vivir la vida por su cuenta por primera vez. También me dijo que, por más que quiso evitarlo, se había enamorado de una de ellas de repente, aun sabiendo que ella estaba enamorada de otro. —Me mira a los ojos—. Me habló de su mejor amiga, de lo divertida, simpática y guapa que era.

—No dijo «guapa».

—Tienes razón. Dijo «sexi», pero yo intentaba ser un caballero —reconoce, y reímos los dos. Noah nos mira de pronto las manos, apartando enseguida los ojos—. Me dijo que sabía que yo iba a adorar a la mejor amiga, y no suele equivocarse. —Me guiña un ojo, y pasea la mirada por mi rostro encendido, pero luego mira al frente—. Se le olvidó un detalle importante, eso sí.

—¿Y qué detalle es ese? —pregunto en un susurro involuntario.

Baja un poco la barbilla y me hace una seña para que le siga la mirada.

Indecisa, aparto los ojos y escudriño las llamas en busca de su objetivo.

Lo encuentro enseguida: él.

Chase está de pie al otro lado del fuego, mirando hacia aquí, pero aparta los ojos en cuanto se da cuenta de que lo he descubierto. Algo avergonzada, me giro hacia Noah, que es demasiado observador para ser un extraño.

—¿Tan obvio es? —mascullo cortada.

—¿Se supone que es secreto?

Suelto un suspiro y niego con la cabeza.

—No, la verdad es que no, pero a veces me da la impresión de que él ni se entera. —No es una tontería adolescente. Tiene raíces bien profundas. Es de verdad.

—Lo sabe, créeme —me asegura en voz baja.

—¿Cómo puedes estar tan convencido?

—Porque no ha dejado de mirar desde que me he sentado.

Aunque me pongo tensa, muevo la cabeza de un lado a otro, negando lo que pretende decirme.

—No es lo que parece. Siempre nos vigilan, sobre todo cuando hay algún espécimen masculino en un radio de veinte metros.

—Solo lo hace él, Ari, y tú eres la única persona a la que mira.

Noah me levanta las manos y me besa la cara interna de la muñeca, y, al retirarse un poco, me sostiene la mirada. Abre la boca y me sopla un aliento cálido en el beso húmedo, y me recorre un escalofrío.

—Te aseguro que no es por mí, sino por ti.

—Pues eso. —Me mira a los ojos y, con movimientos cautos, por si me aparto, levanta la mano y me pasa el pelo por detrás de la oreja—. Nada, nada en absoluto, incita a un hombre a plantearse lo que siente por una mujer tanto como... el interés de otro hombre.

—¿Interés, dices?

La carcajada de Noah es inmediata y yo me muerdo el labio por dentro para no sonreír.

—No sabes nada...

Levanto un hombro.

—Hago lo que puedo.

Noah se lleva el brazo al regazo y yo me tapo las manos con las mangas.

—Seguro que sí.

Clava la mirada un instante e inspira hondo, expandiendo el pecho, y cuando vuelve a girar bruscamente la cabeza, me deja confundida, pero miro hacia donde me señala.

En efecto, Chase me observa. Solo que esta vez, cuando le dejo claro que lo he visto, no aparta la mirada, pero yo sí.

Volteo hacia Noah sin saber bien qué decir, me huyen las palabras.

Pasa un segundo y se pone en pie con un suspiro grave, y yo me sorprendo levantándome también.

—Me voy.

—No hace falta que te vayas —le digo sin poder contenerme, y hago un esfuerzo por aclarar lo que he querido decir—. A ver, que ni siquiera has saludado aún a tus amigos.

—No, en serio, me voy. Además, ya he visto a la persona por la que venía —dice, y me guiña un ojo.

—Sí, claro —bromeo esbozando una sonrisa de medio lado.

Noah se queda muy quieto, mirándome fijamente un

buen rato, y luego levanta la mano como si quisiera tocarme, pero no lo hace.

Se me eriza el vello de todas formas.

—Me ha encantado conocerte, Arianna Johnson —susurra; después da media vuelta y se va.

Yo me quedo ahí parada, con los ojos pegados a su espalda, y, justo cuando su figura está a punto de perderse en la oscuridad de la noche, avanzo bruscamente, llamándolo a gritos.

Noah voltea y me mira intrigado.

—Me alegro de... que no agarres ni un balón.

Suelta una carcajada que me produce una extraña vibración por todo el cuerpo.

—Y yo. —Quieto en el sitio, feliz, esboza una sonrisa encubierta—. Adiós, Julieta.

—¿Julieta? —pregunto.

Su sonrisa se ilumina una barbaridad.

—Si yo soy Romeo, ¡tú eres Julieta!

—¡Sabes que esa historia de amor fue trágica, ¿no?! —grito sonriendo a la vez.

—Épica. —Voltea y sigue andando de espaldas—. ¡Fue una historia de amor épica!

Se despide con la mano y, después de dudarlo un segundo, se da la vuelta. Noah Riley desaparece en la oscuridad y yo me quedo allí viéndolo marcharse.

Chase

Remangándome la sudadera con capucha, me dirijo al barril de cerveza, con el cuerpo y la cabeza hacia delante, pero los ojos en ella, o igual en él.

¿Por qué no para de intentar tocarla? Cada vez que miro, le veo las manos a dos centímetros de ella.

¿Dónde diablos se ha metido Mason? ¿Cómo es que no

le he soltado dos golpes a ese idiota, como suele hacer? Como me los daría a mí.

El muy imbécil le acaricia el pelo y a mí me hierve la sangre. Me salpica un líquido y, cuando miro sobresaltado, veo que estoy estrujando el vaso y el contenido me ha inundado los malditos tenis.

—Caraaajo. —Retrocedo de un salto y, sacudiendo la muñeca, me deshago de la cerveza barata.

Brady resopla por ahí cerca y, al volver bruscamente la cabeza, me lo encuentro sentado en una piedra a menos de un metro, con los ojos clavados en mí. Se lleva el vaso a los labios, mira a Arianna y luego a mí. Se levanta con parsimonia, rellena el vaso y me lo pasa muy molesto.

—Ella tiene las manos vacías.

Su tono inquisitivo me acelera el corazón y miro enseguida a otro lado, sintiéndome culpable. Pero ¿por qué? ¿De qué tengo que sentirme culpable yo?

No hago más que vigilarla, y lo hago porque me importa. Siempre me ha importado. Carajo, me importa tanto como a él, tanto como a Mason.

¡Mason!

Se me tensan los músculos y volteo hacia la chica de cabello castaño que está al margen de la fiesta. Con lo agobiado que estoy, no debería acercarme a ella. ¡No debería, rayos!, pero lo hago y, antes de que ella me vea siquiera, ya estoy hablando.

—Se veían cómodos.

Me mira a los ojos, y la confusión le frunce los rabillos.

Una confusión que yo también siento, porque no he venido a eso, no es eso lo que iba a decirle.

—Acabamos de conocernos —se defiende indecisa.

—No lo parecía.

Palidece, y lo único que me viene a la cabeza es un «¿qué demonios te pasa, hombre?».

Arianna ladea despacio la cabeza.

—De acuerdo... —suelta—. No sé bien cómo responder a eso, así que..., si quieres decirme algo, dilo.

Lo dice amable, intrigada, y yo me sorprendo tragando saliva.

—No, no, eeeh... —Me aclaro la garganta, retrocedo, destrozado por la irritación que me quema por dentro, pero negándome a pensar en lo que me la produce—. Lo siento, es que me entero de que has estado por ahí con ese tal Trey y luego aparece Noah, te mira una vez y... —Me interrumpo y cierro la boca al verla.

Se acerca.

—Y... ¿qué?

Inspiro y espiro rápido, y frunzo el ceño.

—No me digas que no te has dado cuenta.

Baja la mirada y yo agacho la cabeza y descubro la sonrisita que intenta disimular.

¿Por qué sonríe?

¿Por él?

¿Por mí?

¿Y qué demonios importa?

—Le ha faltado invitarte a salir, ahí, delante de todos.

—No lo ha hecho.

—Eso no tiene nada que ver.

—Entonces, ¿qué?

—Que quería hacerlo —contesto molesto—. Lo sabes, ¿no? Que quería hacerlo...

Arianna se acerca y me agarra la bebida que llevo en la mano. Al pasar por mi lado, me mira a los ojos y, con una sonrisa disimulada, me susurra:

—Lo que sé... es que se ha ido.

—¿Habrías preferido que se quedara? —Abre la boca para contestar y yo me tenso, y me lanzo a hablar para impedírselo—: No respondas.

—¿Y si quiero? —replica asomando la mirada por los ojos entornados.

—Arianna...

—Chase...

Le lanzo una mirada asesina y ella sonríe.

Suelta una risita tonta y pasa de largo.

—Voy a ver qué hace Cam.

Sonríe a la arena, y yo estoy a punto de enterrarme en ella.

No sé qué demonios me ocurre, pero espero que se me haya pasado mañana. Si no, quién sabe qué podría suceder.

¡Ni maldita idea!

6

Arianna

A la mañana siguiente nos levantamos temprano los cinco, pero solo lo justo para recoger lo de anoche. Después, Cam y yo nos metemos en la cama y desayunamos papas fritas mojadas en salsa. Llevamos ya tres episodios de *Emily in Paris* cuando pone la pausa con un suspiro.

Ya sé lo que me va a decir y, la verdad, ha tardado un poco más de lo que esperaba.

—Mason le dio la mano —espeta, y nos miramos a los ojos—. Le dio la mano...

Le dedico una sonrisa triste, porque sé lo que eso significa.

Que Mason no se sintió amenazado por Trey, ni celoso ni enojado. No se marcó uno de sus numeritos, ni derribó a Trey de un puñetazo ni le dijo que se atreviera a levantarse. Mi mellizo le estrechó la mano a Trey.

Fue la primera vez que mi hermano dejó claro lo que siente de verdad: que quiere a Cameron, pero no como ella lo quiere a él.

—¿Sabes qué es lo raro? —susurra mirándome con los ojos empañados—. Que no me duele como pensaba que me dolería. Me duele, pero, no sé por qué, creía que me moriría. —Ríe entre sorbidos—. ¿Tiene sentido siquiera?

—Pues claro que sí —contesto, y, acostándome de lado, me meto las manos debajo de la cabeza.

—Estoy triste, pero, yo qué sé, también contenta de que Trey esté aquí.

—Como deberías estar. Quedamos en que nos íbamos a divertir, y que los chicos se irían al diablo, ¿recuerdas? Pues que se vayan. Ahora tienes a un tipo guapísimo dispuesto a hacer que tus noches pasen de un cinco a un diez. Ya quisiera yo.

—Cierto. —Su risa se entrelaza con un sollozo, pero niega con la cabeza—. Aún no me creo que Trey esté aquí de verdad.

—Igual es una señal.

—De que me hace falta coger.

Sonrío, y la sonrisa pícara de Cameron vuelve a su rostro.

—¡Así me gusta!

Y luego pulsa el botón de reproducción del control remoto y nos zampamos la temporada entera desayunando lo mismo que cenamos. No salimos de la habitación ni una sola vez.

Hacia las siete, Cam se va a su cuarto y las dos nos quedamos dormidas. Ha sido un día genial, pero es demasiado pronto para irse a la cama, con todas las microsiestas que nos hemos echado hoy.

Ahora estoy desvelada y mi habitación a oscuras, a pesar de que no he corrido las cortinas, y cuando miro el reloj veo que solo es la una de la madrugada y que aún quedan muchas horas de noche.

Busco otra serie que ponerme, pero después de pasarme media hora viendo tráileres, me rindo y bajo con sigilo a la cocina por algo de beber, procurando no despertar a los demás.

Agarro una botella de agua del refrigerador , me acerco

al ventanal y contemplo el mar. El resplandor de la luna en las aguas oscuras resulta increíble y es una de mis vistas favoritas. Da mucha paz, un miedo brutal si acabas de hacer un maratón de películas de terror, pero mucha paz en cualquier otra circunstancia.

—Hola.

Grito, pero una mano grande me tapa la boca enseguida y, al volverme, me encuentro cara a cara con Chase.

—Joooder... —Me relajo y se me escapa una carcajada—. Has estado a punto de llevarte un botellazo de agua en la cara.

Sonríe y me suelta poco a poco, echando un vistazo a nuestro alrededor.

—¿Deambulando a oscuras?

Me froto los labios uno contra el otro e inclino la cabeza hacia él.

—Ahí es donde pasa todo lo divertido.

Frunce el ceño y yo contengo una carcajada. Guarda silencio varios segundos, así que me despido.

—Me voy a la cama.

Pero antes de que me dé tiempo a escabullirme, Chase me agarra con delicadeza de la muñeca y yo me vuelvo un poco y lo miro a esos ojos verdes.

—Me tomé un licuado —me dice por decir algo—. Estaba asqueroso.

Procuro no sonreír.

—Qué lástima.

—Ha sido culpa de Brady.

Río y él sonríe abiertamente.

—Se me antoja un helado. —Me busca la mirada—. A ti también, y lo sabes.

—Es de noche.

—¿Y...? —dice encogiéndose de hombros.

—Y... —Miro en torno a mí, y no sé por qué me quiero escapar—. ¿Voy por cucharas?

—¡Esa es mi chica!

Va hacia el refrigerador y hace como si no me lo hubiera dicho en serio. Luego se acerca a los gabinetes a buscar la cobertura y los deja enseguida en la encimera, a su izquierda.

Mirando el suelo que pisa, se dirige a mí. Doy por supuesto que viene por las cucharas y me hago a un lado, pero Chase me deja de piedra pasándome rápido el brazo izquierdo por la espalda para enjaularme.

Lo miro despacio a los ojos y él lleva las manos a mi cadera. Me levanta y me sube a la isla de la cocina. El frío inesperado del granito me hace gritar y echarme hacia delante, justo encima del pecho de Chase.

Ríe cuando anclo las manos en sus hombros y me escurro un poco hasta el borde. Al mirar hacia arriba, se me corta la respiración. Tengo su boca a dos centímetros escasos de la mía, y no soy la única que se ha dado cuenta.

Lo único que tendría que hacer, lo único que tendríamos que hacer cualquiera de los dos, es inclinar ligerísimamente la cabeza y nuestros labios se tocarían, pero eso ya lo intenté, y los dos sabemos cómo terminó.

No voy a repetir, aunque desde aquella noche algo haya cambiado. Se lo noto en los ojos, en las palabras. Lo percibo en la forma en que me toca. Es casi como si, por primera vez, estuviera descubriendo el tacto de mi piel. Sus manos me han agarrado mil veces, pero nunca fuerte ni demasiado rato. No como ahora.

Chase se ha quedado helado, completamente inmóvil mirándome la boca, y no puedo evitar preguntarme si habrá reproducido mentalmente nuestro beso, por fugaz que fuera, tantas veces como yo.

Me empieza a arder el abdomen y, por no ponerme en ridículo más de lo que ya lo he hecho esta semana, desvío la mirada. En cuanto miro abajo, caigo en cuenta de algo, sobresaltada.

He salido de la cama para bajar un momento por algo

de beber, o de picar..., solo con una camiseta y un tanga. Que la encimera me haya congelado las nalgas me lo tendría que haber recordado.

Chase me sigue la mirada hasta donde la camiseta hecha un nudo se me sube por encima de las caderas y deja al descubierto la uve amarillo fuerte de mi ropa interior, que en esos momentos está pegadita a sus abdominales.

Da un brinco, media vuelta y retoma su tarea original.

—¿Quieres jarabe de caramelo? —me suelta, aclarándose enseguida la garganta.

—De chocolate —contesto, y me maldigo por sonar tan agitada, pero ¡carajo!

¿Quién es este tipo? ¿Me lo puedo quedar?

Resoplo para mis adentros, sí, claro. Lo único que le pasa es que está en modo verano, o algo así.

Da igual, no voy a darle vueltas a una oportunidad perdida, así que me siento otra vez y estudio el movimiento de sus músculos mientras prepara los helados.

¿He dicho ya que va sin camiseta? Porque está de morirse.

Lleva el pelo perfectamente alborotado y, de pasarse al sol todo el tiempo posible, tiene la piel bronceada, y suave. Lleva años diciendo que quiere hacerse un tatuaje, pero, de momento, sigue siendo todo natural.

Me humedezco los labios. Maravilloso.

—Noto que me estás analizando —dice, y ni se molesta en voltear para confirmarlo.

—Sí, bueno... —Me agarro a la encimera y me inclino un poco hacia delante—. Cuando el de arriba nos bendijo con el vino, se lo agradecimos. Lo lógico es que hagamos lo mismo con sus otras obras maestras.

Chase suelta la cuchara de servir helado y se gira con una sonrisa de satisfacción. Pega el trasero a la encimera, con una pierna cruzada por delante de la otra, y extiende los brazos.

—Siendo así, por favor...

Me sorprende por tercera vez en tres días, instándome a soltar un aspaviento descarado.

Está bromeando, y a mí se me antoja muchísimo seguirle el juego, así que acepto su inesperada invitación antes de recuperar la cordura.

Por primera vez no tengo límite de tiempo, no hace falta que lo mire con disimulo ni a escondidas. Miro a gusto, contemplándolo con descaro desde la punta del pelo castaño hasta las plantas de los pies descalzos.

Al principio es un repaso rápido de su cuerpo, pero luego vuelvo a empezar. Recorro su mandíbula firme hasta el cuello, consciente de cómo se engrosa y desemboca en sus hombros anchos, que debe a años de entrenamiento deportivo. Paso a los brazos y a esas ondulaciones que se pierden a su espalda, paseo la mirada por todos los relieves de sus abdominales y hasta me atrevo a viajar más al sur.

Junto las rodillas mientras trazo el contorno perfecto de sus caderas, con el pantalón de la pijama suelto y oportunamente descolgado. Me succiono el labio entre los dientes, temiendo ponerme en un ridículo espantoso con el ruidito que se me escapa mientras hago todo lo posible por imaginar la forma del bulto que presiona el algodón grueso de rayas.

Levanto la vista enseguida y le miro a los...

Esto es nuevo.

Oscuro.

¿Desesperado?

Le sube y le baja la nuez al tragar saliva con dificultad, y a mí me laten las entrañas. Bajo el hombro izquierdo, consciente de que la camiseta se va a deslizar con él, y así es. El cuello escotadísimo le permite resbalar por mi piel y solo se detiene cuando el tejido topa con el hueco de mi tórax, resaltando la protuberancia de mi pecho. Una pequeña provocación..., lo justo.

Me mira enseguida, con los ojos entornados.

—¿Qué haces?

—Parece que esa es tu pregunta favorita esta semana... No lo veo muy molesto.

—Igual debería hacerme menos preguntas.

Se me revuelve el estómago.

—Igual.

Envalentonada, deslizo las manos un poco más atrás, para que se me acerque, procurando dejarlo lo más claro posible, por si no lo capta. «Te deseo».

Él baja la mirada inmediatamente a mi boca y, nerviosa perdida, me paso la lengua por los labios.

Bingo.

Chase se aparta de la encimera y, como un animal en busca de su próximo banquete, se acerca a mí.

Tres pasos más.

Aprieta los puños a los lados.

Uno más...

Llega a mí.

Me enderezo un poco.

Aparece mi hermano.

¡Mierda!

Me yergo de golpe y Mason nos mira acusador.

—¡¿Qué demonios pasa aquí?! —grita, y la puerta del patio le atiza en el trasero porque se ha quedado tieso en el umbral.

Estoy a punto de dar un salto y salir corriendo, pero el cuerpo se me queda cuajado en cuestión de segundo y medio.

Vuelvo a ser mi yo adolescente, a la que subieron al escenario en un concierto de One Direction y que le vomitó en los tenis a Zayn Malik.

Menos mal que Chase no se ha quedado pasmado y mudo como yo.

—Nada, hombre, nos estamos comiendo un helado.

¿Quieres? —le pregunta mientras se va detrás de mí a buscar algo en el gabinete y luego vuelve a las copas de helado olvidadas.

—Ari, vete a la cama.

Eso me saca del trance.

—Me estoy comiendo un helado —le contesto, sin molestarme en disimular mi fastidio.

—Pues te lo comes en tu cuarto —me ordena Mason furibundo.

—A lo mejor no quiero... Un momento... —Lo miro de arriba abajo y veo que aún tiene puestos los jeans y sudadera, y que acaba de entrar por la puerta de atrás—. ¿De dónde vienes?

—Vete. Ya.

Pongo los ojos en blanco exageradamente, solo por fastidiar y agarro la botella de agua de la encimera; la mirada asesina de mi hermano me achicharra la espalda mientras rodeo la isla.

Le golpeo el hombro con el mío al pasar y él me agarra enseguida del brazo. Lo hace con delicadeza, pero su mirada es dura y apunta a su mejor amigo.

—La pijama está para algo, Arianna —me dice furioso—. Póntela.

—¿Sabes qué? Que, cuando tú te pongas camiseta en el gimnasio, lo pensaré.

Frunce el ceño, y yo me escabullo.

Que se enoje todo lo que quiera. Entretanto, aquí estoy yo, haciendo un esfuerzo titánico por no subir disparada a mi cuarto, pero, en cuanto estoy dentro, hago un bailecito de felicidad.

Ca-ra-jo.

No podía quitarme los ojos de encima.

¡Ni apartarse de mí!

No sé si se habrá dado cuenta siquiera.

Igual ha sido mejor que Mason llegara tan oportunamente. Si viene quince segundos después, a lo mejor se encuentra con algo muy distinto.

Porque Chase no me puede decir que lo de esta noche ha sido solo cosa mía, no.

Me ha pedido que me quedara.

Se me ha acercado.

Me...

Se abre la puerta de mi habitación, doy un brinco y volteo.

—Chase... —susurro.

—Olvidaste el helado.

Está muy tenso y deja la copa a ciegas en el escritorio de al lado de la puerta.

Le echo un vistazo al helado cubierto de caramelo.

—Ese es el tuyo.

—Cierto.

Da media vuelta y sale al pasillo.

Extrañada, me dispongo a cerrar la puerta, pero, antes de atorarla, lo tengo ahí otra vez, y entonces me entierra la mano en el pelo. Me da la vuelta y me empuja contra el marco.

Me mira furioso, con la mano temblorosa, y me dice:

—¡A la mierda!

Estampa su boca en la mía y yo suelto un jadeo. Aprieta más, mantiene la presión y, cuando yo abro la boca y le dejo que me meta la lengua, gime.

Y luego se aparta, y su retirada es tan rápida como su beso, y a mí me deja helada, con la mano en el cabello.

—¡Carajo! —oigo murmurar, y me giro bruscamente.

Cameron asoma entre las sombras, saliendo del baño compartido, boquiabierta.

Volteo hacia ella y las dos chillamos en voz baja y nos subimos de un salto a mi cama.

No me cabe una sonrisa más grande en la cara, porque ¡por fin! tengo la señal que esperaba. Una innegable. Chase

Harper no es tan inmune a mí como quiere hacerme creer..., o «quería» hacerme creer.

Esto ha sido cosa suya.

Ignoro de dónde ha salido este hombre, pero me da igual. Por fin ha reparado en mí y eso es más de lo que podía esperar.

Sonrío satisfecha y me escondo bajo las mantas.

Cam suspira.

—Quizá las dos tenemos un tipo bueno al que cogernos este verano.

Nos miramos y reímos.

Quizá.

Hoy ha hecho uno de esos días típicos del sur de California en que el sol empieza a calentar justo a la hora del almuerzo y desaparece antes de que te haya dado tiempo a terminar de comer. Así que Cam y yo recogemos las toallas y quedamos con Lolli y Payton en el centro para comernos unos tacos mientras los chicos se quedan viendo los momentos más destacados de los partidos en YouTube.

En cuanto llegamos a casa, Cameron sube a pintarse las uñas y yo me acuesto en el sofá.

Estoy terminando de hablar por teléfono cuando Mason entra en el salón.

—¿Mamá? —pregunta Mason.

—Sí. Ha hablado con tía Sarah acerca de Kenra y ha intentado ver cómo estaba Payton, pero ella no le contesta. Le dije que seguramente se esté echando una siesta.

Él suelta un bufido.

—Es lo que tiene la comida mexicana.

—Y a lo mejor también el estar gestando un ser humano. —Tuerce el gesto—. Papá me ha dicho que mamá y él ya están casi listos para su viaje.

—Bien, tienen que aprovechar e irse de vacaciones ahora que no estamos en casa. Hazme un hueco —dice dándome una palmadita en la rodilla para acomodarse en el espacio que queda a mi lado, y luego pasa el brazo por el respaldo del sofá.

—¿Te acabas de bañar? —le pregunto al verle el pelo mojado.

Asiente y me arrebata el control de la tele con una sonrisa pícara.

—Sí, nos ha llegado el nuevo juego de pesas que el padre de Brandy le mandó y lo hemos estado armando. No sabes lo genial que está. En cuanto traigamos aquí su press de banca, tendremos todo lo necesario para dejar de pagar un gimnasio en el centro.

—Habrá que echarle un ojo. —Nos miramos y reímos—. Oye, te habrías sentido orgulloso de mí en el entrenamiento intensivo al que nos apuntamos Cam y yo. Solo hice unos... cinco descansos no autorizados —digo sonriendo.

Ríe.

—Tú sigue con la cinta, hermana, y te irá de maravilla.

Sonrío, vuelvo a acurrucarme y me subo la manta polar hasta la barbilla.

Después de unos minutos tranquilos relajándome delante de la tele, se me empieza a desvanecer la sonrisa. Son estas pequeñas cosas las que más extrañaré y me parte el corazón pensar que todo esto se esfumará.

—Oye, Mase... —le digo en voz baja sin apartar la vista de la tele—. ¿Tú crees que seguiremos viniendo aquí todos los veranos después de este?

Asiente distraído mientras cambia a *SportsCenter*.

—Sí, claro.

—¿En serio lo crees? Pero ¿en serio?

Ríe y me mira.

—En serio serio. ¿Por...?

—Porque las cosas pueden cambiar mucho en la universidad. —Me encojo de hombros contra el cojín—. Aunque estemos en el mismo campus, no es igual que vivir todos en el mismo barrio.

Entorna un poco los ojos.

—Seguro que en algún momento se nos complicará la vida, sí, pero siempre encontraremos tiempo los unos para los otros y para esta casa. A ver, para eso nos la han regalado, ¿no? Para que nos mantengamos unidos...

Asiento con la cabeza.

—Bueno, pero ¿será tan fácil?

—No lo sé, Ari. Maldición... —Se pasa la mano por la nuca, mira a la tele, tuerce el gesto—. Debería.

Me quedo mirándolo un momento.

La posibilidad, o probabilidad, de cambio es un tema que mi hermano odia. Le aterra, sin más, y cuando Mason está asustado, triste o lo que sea, te responde con rabia y frustración. Punto. Ha sido así toda la vida.

No sé si todos los mellizos se sienten así, pero ¿Mase y yo? Somos un poco codependientes. La idea de estar solos no nos cae bien a ninguno de los dos. Igual es porque en el fondo nunca hemos estado solos. O porque tenemos una familia grande y cariñosa de la que Cam y Brady han formado parte desde que nacieron y a la que Chase se sumó a los doce años.

Mason me mira con ojos acusadores.

—Crees que no lo veo ni lo sé, pero te equivocas. —No hace falta que se explique. Los dos sabemos de qué o, mejor dicho, de quién habla—. Soy como soy por razones que aún no entiendes. Solo intento evitarte...

—¿El qué?

Suspira.

—La decepción. Te has pasado la vida a nuestro lado, haciendo lo que nosotros, y nunca te has quejado, pero ¿y sin nosotros, Ari?

—Probé con lo de Florida y me echaste pleito.

—No me refiero a eso —dice negando con la cabeza—. Igual me pasé un poco, porque me sorprendió, pero yo hablo de amistades, de vivencias que aún no has tenido. —Me sonrojo un poco, pero no desvío la mirada—. Hay más cosas por ahí, aparte de nosotros.

—A lo mejor no necesito más.

Sonríe sin ganas.

—¿Y cómo lo sabes?

Levanto las rodillas y me las abrazo contra el pecho, encogiéndome de hombros. Supongo que no lo sé, pero siempre me ha bastado con ellos, y dudo que eso vaya a cambiar.

Entiendo lo que dice, y tiene razón. Lo hacemos literalmente todo juntos, los cinco: vacaciones, festivos y cualquier otra cosa entremedias. Vamos de compras juntos, celebramos los cumpleaños juntos y vamos a clase juntos absolutamente todos los días desde siempre. Al principio, nos sentábamos todos en la misma fila del autobús escolar y luego nos juntamos todos en la camioneta de la madre de Brady cuando Mase tramitó la licencia de conducir. Fue el primero en aprobar el examen y, desde entonces, nos llevaba él. Todos. Los. Días.

Los cinco. Éramos inseparables. Una unidad. Y nos encantaba. Aún nos encanta. Por eso vamos a ir todos juntos a clase otros cuatro años.

¿Quiere que eso cambie?

—Ir a Avix te vendrá bien —me dice con ternura—. Y yo seguiré ahí cuando me necesites. Y cuando no.

Me inquietan sus palabras.

—Hablas como si esto se fuera a acabar, lo de estar juntos los cinco.

—Somos una familia y las familias no se acaban —dice preparándome para lo siguiente—. Pero por eso precisamente es importante que sigamos siendo amigos, para que la situación no se vuelva incómoda. —Mason mira al frente y estira una pierna—. Para no fastidiarlo todo.

—Bien...

Mira molesto a la tele y yo a las pelusas de mis calcetines.

El día que empezábamos la preparatoria, Mason les pidió a Chase y Brady que cuidaran de nosotras, con lo que entramos todos en la *friend zone* para evitar el drama adicional que nuestra adolescencia sin duda iba a traer consigo. Y lo hicieron, aquí y allí, pero esa línea estaba clara, y todos lo sabíamos.

Yo más que nadie, pero ya no estamos en la prepa.

¿Y esa línea? Yo diría que ha desaparecido del todo.

Solo hay un problema.

Y lo tengo sentado al lado.

7

Arianna

Cuando salimos del estacionamiento del restaurante, Payton, sentada atrás, a mi lado, se lleva las manos al abdomen y yo volteo un poco para verla mejor.

—¿Ya da pataditas?

—Creo que sí, pero no lo tengo claro —nos cuenta—. Me siento como un tazón de agua que lo salpica todo cada vez que lo mueves.

Mason y yo reímos y le miramos el abdomen, que apenas empieza a notársele a través de la ropa.

—Quieres tocar, ¿verdad? —me pregunta arqueando una ceja rubia perfectamente depilada.

Mi sonrisa es instantánea, y me hace gracia.

—No quiero incomodarte, pero sí.

Niega con la cabeza.

—Lo suyo es increíble, chicos —musita divertida, y yo entorno los ojos, pero entonces me agarra la mano y me la pone en la parte más abultada de su vientre.

Me invade un calor inmediato y se me eriza el vello al posar la mano suavemente sobre el abdomen, por encima de la camisa. Deslizo la palma de un lado a otro y luego un poco por la pendiente abombada.

—Qué dura está —susurro—. Chiquitina, pero muy redondeada —digo alzando la vista hacia Payton.

Ella asiente y, con los ojos empañados, intenta sonreír, pero supongo que está hecha un lío. Le alegra llevar en las entrañas un pedacito de un hombre que no estará presente cuando nazca su hijo, y eso mismo la entristece.

Me cuesta imaginarlo.

—Mi madre y tía Sarah —digo refiriéndome a la madre de Nate y Kenra— se la van a pasar bien. En serio, el bebé...

—O la bebé —tercia Mason.

—Va a estar mimadísimo. Tendrás niñera siempre que la necesites.

Eso hace reír a Payton, que descansa la cabeza en el reposacabezas.

—Sí, su madre me llama o me escribe literalmente todos los días para ver cómo me encuentro.

—Lleva como cuatro años hablando de nietos. En cuanto Nate se comprometió, te juro que se fue volando a ver a tía Sarah solo para celebrar que había un bebé en el horizonte.

—¿Ya conocen a Lolli? —bromea Payton—. Porque esa chica no comparte ni las sudaderas de Nate. ¿El bebé? Ni de broma.

Reímos y luego Mason se detiene a la entrada de la casa de Payton. Su hermano sale a recibirnos y le abre la puerta a Payton antes de que pueda hacerlo ella. Esta baja del coche y Parker se asoma al interior del coche.

—Lolli me ha dicho que van a la fiesta de la playa —dice mirando a Mason, y luego echa un vistazo a su espalda para asegurarse de que Payton no lo oye—. ¿Qué ha pasado? ¿Ha cambiado de opinión?

—Solo ha accedido de antemano al *brunch*, y no paraba de bostezar y eso, así que no hemos querido insistir —le explica mi hermano.

Parker asiente con la cabeza.

—Dice que duerme de maravilla, pero lleva toda la semana levantándose tan temprano como Lolli. No hace más que llamar a la madre de Deaton y a otras personas de su entorno para preguntar dónde lo enterraron, porque el funeral no se anunció, pero nadie sabe nada, y esa asquerosa no contesta.

—¿No puede enterarse Kenra ahora que ha vuelto?

—Ha preguntado a un par de personas, pero le han dicho lo mismo. —Niega con la cabeza y da unos golpes con los nudillos en el techo del coche—. Bueno, pues nada, pásenla bien. Yo me quedo en casa con ella, pero Nate y Lolli se han ido para allá hace diez minutos.

—Avisa si necesitas algo —le dice Mason algo preocupado.

—Sip.

Mi hermano se despide con la cabeza y pone en marcha el coche.

—Tenemos que ir a casa por las cosas. Hasta luego.

Y nos vamos para casa.

Cam, Brady y Chase, que han parado a echar gasolina al salir del restaurante, llegan a la vez que nosotros.

En cuestión de minutos, tenemos las tablas de paddle surf y la hielera cargados en los carros plegables de camping, y salimos de casa.

Cam me pasa el brazo por el hombro.

—Cerveza, parrillada y chicos en traje de baño, allí vamos.

Una hora después estamos bailando en la arena al ritmo de la música en directo de una banda hípster, con las tablas de paddle surf allí tiradas y listas para asaltar las olas. Los chicos deciden tomarse algo antes de venir con nosotras, por lo que Cam y yo agarramos las tablas para hacer un poco el tonto.

Al cabo de un rato se nos une Lolli y nos vamos a la playita en la que se ha formado un grupo grande de gente.

—A ver, Ari... —empieza Lolli, acostándose en el camastro para tomar el sol. Se hace visera con la mano en los ojos para protegérselos del sol y me mira con una sonrisa pícara—. Cuéntanos el chisme. Ese modelo de Abercrombie tuyo no para de mirar hacia aquí por alguna razón, y no es la misma por la que miran Mason y Nate.

Sonrío, volteo un poco y, en efecto, está mirando fijamente, pero ahora mismo lo están haciendo todos, metiendo las tablas en el agua, así que quién sabe.

—Últimamente está un poco más...

—¿Juguetón? ¿Sobón? ¿Visiblemente caliente? —dispara, y nos hace reír a las tres.

—Algo así —confirmo—. No sé muy bien qué pensar. Por un lado es el Chase de siempre, pero por otro...

Me encojo de hombros porque no sé muy bien cómo explicarlo. Procuro no dar demasiada importancia a las cosas, pero cada vez me cuesta más no preguntarme qué pasaría si...

Lolli asiente y mira al sol con los ojos cerrados.

—Yo que tú le agarraría el manubrio por debajo del agua. Fijo que te pega con él.

Cam y yo reímos, y nos acostamos como Lolli en la tabla, pero los otros no tardan en llegar, y empezamos a hacer el tonto en el agua.

Brady y yo nos echamos una carrera de la orilla a la playa. Mason, claro, se adelanta hasta mitad de camino y se queda rondando «por si me da un calambre».

Si es que hay que quererlo.

Los chicos juegan al balón prisionero en las tablas con un grupo de chicos y nosotras nos sentamos tranquilamente a animarlos.

Solo resiste Brady, así que, cuando Chase le da un golpecito en la pierna a Mason con la mano y los dos empiezan a ponerse en pie despacio, Cam agarra enseguida el celular que lleva colgado del cuello. Una funda sumergible no puede faltar cuando vives en la costa.

Brady mira al público, regodeándose como solo él sabe hacerlo, y los otros se abalanzan sobre él y lo tiran al agua.

—¡Cabrones! —dice riendo al caer, y luego les hace zambullidas a todos.

Como siempre hacen igual, nos preparamos para lo que viene después tapándonos la cara: nos tiran al agua y luego se nos van pasando de uno a otro como si fuéramos patatas calientes.

Lolli grita cuando Nate se lo hace a ella, y después empieza a empujarnos.

—¡Gracias por avisar, estúpidos! —protesta riendo—. ¡Y tú, querida, esta noche nada de nada!

—¡Perdón, hermosa! —le dice Nate sonriente y, agarrándole la cara, le planta un besote que la hace cambiar de opinión.

—Bueno, ¿listos para volver a la orilla, comer y bebernos un par de cervezas? —propone Brady; entonces agarra su tabla, se sube y se sienta en ella.

—Sí, me muero de hambre —contesto, y luego me acerco a la mía y me acuesto a lo largo para volver impulsándome con los pies, en vez de remando.

Como estamos todos de acuerdo, vamos hacia la orilla.

Brady saca unas cervezas y las vacía en vasos de plástico para que la policía no venga a hacer preguntas. Saben lo que pasa, pero también que no hacemos daño a nadie.

En cuanto se nos secan las manos lo bastante para sacudirnos la arena, nos acercamos al quiosco a comprar unos bocadillos.

Poco después, el sol se esconde detrás de unas nubes bajas y tiramos de braseros, así que, mientras los otros bailan al ritmo de la música y se rellenan los vasos por tercera vez, yo me acerco a las llamas. No es que haga frío, pero el aire es algo fresco y aún tengo el pelo mojado; por eso me lo enrosco en las manos y me lo aparto de la piel, y luego volteo para que el calor me caliente la espalda.

—¿Un *s'more*?

Al mirar de reojo, veo a un chico rubio con el cabello recogido en un chongo apretado y una sonrisa en los labios.

—Pues sí —respondo; me suelto el pelo y me acerco a él. Me pasa un palillo y lo meto en la bolsa de nubes de azúcar—. Gracias.

Se ensancha su sonrisa.

—De nada. Te ofrecería una salchicha para que te hagas un hot-dog, pero ya me he comido la última.

Río.

—¿Te has hecho un hot-dog aquí?

—No se lo digas a nadie —me pide llevándose un dedo a los labios—. En teoría, este brasero es de la *food truck*, y no creo que les guste que me haga mis hot-dogs en vez de comprárselos a ellos.

Miro a mi alrededor, asiento y acerco mi malvavisco a la llama.

—Me parece que les va de maravilla sin ti.

—No está mal, ¿no?

Apago de un soplido mi palito y él me estruja el malvavisco entre dos galletitas con chispas de chocolate y me pasa el *s'more*.

—¿Estás aquí de vacaciones? —pregunta sentándose al borde de una piedra.

—Es más bien una escapada. Venimos a menudo, así que esto se ha convertido en una segunda residencia, más que en un lugar de vacaciones.

Ríe y contempla la fiesta.

—Te entiendo. Yo suelo venir en verano, pero intento acercarme un par de veces al año en otras épocas. —Se agacha, hurga en la hielera que tiene cerca de los pies y saca una cerveza—. ¿Quieres una?

—Ya tiene una —oigo a mi espalda, y el tipo voltea hacia la voz.

Chase se introduce entre los dos con una mirada asesina, tapándome por completo al surfero de mi derecha, y me ofrece un vaso recién rellenado.

Me inclino hacia delante para mirarlo a los ojos y, sonriendo, levanto el vaso.

—Gracias, pero ya tengo una, y gracias por el *s'more*.

El chico mueve la cabeza con una sonrisa fácil en los labios.

—No hay de qué. Pasen buena noche, chicos —dice; se despide con la mano, agarra la bolsa y se va hacia otro grupo que hay cerca.

Volteo hacia Chase, llevándome el vaso a los labios.

—¿Qué? —dice molesto.

—Que eres un grosero.

—Si no lo conoces... ¿Para qué aceptas nada suyo?

—Solo intentaba ser amable.

Chase resopla y mira a otro lado.

Ahora soy yo la que pregunta:

—¿Qué?

—Nada. —Se encoge de hombros—. Que no pensaba que Cam fuera en serio con lo de ligar en la playa, nada más.

Abro la boca, pero no me sale nada, así que me entretengo con la cerveza.

¿Está celoso? No puede ser, ¿no? Lo que pasa es que es idiota y hace lo que hace Mason, como de costumbre.

Antes de que me dé tiempo a pensarlo más, se acerca Cam.

—¿Volvemos? Se está haciendo de noche y tengo arena en sitios inimaginables —dice riendo.

—Sip.

Chase se larga y Cameron arquea una ceja, pero la baja antes de que la vea nadie más.

El camino de vuelta desde la fiesta se me hace el doble

de largo que el de la ida. Estamos rotos del sol y del surf, y de haber estado bebiendo todo el día.

Cam y Brady nos ganan a piedra, papel o tijera, así que se piden bañarse primero y a nosotros nos toca recoger. Llevamos entre todos el refrigerador al pórtico y volvemos por el equipo.

Mason y Chase dejan las tablas de paddle surf en los soportes y luego yo paso el cable antirrobo por la ranura de las cajas de quilla. Consigo sujetarlas todas, pero el cierre no funciona porque está lleno de arena.

—Vaya mierda —digo desesperada, e intento encajar el cacharro.

Chase se limpia las manos en los shorts, se me acerca, me pasa un brazo por cada lado y me acorrala. Me agarra las manos con las suyas y sujeta el cierre.

—A ver, déjame...

No tengo claro si me está susurrando, pero lo parece, y su aliento caliente me recorre la piel húmeda con una lenta precisión. Volteo un poco y me mira a los ojos, conteniendo a duras penas una sonrisa.

Se lleva la pieza metálica a la boca, sopla dentro y yo le miro los labios. Quiero sentirlos otra vez. Quiero que se paseen por mi cuello, igual que su aliento.

El cierre hace clic y Chase ríe al ver que el ruido me sobresalta. Y luego vuelvo a dar otro brinco cuando nos tiran las palas a los pies y Mason se nos paran delante para poder deslizarlas en su sitio. Chase se aparta y hace lo mismo, así que me escabullo y me dirijo a la terraza.

Al llegar a la plataforma, desvío la vista hacia ellos una vez más y, ¡cómo no!, Chase me está mirando. Me muerdo los labios y sigo hasta la casa, donde por fin puedo sonreír tranquila.

Mientras me corto una manzana y me echo un poco de crema de cacahuete en un tazón, no puedo evitar recordar esas palabras dichas en la oscuridad hace unas noches.

Nada incita a un hombre a plantearse lo que siente por una mujer tanto como el interés de otro hombre. No sé si es eso lo que está pasando, pero, bendito seas, Noah Riley por tu sabiduría masculina.

Quizá gracias a él consigo todo lo que siempre he querido.

8

Arianna

Hoy hemos ido a casa de Lolli a desayunar y luego al patio a jugar unas partidas de *cornhole*, pero las chicas nos hemos cansado enseguida y, al final, nos hemos ido a la cafetería de la playa dando un paseo.

Mason, Chase y Brady rodean a Payton cuando sube los cuatro escalones para sentarse a nuestro lado en un puesto de vigilancia abandonado, el único sitio de la playa donde hay sombra si no tienes sombrilla.

Qué protectores, nuestros chicos. Aunque a Payton la conocimos a principios del verano, es la hermana de Parker, y Parker es como de la familia para Lolli, con lo que Payton es igual de importante para todos nosotros. Al menos fue así como empezó, pero eso fue solo el principio. No tardamos mucho en acogerla todos en nuestro grupo. Viene de una situación espantosa. Su madre, aun estando forrada, era cruel y controladora. Aparte de Deaton, Payton no tenía ningún amigo de verdad, así que a veces la encontraba allí sentada, mirándonos, más o menos como hago yo ahora con los chicos.

Es un recordatorio innecesario de la inmensa incapacidad de Mason para encontrar sosiego. Me imagino que

Chase es el líder del comité de «ni te acerques a mi hermana, imbécil», solo que a él no se le ha dado tan bien ostentar el título.

Se retrajo y me cortó las alas con su «no, carajo, no», sí, pero poco a poco va cediendo. No habíamos bebido nada cuando me besó en mi cuarto. Fue cosa suya. Ahora mismo solo quiero volver a sentir sus labios en los míos.

En cualquier parte. En todas partes.

—Chica, para. —El susurro risueño de Cameron me hace mirarla y entonces se ensancha su sonrisa—. Tienes la cara como un tomate ahora mismo.

—¡Calla! —le susurro yo también—. ¿En serio?

—Uy, sí —contesta asintiendo.

Le detecto ese brillo travieso en los ojos y entorno los míos.

—Cam, no...

—Oye, Chase, tírale a Ari esa bebida, anda —dice, y señala con la cabeza la botella medio vacía de Mason mientras reprime una carcajada—. La pobre se nos muere de «sed».

Chase la mira a ella y luego a mí, y asoma a sus labios una sonrisita mientras agarra la botella; Mason nos mira furioso a los tres y luego voltea otra vez hacia la rubia que tenemos a unos seis metros.

Pero Chase no me avienta la botella. Me hace el favor de acercarse, solo que, en vez de dármela, se inclina y me la deja al lado, rozándome el hombro con el pecho desnudo. Me mira a los ojos mientras se va, pero no dice una palabra, y vuelve adonde estaba parado con mi hermano.

Cuando ya no nos oye, nos reímos a gusto las tres. Lolli hace un ruido como de arcadas y, al volvernos, la vemos fingiendo que se come un pene, subiendo y bajando las cejas, así que le aviento el cojín de la silla a la cabeza y vuelvo a mirar a Chase.

Suelto un suspiro de resignación, pero, al notar que mi

hermano me vigila, lo miro. Me topo con un ceño fruncido, claro que eso no es nuevo. Nunca ha sabido disimular su desagrado cuando alguien me dedica una atención especial, sobre todo si tiene pene, y en particular si es uno de sus mejores amigos.

Imbécil.

Subimos sin ganas los escalones de la terraza trasera y Cameron protesta.

—¿Por qué habré accedido a ir caminando a la cafetería? Me duele todo.

—Y a mí. —Bostezo y me agarro al barandal para subir los últimos escalones—. ¿Cómo puedo estar tan cansada si anoche estábamos en la cama a las seis?

—Pues por eso estás cansada —dice Chase sonriente.

—Eso o las dos horas que te has pasado remando contra la marea —tercia Mason negando con la cabeza—. Si aprendieras a aceptar instrucciones en el gimnasio, no te verías obligada a forzar tanto los músculos ahí afuera.

—¿Quieres decir que luego no se pasaría días muriéndose? —bromea Cameron.

—No me paso días muriéndome. Uno, seguro, pero más no. —Río—. Además, el ejercicio en el agua no me parece ejercicio, y eso es genial. Por eso lo hago. Y si no supiera aceptar instrucciones, no haría lo que me dices, pero lo hago. Lo que pasa es que no tengo capacidad física para todo lo que me pides.

—Solo te pido que lo intentes.

—Que intente levantar una cantidad indecente de peso.

—Si te concentraras, podrías, pero te da risa en cuanto te empiezan a temblar los músculos —me replica Mason furibundo.

Entonces me río, y le contagio la risa.

Mase me pasa el brazo por los hombros, me estruja y me besa la cabeza.

—Eres una revoltosa, nada más.

—Sí, pero porque mi hermano «mayor» me ha convertido en una.

—No lo puedo negar.

Abre la puerta y nos deja entrar.

—Voy a echarme una siesta —dice Mason—. Avísenme cuando vayan a meter las pizzas en el horno —añade, y camina hacia el pasillo mientras los demás descansamos en la sala.

—No sé ustedes, chicos, pero me están dando ganas de copiarle lo de la siesta. —Brady se levanta de pronto del sillón reclinable y enciende la tele—. ¿Qué peli se les antoja?

Agarro la manta del respaldo del silloncito redondo y me acurruco al lado de Cam.

—Elige tú, grandulón.

Como era de esperar, elige algo que ya ha visto cien veces y se queda dormido al cabo de cinco minutos. Ni diez minutos después, Cam empieza a moverse sin parar.

—Si vas a estar molestando, lárgate —le digo con un empujón de broma.

—Tengo el cuerpo adolorido —gimotea—. ¡Chase! —dice casi gritando y mirándolo—. El año pasado tú hiciste el curso ese de masajes por una apuesta...

—Sí —contesta Chase muerto de risa.

—No me obligues a suplicarte, Chaser, porque lo haré.

Este ríe, se incorpora y se pone de rodillas en el suelo, donde estaba.

—Anda, va.

—¡Sí! —grita ella tirándose al suelo delante de él.

Al cabo de uno o dos minutos, Cam emite un suave gemido de gusto, seguido de otro, y Brady, claro, lo oye en sueños, y le avienta a Chase un cojín a la nuca.

—Estúpido —le suelta, y Chase ríe de nuevo.

Cam voltea para mirarme y me guiña un ojo, y yo pongo los míos en blanco, vacilona, y luego los cierro.

Cuando está a punto de quedarse dormida, Cam me pone una mano en el brazo y me zarandea.

—Te toca, amiga —susurra con una sonrisa traviesa—. Yo me voy a la cama.

Miro de reojo a Chase, que se sienta sobre los talones con una sonrisita y luego echa un ojo a Brady, el cual tiene la cara enterrada en los pliegues de los cojines.

Ocupo el lugar de Cam.

—Espera... —me susurra Chase, para no despertar a los otros, seguro, y luego se estira a la derecha y agarra una manta del cesto de mimbre que hay junto a la chimenea.

Me hace una seña para que me acueste encima y yo, siguiendo el ejemplo de Cameron, me subo la camiseta hasta la cabeza y me acuesto en la manta.

Soy perfectamente consciente de todos sus movimientos y contengo la respiración cuando se me sube encima y me pone las caderas en la curva del trasero. Trato en vano de reprimir una risita.

—¿Te hace gracia? —pregunta, apartándome el pelo de la cara y poniéndome las manos abiertas en los hombros.

Ya que pregunta...

—Es que, cuando nos imaginaba en esta postura, la situación era un poco distinta —contesto mientras sonrío, con la boca pegada al pliegue de mi brazo.

Para en seco, pero, al cabo de un segundo, se aclara la garganta y empieza a aplicarme presión en los músculos.

Empieza por arriba y va bajando, masajeando y ablandando con los nudillos. No sé ni cuánto tiempo paso ahí acostada y relajada del todo, pero, justo cuando estoy a punto de quedarme dormida, Chase cambia de ritmo y me hace abrir los ojos de golpe. Sus movimientos son más lentos, casi forzados, como si tuviera que recordarse lo que debe hacer o..., casi me atrevería a decir, lo que no debe hacer.

Con el siguiente movimiento, me lo confirma. Despacio y con manos algo temblorosas, me roza la piel con las yemas de los dedos cuando agarra las cintas de la parte de arriba de mi bikini.

Aguarda un instante por si protesto... y luego jala.

Su aliento agitado me abanica la piel desnuda y yo aprieto fuerte los puños para no revolverme con sus caricias.

Me han dado masajes otras veces, Brady y los otros, todos relajantes y por diversión, pero nunca he querido que ninguno de ellos me desnudara. Así que sí, esto es otra cosa.

Carajo, no me atrevo ni a respirar por si cambia de opinión y retrocede.

No cabe duda de que se ha vuelto más descarado. La prueba es que me ha desatado el bikini, y que lo aparta con la siguiente exhalación. Me recorre la espalda con las manos sin ningún obstáculo que interrumpa el contacto de su piel con la mía.

Prácticamente me hago la muerta, esperando impaciente el siguiente movimiento a la vez que me digo que solo lo hace para facilitarse las cosas, para tener más superficie lisa que trabajar.

Deja de tocarme y se acuesta, y acto seguido nos cubre una manta. ¡Enteros! Abro los ojos tan rápido que tardo unos segundos en ver.

Cruzo las manos bajo la nuca y Chase me acaricia el hombro y desliza los dedos suavemente hacia el punto más alto de mis costillas. Ahí pone la palma con delicadeza y me acaricia de una forma nada propia de un masaje.

Son caricias curiosas: está explorando el tacto de mi piel en la suya. Me emociona tanto como me sorprende.

Baja el cuerpo, su calor me sobrevuela, y trago saliva. Intento recolocarme, porque necesito desesperadamente ver cómo me invade, pero no me lo permite. Me pone la frente en el hueco de los omóplatos y mueve la cabeza de un lado a otro con delicadeza.

Su pelo me hace cosquillas en la base del cuello y me estremezco. Se expanden mis pulmones, faltos de aire, e inspiro como puedo por la nariz, para espirar de inmediato cuando sus labios, húmedos y calientes, se posan en mi columna.

Cierro los ojos despacio y me cae otro beso.

—Chase... —le digo casi en un gemido, jadeando cuando me acerca los labios al oído.

—Ssshhh... —susurra, rozándome la mandíbula con la nariz—. Dime que pare, que no sé ni lo que hago...

—Lo estás haciendo de maravilla.

Suelta una risita en voz baja que hace que le vibre el cuerpo entero, y luego me noto sus manos en el costado, ascendiendo despacio hasta que las yemas de sus dedos se topan con el borde de mis pechos.

Se tensa y me quita las manos de encima de golpe.

Aprovecho y me doy la vuelta, y mi pecho desnudo queda de pronto oculto bajo su camiseta holgada.

No se lo esperaba y me mira espantado.

Chase empieza a negar con la cabeza y un destello de pánico le asalta el semblante, así que le ofrezco una pequeña sonrisa.

«No salgas corriendo, por favor...».

Frunce el ceño, meditando cómo hemos llegado hasta aquí, de modo que le doy un empujoncito disfrazado de concesión. Echo la cabeza hacia atrás, esta vez directa sobre la manta, colocando el cojín a un lado, y levanto ligeramente el mentón para dejar al descubierto el cuello y que decida él lo que hacer, si decide algo.

Traga saliva y la nuez se le desplaza con brusquedad, y

tras un instante de vacilación baja la cara al hueco de mi cuello. Se queda allí un segundo, sin moverse, y el calor de su aliento va haciendo de las suyas y me genera una punzada en la entrepierna, pero luego inspira hondo.

Me estremezco cuando me pasa la lengua por la piel, saboreando, pegándome los labios a la clavícula. Rápido, antes de que le dé tiempo a oponerse, le meto las manos por debajo de la camisa y se me retuercen las entrañas cuando encuentro sus abdominales.

Le he mirado los músculos cientos de veces, me he imaginado miles más explorándolos, pero dudo que alguna vez pensara que iba a tener la ocasión de aprenderme tranquilamente sus relieves con mis propias manos.

Chase se aparta, lo justo para mirarme a los ojos, con la misma expresión tensa de antes.

Aun así, le sonrío como diciendo «te reto a que me sigas la corriente», porque está claro que por dentro se lo está pensando, intentando decidir qué vale y qué no, qué está bien y qué está mal. Ignoro en qué basa sus decisiones, pero le ayudo agarrándole una mano y poniéndomela en la curva de las costillas del lado izquierdo, justo debajo del pecho. Lo dejo que decida él qué es lo que quiere a partir de ahí, al tiempo que le suplico con la mirada que me toque.

Me acerca la boca al oído y me susurra:

—No me mires así, que estoy intentando...

—Deja de intentarlo —lo interrumpo—. Sea lo que sea, déjalo.

Ríe, pero enseguida vuelve a fruncir el ceño y, a paso de tortuga, sube un poco la mano. Se me acelera la respiración y deslizo las manos de sus abdominales a su espalda para acercármelo.

Me toca el pecho con el pulgar y se me escapa un gemido discreto.

Por desgracia, en cuanto el sonido abandona mi boca, Chase abre mucho los ojos, aparta las manos de mi cuerpo y se acuesta enseguida a mi lado. Incapaz de mirarme a la cara, me pasa mi camiseta y empieza a salir despacio de debajo de la manta, pero yo me enojo, me incorporo y dejo que la manta me caiga por la cintura.

Brady aún tiene la cara enterrada en los cojines, así que finjo que me importa una mierda que entre alguien y me meto la camiseta por la cabeza. Me levanto de un brinco y me dirijo a la cocina, haciendo resonar mis pasos con los pies descalzos en el parqué.

Saco furiosa el agua del refrigerador y, cuando la cierro, me encuentro a Chase allí parado, molesto.

—Te enojaste.

Desde que existe la humanidad, ¿a alguien le ha gustado que lo dejen a medias?

Lo dejo y me largo, pero me agarra del brazo y me hace girar.

—No te molestes. ¿Y si llega a despertarse Brady? —me dice en voz baja—. ¿Y si llega a entrar Mason?

Abre la boca como si fuera a seguir, pero no dice nada, y luego baja la mirada.

—De acuerdo —contesto.

Doy media vuelta, subo a mi cuarto, entro y pongo el seguro. Apoyo la cabeza en la puerta, cierro los ojos y rezo para que no se me salten las lágrimas. Está claro que me he hecho demasiadas ilusiones, y la culpa es mía.

Chase está juguetón, tentando un poco los límites, y yo voy con todo, como una aplanadora. Tengo que dejar que decida él y, aunque en estos momentos me sienta frustrada, sé que lo hará.

Solo sé que, cuando él quiera, allí estaré.

Sea cuando sea. Sea lo que sea.

9

Arianna

—¡Hoyo de un solo golpe, amigo! —exclama Cam levantando las manos por encima de la cabeza en señal de victoria.

—¡Y van tres seguidos! —grita Brady, y se cruza de brazos haciendo pucheros—. Estás haciendo trampa.

Los demás reímos y Mason le da unas palmadas en el hombro al grandulón.

—Como de costumbre, amigo. ¿Por qué crees que siempre es ella la que propone jugar al minigolf? —dice, y sonríe mientras le hace una reverencia a Cameron, que alza la cabeza satisfecha.

—No pasa nada, Bradybaby —bromea ella—. Todos sabemos que tú eres el mejor atleta de los cinco.

Río, y un aliento cálido me acaricia la oreja.

—¿Te ríes porque estás de acuerdo?

Me giro para mirar a Chase, pero ya se va, esbozando una sonrisa a la vez que bebe de la botella de agua, y eso me altera los nervios.

Sabe que aún lo estoy mirando y...

—Payton... —empieza Parker con ternura, tan despacio como su cuerpo se levanta del banco en el que estaba sentado a mi lado, como si se acercara a un animal herido y temiera que fuera a huir—. ¿Qué pasa?

Nos volvemos todos de golpe en esa dirección y los chicos sueltan los palos de golf y siguen enseguida a Parker.

Ella no dice ni pío, pero en cuanto levanta la cabeza de la pantalla del celular empieza a llorar como una fuente, rápido y sin parar. Ni pestañea y, aunque mira a su hermano, no tengo claro que lo vea.

—Payton —prueba Lolli esta vez, situándose a su lado y girándole con delicadeza el celular para ver la pantalla. La explora un segundo, se enfurece y se gira bruscamente hacia Parker, sofocada por la rabia.

—Se ha ido —dice Payton en un tono tan desprovisto de emoción que espeluzna.

—¿Quién se ha ido? —pregunta Mason cariñoso mientras se acerca despacio.

Payton lo mira a los ojos, y la tensión le perfila las facciones. Niega con la cabeza, le pasa el celular y se va disparada hacia la salida.

—¡No me digas! —espeta Lolli, que le tira a Nate su bebida y sale detrás de ella.

Nate se inclina hacia Parker y leen los dos la pantalla a la vez.

Mason le pasa el celular a Parker y voltea para mirar en la dirección por donde ha salido corriendo Payton.

—Pues lo que ha dicho Lolli: ¡no fastidies! —dice negando con la cabeza.

—Habla, carajo —le pide Nate a Parker, furioso.

Derrotado, Parker vuelve a mirar el móvil una vez más.

—El funeral —explica—. Lo han hecho. No han podido ser decentes por un segundo y dejar que la chica que está embarazada de su bebé estuviera allí.

«¡Ay, Dios!»

—¿Están seguros? —pregunta Cameron mordiéndose las uñas.

—Mase...

—La zorra de su madre ha mandado una foto del funeral —contesta Mason mientras se gira hacia nosotros—. Con el ataúd de fondo y todo.

Hago un aspaviento y me tapo la boca con la mano.

—¡Carajo! —susurra Cameron y, girándose hacia mí, me abraza.

—¿Y qué hacemos? —le pregunto a Parker.

—No sé. No sé qué podemos hacer. Lolli ha contratado a alguien para que lo investigue, pero él era menor y su familia debe de haber pagado un pastizal para mantenerlo todo en secreto.

—Sí, apuesto lo que sea —dice Nate molesto—. Yo también querría mantenerlo en secreto todo lo posible si el mayor de mis hijos fuera el culpable de la muerte del pequeño. Lo que no entiendo es cómo sigue culpando a Payton en vez de al otro. —Tira el refresco de Lolli a la basura y se saca del bolsillo las llaves del Hummer—. Anda, vámonos a casa.

Asintiendo, los seguimos y nos subimos en silencio al Tahoe de Mason, y apenas diez minutos después estamos a la puerta de la casa de Lolli.

Payton baja del coche con gesto estoico. No mira a nadie y, con las manos rígidas a los lados, se mete en casa acompañada de su hermano y se va derecha a su cuarto. Cierra la puerta con cautela, pero, en cuanto la encaja, nos quedamos todos helados con los alaridos que resuenan por el pasillo y retumban en las paredes que nos rodean.

Nos quedamos allí parados, mirándonos sin saber qué hacer, y poco cambia la cosa durante la hora siguiente. Lolli hace café y nos paseamos nerviosos por la casa, sobresaltándonos cada vez que los arrebatos de Payton nos llegan a los oídos.

—Esto no es bueno para ella —dice Chase angustiado.

Alargo el brazo y le aprieto la mano, y Mason se frota la barbilla.

Lolli se excusa y sale a la terraza. No gestiona bien las emociones, pero está aprendiendo, y el hombre que le ha enseñado a querer la sigue.

Yo me muerdo el labio inferior y hago botar nerviosa la pierna.

En su lugar, yo habría suplicado que viniera mi madre, pero Payton no tiene quien se preocupe por ella. Aunque supongo que no le vendrían mal las caricias de una madre, y la mía es la mujer más maravillosa que conozco, así que, sin pensármelo dos veces, la llamo, y aún no he dicho ni una frase cuando me doy cuenta de que mi hermano se me ha adelantado.

Lo miro y, como si supiera lo que voy a decir, me suelta:

—Ya están de camino.

Asiento y él suspira y, acercándose, me abraza.

—¿Se le pasará?

—Sí —contesta, tan poco seguro de su respuesta como yo.

—¿Qué madre ocultaría algo así?

—Ella no es madre —responde furioso mi hermano—. Es una zorra sin corazón. Payton lleva en sus entrañas un pedazo del hijo de esa mujer. Tendría que adorar a esa chica, suplicarle que la perdonara por haberla tratado como a una mierda durante toda su relación. No es madre —insiste.

Esas son las últimas palabras que se dicen durante varias horas hasta que, por fin, mis padres llaman a la puerta.

Nate los recibe y se abrazan todos. Parker contesta a lo que puede y lleva a mi madre al cuarto de Payton, donde se queda el resto de la tarde, mientras mi padre, en la cocina, prepara algo caliente de comer.

Pasan las horas y nos quedamos dormidos, aunque nos despertamos cada cierto tiempo, porque estamos todos inquietos.

Hacia las cuatro de la madrugada, mi padre me zarandea por los hombros y abro los ojos de golpe.

—Vamos, cariño, los voy a llevar a casa.

Empiezo a negar con la cabeza, pero él asiente con rotundidad, así que me pongo en pie y veo que los demás hacen lo mismo.

Mi padre nos lleva a todos a casa y se estaciona junto a la banqueta. Voltea y me aprieta la mano.

—Duerme un poco, cielo. A mediodía o así haremos un *brunch* en casa de Nate. Los llamamos, ¿de acuerdo?

—Si ella quiere que volvamos...

—Te aviso —termina él—. Creo que ahora lo que quiere es estar sola.

—Mason ha acampado a la puerta de su cuarto.

—Bueno, Mase es Mase. Hay que dejarlo hacer lo que cree que debe hacer.

—Lo traumatizaron cuando nos contaron lo de la muerte de tía Ella.

—Igual tienes razón, pero es que ya habían empezado a agarrar las bicis para merodear por el barrio y tenían que saber lo peligroso que era.

—¿Su muerte fue dura?

Me sonríe con tristeza.

—Sí, cielo, mucho. Tardé años en volver a subirme a una bici y, cuando tuve que sacar la licencia, me daba mucho miedo conducir porque pensaba que iba a atropellar a alguien como la habían atropellado a ella.

—Tus padres no tendrían que haberte echado la culpa a ti —masculla Brady desde el asiento de atrás—. No fue culpa tuya, tío E.

Mi padre suspira y mueve la cabeza ligeramente.

—Lo sé, hijo, pero la muerte es difícil de digerir y nunca sabes cómo la vas a gestionar hasta que tienes que hacerlo. —Parece abatido, pero levanta animoso la cabeza—. Anda, vayan adentro. Nos vemos mañana.

Entramos los cuatro en casa.

Nos acostamos todos en los sofás, pero yo me escabullo con sigilo por la puerta de atrás y camino hacia el muelle. El sol aún está escondido tras el horizonte, pero pronto saldrá.

Camino hasta donde el agua toca los postes de madera, me descalzo y sumerjo los pies en el agua fría.

Siempre me ha dado paz el mar, tan lleno de posibilidades y de esperanza.

Toda la vida me ha encantado que, aunque en el fondo siempre es lo mismo, nunca es igual. Las olas varían a cada minuto. La arena de la orilla se encrespa, y luego se curva. Es una auténtica maravilla, el mar. Fuerte y dominante pero tierno y frágil, como las conchas rotas que empuja a la superficie y que luego se llevan las olas. Las imperfecciones están ahí, pero enterradas. Solo el que esté dispuesto a ahondar en él descubrirá sus defectos.

Suspiro y cierro los ojos, y escucho el rugido de las olas, e inspiro todo lo hondo que me permiten los pulmones. La brisa salada me llega a la garganta y la sensación de agobio que me invade empieza a desvanecerse.

Hoy ha sido un día terriblemente trágico que nos ha servido de recordatorio de que, tomemos las decisiones que tomemos, en cualquier momento puede ocurrir algo que nos ponga la existencia patas arriba. Es muy probable que ni siquiera lo veamos venir, y eso resulta aterrador.

Pienso en mi familia y mis amigos, en mis propios sueños personales y en la vida que quiero llevar. Y luego pienso en que algo me la arrebata, como le ha pasado a Payton. Como las olas me roban la arena de debajo de los pies en este preciso instante en su afán de dominio y vuelven inestable el suelo que piso, tan inestable como parece a veces el mundo que me rodea.

A lo mejor resulto melodramática o absurda, pero me noto los ojos empañados cuando los abro para contemplar el reflejo de la luna en la superficie del agua, que se va difuminando según se acerca a la orilla.

De pronto las olas rompen más alto y el frío me quema la piel, pero no me aparto y, un instante después, se sitúa alguien a mi lado.

No me hace falta mirar para saber quién es. Los dedos helados de Chase rozan los míos, y las lágrimas que me llenaban los ojos empiezan a caer.

—¿Cómo ha podido esa mujer hacerle eso? —digo sin dar crédito—. Ella lo quería y, por lo que sé, él odiaba a su madre. ¿Cómo ha podido negarle la posibilidad de despedirse a la única persona del mundo que significaba algo para él? —Se me quiebra la voz—. Va a tener a su hijo, al nieto de ella.

—No lo sé —contesta, y su voz es apenas un susurro—. Ni me lo imagino.

—Confío en que Payton tuviera ocasión de decirle todo lo que quería, porque qué horror si no fue así —digo, y trago saliva—. Mi padre no pudo. Su hermana solo tenía diez años. Maldición, la vida es...

—Impredecible... —me interrumpe, en un tono tan profundo que me hace mirarlo.

Una leve arruga le frunce el ceño. Muy despacio, levanta sus ojos verdes hasta los míos, y la mano los acompaña, acariciándome suavemente la mejilla.

Se me constriñen las vías aéreas cuando desliza la mano más arriba y entierra en mi pelo las yemas de los dedos.

En algún momento nos movemos, porque, cuando quiero darme cuenta, estamos el uno frente al otro y el brillo de la luna dibuja un pequeño resplandor en el lado derecho de su hermoso rostro.

—Ari... —me susurra, y traga saliva nervioso, y le tiemblan los dedos en mi piel fría; luego suelta una maldición en voz baja, pero no se retira.

Chase no me suelta. De hecho, sube la otra mano a mi mejilla izquierda y separa los labios. Está claro que intenta digerir lo que sea que le ronda la cabeza, y es comprensible. Como digo, ha sido un día largo y duro.

Debería quedarme aquí parada y esperarlo, darle todo el tiempo que necesita, estar aquí cuando esté preparado para decir las palabras que tiene en la punta de la lengua, que se deslizan por el interior de su labio como si no se atrevieran a salir, como si las obligaran a esconderse.

Pero no puedo..., menos aún teniéndolo tan cerca y con la mirada enturbiándosele por segundos, atrayéndome y ahogándome sin pronunciar ni una sola palabra.

Así que tomo una decisión que me beneficia. Me pongo de puntitas y pego mis labios a los suyos.

Chase me suspira en la boca y yo empiezo a apartarme, pero, cuando mi cuerpo retrocede, él me entierra aún más las manos en el pelo y acorta la distancia que nos separa.

Me besa, y esta vez no para. Zambulle la lengua en mi boca, explorándola a fondo, y me atrapa, pierdo la voluntad.

No sé cómo, en algún momento nos apartamos de la orilla, porque, de pronto, estoy bajando los brazos, ninguno de los dos lleva camiseta ya y nuestras manos se pasean por el cuerpo del otro de formas que nos son ajenas. Apoyo la espalda en la arena fresca, sin otra cosa que el brasier y la tanga. Me recorre un escalofrío, pero entonces él se instala entre mis piernas y su cuerpo caliente templa el mío desde arriba.

Su piel es suave; su cuerpo, duro, como el bulto que esconde bajo los jeans y que mis dedos intentan tocar mientras se deslizan con cautela.

Le desabrocho el botón y Chase no protesta. No aparta los labios de los míos ni una vez mientras libero su cuerpo del pantalón, levantando las piernas, que había enroscado en su cintura, para que pueda quitárselo.

Luego va mi tanga.

Sin perder un segundo, pego las caderas a las suyas y me restriego contra él, que gime, separa sus labios de los míos y con ellos recorre mi mejilla, mi mandíbula, la curva de mi hombro.

Empiezo a girar despacio las caderas y Chase suelta el aire entre los dientes y se le escapa una maldición. Me invade una necesidad imperiosa de tocarlo, así que meto la mano entre los dos y se la agarro, rezando para que dejen de temblarme los dedos.

Se le agarrotan todos los músculos del cuerpo, incluidos los de los labios. Alza despacio la mirada helada. Sus ojos verdes me suplican que pare a la vez que me ruegan que siga, que deje que pase.

¿No sabe que llevo años pensando en esto, soñándolo incluso?

—Yo quiero —susurro, aplanándole con una mano la arruga de preocupación de la frente, agarrándolo más fuerte con la otra, y sin apartar los ojos de los suyos—. Te deseo.

No sé bien si es la rotundidad o la desesperación de mi voz lo que lo impulsa, pero se pone de rodillas y busca los jeans que se acaba de quitar.

Agarra un condón, me mira fijamente mientras desgarra la envoltura y observa cómo lo miro mientras se coloca el preservativo.

Estoy nerviosa, los músculos se me tensan, pero inspiro hondo y la angustia remite mientras él vuelve a instalarse sobre mí, enterrando las manos en el pelo de mi nuca.

Sus ojos asustados y vacilantes me piden permiso por segunda vez y yo le contesto levantando las caderas, obligándolo a meterme la punta. Gime, y yo llevo las manos a sus mejillas y le paso el pulgar por el labio inferior.

—Por favor —le suelto.

Chase cede. Gime de nuevo y yo contengo la respiración mientras me penetra despacio.

Aprieto los dientes y me trago la exhalación dolorosa que amenaza con escapar de mis labios y, por suerte, Chase baja la cabeza al hueco de mi hombro. Cierro los ojos, apretándolos, y lo agarro más fuerte cuando él empuja hasta el fondo.

Jadeo, encajo las caderas, y él me besa la piel.

Me quema más de lo que me duele; es una presión desconocida a la que debo habituarme.

Chase empieza a mecerse, suave y despacio, saliendo y volviendo a entrar, un poquito más cada vez. Se mueve como si siguiera el rugido de las olas que rompen a nuestros pies. Imito sus movimientos y se me escapa un gemido grave.

Procuro no pensar en el ligero ardor y centrarme en la sensación de su miembro en mi interior. Cierro los ojos y me pierdo en el hombre de pelo castaño y ojos verdes que tengo encima.

Chase me besa la mandíbula, deslizando la mano por debajo del brasier, que al final no me he quitado. Aprieta el pecho, paseando el pulgar por el pezón, y yo empiezo a sacudirme bajo su cuerpo.

Se le empieza a acelerar la respiración y suelta pequeños resoplidos que me ponen la carne de gallina. Gime.

Se me contrae el vientre y sé que me voy a venir.

Las embestidas de Chase se vuelven más rápidas, sus gemidos, más profundos, y cuando pronuncia mi nombre, justo en el hueco de la oreja, estallo.

Se me dispara el cuerpo y mis entrañas lo aprisionan mientras me late por dentro.

—Ari... —vuelve a susurrarme en la oscuridad, y yo esbozo una sonrisa.

Le paso las manos por el pelo y, cuando mi cuerpo se queda lacio en la arena, el peso del hombre del que estoy enamorada se instala sobre mí. Cierro los ojos y grabo en mi memoria hasta el último segundo de lo ocurrido, al ritmo de la marea de última hora de la noche.

Suspiro agotada, pero satisfecha, y sé que jamás olvidaré esta noche.

No tenía ni idea de lo mucho que había llegado a desear poder hacerlo...

Chase

Ari se echa la manta por los hombros y recoloca la cabeza en el asiento de mimbre para poder mirarme.

Sonrío y subo las piernas al borde del brasero de piedra.

—Se está apagando el fuego..., ¿añado más leña?

Ella niega con la cabeza, sin quitarme los ojos de encima.

—Puedo ir por...

—Pero ¿qué demonios...?

Me levanto tan deprisa que se me enredan los pies en la manta, tropiezo y tengo que sacar la mano enseguida para agarrarme al respaldo de la silla.

Alzo la vista para mirar a Mason, que se acerca bruscamente, jala la manta y hace una bola con ella.

—Ari... —espeta entre dientes—. Levántate.

—Anda, Mase —protesta ella.

—Ni se te ocurra —susurra él furioso.

—Solo estamos aquí sentados, hombre, no pasa nada —le digo con un gesto de protesta, y en cuanto lo suelto me doy cuenta de que no he errado el argumento.

Con el rabillo del ojo veo que Ari me hace una seña con la cabeza. Me inquieto cuando la veo levantarse despacio, agarrarle la manta a Mason y entrar en la casa por la parte de atrás.

Miro a Mason, que se acerca a mí. Abre la boca, pero la vuelve a cerrar, niega con la cabeza y se larga furioso.

Me siento de nuevo y me tapo la cara con las manos.

¡Caraaajo !

10

Arianna

Cuando murió mi abuela, no me lo esperaba. Aunque sabíamos que estaba enferma, que los tratamientos no estaban funcionando y el veneno se estaba apoderando de su cuerpo, yo no lo esperaba, y menos aún cuando el día anterior estaba despierta y viva, sonriente, aparentemente mejor o bien..., a diferencia de cualquier otro día de los seis meses anteriores.

Supongo que eso la delató: la bandera blanca de rendición. Aquel día perfecto de risas y sonrisas y recuerdos que nos regaló, que se regaló a sí misma. Ese fue su último día entero de fortaleza y felicidad antes de reunirse con mi abuelo.

A lo mejor esa tendría que haber sido mi primera pista: la felicidad y el alivio desinhibidos que he sentido no hace ni dos horas cuando Chase ha sido mío durante unos minutos en la arena.

Ha sido perfecto y ha significado algo, y Chase no es de esos. Él jamás se acostaría conmigo y luego me ignoraría. Seduce tanto como Mason, aunque ni mucho menos lo que Brady, pero nunca me haría eso a mí, no le haría eso a nuestra amistad, sabiendo lo que siento. Aunque no se lo haya deletreado ni expresado en mayúsculas y negrita, lo sabe. Tiene que saberlo.

Anoche, o esta madrugada, según como se mire, nos vestimos y nos fuimos para casa. Chase sacó una manta, encendió el brasero de piedra y nos sentamos bajo las estrellas, disfrutando mutuamente de nuestra compañía, viendo desaparecer la luna con la salida del sol.

Unos veinte minutos después del alba fue cuando volvió Mason.

Yo no me moví, pero Chase dio un brinco de tres metros.

Solo estábamos sentados cerca, pegados pero no abrazados. Creo que el fuego y el amanecer hacían que pareciera tan íntimo como lo sentíamos, y a lo mejor eso fue demasiado para la primera vez que nos veía a Chase y a mí juntos. Claro que Brady y yo nos acostamos juntos a todas horas y, aunque Mason haga comentarios, no pierde los nervios como cuando se trata de Chase.

¿No confía en él?

¿No confía en que esté conmigo?

Antes de eso, todo era tan maravilloso como podía ser. Por fin tenía lo que llevaba tanto tiempo deseando: ese momento perfecto con la persona perfecta. Todo era perfecto.

En cambio, aquí estamos, a la mañana siguiente, mirándonos el uno al otro desde ambos lados de un fuego muy distinto. Estamos sentados en la terraza y Chase me escudriña, con una expresión desgarrada en el rostro, como suplicándome que lo entienda cuando aún no me ha dicho ni una palabra. Tampoco es que ahora mismo pudiera, y yo lo agradezco, porque no hace falta que me diga nada para que yo sepa exactamente lo que va a salir por su boca si lo intenta.

Como prometimos, hemos ido a casa de Nate, donde nuestros padres nos han preparado un festín. Se supone que para levantarnos el ánimo, pero el tono es solemne;

por lo tanto, me puedo esconder un poco detrás del dolor que todos sentimos por la joven que todavía no ha salido de su cuarto esta mañana.

Mi hermano se suma a los demás en el pórtico trasero, y se frota la cara con las manos mientras se deja caer a mi lado.

—¿Cómo está? —consigo susurrar, obligándome a centrarme en mi hermano.

Mason suspira.

—Dice que bien, pero quién sabe. Según Parker, es de las que sufren en silencio. De todas formas, está a salvo y donde debe estar, así que supongo que ya se ocuparán de ella. Ha dejado que Lolli se quedara con ella, y eso tiene que ser buena señal.

Asiento, y él apoya la cabeza en mi hombro y cierra los ojos un segundo. Yo miro al otro lado de las llamas.

Chase tiene el ceño tan fruncido que casi se le juntan las cejas, y se mira el regazo.

Me sacudo la punzada de dolor, literal, que me recorre el pecho, y Mason se gira bruscamente hacia mí. Su cara de extrañeza es inmediata y yo sé que se me han empañado los ojos, pero fuerzo una sonrisa, una que lo convence de que es por lo mal que lo está pasando nuestra familia.

Sale mi madre, cargada de cosas, pero negándose a que la ayudemos, y deposita un bufé en la mesa de picnic que hizo mi tío Ian como regalo para Lolli y Nate. Nos llena los platos, algo que sé que va a extrañar, y mi padre nos los trae adonde estamos sentados.

Comemos más o menos en silencio o, si hay conversación, yo me la pierdo, demasiado absorta en los susurros de mi propia cabeza para oír nada a mi alrededor.

Al rato todo el mundo está de nuevo en movimiento, y mi madre se me acerca. Me abraza, compartiendo algo conmigo en silencio, pero también eso se me escapa.

La siguiente vez que levanto la cabeza volvemos a estar solos, Chase y yo, él con el plato sin tocar.

No se ha movido.

Ojalá lo hiciera.

Ojalá se fuera, pero sé que no lo va a hacer.

Más que nada porque tiene los ojos clavados en mí, otra vez, o todavía..., no sé cuál de las dos, pero quiero que mire a otro lado, porque yo no puedo y eso me está matando por dentro.

Esa expresión atribulada y atormentada que me está dedicando ahora mismo, implorándome que lo entienda, no debería estar ahí. Debería estar mirando a los ojos de un hombre decidido, resuelto, dispuesto a escalar montañas, a caer y levantarse mientras volvemos a ponernos en pie, hasta que encontremos una base estable en la cima. Juntos. Eso es el amor, ¿no?

¿Un revoltijo de emociones?

¿Un camino sembrado de baches?

¿Una experiencia emocionante?

Pero ¿qué sé yo lo que es el amor?

Solo sé lo que les he visto a mis padres, y esto no se le parece nada.

Es angustiante.

Contemplándolo ahora, estudiando el titilar de la llama que se refleja en sus ojos verdes, apagados y tristes, me pregunto si estoy siendo injusta.

Chase y yo aún no habíamos llegado a un punto de partida, y esta madrugada ha ocurrido.

Estábamos algo descolocados, dolidos y confundidos, centrados en la pérdida y distraídos por futuribles. Nos hemos dejado llevar.

Hemos pasado de una atracción irresistible al sexo en la playa a la luz de la luna. De cero a cien..., ¡superrápido!

No paran de venirme letras de canciones a la cabeza, lo cual me hace sonreír, pero ahora mismo soy incapaz de poner freno a esa parte de mí.

La situación está clara. Solo un imbécil negaría lo

evidente: que lo que para mí ha significado más de lo que me gustaría reconocer, para él probablemente ha sido mucho menos.

Sé que Chase ha sentido algo, como sé que esto es igual de doloroso para él. Doloroso de otra forma, pero doloroso a fin de cuentas.

Siempre me he preguntado si lo nuestro tendría poco futuro, y ahora lo sé.

La realidad es triste.

Estoy triste, pero se me tendrá que pasar, porque, como mi hermano lleva tiempo intentando hacerme entender, conservar nuestra amistad es más importante que nada.

No nos hemos hecho promesas; yo no le he pedido nada antes de dárselo todo, y eso es culpa mía. Cargaré con ese peso si así logro conservarlo de algún modo.

Con eso en mente, inspiro hondo y le dedico una sonrisa tierna al hombre que tengo enfrente. Como si estuviera conteniendo la respiración, escapa de sus labios una bocanada de aire y, levantándose de un brinco, se acerca al espacio vacío que hay a mi lado.

Me mira de pronto.

—Arianna...

—Ya lo sé —lo interrumpo, tragando saliva para deshacerme el nudo de la garganta, incapaz de mantener los ojos secos—. No hace falta que lo digas.

Se pone tenso.

—Me siento como un imbécil. Sabía lo que hacía y... lo quería. —Me mira a los ojos y veo en ellos que es verdad—. Te deseaba, Ari. Solo que..., no sé. No lo he pensado. Me he precipitado. —Mira bruscamente a otro sitio, frustrado—. Tengo la sensación de que te estoy fastidiando la vida, que te estoy tratando como si no me importaras, cuando sí me importas.

—Chase... —le digo, haciendo un esfuerzo para que no se me quiebre la voz—. Mírame.

Me mira, pero solo con los ojos, como si la sola idea de mirarme en condiciones fuera demasiado para él.

—No soy tan ingenua. —Esbozo una sonrisa triste de medio lado y una lágrima me corre por la mejilla—. Te has portado bien conmigo —añado, y le pongo la mano temblorosa en la rodilla, apenas me atrevo a tocarlo, pero necesito que me escuche—. No me arrepiento.

Me observa en busca de sinceridad, pero no parece convencido.

—Tú no eres una chica cualquiera, Ari. Eres más. Significas... muchísimo más. —El corazón me aporrea las costillas y quisiera que Chase se levantara y se fuera, que dejara de hablar o lo que sea, pero sigue—: Ni siquiera sé qué ha pasado —susurra muy serio, con remordimiento—. Estábamos allí en la penumbra, la brisa te azotaba el pelo y estabas..., estabas tan guapa, Ari. Y tan triste... —Aprieto los dientes para evitar que se me escape un sollozo—. Por todo lo de Payton... ¡Yo qué sé! Tenía que besarte. Y en cuanto lo he hecho no he podido parar —dice tragando saliva, y yo invierto las energías que me quedan en no apartar la mirada.

Chase baja los ojos y yo me preparo, añado un par de clavos al órgano que late al otro lado de mi pecho, para mantenerlo a raya, porque sé lo que viene ahora. Sé lo que Chase está a punto de decirme, y me va a doler como ninguna otra cosa.

Esos ojos verdes y tiernos se posan en los míos, y yo me clavo las uñas en los muslos, y me centro en el dolor físico en vez de en la tortura emocional que está a punto de infligirme.

Y lo hace.

Con voz grave de remordimiento, me susurra esas palabras que nunca voy a olvidar.

—Ha sido un error. —Hago un aspaviento para mis adentros—. No sé, Ari. A lo mejor, si las cosas fueran distintas, yo..., nosotros...

Y con eso me basta, porque las cosas podrían ser distintas, ¡serían distintas!, si él quisiera.

Pero el asunto está claro, después de todo. Yo significo mucho para Chase, pero su amistad con mi hermano significa más. Y me parece bien.

Hace años que lo sé. Y seguiré sabiéndolo. Por suerte, el dolor no dura tanto como ha durado la esperanza.

Me pongo en pie y me cuesta hasta sonreír.

—Esta noche me voy a casa de mis padres.

Se levanta de inmediato.

—Nooo...

—Me tengo que ir, Chase —lo interrumpo—. Estoy bien, solo que... —«No quiero tenerte cerca»—. Me tengo que ir. —«Tengo que encontrar el modo de volver a mirarte a la cara después de esto».

—Sí, está bien —dice en voz baja, agachando de nuevo la cabeza—. ¿Qué le vas a decir a Mason cuando te pregunte por qué te vas?

Me da un poco de rabia la pregunta, pero trato de contenerme y poner buena cara.

—No sé, pero, después de lo de anoche, seguro que estará encantado de que me vaya.

Empiezo a bajar los escalones. Los dos sabemos que lo que he dicho no es cierto. A mi hermano le va a dar pena, puede que hasta lo enoje, pero no puedo seguir en esa casa con Chase tan cerca ni un día más.

Al borde del muelle, me llegan las palabras sentidas de Chase, pero no me alivian tanto como él pretendía.

—No quiero perderte. A lo mejor ahora mismo no te lo parece, pero tú significas mucho para mí, Ari...

—Sí —susurro, aunque en el fondo pienso: «No lo suficiente».

Esa misma noche, cuando cruzo la calle para subirme a la camioneta de mi padre, unos faros me deslumbran una manzana más abajo. Me protejo los ojos con la mano, para ver mejor, pero entonces los faros se apagan de golpe y vuelve la oscuridad más absoluta.

Me subo al asiento de atrás, cierro los ojos, y rezo con todas mis fuerzas para que, cuando vayamos a Avix, sea como si no hubiera pasado nada.

11

Arianna

—¿Dónde estás, amiga?

Conteniendo un suspiro, suelto el lápiz y aprovecho la interrupción para estirarme. Ni me molesto en contestar a la insoportable de Cam, porque sé que va a asomar la cabeza por la puerta de mi cuarto en cualquier momento, y así es.

—¡Hola! —saluda, y se acuesta en mi cama de bruces y me mira con una sonrisa demasiado reveladora.

La inquietud me agarrota los hombros, pero he aprendido a disimularlo bastante bien, tanto que no parece que se dé cuenta ya.

—Hoy salimos —dice moviendo las cejas arriba y abajo.

Fuerzo una risita y vuelvo a agarrar el lápiz.

—Esta noche no puedo. Tengo que estudiar.

Agarra mi almohada y gruñe en ella con dramatismo.

—Anda, Ari. Llevamos tres semanas de semestre y aún no has salido conmigo. Entiendo que quieras estar al día con las clases, pero, maldición, se supone que lo íbamos a vivir juntas y me estás dejando tirada y haciéndome quedar como una borracha. —Arqueo una ceja—. Ya sabes a lo que me refiero —dice con exasperación—. La rezagada del grupo. Voy a todas partes con tres tipos. ¡Vaya mierda! Necesito que me acompañe otra vagina, para equilibrar un poco.

Esbozo una sonrisa y niego con la cabeza.

—¡Mira que eres imbécil!

—Pero me quieres.

—No voy a ir.

—Porfa...

—Cameron, no puedo. Tengo mucho que hacer.

Y no es del todo mentira, pero ella sabe que hay algo más.

Guarda silencio un minuto y se levanta de la cama con un suspiro. Se acerca a la cómoda, acaricia las fotos que tengo alineadas sobre la lámina de fibra de carbono barata y agarra esa en la que estamos las dos con los chicos. Ellos aún van con el uniforme puesto, después de aquella gran victoria en el campeonato, y nos tienen agarradas a nosotras entre los tres, acostadas de lado, sonriendo a la cámara.

He estado a punto de meterla en un cajón montones de veces, pero no me veo capaz.

—Este fin de semana es el primer partido oficial de la temporada, ¿sabes?

—Sí... —contesto, y trago saliva para aliviarme la quemazón de la garganta, esquivándole la mirada.

Claro que lo sé. Hace meses que lo apunté en el calendario de pared, consciente de que me lo iba a traer, y hasta rodeé la fecha con marcadores fluorescentes azul y dorado.

Cam deja la foto en su sitio a ciegas y me recuerda amablemente lo que ya sé.

—Si no vas, le partirás el corazón a Mason.

El día que me fui de la casa de la playa, Cam se vino conmigo y, aunque sabía que ella sospechaba que algo había pasado, esperé hasta el trayecto en coche al campus, una semana después, para contárselo. Le di todos los detalles y, como intuía que haría, se enojó y, al cabo de un rato, lloró.

No se lo quería ocultar, pero tampoco quería que mis conflictos personales abrieran una segunda grieta en el grupo. Me costó un bote de dos litros de helado de menta con trocitos de chocolate y un pack de seis cervezas conseguir que soltara la pistola imaginaria con la que apuntaba a Chase y entendiera la situación por lo que era: una noche de emociones desbordadas en la que sobrepasamos el punto de no retorno.

No era culpa de nadie y nadie había hecho nada malo. Era lo que era, y luego se acabó.

Llegamos a Avix dos semanas antes de que empezaran las clases y, durante ese tiempo, la tuve pegada a mi cadera en todo su esplendor de mejor amiga. Deshicimos las maletas con tranquilidad y decoramos lo que iba a ser nuestro hogar durante el próximo año, salimos de paseo y conocimos la zona.

Fuimos al cine y pasamos ratos con unas chicas del primer piso de nuestra residencia universitaria. Quedamos de vernos para comer y para tomar un café. Me tuvo entretenida con todo lo que se le ocurría y más o menos funcionaba, pero, en cuanto volvía a quedarme sola en mi cuarto, la tristeza se apoderaba otra vez de mí. Ella lo sabía, y por eso no pasamos ni un solo día en la residencia desde la mudanza hasta la víspera del comienzo oficial de las clases.

Esa fue también la primera noche en que a los chicos les dejaron algún minuto de tiempo libre. Nos pidieron que fuéramos a su residencia, a verla y conocer a sus amigos. Cam estaba ilusionadísima, pero yo justo lo contrario. Me invadió el miedo y me sentí atrapada.

Mi mejor amiga intentó cancelar, pero no se lo permití. La animé a que fuera. A fin de cuentas, hacía diecisiete días que no quedábamos con ellos..., desde el último día en la playa. Mase me hacía videollamadas por las noches y Brady se colaba en la pantalla, pero a Chase solo se le veía al fondo, y yo lo agradecía.

Cam fue a verlos esa noche y, aunque yo no se lo pedí, sé que le mintió a mi hermano cuando apareció sin mí. Tuvo que hacerlo, porque, si no, Mase se habría plantado en mi puerta en cuestión de una hora.

Pero eso fue a mediados de mes y ya casi se está acabando agosto.

Se le está agotando la paciencia, y es comprensible. Vine aquí a disfrutar al máximo con mi mejor amiga y le estoy dejando hacerlo todo sin mí mientras se esfuerza por sacarme de este bucle de inmersión en mis penas.

No es que no quiera ir, sí quiero, y me he convencido de eso tantas veces que ya ni llevo la cuenta, pero nunca consigo dar el primer paso. Resulta frustrante, pero no tengo estómago para volver a verlo, y sería una ingenuidad pensar que no va a estar por ahí. Estará, desde luego, probablemente rodeado de chicas, como de costumbre.

Mi corazón no lo soporta.

Yo no lo soporto. Aún no.

Cam dice que necesito salir, desconectar, pero ¿cómo lo voy a hacer si él siempre está presente?

Ya ha sido bastante tortura obligarme a mantener la tradición de estudiar en las gradas mientras ellos entrenan, pero tenía que mostrar cierta normalidad o mi hermano habría sospechado y me habría acribillado a preguntas. No sabe plantearse las cosas con mesura: actúa sin rodeos, y eso es lo último que necesito, así que, un par de días a la semana, Cam y yo nos hemos acomodado en los asientos del estadio a hacer la tarea mientras los chicos entrenaban, con el calor, en el campo. Es algo que empezó como una forma de que estuviéramos «a salvo» bajo su atenta mirada y terminó convirtiéndose en algo que esperaban con ilusión. Con cada buena carrera o nueva jugada, levantaban la vista sonrientes, sabiendo que les devolveríamos la sonrisa.

Nunca nos rendía mucho el tiempo allí.

Se dibuja en mis labios una pequeña sonrisa, pero un retortijón en el vientre me la arrebata y me enojo conmigo misma por ello.

Estoy harta de estar triste.

Lo bueno de dar continuidad a la tradición aquí, si es que tiene algo, es que los chicos deben ir a vestidores después. En la prepa se llevaban la bolsa a casa al final del día, por lo que iban del campo al coche. Aquí, en cambio, me puedo escabullir antes de verme obligada a verlos cara a cara, con lo que evito posibles miradas incómodas de Chase que me impulsen a hacer algo embarazoso.

Aparte de esos días a cincuenta metros de distancia, solo he visto a Chase una vez desde que llegamos. Fue durante una de nuestras cenas de domingo obligatorias en grupo, condición impuesta por nuestros padres cuando accedieron a alojarnos en las residencias elegantes tipo edificio de departamentos.

Las cenas empezaron la primera semana de clases y, aunque me tragué el dolor que me producían sus miradas distantes, no conseguí pasar de los primeros diez minutos, así que mentí. Dije que me dolía el estómago y me encerré en mi cuarto el resto de la noche. Pensé que Brady vendría a reventarme la puerta, porque, ni un minuto después de que entraran todos, empezó a lanzarme la que llamamos «la miradita de Brady», esa que dice «sé algo, pero de momento no te voy a delatar». Bendito sea.

A la semana siguiente puse la excusa de que la hora a la que quedaba mi grupo de estudio era inamovible y no podía perdérmelo. Ni siquiera estaba en ningún grupo de estudio, pero ando buscando uno desde entonces.

Seguramente, la única razón por la que no he tenido problemas aún es que he sido lista con mis ausencias y he encontrado momentos para almorzar o estudiar con mi hermano en los que sé que los demás están en clase. Lo mismo con Brady. Unos días quedo con alguno de los dos en la cafetería y otros nos vemos en la puerta del aula, en los pequeños descansos entre clases.

Pero nunca con más de uno a la vez, porque eso los llevaría a darse cuenta de que falta un vértice del triángulo, y no puede ser. Aún no.

Cuesta digerir que no eres bastante para alguien, y más aún cuando todas las personas a las que conoces se relacionan también con ese alguien.

Aunque ya no me pasa todos los días, a veces aún lloro en silencio por las noches, hasta quedarme dormida. Sé que es absurdo, y hasta exagerado, llorar por alguien que ni siquiera ha sido tuyo para empezar, pero, por típico que suene, me duele el corazón como si lo hubiera sido.

O a lo mejor es que la realidad me obligó a hacerlo aquella noche, mientras las olas me subían por los pies, robándome algo más que la arena de debajo, llevándose consigo todo lo que creía que podría llegar a tener. Mi segundo hogar se llevó mi incertidumbre, mi esperanza y mi virginidad.

Cuando pensaba en el futuro, la posibilidad de que el mejor amigo de mi hermano y yo estuviéramos juntos nunca faltaba. Pasé tantos años con las mismas imágenes en la cabeza que ya no sé ni cómo imaginar otra cosa. Duele tanto como fastidia.

Pero ¿perderme el primer partido de nuestros chicos como atletas universitarios?

Eso nunca.

Miro a Cameron.

—Allí estaré.

Asiente, se inspecciona las cutículas.

—Te oigo algunas noches, ¿sabes? —dice levantando la vista, y su voz es apenas un susurro—. No eres tan silenciosa como piensas.

Inspiro hondo.

—Estoy bien, Cam, te lo juro.

—No puedo ayudarte a olvidar si no me dejas intentarlo.

—Lo sé. —Miro a otro lado—. Pero esto es cosa mía y tengo que arreglarlo sola. No hay otra.

—Prométeme que te esforzarás más —susurra.

Esbozo una sonrisa, le hago una seña con la mano y mi mejor amiga viene a darme un abrazo rápido.

—Te lo prometo.

—Bueno. —Me estruja antes de apartarse y dirigirse a la puerta—. Voy a arreglarme. Me marcho dentro de veinte minutos, por si cambias de opinión.

Asiento con la cabeza, y la aprecio aún más. Sabe que no me quedo en mi cuarto porque tenga problemas, y me lo permite porque también sabe que es lo que necesito.

Lo de esforzarme más iba en serio. Estoy harta y deseo deshacerme de esta vacuidad que me consume, pero, a pesar de nuestra conversación, rechazo sus invitaciones los días siguientes y, cuando por fin llega la noche del partido, ese fin de semana, ando con los nervios disparados.

Me noto muy rígida, me duelen los hombros hasta el hueso de tanto tensarlos sin darme cuenta. Estoy deseando llegar allí y, tristemente, que pase todo ya.

—¡Date prisa, mujer! —le grito, paseándome nerviosa por la puerta de nuestra habitación.

Inspiro hondo, me estrujo las manos y luego las bajo enseguida cuando se abre de golpe la puerta de Cam.

—Tranqui, ya estoy.

Enfila el pasillo y no puedo evitar sonreír.

—¡Uuuyyy, te ves muy linda!

Lleva los dorsales de Chase y Brady escritos en las mejillas con lápiz de ojos, y el de Mason pintado en la camiseta blanca con brillantina azul, en números bien grandes y visibles. Se ha puesto sus famosos minishorts de mezclilla y unas sandalias de gladiador doradas con tiras. Y se ha recogido el pelo rubio rizado. Se ve preciosa.

—Espera, espera —me dice, y, cuando se da la vuelta, veo que lleva el número cuatro a la espalda—. Tenía que ponerme a Trey también —añade volteando un poco.

Reímos, y se coloca frente al espejo de cuerpo entero que cuelga detrás de la puerta, y pone los ojos en blanco cuando abro de un jalón.

—Bien pensado. Anda, vamos —digo empujándola al rellano, y nos dirigimos al ascensor.

Ya dentro, Cam me observa.

—Podrías haberte puesto la camiseta de entrenamiento de Mason o algo...

Miro molesta su reflejo en las típicas puertas plateadas.

—Llevo una camiseta de futbol americano de Avix.

—Claro, con *joggers* y Uggs.

—No empieces...

Se aprieta la cola de caballo.

—Deduzco que no vas a venir de fiesta con nosotros después...

—No.

Gruñe, literalmente, y se gira con brusquedad para mirarme.

—Juro por Dios, Arianna Johnson... —Se abre la puerta del ascensor y la callo, pero ella me pinta el dedo—. ¡No me calles, échale ovarios y vente con nosotros! —susurra furiosa, pero la mala cara le dura poco, igual que el abatimiento—. Va a estar Chase, ¿y qué? ¡Vaya tontería!

Aterrada, miro a mi alrededor, consciente de las miradas de curiosidad que nos están lanzando mientras cruzamos la zona común.

—Para ya, Cameron.

—¡Que se vayan al demonio esas zorras chismosas! —dice furiosa—. Mira lo que me importa.

Me adelanto y me paro delante de ella.

—A mí sí, ¿de acuerdo? ¡No quiero que la gente se entere de mis cosas!

—¿Y qué cosas son esas? Porque, que yo sepa, ¡no hay cosas!

—¿Por qué no paras y lo piensas un momento? ¿En serio crees que quiero ir a ver cómo le coquetean las chicas a Chase, un jugador del equipo, después del primer partido en casa de la temporada? —pregunto arqueando las cejas. Baja la mirada—. Voy a ver jugar a mi hermano y a mis amigos. Bien. O lo aceptas o te sientas con otra.

—Lo que tú digas. —Frunce los labios, me estudia un segundo y luego me adelanta con brío—. Pero que sepas que no pienso dejar de pedirte que salgas con nosotros, así que acepta tú eso.

Asoma a mi rostro una sonrisa y cruzo la puerta que me tiene abierta con una enorme sonrisa falsa en sus labios rosados.

Hasta que no entramos en el estadio y ocupamos nuestros asientos, no volteo hacia Cameron.

—Que sepas que no quiero que dejes de pedírmelo.

Me lanza una mirada asesina, pero se le empañan los ojos y, tras asentir, alarga el brazo y me aprieta la mano.

—Es que... me tienes preocupada, ¿sabes?

Trago saliva para deshacerme el nudo de la garganta.

—Lo sé.

Sorbe los mocos y se yergue.

—Está bien, ¿tú crees que podríamos convencer a esos chicos de ahí de que nos inviten a unas cervezas?

Reímos y miramos al frente.

Veinte minutos después el público está gritando, con el estadio lleno en su totalidad de prendas azul y dorado. Parece que la mitad del alumnado haya salido esta noche para no perderse el partido de inauguración de la temporada.

Se me hace un poco agridulce mirar a mi alrededor, sabiendo que no hay nadie de nuestra familia aquí, algo que a los chicos no les ha pasado nunca. De pequeños, no había ni un solo partido al que no fuera al menos uno de nuestros progenitores, y el noventa y cinco por ciento de las veces estaban los dos. Teníamos esa suerte.

Siempre estaban pendientes de nosotros, así que, en cuanto nos fuimos a la uni, se largaron de viaje por Europa, algo que llevaban planeando y para lo que habían estado ahorrando los últimos cuatro años. En cuanto al padre de Brady le dieron luz verde para tomarse un permiso, lo pusieron todo en marcha. Tan pronto como mis padres supieron que Kenra estaba bien, se fueron, pero seguro que ahora están delante de una televisión o una computadora , donde sea, viéndolo.

La primera jugada del partido es un pase espectacular de cincuenta yardas, de esos que te producen escalofríos mientras sigues con la vista la espiral perfecta, y que hacen que se te encienda el cuerpo entero cuando el balón cae como si nada en las manos expectantes de un receptor de Avix U.

Se nota la electricidad en el aire, el público está entregado y el equipo alimenta el furor. Es justo lo que necesito: un poco de normalidad. Las noches de partido siempre han sido de mis favoritas. El tiempo pasa volando mientras estamos allí de pie, gritando y animando, bajo un juego completamente nuevo de reflectores.

Como Brady es una bestia, tiene la suerte de jugar casi todo el partido, mientras que Chase y Mason juegan sobre todo en los dos últimos cuartos. Chase no ha conseguido tocar el balón, pero ha hecho unos buenos bloqueos, y, aunque Mason tampoco ha podido presumir de brazo, su entrega en mano del balón tras la línea ofensiva ha sido impecable, y su juego de pies aún mejor. Mi hermano siempre ha sido rápido y, a juzgar por los pocos minutos que ha estado en el campo hoy, es obvio que no ha hecho más que mejorar.

Pero apenas queda tiempo en el partido y los titulares ya están de vuelta en el campo, con casi todo el estadio en pie, aguardando a ver qué jugada hacen. Es una jugada de *quarterback keeper*, y el chico que lleva el dorsal diecinueve avanza y esquiva a un *cornerback*, que amenaza con derribarlo, gira aprovechando los hombros del segundo defensa y el público brama, y se me eriza el vello de los brazos mientras me pongo de puntitas a tiempo para verlo saltar por encima de un enjambre de Sharks decididos, que empujan al equipo defensor hacia su campo.

Suena el silbato justo cuando el *quarterback* se pone en pie de un brinco para celebrarlo, y es el *touchdown* número cuatro. La Universidad de Avix gana por un punto en los últimos cinco segundos de partido.

Cam y yo brincamos de alegría con el resto del público, abrazándonos y celebrando.

Se me llenan los ojos de lágrimas y me muerdo los labios. Este es un día que Mason, Brady y Chase jamás olvidarán, que yo tampoco voy a olvidar, carajo. Se han esforzado muchísimo por llegar ahí y me siento muy orgullosa de los tres. Estoy deseando que los dejen salir más tiempo al campo.

Cam grita y me lleva a rastras por el túnel atestado de gente.

—¡Ha sido increíble, Ari! —dice, y choca los cinco con un grupo de chicos que pasan corriendo y cantando consignas medio borrachos. Riendo, voltea hacia mí, con las mejillas bronceadas encendidas de la emoción—. ¡Tienes que esperarte conmigo para felicitarlos!

—Claro —contesto con una sonrisa, aunque hasta yo me doy cuenta de que me he pasado de entusiasmo.

Me aprieta el brazo.

—Tú puedes, amiga.

—Sí. —Inspiro hondo.

A lo mejor.

El equipo tarda cuarenta minutos largos en empezar a salir por los túneles del estadio y los aficionados borrachos vuelven a berrear. La sonrisa de nuestros chicos no puede ser mayor cuando ven la locura que no han presenciado al entrar. Aun así, en medio de los alaridos de la multitud y más allá de las chicas medio desnudas, nos ven apoyadas en el farol y vienen directo a nosotras.

No puedo contener la sonrisa. Me despego del poste de cemento y me cuelgo del cuello de Brady cuando viene hacia mí a toda velocidad. Me sujeta, me hace girar y volar, riendo en mi cuello.

—¡¿Qué te ha parecido, Aribaby?! —me grita, me planta un beso en la mejilla y me cambia por Cameron.

Se me acerca mi hermano y me estrecha en sus brazos con una sonrisa.

—No soy capaz ni de decirte cómo me he sentido —dice zarandeándome.

Me aparto y contemplo la cara sonriente de Mason. Llevamos hablando de este día desde que teníamos siete años y él empezó a jugar en el equipo infantil. Este es el comienzo de algo grande para mi mellizo y no puedo evitar emocionarme por ello.

—Detente —me dice riendo y empujándome un poco—. Dios, eres tan llorona como mamá —bromea.

Río entre sollozos.

—Sí, bueno, es que estoy muy orgullosa de ustedes, chicos.

Mason ablanda el gesto y sé lo que está pensando sin que me lo diga: que tenerme aquí en Avix lo es todo para él. Aunque sea un mandón y un gruñón, como yo, necesita tener cerca a la familia y a la gente que le importa. Se le da tan bien estar solo como a mí, y probablemente por eso me está costando tanto salir de esta fase mía de autocompasión. He estado apartando a mi familia y a mis amigos en vez de consolarme con la idea de que están aquí, pendientes de mí. Ojalá los hubiera dejado estar.

Porque lo habrían hecho, pero, como digo, no quiero

abrir grietas entre los miembros de mi familia. Lo solucionaré sola para que no tengan que sentir el vacío que lo acompaña.

Una mano me acaricia titubeante la parte baja de la espalda para llamar mi atención y, al voltear ligeramente, se me corta la respiración cuando veo esos ojos verde musgo.

Chase.

Su sonrisa es discreta, cauta y descorazonadora. Abatida, me zafo del abrazo de mi hermano y volteo hacia Chase. Suspira de alivio al ver que me obligo a abrazarlo como a los otros.

Al oírlo inhalar fuerte, se me encogen las costillas, y tengo que tragarme las emociones que amenazan con delatarme.

—Has estado tremendo esta noche, Chase —le susurro—. Me alegro muchísimo por ti.

Cierro con fuerza los ojos, confiando en que me suelte pronto, porque no sé si yo voy a poder.

Aparta los brazos de mi cuerpo con naturalidad.

¿Por qué no iba a hacerlo?

Se aclara la garganta y retrocede, sonriendo indeciso. Le asoma a los ojos una disculpa, y me fastidia. No quiero que se disculpe, ni que se sienta culpable, ni nada que tenga que ver con el remordimiento, así que hago todo lo posible por fingir que no me percato de que me está suplicando en silencio que lo perdone y lo entienda.

—¿Cómo te has sentido? —le pregunto con el estómago revuelto, procurando bloquear las conversaciones de chica patética que había imaginado para este preciso instante.

Dios, qué distintas eran.

Estábamos acostados en el sofá mientras él me acariciaba el pelo, susurrando, recordando su primer partido de la universidad, una noche que quedará grabada para siempre en su memoria. Un recuerdo del que yo ya no seré parte, porque no será en mis cojines en los que se acueste esta noche.

¿Por qué soy tan niña?

—Me parece casi surrealista —dice Chase con los ojos iluminados, creando cierta tensión en los míos—. Ha sido una locura. Esos chicos eran inmensos.

—¿Me lo dices o me lo cuentas? —tercia Cam—. ¡Parecía un equipo de Bradys! —añade riendo y subiéndose a la espalda de Brady.

Mason sonríe y mira a nuestro alrededor.

—Supongo que todo el mundo se está preparando para salir. —Voltea hacia mí y la sonrisa se le esfuma al ver mis pantalones—. Hoy tampoco vienes —me dice en tono acusador.

Me encojo de hombros y miro a todas partes menos a él.

—Esta noche no.

Mi hermano espera a que levante la vista y luego mira intencionadamente a Chase, que está charlando con Cam ahora, para volver a escudriñarme enseguida a mí.

Le sostengo la mirada, pero no me pronuncio.

Al cabo de un momento, suelta un resoplido de frustración.

—Te acompaño.

—Los de nuestra residencia vuelven todos en grupo. Están en la puerta de la izquierda, pero tengo que acercarme porque se van dentro de diez minutos.

Entorna los ojos.

—Bueno, pero escríbeme en cuanto llegues. Como se te olvide, me planto allí a golpearte la puerta.

—No se me olvidará —le digo con un amago de sonrisa, y miro a los otros una vez más—. Buen trabajo esta noche, chicos. Nos vemos...

—Mañana —contesta Brady con una mirada mordaz—. Para la cena.

—Ya quedamos... —digo—. Adiós.

Me largo enseguida y me uno al grupo de vuelta como he prometido.

Por el camino, me debato internamente.

Me maldigo, y rezo para que, al levantarme mañana, todo haya vuelto a la normalidad, al tiempo que suplico un golpe de ingenio que me permita inventar una excusa que mi hermano se trague cuando le diga que no voy a la cena de mañana. Tampoco.

Pero, cuando me acuesto en la cama, sola en mi cuarto de la residencia mientras mis amigos están por ahí celebrando un hito que nunca se va a repetir, recuerdo la promesa que le he hecho a Cam.

Recuerdo la razón por la que nuestras familias nos regalaron la casa de la playa y la finalidad del esfuerzo que hemos hecho todos por asegurarnos de que terminábamos en la misma universidad. No puede ser que mis sentimientos se lleven por delante todo eso. Así que voy a echarle ovarios, me voy a poner en pie y voy a salir.

A partir de después de la cena de mañana.

12

Arianna

La semana siguiente pasa volando y, cuando quiero darme cuenta, ya es fin de semana otra vez, solo que ahora estoy preparada para que Cam me fastidie.

Se cierra de golpe la puerta de la calle y salgo del baño tan deprisa que resbalo, pero me agarro justo a tiempo para no estamparme en el suelo. Ya erguida, me cuesta trabajo no morirme de la risa.

Me ato fuerte a la cintura la bata de baño, salgo a la sala y me siento en el sofá mientras Cam va metiendo cosas a toda prisa en el refrigerador.

—¡Hola! —grita al oírme entrar—. He ido un momento a la tiendita del campus, me han cobrado un dineral, pero traigo cosas para desayunar. He supuesto que mañana acamparemos en el sofá todo el día y haremos *brunch*.

Sin esperar respuesta, pasa volando por delante de mí sin mirarme siquiera y se mete corriendo en el dormitorio. Abre la puerta del armario con tal vehemencia que rebota en el marco y el tintineo de los ganchos me hace dar un brinco de los nervios. Ni un minuto después la veo entrar en el baño en tanga y brasier, con un vestido de color coral medio metido por la cabeza, mascullando por debajo del resorte mientras intenta ajustárselo.

Sabía que iba a pasar por casa antes de salir de noche; me lo ha dicho después del partido. Yo había decidido no quedarme a felicitar a los chicos esta vez y he preferido mandar un mensaje al chat del grupo, y luego he vuelto a casa con los de nuestra residencia, mientras ella buscaba a algún amigo de la escuela con quien esperar.

Cam sale de su cuarto unos segundos después, se deja caer en el sofá a mi lado y se calza unas sandalias de plataforma doradas.

—Hoy veré a Trey para tomar una copa en Screwed Over Rocks. Será divertido... —me suelta a modo de indirecta, pero sin levantar la vista.

—Seguro que sí. Con él siempre te la pasas bien.

—Sí... Por lo visto, el equipo va a hacer una fiestecita en la casa, pero él no tiene muchas ganas, así que...

Reprimo una sonrisa.

—Sí, Mason me ha escrito hace unos minutos para contármelo.

—Ah... —dice, y se levanta y se dirige a la puerta visiblemente fastidiada.

Casi me pone nerviosa, pero mi amiga no me falla. Nunca lo ha hecho. Ni lo hará. Se detiene al poner la mano en la manija, abatida.

—Podrías venir, Ari. Chase no va a estar.

Por fin me mira a los ojos, alicaída.

—¿Qué demonios...? —exclama, molesta, ni medio segundo después.

Se me escapa una carcajada, me levanto de un brinco y me abro la bata de baño.

Ella se lleva las manos a la cabeza.

—Un momento..., ¿te...? ¿Qué haces?

Repara entonces en la cara maquillada, los rizos de anuncio y el vestido corto y ajustado color ciruela, el que ella misma me eligió la última vez que fuimos de compras.

—¿Que qué hago? —Salto por el lateral del sofá, meto los pies en los tacones que he dejado al borde, y sonrío—. Me voy a emborrachar con mi mejor amiga.

—¿Sí? —susurra, con los ojos de pronto empañados.

Me daría de puñetazos por eso, pero controlo mis sentimientos y asiento.

—Sí.

Cameron grita, se abalanza sobre mí y caemos las dos de espaldas al sofá.

En cuanto nos levantamos, suspira y me da un golpecito con su bolso de fiesta.

—Nunca más, Arianna Johnson. Como lo intentes siquiera, te vas a enterar —me dice furiosa, pero tiene los ojos llenos de lágrimas y le baja la voz diez octavas—. Me estabas asustando.

—Lo sé, lo sé. Lo siento. Aún no lo tengo claro del todo, pero ahora mismo necesito más un poco de diversión.

—Pues eso te decía yo, que no le dieras más vueltas.

Engancho mi brazo en el suyo.

—¿Me echas una mano, amiga?

—¡Pues claro! —contesta sonriente jalándome.

Dicho eso, nos disponemos a salir..., no sin antes detenernos en la encimera para tomarnos un trago rápido prefiesta.

Screwed Over Rocks es un bar de estudiantes a unas manzanas del campus y, por lo que nos dijeron en la jornada de orientación, se toman muy serio lo de la edad legal para consumir alcohol, pero, al echar un vistazo a mi alrededor, veo que es un «mejor no preguntes» en lo relativo a las identificaciones falsas; o sea, que si tienes un documento que dice que puedes beber, pues adelante.

Es la primera vez que vengo, pero ya sé que voy a querer volver.

El local es diáfano y relajante, con una pista de baile que ocupa la totalidad de la sala cuadrada. Hay mesas pegadas a las paredes de la derecha y de la izquierda, donde uno puede sentarse a descansar... o a hacer cochinadas.

También hay los típicos taburetes junto a la barra curvada que se extiende por un rincón del fondo, y las luces que cuelgan del techo emiten un suave resplandor rojizo que contrasta fuertemente con el suelo de baldosas negras impregnadas de brillantina dorada.

El DJ está aislado en el rincón más apartado del bar, y el sistema de sonido permite que la música se oiga a diversos volúmenes por toda la sala: atronadora en el centro de la pista de baile, suave y etérea cerca de las mesas, y clara y cruda en los laterales del local.

Cam estira el cuello y avanza, agarrada de mi mano.

—¡Vamos! ¡Está allí!

Cuando llegamos a él, Trey sonríe contento, nos dice lo guapas que vamos y enseguida nos planta un trago en la mano.

—¿Qué es? —le pregunto mirando el licor oscuro.

—Nuestra pócima de la felicidad, que me han dicho que te hace mucha falta —contesta, y nos ofrece un par de rodajas de limón.

Lanzo una mirada asesina a Cameron, que se encoge de hombros y se bebe el trago sin esperarme; luego muerde el limón, se limpia la boca con el dorso de la mano y me sonríe satisfecha.

—¿Me lo vas a negar, bonita? —dice sonriente, con la cabeza ladeada.

Yo arqueo una ceja, me bebo el mío y pongo ruidosamente el vaso en la barra con una sonrisa.

—Nop —contesto aventándole el limón, y ella ríe, con los ojos brillantes de emoción, solo de tenerme allí con ella.

Adoro a mi mejor amiga.

—¡Voy a bailar!

—¡Súper! ¡Ahora te veo! —me grita Cam mientras Trey pide otra ronda.

En cuanto piso el centro de la pista de baile, donde la música está altísima, me lleno de energía y enseguida me siento mucho mejor de lo que me he sentido en semanas.

Se me expanden los pulmones y, aunque estoy en medio de una multitud cada vez mayor, respiro por fin.

Suenan dos canciones y Cam y Trey se me acercan, con las manos llenas de tragos. Nos tomamos otros dos.

Al cabo de una hora o así, me encuentro bien. Se me vuelve algo lenta la sonrisa, se me libera el cuerpo lo justo, no pienso en nada más que en el ritmo que atruena a mi alrededor. Cuando miro, veo que Cam me observa, con la espalda pegada al pecho de Trey.

Extiendo la mano y le aprieto la muñeca, y se abalanza sobre mí, haciéndome reír mientras se cuelga de mi cuello. Entendió el mensaje.

«Gracias, amiga».

—¡Te quiero, chica! —me grita al oído, más alto de lo necesario, y reímos y nos separamos.

Trey le pasa el brazo por la cintura y yo miro ese brazo y luego la miro a ella, que se encoge de hombros conteniendo una sonrisa. Trey se da cuenta, pero sonríe con desenfado.

—¿Otro? —pregunta.

—Ya que estamos... —contesto con un gesto de resignación—. ¿Y un agua?

—Voy con él, ahora vengo —dice Cam lanzándome un beso, y se larga.

—Aquí los espero.

Sigo bailando, moviendo las caderas al ritmo de la melodía, disfrutando de cada minuto de libertad que la música me ofrece.

Cuando termina la canción y el DJ cambia de tema, me digo para mis adentros «¡A la mierda!», y dejo que mi cuerpo se mueva más seductor mientras suena de fondo *Dangerous Woman*, de Ariana Grande.

Tras los dos primeros versos, se me acerca alguien por la espalda, y su sombra ancha me envuelve por completo. Aunque el calor que desprende el cuerpo de mi nuevo compañero de baile es ineludible, no se acerca más, sino que me ronda un poquito apartado, y es como si accionara un interruptor.

Se me acelera el corazón, se me calienta el cuerpo. Sonrío a la sala en penumbra y sigo moviéndome al ritmo de la música, deslizándome las manos por las costillas mientras canto la canción en voz baja.

Unas manos fuertes cubren las mías. En realidad no me toca el cuerpo, pero aprovecha la posición de mi propia mano para presionar justo debajo de mi ombligo y acercarme a él.

Se lo permito, notando cómo me recorre entera el ritmo provocativo de la canción, y cuando él extiende los dedos encima de los míos, los entrelazo.

Pongo a prueba a mi compañero de baile, meciendo las caderas a un lado al tiempo que giro los hombros al otro, formando una especie de ese con la espalda. Muevo un poco la cabeza al compás y, ¡rayos!, me sigue el ritmo, igualando todos los giros de mi cuerpo con el suyo. No tiene que parar, retroceder ni recolocarse ni una sola vez. Vamos perfectamente sincronizados.

Resulta embriagador, catártico.

Es justo lo que necesitaba: una forma fresca y sana de liberar todas las emociones contenidas sin desmoronarme ni hartarme de llorar.

Al mismo tiempo, levanto la cabeza cuando él la baja, pero solo un poco, y su aliento caliente me acaricia la nuca empapada ya en sudor. Es como fuego que toca hielo, y me hace jadear. Juraría que se le infla el pecho al oírlo.

Aparta de mi cuerpo nuestras manos entrelazadas, levantándomelas por encima de la cabeza, sin que sus dedos abandonen mi piel ni un segundo. Recorre con ellos, muy muy despacio, el contorno de mi cuerpo hasta llegar a la cadera. Abandonadas en el aire, de algún modo mis manos saben qué hacer, saben lo que él quiere que hagan.

Descienden bailando al ritmo de la música y, con las yemas de los dedos, le acaricio las puntas del pelo corto y suave. Mientras deslizo la mano derecha por su cuello, anclándola ahí, bajo la izquierda y la encajo esta vez en sus fuertes nudillos.

En respuesta, contrae las manos, con las que se agarra a mis caderas, y mi cuerpo decide pegarse al suyo, y echo la cabeza hacia atrás porque, de pronto, me pesa demasiado. Como si presintiera mi próximo movimiento, levanta enseguida la mano derecha y me impide, con delicadeza, que volteé hacia él.

No me ve la cara, pero, de algún modo, sabe que estoy haciendo un puchero; la risa lo delata, y yo cierro los ojos y me empapo de ese sonido profundo y ronco.

Sé que sonríe por cómo respira, que se está divirtiendo por cómo baila. Es como si su regocijo me corriera a mí por las venas, y cuando su mano se zafa de la mía y extiende los dedos por mis costillas, su curiosidad se revela en la forma en la que le late el corazón, tan fuerte como el mío.

Quiero verlo.

Sabe que es así y, cuando termina la canción y empieza a sonar otra, no me sorprende que los dos dejemos de movernos. Contraigo los dedos de los pies en los tacones para apartarme de él, pero un segundo después me quedo clavada en el sitio cuando me acerca suavemente los labios al borde de la oreja.

—Ya puedes darte la vuelta, preciosa —me dice en un susurro grave, y me recorre un escalofrío.

Inspiro de forma entrecortada, mordiéndome el labio

inferior mientras me giro, pero no me privo de la diversión mirándolo enseguida a la cara; en cambio, bajo despacio la mirada y me encuentro con un cuello fuerte, una piel bronceada y el cuello de una camiseta gris sencilla. Sin levantar aún la cabeza, desciendo la mirada todo lo que puedo y detecto un asomo de tatuaje debajo de la manga derecha.

Levanta la mano del costado y admiro la forma en que se acentúan sus músculos. Vuelve a reír y yo cierro los ojos, preparándome para la caricia que sé que viene, y así es. Unos dedos fuertes y toscos me agarran de la barbilla. Me da un jaloncito, pidiéndome en silencio mi atención, y yo abro de golpe los ojos.

Una mandíbula firme y de curvatura perfecta, los labios ladeados en una sonrisa torcida, pero no de autocomplacencia, sino tierna, cautivadora.

¿Familiar?

Inspira hondo y se le infla el pecho, y la mano que le queda libre se contrae en mi cintura y, por fin, levanto la vista. Al encontrarme con unos ojos azul metálico, dejo de respirar.

No dice una palabra, se limita a mirarme sin pestañear y, cuando ensancha la sonrisa, salgo del trance y hago lo mismo.

Ríe y baja la mano.

—Hola, Julieta.

—Noah...

13

Arianna

—¡Un momento! —dice Cam atragantándose de la risa—. Te convence de que la lleves a casa, y luego ¿qué? —añade espantada—. ¿Te dice «espera un segundo porque tengo que arreglar algo, pero date prisa porque no quiero perder el tiempo»?

Noah ríe, tapándose la boca con el puño, y yo me llevo la mano a la mía para contener una risita, para no escupir el agua por todas partes mientras lloro de la risa.

Trey sonríe.

—No, esperó a que me enfundara, me instalara entre sus piernas y luego se sacó la mierda esa y la jaló al suelo como si fuera de lo más normal.

Me deja pasmada, y Cam se ríe tanto que ella sí escupe el agua..., en el regazo de Trey, que se limita a sonreír y le empuja el hombro con el suyo.

—Bueno —dice Noah divertido—. Se acabaron las batallitas de fraternidad por esta noche —añade sonriente, sin el más mínimo indicio de crítica.

—Cuéntanos tú alguna de la tuya...

Noah me mira enseguida, con los ojos brillantes.

—¿Yo?

Asiento y bebo otro traguito de agua.

Ríe en voz baja y se humedece los labios, pero es Trey quien habla.

—Salvo que quieras una descripción detallada del campo de entrenamiento, del gimnasio, de la tienda y, a lo mejor, de una o dos gasolineras de la zona, más te vale dejar que siga entreteniéndolos yo —señala entre risas, y ladea enseguida la cabeza para esquivar el cacahuete que le lanza Noah.

Noah sonríe de buen humor, pasando el brazo por el respaldo del asiento y poniéndose cómodo en él.

—¿Eres hogareño, entonces? —pregunto intrigada.

Él me mira, y una sonrisa amenaza con asomar a sus labios.

—Depende.

—¿De...?

Entrecierra un poco los ojos, pero la sonrisa sigue dibujándose en los pliegues que le enmarcan la cara.

—Del día, de la situación y de la razón que tenga para salir.

—Tampoco he dicho que sea un abuelo. —Trey ríe—. Es un cabrón muy centrado, nada más. Hasta me sorprende haberlo sacado de casa hoy —dice mirando a su amigo, y luego se le ensancha la sonrisa—. Bueno, la verdad es que no.

Intercambian una risa cómplice, y yo sonrío y echo un vistazo a la mesa mientras fluye la conversación, disfrutando de verdad de una velada relajada.

Después de la sorpresa que me ha dado en la pista de baile, Noah y yo hemos ido a buscar a Cam y a Trey a la barra, y enseguida nos sentamos en una mesa vacía para pasar un rato más juntos. Llevamos ya como una hora, escuchando las anécdotas horrendas pero divertidísimas de Trey, de cuando se metió en una fraternidad en la UCB, donde cursó su primer año. Para el segundo, trasladó el expediente a Avix, y no tardó en entender que el futbol y las fraternidades no combinan bien si quieres estar entre los mejores, de ahí la casa de los futbolistas en la que viven ahora Mase y los chicos.

Chase.

Me da un vuelco el corazón al pensar en él y me relleno el vaso con lo que queda en la jarra. Cuando dejo en la mesa la bebida rebosante, levanto los ojos y veo que Noah me estudia, con la cabeza algo ladeada.

Saca un poco la lengua, se humedece los labios y arruga un tanto las cejas oscuras, y curiosamente eso lo hace parecer aún más guapo. Por suerte, Cameron empieza a hablar y ya tengo una excusa para mirar a otro lado.

—Estoy deshecha —dice deslizando hacia mí su sonrisa ebria—. Y, si yo estoy cansada, tú debes de estar muerta.

Le devuelvo la sonrisa, pero bajo la mirada a mi copa. Me fastidia que un pensamiento tonto y espontáneo relacionado con Chase me ponga de malhumor, a pesar de la diversión. La verdad es que aún no estoy cansada, y lo que menos quiero ahora mismo es irme a casa y pasarme horas acostada en la cama, pensando en cosas que no soy capaz de controlar y en un hombre del que tengo que olvidarme. Aun así, estoy a punto de acceder, me volteo hacia ella, pero Noah habla antes que yo.

—¿Y qué tal si Trey te acompaña a casa y yo me aseguro de que Ari llegue sana y salva cuando se termine la copa que se acaba de servir? —dice agitando mi bebida y sonriendo a mi amiga.

Cam frunce el ceño y voltea de pronto hacia mí.

—¿Ari? —Disimulo mi alegría, pero me descubre igual—. Suéltalo, amiga —me dice con una sonrisa pícara, y se recuesta en el asiento.

Trey sonríe y Noah pone cara de mayor extrañeza todavía.

—¿Qué me he perdido? —dice mirándonos a los tres alternativamente.

Trey le da una palmada en el brazo a Noah.

—Amigo, ¿no te he dicho que esta chica viene con rocola incorporada?

Noah me mira enseguida, cada vez con más intensidad.

—No.

Se me encienden las mejillas y agacho un poco la cabeza.

—Todo, en todas partes, le recuerda a alguna música. —Cameron ríe—. Es físicamente incapaz de no pensar en una canción, esté donde esté. Es raro, pero al final te acostumbras.

Me deja pasmada.

—No es raro, idiota.

Noah nos mira confundido.

Cam pone los ojos en blanco y me muero de vergüenza.

—Yo he dicho que me iba; tú te has ofrecido a llevarla a ella a casa, y en la cabeza de Maricánticos... —dice, y me mira expectante, con una ceja arqueada.

Río un poco y procuro calmarme para no desafinar.

—«*If you get there before I do, don't wait up on me...*».

—¿Ves? —Cam sonríe a Noah—. Pues eso. La canción no tiene nada que ver con lo que estamos haciendo. De hecho, es demasiado triste, y además Ari le cambia la letra si hace falta, pero el que yo me vaya a casa ha sido el desencadenante. —Se encoge de hombros—. Muy raro, pero muy Ari.

Noah ríe y cruza los brazos encima de la mesa, y sus bíceps se tensan cuando se inclina hacia delante y atrapa mis ojos pardos con los suyos azulísimos.

—Antes te has reído y has mirado a otro lado cuando Trey ha dejado la jarra en la mesa...

Sonrío satisfecha, sorprendida de que se haya percatado.

—¿Has visto *Grease*? —Asiente intrigadísimo—. En el baile escolar, Doody, Sonny y Putzie enseñan el trasero delante de las cámaras.

Me mira algo confundido, no entiende lo que le estoy contando, pero mi compañera de pelis de toda la vida se muere de risa. La miro y cantamos las dos con voz grave:

—*Bluuue mooon...*

Noah ríe a carcajadas y los ojos azules se le iluminan por segundos.

Yo sonrío, agarro el vaso que acabo de rellenarme de coctel *blue moon* y le doy un buen trago.

Noah se recuesta en el asiento, sin que sus ojos dejen de mirarme ni pierdan la intensidad.

—Váyanse, yo me encargo de ella —dice.

Al parecer indecisa, Cameron voltea hacia mí. Esta es la primera noche que me aventuro a salir y sé que le preocupa que no vuelva a casa, pero basta con que la mire para que entienda que quiero quedarme. Asiente y se pone en pie.

—Pero te advierto que, si Mason me revienta el celular preguntándome por ti, pienso delatarte.

Río y asiento.

—Muy bien, pero seguramente está muy borracho ahora mismo.

—Como si Mason Johnson pudiera alcanzar algún nivel de embriaguez que suprimiera su necesidad de saber dónde está y qué está haciendo su preciada melliza.

—Teniendo en cuenta que no sabe que he salido contigo, yo diría que estamos a salvo.

—Si tú lo dices... ¡Te voy a echar a los leones si se da la ocasión!

Me avienta un beso y se van.

Riendo, los veo desaparecer y, al mirar de nuevo al frente, me encuentro con que Noah, aunque sigue inclinado hacia delante, se ha deslizado al centro de su asiento y me observa fijamente. Se lo permito, y no me muevo ni me aparto de su atenta mirada.

Al final, suspira y se recuesta en el asiento, y una sonrisa triste se dibuja en sus labios.

—Te acostaste con él —me dice en voz baja, tierna y firme.

Abro la boca, con la negación en la punta de la lengua, pero no me salen las palabras; la verdad está, de algún modo, grabada en su mirada. Es como si fuera a saber que miento.

Por eso no lo hago.

Confirmo con la cabeza.

Algo indescifrable le recorre fugazmente el semblante y su cabezada lenta sigue a la mía, y luego cae en cuenta.

—Te hizo daño.

Agacho la cabeza, inspiro hondo y suelto un suspiro, y después alzo la mirada. Hay algo en la candidez de sus ojos que me lleva a soltar todo eso a lo que me he estado aferrando durante los últimos meses, cosas que no quería contarle a Cameron para que no tomara partido sin querer, que bastante ha tenido con ser testigo del cambio que me ha provocado el verano.

Así que, cuando Noah me pide que empiece por el principio, y percibo su deseo sincero de entender las cosas, eso es justo lo que hago.

Le hablo de nosotros de niños y de nuestras interacciones. Recuerdo el momento en que, en la fiesta de los quince años de Mason y mía, Chase le dio una paliza al chico que me dio mi primer beso, con la excusa de que era un imbécil que no se lo merecía, y luego estuvo sin dirigirme la palabra durante dos semanas. Le hablo de cuando, en un baile escolar, Chase se emborrachó y me estrechó en sus brazos en la pista de baile, cantando la versión de David Cook de *Always Be My Baby*, para ignorarme en cuanto volvió Mason.

Le cuento que, con los años, mis sentimientos se hicieron más intensos de lo que yo pretendía, y que me quedé sentada como la boba que obviamente soy, esperando a que Chase se diera cuenta, y le explico también cómo lo ve todo Mason. No dejo ni un detalle de lo ocurrido en la casa de la playa, aparte de nuestra experiencia sexual, ni siquiera la reacción de Mason, ni la de Chase.

Se lo expongo todo, y en ningún momento me siento juzgada ni compadecida por el hombre que tengo delante. Al contrario, me produce un extraño consuelo.

—A ver, esa noche había sido muy intensa. Estábamos todos mareados y agotados, y supongo que debería haberlo previsto, pero no pensé en lo que ocurriría después. Y, aunque lo hubiera hecho, no habría cambiado nada en aquel momento. —Ni de broma habría retrocedido, y menos con la forma en que Chase me miraba esa noche. Me veía de verdad y, aunque luego no pasara de ahí, siempre me quedará esa mirada desesperada suya, aquel anhelo tan patente. Nunca olvidaré su cara de deseo de esa noche—. Visto con perspectiva, sé que no gestioné bien la situación —digo arrugando la nariz mientras lo pienso—. No la gestioné nada, en realidad. No fui justa. No he sido justa. Me... fui, y ahora... —Suelto un resoplido fuerte—. Ahora supongo que podría decirse que me escondo —termino, y miro de reojo a Noah. Cuando anclo mi mirada apesadumbrada en la suya, se sorprende y preocupa, y a mí se me empañan los ojos—. Nunca pensé que conseguir lo que siempre has querido pudiera doler más que quererlo y no tenerlo. No hay punto intermedio, la verdad.

No sé si es en mi expresión o en mi tono, pero Noah detecta mi autorreproche y se niega a permitirlo.

—Julieta... —me dice con una rotundidad tierna, esperando a que levante la vista una vez más, y, cuando lo hago, solo escapa una palabra de sus labios y su cara no deja cabida a la discusión—. No.

Con ese susurro dolido y lleno de tristeza, se abren las compuertas.

—Ufff... —digo mirando al techo, deseando que se me vayan las lágrimas.

Noah maldice, levantándose del asiento, pero yo solo lo miro cuando me agarra la mano y me hace ponerme en pie, me limpia con delicadeza las lágrimas de las mejillas con la yema del pulgar y me lleva hasta la puerta del local.

Voy dando tumbos por el alcohol, pero Noah me mantiene sujeta con su cuerpo. Volvemos a pie al campus, en silencio, y, aunque he salido llorando del bar, ninguno de los dos está incómodo.

A unos cinco metros del edificio de arenisca rojiza en el que está mi departamento, Noah me sujeta de la mano y me hace detenerme, y, cuando lo miro a los ojos, me señala la fuente con la cabeza.

Río un poco y lo sigo, y me siento en el borde de la fuente, a su lado. Se gira para tenerme de frente y, tras mirarme un momento a los ojos irritados, asiente.

—No se lo dijiste, ¿verdad? —me pregunta en voz baja.

—¿El qué?

—Que era tu primera vez —deduce.

Siento una punzada fuerte en las costillas y miro al suelo que piso. Niego con la cabeza, aunque, no sé por qué, no me sorprende nada su perspicacia.

—Carajo... —masculla, y luego se me acerca un poco más, me mira y me apoya la mano en la mejilla, con la frente fruncida, debatiéndose entre varias emociones que no soy capaz de nombrar—. ¿Tuvo cuidado? —pregunta, haciendo un esfuerzo por no enfadarse; se lo noto en la tensión de las cejas.

—Noah...

—Dime —contesta, interrumpiéndome—. Dime, Julieta.

Su voz no es más que un susurro y eso me calienta el corazón. Este hombre al que he visto un total de tres veces me parece cualquier cosa menos un extraño.

Esbozo una sonrisa y le llevo una mano al pecho.

—Tuvo cuidado. Demasiado, a lo mejor —añado con una risa mordaz—. No lo sabía, pero se portó mejor que si se lo hubiera pedido. Tenemos una relación complicada, ahora más todavía, pero nunca me ha hecho daño. —Sonrío con tristeza—. Al menos intencionadamente.

Noah asiente y me cubre con la mano derecha la que yo le he puesto en el pecho.

—Sabes que esto no tiene nada que ver contigo, ¿verdad? —insiste—. Es cosa suya y de sus inseguridades.

Al ver que no hago más que amagar una sonrisa, entrecierra un poco los ojos. Se pone muy derecho.

—Seguramente tiene miedo y no sabe qué hacer, créeme.

—No me ve, Noah. No como yo quería que me viera.

—Te ve —me contradice, paseando su mirada firme por mi rostro—. ¿Cómo no te va a ver?

Sus palabras tiernas me obligan a reprimir una especie de revoloteo en el vientre, pero sé que se equivoca. Pensar así es lo que me ha metido en este lío.

—Me quiere y me respeta como yo a Brady, como Cameron a él, está bien. —Me encojo de hombros—. Lo entiendo, pero sigue siendo una mierda, y digerirlo me está costando más de lo que quisiera. —Bajo la mano y la paseo por el agua de la fuente—. Lo superaré y, con suerte, también lo hará nuestra amistad. Más vale, por mi hermano y los otros. Por nosotros también, supongo.

Noah guarda silencio unos minutos.

—Por eso no te he visto en la casa.

No pregunta.

Sonrío al agua y admiro la forma en que brilla la luz de la luna a través de ella.

—Me has estado buscando, ¿eh? —bromeo, devolviéndole las palabras que él me dijo el día de la fogata.

—Sí.

Su respuesta inmediata hace que me gire hacia él enseguida. Nos quedamos así un momento, mirándonos, y luego, de pronto, se levanta de un brinco.

—Vamos, Julieta —dice tendiéndome su mano firme—. Te llevo a casa. Hoy has mezclado whisky y cerveza. Mañana te va a reventar la cabeza.

Protesto, pero dejo que me levante. Se empeña en acompañarme hasta la puerta, así que ignoro a las chismosas con las que nos cruzamos por los pasillos.

Me encanta que en la universidad sea completamente normal estar levantado a las tres de la madrugada.

—¿Vas a estar bien esta noche? —me pregunta, recargado contra el marco de la puerta cuando la abro.

Sonrío y me meto agarrándome de la puerta.

—Estupendamente. —Lo noto algo preocupado, pero asiente con la cabeza—. Me hacía mucha falta esta noche. Gracias por..., ya sabes, por todo.

Desvío la mirada y me sonrojo. Aún no me creo que le haya soltado todos mis problemas, pero él hace desaparecer la inquietud que me ronda el estómago.

—No tienes nada de lo que avergonzarte. —Me mira fijamente un momento, y no tarda en suspirar, pero luego retrocede—. Hazme el favor de beber un poco de agua antes de acostarte.

Poso los ojos en el marco de la puerta.

—¿Y eso es un favor? —Ladea un poco la cabeza y me hace reír—. De acuerdo, lo juro.

Satisfecho, se retira.

—Buenas noches, Julieta.

Me despido con la mano y, en cuanto cierro la puerta, me asalta un solo pensamiento.

No estaba preparada para que se fuera aún.

14

Arianna

Al diez para las diez llaman a la puerta. Paso varios segundos rezongando entre las mantas, pero no oigo retumbar los pies de Cameron por el suelo de linóleo, y entonces recuerdo que hace un rato ha asomado la cabeza a mi cuarto para decirme que se iba.

Vuelven a llamar y me pongo bocarriba, resoplo al techo y me levanto despacio.

—Vo... —intento decir, pero tengo la voz hecha un asco, así que carraspeo un poco y vuelvo a intentarlo—. Voy. —Bostezo a media palabra, y me sirvo de todos los músculos que me funcionan en estos momentos para quitar el cerrojo y abrir la puerta.

Me quedo pasmada, helada, pongo el automático y cierro de golpe la puerta nada más abrirla. Se oye al otro lado una risa grave y yo me doy un pequeño cabezazo contra la madera barata.

—Vamos, no fastidies —susurro.

—Anda, Julieta, abre —me dice visiblemente divertido—. Si ya te he visto...

Protesto y me desplazo un poco para mirarme en el espejo de al lado de la puerta. Me humedezco los dedos y me froto las mejillas, intentando quitarme parte del lápiz de ojos que se me ha corrido a la cara, y aplastarme un poco el pelo, que llevo tieso por todas partes.

Inspirando hondo, sacudo las mangas de la sudadera que le robé a Mason, hasta que se me traga las manos, y luego me llevo los puños a la boca.

Abro la puerta y me encuentro una luminosa sonrisa matinal, de esas que exigen otra en respuesta, a pesar del espanto y el bochorno de mi aspecto físico.

—Buenos días por la mañana.

Entorno los ojos vacilando, me aparto de la puerta y lo invito a entrar.

—Buenos días, Noah.

Cierro la puerta y me apoyo en ella, cruzando los brazos sobre el pecho sin brasier.

Observo muda cómo se acerca a la cocina y deja en la encimera tipo barra un soporte de bebidas con lo que supongo que son cafés y la bolsa de una cafetería. Luego saca una botella de agua del bolsillo de la sudadera, gira la tapa y la pone al lado de todo lo demás. A continuación se mete la mano en el bolsillo delantero de los jeans y saca enseguida un blíster de paracetamol y, por fin, mi cabeza agotada y resacosa ata cabos.

Noah no ha venido solo a ver cómo estoy; ha venido a cuidarme.

Está claro que lleva un rato levantado. Tiene la mirada viva y está tan fresco, con sus jeans y su sudadera ligera de color gris, parecida a la que llevo yo, y ese pelo oscuro peinado a la derecha como si se hubiera pasado un poco la mano y se acabó.

Voltea hacia mí, muy centrado.

—Toma... —dice, y levanta el puño sosteniéndome la mirada.

Reprimo una sonrisa mientras me aparto de la puerta y me acerco adonde está, y abro la mano como me pide.

Con la cara interna del dedo corazón, me aparta la sudadera y yo miro enseguida la zona que me ha tocado, confundida al notar ese hormigueo en la piel expuesta de la muñeca. Noah me pone las pastillas en la palma de la mano y me pasa enseguida la botella de agua.

Con la botella en una mano y las pastillas en la otra, lo miro a los ojos.

Se dibuja en sus labios una sonrisa tierna, como en respuesta a la pregunta que no me ha hecho falta hacerle.

—Quería asegurarme de que estabas bien. Cam ha venido a casa hace como una hora y me ha dicho que seguías en la cama —me explica.

Frunzo el ceño antes de que me dé tiempo a impedirlo, y menos aún a procesar la razón, y Noah ríe.

—No he decidido venir después de enterarme —se defiende con una sonrisita—. Ya tenía pensado venir antes de encontrármela.

Tuerzo los labios a la derecha e intento frenar el rubor que amenaza con extenderse. Noah se da cuenta de que me estoy acalorando, pero, como es un caballero, mira a otro lado y deja que me incomode yo sola.

¿Qué más daría que hubiera venido solo porque Cam le hubiera hecho creer que me había muerto y convertido en una zombi? Tampoco estaba tan borracha, ni esperaba que él viniera aquí en absoluto. ¿Por qué iba a hacerlo?

Cierro los ojos con fuerza y me zarandeo mentalmente antes de meterme las pastillas en la boca y beberme media botella de agua.

—Está bien... —dice Noah, de espaldas a mí—, he traído café solo para no meter la pata, porque he supuesto que, si te gusta, ya tendrías tú leche, crema o lo que sea en casa, y un par de sándwiches de desayuno.

Lo rodeo y saco la crema con caramelo de Cam y la mía con menta, y las pongo en la encimera delante de él.

Se queda mirando las botellas, lo medita y dice:

—Me parece que la de caramelo es muy normalita para ti.

—No sé... Yo soy normalita —bromeo.

—Discrepo —dice con una sonrisita de autosuficiencia, y luego destapa las botellas y echa de una en un café y de la otra en el otro y me los pone delante—. Demuéstrame que me equivoco.

Arqueo una ceja, agarro el que lleva la de caramelo mientras él me mira y se lo pongo delante. Reímos los dos.

Luego saca los sándwiches de la bolsa con una sonrisa de satisfacción.

—¿Jamón o salchicha? —Arrugo la nariz y pone cara de pena—. ¿No te gusta ninguno de los dos? —dice casi con un puchero, y mi sonrisa es instantánea.

—Me gustan los dos y me muero de ganas de beberme este café, pero... ¿te importa que me bañe primero y que, yo qué sé, me ponga unos pantalones o algo?

Extrañado, baja enseguida la vista a mis piernas desnudas, y levanta de golpe las cejas oscuras.

—Maldición, perdona —dice, y da media vuelta y se pasa la mano por el pelo de la base del cráneo.

Río.

—Si quieres ver algo en la tele mientras tanto, no tardo nada. Bueno, a menos que no puedas quedarte, claro. En ese caso, gracias por...

Voltea un poco.

—Puedo quedarme.

—De acuerdo. —Sonrío, agarro el café y lo levanto—. Gracias, Noah. En serio.

Voy a mi cuarto por mis cosas. En ocasiones como esta es cuando agradezco el baño privado que Cam y yo hemos tenido la suerte de conseguir.

En la regadera, pienso en que Noah está aquí y en que Mason lo mataría si se enterara. De hecho, a lo mejor me mataba a mí por dejarlo entrar como si nada, pero no sé.

Vive en la misma casa que mi hermano, juega en el mismo equipo y, de momento, nadie ha dicho nada malo de él. Mase jamás me habría dejado en la playa con Noah aquel día si no confiara en él en cierto sentido, y menos aún lo habría invitado a la fogata, así que tampoco creo que haya metido tanto la pata.

Además, anoche la pasé genial. Tener a alguien con quien hablar fuera del grupo de siempre me resultó agradable de una forma que nunca había experimentado.

Me encanta hablar con Cam y le confiaría mi mundo entero, pero Noah me ha permitido partir de cero con un planteamiento nuevo, y creo que eso era justo lo que necesitaba. Aunque parecía perturbarlo que estuviera triste, no le dolía la situación como a Chase, a Cameron o a mí, ni como les dolería a Brady y a Mason si lo supieran. Es distinto, y me encanta.

No estuvimos todo el rato sentados esforzándonos por deshacernos de la incomodidad o evitarla. Fue divertido y nada estresante. Fue fácil.

Eso sí, no me esperaba en absoluto tenerlo aquí. Anoche no me costó ver que era auténtico, que de verdad quería que se lo contara todo, pero no me planteé la situación más allá de aquella charla. Ahora no puedo dejar de preguntarme si a Noah le vendrá tan bien como a mí hacer una nueva amistad.

Salgo corriendo de la regadera y me pongo mi camiseta favorita de «Muerta antes que descafeinada» y unas mallas. Me paso un peine por la cabellera oscura, me lavo los dientes, agarro el café y salgo del baño, con el pelo mojado y la cara despejada.

Noah está en el sofá, como esperaba, así que me siento a su lado. Me sonríe y me pasa el sándwich de jamón y el control remoto mientras le da un mordisco a su desayuno.

Levanto la vista hacia la tele justo cuando termina el anuncio y veo que Noah se ha visto ya veinte minutos de la peli *Son como niños*, de manera que aviento el control al sofá y me acomodo a su lado para verla con él.

Cuando termino de comer, agarro el café con ambas manos y subo las piernas dobladas al sofá.

—Gracias, Noah —le digo otra vez, y lo miro por encima del borde del vaso cuando voltea hacia mí—. Por lo de anoche y lo de hoy. Por lo de ahora mismo. Últimamente he estado muy encerrada en mí misma y me gusta mucho tenerte aquí.

—No hace falta que me des las gracias.

—Claro que sí.

—Que no —insiste, y se retuerce para tenerme de frente—. He venido porque he querido.

Apoyo la cabeza en el cojín y le sonrío.

—Pues gracias de todas formas. —Se le ensombrece el semblante, pero asiente—. Anoche estaba demasiado ocupada siendo una niña y no llegué a decirte que eres el maldito amo en el campo. —Eso le hace sonreír otra vez, pero se gira para que no lo vea—. Lo digo en serio. ¿Tu primer lanzamiento en el primer partido y esa jugada del *quarterback keeper*? Tremendo. —Río al verlo negar con la cabeza, sin mirarme aún—. Y la jugada de engaño de anoche fue brutal. Me siento como una imbécil porque se me había ido por completo que eras la estrella del equipo hasta que te vi anoche y me acordé. Eres un crack, número diecinueve.

Noah sigue sonriendo, pero aún mira al frente y solo desliza los ojos hacia donde estoy yo para restar importancia a sus aptitudes deportivas.

—El de anoche fue un partido duro, pero lo conseguimos. Como equipo.

Me muerdo los labios para reprimir una sonrisa.

¡Qué distinto es de mi hermano y los chicos! Mason habría dicho algo del estilo de «Sí, es que soy un maldito crack» o habría ahondado en las jugadas que yo he mencionado, pero supongo que Noah no es así. Es modesto, y eso es inusual en alguien de su categoría, en cualquier atleta que juegue a ese nivel, en realidad.

Casi da esa sensación como de alma torturada, pero no de las que te amargan o te vuelven cruel, sino de las que nacen de la pérdida y de la decepción, y que casi ni te atreves a querer por si el universo decide que quien ríe el último ríe mejor y te despeña por una ladera pedregosa.

—Mason está arrasando en los entrenamientos —dice entonces, desviando la atención de sí mismo—. Le va a ir muy bien si sigue así.

Lo observo y no encuentro ni un ápice de insinceridad. Cree de verdad lo que dice y no habla con malicia ni con celos, no ve amenaza ni teme tener que ceder su puesto a la estrella novata. Porque mi hermano quiere ser superestrella.

—Quieres que le vaya bien —afirmo, pero el asombro que me produce la situación impregna mi tono de voz y hace que suene a pregunta.

Noah echa un poco la cabeza hacia atrás, sorprendido, y casi me preocupa haberlo ofendido, pero enseguida suelta una carcajada, y eso me relaja.

—¡Por supuesto! Mason sabe lo que hace. Es bueno. Muy bueno, incluso. Anoche lo necesitábamos y, la verdad, lo hizo mejor de lo esperado. Cuando me dieron el último golpe, tuve que retirarme. Para el último cuarto de partido, los defensas del rival ya tenían anticipadas cada una de mis jugadas . Cuando pasa esto y hay un suplente válido, el cambio es indiscutible. Entonces salió Mason al campo y les dio una buena sacudida sin problema. —Ríe y, no sé por qué, ese sonido pueril me hace sonreír—. Nadie esperaba que el *quarterback* novato saliera a causar revuelo, pero lo hizo. Y les dio una lección —añade sonriente, y por fin me mira.

Me gusta su sonrisa, un poco más alta por la izquierda, por donde se le ve un trocito de la dentadura blanca. La barba incipiente no estaba anoche, y le favorece, potencia su sonrisa y hace que sus ojos parezcan más aguamarina, en vez del habitual océano a medianoche.

—Le hará feliz saberlo, pero, si se lo dices, se lo creerá aún más —bromeo, y, aunque esboza una sonrisa, sus rasgos no se alteran.

Al cabo de un momento asiente y abre la boca para decir algo, pero luego mira al frente y se aclara la garganta.

—Tengo que irme —dice, y se levanta y me mira—. Los domingos estoy muy ocupado.

Asiento con la cabeza.

¿Qué pasa los domingos?

Se queda ahí quieto un segundo más y luego recoge los desperdicios de nuestro desayuno y se dirige a la cocina, pero yo me quedo donde estoy, observándolo. ¡Qué raro se me hace que esté aquí, en mi espacio! Aunque no tanto como el que me encuentre tan a gusto como con mi grupo.

Se acerca a la puerta, la abre y se gira un poco para hablarme.

—Te he dejado mi número en la puerta del refrigerador, en una servilleta —me dice con una sonrisita—. Si me pasas el tuyo, igual la próxima vez te aviso antes de venir —añade, me guiña un ojo y se va.

Sonriendo, me pongo en pie y agarro la servilleta en cuestión. Vuelvo al sofá, celular en mano, y le escribo un mensaje con la esperanza de que no piense que mi obsesión con la música es demasiado. Me ha dicho que igual la próxima vez me avisa, así que...

Yo: Por si me quieres avisar,
ya sabes, *here's my number,*
so call me... maybe.

La canción que he elegido me hace sonreír, y espero su respuesta.

Romeo: Jajaja. ¿Te cuento
un secreto?

Sí, por favor. Respondo más sutilmente.

Yo: Si me lo cuentas,
deja de ser un secreto.

Romeo: Sabía que me ibas a poner
algo de una canción.

Pongo cara de extrañeza.

Romeo: No pongas cara
de extrañeza.

Pero ¿qué...? Me muerdo el labio y escribo el siguiente mensaje.

Yo: ¿Cómo?

Romeo: A ver, Julieta, si te lo
cuento, deja de ser un secreto.

¡Mierda! Sonrío. Es bueno.

Noah me deja de tan buen humor que me olvido por completo de que suelo dedicar los domingos a mi gente, y un par de horas después, mientras sigo sentada en el mismo sitio que cuando se ha ido Noah, se abre la puerta de mi departamento.

Se me corta la respiración cuando veo entrar a Cameron, seguida de Mason y Brady. Empieza a cerrarse la puerta y agarro la manta y me cubro más el regazo según se va acercando al marco, pero, en cuanto lo toca, vuelve a abrirse de golpe.

Entra Chase y sus ojos encuentran de inmediato los míos.

Mierda.

Teniendo en cuenta que me encuentran acostada en el sofá, envuelta en mantas y con una caja de bocadillos medio vacía, una excusa cualquiera no iba a servir, y por eso ahora estoy apretada entre Mason y Brady, que acaban de acomodarse en el sofá de mi sala fingiendo que yo tenía pensado pasar aquí el día entero.

Mason me pasa el brazo por el hombro y me estruja con un gruñido de broma.

—Te extraño, hermana. Tengo la sensación de que cada vez te veo menos. Y eso duele.

Me noto una punzada en el pecho y miro a mi mellizo, llena de remordimiento por dentro, pero con una sonrisa en los labios.

—Y yo a ti, hermano —digo, y lo abrazo y luego me lo quito de encima cuando empieza a morderme el cuero cabelludo—. ¿Qué te pasa? —añado riendo, y él suelta una sonrisita, me roba el control remoto del regazo y pone la ESPN. Por supuesto.

—¿Qué tal con el grupo de estudio? —pregunta Brady, y volteo hacia él.

Me mira con los ojos entornados, consciente de que es una mentira bien grande, así que hago lo que me está pidiendo: se lo confirmo asintiendo con la cabeza.

Brady cabecea también, me jala, me da un beso en el pelo y, al erguirse, me roba la otra mitad de la manta.

Luego se acerca Chase y yo levanto la mano para saludar, pero él actúa de forma inesperada y se agacha para darme un abrazo, y yo lo abrazo también, como lo he hecho cien veces antes, solo que esta me resulta de todo menos normal.

Me duele.

No sé si es por mantener las apariencias, pero la forma en que me aprieta y extiende las manos en mi espalda me parece una súplica, aunque no sabría decir de qué por mucho que lo intentara.

Cuando se aparta, me giro enseguida hacia Cameron, a mi espalda, como excusa para ocultar la inquietud que revelan mis ojos antes de que él me mire y la descubra.

—¿Necesitas ayuda? —le pregunto, deseando levantarme del asiento.

Ríen todos, y me fastidia.

—¡Qué graciosos! No soy una inútil —digo dándole un empujón a Mason, que ríe aún más.

—No, linda, no lo eres. —Cameron me aplaca en broma—. Pero yo he cocinado las dos últimas semanas, así que, en teoría, les toca a ellos.

Y ahí va otra de remordimiento.

A partir de ese momento, menos mal, los chicos se ponen manos a la obra, y cortan lo que han traído y hacen las hamburguesas, y Brady saca las célebres papas fritas al ajillo de su madre. Cam y yo agarramos platos y bebidas mientras ellos terminan.

Nos instalamos por la cocinita y por fin consigo oír algunas de las anécdotas que tienen los chicos del primer par de meses y me río de la pésima suerte de Brady eligiendo a mujeres locas de atar. Luego nos hacemos unas cuantas partidas de nuestro juego de dados favorito, el Tizy, y después nos instalamos en la sala con un helado.

Se me escapa un pequeño suspiro al mirar a mi alrededor, porque caigo en cuenta de lo mucho que extraño esto, lo mucho que los extraño a ellos.

Hago un aspaviento al notar que me cae algo frío en el muslo, y Brady pone cara de sorpresa.

—¡Carajo! —exclama mirando la bebida volcada que aún me corre por el regazo.

Agito los brazos y los demás ríen.

—¡Qué frío!

Salen corriendo por servilletas, pero es Chase quien agarra una y, cuando me la pasa, voltea de pronto para mirar algo que le ha parecido ver.

Me tenso al verlo fruncir el ceño despacio.

Llega Cameron con una toalla. Me levanto de un brinco y me limpio el líquido con una mano mientras agarro con la otra la servilleta que Chase aún me ofrece, y que Cameron me arrebata enseguida.

Mi amiga ve el nombre y el número de Noah, y se gira de inmediato hacia mí.

No, por favor.

—Sí, no vayamos a perder esto —me dice en un susurro superdramático mientras tira con disimulo la servilleta al suelo, a su lado.

Hago un esfuerzo hercúleo por no mirar a Chase, pero, cuando por fin lo miro, me alivia ver que tiene los ojos clavados en la tele, y luego me enojo conmigo misma por dar por supuesto que le iba a importar.

Ni cinco minutos después, me recuerdan claramente por qué me he estado escaqueando de las cenas dominicales, y de todo lo demás, la verdad, cuando Mason empieza a hablarle a Chase de las chicas de la fiesta de anoche... y de la vergüenza de esta mañana.

Se me revuelve el estómago y, por primera vez hoy, lo que bebí anoche amenaza con manifestarse. Me acaloro, el agobio me trepa por el pecho hasta el cuello y estoy a punto de empezar a sudar.

Me quiero tapar las orejas. Quiero salir corriendo antes de que digan nada más, pero no puedo. Los otros me van a mirar como si estuviera loca y después se van a enojar y querrán saber por qué estoy alucinando, y no puedo quedarme aquí sentada. No quiero quedarme aquí sentada.

Me...

Me suena el celular, lo agarro enseguida y me encuentro un mensaje de Noah.

Romeo: He estado pensando que hay algo que debería confesarte.

Ay, no.

Me subo las rodillas al pecho y empiezo a fruncir el ceño.

Yo: Dispara.

Su respuesta es instantánea.

Romeo: Odio el café con sabor a caramelo.

Suelto una carcajada y, con el rabillo del ojo, veo que voltean todos de pronto hacia mí, pero no levanto la vista del celular, ni siquiera cuando cierto par de ojos verdes me perforan la sien.

Me acomodo en el asiento con una sonrisa y contesto a mi nuevo amigo.

Benditos sean tú y tu don de la oportunidad, Noah Riley.

15

Arianna

Suena mi celular: la app de entreno me avisa de que acabo de completar otro kilómetro, así que reduzco la marcha. En cuanto me quito los audífonos de los oídos me vibra el teléfono y lo saco de la banda con la que lo llevo sujeto al brazo. Sonrío a la pantalla y abro el mensaje de Noah.

Romeo: Hoy he desayunado huevos.

Me detengo del todo y contesto con una sonrisa.

Yo: Billy Ray Cyrus, «Achy Breaky Heart».

Romeo: ¿En serio? Me encanta que lo conozcas siquiera.

Seguro que ahora mismo está sonriendo.

Antes de que me dé tiempo a responder, me entra otro mensaje.

Romeo: Es por Hannah Montana, ¿cierto? Tú eres una de esas locas que lloraron cuando Miley se hizo mayor y se convirtió en... la Miley que a mí me gusta.

Me manda un emoji de un guiño y río a carcajadas, en parte porque tiene razón, pero sobre todo porque esta conversación es absurda, y precisamente por eso es tan divertida.

Yo: ¡Qué mentirosa, Miley! Es demasiado salvaje para ti y lo sabes. Se me hace que tú eres más de Emma Watson.

Romeo: ¿Estás segura?

Aprieto el estómago y se me escapa una risita.

Yo: No, supongo que no, pero... gano de todas formas. Otra vez.

Romeo: Te voy a destrozar, Julieta. Ya verás.

Sonrío, vuelvo a guardar el celular en la funda y sigo el entrenamiento, dado que no he podido bajar el tiempo del kilómetro como me propuso Mason.

El lunes por la mañana, cuando me levanté, Noah me había mandado un mensaje en que me decía que el entrenador había felicitado a Mason después de la sesión de video del equipo de esa mañana. Y yo le contesté: Sage the Gemini, *Good Thing*.

Y le hice sonreír. Lo sé.

Esa noche me llegó otro mensaje en el que me decía que había visto una cosa rara en la tienda de alimentación: Oreos con sabor a mantequilla de cacahuete. Yo le envié el enlace de *Tell Me It's Real*, de K-Ci and JoJo.

Desde entonces, hemos estado jugando los dos. Él me suelta algo aleatorio y yo le demuestro que Trey tenía razón, que de verdad llevo la rocola por dentro. Como digo, es divertido, liviano, y estoy convencidísima de que su único propósito es que nos riamos, por si a alguno de los dos le hace falta. No hablamos solo para eso. Esta mañana, por ejemplo, le he mandado una foto de mis tenis después de meterme sin darme cuenta en un charco de lodo, con un aspersor roto al fondo, y él me ha contestado con una foto de los apuntes que estaba tomando en clase.

Nada del otro mundo, solo la charla intrascendente de dos nuevos amigos.

Me limpio el sudor de la frente, salgo de la pista y me dirijo a los vestidores de chicas a darme un baño rápido antes de quedar con Brady para la sesión de estudio que le he prometido. Vuelvo a ponerme el short de mezclilla y una camiseta burdeos de manga larga, y voy a la biblioteca apenas quince minutos después, haciéndome una trenza por el camino.

Diviso el cuerpo gigantesco de Brady nada más entrar por la puerta y me sujeto la trenza enseguida para ir a socorrer a la pobre asistente estudiantil que no tiene ni idea de lo que le espera si no la rescato. Por lo rígida que está y por cómo se aferra a los libros, deduzco que no está preparada para todo el encanto Lancaster, pero el brillo de sus ojos me dice a gritos que desearía estarlo.

Él se ha dado cuenta y por eso se acerca cada vez más, alzándose poderoso sobre su cuerpo pequeño.

Un bobo grandulón.

Me acerco y le doy una palmada en el hombro. No se inmuta, ni siquiera voltea para mirarme.

—Bienvenida a la fiesta, Aribaby.

La pobre chica abre aún más los ojos y baja la mirada a la alfombra manchada que pisa.

—Vamos, grandulón, hora de estudiar —digo riendo.

—Estoy intentando estudiar —contesta, y mece ligeramente el cuerpo, tratando de llegarle hasta la última fibra con su pequeña insinuación.

Imagino que su sonrisita se ha vuelto feroz, porque, cuando la chica se atreve por fin a mirarlo, las mejillas blanquecinas se le ponen como tomates.

—Debería irme —susurra, y, escapando del encierro de Brady, sale disparada y desaparece detrás del estante más próximo.

Brady se yergue y resopla fuerte.

—Ya casi la tenía.

Río y lo empujo hacia las mesas comunales.

—De eso nada.

Sonríe, pero no me lo discute.

Nos sentamos, y Brady saca dos botellas de agua y cuatro sándwiches de galletita salada con jamón y queso y los deja en la mesa entre los dos.

Río y abro enseguida un paquete y le clavo el diente al primero.

—Estás en todo.

—Porque te conozco —dice con un guiño, y toma uno.

Nos sumergimos en el mundo de la psicología y, cuando queremos darnos cuenta, ya se ha hecho de noche. La biblioteca se está llenando rápidamente de otra clase de humanos, la de los procrastinadores irredentos y esos otros a los que los obligan a venir a tutorías después de clase.

Me desparramo en la silla y Brady imita mi postura.

—Tengo el cerebro frito, Brady —le digo apoyando la cabeza en su hombro, y él apoya la suya en la mía.

—Pues ya somos dos —contesta, y tira el lápiz en la mesa—. ¿Te gustaría comer algo?

Me río, porque con Brady todo es futbol, comida o, bueno, sexo. Asiento.

—Podría comer algo.

—Genial. —Me da un codazo para que me ponga en marcha, se levanta y vuelve a guardar los libros en la mochila—. Quedamos, entonces, con el grupo en la hamburguesería de cerca del campus.

Debe de verme muy indecisa, porque para de guardar libros y se yergue. Sus ojos de color verde terroso me miran entornados.

—No me pongas esa cara, porque vienes sí o sí.

Resoplo y me dispongo a levantarme.

—¿Y por qué no vienes tú a mi departamento?

—No tengo ganas.

—Podríamos ir a esa pizzería que hay al lado.

—Bueno, a ver si quieren venir.

—Brady... —le digo mirándome la mochila.

Suspira, rodea la silla y me da uno de sus abrazos especiales de oso.

—Te voy a ser sincero, Aribaby: me estás empezando a hacer enojar un poco. Tengo ojos en la cara. Sé que ha pasado alguna mierda entre Chase y tú, y lo estás evitando, pero eso no es justo para los demás. Somos tus chicos. Tú eres nuestra chica. Así que te aguantas, que al final voy a tener que darle una paliza a mi mejor amigo.

Se me escapa una carcajada afligida.

—No quiero incomodar a nadie, y para mí es... difícil.

Brady se tensa un poco.

—Lo sé. —Se me acerca al oído y me susurra—: Menos mal que ya controlas la cara de circunstancias, ¿eh?, porque necesito que la pongas en cero coma.

Me aparto cuando se aparta él y lo miro extrañada. Me hace una seña discreta con la cabeza a la vez que dirige la atención a alguien por encima de mi cabeza.

—¿Qué hay, chicos? ¿Vienen a ver el panorama? —dice

con una sonrisita—. Porque, si es eso, me pido a la pelirrojita tímida de allí —añade señalando con el pulgar por encima del hombro.

Genial.

Se me acelera el corazón e inspiro hondo cuando los chicos rodean la mesa para dejarse ver.

—Hermana...

Cuanto más me mira mi hermano, más se le apaga la sonrisa, pero yo fuerzo una por él.

—Hermano...

Amusga ligeramente los ojos.

—Vamos a ir por algo de comer y hemos pensado que igual ya habían terminado, y parece que sí —dice mirándome la mochila medio llena.

Chase se voltea hacia donde estoy, pero yo me centro en Mason.

«¡Mierda! ¡Piensa, Ari!»

—Pueeesss... yo...

—Hola.

Mi corazón ya alborotado se acelera aún más; sin embargo, suspiro aliviada al levantar la vista por encima del hombro de mi hermano.

En ese preciso instante, los tres se voltean para mirar al hombre que se les acerca por la espalda. Mi mellizo sonríe contento y le ofrece al capitán de su equipo un choque de puños.

—Noah, ¿qué hay?

El otro le devuelve el saludo y me guiña un ojo con disimulo a la vez que mi hermano dice algo más que no capto.

Noah ríe.

—Nah, amigo, solo he venido por Ari.

«Uy, mierda».

Se me nota el pulso en la piel, normal, por otra parte. Estoy demasiado avergonzada para mirar a mi mellizo, así que no lo hago, y clavo los ojos en Noah, que agacha la barbilla, algo que probablemente pasa inadvertido a los otros.

—¿Ya estás?

—Espera, ¿qué? —dice Brady eclipsándome con su sombra desde atrás, y a la derecha, mi hermano se acerca más.

Noah no se mueve un milímetro, ni deja de mirarme con esos ojos azules.

—Perdona que haya llegado tarde, me han entretenido en la oficina administrativa.

—Tranquilo, si acabamos de terminar. —Le sigo la corriente.

Él esboza una sonrisa de medio lado y a mí me cuesta reprimir la mía.

—Eeeh... —dice Mason aclarándose la garganta, y por fin lo miro a la cara. Se rasca la cabeza y nos observa molesto, primero a mí, luego a mi rescatador y después a mí otra vez—. ¿Tienes planes... con él?

Continúo recogiendo mis cosas, como excusa para mirar a otro lado, porque no sé cómo va a reaccionar Mason ni qué va a hacer ahora. No tengo ni la menor idea.

—Sí, tengo planes. —Y, en estos momentos, tampoco miento—. No sabía que ibas a venir; si no, no habría hecho planes. —Y eso claro que es mentira.

Brady se acomoda a mi lado y, de los nervios, casi rompo el cierre de la mochila.

—Eh, espera un momento...

Aunque parece sereno, Brady habla muy despacio, con lo que tampoco sé valorar su reacción. Me mira, y luego mira a Noah.

Noah no se intimida y le sostiene la mirada, con respeto. Brady entonces me mira a mí, extrañado.

—¿Quieres que te lleve la mochila a casa?

Me relajo.

—No hace falta, Brady, pero gracias.

—Ajá —contesta; me besa la cabeza y se voltea para levantar sus cosas.

Cuando empiezo a pensar que la cosa no ha salido del todo mal, me llega una pregunta repentina aunque esperada de un sitio de lo más inesperado.

—¿Adónde van? —me dice Chase.

Noah me apoya en silencio, acercándose a cargarme la mochila cuando me dispongo a echármela al hombro y, con una sonrisa tensa, miro a Chase como si hacerlo no me afectara en absoluto.

—Aún no lo hemos decidido.

Entrecierra los ojos verdes.

—¿Y por qué no vienen con nosotros?

Busco enseguida a Noah, para que me ayude quizá, y, aunque no aparta la mirada, se queda como en blanco. Es su forma de dejarme decidir a mí y que sepa que me va a apoyar decida lo que decida, en vez de elegir por mí.

—Pueees...

Noah me atraviesa con la mirada.

No sé qué hacer. Si digo que sí, puede que me muera un poco más por dentro, y Noah ha activado el modo rescate como si supiera que lo necesito, pero, si digo que no, ¿qué va a parecer?

¿Y a mí qué me importa?

—¿Ari...? —insiste Chase, un poco menos agresivo que antes.

Noah debe de notar mi indecisión, porque el azul de sus ojos se vuelve más intenso con cada respiración y levanta ligeramente la barbilla, instándome a tomar una decisión. Por mí misma.

De pronto me sosiego.

—No, me parece que no —contesto mirando a Chase.

—¿Por qué no? —se atreve a preguntar el tipo que me rechazó.

—Porque no quiero.

Frunce aún más el ceño.

—¿Y nada más?

Un remordimiento inmerecido se me enreda en los músculos, pero, antes de que me dé tiempo a reaccionar, Mason, mi hermano exagerado y supercontrolador, que es quien suele hacer ese tipo de preguntas, le cierra la boca a su mejor amigo.

—Chase, hombre, déjala en paz —le dice, molesto, volteándose hacia él—. Ya ha dicho que no quiere venir.

Ahora mismo estoy tan atónita que tengo que hacer un esfuerzo para no dejar caer la mandíbula y quedarme boquiabierta al ver..., no sé bien si horrorizada o fascinada, a Mason voltearse hacia Noah y ofrecerle otro choque de puños.

«Eeeh..., ¿qué?»

—Devuélvela a casa sana y salva, para que no me tengan que echar del equipo —le dice muy serio.

—Claro —se limita a contestar Noah.

Brady ríe a mi lado y me abraza.

—Qué curioso cómo han surgido estos planes de la nada, ¿eh?, igual que el tipo este —me susurra.

—Lo siento —mascullo pegada a su suéter.

Brady odia las mentiras. En el grupo es la voz de la razón, a su manera loca de tipo intenso, y prácticamente me acaba de salvar el pellejo.

—No te preocupes. Si me lo hubieran preguntado de manera directa, se lo habría dicho. Por suerte, no lo han hecho, así que no pasa nada.

Me aparto y sonrío.

—Nos vemos en clase mañana.

—Yo seré el tipo sexi de la primera fila —dice con una sonrisita, y yo le doy un golpe en el hombro.

Inspiro hondo, relajada, y me volteo hacia Noah, que sonríe y me obliga a sonreír a mí.

—¿Lista? —pregunta, y se despide despacio con la cabeza.

—Adiós, chicos —digo sin mirarlos.

Me pongo al lado de Noah y vamos juntos a la salida más cercana.

—Por Dios, Noah, tiene un olor que enamora —comento al salir del baño. Sigo el sonido de su risa suave hasta la cocinita, justo cuando saca una pechuga de pollo de la parrilla eléctrica y empieza a rebanarla en tiras—. ¿Dónde has aprendido a cocinar? —le pregunto, asomándome por encima de su hombro mientras añade el pollo al tazón de pasta con salsa casera Alfredo hecha en un momento.

—Con mi madre —contesta sonriente—. Me hacía ayudarla a preparar la cena todas las noches, porque, según ella, tenía que aprender para situaciones como esta —añade guiñándome un ojo.

—Una mujer inteligente —digo divertida, apoyando la barbilla en el codo sobre la encimera.

—Sí —responde riendo, pero es una risa controlada que me hace dejar de mirar la comida para mirarlo a él.

Arruga un poco la frente, pero no dice nada, así que no le pregunto a qué se debe. Quiero, pero no lo hago.

—¿Dónde tienes los platos y eso? —le digo mientras me incorporo—. Lo mínimo que puedo hacer es sacarlos.

—Hay unos cuantos platos de cartón encima del microondas. Espero que con eso sea suficiente.

—Mi madre decía que había tenido hijos para no volver a lavar los platos en su vida. De modo que, sí, los platos de cartón me parecen perfectos. —Río, y él también.

—Una mujer inteligente.

—¿Verdad? Lo decía en broma, pero la entiendo perfectamente.

Noah ríe mientras apaga la parrilla y se enjuaga las

manos en la pileta minúscula que hay al lado de la cocina diminuta.

—¿Traes algo de beber mientras yo limpio la mesita de centro para que podamos comer más cómodos?

—Sip. —Dejo los platos de cartón al lado de la estufa y miro de reojo la mesita que hay pegada a la pared. Es una mesa para dos, no lo bastante grande para que quepan siquiera las piernas largas de Noah, menos aún las de una segunda persona—. ¡Este sitio está genial! —grito—. Desde fuera, nadie diría que está aquí.

Se asoma desde el otro lado del tabique que separa la cocina del salón.

—Sí, mi entrenador dice que son las ventajas de ser el capitán del equipo, pero a veces el espacio no compensa toda la mierda con la que tengo que lidiar en la casa. Aunque me viene bien para tener medio controlados a los alumnos de los primeros semestres.

—Vamos, que básicamente eres el aguafiestas oficial...

—Nah... —dice vertiendo la pasta en un tazón grande, y luego me hace un gesto con la cabeza para indicarme que pase yo delante. Agarro los platos y voy a la sala, escuchando lo que me explica después—. Los dejo divertirse. Forma parte de la experiencia que se han ganado por llegar hasta aquí. Mientras sean respetuosos y no se excedan entre semana, saben que los sábados tienen la noche libre para aprovechar. —Asiento, me acomodo a su lado en el sofá que parece de pana y dejo las bebidas en la mesa—. Ahora, en pretemporada, la cosa se desmadra un poco... —agrega negando con la cabeza y esbozando una sonrisita.

—Seguro que sí —contesto, quitándome las sandalias y subiendo las piernas al sofá—. En casa, la primavera era una locura, pero desde luego mucho más divertida. Los chicos no se exigían tanto porque se había acabado el futbol y, en consecuencia, tampoco eran tan estrictos con nosotras. Bueno, en realidad, el futbol no se acababa nunca —añado con un gesto de resignación—. Siempre había entrenamientos o esto o lo otro, pero, como no había partidos, podíamos divertirnos un poco.

—Ya, entreno suave sin que el entrenador te moleste. —Ríe—. Yo me alegro de que la puerta esté al pie de las escaleras en vez de arriba. Me protege de los desmadres y no tengo que preocuparme de si algún borracho en busca del baño rueda por ella y se abre la cabeza. Anda —dice dándome un empujón con el hombro—, sírvete tú primero y así quedo como un caballero.

—Y yo que estaba intentando ser educada esperando a que me dieras luz verde —reconozco mientras me inclino hacia delante para servirme—. Pero haces bien avisando, porque dicen que como igual que un tipo, así que no me juzgues.

Ríe.

—Ni se me ocurriría —contesta; luego enciende la tele, baja el volumen y deja puesta de fondo la reposición de *The Office*.

Con el plato lleno hasta arriba de comida, me muerdo el labio por dentro.

—Gracias por esto, Noah.

—Julieta, mírame. —Me volteo despacio hacia él y me sonríe—. Deja de darme las gracias como si te estuviera haciendo un favor, porque no. Te he visto sentada ahí con Brady en cuanto crucé la puerta. Iba a buscarte, por si te interesa, y me disponía a acercarme y preguntarte si querías que hiciéramos algo cuando he visto que Mason y Chase te abordaban por la espalda. Lo que ha pasado es que se me han adelantado. —Mira de nuevo su comida y luego, como decidiendo rematar su último pensamiento, me dedica una sonrisa traviesa—. Pero parece que he ganado yo.

Me tapo la boca con la mano mientras río, y lo miro de pronto.

—O sea, que me estás diciendo que... *you're looking at a winner*.

Se voltea hacia mí con la boca llena y me guiña un ojo, satisfecho con la canción elegida.

Feliz, me centro en mi comida. Parece que Noah me entiende, y creo que eso me gusta.

Cuando terminamos de comer, Noah tira los platos a la basura y vuelve a sentarse conmigo en el sofá. Se queda mudo un minuto y, cuando me volteo para mirarlo, él hace lo mismo.

—Tú nunca has estado aquí, ¿verdad? —pregunta.

Suspiro y me recuesto en los cojines viejos.

—Nop. Ahora que lo mencionas, me siento un poco idiota. Seguro que se ofenden si se enteran de que he venido aquí hoy.

—¿Estaban esperando a que vinieras?

—Mason y Brady me han invitado muchísimas veces, pero... no he venido.

Me mira.

—¿Y Chase no?, ¿no te ha suplicado que vinieras?

Inspiro hondo y contesto.

—No, nunca. No sé muy bien si me está dando el espacio que le he dejado claro que necesito o se lo está dando a sí mismo, pero, en cualquier caso, ya estoy un poco harta. —Bajo la mirada y me rasco el esmalte con brillantina de las uñas—. Quiero ser capaz de volver a quedar con mis amigos solo para pasar el rato y ver pelis. Semejante estupidez, ¿no?, teniendo en cuenta que fui yo la que lo estropeó todo.

—No estropeas nada si haces lo que a ti te parezca bien.

—Esa es la cosa —digo en voz baja—: que no sé si me parece bien. Necesario sí, pero bien... Cuando nos peleábamos de pequeños, al día siguiente ya se nos había pasado. Nosotros no nos enojábamos los unos con los otros, ¿sabes? Ninguno. Molestos, mosqueados, estamos a todas horas, pero enojados de verdad no. Es una mierda, y no hemos venido a la uni juntos para que pase esto durante el primer semestre.

Noah no dice nada al principio, pero, cuando lo miro, se siente más cómodo.

—¿Cómo ha pasado?

Bajo la vista adonde su rodilla, enfundada en los jeans, roza de pronto la mía, y asoma a mis labios una pequeña sonrisa. Él no se da cuenta: está relajado, sin más, y me doy cuenta de que yo también. Me he descalzado, tengo las piernas dobladas debajo del trasero y el cuerpo recostado en los cojines como si me hubiera sentado en ese sitio mil veces.

Y, en el fondo, eso me parece.

Levanto la vista, veo que me observa con esa locura de ojos azules y, no sé por qué, experimento la necesidad de mirar a otro sitio.

—¿Ari...?

—¿Ajá...?

Noah sonríe.

—¿Cómo es que han terminado todos en Avix?

—Ah... —Río—. Ya... Nuestros coordinadores de la prepa pensaron que estábamos locos porque el primer día de clase del primer semestre, tal cual, nos presentamos en la oficina como grupo, con una notita de nuestros padres en la mano, y les contamos nuestro plan, y les pedimos que nos pusieran horarios compatibles. Fuimos a clase de refuerzo en verano todos los años para adelantarnos al programa por si luego nos costaba más.

»En cuanto decidimos que íbamos a seguir adelante con el plan, empezamos a descartar universidades según lo que quería cada uno de nosotros. Ninguno quería irse de California, y eso reducía bastante las posibilidades, pero, aun así, buscamos lugar en otros estados por si las moscas.

Teníamos claro que los chicos iban a entrar donde quisieran, así que buscamos la uni con mejor equipo frente a la que tuviera el mejor programa de desarrollo infantil para Cameron. Al final, nos quedamos con Avix.

—No te he oído mencionar tu nombre.

—Bueno, es que no lo he hecho —digo sonriente—. A mí me daba igual adonde fuéramos.

—¿En serio? —Parece más intrigado que sorprendido—. ¿No pusiste ni una sola condición?

—Nop.

Noah ladea la boca.

—¿Por qué me da la impresión de que hay un motivo que has decidido ocultarme?

—Porque lo hay —contesto riendo—, solo que me da muchísima vergüenza contártelo, pero reconozco que presioné para que buscáramos una casa grande fuera del campus, lo que pasa es que mi padre se negó desde el principio. Después de que los chicos se entrevistaran con su director deportivo, que era un poco imbécil, por cierto, nos enteramos de que, de todas formas, eso estaba descartado. Y la verdad es que la residencia de tres pisos que conseguimos es perfecta.

Noah sonríe y asiente.

—¿Y tú?

—Y yo ¿qué?

—¿Cómo terminó Noah Riley, *quarterback* superestrella en Oceanside?

—Qué graciosa —me vacila mirando a otro lado, y se voltea hacia mí enseguida. Al principio pienso que igual no me lo quiere contar, pero luego asiente—. Soy de por aquí y me he quedado para poder tener cerca a mi madre.

—Oooh —murmuro. Noah se finge molesto y a mí me da risa—. Me encanta. Esa es más o menos la razón por la que nosotros queríamos quedarnos también. —Me recuesto y me abrazo las rodillas—. Ella es el auténtico genio de la cocina, ¿no es cierto? Sé que me has dicho que te enseñó a cocinar, pero te apuesto un dólar a que las recetas que usas son suyas.

—Un dólar, ¿eh?

—¿Qué quieres que te diga? Soy una universitaria sin un centavo —digo encogiéndome de hombros.

Noah ríe, pero parece serio, y no puedo evitar mirarlo a los ojos en busca de más.

—Tu madre y tú... están muy unidos —le digo con ternura.

—Sí —reconoce—. Ella es lo único que he tenido en mi vida.

—¿Aquí, en Oceanside?

Me busca la mirada.

—En cualquier parte.

—¿En serio? —Asiente—. ¿Ni un hermano..., un padre perdido hace tiempo quizá?

—Nop, ninguna de las dos cosas. Ni primos ni tías ni tíos, ni siquiera abuelos. Solo nos tenemos el uno al otro.

Siento una pequeña punzada en el pecho.

—Qué pena.

Se encoge de hombros y mira a otro lado.

—Para mí es normal. Siempre la he tenido solo a ella, así que nunca he extrañado nada.

—Pero extrañarás verla todos los días. Debes de sentirte muy solo aquí.

Parpadea despacio, pero no dice nada.

Ahora que lo pienso, nunca lo veo con nadie. Siempre está solo. ¿Será que lo prefiere así?

Yo no me imagino la vida sin mis amigos ni mi familia. Sería durísimo no tener unos brazos abiertos a los que arrojarme en los momentos difíciles.

¿A quién tiene él en la vida para que lo ayude a levantarse si cae?

—Entonces, Cameron y tú... —dice cambiando de tema— ¿son mejores amigas de toda la vida?

—Desde que nacimos, sí —contesto riendo.

—Viene aquí a menudo.

—Lo sé, créeme. Se asegura de que me entere.

—¿Por qué no vienes con ella la próxima vez? Te subes aquí conmigo —propone.

Me ruborizo y eso lo hace reír.

Nos miramos fijamente un momento y su sonrisa se desvanece poco a poco. Saca la lengua para humedecerse los labios y se me van los ojos a sus labios, pero solo un segundo.

Me levanto del sofá.

—Tengo que irme.

—Sí... Te llevo en coche.

Sonrío.

—Sé andar, Noah. Solo tengo que cruzar el campus.

Frunce el ceño, se yergue y me obliga a levantar la cabeza para que lo mire a los ojos.

—¿En serio piensas que te voy a dejar bajar esas escaleras para que te encuentres con una casa en la que hay veinte tipos o más, y que luego salgas a la calle sola?

—Eres consciente de que mi hermano y mis mejores amigos están entre esos tipos, ¿verdad? —le digo con una sonrisita, y él entorna aún más los ojos y me hace ampliar la sonrisa—. Vamos, acompáñame abajo y, si Mason no está por aquí, te dejo que me acerques en coche.

—¿Y si quedamos en que yo te llevo, pero, aun así, averiguas si está Mason para reirnos un poco?

Vuelvo a ponerme colorada y río, y bajo las escaleras jalándolo.

—Vamos, Romeo.

Al llegar abajo, Noah extiende la mano por encima de mi hombro, quita el pasador y abre la puerta de un empujón.

Un par de tipos enormes saludan a Noah con la cabeza

cuando salimos, y me sonríen como si supieran exactamente lo que estábamos haciendo. Las sonrisas son muy del estilo de Brady: mezcla de papá orgulloso y cierta picardía. Mientras Noah se detiene a contestar una pregunta de uno de ellos, yo cruzo el recibidor, entro en la sala y paseo la vista por la estancia grande.

Hay televisores en dos de las paredes, una mesa de billar en el centro y un par de sofás pegados a la pared, uno enfrente del otro. Las paredes están pintadas de azul oscuro, con un logo blanco de los Avix Sharks en el mismísimo centro. Esparcidos por toda la repisa de la chimenea hay trofeos, espero que sujetos con pegamento, y algunas latas de cerveza abandonadas recuerdan que esta es una casa llena de universitarios.

Sonrío al ver el sitio por primera vez. Es justo como lo imaginaba, quizá un poco más limpio de lo que habría pensado. Deslizando la mano por el marco de la puerta, por cuyos bordes hay pegados un montón de tapas distintas de botellas de cerveza, exploro la zona en busca de Mason, pero apenas he empezado cuando una voz seca me asalta por la espalda.

—¿No ibas a salir a cenar? —dice haciendo hincapié en *salir*.

Me volteo de golpe y me encuentro cara a cara con Chase. Se me congela la respiración y miro enseguida hacia donde está Noah, que sigue hablando con su compañero de equipo. Vuelvo a mirar sin ganas a Chase, rezando para que me salga la voz normal cuando le digo:

—Me ha hecho la cena Noah.

Chase resopla.

—Entiendo, seguro que ha decidido subirte a su cuarto en el último minuto —contesta, enfatizando esta vez *último minuto*.

—¿En serio me sales con esto ahora? —le digo indignada.

Se me acerca un poco más y me susurra tenso al oído:

—¿Qué esperas, Arianna?

El pecho se me paraliza de rabia, pero debajo está el dolor, la punzada. Parpadeo sorprendida y niego con la cabeza.

—Nada —aseguro, y vuelvo a mirar a Noah, que aún no ha visto a Chase, pero ya viene hacia mí—. No espero nada de ti, Chase. He aprendido la lección.

Me mira con extrañeza, pero no responde.

Por suerte, Mason dobla la esquina un segundo después y entorna los ojos al reparar en nuestro incómodo enfrentamiento.

—¿Ari...? —Mi hermano desplaza su mirada molesta a Noah, que se acerca a mi lado—. ¿Qué haces aquí? ¿Has venido a ver la casa? —me pregunta.

No le doy detalles y opto por la respuesta más sencilla.

—Te estaba buscando.

Se me acerca y apoya el codo en la pared para que los otros no me vean la cara, con arrugas de preocupación en el semblante, pero yo hago un gesto de negación.

«Estoy bien, te lo juro».

Mase asiente.

—¿Me llevas a casa?

—Sí, voy por las llaves —dice, y justo entonces una chica se pasa por debajo del brazo que tiene levantado y, solo con mirarla, Mason sonríe.

—¿Sabes qué?, déjalo —le digo sin pensarlo, invadida por una súbita necesidad de largarme.

—¿Qué? No. —Gira el hombro y básicamente se deshace de la chica—. No hay problema. Claro que te llevo.

—Yo la llevo —ofrece Chase, dirigiéndose a la puerta como si sus palabras fueran definitivas, pero mi hermano se le adelanta.

—No, voy yo —insiste Mason frunciendo el ceño y mirando de reojo a la chica.

Sonrío a la pobre como disculpándome, mirando a Noah, que se acerca, y esa respiración que contenía se convierte de inmediato en un nudo que me obliga a tragar saliva para deshacerlo. Los nervios me hormiguean por la piel mientras espero, porque sé lo que viene ahora, pero no tengo ni idea de cómo va a terminar.

—Yo me encargo —dice Noah con una sonrisa natural—. La iba a llevar de todas formas. Se lo he dicho cuando hemos venido.

Se me encoge el estómago al oírlo reconocerlo descaradamente y espero la réplica de mi hermano.

Mason me mira de pronto, muy molesto, pero luego sonríe y mira a Noah.

—Seguro que se ha puesto como un tomate, ¿no es cierto? —Me quedo pasmada y Noah ríe, pero no lo confirma. Se lo guarda para sí—. ¿Estás seguro? —le dice Mason, y luego le tiende la mano y se la estrechan los dos como hacen los chicos.

—Segurísimo —contesta Noah, y luego me mira y me señala la puerta con la cabeza.

Mientras me preparo para pasar, me volteo un segundo hacia Chase, que está allí parado, apretando mucho la mandíbula y mirando al frente, pero no dice nada.

¿Por qué iba a hacerlo?

Noah me lleva a casa, me da las buenas noches y se marcha.

Me acuesto en la cama. Otro día echado a perder cuando me empiezan a rodar por las mejillas unas lágrimas que no logro reprimir.

16

Arianna

—Pero ¡qué maldito calor hace! —protesta Cam mientras se quita la ropa en las gradas y empieza a recoger sus libros.

—Tampoco ayuda precisamente que estemos sentadas en estos asientos de plástico. Yo estoy sudando como un pollo.

—Tendríamos que obligar a los chicos a que nos colocaran un toldo.

—Claro, porque les sobra tiempo antes del entrenamiento...

Ríe y me quita los pies del respaldo del asiento de delante para pasar.

—Cierto, pero ¿podemos hablar de por qué sigue haciendo tanto calor si ya estamos en octubre? O sea, ¿qué demonios es esto? ¡Que vivimos en el sur de California, carajo!

—Es por el hormigón, el campo de juego y el sol. Eso ya lo sabes. Si te pones a la sombra, la temperatura baja de golpe quince grados.

—Y por eso propongo lo del toldo —dice riendo—. Bueno, me voy, que mi profesor quiere que vaya al centro de desarrollo infantil para que conozca a algunos de los padres hoy a la hora de la salida.

—¿Vas a estar en casa esta noche?

—Sip. Nos vemos luego.

Me despido con la mano, me pego el libro al pecho y cierro los ojos para cocerme bajo el suave resplandor del sol. No tengo claro cuánto tiempo ha pasado cuando me llega a los oídos el sonido de unos tacos en el hormigón. Me hago sombra con la mano y estudio con los ojos entrecerrados la figura que se acerca.

—¡¿Te quieres achicharrar?! —me grita Noah desde unas filas más abajo.

Sigo sin verle la cara, pero me incorporo en el asiento con una sonrisa.

—Ni de broma. El sol y yo hace tiempo que nos conocemos. Se porta bien conmigo.

Ríe y, cuando sube los dos últimos escalones, por fin lo veo. Tiene la cara colorada, chorrea sudor y... se ve guapísimo. Sonríe y se pasa una mano por el pelo oscuro y liso, y se le ven esos reflejos suaves producto del sol.

—Pero ¿qué haces aquí arriba? ¿Has venido a verme? —bromea.

—¡Ja! Perdona, pero hace años que hago esto. Supongo que tú eres un plus.

Levanta una hombrera y me guiña un ojo.

—Me lo suponía, teniendo en cuenta que hace semanas que te veo aquí.

—Ah, ¿sí? —Se limita a sonreír, y yo me doy unos golpecitos en el libro que llevo pegado al pecho—. Cam y yo empezamos a ir a los entrenamientos cuando aún estábamos en la prepa, así que al llegar aquí continuamos con la tradición.

—Genial —dice asintiendo.

—¿Ya terminaste por hoy? Es un poco pronto —digo mirando la hora en el celular.

—Sí, esta mañana hemos hecho doble sesión de video y pesas justo después, o sea que hoy ha sido más de correr. —Agarra la toalla que lleva sujeta por debajo de las hombreras y se limpia la frente—. Hemos hecho hambre, eso sí.

Sonrío.

—¿En serio?

—En serio —contesta ladeando la cabeza—. ¿Quieres ayudarme a cocinar esta noche otra vez?

Bajo los pies al suelo y me pongo el libro en el regazo.

—¿Y en qué te ayudé la otra vez?

—Me ayudaste a comérmelo —responde con una sonrisa de medio lado.

Suelto una carcajada, por lo visto demasiado sonora, porque varios de sus compañeros de equipo que están a punto de entrar por el túnel se voltean, y Brady y Chase están entre ellos, claro. Se paran los dos y levantan la vista enseguida hacia nosotros. Inconscientemente, me hundo en el asiento.

Noah me ve hacerlo y se gira para mirar; luego saluda con la cabeza y se voltea de nuevo hacia mí.

Quiero desaparecer, muerta de vergüenza por mi reacción pueril, pero, cuando miro a Noah, no veo en él ni una pizca de censura, más bien lo contrario.

Su sonrisa tierna me ayuda a respirar hondo y el destello de comprensión de su mirada me lleva a reconocer:

—Me repatea.

Tuerce los labios.

—Lo sé.

—¡El entrenamiento ha terminado, Arianna! —me grita Chase, parado ahí todavía, pero yo miro a Noah, que gira la cabeza para disimular, aunque antes de que lo haga le veo la cara de fastidio.

Me obligo a mirar hacia el túnel y descubro a Mason un poco más allá. Va detrás del equipo, quitándose las hombreras mientras camina, y al levantar la vista ve a Chase ahí parado y sigue su mirada hasta donde estamos Noah y yo. Frunce el ceño, vacila una milésima de segundo, pero luego empuja a Chase por el hombro desde atrás para que se ponga en marcha.

Poco después desaparecen los dos de nuestra vista.

Se me escapa un suspiro y me pongo en pie, incapaz de mirar a Noah.

—No creo que sea buena compañía esta noche. ¿Lo dejamos para otro día?

—Lo dejamos para otro día —contesta, en absoluto molesto.

Entonces, ¿por qué tengo esta sensación de decepción tan brutal?

Hasta que no estoy unas horas después en casa, hurgando en el congelador, no me doy cuenta de que esa decepción de antes era mía, no suya.

—¡Dios mío! —exclama Cam despacio—. ¡Es que ese chico es perfecto! —Suspiramos, nos miramos y nos echamos a reír—. En serio, Ari. Tienes que atacar.

Sonrío, y veo que Noah hace lo mismo, pero su sonrisa se dirige a una rubia guapa que se le acerca con algo que parece un plato de galletas.

Se me revuelve el estómago y frunzo un poco el ceño.

—¿Quién es esa? —pregunta Cam.

Me encojo de hombros y reparo en la forma tan elegante en que se mueve, como una primera bailarina deslizándose por el suelo.

—La Bella Durmiente acercándose a su príncipe azul.

—Eeeh..., no. Te equivocas.

Alzo una ceja con aire burlón, y me volteo hacia ella.

—Pues ya me dirás, si no.

—El tipo parece un príncipe, no te lo niego, y, por cierto, el del pelo oscuro es el de Cenicienta, no el de la ñoña de la Bella Durmiente. —Río y ella sigue—. A lo que iba, que sí, es guapo y todo eso, pero debajo de toda esa hermosura hay una bestia parda. Tiene que haberla. Es más interesante de lo que parece. —Cameron se echa hacia atrás y se recuesta sobre los codos—. Te apuesto lo que quieras a que revive en la cama.

—Cállate —le digo riendo de nuevo.

—Te lo digo muy en serio. Seguro que se transforma en otro hombre, me da esa vibra de que tiene lo mejor de los dos mundos. —Lo piensa un minuto—. Sí, lo suyo no es solo sexo, es una *situationship*.

La miro espantada y volvemos a reír las dos.

—Está bien, está bien, detente, que te va a oír.

—Tú hazme caso, es una bestia, y tú eres lo más parecido a Bella que he conocido en la vida.

—Mira que eres idiota.

—Vamos a preguntarle. —Se pone en pie de un brinco y, horrorizada, la agarro enseguida de la muñeca, pero ella abre la boca antes de que me dé tiempo a volver a sentarla—. ¡Eh, Noah! —grita, y me pongo como un tomate cuando él, y la bailarina, se voltean y nos sonríen—. Una pregunta rápida, pero tú no preguntes, solo responde, ¿de acuerdo?

Noah me mira a mí enseguida y luego mira de nuevo a Cam.

—¡Dime!

Cameron se voltea un segundo y me guiña un ojo.

—¿*La Bella Durmiente* o *La Bella y la Bestia*?

Me mira y sus ojos me abrasan la piel mientras él intenta descifrar la pregunta tonta de Cam. Rápidamente, de forma casi imperceptible, Noah mira a la chica que tiene al lado y luego otra vez a mí. Igual me lo estoy imaginando, pero juraría que, además, sigue mi larga melena castaña hasta el punto en que me desaparece por detrás del hombro izquierdo.

Inspiro hondo sin quererlo cuando desliza su sonrisa a Cam.

—Vamos, no me hagas decirlo.

La respuesta es muy muy Noah.

Esbozo una sonrisa.

Satisfecha, Cam vuelve a sentarse y me susurra entre dientes:

—¿Tú te has dado cuenta de que me ha entendido completamente lo que le estaba diciendo?

—Para ya, que no estás segura —le digo en el mismo tono.

—Ari, mujer, es agradable que finjas otra cosa, pero míralo ahora con disimulo.

—No.

—Porfa —suplica—. Te apuesto un lápiz de labios a que lo está esperando.

—Bueno, pero lo elijo yo.

—Hecho.

Me recuesto en el asiento y me acaricio el pelo para que parezca natural cuando lo miro. Por desgracia, me quedo helada, descaradamente, y el tipo, que me está mirando, por supuesto, me sorprende. Siempre tan caballeroso, se humedece los labios para disimular una sonrisita, y mi tez amenaza con delatarme, pero entonces me doy cuenta de que eso no es todo.

—¡Ay, amiga, ahí viene! ¡Con la rubia!

Cameron se muere de risa.

—La cosa va mejorando. Está a punto de poner los puntos sobre las íes, verás.

—Calla ya.

—Me lo vas a agradecer.

—Tú eres boba.

—Pero me quieres.

—Hola.

Nos volteamos rápidamente hacia los recién llegados,

yo con una sonrisa superfalsa ¡y abochornada! en la cara, y Cam con una de puro entretenimiento.

—¡Hola! —contestamos al unísono, y reprimo las ganas de darle un codazo en las costillas.

—Cameron… —dice él, casi sin mirarla.

—Noah… —contesta ella, y se sienta otra vez, irguiéndose con las manos apoyadas en el asiento.

—Esta es mi amiga Paige —presenta él, señalando con la cabeza a la preciosa criatura que tiene al lado.

No me hace falta mirar a mi mejor amiga para saber que está sonriendo satisfecha.

Levanto la mano con la intención de saludar, pero la rubia se acerca y me envuelve en un abrazo ligero e inesperado, y luego vuelve a ocupar su sitio, justo al lado de Noah.

—Encantada de conocerte, Ari —dice, y cruza las manos a la espalda—. Me han hablado mucho de ti.

Arqueo las cejas sorprendida y busco las palabras adecuadas, pero tengo el cerebro paralizado, así que río para disimular los nervios. Miro un segundo a Noah y él me dedica un guiño cómplice.

—Un placer, Paige.

Paige sonríe y revela una perfección aún mayor.

—A ver si salimos todos un día…

Eeeh…

Sonrío.

Se voltea hacia Cam.

—Encantada de conocerte a ti también, Cameron. Siento tener que irme tan pronto, pero los domingos son una locura para mí.

La miro al instante.

O sea, que tanto Noah como ella están «ocupados» los domingos…

Noah se aclara la garganta.

—Voy a acompañarla al departamento.

Paige sonríe y se despide con la mano mientras se van.

—Espero que volvamos a vernos, Ari.

Aguantamos la sonrisa hasta que se van y luego nos miramos.

La mía se torna asesina.

Cam arruga la nariz.

—Igual es lesbiana... —Protesto y me levanto—. Le gustas tú, Ari —me dice.

—Calla ya, Cam —replico, y me alejo.

—¡No hagas como si te diera igual! —me grita.

Le pinto el dedo, me acerco a la hilera de refrigeradores comunitarias y agarro un agua.

Como es domingo, esta noche tocaría cena familiar, pero el equipo ha tenido la semana de descanso y, en la casa, han organizado lo que llaman la parrillada anual. Invitan a la familia, a los amigos y a cualquiera a quien no vean con regularidad, y es una reunión informal a las afueras del campus a la que cada uno lleva algo de comer. Por suerte, a los chicos no les ha importado que cuente como nuestra cena dominical, así que Cameron y yo hemos venido también.

Doy unos traguitos a la botella y me acerco a mi Mason, que está al mando de una de las múltiples parrillas.

—Hola, hermano.

—Hola, hermana —contesta, me mira un segundo y sigue dándole la vuelta al pollo—. ¿Te estás divirtiendo?

—Sí —digo mirando a mi alrededor.

—Genial. —Toma su cerveza y da un trago, y me mira por encima del cuello de la botella—. ¿Estás bien? —Abro la boca, pero la cierro de golpe, y contesto con una pequeña cabezada afirmativa—. ¿Seguro? —insiste.

—He... —Suspiro y cedo un poco—. He pasado un par de meses difíciles, pero ya estoy mejor.

—¿Mejor o un poco mejor?

—Depende del día.

Mi sinceridad lo tensa, y deja caer los hombros abatido. Sus ojos pardos buscan los míos.

—Si pasara algo, si necesitaras algo, me lo dirías, ¿verdad? Aunque a veces sea un poco imbécil, ¿seguirás acudiendo a mí si me necesitas?

—Si te necesito, cuando te necesite, no lo voy a dudar, eso lo tengo claro —le contesto en voz baja y con sinceridad, y él esboza una sonrisa—. Pero a lo mejor deberías saber que puede que alguna vez haya algo que no quieras escuchar, y esas cosas no te las voy a contar.

Se le tensa la mandíbula y mira a otro lado, pero, cuando vuelve a posar los ojos en mí, su mirada es tierna.

—Me parece justo. Te quiero, ¿sabes? Más que a nadie.

Sonrío y me acerco a abrazarlo.

—Sí, Mase, lo sé.

Mi tono de pena es accidental, pero él lo detecta. Mi hermano no lo entiende, y por eso se frustra conmigo.

No tiene ni idea de que ha abierto un abismo del tamaño del Gran Cañón entre Chase y yo porque no le conté que saltamos sin mirar. Sabe algo, pero ni se imagina lo hondo que es ese algo. En su cabeza, todo lo que hace en relación conmigo es para protegerme, pero lo que está empezando a entender muy muy despacio es que ya no somos unos niños. De algunas cosas no puede ni debe protegerme.

En cualquier caso, solo un imbécil le echaría la culpa a Mason. Puede que fuera él quien apagó la cerilla, pero ha sido Chase quien la ha tirado al mar. Era una decisión que debía tomar él, si apartarme o acercarme, y prefirió empujar. Y no pasa nada.

Si hubiera algo que me habría gustado que tuviéramos es la oportunidad de resolver juntos si estábamos hechos el uno para el otro. A lo mejor así habría conseguido llegar a entenderlo sin todo este lío.

Es una mierda que te duela un hombre al que nunca has llegado a tener. La pena que llevo dentro se manifiesta de forma aleatoria, y esa pena nace de un amor que no ha llegado a vivir, que no ha tenido ocasión de florecer.

Ahora mismo, esa sensación de que me han robado algo es lo que más me lastima de todo, pero, si saco algo positivo de esta experiencia, es que solo creces cuando duele.

¿Cómo, si no, vas a descubrir lo que quieres de verdad?

¿Qué es aquello de lo que te niegas a desprenderte?

¿Qué mereces en una pareja?

Dudo que lo puedas saber sin el dolor que te produce jugártela.

Yo lo quiero todo de la otra persona. Lo quiero absolutamente todo.

Chase no podía darme eso, y a lo mejor debería agradecer que se diera cuenta antes de que pasara a mayores. Aunque igual no estoy más que excusando su jugada de mierda.

Suspiro, y retrocedo.

—Ari —me llama Mason, notando mi retirada—. Extraño estar contigo. Quédate, anda...

Con una sonrisa desganada, abrazo a mi hermano y, al asomarme por encima de su hombro, el universo decide ponerme a prueba. Mis ojos se clavan en unos verdes.

—No voy a ninguna parte —digo apartándome, y sujeto la bandeja de carne asada—. ¿Llevo esto a las mesas?

—Si me haces el favor... —contesta Mason, y sigue con la parrilla.

De camino a la zona de la comida, vuelvo a intercambiar la mirada con Chase, que está al otro lado del jardín, pero esta vez soy yo la que la desvía.

Una mano pasa delante de mí y aparta un tazón de pasta, y yo dejo la montaña de pollo encima del mantel.

—O sea, que el gen de la cocina se lo ha llevado tu hermano —bromea Noah.

Lo empujo con el brazo, pellizcando los bordes del papel de aluminio.

—¿Qué dificultad puede tener darle la vuelta a un filete de pollo?

—No sabía que la parrillada fuera solo eso —dice con sorna—. Vuelta y vuelta, y listo.

Me cruzo de brazos y le lanzo, en broma, una mirada asesina.

Noah ríe y mira en la dirección que yo me propongo evitar.

—Me tengo que ir, pero quería despedirme primero.

—No hacía falta que volvieras solo para decirme eso. Podrías haberme mandado un mensaje.

Asiente, y sus ojos azules me exploran el rostro.

—No tengo mucho tiempo libre los fines de semana, pero igual quieres que hagamos algo entre semana... Las clases de cocina siguen en pie.

—Eso es porque aún no has visto lo mal que se me da.

—Lo tomo como un sí. —Sonríe—. Entonces, esta semana, ¿no? —Reprimo una sonrisa y asiento—. Genial, porque me proponía insistir hasta que me dijeras que sí —añade, y me hace reír. Luego vuelve a mirar a mi espalda mientras se retira—. Es mejor que me vaya.

—*I want you to stay.*

Se para en seco un segundo y después una sonrisa inmensa se apodera de su semblante, y ríe, y me obliga a dar rienda suelta a mi risa también.

—En tu rocola hay de todo.

—Así es.

Noah se me acerca y, al hacerlo, sus ojos, algo más oscuros de su azul habitual, se aferran a los míos y, de pronto, no tengo claro si estoy respirando.

Se confirma que no cuando un jadeo profundo me llena la garganta mientras él me planta los labios en la parte más alta de la mejilla. Me rozan la piel, quizá por error, cuando se retira, pero, en cualquier caso, el calor de sus labios me corre, abrasador, por todo el cuello.

Noah me aprieta suavemente el brazo y luego se va.

Mis ojos se niegan a abandonar su nuca, y solo lo hacen

cuando mi mejor amiga se me acerca y me saluda con un caderazo.

Abre una bolsa de papas fritas y me avienta una.

—La Bella Durmiente, ¡y una mierda!

17

Arianna

—A ver, cuéntame.

Noah sonríe, y me mira de reojo mientras sofríe.

—¿Qué quieres saber?

—Tu secreto. —Hago una pausa dramática—. Porque no creo que hayas hecho esta salsa en la media hora que yo he tardado en ir a dejar mis cosas y venir aquí.

—Tienes razón —contesta, y deja la cuchara larga de palo tal cual en la encimera—. No la he hecho en media hora —reconoce mientras paso la mano por delante de él, tomo la cuchara en cuestión y la dejo en el plato de cartón—. La he hecho en diez minutos.

Volteo de golpe la cabeza.

—Perdona, ¿qué? —Ríe satisfecho y se dirige de espaldas a la sala, y yo lo sigo, que es lo que quiere—. Muy bien, Gordon Ramsay. —Dejo las bebidas encima del mantel y nos sentamos en los sitios donde nos hemos estado sentando a comer los últimos dos lunes—. Dime cómo.

—Perdona, pero no puedo —responde negando con la cabeza, y ya no espera a que me sirva, sino que me sirve él.

Extiendo la mano y me pongo otro trozo de pollo en el plato.

—¿Y por qué no?

Me mira de reojo y sonríe.

—La única forma de que aprendas a cocinar es que cocines conmigo.

—Eso suena mucho a coacción.

Arquea una ceja oscura.

—¿Ha hecho falta que te coaccionara para que vinieras esta noche?

Le saco la lengua llena de comida, y él hace un gesto de asco y ríe.

Después de unos cuantos bocados, y aprovechando la escena de *Súper cool* en la que McLovin se hace con la identificación falsa, me volteo hacia Noah.

—Entonces, ¿puedo elegir el menú?

—Solo si nos turnamos para hacer la comida.

—Sí, claro, si quieres un ramen instantáneo con guarnición de Doritos...

—Da la casualidad de que me gusta la pasta.

—Qué gran mentira.

—Claro que no.

—¿Cómo le va a gustar el ramen instantáneo a un chico que cocina así?

—¿Nunca aderezas la pasta? ¿Con un poco de lima, algo de tabasco y cilantro? —Lo miro espantada, y él ríe y añade—: ¿Y con un huevo cocido, salsa de soja y sriracha?

Parpadeo exageradamente y él me arroja la servilleta.

—De acuerdo, tú ganas —digo aceptando la derrota—. El menú corre por tu cuenta, pero tiene que haber una noche de pasta en algún momento, que yo quiero aprender a convertir un ramen horrible en uno exquisito.

—Y yo quiero enseñarte.

—Genial. —Levanto la barbilla y él sonríe de oreja a oreja—. ¿Empezamos el domingo? —Al verlo fruncir el ceño, añado enseguida—: O, bueno, cuando tengas tiempo. No sé, cuando termine la temporada, igual.

«Cállate ya, Ari».

—No quiero esperar a que termine la temporada, Julieta —me dice, procurando disimular la risa al mirarme—. Los domingos no puedo, eso es todo.

«Porque la bailarina y tú tienen un compromiso ese día...».

Ese pensamiento amenaza con hacerme enojar, pero consigo dominarlo.

—¿Qué te parece si hacemos oficial lo de los lunes y añadimos los miércoles? —pregunta—. Son los días que tengo más tiempo, porque entreno por la mañana y termino las clases antes del almuerzo. ¿Y tú?

—Sí. —Me mira y yo asiento, cerrando fuerte los ojos un segundo—. O sea, lo mismo. —«No, espera». Me volteo un poco hacia él—. No, lo mismo no, porque yo no tengo entrenamiento, claro, pero, sí, esos días también me quedan bien.

Se le esfuma la sonrisa y yo me pregunto qué diablos me pasa.

Por suerte, consigo no desvariar más en lo que queda de velada y, cuando Noah me acompaña a casa, el trayecto corto está lleno de bromas y risas.

A la mañana siguiente, en cuanto me despierto, me encuentro un mensaje con una propuesta para nuestro menú. Así, para hacerlo oficial, añado nuestros planes a mi calendario y lo busco en Venmo. Me ha dicho que iba a ir a la tienda, y decido mandarle un pedacito de mi presupuesto mensual para comida.

Me lo devuelve de inmediato.

Es miércoles y casi hemos terminado de preparar la primera comida, así que me escabullo al baño y le meto cuarenta euros en el bolsillo delantero de la mochila, que tiene cierre. Vuelvo a la cocina antes de que le dé tiempo a sospechar.

Noah se lleva la cuchara a la boca, en la que fijo la atención mientras sopla la mezcla caliente. Cuando está convencido de que no me voy a achicharrar, me acerca la cuchara.

—Prueba esto...

Sus ojos son de un azul que no he visto en la vida, tan mítico e intenso, aunque tormentoso, como los que podrían esperarse del dios del mar. Algo perdidos y solitarios quizá. Con cierto toque salvaje. Me fascina ese color. O a lo mejor es la emoción que intuyo en su interior.

¿Cómo voy a intuir la emoción de su interior?

—¿Julieta...?

Parpadeo, y miro extrañada la cuchara.

—Perdona —mascullo, y cierro los labios alrededor del utensilio.

El glaseado sabroso hecho de chile casero con arándanos me asalta las papilas gustativas, y la explosión de sabores me provoca un gemido de satisfacción.

—¡Qué rica! —Dejo que la salsa se me asiente en la lengua un segundo—. Oye, si al final lo de ser futbolista profesional no te sale bien, te puedes hacer chef, te lo aseguro.

No me había dado cuenta de que había cerrado los ojos y, cuando miro a Noah, él aparta los suyos de mi boca. Se voltea enseguida hacia la pileta y tira la cuchara dentro.

—¿Te parece bien así o crees que le falta pimiento rojo molido? —Al ver que no respondo, me mira y ve mi cara de extrañeza—. Las escamitas de pimiento...

—¿Las que son como pimientitos de pizza?

Sonríe y se voltea para apoyar la cadera en la pequeña encimera.

—¿No has prestado atención cuando hemos añadido las especias?

¿A la comida? No, no le he prestado mucha atención. ¿A lo centrado y sereno que está cuando cocina? Sí, a eso sí.

—¿No...? —digo.

Ríe, y me pega en broma con el trapo de cocina.

Levanto un hombro.

—Pensaba que lo mío era pasarte cosas y darte opiniones sinceras sobre el sabor.

—Ajá... ¿Y cómo lo vas a hacer tú sola si te dedicas a eso nada más? —bromea.

—De acuerdo, uf... Si te ha dado la impresión de que eso era una posibilidad, lo siento mucho —digo casi echándome a reír—. Básicamente los voy a necesitar a ti y a tus aptitudes de chef profesional para sobrevivir lejos de casa.

Esperaba que se riera o me siguiera la broma, pero no.

La mirada de Noah se pasea por mi rostro y luego asiente con la cabeza de manera casi imperceptible.

—Creo que eso podría funcionar.

No sé por qué, pero me sube de pronto el calor por el cuello.

Se da cuenta y, en vez de voltearse y hacer como que no lo ha visto, sigue el rubor hasta más allá de mi clavícula. Yo tendría que mirar a otro lado, pero no quiero. Quiero ver cómo me mira. Cuando sus ojos de color medianoche aterrizan en los míos, se me retuerce algo en el abdomen. Se me enreda y jala, y yo me volteo enseguida hacia la encimera. Aparto la bolsa de los ingredientes del chile y pongo en su sitio la que lleva las cosas del pastel de carne.

Me noto las extremidades pesadas, difusas, pero respiro para recobrarme, y trago saliva para deshacerme el nudo de la garganta.

—Te juro por Dios, Noah, que si este pastel de carne está rico, no va a haber que congelar nada, porque me lo pienso comer entero esta noche, y no es broma.

La risa de Noah es grave y sensual.

O yo estoy perdiendo la cabeza y necesito serenarme, no lo tengo claro.

Lleva la olla caliente de chile a la mesita minúscula,

forrada de salvamanteles, y la deja al lado de la charola de albóndigas.

—No vamos a hacer uno grande. No se puede congelar así. Hay que hacer varios pequeños.

—De acuerdo, pues hazlo así..., pero haz también uno grande que nos podamos comer esta noche —digo, y sonrío como una psicópata, enseñando todos los dientes—. Podemos atiborrarnos hasta que me aprieten las mallas.

Se voltea un poco para mirarme.

—¿Quieres que nos veamos esta noche?

Pongo cara de espanto.

—¡Ay, Dios, me acabo de autoinvitar! —exclamo, y miro a otro lado—. Ignórame, tú sigue. ¿Qué hago ahora? Precalentar el horno, ¿no? ¿Ese es el primer paso?

—Julieta...

Me tenso un poco.

—¿Sí...? —contesto, y pongo en fila los ingredientes, sin tener ni idea de en qué orden van y si eso importa.

—Tú eres mi único plan —confiesa.

No sé por qué, pero de pronto estoy nerviosa.

Noah lo nota, se pone a mi lado riendo y me hace mirarlo. Levanta la mano como si estuviera a punto de tocarme, pero lo piensa mejor y la baja enseguida a la bolsa que tenemos al lado. Sus ojos, en cambio, siguen clavados en los míos.

—¿Quieres quedarte y acomodarte hasta que te aprieten las mallas y tenga que prestarte unos pants? —me pregunta con una sonrisa—. ¿Ver una peli conmigo?

—Sí —contesto frunciendo el ceño—. Quiero.

Asiente varias veces y luego suspira y se voltea hacia la pileta para enjuagar el pollo. No tenía ni idea de que eso se hacía.

Contando con el horneado, los pasteles de carne son lo que más tarda en hacerse de todas las comidas que preparamos hoy. En cuanto el grande está listo para cortarlo,

Noah agarra unos platos, pero yo los vuelvo a dejar en su sitio, me meto dos tenedores en el bolsillo de la sudadera y me llevo el pastel entero a la sala.

Comemos directamente de la charola de aluminio desechable, mientras vemos *Bad Boys for Life* en un silencio agradable.

En algún momento de la película, me acerco a Noah. Ahora tengo el hombro pegado al suyo, las rodillas dobladas y apoyadas en su muslo grueso de jugador de futbol americano.

Cuando me meto las manos en el regazo, él extiende la mano a nuestra espalda, agarra una manta y me la echa por encima de las piernas sin mediar palabra, dejando el brazo apoyado en el respaldo del sofá.

Me acurruco un poco más mientras él se acomoda en los cojines.

Se le escapa un suspiro en voz baja y empiezo a imaginarme cosas.

Esta noche lo he estado observando detenidamente. Su semblante sereno, la naturalidad de sus movimientos. Está clarísimo que se encuentra cómodo cocinando, como si lo llevara en la sangre. Me ha recordado a mis padres en la cocina.

De algún modo, me siento como en casa.

Y eso... me da un poco de miedo.

18

Arianna

Noah pone el freno de mano, apaga el motor y me mira.

—¿Cómo? ¿Me estás diciendo que nunca has comido sushi?

—Nunca he comido sushi —reconozco, y recojo mi mochila del suelo.

Se deja caer en el asiento.

—¿Cómo es posible?

—Siempre me ha dado un poco de repulsión —contesto encogiéndome de hombros—. Me gusta el bagre.

—El bagre cocinado, supongo...

—Supones bien. Hay un sitio pequeñito al que solían llevarnos mis abuelos, el Catfish House; íbamos allí a comer bagre, okra y tortas de maíz, todo frito. Estaba en el campo, en un pueblecito, camino de la bahía. Pero ¿sushi? —Arrugo la nariz y me estremezco—. Ni de broma.

—Te voy a preparar un poco, para que cambies de opinión.

—¡Cómo crees! —Finjo una arcada—. El sushi casero suena peor todavía.

—Confía en mí, Julieta.

Suspiro de broma, y se me pasa una sola cosa por la cabeza mientras lo miro: Dios mío, qué agradable a la vista es.

Asoma a sus labios gruesos una sonrisita; luego baja del coche y yo lo sigo y, como de costumbre, me acompaña hasta mi departamento.

En la puerta, me volteo para mirarlo.

—Acláramelo: ¿tengo que hacerme a la idea de que me harás probar el sushi en breve?

Sonríe satisfecho y echa un vistazo al rellano. Al hacerlo, le cae un mechón de pelo por la frente y cuando quiero darme cuenta se lo estoy recolocando.

Noah no me dice que no. No me agarra la mano ni me advierte que es mejor que no lo toque, ni siquiera cuando deslizo la mano de su cabello grueso y oscuro, sino que deja que las yemas de mis dedos prueben el tacto de su piel de la sien a la mandíbula.

Lo miro a los ojos y, de repente, la puerta que tengo a la espalda se abre de golpe. Emanan risas del departamento, pero se hace el silencio en el mismo instante.

Bajo la mano de inmediato, volteo bruscamente y me encuentro cara a cara con Cameron, pasmada y boquiabierta. Brady está detrás de ella, molesto.

—Eeeh..., hola —digo sin mucha convicción, y me pongo como un jitomate, más aún cuando me asomo al departamento y veo a Mason y a Chase dentro. Se levantan los dos despacio del sofá, con la misma mirada asesina, y yo me volteo enseguida hacia Cam.

Cam no tarda en esbozar una sonrisita pícara y luego se cruza de brazos.

—¡Maldición!

Miro a Brady, demasiado nerviosa para posar los ojos en otro sitio. Vamos, Brady, ayúdame.

Hace una mueca, pero enseguida se relaja y le dedica una pequeña sonrisa a Noah.

—¡Qué oportunos! FunWorks cierra la temporada de lanchas de choque este fin de semana y pensábamos ir a dar unas vueltas. Están libres, ¿no?, así que pueden venir.

Me volteo hacia Noah, que de pronto deja de mirar al fondo del departamento, y no me cuesta saber qué o, mejor dicho, a quién estaba mirando. Su expresión alberga muchísimas preguntas en estos momentos, pero no dice ni una palabra, espera a ver qué sale de mis labios.

¿Quiero ir con mis amigos a montar en las lanchitas de choque? Pues claro. Antes hacíamos mucho esas cosas, pero ¿quiero estar nerviosa y angustiada toda la noche? Ni una pizca.

He tenido un día estupendo. Me lo merezco y no voy a permitir que nadie me lo estropee esta vez. O sea que ¿nos olvidamos de salir?

Exploro el semblante de Noah.

¿Qué hago?

Noah sacude ligeramente la barbilla, recordándome que no estamos solos allí y que tengo que decidirme.

Bueno, bueno.

Cruzo la puerta, pasando por delante de Brady y Cam, que, atónitos, se apartan para dejarnos entrar. Luego pongo la mano atrás, agarro a Noah de la camiseta y me lo llevo conmigo.

—Hola, chicos —digo, y saludo con la mano a los otros casi sin mirarlos.

—Hola, amigo —oigo a Noah a mi espalda, y doy por supuesto que está hablando con mi hermano cuando justo después saluda a «Harper».

—Cuánto tiempo —bromea Mason, y a Noah se le escapa una risa.

Luego guardan silencio y estoy convencida de que, cuando pasamos a la cocina, se quedan mirando las bolsas que lleva Noah en las manos.

Me volteo enseguida para mirarlo.

—¿Quieres subirte en las lanchas de choque? —le susurro en cuanto nos hemos apartado todo lo que permite el reducido espacio.

Se me acerca un poco y usa su cuerpo para protegerme de los otros.

—¿Quieres que vaya? —Al ver que me extraño, continúa—: Que yo estuviera aquí cuando te lo han propuesto no significa que tengas que invitarme.

Sus ojos azules me sostienen la mirada.

—Ya sabes la respuesta —le digo con una mirada asesina—. Lo que pasa es que quieres oírlo.

Juro que en estos momentos tiene ganas de sonreír, y su mano roza la mía cuando empieza a sacar los recipientes de las bolsas.

—Puede, pero tenía que asegurarme.

—Entonces, ¿vas?

—Voy.

Satisfecha, noto que me relajo, y luego abro el congelador, aparto algunas cosas y hago sitio dentro para los primeros envases. Cuando Noah se me acerca con más, me separo y, en cuanto alzo la mirada, me topo con Chase, que observa extrañado los recipientes desde el sofá. Se levanta, como para acercarse, y me paralizo por completo. Lo nota, y las arrugas de la frente se le multiplican. Se queda donde está.

Mi hermano se apoya en el respaldo del sofá, con los brazos cruzados sobre el pecho y las piernas también cruzadas. Lo observa todo impávido: la comida, a Noah, a mí..., a Chase.

Los ojos pardos de Mason se clavan en los míos, su cabeza se ladea un poco.

No desvío la mirada.

—¿Hoy no tienes grupo de estudio? —pregunta.

—No.

—¿Has estado cocinando?

—Sip.

—¿Me has hecho comida, Aribaby? —dice Brady, y, acercándose, se dispone a curiosear en las bolsas, pero yo me adelanto corriendo y me interpongo en su camino con una ceja arqueada.

—Que no, grandulón. —Brady hace pucheros y me da risa—. No te sientas mal. La mitad de esto ni siquiera lo voy a compartir con Cam esta vez.

—¡Carajo! —protesta ella, y se inclina sobre la encimera para echar un ojo a mis manjares—. ¡Con lo ricas que estaban las sopas esas!

—Bueno, y si eso te gustó devorarías lo que me ha hecho hoy. Está demasiado bueno para compartirlo —digo, y me volteo hacia ella con una sonrisa.

—Un momento, chicos..., ¿aquello lo habían hecho ustedes? —pregunta, y chismosea sonriente entre los envases, intentando adivinar qué contienen—. Llevo días queriendo preguntarles de dónde eran, pero no nos hemos visto mucho en casa las dos últimas semanas y, cuando hemos coincidido, estaba demasiado ocupada comiéndomelo como para que me importara. Pensaba que te habías apuntado a una de esas cosas de comidas que intentan venderte las modelos en Instagram.

Noah y yo nos miramos y reímos.

—Si tú no sabes cocinar... —tercia Chase de pronto, muy seco.

Se me cierra la garganta, pero, antes de que me dé tiempo a reaccionar, lo hace Noah, superamable.

—Cocina de maravilla —le dice, y sus palabras me acarician el pelo, porque se me ha acercado un poco.

Los dos sabemos que eso no es del todo cierto, que se me da mejor ser catadora, pero ahora mismo eso da igual, y le plantaría un besote a Noah por apoyarme sin pensarlo.

—Ah, ¿sí? —insiste Chase—. ¿Desde cuándo?

Me asalta un remordimiento inmerecido que no tarda

en convertirse en fastidio. ¿Quién diablos se ha creído que es? No está siendo parlanchín ni amable, se está portando como un imbécil, y lo sabe.

Lo miro a los ojos.

—Desde ahora. Noah me está enseñando.

Chase aprieta mucho los labios y, al cabo de un momento, se limita a asentir muy seco con la cabeza, y luego sale por la puerta, seguido de Brady y Cam.

—¡Bajen en cinco minutos, chicos! —grita ella, y se larga.

Mason nos mira confundido a Noah y a mí, y luego la puerta por la que acaba de salir Chase.

—¿Qué le pasa?

Suspiro, saco dinero de mi monedero y lo guardo en el bolsillo de atrás de los jeans.

—No lo sé, Mase. Igual deberías preguntarle a él.

—Te lo estoy preguntando a ti.

—Y ya te he dicho que no lo sé, ¿sí? —contesto encogiéndome de hombros.

Me mira fastidiado un segundo más y después levanta una mano y le da una palmada en el hombro a Noah.

—¿Preparado para empaparte el trasero en las lanchas de choque, Riley?

Noah mira de reojo y, al ver que asiento, se voltea hacia Mason.

—Te sigo, Johnson.

Y allá vamos.

Riendo, Cam y yo hacemos girar nuestras lanchas y pasamos estratégicamente por delante de la cascada del acantilado sin empaparnos. Al llegar al otro lado, nos dividimos.

—Vamos, métete en ese rincón, que yo voy por este lado —dice retrocediendo y escondiéndose—. Y ahora a esperar.

Esperamos tres minutos largos y, cuando estamos ya a punto de rendirnos y salir de nuestro escondite, se hace un silencio sepulcral. Crece el recelo entre nosotras y le digo solo con la boca:

—¿Qué hacemos?

Entorna los ojos enseguida y niega con la cabeza porque sabe bien qué es lo que pretendo hacer.

Estas cosas me ponen nerviosísima, y no lo aguanto. Es esa sensación que tienes cuando recorres una casa encantada, sabiendo perfectamente que te van a dar un susto, y empiezas a reír y a chillar, con el estómago revuelto.

La estoy pasando mal. Vuelvo a arrancar mi barca y Cam pone los ojos en blanco y sonríe. Nos juntamos, preparadas para rodear con sigilo el lateral, pero, en cuanto lo hacemos, nos topamos con un frente fuerte de cuatro hombres sonrientes, con los cañones de agua apuntándonos.

Gritamos y chillamos, y ellos se mueren de risa mientras nos empapan.

La emoción y el agua helada me dan un subidón de adrenalina, y me acerco disparando a la orilla, bajo de un salto de la lancha y voy corriendo hasta el lateral de la cascada.

—¡¿Qué haces, Ari?! —me grita Mason muerto de risa, pero yo sigo, y me meto entre las falsas palmeras que forman una especie de lagunita.

Me salpica el agua en la espalda, mientras mis amigos se me acercan riendo a carcajadas, con lo que sé que se han bajado todos de las lanchas.

—¡Oigan! —nos grita la vigilante—. ¡Ahí no pueden estar, chicos! ¡Ni sacar las armas de las lanchas!

Suelto un alarido y me meto a la izquierda, donde ya no me ve.

Los otros parlotean a mi espalda, pero yo sigo avanzando. Salto el riachuelo que corre entre las rocas y me escondo en un rincón en penumbra, detrás de una piedra en la sombra.

Con una sonrisa de oreja a oreja, cierro fuerte los ojos y procuro respirar con calma.

—¡Me abandonaste, Ari! —suelta Cameron desde algún lado, y un segundo después suelta un chillido—. ¡Me lleva el demonio, Mason!

Él ríe, y acto seguido exclaman los dos:

—¡Mierda!

Resuena por todas partes la advertencia de seguridad.

—Mira lo que has conseguido.

Abro los ojos de golpe y veo a Noah armado. Me lanzo bruscamente hacia la derecha, pero me topo con más rocas, una demasiado alta para treparla. Entonces me volteo y me lo encuentro otra vez de frente.

Noah mira a su alrededor, con un brillo especial en esos ojos azules.

—Sospecho que estás atrapada.

—También podrías ser buena persona y darme una ventaja de cinco segundos... —le digo con una inmensa sonrisa tonta.

Entrecierra los ojos, acercándose un poco, y esboza una sonrisa maligna.

—¿Me estás proponiendo que te deje escapar?

Otro paso.

Asiento, pero mi sonrisa se desvanece cuando lo miro, o sea, cuando lo miro de verdad. Lleva el cabello escurriendo, de un de un tono castaño aún más oscuro y, más brillante; la camiseta empapada, igual que los pants.

Al contemplar su rostro, veo que su sonrisa también se ha esfumado y que me mira la parte inferior de las piernas, que chorrean agua igual que las suyas.

Otro paso.

Respiro con dificultad, intentando decidir qué está pasando aquí.

Noah es mi amigo. Somos amigos.

Los amigos no se miran de esa forma...

Lo tengo ya justo delante, alto, guapísimo, seguro de sí mismo, y tan cerca que respiramos el mismo aire.

—Soy un tipo listo, Julieta —susurra mirándome de pronto los labios—. Solo un idiota te dejaría escapar teniéndote de pronto donde te quería.

—Ah —digo con un hilo de voz.

Noah, por lo visto, repara en mi respuesta agitada, porque asoma a su rostro una sonrisita de satisfacción, y se me echa encima. Yo le planto las manos en el pecho, algo insegura y muy intrigada, mientras él se pasa la lengua por los labios y se muerde el inferior un segundo después.

Y entonces nos quedamos los dos paralizados cuando nos arrojan en la cabeza una cubetada de agua helada. Hago un aspaviento y Noah suelta una carcajada.

—¡Cielos, qué fría está!

Noah sonríe y tira la pistola al agua.

—¡Te atrapé!

Me quedo boquiabierta y levanto la vista hacia el gracioso. Brady suelta una carcajada.

—Pensabas que el baño de agua fría era solo para ella, imbécil —bromea con Noah, y me sonríe—. Corre, Aribaby, que vienen los de seguridad. —Luego se levanta de un salto y grita—: ¡Que vienen los de seguridad!

Noah y yo nos miramos espantados.

—¡Están allí! —grita alguien.

—¡Yo veo a dos! —berrea otro.

—¡Mierda! —digo mirando a mi alrededor—. ¿Qué hacemos?

Noah me toma de la mano, me jala y vamos saltando de roca en roca, alejándonos del parque acuático.

—¡Aquí! —gritan Cameron y Mason.

Seguimos sus voces y los vemos al otro lado de la valla, justo cuando Chase aterriza a su lado. Noah y yo nos detenemos en seco delante y, justo entonces, las manos grandes de él me agarran de las pantorrillas. Yo me aferro a la valla metálica de color verde mar, me impulso y paso las piernas por encima. Chase se apresura a colocarse detrás de mí y me agarra de las caderas para ayudarme a bajar. Noah salta una milésima de segundo después de que mis pies toquen tierra y yo me empiezo a reír a carcajadas, levanto los brazos y me cuelgo de su cuello. Él me hace girar y luego me suelta del lado derecho y me quedo encajada bajo su hombro.

—¡Corran!

Nos volteamos todos a la vez hacia Brady y vemos que ya está a medio camino del Tahoe de Mason.

—¡Vuelvan aquí! —nos gritan los de seguridad, y nosotros nos escapamos.

Mason se voltea un segundo para mirar a qué distancia tenemos al personal del parque mientras se busca a toda prisa las llaves en los escapamos.

—¡Vamos, apresúrate! —exclama Cam, dando brincos y abriendo mucho los ojos al ver que el *buggy* se acerca—. ¡Ya vienen, carajo!

—¡Estoy en ello, Cam! —responde Mason.

Por fin saca las llaves, el cierre de seguridad hace clic y nos resguardamos.

Noah me acomoda en el asiento y luego se pone a mi lado. Nadie se molesta en subirse a la tercera fila, así que me subo al regazo de Cam y Mason sale disparado del estacionamiento.

Cuando estamos ya como a cinco manzanas del parque, nos echamos a reír a carcajadas.

—¡Estuvo increíble! —grita Brady golpeando emocionado el tablero.

Sonrío, y me defiendo cuando Cameron me empuja por la espalda.

—¡Quítate de encima, idiota, estás empapada! —dice entre risas.

—Pues como tú, tonta. ¿Qué más te da? —contesto, y sonriendo intento hacerme hueco a su lado.

—Aquí hay sitio... —empieza Chase, pero Noah ya me ha agarrado.

—La llevo yo —dice, y me sube a su regazo, pasándome el cinturón por delante de forma algo embarazosa.

Río como una boba.

—No hace falta, Noah. No se lo ha puesto nadie.

—Póntelo por mí, anda —me susurra, pero vamos amontonados en una camioneta sin música, así que estoy convencida de que se enteran todos de su preocupación.

Asiento y procuro no ruborizarme.

Uno o dos minutos después, levanto la vista y le veo los ojos a Mason en el retrovisor. Me mira fijamente, mira el cinturón de seguridad y luego vuelve a clavar los ojos en la calzada, esbozando una sonrisa.

En ese preciso instante se me asienta algo por dentro, solo que aún no estoy segura de lo que es.

19

Arianna

—No tengo el cuerpo para fiestas esta noche, estoy agotado —dice Brady, dejándose caer sobre la puerta trasera de la camioneta de Chase, como media hora después del partido.

—Yo igual, amigo —coincide Mason, y tira la bolsa adentro—. ¿Y ustedes? —pregunta volteándose—. ¿Qué les parece si hacemos un plan tranqui y vienen con nosotros? Podemos pedir pizza o algo así y acampamos en mi cuarto o en el de Chase...

De una fiesta me podría zafar, pero de una noche tranquila en su casa cuando la celebración es en otro lado... no tanto, así que me resigno y asiento igual que Cameron.

Vibra mi celular y me lo saco del bolsillo de atrás.

Romeo: ¿Has visto la paliza
que me han dado hoy?

Sonrío.

Yo: Sí, *you got knocked down*...

Espero diez segundos a que lo capte y luego le mando el resto.

Yo: *But you got up again.*

Me contesta con un emoji de carcajada, y río yo también.

Romeo: Por si te lo preguntabas,
este nunca va a pasar de moda.

Me quedo mirando su mensaje, me inunda un calor extraño y me mordisqueo el labio inferior.

—¡Tierra llamando a Ari!

Levanto de golpe la cabeza y me encuentro con cuatro pares de ojos entornados.

—Perdón —digo colorada, pero, como está oscuro, dudo que lo noten—. ¿Ya estamos o...?

—Sí, hermana, ya estamos —contesta Mason poniendo los ojos en blanco.

Los chicos se suben a la zona de carga para el trayecto corto por el campus y Cam y yo nos colamos en la cabina. Si no tuviera media cabeza en otro sitio, me habría dado cuenta de que soy la primera en subir, con lo que me veo obligada a sentarme en el centro.

No puedo evitar acordarme de la última vez que me subí a su camioneta. Fue en las vacaciones de primavera, el último año de la prepa.

—No hacía falta que vinieras por mí. Ya le he dicho a Mason que tenía quien me llevara.

Chase resopla, hace un giro prohibido y se dirige a casa.

—Si crees que voy a dejar que ese idiota te lleve a casa, te equivocas.

—No te parecía tan idiota cuando lo invitaste a tu fiesta de Nochevieja —le recuerdo mientras se detiene en un semáforo.

—Se convirtió en un idiota cuando intentó besarte en esa fiesta —dice, y me lanza una mirada asesina—. Le dije que no se te acercara. Parece que voy a tener que recordárselo el lunes.

—Bueno, Mason —contesto con los ojos en blanco, perpleja, cuando se voltea bruscamente hacia mí.

—No soy tu hermano —replica fastidiado—. Ni tampoco le dije eso a ese tipo por complacer a Mason.

Hago un esfuerzo por asentir, procurando respirar a pesar de que el aire me huye de los pulmones y el alcohol hace que me abrase más la piel.

Se pone el semáforo en verde y Chase mira al frente, así que hago lo mismo, pero mis ojos se niegan a quedarse clavados en la carretera.

Estudio su perfil, la forma en que frunce los labios cuando está fastidiado o enojado, lo rápido que le sube y le baja el pecho mientras procesa lo que sea que tiene en la cabeza.

¿Soy yo?

¿Es en mí en quien piensa?

Me da un vuelco el corazón de pensarlo.

—Noto que me estás mirando, Arianna.

Río en voz baja.

—Habría jurado que estaba siendo tan discreta como de costumbre.

Y el ríe tan bajito como habla a continuación.

—Puede, pero yo siempre sé cuándo me miras.

—¿Cómo? —susurro sin quererlo.

Chase aprieta el volante y frunce un poco el ceño.

—No sé.

Poco después está estacionado delante de mi casa y, cuando se voltea para mirarme, contengo la respiración. Tiene algo que decirme. Lo sé.

Abre la boca, y de pronto aparece Mason y me abre la puerta del coche con una sonrisa ebria.

—Hola, hermana.

Contengo un suspiro.

—Hola, hermano.

Esa noche me pasé horas despierta, sentada, preguntándome qué significaba aquel momento, si es que significaba algo. Albergué esperanzas, pero se truncaron al día siguiente, cuando supe que su novia de entonces se había convertido en su exnovia esa misma noche y que el «idiota» de mi cita, como lo había llamado él, era el idiota responsable de la ruptura.

Estaba frustrado y enojado, y yo lo malinterpreté. Fue un error de novata pensar, durante un tiempo, que él quería lo mismo que yo.

Espera...

¿Quería?

Se me agita el pecho y tengo que centrarme en respirar con normalidad.

Por lo visto, Chase también. Está tenso a mi lado, rozándome el hombro con el suyo con cada inhalación calculada. Está agobiado o nervioso o algo. O a lo mejor le fastidia que me haya sentado en el centro.

Por suerte, no tardamos nada en girar hacia la calle de los chicos.

—Pero ¿qué demonios...? —dice Cam inclinándose hacia delante—. ¿La fiesta de esta noche no era en otra casa de más abajo?

—En teoría, sí. —Chase apaga el motor—. Vamos a ver qué pasa.

Bajamos las ventanillas al tiempo que Brady y Mason bajan de la camioneta por el lateral.

—Voy a preguntarle qué pasa al tipo de la puerta —dice Mason, que da un golpecito en el chasis y se dirige después a la casa.

Cam decide bajarse también y reunirse con ellos en la acera, y nos deja a Chase y a mí solos en la camioneta.

El silencio me acelera el pulso, porque sé que ninguno de los dos va a poder estar aquí sentado mucho tiempo sin hablar. Lo que me molesta es que no serán más que palabras irrelevantes, aleatorias e inútiles para deshacer la incomodidad de ambos. Antes habría sido aceptable, y hasta normal, hablar del partido o comentar el contoneo de Mason cuando camina. Ahora resulta... triste. Y es una lástima.

—¡BJ, amigo, ¿cómo estás?! ¡Oye, ¿qué hace todo el mundo aquí?! —le grita Mason al portero desde el césped en vez de acercarse a la puerta.

—A la casa Blevens la están investigando por hacer una novatada a la sororidad de detrás. No se pueden hacer fiestas hasta dentro de treinta días.

—Caaarajo...

Chase abre la puerta, baja de la camioneta y me tiende una mano. Al ver que no me muevo, esboza una sonrisa.

—Es solo una mano, Ari.

Se me escapa una risa nerviosa, asiento, y le doy la mano.

Ya en el suelo, veo que no me suelta, y nos miramos. Parece que quiere decirme algo, pero ya lo conozco: no me va a decir ni una palabra.

Con una sonrisa reservada, retiro cautelosa la mano de la suya y me dispongo a dar media vuelta.

—Vamos a ver qué quieren hacer los otros.

Cuando alzo la vista, me quedo helada en el sitio.

Noah está en lo alto del porche, mirándome fijamente.

Levanto la mano y saludo, y luego aparto la vista porque algo que se parece mucho al remordimiento me forma un nudo en el estómago y no sé bien por qué.

O igual me estoy engañando.

Mason se acerca protestando.

—¿Quieres volver a nuestra casa? —me pregunta.

Yo miro a mi alrededor, veo a chicos y chicas que llegan desde todos los ángulos de la calle y poso los ojos en Cameron, que se cruza de brazos y bosteza al aire.

—Prefiero no salir de fiesta.

Una mano caliente me toca la parte inferior de la espalda y, al voltearme, veo que Noah se instala a mi lado.

—Hola.

Le paso el brazo por la cintura, lo abrazo, y solo después caigo en cuenta de que esta podría ser la primera vez que lo hago.

Está calentito y es sólido y huele a..., a Noah, a algodón fresco y camisas limpias, a brisa de invierno y a pino, con una pizca de menta.

Noah me suelta y se dirige a los demás.

—¿Acaban de enterarse del cambio de casa?

—Sí, supongo que volvemos a nuestra casa —contesta Cam encogiéndose de hombros.

Noah desliza la mirada hacia mí y luego hacia mi hermano.

—¿Prefieren subir a mi departamento? —Y después de una pausa, añade—: Todos, digo.

—¿En serio? —dice Brady con una sonrisa—. ¿Quieres subir a estos humildes cabrones a los aposentos del capitán? —bromea.

Mi hermano ríe.

A todos les parece bien, por lo visto, pero yo pongo mala cara, y no me doy cuenta hasta que Cameron se para a mi lado y me empieza a dar codazos. Me hace una seña con los ojos y yo bajo la mirada enseguida a la acera.

Creo que no quiero estar en casa de Noah con ellos. Siempre estamos los dos solos, salvo en los momentos en que, muy de vez en cuando, viene alguno de sus compañeros de equipo, y me gusta así. Quiero que siga siendo así.

Los otros están presentes en todos los aspectos de mi vida y, aunque me encanta eso de nuestro grupo, no quiero compartir con ellos lo único que tengo fuera del grupo. No quiero compartir el tiempo que paso con Noah.

Con ellos vamos a hablar de futbol, a beber cerveza y ver la ESPN, o *Ninja Warrior*. Siempre me han gustado esas noches, pero no sé...

Con Noah es... distinto.

Con él soy Arianna Johnson, no la hermana pequeña de Mason Johnson.

Y me gusta.

Lo necesito.

Noah me roza con los dedos la parte posterior del brazo y lo miro a los ojos.

—Pedimos algo a domicilio —dice con determinación.

«Tú lo ves, ¿no es así?»

Me pasa el pulgar por el codo como a modo de respuesta. Noah sabe lo que estoy pensando. Me está diciendo que no pasa nada, que no vamos a compartir con ellos nuestra diversión, no vamos a cocinar juntos ni a hablar de nada y de todo, de cosas que no importan y de cosas que sí.

Quiere que tenga la certeza de que puedo decir que no y la idea se desechará y punto. No tengo que compartirlo con nadie; yo decido. Me noto un calor en el pecho, pero no es el de un rubor. Esta vez me viene de dentro.

Noah empieza a esbozar una sonrisa incluso antes de que yo asienta, pero lo hago. Asiento.

—De acuerdo, pues vamos al departamento de Noah, confirmado. Pero vámonos ya, antes de que venga más gente y quiera seguirnos o algo —dice Cam contentísima y jalándome como si supiera adónde va.

Me dirijo a la derecha y nos apartamos todos para que

Noah pueda abrir la puerta con la llave. Nos deja entrar primero, así que empiezo a subir las escaleras.

Una vez dentro, giro hacia la sala y jalo el cordón que cuelga del ventilador para encender la luz, y Noah enciende el interruptor de al lado de la estufa. Se quita la cazadora, la deja en la sillita y yo suelto mi suéter encima. Abre el refrigerador para sacar unas cervezas para los otros y un agua para él, y yo agarro la publicidad de comida a domicilio del cajón de debajo del microondas. Me subo de un salto a la encimera y él se inclina hacia delante y me lee en voz alta las opciones, aunque sabe que las estoy leyendo mentalmente.

—Podríamos pedir el menú familiar y así tenemos un poco de todo, como la última vez —propone Noah dándole un sorbo largo a su botella de agua.

—Sí, pero los camarones no. Te juro que estaban crudos.

Sonríe, abre una cerveza y me la pasa.

—Esto ya lo hemos hablado. No puedes considerar sushi a los camarones.

—Claro que puedo —digo riendo, y lo apunto con el cuello de mi botella antes de llevármela a los labios.

Oímos pasos, levantamos de pronto la cabeza y nos encontramos a nuestros invitados olvidados, allí parados, petrificados en el recibidor, mirándonos como si fuéramos mutantes. Las mejillas se me ponen como tomates y agacho la cabeza y procuro que el pelo me tape la cara.

Noah carraspea para disimular la sonrisa y se yergue, de modo que mis amigos ya no me ven.

—¿Cerveza?

—Sí, amigo, por favor —contesta Brady, y se acerca como una bala tirando de Cam, a la que lleva tomada de los hombros.

Rodea a Noah a propósito y aprovecha para mirarme con una ceja rubia arqueada. Yo le sonrío con los labios apretados, pero entonces él me guiña un ojo y me relajo un poco.

—Cam, también hay Mountain Dew —le digo bajándome de un salto de la encimera, y Noah se desliza un poco hacia la izquierda para que yo llegue a la al refrigerador a sacarlo.

—Sí, por favor —pide quitándose la sudadera, y me dedica una sonrisa disimulada mientras la deja encima de mi suéter y de la cazadora de Noah.

—Siéntense donde quieran. Tengo YouTube TV y Netflix o, si no, hay muchos DVD en los cajones —dice Noah, y saca el celular del bolsillo para hacer el pedido.

Con cara de disgusto, Chase desaparece detrás del muro divisor y se va a la sala, y yo miro a mi hermano, que tuerce el gesto.

Está enojado, pero algo me dice que no tiene nada que ver con la situación y todo que ver con el hecho de que yo conozca bien el departamento de su compañero de equipo. Tiene claro que he estado quedando con él aquí, tampoco hace falta que se entere de con qué frecuencia, pero una cosa es saberlo y otra muy distinta verlo. Quién sabe lo que le estará pasando por la cabeza ahora mismo. Últimamente ha dado uno o dos pasos atrás y, la verdad, yo lo agradezco. Sé que en parte es porque está muy ocupado, pero, cuando clavo la vista en él, estoy convencida de que se arrepiente. Creo que igual le duele un poco, que tiene la sensación de que hay una parte de mí que no conoce, y yo qué sé, a lo mejor la hay.

Mason se acerca con disimulo a nosotros, buscándose la cartera.

—Toma, para la comida —dice, y le da dos billetes de veinte—. Y no me salgas con que pagas tú.

Noah asiente, toma el dinero y, a cambio, le pasa una cerveza a Mason.

Mi hermano la acepta, echando un vistazo a su alrededor.

—Este sitio me gusta —comenta, y luego se voltea hacia Noah e inclina la botella, como brindando—. Gracias por invitarnos a subir.

Luego agarra a Cam y se van los dos la sala.

—¡¿Tienes ESPN?! —grita Brady.

Noah ríe y me mira.

—Ve, anda, pido yo —le digo.

Me guiña un ojo y se va con los otros mientras yo hago el pedido. Me quedo en la cocina uno o dos minutos después de colgar, y luego, inspirando hondo, me meto en la sala con mis amigos de siempre y elijo sentarme en el hueco que queda al lado del más reciente.

Mientras que los chicos tienen que esperar a que el entrenador suba los vídeos de los partidos los lunes, Noah puede acceder a la web antes, así que la abre y se loguea en la cuenta del capitán. De pronto desaparece esa tensión incómoda que igual solo sentía yo, y no puedo estar más contenta.

Eso tiene a los chicos al borde del asiento, viendo su propio partido como si no tuvieran los mejores sitios del estadio, y la comida no tarda en llegar.

Durante la siguiente hora o más están entretenidísimos. Se levantan de un brinco entre bocados, señalan distintas cosas que ven, rebobinan y vuelven a ver diversas jugadas mientras Cam y yo nos relajamos, y nos reímos de la personalidad que muestran en el campo. Demasiada presunción para un solo equipo.

Cuando ya nos hemos comido y bebido lo suficiente, decidimos ver una peli y nos dejamos convencer por Brady para ver una de Marvel que dura dos horas.

En algún momento me quedo dormida, porque, cuando me quiero dar cuenta, tengo a Noah susurrándome «hola» y abro los ojos despacio.

Me incorporo y recoloco la cabeza en el cojín del sofá.

—Hola —contesto.

Esboza una sonrisa de medio lado.

—Brady se ha ido a su cuarto hace un rato, pero los otros se han quedado dormidos igual que tú.

Me muevo y veo a Chase dormido en el sillón reclinable, y a Mason y a Cam como troncos encima de un montón de mantas en el suelo.

—He observado que Cam cada vez sale más con Trey —me dice en voz baja.

Asiento mirándolos fijamente.

—Sí, y me alegro. Me equivocaba con mi hermano: la quiere, pero no como ella esperaba.

—Y ella, ¿qué siente?

—Ahora está... más contenta —contesto con una sonrisa suave, señalando con la cabeza a mi mejor amiga—. Se ha cansado de esperar.

Al ver que pasa un minuto y Noah no dice nada, lo miro y veo que tiene los ojos clavados en mí. Sonrío, extiendo la mano y le aparto el pelo de la cara. Lo encuentro tan suave, tan inesperadamente relajante, que no paro.

Tiene la mirada clavada en mí, sin pestañear, y cuando vuelve a hablar lo hace en un tono aún más bajo que un susurro.

—¿Y tú?

—Y yo ¿qué?

—Que si esperas. —Se le hacen unas arrugas profundas en la frente y el pecho se le infla con una inhalación profunda—. Que si sigues esperando.

Se me acelera el corazón. Se me alborota. Me da un maldito salto mortal.

Pero aún siento una pequeña punzada cuando desvío la vista hacia el chico del cabello castaño en cuestión, que al final resulta que no se había dormido, sino que está acostado en la oscuridad, bien despierto, mirándome a mí.

Trago saliva y me volteo despacio hacia Noah, hacia la mano con la que aún le acaricio el pelo. Hacia sus ojos, aún clavados en los míos.

—No —me sorprendo murmurando, y algo se agita en su cara—. Ya no.

—Cuando estés preparada para contarle a tu mejor amiga, o sea, yo, ya sabes, qué demonios fue lo que pasó anoche, soy toda oídos.

Me dejo caer en el sofá al lado de Cam y subo los pies a la mesita de centro que tiene al lado. Sonrío para mis adentros y me meto un cereal rancio en la boca.

—¿De qué me hablas?

—¡Te haré pedazos! —me dice, amenazándome con la perfiladora de cejas mientras se voltea rápidamente hacia mí para concentrarse poco después en el espejito que lleva en la mano—. Quiero el chisme. ¿Te estás acostando con nuestro *quarterback* superbuenorro y no me lo has contado?

—¡No digas estupideces! —Río y le quito el control remoto del regazo—. Te lo contaría si fuera así...

—Pero quieres.

—Cameron...

—¿Lo has besado? ¿Tocado? ¿Algo?

—Dios mío, no.

—¿Por qué no? —pregunta espantada—. Si te gusta.

—Es mi amigo. —Me palpitan las sienes nada más decirlo, y froto los labios uno con otro—. Me gusta salir con él.

Me mira molesta, examinándome.

—Sabes que le gustas, ¿no? —Al ver que no contesto, se voltea hacia mí—. Ari... —Abre mucho los ojos—. Es muy evidente.

Con el pulso acelerado, niego con la cabeza.

Al cabo de un momento, Cameron suspira y se levanta.

—¿Sabes qué? Que con el tiempo que has pasado

confiando en que un chico abriera los ojos... más te valdría abrir tú los tuyos ahora.

Y luego se va a la regadera y yo no me muevo de mi sitio en el sofá. Sé lo que dice y creo que tiene razón, pero...

¿Y si no la tiene?

¿Y si a Noah le importo como le importo a Chase?

¿Mucho pero no igual?

¿No lo suficiente?

No sé si podría con otra decepción.

Algo me dice que no.

Y menos aún con Noah.

20

Arianna

Por fin en casa, me desnudo y me meto a bañar. En cuanto el agua caliente me empapa el cuero cabelludo, oigo a Cameron, que me habla desde el pasillo.

—¡Hola! —Llama dos veces con los nudillos, abre la puerta y se mete—. ¿Qué tal el entrenamiento con Brady?

—Todo lo satisfactorio que te puedas imaginar.

—¿Cuántas veces te han dicho que te limites a correr?

—No llevo la cuenta. —Sonrío y me enjabono el pelo—. ¿Qué tal tu examen?

—Bien hasta que he llegado a la incómoda pregunta de nuestra relación, pero no creo que me perjudique demasiado. Me he inventado un montón de tonterías y lo he redactado como una auténtica crack, así que puede que el profesor se confunda y me ponga una buena calificación.

—Parece un buen plan.

—Eso pienso yo —bromea—. Oye, voy a ir a cenar con unas cuantas chicas del primer piso. Si quieres venir, te espero.

—No, me quedaré aquí con los ojos cerrados diez minutos

largos y luego me pondré unos *joggers* y me acomodaré delante de la tele.

—Excelente plan —dice riendo—. Voy a cambiarme y me largo. Volveré tarde: creo que Trey vendrá a recogerme al restaurante para ver juntos una peli o algo.

—Bueno. Te quiero.

—Y yo a ti.

Cam se va y yo me quedo bajo la regadera hasta que empieza a salir el agua fría. Me pongo unos shorts de licra y una camiseta vieja de la uni que Mason quiso tirar, y voy a la cocina. Mi reserva de comidas no es precisamente escaso, pero quiero algo distinto, de modo que me dejo caer en el sofá y decido escribir a Noah.

Yo: Mi congelador da asco
ahora mismo.

Me apoyo el celular en el pecho y empiezo a curiosear entre las pelis nuevas de Amazon. Después de un par de tráileres, suena mi celular.

Romeo: Te estás quedando
sin reservas, ¿no, Julieta?

Yo: *I'm running on empty...*

Romeo: Has retrocedido...

Yo: Es lo bueno de la música,
Romeo: que es atemporal.

Romeo: ¿Como Shakespeare?

No puedo evitar reírme.

Yo: Sí, Noah, justo eso,
como Shakespeare.

Me pregunto si sabe lo retorcida que es la verdadera historia de Romeo y Julieta.

Yo: Da la casualidad de que tengo
lo necesario para hacer espaguetis
de universitaria, o sea, una lata
de salsa barata, carne y pasta.
¿vienes y así nos aseguramos
de que no incendio la casa?

Me muerdo el labio. Tal vez ya tiene planes, y me parece genial. A lo mejor tendría que haberle preguntado antes de invitarlo a casa.

Puede que esté con una chica. Tal vez... está con Paige.

Frunzo el ceño y descarto la idea cuando el celular me vuelve a sonar. Lo estrujo, pero ahora estoy demasiado nerviosa para mirar la pantalla.

—¡A la mierda!

Me levanto de un brinco y me dirijo a la cocina, porque, aunque él no pueda o no quiera venir, yo voy a cocinar, que tampoco es que no lo haga nunca: ayudo mucho a Cam a preparar cosas para los chicos. Normalmente soy la que le pasa los utensilios, abre envases, remueve y eso, pero, aun así, ayudo. Además, Noah me ha enseñado algunas cosas básicas. Puedo arreglármelas sola.

Solo que no quiero hacerlo.

En cuanto lo tengo todo preparado en la encimera, planto las manos en ella y me quedo mirándolo un rato. Con un suspiro apesadumbrado, tomo el teléfono y miro el mensaje que me ha mandado antes. Mi sonrisa es instantánea.

Viene para acá.

Menos de treinta minutos después, ya estamos instalados en mi cocina, para variar.

—¿Por qué haces eso? —le pregunto, asomándome de puntitas por encima de su hombro y haciéndolo reír.

Se voltea un poco y me aparta con delicadeza porque necesita espacio para doblar el brazo.

—Se le echa sal al agua para sazonar la pasta.

—Eso no tiene sentido: la sal se queda en el agua —digo subiéndome de un salto a la encimera, al lado de la estufa—. ¿No desaparece o se diluye o lo que sea?

—O penetra en la pasta —bromea mientras deja la cuchara a mi lado.

Pongo los ojos en blanco, fingiéndome fastidiada, agarro la cuchara y la dejo en el plato destinado a ese fin.

Noah se voltea hacia la bolsa que ha traído, saca una lata de aceitunas, unos champiñones frescos y algo verde. Luego me mira y sonríe.

—Se puede convertir una lata de salsa barata en algo comestible con solo unos cuantos ingredientes adicionales.

Lo veo prepararlo todo e integrarlo en la salsa que se está haciendo lentamente.

—¿Otro sabio consejo de tu madre?

Asiente y, aunque tarda un minuto en ahondar en el asunto, al final lo hace.

—No nos sobraba el dinero, pero ella siempre encontraba el modo de conseguir que lo barato supiese a caro.

—¿Cómo sabes qué sabores combinan bien?

—Google.

Suelto una carcajada y él ríe y sigue con su clase de cocina. Me encanta cómo me va explicando cada paso.

—Hay que empezar la salsa siempre antes de cocer la pasta. Cuanto más tiempo cueza, más se potencian los sabores, pero esta vez lo vamos a hacer de la forma rápida.

Me paso el pelo por detrás de la oreja y lo observo atentamente.

—Lo que te dije del chef iba en serio, ¿eh? De verdad pienso que es algo que se te daría genial.

Noah me mira un segundo y luego sigue con la cazuela.

—Te lo agradezco.

—¿De verdad hacías la cena con tu madre?

—Todas las noches.

—¿Sí? —digo sonriendo, y apoyo el codo en la rodilla y la barbilla en la mano.

—Sip. Yo llegaba a casa después del entrenamiento o del partido y ella llegaba del trabajo más o menos a la misma hora, así que preparábamos algo juntos. A veces no era más que un sándwich de queso fundido y otras noches estropeábamos un par de raciones de risotto hasta que conseguíamos que nos saliera bien.

—O sea, que las noches de partido, en vez de salir después con tus amigos, ¿te ibas a casa a hacer la cena con tu madre? —le pregunto, y el tono de voz me delata, a la vez que me revolotean mariposillas por el estómago.

¡Qué cosa tan tierna!

—A ver, no te equivoques, que yo también salía —aclara riendo.

—Pero después de cenar con tu madre.

—Sí, después.

Aunque no me está mirando, asiento con la cabeza.

—Pero eras bueno, ¿no? ¿Eras un niño bueno? —Ahora sí me mira—. Sí, eras bueno —confirmo, y sonrío un poco—. Y todo esto es por ella, la uni, el futbol... Te esfuerzas por ser lo mejor posible para que ella lo vea, para que sepa que le agradeces y que valoras todo lo que ha hecho por ti. —Frunce el ceño y se voltea hacia mí—. Porque ella te ha dado todo lo que tenía y más, y tú quieres hacer lo mismo.

—No podría vivir conmigo mismo si la decepcionara, menos aún con todo lo que se ha esforzado por convertirme en quien soy. Tengo que aprovechar al máximo lo que me ha regalado, se lo debo.

—Nadie te ha regalado nada, Noah —le digo en voz baja, con una pequeña sonrisa—. Te lo has ganado, y deberías sentirte orgullosísimo.

Noah infla el pecho y se voltea de nuevo hacia la salsa. Se aclara la garganta, toma la cuchara de palo, remueve, se la lleva a los labios y sopla un poquito. Luego se me acerca y me pone la cuchara delante. Ya lo ha hecho otras veces, muchas. Lo hace siempre, de hecho. Entonces, ¿por qué me pongo tan nerviosa de pronto?

Abro la boca y él desliza la cuchara entre mis labios. Sujeto con cautela el mango del utensilio y él lo suelta. Enderezo el torso, dejo la cuchara en la encimera y me resbalo.

Al ver que me voy a caer, Noah se me acerca enseguida y, para retenerme, me agarra del muslo con su mano grande y firme.

Lo miro a los ojos y contengo la respiración. Ha desaparecido por completo la distancia que nos separa y él no parece querer restaurarla. Su proximidad y su tacto son inesperados, y no puedo negar que el pulso se me acelera. Se me eriza el vello de la nuca y tengo que recordarme que debo respirar.

Su mano tosca abandona mi muslo despacio.

—¿Bien? —pregunta con voz grave y ronca, sin apartar la vista de mi boca.

—Sí. Noah...

Levanta la vista.

Quiero que me bese.

La idea me paraliza: lo miro espantada, como si le hubiera berreado mi deseo, y las mejillas se me encienden descontroladamente.

Lo nota, pero se voltea hacia la comida antes de que se le escape una sonrisa.

Lo veo darle los últimos toques a nuestra salsa, escurrir la pasta y rallar una montañita de parmesano. Después saca del horno el pan de ajo y lo corta en trozos pequeños.

La precisión de sus movimientos, la tensión de los músculos de sus brazos, su cara de concentración... ¡Él! No puedo dejar de mirarlo y, cuando se voltea y me sorprende, se detiene y, con el tazón de espaguetis en una mano y el de pan de ajo en la otra, esboza, pensativo, una sonrisa tierna y natural.

Yo tendría que haber mirado a otro lado, pero, en cambio, me acerco más, sin apartar los ojos de los suyos. Me noto por dentro un anhelo que crece con cada segundo.

¿Tendría razón Cameron?

De pronto molesta, intento descifrar lo que está pasando, en mi interior, a mi alrededor.

Noah...

Se voltea hacia mí.

—¿Aquí también quieres que comamos en la sala?

—Sí. Noah... —Ladea la cabeza intrigado—. ¿Tú quieres besarme? —le suelto de repente, y me quedo de piedra.

Igual que él.

No se mueve, ni parpadea, ni respira.

Me mira fijamente, a los ojos, y traga saliva.

—Desde que te conocí.

Se me pone la carne de gallina y se me revuelve el estómago como si hubiera hecho un montón de volteretas laterales.

—¿En serio?

—Sí, Julieta, en serio —contesta, y, dejando el tazón a ciegas, se me acerca.

Me noto un hormigueo por la espalda y me flojean las piernas cuando me pone las manos en las mejillas, desliza los dedos hasta el pelo y me acaricia con los pulgares el borde del labio inferior.

Siento un escalofrío y él amaga una sonrisa.

—Bésame —le susurro. «Por favor».

—Carajo, me estás matando —me dice cerrando fuerte los ojos y dejando caer la frente sobre la mía.

—Pero ¡qué forma de morir es esa!

Su carcajada es profunda y, cuando esa risa me abanica los labios, levanto de pronto la mano y le agarro la muñeca. Le ronca el pecho, y eso hace que los músculos de mi vientre se contraigan.

Quiero que me bese, que me devore la boca con la suya, que me meta la lengua, descubra el sabor de la mía y lo memorice mientras yo hago lo mismo. Quiero que me mueva como quiera, como más le guste, y que me apriete contra su cuerpo más de lo que yo creía posible.

Pero los labios de Noah no se mueven.

Y, cuando intento abrirme a él, suplicarle sin palabras, niega con la cabeza, pegado a mí.

Abro los ojos y veo que él aún los tiene cerradísimos, como resistiéndose.

Le late el pulso en las sienes de forma exagerada y, durante treinta segundos, permanece inmóvil hasta que por fin suelta un suspiro. Se aparta y, mirándome a los ojos, me acaricia muy suavemente la mandíbula con los nudillos. Me mira con una ternura que jamás pensé que pudieran albergar unos ojos. Resulta cruda y dolorosa, hermosamente perturbadora.

Se me para el corazón, me da un brinco. No me noto ni las extremidades.

¿Qué me está pasando?

Una sonrisa cómplice le adorna los labios, pero no tengo ni idea de qué ha decidido, porque estoy perdidísima. Por fin, vuelve a hablar.

—No puedo besarte aún —me dice con una voz apagada de deseo que hace que se me contraigan los dedos de los pies y se desate un torbellino de confusión en mi cabeza.

La vergüenza se apodera de mí, pero, antes de que niegue con la cabeza e intente retroceder y apartarme de él, es Noah quien niega con la cabeza, previendo mi reacción.

—He dicho «aún» —murmura con ternura, y se acerca un

poco más. El deseo le enturbia la mirada, pero el tormento le obliga a cerrar fuerte los ojos—. Quiero hacerlo, créeme.

—¿Estás seguro? Porque ahora mismo parece todo lo contrario.

Su carcajada es instantánea y adorable, y al oírla me muerdo el labio por dentro.

—Estoy seguro —contesta, y esboza una sonrisita que se desvanece despacio cuando empieza a mirarme con una cara tierna pero seria—. Por si aún no te has dado cuenta, ¿sabes lo que no me gusta de ti? Nada.

—Pero...

—Pero perder a alguien como tú podría ser demasiado para mí. —Baja la voz a un susurro y añade—: Por eso no puedo hacer lo que me pides... todavía.

—No... —Me interrumpo y me trago el amargor que me quema la garganta.

No lo entiendo, pero, cuanto más miro los ojos azules de Noah, más claro me queda. La comprensión serena de su mirada me lleva adonde él quería tenerme, y una punzada de dolor me asalta el pecho.

Chase.

No sé bien por qué, pero me inunda la vergüenza y, mientras lo hace, caigo en cuenta de que esa es precisamente la cuestión: no la vergüenza en sí, sino que no acabo de entender qué me la produce.

Podría ser que he comprendido qué es lo que le preocupa sin necesidad de que me lo diga en voz alta.

Podría ser que yo siempre voy a querer a Chase.

Podría ser que pensar en él aún me duele, aunque ya no sea ni mucho menos como antes.

Incluso podría ser que ya ni recuerdo la última vez que pensé en él...

Lo único que sé es que no tiene nada que ver con mi deseo de besar al hombre que tengo delante. Pero eso no lo hace en absoluto menos complicado.

Entiendo lo que Noah me pide, y eso no hace más que reforzar aún más la opinión que tengo de él.

Noah Riley es un tipo de primera.

¿Y si fuera mi chico?

Se me encienden las mejillas y me muerdo los cachetes.

—¿Sabes lo que le vendría genial a una salsa fina? —pregunto, por cambiar de tema, mientras me bajo de un salto de la encimera.

Es obvio.

Se le ensancha la sonrisa, que se le extiende por todo ese rostro hermoso, y me sorprendo ruborizándome otra vez.

—¿El qué? —me dice.

—Un toquecito.

—¿Un toquecito?

Asiento con rotundidad y doy media vuelta.

—Una cosita que se llama... —Abro el cajón de mi derecha y saco dos sobrecitos viejos de Mountain Mike's—. Pimiento rojo molido —digo arqueando una ceja—. También conocido como pimiento rojo molido, por si no lo sabías —bromeo.

—No tenía ni idea —contesta siguiéndome el juego, y agarra el tazón de espaguetis ya tibios y se dirige a mi sofá—. Igual triunfas y todo.

Llevamos ya medio tazón cuando me mira.

—¿Qué? —le pregunto con la boca llena de pan francés.

—Que sepas que, con lo de antes, casi me haces caer, y que ha sido algo excepcional que no se va a repetir —me dice con la sonrisa torcida—. Así que, la próxima vez que me lo pidas, asegúrate antes, porque no volveré a negarme.

—Júramelo.

Se le escapa una carcajada, me empuja la pierna con la suya y, negando con la cabeza, se voltea de nuevo hacia su comida.

—Te lo juro.

Yo sonrío a mis espaguetis y, de pronto, todo es maravilloso.

Al pensarlo, caigo en cuenta de que ya lo era. No ha

resultado embarazoso, solo me he muerto de vergüenza un momento, pero Noah me lo ha hecho olvidar enseguida. Con él siempre es así. Todo fluye de forma natural.

En cuanto vaciamos los tazones, Noah se acomoda mirándome a mí, y yo me giro también para tenerlo de frente.

—Cuéntame algo —me dice un segundo después.

Inspiro hondo.

—¿Qué quieres saber?

—Todo.

Me paralizo un instante, se me paralizan los músculos del vientre y río en voz baja.

—Mmm... —Pienso—. Me gustan las comedias.

—Eso ya lo sé.

—Y la pasta.

—También lo sé.

—Bueno... No me gustan las flores. —arquea una ceja—. O sí me gustan, pero me parecen un desperdicio como regalo. Carísimas, para tener que tirarlas a la basura un par de días después.

—Tomo nota —dice riendo, con cara de expectación.

—¿Más?

Asiente despacio.

Vuelvo a reír y, con cierta timidez, le confieso algo, algo que seguro que no sabe.

—Mi..., mi color favorito es el azul.

Se aviva de pronto el azul de los ojos de Noah, que me sostienen un buen rato la mirada, y cuando lo veo esbozar esa sonrisa arrogante completamente irresistible, le arrojo un cojín para borrársela. Ríe, y nos acomodamos en el sofá.

Pasamos las siguientes horas comiendo palomitas y charlando de nuestra infancia y de las cosas que echamos de menos.

Son más de las tres de la madrugada cuando se va a su casa, y antes de echar la llave de mi departamento ya espero con ilusión nuestro próximo encuentro.

21

Arianna

Al llegar el miércoles, estamos ya en plena época de exámenes trimestrales y la cafeína es el combustible preferido. Casi todo el campus está absorto en sus grupos de estudio, sus trabajos y un millón de cosas más que nos tienen entretenidos y en activo. Solo he visto a Cameron dos veces esta semana, he hablado con mi hermano una vez, aparte de algún mensaje de texto, y, aunque tampoco he visto a Noah, los dos hemos encontrado ratos para contestar a nuestros mensajes.

Salvo hoy.

Hoy no he sabido nada de él, pero ayer viajaron todo el día y esta mañana jugaban su primer partido de sábado a primera hora. Como no sé bien cuál es su rutina de día de partido, he supuesto que le gusta estar ocupado y centrado, y que a lo mejor me escribía luego, pero el partido ha terminado, y mal.

Al receptor de su equipo se le ha escapado el balón a tres minutos del final, y el rival se ha apoderado de él, lo ha pasado y ha anotado. Por si fuera poco, en la siguiente ofensiva lo han derribado dos veces antes de que pudiera lanzar el balón y, al verlo levantarse cojeando, el entrenador lo ha sacado del juego.

Mason ha tenido que entrar en su lugar, pero ya era el tercer intento. No quedaba tiempo, y los Sharks han perdido. Aun así, Noah estaba bien, porque lo he visto salir del campo por su propio pie después de las entrevistas.

Luego le he vuelto a escribir, pero tampoco me ha contestado, por lo que deduzco que será de esos que necesitan tiempo para reflexionar después de una derrota, y por eso yo estoy aquí sentada, mirando fijamente a Cameron y sin saber qué hacer.

Ladea la cadera.

—Bueno..., ¿vienes o no?

—¿No dices que han llegado a casa hace dos horas? ¿Seguro que están de fiesta? ¿No tendrían que estar..., yo qué sé, durmiendo?

Resoplando, se acerca a mi escritorio y agarra unos aretes largos.

—A ver, acaban de terminar los trimestrales, como todos nosotros. Están enojados, cansados y necesitados de un reconstituyente.

—¿Quién ha llamado?

—Brady. Me ha dicho que, además, te había dejado un mensaje.

Extrañada, tomo el celular y, sí, tengo un mensaje de Brady en el buzón de voz, y otro de Mason.

—Me habrán llamado cuando he salido a tirar la basura.

La miro y ella junta las manos como si rezara.

—¿Y si no quiere que nos veamos? ¿O está ocupado?

—Bonita, se va a desocupar en cuanto te vea, créeme. —Patalea como una niña ilusionada—. ¡Veeente, anda! Ya estás estupenda, con la cara lavada, el pelo arreglado..., ¡vámonos!

Mordiéndome el labio, me pongo en pie.

—De acuerdo, jala, antes de que cambie de opinión.

Cameron suelta un chillidito, me pasa el brazo por los hombros y salimos.

Menos de una hora después, estamos subiendo los escalones del porche de la casa de los futbolistas. Mason nos ve en cuanto entramos; si no supiera que no es así, pensaría que nos tiene controladas por GPS.

—¡Mi hermana pequeña ha venido a una fiesta! ¡Por fin! —dice con una sonrisa ebria, y nos lleva hacia el barril del rincón.

Le sonrío y le doy unas palmaditas en la espalda mientras él llena unos vasos y nos los pasa.

—¿Cómo estás?

—Enojado —contesta, riendo y encogiéndose de hombros—, pero preparado para volver a salir al campo.

—Sí, apesta ser un perdedor —bromea Cameron, y Mason la mira fingiéndose estremecido. A ella le da la risita tonta que la asalta siempre que mi hermano le hace un poco de caso, pero se le pasa enseguida.

Él saca el celular del bolsillo con cara de preocupación.

—Ahora vengo. Ha llegado mi colega y necesita que lo ayude a meter unas cosas en casa. Mantente alejada de todos hasta que me dé tiempo de decirles que eres mi hermana.

Le pinto el dedo y sonríe con picardía, pero Cam y yo ya vamos por el tercer vaso y Mase sigue sin volver.

—Empiezo a pensar que el colega era una chica.

—Seguro que sí. Ay, mierda. Bueno, rápido, dime cómo quieres manejar esto —me dice estrujándome el brazo.

—¿Manejar qué?

—Su p... —susurra furiosa.

—Mira, allí está Trey...

Se voltea de pronto y sonríe al instante.

—De acuerdo, muy bien, me voy, pero, si sales corriendo o lloras, te juro que te mato.

—Espera, ¿qué...?

Me señala con dos dedos, como diciéndome que me vigila, y sale disparada.

Con una carcajada, doy media vuelta y, al mirar de frente, se me paraliza la espalda. No estaba entendiendo lo que me decía. Mierda, sí.

Tengo a Chase a menos de tres metros, y viene derecho hacia mí. Se me hace un nudo instantáneo en la garganta, pero me obligo a tragar saliva para deshacerlo. Esta es su casa. Pues claro que está aquí. ¿Cómo no lo he pensado antes?

—Hola —dice acercándose, pero antes de que me dé tiempo a responder ya me está abrazando.

Me pongo rígida, aunque solo un momento; luego me sorprendo devolviéndole el abrazo. No puedo evitar inhalar cuando entierro la cara en su pecho, y me llega de inmediato ese aroma cálido y familiar que llevo tatuado en la memoria. De pronto, el recuerdo de nuestra noche en la playa preside mi pensamiento. El tacto de sus manos deslizándose con delicadeza por mi cuerpo. La suavidad de sus labios cuando se inclinó para besarme. La forma en que me abrazaba, las cosas que me susurraba. La ternura de sus ojos mirándome desde arriba como si fuera... más. Como si valiera algo.

Me brotan las lágrimas bajo los párpados y mis dedos se agarran a él sin que pueda impedírselo.

¿Lo más triste de todo?

Que también él me agarra, y me presiona la piel como si me hubiera extrañado tanto como yo a él, como si lo necesitara, como si le hiciera falta abrazarme, sentirme cerca, cuando fue él quien me apartó.

—Arianna... —susurra.

Lo dice con una voz tan baja y delicada que me retiro bruscamente y marco una distancia entre los dos. Aunque me cuesta, lo miro a los ojos, y lo veo confundido por mi reacción. Se me acerca otra vez.

—Chase... —digo asomándome por encima de su

hombro, y lo que iba a decir se me queda congelado en la garganta.

Entonces lo veo.

Noah.

Está con esa chica guapísima de la parrillada, Paige. Tiene el hombro apoyado en la pared y una botella de agua en la mano, y ella, recargada en la misma pared, lo mira con admiración. Él dice algo y ella ríe y levanta la mano para darle un empujoncito, y él le sonríe.

De pronto siento angustia, como si me hubiera caído un peso en el pecho que me impidiera respirar correctamente.

Chase me dice algo más, extiende la mano, pero, si me toca, yo ni lo noto. No oigo sus palabras, aunque con el rabillo del ojo lo vea mover la boca.

Veo a Noah y lo único que oigo es la risa de Paige resonando en mi cabeza. Se me remueve algo por dentro, una especie de murmullo repetitivo que no para.

Chase me sigue la mirada y sus ojos aterrizan en la parejita ideal que está a menos de seis metros. Se voltea de nuevo hacia mí, con brusquedad.

—¿En serio? —me espeta.

Yo lo miro también y sus ojos furiosos me recorren el rostro como en ráfagas nerviosas. Chase hace ademán de desplazarse a la derecha para taparme, pero alargo el brazo enseguida y se lo impido. Aprieta fuerte los labios e infla los orificios de la nariz.

Vuelvo a mirar a Noah. En cuanto lo hago, él se voltea un poco, me ve, pero no se da la vuelta. No se fija en Chase ni en la mano que aún me está tocando el brazo. Tampoco presta atención a Paige cuando esta le pone la mano en el pecho, y me acalora el mío al hacerlo.

¿Por qué lo toca?

Noah, sin embargo, levanta una mano, sin dejar de mirarme en ningún momento, se excusa y viene hacia mí.

No puedo evitar que se dibuje una sonrisa en mis labios

ni que mi mirada se enternezca. Mis músculos se relajan, pero entonces Chase me agarra de los brazos y me obliga a mirarlo. Clava sus ojos en los míos, furioso, y luego niega con la cabeza y me suelta. Aprieta la mandíbula y mira a cualquier parte menos a mí.

—Búscanos a algunos de nosotros cuando... termines aquí. No vayas por ahí sola.

—Si... —contesto, pero él ya se ha ido y tengo a Noah a mi lado—. Hola —le digo.

—Hola —saluda, mirando el sitio que ocupaba Chase hace un momento con una ternura que me hace sonreír—. No has venido a buscarme.

—No sabía si estabas en casa.

Parece extrañado.

—Mason me ha dicho que te había escrito para decirte que he perdido el celular.

—Tendría que haber leído sus mensajes —digo riendo—, pero me detuve después del quinto o el sexto.

Se dibuja en sus labios una pequeña sonrisa.

—Estaba haciendo tiempo por si venía Cameron. He supuesto que era preferible pedirle a ella que te llamara que decírselo a Mason.

—¿Y si no llega a venir?

—Habrías tenido que abrirme la puerta cuando me apareciera en tu departamento.

Se me escapa una risa en voz baja y me mezo un poco, dándome tiempo para estudiarlo, como si esperara encontrarle algo distinto de la última vez que lo vi. Su pelo es un revoltijo perfecto de sedosos mechones oscuros con los lados recién cortados, y va tan impecable como siempre, con una camiseta y unos jeans.

Ese desenfado le sienta bien, sobre todo la forma en que le asoma el tatuaje del bíceps por debajo de la camiseta. Seducción de manual: no se ve lo bastante como para que sepas lo que hay debajo, pero sí lo justo para que quieras investigar. Nunca he visto la imagen entera, ni sé hasta dónde llega la tinta oscura, y la verdad es que quiero saberlo. Me dan ganas de subirle la manga.

Extiende la mano que me ha puesto en la parte baja de la espalda y presiona firmemente con los dedos mientras cabecea de forma afirmativa, con una expresión críptica pero satisfecha en el rostro.

—Estaba convencido de que iba a tener que pasar por tu casa —me dice en un susurro ronco, curioso, implorándome con la mirada. Si la chispa que le brilla en los ojos me dice algo es que está satisfecho.

Miro entonces más allá de donde está, hacia el umbral de la puerta del que ha escapado, donde sigue Paige, sola y mirándonos. Procuro mirar a otro lado enseguida en cuanto caigo en cuenta del sitio en el que he ido a posar los ojos sin querer, pero Noah me sorprende de todas formas.

Se sitúa delante de mí y yo echo la cabeza hacia atrás para mirarlo.

—Estaba hablando con Paige de sus alumnos. Le están dando problemas y, como yo estuve en grupos juveniles de niño, ha pensado que podía aconsejarla.

—No, si no...

«No, ¿qué, Ari? ¡Por Dios!»

Se me enciende la cara e intento desviar la mirada, pero Noah no me lo permite. Me acaricia con los dedos por debajo del mentón y yo abro la boca para tragar aire mientras él me redirige la mirada hacia su persona.

No dice nada, pero tampoco hace falta. Está todo ahí, lo lleva escrito en esa cara guapa y lo percibo en la forma en que me acaricia la mandíbula con el pulgar. Es algo fugaz, casi imperceptible, pero lo noto. Por todas partes.

¡Dios mío, qué peligro!

Una vez satisfecho, baja la mano.

—No puedo dejar que Paige se vaya sola, no es seguro. —Asiento y me dispongo a retirarme, pero tampoco me lo permite. No sé por qué me comporto así. Debe de ser que Chase me ha descolocado—. Su amiga se ha largado y la dejó sola, así que tengo que llevarla a casa...

—Ay, pobre, lo siento mucho —digo, e intento librarme de esa especie de bruma en la que he caído—. Ve, que no quiero entretenerte; haz lo que tengas que hacer. —No lo convenzo—. En serio, disfruta de la noche. No tienes que ser mi niñera. Cameron y los demás andan por aquí, no me va a pasar nada. No voy a deambular por ahí sola si eso es lo que te preocupa.

Noah adopta una postura más firme, saca la lengua y se la pasa por los labios.

—Te voy a decir una cosa que quiero que oigas bien, así que presta atención. —Su reacción es inmediata y rotunda, y se acerca, sosteniéndome la mirada—. No quiero que pienses que Paige ha venido por mí esta noche. No es así, pero es mi amiga y necesito asegurarme de que vuelve a casa sana y salva. Tampoco quiero que te quedes aquí porque yo piense que tú has venido por mí y, si te soy completamente sincero, no quiero compartirte con la persona que estoy segurísimo de que ya se ha dado cuenta de eso. O sea que, si has venido por mí, vente conmigo. —Hace una pausa, de solo un segundo—. Porque, de todos modos, iba a ir a buscarte. —Inspira hondo y asiente para sí—. He tenido un día desastroso. Arréglamelo. Acompáñame, Julieta.

—De acuerdo.

Me mira extrañado, ladeando la cabeza como si le sorprendiera mi respuesta.

—¿De acuerdo?

—Sí..., de acuerdo.

Noah ríe y se rasca la nuca de forma inconsciente.

—Ha sido más fácil de lo que pensaba.

Me encojo de hombros y le sonrío. Antes lo habría pensado un poco, pero ya no quiero hacer eso. No lo necesito. Noah es transparente y él me ve igual a mí, como soy.

—Déjame que le comente a Mason que me voy, para que no se sorprenda. —Callo un segundo—. Bueno, se va a sorprender de todas formas, pero al menos sabrá dónde estoy.

Noah sonríe y se aparta.

—Voy por las llaves —dice.

Nos separamos, y me basta con dar media vuelta y un solo paso a la derecha para ver a mi hermano, como de costumbre, acompañado de Brady y Chase.

Me dirijo a ellos. Brady me ve primero, y se le escapa un silbido en voz baja cuando se voltea para mirarme.

—¡Aribaby! —exclama, y me tiende los brazos, y yo me dejo envolver. Luego intenta levantarme por los aires, pero Mason le presiona el hombro hacia abajo y lo hace reír.

—¿Qué pasa, hermana? —pregunta Mase arqueando una ceja y mirando rápidamente al sitio del que vengo—. Tienes pinta de querer decirme algo, y sospecho que no vienes solo a saludar.

—Hola, otra vez. Te he extrañado en la última hora. Siento lo del partido, por segunda vez. —Río al verlo poner los ojos en blanco, mientras se inclina para besarme la sien. Sonrío—. Solo vengo a decirte que me voy con Noah a llevar a su amiga a casa. Luego vuelvo. Creo.

Mason se lleva la botella de cerveza a los labios y me mira por encima del borde mientras da un trago.

—¿Tú sola?

—Yo sola.

—¿No te puedes llevar a Cam?

—Está con Trey.

—Ya veo... —Asiente, y me mira.

Mi hermano sabe que he estado quedando a solas con Noah, y sigo viva y bien. No se ha enojado las otras veces que me he ido con él, pero esta es distinta. Es de noche, la gente está bebiendo, ¡él está bebiendo!, con lo que se vuelve más sobreprotector y paranoico, pero sabe dónde vive Noah. Seguro que hasta tiene pensada la forma de darle una paliza en caso necesario. Estoy convencida de que esa es la única razón por la que no me insiste más.

—Contéstame el teléfono si te llamo.

—Claro...

—¿No lo puedes esperar aquí? —suelta Chase apartándose de la pared—. ¿Para qué tienes que acompañarlo a llevar a esa chica a su casa?

Mason voltea bruscamente la cabeza hacia su amigo, y Brady tose y se pone de lado para disimular una risa.

Me obligo a mirar a Chase.

—Quiero ir.

—¿Por qué?

Me salta el pulso al cuello y frunzo el ceño.

—¿Y a ti qué te importa?

Entorna los ojos, se acerca..., y mi hermano lo sigue.

Chase pasa por mi lado negando con la cabeza.

—Lo que tú digas. Voy por otra bebida.

—¿Qué le pasa? —quiere saber Mason, y lo señala extrañado con la cabeza.

—Es tu amigo. Pregúntaselo.

—Es nuestro amigo.

—Si... —Casi se me había olvidado—. Me tengo que ir. Me espera Noah.

—Sí, de acuerdo —accede Mason, y yo doy media vuelta, y me dirijo, fastidiada, a la puerta, donde he quedado con Noah, pero el fastidio se me pasa en cuanto lo veo ahí esperándome, con una sudadera en la mano.

—¿Lista? —me pregunta.

Asiento y me volteo hacia Paige con una sonrisa.

—Hola, otra vez.

—Hola, me alegro de que lo hayas conseguido —me dice muy sonriente, y sale por la puerta—. Noah ya se estaba poniendo triste.

Miro a Noah y él me guiña un ojo. No sé por qué, pero se me enciende el cuerpo entero, así que salgo enseguida por la puerta, y agradezco el aire fresco.

Cuando llegamos a la camioneta de Noah, Paige abre la puerta, pero se hace a un lado y me indica con la cabeza que suba yo primero, y eso hago. Vamos hacia el lado opuesto del campus y, sorprendentemente, la situación no me resulta violenta.

Paige retoma la conversación que Noah me había dicho que estaban teniendo y me pide mi opinión, y yo hago todo lo posible por ofrecerle una solución útil. Me agrada que me incluyan en una discusión que podrían haber interrumpido o retomado en otro momento.

Llegamos a su edificio y ella se baja, se voltea para despedirse con la mano y la vemos entrar. Noah espera a que se cierre completamente la puerta y luego salimos del estacionamiento.

Para en una gasolinera y nos compramos un smoothie de frutas cada uno, a pesar de que hace fresco. Volvemos a subirnos a la camioneta, pero, al ver que me siento junto a la puerta, Noah me mira y me hace una seña discreta con la cabeza, esbozando una sonrisa. Así que, con el estómago a punto de enredarse en mil nudos, me acerco hasta que nos quedamos muslo con muslo.

—¿Te puedo llevar a un sitio? —pregunta.

Asiento, metiéndome el popote entre los labios, y él me sigue el gesto con la mirada. Luego suspira hondo, mira al frente y nos vamos. Conduce con el radio apagado algo más de treinta minutos y después sale de la carretera principal y estaciona en el arcén. Yo me desabrocho el cinturón de seguridad, me inclino hacia delante e intento ver más allá de la oscuridad.

—Este parece un buen sitio para enterrar un cadáver.

—Para enterrarlo, no sé, pero para perderlo en el mar, desde luego.

Me volteo de pronto y lo veo reírse mientras abre la puerta del vehículo. Agarra la sudadera que se ha traído y espera a que yo salga por su lado. Entonces me detiene lo que me queda del smoothie, lo deja encima del cofre y empieza a ponerme la sudadera. Río y meto los brazos por las mangas, que me quedan enormes y me tapan las manos. Es de algodón suave y limpio por dentro, y huele a Noah.

—Gracias.

Sonríe satisfecho y me devuelve mi bebida.

—De nada.

—Lo tenías planeado, ¿verdad?

—He supuesto que te gustaría una escapadita. —Respondo con un gesto de satisfacción—. Vamos —dice.

Subimos el uno al lado del otro por una pequeña ladera que lleva hasta un sendero amplio, al final del cual solo hay océano.

Mi sonrisa es instantánea.

—¡Dios mío! —susurro, y me adelanto para acercarme al saliente de un acantilado, en el centro.

La luna se refleja en el mar de esa forma que me encanta, pero es incluso mejor porque estamos a más altura de la que he estado nunca, con lo que el agua brilla a nuestros pies como si fuera hielo. Río y me volteo hacia Noah, que se me acerca despacio.

—¿Te gusta?

Asintiendo, miro de nuevo al frente.

—Es impresionante.

—Ven —me pide, y, tomándome de la mano, me lleva unos metros a la izquierda donde hay una ligera depresión en la roca en la que podemos sentarnos con los pies colgando, y otra piedra plana un poco más abajo que nos frenaría la caída si nos acercáramos demasiado al borde.

No puedo evitar reír otra vez, mientras le doy un empujoncito en el hombro.

—Esto es una locura.

—Se llama Sunset Cliffs.

—Cielos, tenemos que venir otro día a ver la puesta de sol. Me encanta el reflejo de la luna en el agua, pero no quiero perderme un atardecer desde aquí.

Lo miro.

—Si quieres volver, yo te traigo —me dice.

—Júramelo.

Ríe y mira al frente.

—Te lo juro.

—Cuando era pequeña, mis padres nos llevaban a la costa todos los domingos, a cenar, de picnic. Mi padre armaba una tienda pequeña, ya sabes, de esas que son de malla... —le explico sonriente—. Mi madre preparaba la mesa y extendía toda la comida, y Mase y yo colocábamos las sillas con montones de mantas. Cenábamos, sacábamos algún juego de mesa y, en cuanto empezaba a ponerse el sol, nuestros padres nos contaban cosas de cuando eran jóvenes o de cuando nosotros éramos bebés. Siempre había algo nuevo, algo que aún no habíamos oído. —Me encantaban aquellas noches.

—Tu familia significa mucho para ti...

—Mi familia lo es todo para mí. Yo quiero ser todo lo que es mi madre: fuerte e independiente a mi manera, un buen ejemplo, pero con mis errores de ser humano. Quiero ser orgullosa y alentadora, tolerante pero firme, aun cuando duela. Aun cuando sea complicado. Quiero hacerle pollo y empanadas a mi hija cada vez que le parezca que su mundo se desmorona, como suelen pensar los adolescentes, y hornearle magdalenas con absurdos glaseados dulces a mi hijo cuando se muestre demasiado duro consigo mismo por haber suspendido o sacado una mala calificación. —Río y agacho la cabeza—. Está claro que aún me queda mucho para llegar ahí, pero...

Miro a Noah, que se pasa la mano por la frente, con un gesto de admiración en el semblante.

—¿Quieres ser madre?

Sonrío de oreja a oreja.

—Pues claro.

Niega con la cabeza y yo frunzo un poco el ceño.

—No —empieza—, ya entendí. Por eso te daba igual la universidad a la que fueras, por eso no tenías preferencias a la hora de elegir, y eso fue lo que no quisiste decirme cuando supuse que había algo más. —Se me hace un nudo en la garganta, pero asiento—. Me dijiste que te daba un poco de vergüenza —me recuerda—, pero no tiene por qué.

—Contártelo sí. —Casi parece ofendido, y se me escapa una risa de angustia—. Noah, tú has trabajado toda tu vida para alcanzar un objetivo y vas camino de conseguirlo. Estás a punto de tener el mundo al alcance de tus dedos, y eso es una recompensa a tu dedicación. Y aquí estoy yo, soñando con ser ama de casa cuando todavía no sé ni tostar una rebanada de pan francés sin quemarla —digo riéndome para quitarle importancia, pero Noah me mira molesto y hace un gesto de negación.

—No te menosprecies así. Lo que tú quieres es hacer felices a los demás, y eso es muy altruista.

—Hay quien piensa que es más bien egoísta querer quedarme en casa a criar a mis hijos mientras mi pareja se esfuerza trabajando fuera.

—Un hombre bueno discreparía.

Lo miro parpadeando, y a él se le infla el pecho.

—Sí, igual tienes razón —digo con un suspiro nasal—. Le caerías bien a mi padre: un tipo que adora a su madre, es un crack del futbol americano y encima cocina de maravilla...

Noah desvía la mirada, porque es demasiado modesto para mirarme a la cara mientras lo presumo, pero le adivino la sonrisa en las arruguitas que le enmarcan el rostro.

—Una vez fui de picnic —explica después de un silencio.

Me deja boquiabierta.

—¿Una vez?

Ríe y agacha la cabeza.

—Sip, una vez. Mi madre estaba siempre trabajando, pero un año, por mi cumpleaños, vino a recogerme pronto a la escuela, con el almuerzo metido en un cesto pequeño de la ropa limpia, y nos fuimos por ahí.

—¿Adónde te llevó?

Me mira a los ojos.

—Me trajo aquí.

Se me derrite el corazón.

—¿Aquí?

Asiente.

—Me dio el regalo, un balón de futbol —dice riendo al recordarlo, y yo le estudio todas las líneas de expresión de la cara—. Era siempre lo mismo. Todos los años, cuando me preguntaba qué quería, le contestaba que un balón de futbol. Ella me proponía que eligiera otra cosa, pero yo me mantenía firme.

—Un balón nunca está de más.

—Eso mismo le decía yo. —Me mira de reojo—. ¿Esa frase es de Mason?

—Sip. Mi abuela no andaba muy bien de dinero, así que él siempre pedía un balón. Sabía que, de todas formas, le iba a regalar algo, y así se aseguraba de que no le costaba muy caro.

—Pues eso —contesta mirándome fijamente, y entonces caigo en cuenta.

Por eso lo hacía: sabía que su madre no podía permitirse gran cosa, pero que haría todo lo posible, de modo que le facilitaba las cosas. No me cabe la menor duda de que ella lo sabía. Debió de ser muy duro tener solo un progenitor. Una persona, y punto.

Si ella estaba siempre trabajando, ¿lo dejaba solo a menudo? ¿Se siente solo ahora?

Me aclaro la garganta.

—¿Qué llevó para el almuerzo?

—Helado.

Suelto una carcajada y Noah hace lo mismo.

Nos volteamos los dos hacia el mar y escuchamos el romper de las olas hasta que empieza a hacer demasiado frío, y entonces volvemos al campus.

Cuando nos detenemos a la puerta de mi residencia, no quiero bajarme, o sea que me volteo hacia él y me llevo las rodillas al pecho.

—Cuéntame algo.

—¿Qué quieres saber? —me dice con voz ronca y una sonrisa velada en los labios.

Dejo caer la cabeza contra el asiento y susurro:

—Todo.

22

Arianna

Son poco más de las once cuando Mason, Brady y Chase cruzan la puerta. Brady me abraza y me hace girar en el aire, y Mason me planta un beso malhumorado en el pelo, pasa de largo, se deja caer en el sofá y cierra los ojos de inmediato.

—Parece que la noche ha sido intensa... —digo riendo, y me volteo hacia Chase, indeciso junto a la puerta, que a lo mejor está reproduciendo mentalmente nuestro encuentro de anoche, así que lo tranquilizo ofreciéndole una sonrisa—. Hola.

Funciona. Se yergue un poco y sonríe, y luego estudia mi atuendo.

—Hola, ¡qué bien te veo!

—Gracias —contesto mientras me estiro instintivamente el top y me miro un segundo los botines burdeos a juego—. Cameron me ha dicho que habías pedido pizza...

—Sí, porque ninguno de nosotros se veía capaz de aguantar en pie lo suficiente para hacer unas hamburguesas, como teníamos previsto.

Río, y él me sigue a la cocina y se instala junto a la encimera, en el lado opuesto al que ocupo yo.

—La derrota no les ha sentado muy bien, ¿eh?

—Fue una mierda. Nos vencimos a nosotros mismos.

Suelto un suspiro largo.

—Cierto, pero, oye, igual esta semana eres titular. Solo en el partido de anoche los receptores titulares cometieron tres errores.

—Me fastidia reconocerlo, pero...

—Pero ¿eso fue lo primero que pensaste? —Asiente—. Es que esa es la clave —digo encogiéndome de hombros—. Nuestros padres nos han dicho montones de veces que el error de uno...

—Es el triunfo de otro —termina la frase, y frunce de pronto el ceño, mirándome a los ojos.

Me sostiene la mirada y solo la baja cuando se abre de pronto la puerta de la calle y entra Cameron, seguida de un tipo al que he visto alguna vez por los pasillos, cargado de pizzas.

—Ha llegado la comida —proclama mientras las dejan en la encimera, y luego le da una palmada en el hombro al chico y lo saca a empujones del departamento—. Gracias, G-dawg. Te debo una.

—¡Ya me la cobraré! —le suelta el otro.

—Bien, ¡adiós! —grita ella, y se voltea hacia nosotros con una sonrisa—. Vamos a comer para que podamos decirles a nuestros padres que nos portamos bien, y luego cada uno a lo suyo, que estoy muy ocupado hoy.

Me pongo a repartir platos, agradecida por la solución fácil y rápida, porque Noah me ha pedido que lo acompañe a un sitio.

Llevamos las cajas a la sala y esta vez la tele se queda apagada. Nos acomodamos en los sillones y escuchamos el relato jugada a jugada de los chicos como si no hubiéramos visto el partido por la tele, pero no nos importa. De pequeños, este era uno de nuestros momentos favoritos, cuando nuestras familias se reunían al final de la semana y hablaban de futbol.

Charlamos sobre las clases y los exámenes parciales, y los chicos nos cuentan su idea de ir de camping las próximas vacaciones, en vez de a nuestra casa de la playa, como pensábamos hacer. Les toca jugar en jueves, así que, en cuanto vuelvan, estarán libres hasta el lunes. Tan pronto como accedemos a ir, el plan es oficial.

Estoy sentada en el suelo, recostada en la mesita de centro, al lado de Cameron, cuando me suena el celular, que he dejado en el suelo. Veo en la pantalla el nombre de Noah, o, mejor dicho, «Romeo».

—Mira, ya consiguió teléfono nuevo —suelta Cameron, que, como es idiota, lo toma y contesta en manos libres—. Ay, Romeo, Romeo, ¿por qué...?

—¡Calla! —digo riendo, y se lo arrebato, pero Brady me lo quita a mí.

—¿Hola? —contesta imitando de forma desastrosa la voz de una mujer y haciéndonos reír a todos.

—Me la voy a jugar diciendo que este es... ¿Lancaster? —dice Noah visiblemente divertido.

Sonrío, y Brady asiente.

—Me dejas impresionado, imbécil. Y, a ver, ¿para qué llamas a nuestra chica?

—¡Basta! —Me levanto de un brinco, le quito el celular de las manotas a Brady y salto por encima de las piernas extendidas de mi hermano; luego me lo llevo a la oreja—. Hola...

—¿Conque «su chica»? —bromea, y me pongo como un tomate cuando me doy cuenta de que sigo en manos libres.

Me volteo enseguida para darles la espalda y desactivo el manos libres.

—Sí, Mason lleva años intentando reeducarlo al pobre, pero es inútil —contesto en broma.

—Tomo nota —me dice entre risas al oído, y después guarda silencio un momento—. ¿Aún puedo contar contigo hoy?

Me entra un calor terrible por todo el cuerpo, y asiento con la cabeza, aunque él no me vea.

—Sí.

—Bien, porque ya estoy de camino.

—Perfecto —contesto, y voy a mi cuarto por el bolso—. Cameron está a punto de marcharse, así que salgo con ella. ¿Nos vemos en la puerta del edificio?

—Pero espérame dentro hasta que veas la camioneta.

Reprimo una sonrisa.

—Sí, Noah, da la casualidad de que Mason me ha educado bien.

Su risa despreocupada me inunda el oído.

—Cinco minutos, Julieta.

—De acuerdo.

Me volteo para decirle a Cameron «¡Vámonos!», pero se me mueren las palabras en los labios cuando me encuentro con que me están mirando todos.

—¿Qué?

Tras un segundo de silencio, Mason se pone en pie de pronto, con más energía de la que le he visto en todo el día.

—Nada, hermanita. —Hace una pausa y me mira fijamente un minuto; luego vuelve a besarme en la sien y se dirige a la puerta—. Te quiero.

—Y yo a ti. Pero no hace falta que te marches.

—No me marcho. Voy a echar la llave cuando salgas, para que no se nos meta ninguna de esas coquetas con las que compartes el departamento.

Río y me guardo el celular en el bolso.

—Buena idea.

Se acerca Cameron, poniéndose un suéter.

—¿Lista?

—Sip.

Miramos a los otros.

—Adiós, chicos.

—¡Hasta luego! —grita Brady.

Chase no dice nada, mira hacia la televisión una vez más. Nos vamos.

Veo venir a Noah en cuanto llego a la puerta, así que salgo con Cameron. Él se inclina sobre el asiento del copiloto y me abre la puerta, y yo subo al coche y me volteo un poco para despedirme con la mano de Cam cuando Trey estaciona justo detrás de la camioneta de Noah.

Me volteo hacia él.

—Hola.

—Hola —contesta; sonríe, sube el volumen del radio y nos ponemos en marcha.

Sale a la autopista, en la dirección opuesta a la que tomamos anoche, pero no pregunto adónde vamos, y hasta que no entramos en el estacionamiento del Tri-City Medical no siento la necesidad repentina de saberlo.

Noah mira fijamente al frente mientras saca la llave del contacto, y luego baja la mano al regazo como si el llavero le pesara demasiado. Inspira hondo y se dispone a salir del vehículo; yo hago lo mismo y me reúno con él cerca del cofre.

Tarda varios segundos, pero por fin me señala un edificio pequeño próximo a la parte trasera del hospital que, aunque no forma parte de este completamente, se encuentra en la misma finca.

—Es un centro de rehabilitación. —Miro de reojo el edificio, algo confundida, pero me lo aclara enseguida—. Mi madre vive allí —dice asintiendo para sí—. Lleva ya unos dos años. —Se me cae el alma a los pies y me dan unas ganas tremendas de abrazarlo fuerte—. Tuvo un ictus en mi último año de la prepa y perdió la movilidad en el brazo izquierdo. Ella decía que ya no lo necesitaba porque tenía «un hijo que está como un toro» —añade con una risa triste, y luego sonríe sin ganas.

—El brazo de lanzar —deduzco—. Jugaba contigo a tirarte el balón.

—Todos los días desde que fui capaz de sostener uno —contesta desviando la mirada—. Eso no le impidió hacer absolutamente nada: seguía cocinando, como si nada, en lo que podía, claro. Era contadora de una empresa pequeña, y la lesión la ralentizó un poco. Perdió parte del trabajo, pero estaba bien, así que daba igual.

Me llevo la mano al cuello del suéter; la tristeza de su voz se me hace dolorosa.

—Por eso elegiste Avix —deduzco. Nunca había querido dejarla sola, pero, después de eso, tampoco pudo. Quería estar pendiente de ella.

Noah asiente.

—Después de aquello, estuvo bien mucho tiempo, y entonces llegó el partido final de mi primer año en Avix. Ganamos. Esa noche no se me escapó ni una. En la vida había estado tan a tope como en aquel partido. —Esboza una sonrisa al recordarlo, y yo tomo nota mental de buscar el resumen luego—. No pensaba en otra cosa que en llamar a mi madre al terminar, y eso hice. Aún estaba en el campo, aún acelerado, con los reporteros abordándome por todos lados, pero tenía que hablar con ella primero. No me contestaba el teléfono y, cuando por fin respondió, no era ella. Supe sin que me lo dijeran que le había vuelto a pasar, solo que no esperaba que fuera aún peor que antes.

Lo dice con una pena que me cuesta digerir, de modo que me acerco, y entonces me mira a los ojos.

—Vamos adentro —le digo, señalando el edificio, para que entienda que no hace falta que me lo cuente para prepararme, voy a entrar de todas formas, porque quiero, porque lo necesito. Creo que él necesita que yo...—. Me gustaría conocerla —añado.

Se me queda mirando un buen rato y después asiente.

—Sí, vamos, porque ella está deseando conocerte.

—¿Sabe que vengo?

—Sí, Julieta, lo sabe —me susurra, volteándose para mirarme de frente, a menos de medio metro de distancia.

La garganta se me seca y, cuando me va a tomar de la mano, se la doy. Entramos juntos en el centro de rehabilitación para conocer a la mujer responsable de que exista este hombre que tengo al lado.

Se me escapa una carcajada y doblo las piernas en el asiento.

—Lo cierto es que mis padres han intentado enseñarme, pero nunca ha terminado bien.

La señora Riley, que me ha insistido varias veces en que la llame Lori, sonríe.

—Pero ahora sí estás aprendiendo, por lo que me cuentan.

¿Le cuentan cosas?

—A lo mejor antes no estabas preparada para algo nuevo —me dice muy amable, y yo asiento—. Y puede que ahora sí lo estés... —Habla con la sabiduría de una madre, tierna y cariñosa.

Se me alborota el corazón y veo ablandarse sus rasgos.

—Sí, puede. Tengo un muy buen maestro. —Miro a su hijo, que me guiña el ojo como si estuviera esperando a que lo mirara. Sonriente, me volteo de nuevo hacia Lori—. Mi madre arrancaba literalmente las páginas del recetario y me ataba a una silla hasta que realizaba algo extraordinario si me oía quejarme de que sus instrucciones no servían, y entonces mi padre se sentía mal y obligaba a Mason a ayudarme también. Y eso inspiraba a mi madre a invitar a todos nuestros amigos. —Suspiro—. A partir de ese momento, la cosa fue empeorando.

Lori y Noah ríen, y se me calienta el corazón al ver que se buscan la mano los dos a la vez. Noah está recostado contra el lateral de la cama de hospital de ella, medio sentado en ella, medio de pie. Solo desea estar lo más cerca posible de su madre, que ella sepa que la quiere y la extraña, que valora cada palabra que dice y la fortaleza interna que requiere reír y sonreír cuando su mundo es un poquito menos de lo que era antes.

Noah me mira, con una calma de la que aún no había sido testigo de pronto tremendamente presente.

—Entonces, ¿tienes una familia grande? —pregunta Lori en voz baja, obligándome a desviar mi atención de Noah.

—Así es: tíos, primos..., amigos que son como de la familia...

—¿Y se portan bien contigo?

No puedo evitar sonreír.

—Fenomenal. Mis padres..., bueno... —Se me escapa una risita y pongo los ojos en blanco—. Mi hermano los llama «asquerosos», pero siempre con una sonrisa. Son... todo lo que se puede esperar de unos padres. Hemos tenido mucha suerte —digo levantando los hombros.

—Genial —contesta en voz baja, como en una especie de susurro esperanzador. Miro a Noah, que contempla la mano izquierda inerte de su madre, posada con delicadeza en su regazo—. Cielo —dice ella con voz ronca, volteando hacia él—, ¿me traes un jugo de naranja antes de irte?

—Sí, mamá —responde él, besándole la mejilla y mirándome después con esos ojos luminosos—. Ahora vengo.

Yo me muerdo el labio por dentro y asiento mientras lo veo salir por la puerta.

—Gracias —susurra Lori en cuanto se va, y entonces la miro.

Sonríe y, aunque solo eleva el lado derecho de la boca, habría sabido que sonreía sin que moviera los labios en absoluto. Se lo noto en el tono de voz, en el azul de sus ojos, casi del mismo color que los de su hijo.

—Gracias a ti por dejarme venir.

—No, cariño —insiste parpadeando para evitar las lágrimas—, gracias a ti por alegrarle la vida a mi chico. Hacía mucho tiempo que no lo veía tan ilusionado, pero últimamente con cada visita me regala un poco más.

—¿Últimamente? —susurro.

—Sí, cielo, últimamente —asiente, y, al verla extender la mano operativa, me pongo en pie y se la envuelvo con las mías—. Desde hace unas semanas, quizá algo más.

Me ruborizo, pero, igual que su hijo, ella ni se fija, y me permite desviar un momento la mirada. Luego me aclaro la garganta y vuelvo a mirarla.

—Bah, igual es porque esta temporada le está yendo muy bien con el futbol —bromeo encogiéndome de hombros con desenfado.

Lori suelta una carcajada sonora y sonríe.

—Sí, será eso.

Nos estamos sonriendo cuando vuelve Noah, que nos mira con recelo mientras le deja un jugo en la mesita a su madre.

—¿Qué me he perdido? —pregunta, y nos mira alternativamente.

—Pues que he tenido ocasión de disfrutar de ese sentido del humor del que me hablas —contesta su madre, y yo me volteo enseguida hacia él.

—Gracias, mamá —dice Noah arqueando una ceja entre risas—. Nos vamos a tener que ir ya.

Justo entonces ella empieza a arrastrar las palabras un poco más, aunque sonríe de todas formas.

—Sí, cielo, váyanse ya —dice—. Llévala a casa y arrópala bien —añade con una mirada traviesa.

—¡Mamá!

Lori ríe y se voltea hacia mí, de pronto enternecida y parpadeando cada vez más despacio.

—Estoy deseando volver a verte, corazón.

La habitación se ensombrece y el aire que respiro se vuelve denso. Asiento y me despido con la mano mientras voy saliendo para dejarlos a solas un instante.

Cuando llego a la salida ya lo tengo a mi lado, saliendo conmigo al exterior de pronto fresco. No tenemos mucho invierno en el sur de California, y los que llevamos tanto tiempo viviendo aquí ya estamos habituados a este tipo de frío, así que, aunque ha bajado la temperatura, con los suéteres estamos bien.

—Tu madre es un amor.

—Es incorregible —bromea él.

Riendo, me paro delante de él y sigo caminando de espaldas.

—No más que la mía.

Esboza una sonrisa, pero no le llega a los ojos.

Entonces me doy cuenta de lo equivocada que estaba cuando me comentó que tenía ocupados los domingos y su guapísima amiga rubia dijo lo mismo. No tenía nada que ver con ella, sino con su madre, solo que dice que tiene todo el domingo ocupado y acabo de ver que su madre está agotada después de una visita de dos horas. Eso significa que al salir de aquí todas las semanas hace lo único que cree que puede hacer: se va a casa, solo, porque después de pasar unas horas con la mujer que lo trajo al mundo, pero que ya no puede funcionar por sí misma, la inevitable sensación de impotencia le pesa demasiado.

Pero hoy no, porque creo que puedo ayudarlo a aliviarla.

Ya en la camioneta, me volteo hacia él.

—Oye, ya sé que es domingo y eso, y que mañana tienes entrenamiento, pero aún es temprano y somos jóvenes...

Noah ríe y apoya la cabeza en el asiento sin dejar de mirarme.

—¿Qué tienes en mente?

—Pasco Bella Farms.

Me mira extrañado, aunque también un poco divertido.

—Ya sabes, ese huerto de calabazas donde se pueden comer muslos de pavo más grandes que mi bíceps, beber cerveza caliente, perderse en el maizal... ¿No has estado nunca? —le pregunto espantada.

Sonríe negando con la cabeza.

—Pues muy mal. Es un sitio al que hay que ir. ¿Qué me dices, entonces, Romeo? —pregunto con una sonrisita—. ¿Te apuntas?

Noah se me queda mirando un rato y se diluye un poco su sonrisa, aunque sin desaparecer del todo.

—Si tú te apuntas, yo me apunto —me responde en el más sereno y quedo de los susurros.

Abro la boca, pero no me sale nada, y él extiende la mano y me pasa el pelo por detrás de la oreja. Deja la mano ahí un momento, con los ojos clavados en los míos.

—¿Tú guías?

Me da un vuelco el corazón: sus palabras me pesan como creo que él pretendía, y el doble sentido queda clarísimo.

Necesita que tome yo la iniciativa, que guíe.

Para llegar a la granja... y a todo lo demás.

—¡Mentira! —grita Noah abalanzándose sobre mí para hacerme cosquillas en el abdomen mientras giro y esquivo sus manos.

—¡Te he visto la cara de pánico! —Pasamos por debajo de la cadena de control de acceso y corremos a la puerta antes de que el responsable de la atracción la cierre—. A ti, Noah Riley, te ha asustado una niña de diez años.

—Una niña de diez años con un vestido de hace cien, la cara llena de sangre y una herida en el ojo..., que encima ha salido de la nada.

—Sí, claro, no olvidemos todo eso —le vacilo, y me subo de un salto al último coche de la atracción del maizal.

Noah se sienta a mi lado y pasa el brazo por el respaldo del frío asiento metálico.

—¿Y si hablamos de cómo me has podido «ver la cara»?

Damos un respingo cuando arranca el tractor que jala de las carretas y nos miramos rápidamente una vez más.

—Adelante...

Arquea una ceja oscura.

—Pues que yo sé de una a la que le daba demasiado miedo inspeccionar todos los rincones de la casa encantada que tanta ilusión le hacía.

—Y yo de uno que estaba más que dispuesto a hacerlo por mí.

—Por supuesto.

Se me encogen los dedos de los pies y levanto la cabeza orgullosa.

—¿Ves?, querías ser el tipo duro que pasara primero.

Noah se pasa la lengua por el labio inferior y asiente.

—Pues sí.

—Solo le veo un problemita a eso...

Me observa con atención.

—¿Cuál?

El pulso me golpea el cuello y, de pronto, me volteo, me bajo de un salto de la atracción y desaparezco entre los tallos de maíz.

—¿Qué...? ¡Ari! —me grita Noah, y lo oigo correr detrás de mí.

Salgo disparada hacia la izquierda y luego hacia la derecha, y de pronto sus manos grandes me envuelven los brazos y me obligan a voltearme. Jadeo, mirándolo a esos ojos azules con una sonrisa. Los entorna, despacio, y me aprieta aún más. Trago saliva, respirando agitada mientras levanto las manos y las deslizo por sus pectorales.

—Me has pedido que tomara la iniciativa...

Se extraña, se acerca, y niega muy discretamente con la cabeza.

Me sonrojo de inmediato, pero no pienso desviar la mirada.

Sus ojos azules atraviesan los míos, traspasan la superficie y me calan por completo. Es como si me viera por dentro. Resulta inquietante a la vez que emocionante.

Es Noah.

Absorbo cada uno de sus rasgos, desde sus ojos claros e intensos hasta la barbita que empieza a crecerle por la mandíbula y el mentón, la perfecta barba incipiente, tan masculina y, en cambio, tan suave. Se la acaricio, y el vello punzante me forma un nudo en el estómago. Alzo la vista, aunque tampoco me hacía falta para saber que él me estaba mirando, y así es.

Siempre me está mirando.

Le recorro con los dedos la mandíbula, deslizando el pulgar por el mentón, y luego paseo mis dedos temblorosos por sus labios. Empiezo por el inferior, siguiendo la curvatura con precisión, y al llegar a la comisura, su aliento caliente topa con mi piel y me tiembla el cuerpo entero delante de él, para él.

Por él.

Me acerco más.

Noah no se mueve.

Deslizo la mano hacia abajo y trago saliva como él cuando le acaricio el cuello, y sigo descendiendo hasta llegar al tejido suave de su camiseta de algodón. Lo acerco a mí.

Accede de buena gana, pero sin presionar.

Aguarda.

Cuando me pongo de puntitas y llevo los labios a dos centímetros de los suyos, se desata una tormenta en el interior de sus ojos, que se vuelven de ese azul medianoche que he llegado a amar. No ancla su boca bruscamente en la mía como pensaba que haría, ni presiona sus labios contra los míos en absoluto. Se me queda mirando. Repara en el rubor de mis mejillas, en el rápido ascenso y descenso de mi pecho, y en la separación de mis labios, que esperan ansiosos los suyos.

Despacio, con la paciencia de un santo, se inclina, y deja que su boca flote sobre la mía. La sensación me hace dar un respingo, y Noah esboza una sonrisa impecable, preciosa, casi arrogante.

Se me tensa el vientre.

Un segundo después me besa sin besarme, posando sus labios en los míos con una suavidad presurizada que no sé bien cómo explicar. Es sólida, y pesa, pero a la vez logra mantener un cuidadoso comedimiento, como dándome margen para que me decida.

Para que cambie de opinión.

Para que me aparte.

Pero no lo voy a hacer.

—¿Recuerdas lo que te dije? —murmura, y ese aliento cálido casi es mi perdición—. Es cosa de una vez, Julieta.

No me lo va a volver a negar...

No quiero que lo haga.

Así que tomo la iniciativa.

Presiono mi boca contra la suya y con eso basta. Me lleva las manos a la cara, me agarra, me acerca más, y toma el mando con un beso exhaustivo, sedante.

Le echo los brazos al cuello y entierro los dedos en su pelo mientras los suyos desaparecen en el mío. Desliza una mano hasta la parte inferior de mi espalda y la desliza por debajo de la camisa. Las yemas de sus dedos me abrasan la piel y le gimo en la boca. Sumerge la lengua en ella, recorriéndola y aprendiéndose mi sabor, instando a la mía a bailar con la suya. Le doy lo que pide y, cuando me muerde el labio, jadeo.

—¡Caaarajo! —protesta excitado, y entonces me noto sus labios en el cuello, provocándome, poniéndome a prueba. Le aprieto la nuca y él aplica más presión.

Abro los ojos en un jadeo que apunta al cielo. El sol se ha puesto, la luna está en lo alto, sobre nosotros, y el hombre que me está lamiendo los puntos más sensibles de la piel es... la perfección.

Y de pronto una luz me ciega y suelto un grito. Noah se aparta bruscamente y, a la vez, me sitúa a su espalda, subiendo la mano para protegerse del resplandor.

—A ver, ustedes dos, muévanse —dice el guardia de seguridad meneando la linterna.

Me ruborizo aún más, agacho la cabeza y dejo que Noah me saque del maizal tapándome con su cuerpo.

Al cruzar el sendero de tierra, oímos un jolgorio y, cuando levanto la cabeza, veo a una fila de personas animándonos. Miro a Noah horrorizada, pero lo veo sonreír de oreja a oreja y, al final, terminamos riéndonos nosotros también.

Según nos alejamos, caigo en cuenta de que hoy ha sido uno de mis mejores días en mucho tiempo, y eso se lo debo a Noah.

He estado con mis amigos y mi familia, y he disfrutado de cada segundo. No me ha dolido ver a Chase, ni tampoco me ha incomodado. Ha sido normal. Bien, porque tengo la sensación de que el motivo es el hombre que tenía al lado.

Después, estar con la madre de Noah y su trato tierno y cariñoso me han aliviado la añoranza de mi casa, que no era consciente de que sentía. Es una mujer buena y sincera, y me recuerda un poco a mi madre.

Y luego está lo de ahora mismo.

El subidón.

El beso.

Noah.

No sé lo que significa, pero sé que quiero más.

Él debe de sentir lo mismo, porque, en cuanto se marcha el de seguridad y una vez que llegamos a su camioneta, me agarra por la muñeca y me jala.

Agacha la cabeza y vuelve a asaltarme los labios con los suyos.

—Esa ha sido la segunda vez que nos echan de un sitio los de seguridad —bromea, hablándome con suma ternura—. ¿Qué voy a hacer contigo?

Lo beso yo también y susurro con una sonrisa:

—Lo que quieras.

23

Arianna

En la sala de la casa de los futbolistas, todo el mundo se levanta del asiento cuando Noah retrocede y lanza una espiral perfecta desde la línea de quince yardas del equipo contrario para conseguir un pase espectacular de setenta yardas, directo a los brazos de Chase.

Cameron y yo gritamos, damos brincos y entrelazamos las manos.

—¡Vamos, vamos!

Miramos la pantalla, de derecha a izquierda, mientras Chase esquiva a un defensor tras otro y luego, de un salto, estira los brazos lo justo para sobrepasar la línea de gol. Es *touchdown* para Avix U.

Nos volvemos locas, nos abrazamos, gritamos, aplaudimos.

—¡Carajo, Ari! ¡Su primer *touchdown* universitario!

Tomamos los celulares para hacer fotos mientras el equipo sube dos puntos y se pone por delante en el marcador cuando quedan veinte segundos de juego. Grabamos un mensaje de video corto, gritando y riendo, dando vueltas, registrando la reacción de los que nos rodean, y lo subimos enseguida al chat del grupo, para que los chicos no se pierdan nuestras reacciones.

Cameron prepara un par de bebidas y nos las tomamos, festejando al equipo, que se dispone a abandonar el campo.

Bailoteando, se me acerca y murmura:

—Larguémonos antes de que nos pongan a recoger.

—Buena idea —le susurro yo—. Pero primero... —Me acerco con disimulo a la mesa, agarro una botella medio vacía y salimos corriendo las dos por el pasillo.

—¡Muy bien, amiga! —me chilla Cameron, y cuando entramos en nuestro departamento, donde hemos dejado la tele encendida, los chicos invaden el campo de juego para celebrar su victoria.

—¡Guauuu! ¡Menos mal! Noah necesitaba esto.

—Noah, ¿no? —me dice Cameron moviendo las cejas arriba y abajo.

Le pinto el dedo, me meto en mi cuarto y saco la maleta de debajo de la cama. La llevo a la sala y la pongo en el sofá, al lado de la de Cameron.

—Sí, imbécil, el pobre necesitaba algo que le levantara el ánimo.

—El «ánimo» se lo levantas tú, bonita, te lo aseguro —bromea, perfectamente consciente de que el domingo hubo algo más que esa actividad física a la que se empeña en atribuírselo todo.

Le doy un golpe en el hombro con el mío.

—Vamos, ¿qué te llevas al viaje? —le pregunto.

—¡Ufff! —Se deja caer en el sillón—. ¿Esto es necesario? ¿No podemos emborracharnos y hablar de tonterías como en los viejos tiempos?

Pongo los ojos en blanco, me volteo, agarro la botella, le doy un trago y se la paso.

—¡Pues claro!

Tira las maletas del sofá y se sube a los cojines. Pone

Spotify en la tele y bailamos, bebemos y nos resarcimos de todo el tiempo que hemos perdido últimamente.

Media hora después estamos sentadas en el suelo, haciéndonos selfis y curioseando en las redes sociales, cuando me suena el celular y aparece en pantalla el nombre de mi hermano.

—¡Ahí lo tienes!

Toqueteando torpemente la pantalla, aceptamos la llamada de FaceTime y vemos las caras sudorosas de los chicos, con el negro de los ojos corrido por las mejillas.

—¡¡¡Caaarajo!!! —gritamos, sonriendo tanto como ellos, y Mason y Brady le pasan el brazo por el cuello a Chase.

—¡¿Han visto a este maldito crack?! —aúlla Brady—. ¡Ha agarrado el balón con una sola mano!

—¡Cómo no! Esa es la mano fuerte, ¿verdad, Chase? —bromea Cameron.

Chase ríe agachando la cabeza, y Mason le da un puñetazo de broma en el pecho.

—He captado el mensaje, ya sabes —le dice Chase a Cameron, mirándome a mí.

—¡Dios mío, qué jugada! —digo sonriente—. ¡Te vas a sorprender cuando veas los videos! ¡Casi le has saltado por encima de la cabeza a ese tipo!

—¿Y si me espero y lo veo contigo?

La respuesta se me congela en la lengua, contraigo el abdomen. Chase suelta una carcajada y mira más allá de la cámara.

—¡Lo hemos estado celebrando! —suelta Cameron con una sonrisa, poniendo delante de la cámara la botella que lleva en la mano.

—¡Caaarajo! —exclama Mason entre risas al ver la botella casi vacía, y se acerca más al celular para que podamos oírlo por encima del bullicio cada vez mayor—. No se excedan porque, si no, mañana la van a pasar fatal en el viaje por carretera a la sierra.

—Lo cierto es que la botella ya estaba medio vacía cuando la hemos confiscado de la fiesta del partido.

—¡Ladronas! —nos acusa Brady.

—Ca, pero si hemos contribuido para las botellas, lo único es que no podemos comprarlas nosotras con nuestras identificaciones falsas —dice Cameron riendo como una boba mientras da otro trago—. ¿Por qué crees que estamos bebiendo vodka con sabor a sandía? ¡Ni de broma íbamos a escoger nosotras algo así!

—¿Ese es el vestidor de esta gente? —pregunto, asomándome a un lado como si quisiera mirar por detrás de él.

—Sí, amiga, y yo me siento fuera de lugar en los Hamptons —bromea Brady.

—¡Mira, echa un ojo! —exclama Chase arrebatándole el celular a Mason.

Gira el teléfono y hace una panorámica del vestidor. Cuando el equipo se da cuenta de que los vemos en la pantalla, silban y se hacen los estríperes, provocando nuestras carcajadas.

—¡Ojo con este tipo! —dice Chase enfocando de pronto a un tipo rubio, sudado y sin camiseta—. Si no llega a ser por él, yo no habría anotado en la vida.

—¡Eso y el grandioso pase que te ha hecho Noah!

—¡Vaya, sí! —tercia riendo el rubio, y le da una palmada en el pecho a Chase.

Chase se humedece los labios y mira a otro lado, y un segundo después vemos a Mason en pantalla.

—¡Las quiero, hermanitas! —espeta sonriendo—. Nos vemos mañana. ¡Y ahora a descontrolarse!

—¡Esooo! —contesta Cam, y al mismo tiempo levanta los brazos.

—¡Adiós!

Sonreímos y dejamos que cuelgue él.

—¡Yujuuu! —grita Cameron, y, levantándose de un salto, entra corriendo en la cocina y abre el refrigerador—.

¡Nuestros chicos son muy talentosos y yo estoy muerta de hambre! ¿Estos tazones de fetuccini están buenos?

—Deliciosos. Buenos nivel Dios.

—¡No! —exclama Cameron con un aspaviento.

—Sí.

—¡Alabado sea el *quarterback* cocinero! —bromea—. Ven a ayudarme.

Abro mi chat con Noah y le mando un mensaje rápido.

Yo: ¡Hola, supercrack!
¡ENHORABUENA por el partidazo!
¡Ese pase ha sido oro puro!
Por cierto, ¡Cam está a punto
de catar tus Alfredo! Prepárate
para las consecuencias, que mi chica
no es de las que se cortan
a la hora de pedir.

Dejo el teléfono y me voy a la cocina con Cameron.

Como media hora más tarde estamos que reventamos, la borrachera que nos pusimos empieza a pasar de bruma a agotamiento, y nos acostamos en la cama, pero transcurren dos horas más y yo sigo despierta, así que agarro el celular.

Noah me ha contestado al mensaje mientras comíamos, dándome las gracias y diciéndome que mañana me llama, que los estaban metiendo en el autobús y les quedaba por delante un largo trayecto nocturno de vuelta a casa.

Le escribo de todas formas.

Yo: ¿Estás despierto?

Me responde casi inmediatamente.

Romeo: Sí.

Yo: Estaba convencida de que el subidón de adrenalina te habría agotado.

Romeo: Nah, no duermo bien después de los partidos. Me cuesta mucho desconectar. Seguro que el resto del autobús está agotadísimo. Las luces llevan apagadas desde que hemos salido a la autopista.

Yo: ¿Llevas los audífonos?

Sonrío, porque sé que él está sonriendo también al otro lado.

Romeo: Sí. ¿Y tú?, ¿llevas un suéter de cuello alto?

Suelto una carcajada y no vacilo ni un segundo.

Le doy al botón de llamada de FaceTime.

Tarda unos cuantos tonos en contestar y, cuando lo hace, se lleva un dedo a los labios para pedirme silencio. Se pone los audífonos y se voltea de forma que el cuerpo le queda encajado entre la ventanilla y el asiento.

Se sube la capucha para estar más cómodo, y el grueso algodón gris pegado a las mejillas le acentúa los rasgos angulosos y le hace un poco de sombra en los labios. Pero cada escasos segundos, se mete por la ventana un destello de luz que me permite verlo entero. Es como una peli de terror: poco más que un resplandor para mantener la tensión.

Sonríe por fin.

—Ojalá no estuvieras tan lejos. —Se me escapan las palabras antes de que me dé cuenta siquiera de lo ciertas que son.

Me mira a los ojos y me sostiene la mirada.

—Ah, ¿sí?

Me acaloro y asiento con la cabeza.

—Sí.

Noah se pasa la lengua por el labio inferior y me hace mirarle la boca.

—¿Y eso por qué?

—Porque tú no puedes dormir y yo tampoco —contesto con una sonrisa—. Podríamos «no dormir» juntos.

Noah ríe en voz baja, se sube el cuello de la sudadera y se mete el tejido despacio entre los dientes.

—Llego a casa dentro de ocho horas.

—Lo siento, pero la invitación caduca dentro de siete.

Esboza una sonrisa de medio lado, con los ojos entornados, cansados.

—Claro —responde; hace una pausa y luego me pregunta en voz baja—: ¿Ya tienes lista la maleta para el viaje?

—Hemos preferido terminarnos la botella de vodka barato. —Ríe, negando con la cabeza—. No me preocupa: no somos excursionistas refinadas. Sudaderas, shorts, camisetas de deporte..., con eso es suficiente. Y cabello recogido. Mientras tengamos cuatro tonterías metidas en la maleta cuando los chicos estén listos, vamos bien.

—¿Se marchan en cuanto lleguemos?

—Sí. —Reprimo una sonrisa—. Queremos estar allí todo el tiempo posible y son unas cuantas horas de viaje.

Asiente, mirando por la ventanilla.

—Entonces, debería dejarte dormir un poco —dice—. No creo que quieras hacer el viaje con resaca —añade, repitiendo lo que me ha dicho Mason antes.

—Sí, tampoco sería la primera vez —contesto, y me viene un bostezo a la boca; luego me recoloco en la almohada y fijo el celular con un una bola de mantas.

Noah deja de mirarme y, aunque no tengo claro qué partes de mí ve, retuerce el torso entero y se pone completamente apoyado en el lateral del autobús, acercándose aún más el teléfono.

—Bueno, tengo que colgar.

Por vacilarle, me estiro otro poco, de forma que se me sube más el top.

—Julieta —me advierte molesto—, voy a estar atrapado en este autobús con treinta y tres tipos más durante las próximas siete horas y no te volveré a ver hasta dentro de setenta y dos horas más. Cuelga.

Se me escapa una risita, y luego sonrío.

—Buenas noches, *quarterback*.

A Noah se le enternece la mirada y esboza una sonrisa.

—Buenas noches, preciosa.

Siento un escalofrío por todo el cuerpo, una especie de sensación aérea que me recorre entera. Me despido con la mano, pero no corto la llamada, y sé, de alguna manera, que él tampoco lo va a hacer, y no lo hace.

Me tapo con las mantas hasta la barbilla, meto las manos debajo de la almohada, y él apoya la cabeza en el cristal.

Cierro los ojos y me quedo dormida.

Como había prometido, Mason me ha mandado un mensaje cuando el autobús estaba casi llegando, y ha aprovechado para recordarnos que empezáramos a hacer la maleta si no la habíamos hecho ya. ¡Qué bien nos conoce! Habíamos terminado de hacerla justo cinco minutos antes de que entrara su mensaje.

La idea es que pasen por casa a darse un baño rápido y a recoger las maletas, y que nosotras estemos metiendo las nuestras en el maletero del Tahoe de Mason una hora después cuando mucho, que me parece perfecto, aunque espero que la cosa sea algo distinta.

Me apoyo en el árbol y, cuando estoy a punto de mirar

la ubicación de Mason, los veo venir por la carretera que hay justo enfrente de nuestro campus y, unos segundos después, el enorme autobús azul y dorado se mete en el estacionamiento. Apenas lleva unos instantes parado cuando se abren las puertas y empieza a bajar en multitud el equipo.

Me aparto del árbol y me acerco un poco.

Veo primero a mi hermano y siento una pizca de ansiedad que me presiona las costillas. Va directo al maletero que acaba de abrir el conductor y comienza a hurgar entre las maletas en busca de la suya.

Es Brady el que me ve primero.

—¡Aribaby! —grita, y varias cabezas se giran hacia mí, pero vuelven enseguida a lo que fuera que estaban haciendo. Se acerca corriendo, incapaz de esperar a que yo llegue hasta él, y me estrecha en un abrazo—. ¿Preparada para pasarla como nunca?

—Sí —contesto sonriente, y me volteo para abrazar a mi hermano, que viene hacia mí algo molesto.

—¿Qué haces aquí? —Mira a mi espalda—. ¿Dónde está Cameron? ¿Y sus maletas?

—Se está bañando, pero ya estamos listas.

Asiente, aún más molesto, y es entonces cuando me ve la sudadera. Me mira a los ojos, pero Chase se interpone entre Brady y él antes de que le dé tiempo a decir nada. Sonriente, Chase viene a que le dé un abrazo, como los otros dos.

—Has venido —dice apartándose—. Dime que tienes el video... Te estaba esperando.

Pongo cara de extrañeza, pero enseguida caigo en cuenta de a qué se refiere. Me habla de su *touchdown*.

Espera..., ¿iba en serio?

—No..., no lo tengo. Solo la reacción en video que les mandamos.

Se humedece los labios y sonríe.

—No pasa nada, seguro que mañana está ya en Hudl. Podemos verlo en la sierra.

—Sí, claro —confirmo inclinándome un poco para ver a su espalda. Los jugadores salen ahora más despacio.

—Entonces, ¿qué? —pregunta; primero mira a Mason y luego a mí—. ¿Te vienes a casa con nosotros?

—Ah, no, yo he...

Me interrumpo cuando diviso a Noah, que baja la escalerilla del autobús con su pants gris de Avix U, casi idéntico al que llevo yo. Me saluda, se quita la capucha y se pasa la mano por la nuca.

Pone el pie izquierdo en el asfalto y, en cuanto pisa la calzada con el derecho, mira hacia la izquierda, justo donde estoy yo. Se detiene un segundo y a mí se me escapa una risa en voz baja.

Miro a los chicos, algo sonrojada.

—Has invitado a otros, ¿verdad? —le digo a Mason.

Al principio guiña los ojos, como si no supiera de qué le hablo, pero luego asiente. Se me acerca y me suspira en el pelo mientras me da un beso ahí.

—Sí, hermanita, así es.

Chase me estudia malhumorado la sudadera y repara en el enorme diecinueve de la manga. Me mira a los ojos y los entorna, pero, cuando los otros empiezan a irse por sus maletas, él los sigue. Por fin, me separo de ellos y me voy con Noah.

Al principio Noah no se mueve, sigue con la cabeza a mi hermano y los demás, pero luego voltea hacia mí despacio. Aunque tarda un segundo, por fin se fija en la sudadera que llevo, y me mira enseguida a los ojos. Entonces lo entiende: que no he ido allí por ellos.

He ido por él.

Deja caer la mochila al suelo y salva la escasa distancia que nos separa. Antes de que llegue a mí, me volteo y le enseño la espalda, donde llevo impreso bien grande su número, pero eso ya lo sabe. A fin de cuentas, fue él quien me regaló la sudadera.

Estiro los brazos y me volteo un poco para mirarlo.

—¿Esto cuenta como si hubiera ido al partido con ella puesta?

Esboza una sonrisa y niega despacio con la cabeza.

—Ni de broma.

Me volteo de nuevo, para tenerlo de frente, y me aproximo.

—¿Cuenta de alguna forma?

Noah extiende la mano, me agarra de la sudadera y me jala. Luego me hace girar, hasta que estamos medio tapados por la puerta abierta del autobús, y me entierra la mano en el pelo.

—Ya sabes cuál es la respuesta —dice, y me besa.

Mueve los labios con destreza, buscando un acceso que sabe que no le voy a negar, y la fuerza de su lengua caliente hace que se me vuelva loco el corazón.

Tan rápido como toma el control se aparta y, de pronto, me está jadeando al oído. Saber que he sido yo la que lo ha dejado sin aire en los pulmones me excita aún más.

—Me matas, lo sabes, ¿no? —Su pecho se infla contra el mío y yo le pongo la mano en él—. Me matas, carajo —insiste, y desliza los labios por mi mejilla hasta que vuelve a toparse con mi boca, esa vez para darme un solo beso tierno y lento.

Cuando por fin abro los ojos, ya se ha apartado, excitado, con los ojos brillantes, pero detecto algo más en su semblante. No tengo claro qué es, y desaparece en cuanto le digo:

—Vente con nosotros.

Parece extrañado.

—¿Qué?

—De camping —le digo nerviosa—. Sabía que ibas a estar agotado del partido y del viaje en autobús, y me he medio convencido de que si te lo pedía me dirías que sí, pero no he querido preguntarte antes por si acaso accedías y luego estabas demasiado cansado para ir, pero irías de todas formas para no faltar a tu palabra, que es algo muy Noah, por cierto. —Hago una pausa para tomar aire y lo veo esbozar una sonrisa—. Así que, sí, he preferido esperar a hoy, venir a recibirte y pedirte que te vengas conmigo. He supuesto que era la mejor forma de preguntarte después..., porque no ibas a querer que me fuera.

—No quiero que te vayas —contesta de inmediato, y yo suelto el suspiro que, por lo visto, estaba conteniendo.

Sonrío de oreja a oreja y apoyo la cabeza en el autobús, a mi espalda.

—Entonces, ¿vienes?

—Ya te dije una vez, Julieta, que no pienso volver a negarte nada. —Se me acerca y me susurra—: Si quieres que vaya, voy.

—Pues te vienes de camping. Puedes dormir en mi tienda.

Me da un repaso rápido a la cara, me toma de las manos y me lleva al otro lado del autobús.

—Entonces, es mejor que prepare la maleta. —Asiento, y entrelazo aún más sus dedos con los míos mientras retrocedemos—. Por cierto... —Hace una pausa y luego dice algo que yo no tenía ni idea de que necesitaba oír hasta que las palabras me envuelven—. Te habría besado delante de todo el mundo si hubiera tenido la certeza de que te iba a parecer bien, y esa es la única razón, ¡la única!, por la que te he llevado a otro lado.

El corazón me golpea el pecho y abro la boca para hablar, pero no me sale nada.

Noah me desea y no le da miedo demostrarlo.

Le da igual quién se entere... mientras lo sepa yo.

«Lo sé, Noah».

Noah me lee como si fuera un libro abierto y me guiña el ojo al soltarme; luego recoge su mochila del suelo y se acerca corriendo por la maleta de deporte, que está en un montón al lado del autobús.

Mason se me acerca, un tanto inquieto.

—Entiendo que te vas en su coche, entonces, ¿no?

—Sí.

Aunque aprieta la mandíbula, asiente, da media vuelta y llama a Noah. Cuando este se voltea, Mason lo saluda.

—Si llegas a chocar subiendo a la sierra con mi hermana, voy a arruinarte la vida.

Pongo los ojos en blanco, pero Noah se limita a sonreír.

—Si choco con tu hermana, te doy permiso para hacerlo.

Río, y Mason resopla a mi lado.

Nos miramos.

—Puedo con él —dice supuestamente furioso, pero luego se le escapa una sonrisa—. ¿Nos vemos en la casa?

—Sip.

Se va corriendo a la camioneta de Brady, donde está parado Chase, con los brazos cruzados y la cadera apoyada en la cabina. Me mira de refilón y luego sale disparado y se sube de un salto a la zona de carga.

Salen, y Noah y yo los seguimos de cerca.

24

Noah

Hemos llegado al monte San Jacinto hace un par de horas, y en cuanto ponemos los pies en el suelo empezamos a prepararnos para el fin de semana.

He ayudado a Brady a descargar la parrilla para la parrilada y las hieleras de la parte trasera de su camioneta mientras Mason y Chase armaban las tiendas. Cameron y Ari han tomado los rastrillos que traían y han empezado a limpiar la zona de maleza y a apilarla al borde de la zona de acampar. Las chicas han instalado un par de mesas y, justo cuando Brady y yo conectábamos las bombonas de propano y nos disponíamos a ayudar con el resto de las tiendas, Ari me ha interceptado.

—Noah está preparando la comida —dice, con una sonrisa de orgullo, jalándome hacia las cajas de plástico apiladas cerca de la carretera—. Tendrás que arreglártelas con lo que hay aquí dentro, chef Riley —añade levantando la primera y colocándomela en los brazos—. ¿Crees que podrás hacer algún milagro? —Agarro la caja, pero ella no la suelta—. Aún no he visto lo que hay dentro...

—El milagro es obra del chef, no de sus utensilios.

—Discrepo por completo —replica Cam al pasar, tomando la caja más pequeña de al lado.

Ari ríe, retrocede mirándome, y llevamos entre los dos las cajas al campamento. Las dejamos al borde de las mesas, debajo la que aún no necesitamos, y me deja hurgando en ellas mientras se va a la izquierda a encender la parrilla.

Cameron se acerca para atar los manteles de plástico y luego se detiene a observar mientras yo hago lo que puedo con los condimentos de que dispongo.

—Muy bien, Noah —dice sonriendo al ver la charola de aluminio, y me pone unas servilletas al lado antes de marcharse.

Poco después retiro los primeros muslos de pollo de las llamas, justo cuando varios pares de focos iluminan el campamento desde la carretera, arriba. Y, de pronto, tenemos armada una fiesta.

Se reparten las cerveza, se arman más tiendas de campaña y, cuando ya ha llegado y comido todo el mundo, sigue habiendo una charola repleta de carne para los que vendrán después.

Hace una hora que se ha puesto el sol y el fuego arde fuerte. Me siento un rato y paso varios minutos viendo a los otros charlar y reír, y caigo en cuenta de que esta es la primera vez en mucho tiempo que desconecto un poco.

Maldición, la falta que me hacía, y no creo ni por un segundo que Ari no lo supiera. Ella lo sabía, y yo no.

Cuando me dijo que este fin de semana se iba de camping, intenté no pensarlo mucho, pero, en el fondo, no tenía otra cosa en la cabeza.

Que se iba. Que él iba a estar allí...

Frunzo el ceño sin quererlo, pero lo relajo enseguida. No me esperaba que fuese a pedirme que viniera, ni siquiera un poquito; por eso, cuando me lo ha dicho, ni me he molestado en pensar más que en que quería tenerme aquí.

Porque ¿acaso importa todo lo demás?

¡En absoluto!

Ari ríe de algo que dice alguien, sonríe mientras se aparta el pelo de la cara, y no puedo evitar sonreír también.

Me escabullo un momento y voy a mi camioneta, me limpio las manos con una botella de agua vieja, agarro la sudadera del asiento delantero y me la pongo. Aunque Ari se ha ofrecido a compartir su tienda conmigo, y estoy convencido de que, además, Cameron también va a dormir ahí, me he traído la que me tocó en una rifa en la gala de premios del año pasado. Estaba sin estrenar, pero ha sido fácil de abrir e instalar. Es una de esas instantáneas, pensada para la zona de carga de mi camioneta. Me ha costado dos minutos abrirla y atarla, y me he traído el colchoncito de casa a modo de cama.

Cierro de nuevo la cabina, vuelvo a la zona de acampar y, cuando entro en el campamento, mis ojos la localizan de inmediato.

Está en la parte de atrás de la camioneta de Brady, cantando y bailando con Cameron y otros dos a los que no conozco. La muy loca trae un pantalón corto y camiseta, y se ha descalzado por ahí. Lleva el cabello recogido en una cola de caballo y las puntas le rozan la espalda por una zona donde se le ha levantado un poco el top. Se le ve relajada, disfrutando, riendo y meciéndose al ritmo de la música, con una Corona medio vacía en la mano.

Percibe que ando cerca y me localiza volteándose un poco. Entonces se voltea por completo y me mira de frente, con una sonrisa enorme y preciosa en esos labios tiernos, pero no deja de bailar. Sigue moviendo las caderas al tiempo que me hace una seña para que me acerque, con un brillo especial en esos ojos de octubre.

Me dirijo a ella, despacio, con parsimonia.

Quiero que me sienta llegar.

Quiero que se acalore solo de pensarlo.

Sé que le va a pasar.

Cuando estoy ya a su alcance, me tiende una mano pequeña y suave, pidiéndome la mía. Me hago de rogar un poco y ella agacha la cabeza, tímida, y, si no fuera porque el resplandor del fuego la alumbra, podría ser testigo de cómo se ruboriza por mí.

Subo de un salto a la parte de atrás de la camioneta de Brady y se dibuja en mis labios una sonrisa pícara cuando le tomo la mano, pero no tengo que jalarla, porque se acerca sin dudarlo un segundo.

Algo aturdida por la cerveza y media que se ha tomado, me mira, y yo levanto el pulgar y le libero el labio inferior de los dientes, que lo tenían preso. Con la boca cerrada, se le forma en la garganta una risita boba y, poniéndose de puntitas, se me cuelga del cuello.

—«Por cierto...» —dice repitiendo mis palabras de antes—, puedes besarme donde quieras.

Arqueo una ceja al oír esas palabras provocadoras, aunque los dos sepamos a qué se refiere: puedo besarla cuando quiera, independientemente de dónde estemos y de quién haya delante, y ella me devolverá el beso.

Incapaz de esperar más, me bajo la capucha, me agacho y le cubro los labios con los míos. Me sonríe en la boca y me aprieta más fuerte. Su jadeo me hace retirarme, pero antes le doy un mordisquito en el labio inferior. Ríe, y abre los ojos para mirarme.

—Si seguimos, esto se va a convertir en algo que nadie más debería ver —le digo, y, cuando llevo el pulgar a su cuello, se me acelera el corazón al ver lo desbocado que está el suyo.

Ari sonríe y empieza a mover las caderas otra vez, así que yo hago lo mismo y le meto las manos en los bolsillos traseros del short. Bailamos al ritmo de una música animada, perfecta para la fogata, pero yo ni siquiera la oigo.

Supongo que ella tampoco, porque apoya la cabeza en mi pecho y me llegan al oído sus suaves susurros mientras canturrea para sí, solo que la letra que canta no encaja con la que suena por los altavoces.

Está escuchando esa rocola que lleva dentro, cantando la canción que le ronda la cabeza, *Play It Again*, de Luke Bryan, y yo no podría estar más de acuerdo con ella. Quiero revivir la noche con ella diez veces, y luego otras diez, y otras diez más. Es sencilla, poca cosa, pero es perfecta.

Ella es perfecta.

Ari se echa hacia atrás para mirarme, las motitas doradas de sus ojos atrapan la luz de la luna y la reflejan en los míos. Bien podríamos estar los dos aquí solos.

Porque ella es lo único que veo.

Mi Julieta.

25

Arianna

Amanece pronto y rápido, como de costumbre en esta zona. Aunque estemos a finales de otoño, los rayos de sol atraviesan la maraña de tiendas de campaña y te obligan a abrir los ojos para que valores el paisaje que te rodea.

Por suerte, anoche no nos acostamos demasiado tarde, porque prácticamente todos los que están aquí juegan en el equipo, salvo las chicas, y ya no podían con su alma cuando llegamos. La sierra, sin embargo, siempre reanima, y los chicos lo aprovecharon, solo que después cayeron el doble de rendidos cuando el alcohol dejó de hacerles efecto.

—Menos mal que Brady es listo y anoche solo sacó la mitad de la cerveza. —Cameron bosteza y enciende el generador.

—Querrás decir que menos mal que sabe por experiencia que, si no esconde el alcohol, la segunda noche hay que ir de abstemios —digo riendo mientras pongo unos cuantos leños en el brasero apagado.

—Justo a eso me refería.

Cameron empieza a hacer el café mientras yo voy con una caja de Coronas vacía al montón de maleza, tomo un poco y la tiro sobre los leños para avivar el fuego.

—Muy lista.

Me levanto, volteo y sonrío a Noah.

—Hola.

—Hola —contesta sonriente. Mira a nuestro alrededor y vuelve con el encendedor de cocina; luego se acuclilla a mi lado, pero me lo pasa a mí, y yo lo paseo por debajo de la maleza, entre los leños.

—Vas mucho de campamento, ¿eh? —dice observándome.

—Cuatro o cinco veces al año, sí. Más si cuentas todas las veces que armamos la tienda en la arena en la casa de la playa —respondo—. De niña me encantaba ir a la sierra, porque mi padre me pedía que lo ayudara a recoger leña o subir por la escalera de mano para colgar el tendedero de las toallas mientras Mason cascaba huevos o pelaba papas para ayudar a mi madre. —Hago una pausa, y río al mirar a Noah—. Ahora que lo pienso, seguramente tenían miedo de que incendiara el bosque si ayudaba con la comida.

Se levanta y me jala.

—Pues menos mal que estás empezando a manejarte con las estufas, ¿no?

—Menos mal, sí —contesto con mucho dramatismo, pestañeando fuerte.

Noah niega con la cabeza, risueño, y se acerca a Cam.

—¿Puedo ayudar?

—Puedes. —Lo empuja un poco a la izquierda y le suelta delante un par de bolsas llenas de papas congeladas ya cortadas—. Ponles un poco de aceite y...

—¿Sazónalas? —termina él la frase.

Cameron sonríe y saca la crema de leche de una de las hieleras.

—Se me olvidaba que Bobby Flay se está cogiendo a mi mejor amiga.

—¡Cameron! —exclamo riendo, y, aunque no oigo a Noah reírse, la leve sacudida de sus hombros lo delata.

—Perdona, quería decir que «sueña» con cogerse a mi mejor amiga. ¿Mejor?

—¡Dios mío! —digo tapándome la cara.

—Apuesto a que eso sería justo lo que dirías.

Esa vez Noah ríe a carcajadas y a mí no me queda otra que cobrársela a Cam cuando se voltea hacia mí. La única razón por la que no la mando a la mierda es que me trae un café humeante en un vaso de poliestireno.

—Imbécil —le susurro.

—Yo también te quiero —asegura ella en voz alta.

Se oye el cierre de una tienda de campaña próxima a nosotros y un puñado de rezagados sale de ella dando tumbos, con el cabello revuelto y ojos de sueño; seguramente el olor a café es la única razón por la que no se han dado la vuelta y han seguido durmiendo.

—Noah, amigo —dice un grandulón que se acerca y toma un agua de la hielera—, ¿eres versátil para varias tareas o qué?

—Así es, Georgie —contesta Cameron llamándolo por el que debe de ser su nombre—. La C no es solo de *capitán*, sino también de *cocinero capaz* y de *considerable huev*...

—¡Cameron! —le advierto, y entonces unos brazos enormes me envuelven.

Levanto la vista y me encuentro a Brady, que me besa el pelo y termina la frase de Cameron porque es es medio menso.

—*Huevos*.

—Eso, tú ríete de lo que dice...

—Solo digo la verdad, Aribaby, que se los he visto en las regaderas —bromea, y ríe cuando Noah voltea de pronto la cabeza hacia nosotros.

—Claro, Lancaster, lo has visto tú que siempre llegas al último a los vestidores —le vacila él.

—En eso soy un as, amigo. Me encanta ser lo último que ven las reporteras. Así luego me cuesta menos recordarles quién soy cuando se presentan por la noche con ganas de fiesta.

Pongo los ojos en blanco y saludo a los chicos que empiezan a amontonarse en torno al fuego matinal. Otros encienden sus propios braseros, algunos pasan a Cameron y a Noah cosas para el desayuno, por aportar algo a lo que están preparando.

Salen Chase y Mason de sus tiendas, y ninguno de los dos va solo. Se me hace una arruguita en la frente sin querer, y miro a otro lado, confundida por la insensibilidad con que afronto la situación.

Estoy mirando al fuego y dando sorbitos a mi café cuando Mason coloca una silla entre un tipo que se llama Hector y yo. Mi hermano echa la cabeza hacia atrás y hace un puchero.

Suspiro en broma a la vez que me pongo en pie.

Noah me mira, y ve que tomo dos vasos y los lleno de café, uno con un poquito de crema de leche y el otro con una cucharadita de azúcar. Le arrojo una uva y sonríe, y sigue preparando la masa de las tortitas.

Voy hasta Mason, le paso el café a él primero y luego me acerco adonde está sentado Chase, en la puerta trasera de la camioneta de Brady. Se pasa los dedos por el pelo castaño y asiente con la cabeza a algo que le dice el tipo que tiene a la derecha.

Cuando me aproximo, levanta la vista y asoma a sus labios una sonrisa.

—*Con un poco de azúcar...*

—*Esto pasará mejor* —termino su frase, y él ríe y me sujeta despacio el vaso.

—Gracias, guapa.

Me quedo helada un segundo, pero enseguida fuerzo una sonrisa y doy media vuelta.

—Sip.

Despacio, voy por mi vaso y vuelvo a sentarme en mi sitio,

sin levantar la vista del fuego otra vez, así que, en cuanto Cameron anuncia que el desayuno está listo, me levanto, deseando ayudar a repartir los platos de cartón. Parada detrás de la mesa, recoloco las charolas según la gente va pasando a llenarse el plato. Supongo que esperaré a que se haya servido todo el mundo para servir el mío, pero entonces Noah me abraza por la espalda y me pone delante un plato con un montón de mini hotcakes humeantes recién sacados de la parrilla.

Lo miro desde abajo y él me señala el plato con la cabeza y, empujándome un poquito, agarra un tenedor que tengo al lado, lo clava en el primer hotcake y lo deja ahí para que yo lo tome.

—Prueba...

Hago lo que me pide, sin apartar mis ojos de los suyos mientras me llevo el hotcake a los labios para darle un mordisco. El sabor a mantequilla derretida me asalta las papilas gustativas, que cobran vida con el sabor de algo dulce que viene después.

Mi cara debe de ser un reflejo del microorgasmo, porque Noah sonríe.

—Si le añades un poco de azúcar morena a la masa, no hay que bañarlas con jarabe.

—A lo mejor me gusta bañarlas con jarabe.

—Dice la chica a la que le gustan las empanadas perfectamente hojaldradas, el pollo empanizado y el pan de maíz con la corteza crujiente.

Río, y me tapo la boca con la mano para tapar el bocado enorme que aún no me he tragado.

—Bueno, bueno, tienes razón: me fastidia la comida empapada.

—Ya lo sé.

—Igual que sabes que has vuelto a dar en el clavo. Están riquísimos.

—Me alegro. Habrá que meter el desayuno en nuestro menú.

Me volteo y le susurro:

—Será un desayuno-cena o...

Esboza una sonrisa lenta.

—O...

Le doy un manotazo en el pecho.

—No me hagas decirlo.

Ríe y se voltea para ayudar a Cam, que lo llama desde la estufa.

Después de desayunar, todo el mundo se queda por allí platicando, hasta que unos cuantos vuelven a las tiendas a echarse una siesta mientras los demás jugamos un par de partidas de cartas y otro puñado de chicos empiezan a pasarse el balón. Pasamos varias horas de excursión por ahí, enseñando a todo el mundo los senderos pedregosos y el puentecito que lleva al otro lado de la montaña.

El resto del día es igual, y solo cuando empieza a ponerse el sol y Mason se ocupa de la parrilla, me acerco por la espalda a Noah, que está sentado, bebiéndose tranquilamente una cerveza y hablando con unos chicos, y le digo al oído, para que solo me oiga él:

—Hay un sendero que no le he enseñado a nadie hoy a propósito.

Noah ladea un poco la cabeza para verme y yo le paso un brazo por encima y tamborileo con los dedos en su pecho.

—Ah, ¿sí? —dice muy despacio, levantando la mano para tomarme la mía.

—Ajá —contesto, y pego la frente a su sien—. ¿Qué?, ¿quieres dar un paseíto en la oscuridad?

Noah responde dejando la botella en el suelo y poniéndose en pie. Me toma de la mano, y yo sonrío y lo guío. Bordeamos el campamento, adentrándonos en el bosque, y zigzagueamos por un sendero de piedras. Unos matorrales grandes nos impiden ver, pero, cuando nos alejamos un poquito, dejando atrás las ramas finas, allí está.

La cascada conduce a estanque pequeño, con paredes de roca rizada a izquierda y derecha, que la aíslan de todo lo que la rodea.

—¡Vaya! —exclama Noah, y yo asiento y me acerco.

Como es la única parte de esta zona donde las copas de los árboles no tapan el cielo, se ven las estrellas, que generan una especie de resplandor a nuestro alrededor y nos permiten fiarnos de nuestros ojos en la oscuridad.

Me quito los tenis y los calcetines, y meto los pies en el agua. Está fría, pero no tanto como en el mar, porque apenas ha terminado el verano. Un segundo después, Noah está a mi lado.

Se mete un poco más.

—Pensaba que estaría helada...

—No está tan mal, ¿eh? —le digo sonriendo, y cuando mira al frente lo empujo un poquito, pero como es *quarterback* tiene buenos reflejos.

No le llega el agua ni por los tobillos cuando me rodea por completo; se sitúa de pronto a mi espalda, con los brazos bien encajados alrededor de mi abdomen.

—¿Qué ha sido eso, señorita Johnson? —Me sonríe en la oreja—. ¿Tu forma de decirme que quieres un baño?

Me tenso y me estremezco en sus brazos mientras él me empuja poco a poco hacia delante.

—¡No, no, no! —Río—. ¡No, carajo!

—Pero ¿no te encantaba el agua? —bromea.

Chillo, con el agua ya por las pantorrillas.

—¡Ay, por Dios, Noah, no!

—¿Por qué no?

Lo empujo, e intento buscar una forma de anclaje.

—¡No me gusta bañarme donde no veo el fondo!

Me entierra la cara en el cuello y los músculos se me relajan un poquito.

—¿Y si no puedes tocar el fondo?

—¿Qué...?

Noah me voltea, se dobla y me sujeta en brazos. Acto seguido estamos metidos en el agua gélida hasta la cintura, con ropa y todo.

Río entre chillidos, tapándome los ojos con su pecho, aferrada a su cuerpo con los brazos y las piernas. Algo me roza el muslo y vuelvo a gritar, sujetándome como una lapa.

—Te vas a enterar. Ya verás cuando te alcance en el mar. ¡Te llenaré de cangrejos el traje de baño!

Su risa suave me recorre la piel, sus brazos se deslizan por mi espalda y me estrechan contra su cuerpo.

—Te tengo bien sujeta.

—Más te vale.

Con los labios pegados a mi cuello, esboza una sonrisa, y luego aprieta, suavemente al principio, y después con más firmeza cada vez.

Le enrosco las piernas a la cintura aún más fuerte y doblo los dedos de los pies a su espalda mientras me succiona la piel sensible de esa zona, y de pronto me olvido de las aguas oscuras.

Levanto la cabeza y enseguida levanta él la suya. Sus ojos, que hoy son de un intenso azul medianoche, rebosan deseo, y, más allá de eso, asoma una ternura esperanzada que me llega muy adentro. Noto, además, la atracción invisible de mi cuerpo hacia el suyo.

De mi mente hacia la suya.

¿De mi corazón hacia el suyo?

Me inclino hacia delante y atrapo sus labios con los míos. Él me devuelve el beso con la misma energía. Nuestras lenguas se enredan, nuestra respiración, honda y plena, se convierte en jadeos cortos y rápidos, y mi cuerpo se estremece. Noah gime y sale unos centímetros del agua en un intento de estrechar nuestra unión, con un entusiasmo que sintoniza con el mío.

—Cuidado, Julieta —me advierte, sujetándome bien las

caderas con sus manos grandes y firmes—, que estoy a punto de perder mi reputación de caballero.

—¿Podrías darte un poco de prisita con eso?

Ríe en mi boca y yo le meto la lengua en la suya y me contengo el temblor que sigue. Gira bruscamente conmigo en brazos, chapoteando en el agua hasta que estamos al borde de una roca, en la que me coloca el trasero, y entonces sus manos abandonan mi cuerpo para tomarme de las mejillas y hacer que me maree con un beso.

Me recuesto y me lo llevo conmigo, y entonces algo me corre por la planta del pie, y chillo y retrocedo de un salto.

Noah se aparta de pronto y me mira espantado.

—¡Ay, Dios, un pez me quiere comer! —grito subiéndome aún más a la roca, y, cuando pongo la mano de nuevo en la piedra, me noto un hormigueo en los nudillos, y vuelvo a gritar, me bajo de un brinco y veo que me llega el agua por el cuello.

Noah empieza a morirse de risa, se voltea y me sube a caballito para llevarme hasta la orilla.

Poco después me estoy riendo a carcajadas, descontroladamente, y cuando llegamos al suelo seco y frío, me dejo caer sobre un tronco de árbol, tapándome la cara con las manos.

—¡Ufff! —No puedo parar de reír, y Noah está tan entretenido como yo—. ¡Te juro que un pez me estaba chupando el dedo gordo del pie!

Se frota la boca para calmar la risa.

—¿Y la mano?

—Bueno, igual eso ha sido una hoja o algo así. —Suelta otra carcajada—. En esos momentos, ¡estaba convencida de que era el monstruo del lago Ness! —le digo sonriendo y negando con la cabeza.

—Ella nada sin problema en aguas de tiburones, pero ¿con un renacuajo? ¡Ni de broma! —Le lanzo una mirada asesina, en broma, y me recorre un escalofrío; ha empezado a soplar por las rocas la brisa de la sierra—. Deberíamos volver, cambiarnos de ropa —dice, y se calza, se guarda los calcetines en los bolsillos y toma los míos. Luego se pone de espaldas y me ofrece la mano por encima del hombro, así que me levanto y se la doy. Y vuelve a subirme a caballito, y así me lleva hasta el campamento.

Cuando entramos en el claro, unos cuantos se voltean para mirarnos.

—Pero ¡¿qué demonios...?! —grita Brady, con la cerveza congelada al borde de los labios.

—Nos hemos caído en un estanque —bromeo.

—Lo veo... Te has caído... —se mofa arqueando una ceja.

Mason le da un golpe en la nuca.

—¿De qué se trata, amigo? —le suelta, y mira furioso a Brady y luego a nosotros, pero Brady se limita a reír y sigue con su conversación.

Mi hermano, en cambio, nos mira aún más furioso, pero también yo miro a otro lado, y Noah sigue avanzando hacia la hilera de tiendas de campaña.

—Cameron me va a matar si mojo las camas —le digo con una sonrisa, agarrándome más fuerte a su cuello.

—¿Quieres cambiarte en mi camioneta? La tapa la de Brady. —Deja de avanzar y se voltea un poco para mirarme—. Podemos volver andando. Pídele que te traiga ropa superrápido...

Me castañetean los dientes.

—De acuerdo.

A pesar de mi respuesta, Noah sigue hacia delante, apretando un poco el paso. Treinta segundos después, estoy sentada en la puerta trasera de su camioneta y él se está metiendo en la cabina, de la que sale con un montón de ropa en las manos.

—Esto son mallas de compresión. Las llevo debajo del equipo cuando hace frío. Igual te quedan un poco grandes, pero seguro que te quedan mejor que mis pants —dice, y me pone al lado una camiseta y una sudadera con capucha, y se guarda un montón de ropa para él debajo del brazo.

Deja a un lado sus tenis, y se voltea para mirar dos veces al ver que levanto los brazos y me quedo esperando. Aunque algo extrañado, se olvida por completo de las prendas que lleva debajo del brazo, las deja caer al suelo y viene hacia mí.

Empieza por los puños de las mangas, jalando suavemente hasta pasarlos por encima de las muñecas, y luego agarra la bastilla. El tejido mojado se ha quedado adherido a la camiseta que llevo debajo, con lo que, cuando me levanta la sudadera para quitármela, se lleva la camiseta por delante.

El pelo mojado me cae por la espalda desnuda y me produce un escalofrío, o a lo mejor es por la aprobación absoluta de la mirada de Noah. No mira a otro lado mientras cuelga la ropa mojada del lateral de la camioneta, ni tampoco cuando me echo hacia atrás, apoyando las manos en la puerta trasera y estirando el torso.

Entiende mi gesto y, apretando la mandíbula con un suspiro hondo, lleva los dedos al botón de mis jeans. Se me alborota el corazón cuando me suelta el botón, y el suave murmullo del cierre me eriza el vello de las piernas. Aguarda, sin dejar de mirarme, así que levanto las caderas a modo de indicación, y él actúa, liberándome con cautela de los pantalones.

Baja los brazos a los lados y se queda paralizado mirándome, con una mezcla de incertidumbre y convicción en el rostro.

Me siento, me coloco de nuevo al borde de la puerta y lo agarro de la sudadera sucia. Separo las piernas y él se sitúa en el hueco hasta que los muslos le tocan el metal frío de la puerta trasera. No dice una palabra, no se mueve, salvo cuando es necesario para que yo le quite la ropa.

Se me inflan los pulmones cuando le veo por fin el cuerpo,

ese pecho completamente al descubierto para mí por primera vez. Aun en la playa llevaba una camisa que lo ocultaba.

—Deberías quitarte la camisa más a menudo —le digo con una voz ronca impregnada de un deseo que no puedo disimular, y me complace ver que su risa suena exactamente igual.

Se me van los ojos directo al tatuaje con el que reconozco que he fantaseado. Me preguntaba cómo se ondularía, qué contendría y hasta dónde llegaría, pero vérselo en la piel no tiene ni punto de comparación con lo que yo había imaginado.

Es fascinante, oscuro y nítido.

Le nace en la parte superior del brazo y se expande por el pectoral izquierdo. Hay una línea de gol y un balón de futbol americano que parece como si le brotara de debajo de la piel, pero lo que más me llama la atención es la inscripción que sigue la curvatura de la costura del balón. Está en una lengua extranjera, puede que latín, y con una caligrafía preciosa.

—¿Qué significa esto? —le pregunto, posando indecisa las yemas de los dedos en su piel y recorriendo con ellas las palabras a cámara lenta.

—No te lo puedo decir —contesta estremecido, y yo esbozo una sonrisa y le planto las manos encima a la vez que me acerco.

—¿No puedes o no quieres? —le digo, y lo miro un segundo antes de anclar los labios en su pecho, deslizándome un poco más hacia el borde para poder subir más.

Paseo la boca por la clavícula hasta el cuello y me detengo al llegar a la oreja. Inspiro hondo, y Noah baja la frente a mi hombro y lleva las manos a mis costados.

No digo nada, me limito a respirar contra su piel mientras me atrevo a acariciarlo más abajo. Recorro los relieves de sus abdominales, familiarizándome con cada curva de sus músculos extraordinariamente bien torneados.

Está duro donde toca y seguro que, si bajara aún más, también lo encontraría duro por allí. Lo noto en la forma en que se le contrae el abdomen, en los resoplidos que me suelta en el pecho desnudo.

Se me endurecen los pezones por debajo del brasier y ahora soy yo la que tiembla. Eso despierta su atención y levanta la cabeza, con un ardor en la mirada que resulta casi insoportable.

—Empieza a hacer frío.

—No tengo frío.

Se le ensanchan las aletas de la nariz e, inclinándose, me agarra el pelo con ambas manos y me lo retuerce para escurrirlo, haciendo que le corra el agua por el antebrazo y me salpique a mí en la columna. Doy un respingo, y Noah se dobla para atrapar mis labios con los suyos. Esta vez me besa con fuerza. Es casi un castigo, y adictivo a morir.

—Si te enfermas, va a ser por mi culpa —me dice entre los movientos de su lengua—. Y eso no puede ser.

Alarga el brazo para tomar la sudadera que tenemos al lado, la que ha traído para mí, pero yo le agarro la mano enseguida para detenerlo y agarro primero la que se iba a poner él.

Me lanza una miradita asesina de advertencia, pero, al oírme reír con la voz poco clara, la necesidad de saber lo que viene después lo ablanda. Intrigado, me deja que le ponga la suya. Mete las mangas enseguida, me sube los brazos a mí y se prepara para hacer lo mismo, pero yo bajo las manos la puerta una vez más y empiezo a echarme hacia atrás. No paro hasta arañar con los dedos el nailon de su tienda de campaña.

Su cara de extrañeza se acentúa cuando busco a ciegas el cierre y lo deslizo hacia arriba hasta que lo tengo por encima de la cabeza y la solapa de entrada me cae en la espalda.

Tensando intermitentemente la mandíbula, Noah se quita el calzón mojado y se pone enseguida uno seco. Con una mano sujeta la ropa que tiene para mí y trepa encima de mi cuerpo, conmigo, mientras yo lo guío al interior de la tienda.

Aún algo indeciso, le cuesta subir el cierre, y me dan ganas de borrar esa indecisión que sé que se debe solo a su preocupación por mí, porque yo, la verdad, no siento ninguna.

No me siento incómoda, ni insegura, ni agobiada.

No tengo ese retortijón en en el estómago que me advierte que me aparte por miedo a que él me rechace.

Noah jamás lo haría.

Cuando lo miro a sus ojos azules, lo veo todo claro.

En mi cabeza solo está él.

Noah tiene algo que me libera. Con una sola mirada o un mensaje sobreentendido, activa partes de mi ser que no sabía que necesitaran activación y, aunque todavía no lo comprendo del todo, sé que lo quiero.

Y ahora mismo quiero conocerlo un poco mejor. De una forma... algo distinta.

Me recuesto en la almohada y él me sigue. Mientras lo tengo suspendido sobre mí, nuestra piel no entra en contacto, pero su calor está presente y una oleada de excitación me recorre entera.

—¿Qué haces, Julieta? —murmura mirándome los pechos, que llevo casi fuera del brasier mojado.

La tensión me contrae por dentro y me produce un dolor en el pecho, así que, en vez de contestar con palabras, me meto la mano por debajo de la espalda y me desabrocho el brasier, pero no me lo quito. Saco la mano y dejo que decida qué hacer a continuación.

Noah desplaza el peso de su cuerpo hacia un lado y me acaricia el hombro con los nudillos mientras mete el dedo por debajo del tirante del brasier.

—¿Quieres que te toque? —pregunta deslizándose un poco hacia abajo.

Se me escapa un gemidito, y Noah me quita la prenda del cuerpo y yo bajo las manos y me agarro con fuerza al saco de dormir sobre el que estoy acostada.

Tiene delante mis pechos desnudos y, mientras explora con calma hasta el último centímetro de mi cuerpo, su atención es como una caricia acalorada, igual que las exhalaciones lentas y pausadas que me abanican la piel.

Posa la boca en mi esternón y yo inspiro entrecortadamente.

—Dime dónde —me pide con delicadeza, y se me ponen los pezones como piedras puntiagudas.

Me acaloro, me sonrojo y Noah me mira a través de esas pestañas oscuras y frondosas. Separo los labios y él ladea los suyos en una sonrisa.

—Ahí está —dice con voz ronca—. Eso es lo que estaba esperando: el rubor.

Su mano me va dejando por el vientre un rastro abrasador que no se detiene ahí, sino que sube más hasta posarse suavemente, extendida, en mi cuello. Trago saliva y eso le produce una pequeña contracción en los dedos.

Me mira a los ojos y repite:

—Dime dónde.

Le sigo el juego.

—Ya sabes dónde.

—Pero...

Me muerde el vientre y me estremezco.

Pero quiere que se lo diga.

Alentada por su picardía, le ofrezco algo más retador.

Le paseo la mano por mi torso, sin prisa, y no le impido que meta los dedos por debajo del resorte de mi tanga.

Y ahí lo dejo, porque, aunque no conozco esta faceta de Noah, conozco a Noah.

Me mira enseguida, con los ojos entornados, y me cuesta contener la risita boba que me brota en la garganta.

—Ahí —digo.

Se le ilumina el rostro de agradecimiento y, con esa mirada, la chispa que me había brotado en las entrañas se convierte en una potente llama. Él lo sabe y alimenta ese fuego, atacándome con la boca el pezón derecho, aferrándose a mí como represalia. Sus labios empiezan a vibrar y yo me estremezco.

Subo las piernas y las junto con la intención de aliviar el dolor, y entonces él desliza la mano más abajo. Mi perdición.

Noah me acaricia más abajo, junta los dedos para no perderse ni un solo fragmento de piel en el descenso. Primero me cubre con la mano entera, aplicando una presión provocadora con la palma.

Cierro los ojos y él traza espirarles con la lengua alrededor de mis pezones erectos al tiempo que se pone de rodillas. Arrastra los labios húmedos por mi piel, prestando igual atención al pezón izquierdo.

Desliza la mano más abajo y su pecho se agita cuando la yema del dedo índice se topa con mi sexo.

—Caaarajo —suelta—. Abre.

Separo las piernas de inmediato.

Sus caricias son intensas y abrasadoras. Necesito...

Me besa e interrumpe mis pensamientos a la vez que responde a ellos cuando gime:

—Estoy a punto de palparte. Voy a saber lo calentita que estás, lo suave que...

Apenas lo ha dicho cuando lo tengo ahí, presionándome con pausada precisión.

Gimo de inmediato.

—De lo más suave —dice, y me muerde el labio—. Superhúmeda —añade, mordiéndome entonces la mandíbula.

Cuando retira la mano, abro de golpe los ojos, mis entrañas registran la pérdida, pero entonces se mete el dedo en la boca.

Se le encienden los ojos y me falta el aire.

—Un dulce espectacular.

Necesito venirme.

Vuelve a acercar la boca a la mía y me susurra:

—Estás a punto.

Me mete de nuevo los dedos, entrando y saliendo al tiempo que me presiona el clítoris con el pulgar, recorriéndome el cuerpo entero con los labios. Lo tengo en el pecho, en las costillas...

Por todas partes.

Necesito más.

Gimo, levanto las caderas, deseando que entre más, y, carajo, Noah me da lo que quiero. Empuja hasta que me noto la presión fuerte de su mano en mi sexo.

—Bésame —murmuro cerrando con fuerza los ojos. Vuelvo a gemir, y busco a ciegas el calor de su piel. Deslizo las manos por sus pectorales y empiezo a temblar—. Ahora, Noah.

Jadea y me da lo que quiero, me acaricia el clítoris sin parar, estrujándolo, presionando y aguantando cuando mi cuerpo se sacude debajo del suyo, tragándose los sonidos que brotan de mi garganta, sonidos que yo nunca me he oído hacer, que lo vuelven loco y generan fuegos artificiales en mi entrepierna.

La mano de Noah me abandona, pero sus besos no.

Se hacen más intensos, más apasionados, hasta que le grito en la boca, y entonces va frenando, como en sintonía con mi orgasmo, como si supiera de antemano la cima a la que iba a llegar mi cuerpo y el descenso lento y saciado que me iba a producir.

¡Que me iba a producir él!

Noah se acuesta a mi lado, pero yo no abro los ojos, aún no, y apenas unos segundos después empieza a jugar con los mechones de mi pelo mojado.

La necesidad de verlo se hace demasiado fuerte y, como

si lo notara, en cuanto lo miro levanta la vista despacio. Me pongo coloradísima y él sonríe satisfecho, y una carcajada grave se le escapa de los labios inflamados.

Entonces se incorpora y agarra la ropa que me había traído y que lleva un rato ahí tirada, me hace sentarme y me pone la sudadera. Me recorre el cuello con los dedos hasta recogerme todo el cabello y luego me lo libera de la gruesa prenda de algodón.

—¿Te ayudo con esto también? —bromea, y yo le arrebato los calzones que me ofrece.

—Pues no sé qué decirte... Aún me tiemblan las piernas, así que... —Le sigo el juego, y no me pasa inadvertida la sonrisita que dedica a sus pies mientras se pone unos calcetines secos.

Sale de la tienda para calzarse y, cuando salgo yo como puedo y vuelvo a cerrar el cierre de la puerta, lo veo volver de la cabina de la camioneta.

—Toma —dice, y me pasa un par de calcetines largos, que me pongo por encima de las «mallas de compresión», que no es más que una palabra bonita para *mallas de hombre*.

Me calzo yo también y me volteo hacia él.

Pasea la mirada por mi cuerpo, enfundado en su ropa, y se muerde el labio inferior. Me atrae hacia sí, ancla sus labios en los míos, pero los retira antes de que me dé tiempo a colgarme de su cuello.

—Vamos, si no empiezas a rodearte de otras personas...

—Si la frase termina con «Vamos a acabar en la tienda otra vez», te advierto que así no vas a conseguir que me mueva...

Noah suelta una carcajada y maldice al aire, y yo río y chillo cuando me agarra de la mano y me lleva a rastras al campamento.

Al llegar al claro, me sonríe y me estruja la mano antes de soltarme.

Él se va a la izquierda, hacia las hieleras, y yo a la derecha, hacia la fogata, y me llevo una silla conmigo. Cam está sentada al margen del grupo que rodea el fuego, así que me instalo en el hueco libre que hay a su lado.

Está escuchando lo que sea que hablan los chicos, pero, cuando mira hacia donde estoy yo, vuelve a mirar enseguida y gira el cuerpo entero para verme de frente. Ladea la cabeza y arquea una sola ceja rubia, preparándose para hablar, pero las palabras se le congelan en los labios cuando alguien me pone una cerveza delante.

Echo la cabeza hacia atrás y miro a Noah.

—Ay, gracias.

—De nada.

Se me olvida apartar la mirada y él se tapa la sonrisita con la botella de agua que se lleva a los labios. Luego se aleja y mis ojos viajan con él.

Cameron me clava las uñas en los muslos y yo me volteo para mirarla. Solo entonces cae en cuenta de que llevo una ropa enorme que no es mía, y el pelo completamente empapado.

—Amigaaa... —me dice agarrándose fuerte al respaldo de la silla y acercándose—. ¿Te ligaste al galán modosito? —susurra furiosa.

Sonrío y, sentándome con las rodillas dobladas y los pies debajo del trasero, niego con la cabeza. Ella entorna los ojos.

—Ha jugado a las marionetas con tus senos, ¿verdad?

Río a carcajadas, echando la cabeza hacia atrás.

Su aspaviento me hace bajar la cabeza y casi me caigo de la silla cuando me agarra por el cuello de la sudadera.

—¿Besa estilo vampiro? —bromea, recordando los chupetones de Kenickie en *Grease*.

Me llevo la mano al cuello y presiono con la yema de los dedos el sitio donde debe de estar, y reproduzco mentalmente el recuerdo de sus labios. Miro a Cam de reojo, me llevo la cerveza a los labios y mi chica levanta las manos en señal de alabanza y propone un brindis con su botella.

—Bien hecho, amiga.

Me invade una especie de felicidad relajante y me volteo hacia mi amiga.

—Háblame de los niños de tu clase de desarrollo infantil...

Cam sonríe de oreja a oreja, se voltea igual que yo y empieza a hablar. Nos pasamos más de una hora en las sillas, riendo y bromeando de todo y nada.

Poco después, Mason se acerca una silla, se sienta con nosotras y se suma a nuestra conversación y, claro, Brady y Chase lo siguen en cuanto nos ven a los tres juntos. Intercambiamos anécdotas que nos han contado nuestros padres de su viaje en grupo al extranjero, porque cada uno tiene las suyas, y hacemos planes para pasar Acción de Gracias en la casa de la playa con nuestros primos y nuestros amigos.

Mason saca los algodones de azúcar, y Brady y yo sacamos punta a unos palitos para poder asarlos con ellos. Después de comerme el primero, me aso otro y me topo con mi azul favorito al otro lado de la fogata. Noah me mira fijamente, rodeado de sus amigos, yo de los míos.

Sin apartar los ojos de los suyos, dejo que el dulce toque la llama antes de llevármela a la boca, pero no soplo.

Permito que la llama se haga más grande, más brillante.

Dejo que el calor se apodere de ella hasta que no es más que una bola de fuego.

Entonces la apago de un solo soplido rápido.

Lo tengo demasiado lejos para oírlo reír, pero sé que lo ha hecho.

Me guiña un ojo, y esa vez el guiño me llega al alma.

26

Arianna

Anoche esperaba que Noah me invitara a dormir en su tienda, pero, ni una hora después de morirnos de risa con los algodones de azúcar, Cameron ya estaba completamente agotada, y me tocó hacer de mejor amiga.

Aun así, puse la alarma a la hora a la que me había dicho que se iba a levantar, para poder ayudarlo a recoger y despedirme antes de que se fuera. Conociendo a los chicos, nos vamos a quedar aquí todo el tiempo posible, aprovechando hasta el último minuto antes de volver al campus. Son hombres de exterior, activos y aventureros.

A las seis en punto de la mañana, Noah sale del campamento rumbo a casa para ir a ver a su madre.

Con todo el sigilo de que soy capaz, recojo los últimos leños cerca de la camioneta de Brady y los dispongo con cuidado en forma de montículo afilado alrededor de un revoltijo de cenizas. Hay yesca de sobra ardiendo aún por debajo para que no tenga que usar la maleza hoy (está claro que algunos de los campistas se acostaron mucho más tarde que yo, porque esto sigue vivo todavía), así que me quedo acuclillada, observándolo para asegurarme de que arde de manera uniforme y que el fuego no se apaga antes de lo que queremos.

—¿Necesitas otro leño?

Me giro un poco y veo acercarse a Chase con las manos enterradas en los bolsillos de la sudadera y el gorro de lana medio colgando de la cabeza como si se le hubiera olvidado quitárselo cuando se ha levantado de la cama.

—Estos son los últimos.

Asiente y se acerca.

—Has madrugado. ¿Cam está bien?

Río y me pongo en pie.

—Babeándome la almohada la última vez que la he visto. La va a pasar mal en el trayecto de vuelta a casa. —Sonríe y sigue mis pasos—. ¿Me echas una mano? —le digo, señalándole los restos del *beer pong* de anoche, mientras saco dos bolsas de basura del cajón de plástico de debajo de la mesa de la comida.

Sin mediar palabra, agarra la bolsa y empezamos a recoger por lados opuestos, primero las latas vacías del suelo y luego lo de encima de la mesa.

—Echo de menos estas fiestas —dice Chase mirando al bosque—. Ya sé que solo hemos hecho tres campamentos sin padres, pero aun así. No me importaría hacerlo más a menudo.

—Menos mal que ya tenemos práctica, de cuando nos escapábamos a la parte trasera de la finca de los abuelos de Brady, porque, si no, nos vendríamos aquí solo con las tiendas y las hieleras.

Sonríe.

—Sí, descubrimos por las malas que, para acampar, hay que llevar leña, ¿verdad? Vaya desastre de excursión fue aquella.

—Tuvimos que irnos en plena noche y dormimos en la camioneta a la puerta de mi casa porque Mason se negaba a verle la cara de burla a mi padre cuando le soltara «Te lo dije» después de advertirnos que no estábamos preparados para ir por nuestra cuenta.

Chase ríe y asiente.

Lo miro con un aspaviento.

—¿Te acuerdas del verano de nuestro segundo año de la prepa, cuando tus padres nos dejaron hacer aquella fiesta en la piscina de su casa?

—Nuestro primer baño sin supervisión adulta.

—Nos costó dos semanas convencerlos y, al final, solo nos pusieron una condición... —le digo con una ceja arqueada.

Chase agacha la cabeza.

—Que no nos peleáramos.

—Sí, no nos peleáramos, y mira cuando llegan a casa y se encuentran precisamente a su hijo con un ojo amoratado porque tenías que coquetearle justo a la novia de Jake Henry.

Río al recordarlo, pero, cuando miro a Chase, lo veo contemplar molesto el reguero de cerveza que acaba de tirar a la tierra, así que cierro la boca y continúo recogiendo.

Al cabo de un momento, suspira.

—Llevabas un bikini nuevo en esa fiesta: rosa con rayas blancas.

Me giro para mirarlo.

Ah, ¿sí?

—Te subí a mis hombros para pelear en el agua contra Brady y Cam, y ganamos —prosigue, humedeciéndose los labios a la vez que me mira—. Me tiré al agua con la intención de soltarte, y eso hice..., pero luego volteé y te tendí la mano. —Me sostiene la mirada—. Te acerqué hacia mí y, sin decir nada, me rodeaste la cintura con las piernas. Sonreíste y te soltaste. Hasta que alguien me salpicó agua me di cuenta de que yo a ti no te había soltado. Aún te estaba abrazando. —Niego con la cabeza, confundida, y él me mira con un ojo y luego con el otro, nervioso—. Fue un total de diez segundos, cuando mucho —me dice—, pero bastó para que lo viera Mason.

—Estábamos jugando, celebrando una victoria —intervengo, tragando saliva—. No era nada.

—Era algo, Ari, y él lo sabía. —Frunce el ceño—. Tiene un buen derechazo.

Me noto una opresión cada vez mayor en el pecho.

—¿Fue Mason? Mason te puso el ojo morado...

Tengo mil cosas en la cabeza, busco angustiada el propósito, el significado.

De lo que hizo Mason y por qué.

De las palabras de Chase y de su razón para decírmelas.

—¿Por qué mentiste? —le digo, en voz más baja de lo que pretendía.

Se le ensombrece el semblante y, aunque agacha ligeramente la cabeza, no desvía la mirada.

—¡Ya supéralo!

Porque yo me habría enfadado.

Porque le habría devuelto el puñetazo a Mason.

Porque habría dado por sentado que le importaba más a Chase cuando estaba convencida de que no...

¿Entonces le importaba más? ¿Cuándo renunció a mí?

Me agacho con torpeza a recoger unas anillas de lata tiradas por el suelo.

—Arianna...

—¿Por qué me has contado eso?

—Porque me has dicho que le coqueteé a la novia de Jake y quería que supieras que no era cierto.

«Pero ¿por qué?», me dan ganas de preguntarle. Eso fue hace dos años, ¿qué más da ahora? No se lo pregunto porque ¿de qué iba a servir?

Dice que quería que lo supiera, pues genial: ya lo sé. No hay más.

Encojo un hombro con excesivo dramatismo y hago

todo lo posible por hacer desaparecer la conversación entera con un tonteo inocente.

—Pues es un alivio. Ella era una asquerosa y le pegaba muchísimo el arrogante de su novio, así que date por redimido.

—Un objetivo alcanzado —dice, siguiéndome la broma—. Aún me queda un montón más.

Alzo la vista, lo miro a esos ojos verdes, nos sonreímos y seguimos con lo que estábamos haciendo.

Chase y yo anudamos las bolsas y, cuando me mira de frente, lleva el gorro aún más subido, tanto que casi se le ha caído. Riendo en voz baja, me adelanto y se lo recoloco de un jalón. Lo miro a los ojos y él esboza una sonrisa rota.

—Gracias —masculla mientras yo me aparto.

Nos dirigimos a los contenedores de basura metálicos, situados a varios metros de distancia, pero el rechinido leve de unos frenos suena a nuestra espalda. Volteamos los dos y vemos a Noah deteniéndose en seco en lo alto de la colina.

—¿Por qué habrá vuelto? —me pregunto en voz alta, y doy un paso hacia él, pero paro enseguida y me giro hacia Chase.

—Será por algo que no quiere quedarse aquí —contesta, y mira fijamente un instante, volteando despacio hacia mí, y acto seguido me tiende la mano al tiempo que frunce el ceño. Indecisa, le paso mi bolsa de basura. Ya se ha ido cuando le suelto un «Gracias», así que doy media vuelta y subo corriendo la pequeña ladera.

Noah está mirando más allá, pero posa los ojos en mí en cuanto llego a él, y una sonrisita asoma a sus labios. Estoy a punto de preguntarle qué ha pasado cuando reparo en los dos cafés calientes que lleva en una bandeja de cartón y los dos sándwiches de desayuno que tiene en el tablero.

—No iba a dejar que incendiaras el bosque intentando

preparártelo tú —dice despacio, señalando con la cabeza el asiento que tiene a su espalda.

Me sale una carcajada y, agarrándome al marco de la puerta, me acerco a él.

—Gracias.

Noah me mira a los ojos, desliza despacio la mano en mi pelo y acerca mis labios a los suyos. Me besa despacio, de forma casi dolorosa, y me dan ganas de lanzarme encima de él.

Al cabo de un segundo suspira y dice:

—No quiero dejarte aquí.

Me encanta que diga siempre lo que siente. Nunca me deja con la duda y, si alguna vez lo hace, lo nota y resuelve mis inquietudes sin preguntar nada.

Me llevo la barbilla al antebrazo y susurro:

—Pues no lo hagas. —Me mira intrigado y yo sonrío—. No tengo por qué fastidiarte la visita. Me llevas a casa primero o me quedo en tu camioneta echándome una siesta, vuelvo a familiarizarme con la comida de cafetería... —bromeo.

Noah se humedece los labios.

—¿Te vendrías conmigo ahora?

Suspiro fuerte y me encojo de hombros.

—Me habría ido contigo hace media hora si me lo hubieras pedido.

Noah me agarra de la barbilla y yo aprieto los labios en una sonrisa.

—Ve por tus cosas, Julieta.

Me hago a un lado y abro la puerta del vehículo. Él me mira como si estuviera loca y se recuesta en el asiento cuando me agarro al volante y entro en la cabina por el lado del conductor, estrujándome el costado contra el volante.

—Soy buena campista, señor Riley: no saco nada de la bolsa, bien cerrada para que no entren bichos. Ya me la traerá Cam.

Me mira y me retiene con una mano en las costillas cuando intento pasar por encima de él.

—¿Y ya está?

Inclino la cabeza.

—Salvo que te preocupe mi aspecto de indigente, a cualquier cosa que decidas hacer conmigo, sí. Y listo.

Asiente despacio, extendiendo los dedos sobre mi vientre. Me sostiene ahí un momento y luego me suelta. Me siento a su lado.

Espera a que me abroche el cinturón y, en cuanto lo tengo, me pasa mi café.

—Supercaliente.

—Como a mí me gusta.

Noah sonríe satisfecho para sus adentros, me pone la mano en el muslo y solo me lo suelta cuando es absolutamente necesario.

El trayecto es tranquilo, lleno de risas y de anécdotas, y cuando por fin llegamos a la ciudad no me deja en casa. Toma la autopista opuesta, rumbo adonde está su madre.

Al llegar, baja de un salto y me da la mano.

—¿No te da vergüenza entrar con alguien con estas pintas?

—Ufff... —Me baja del vehículo y luego se aparta para mirarme mejor, con una sonrisita demasiado engreída—. Te queda mejor mi ropa que la tuya.

Se me escapa una carcajada, le doy un empujón y me adelanto, pero me alcanza enseguida y me susurra al oído:

—Y el chupetón del cuello que pensabas que no te había visto... Hay que buscar una forma de hacerlo más permanente, ¿eh?

Me detengo de pronto y él me deja con esa risa etérea, y solo se voltea hacia mí cuando ya está en la entrada, sosteniéndome la puerta para que pase primero.

Entramos los dos en el edificio, el uno al lado del otro,

tomados de la mano, y doblamos la esquina para entrar en la habitación de su madre, que nos sonríe contentísima.

—Estaba rezando para que vinieras con él hoy, y sí viniste... —reconoce—. Ven, siéntate, que tengo que contarte muchas cosas.

Me tiende la mano derecha, la mano operativa, así que suelto a Noah y esta vez me siento en la silla de enfrente. Le paso la mano por debajo de su mano izquierda y se la cubro con la otra. Se le llenan los ojos de lágrimas, pero parpadea para disimular, y me pone la mano libre encima de la mía.

No miro a Noah porque no podría hacerlo, pero no me cabe la menor duda de que me está observando. Noto el peso de su mirada. Me atraviesa, me abrasa el alma, donde sospecho que vive ahora un pedazo de él.

—Me gusta tu sudadera, me resulta familiar —bromea Lori, y pone cara de pilla cuando se me ponen las mejillas como dos tomates.

—A mí también, pero aquí hace bastante calor —dice Noah—. ¿Seguro que no te la quieres quitar? —añade, colocándose a la derecha de su madre con una sonrisa de oreja a oreja cuando yo le lanzo una miradita de «Te voy a matar» a la vez que me subo un poco más el cuello sin darme cuenta.

Me centro en Lori.

—Cuéntame lo más embarazoso que le haya pasado a Noah en toda su vida.

Noah suelta una sonora carcajada y su madre ríe también.

—Lamento decepcionarte, pero Noah nunca ha sido de los que pasan vergüenza. A veces es un poco callado, pero nervioso y vergonzoso... —Niega con la cabeza.

Miro con los ojos entrecerrados a Noah, que aún sonríe y se recuesta en el asiento, relajado y guapísimo.

—No, supongo que no —digo—. Lo cierto es que nunca te deja con la duda.

—De niño, sus amigos eran sus compañeros de equipo, así que cada año, cuando los niños crecían o pasaban al siguiente nivel escolar, los nuevos se hacían amigos suyos. Nunca tenía mucha actividad aparte de eso. Le gustaba estar en casa.

«Quería asegurarse de que no te quedabas nunca sola».

Ya de pequeño entendía los sacrificios que ella hacía, y creció con un gran corazón y una mente muy organizada, ambos fruto del amor y el apoyo incondicionales de su madre. No tenía a su alrededor un ejército como yo, pero la tenía a ella, y se aseguraba de que ella sintiera que con eso le bastaba.

Una ternura insoportable me oprime el pecho, pero procuro que no se me note, apoyando la barbilla en la mano abierta.

—Háblame de su primer entrenamiento de futbol americano.

—Lloró como un niño —contesta ella enseguida, y me hace reír—. Me suplicó que no lo obligara a ir, pero yo le dije: «Hijo, escucha...». —Lori sigue contando la anécdota y yo miro despacio a Noah.

Él me guiña un ojo, pero lo hace de otra forma, más tierna, y cuando mira a su madre me doy cuenta de una cosa.

Noah no es todo lo que son mis chicos para mí.

De algún modo es... más.

27

Arianna

—Brady dice que el partido de esta semana es muy importante para ellos.

Asiento y le doy la vuelta a la ficha. Se me cae el alma a los pies.

Me he vuelto a equivocar. ¡Mierda!

—Sí —contesto, y me dejo caer en el asiento de plástico—. Noah dice que la temporada pasada perdieron con este equipo en el tiempo de compensación y ahora están empatados para el primer lugar. —Miro la hora en el celular y empiezo a guardar mis cosas en la mochila—. Vamos, que, como no me tome una bebida energética o un café o algo, me moriré, y aún les quedan cuarenta y cinco minutos de entrenamiento.

Cameron se levanta de un brinco, lista para moverse.

—Ojalá pudiéramos irnos con ellos. Este es el tercer partido seguido que juegan fuera de casa.

—Entiendo, y encima esta vez van a estar tres días fuera. Se tarda catorce horas en llegar a Nuevo México por carretera. ¡Qué horror!, ¿no?

—Aaah, casi se me olvidaba: sé de una que va a tener síndrome de abstinencia de *quarterback*.

—O te callas o te empujo por la escalinata.

Riendo, bajamos juntas las escaleras del estadio.

Cuando nos acercamos al último rellano, Chase corre por el balón. Es un pase rápido que Noah le lanza con fuerza, pero a Chase se le escapa el balón entre los dedos, le rebota en la rodillera y cae en manos del defensor.

El silbato marca el final de la jugada y Chase se quita con rabia los guantes y, en vez de volver a la línea corriendo, como los otros, va caminando.

Noah les ofrece la mano a todos según llegan y todos le chocan la palma al pasar. Todos menos Chase, que, en cambio, le golpea el hombro y se recoloca en su posición.

Cameron se cruza de brazos.

—¿Qué ha sido eso?

Niego con la cabeza y veo que esa vez los receptores avanzan, cada uno marcado por un defensor. Chase se va hacia la izquierda, pero hay dos defensores que están haciéndole un marcaje fuerte. Noah encuentra un receptor de su equipo libre a la derecha, le lanza el balón y el otro lo atrapa.

Suena el silbato, los jugadores retroceden y Noah se voltea para hablar con los *linemen* mientras espera a que los demás vuelvan corriendo para la siguiente jugada, y yo inspiro hondo al ver que Chase lo empuja de nuevo, pero esta vez Noah ni siquiera lo estaba mirando, y tiene que dar un saltó para no tropezar con uno de los chicos, que está agachado atándose los de tacos. Noah voltea bruscamente y Chase choca el pecho contra el de su capitán, su *quarterback*. La gente grita y Noah le pone la mano en el pecho a Chase para mantenerlo a raya, pero el otro se la aparta de un manotazo.

Entonces Noah se quita furioso el casco, se gira enseguida hacia delante y señala con la mano el campo rival, pero Chase le replica. Ni siquiera un minuto después, Chase le pega un empujón, y de pronto el equipo entero está de pie, gritándole a Chase mientras Noah trata de calmarlos, pero el otro no se calla.

La norma número uno en el campo de juego es que el *quarterback* es intocable.

¿Qué está pasando?

—Vámonos —digo molesta, y me encamino hacia el túnel que lleva al estacionamiento.

—¡Ari, en serio! —me grita Cameron por espalda, y me alcanza poco después—. ¿No quieres esperar a ver qué pasa?

—No.

Sin mediar palabra, Cameron y yo salimos del estadio, y hasta que no llegamos a la cafetería del campus no se voltea hacia mí.

—Por si te niegas a reconocer lo que acaba de pasar, lo voy a hacer yo por ti —me dice pasándose los pulgares por las correas de la mochila—. Después del fin de semana pasado, resulta complicado fingir que no es obvio que Noah y están saliendo.

—¿Y...?

—Y... a lo mejor Chase y tú tendrían que hablarlo.

La miro perpleja y le suelto:

—¿Qué?

—No me vengas con esas. Nunca han hablado de lo que pasó.

—Claro que sí. Me dijo que había sido un error, y yo me embebí sus palabras como se embebe de aceite el papel de cocina. Parece que todo vuelve a ser normal entre nosotros, así que no me salgas con que la rabieta de hace un rato por un pase que no le han hecho tiene que ver conmigo, porque no, eso te lo aseguro.

Lo intenta, pero es incapaz de retener sus pensamientos.

—Yo solo digo que esto es, o podría ser, un poquito difícil para él, nada más.

—¿Qué es lo difícil exactamente, Cameron? —Me acerco a la barra y pido enseguida una bebida; ella hace lo mismo. Pagamos y nos vamos a un rinconcito para apartarnos del resto de la gente que espera—. ¿Que me haya pasado ¡meses! llorando por él o que ya no lo haga?

—Ari, eso no es justo —dice abatida.

—Lo que no es justo es que yo tuviera que perderme mis primeras vivencias universitarias con mi hermano mellizo porque sabía que su mejor amigo iba a estar ahí, compartiendo esos momentos con él, y no tenía estómago para estar tan cerca de él. Ni que me viera obligada a dejar que mi mejor amiga tuviera esas vivencias sola, cosas que llevábamos años planeando hacer juntas, por la misma maldita razón. —Se le empañan los ojos y yo niego con la cabeza y la agarro de la mano—. No estoy enfadada, Cameron. Tomé la decisión. Fue cosa mía, y no quería arrastrarte conmigo. Estuve bastante jodida un tiempo, y no sabía cuándo me encontraría mejor, pero...

—Pero ahora lo estás.

Esbozo una sonrisa de medio lado y asiento con la cabeza.

—Sí, ahora sí. Mi hermano ya no está enojado conmigo, o lo disimula muy bien, y Chase y yo podemos estar en la misma habitación sin que nos devore una bola gigante de tensión. Parece que todo va bien. Solo quiero centrarme en eso.

Cameron parpadea rápido para que no se le escapen las lágrimas, pero esta vez no son de tristeza. Ríe un poco y mira al techo mientras saca la lengua.

—¡Demonios, cómo me fastidia que te pongas en plan inteligente y razonable! —Sonríe y me abraza.

El barista nos llama para que recojamos el pedido. Lo tomamos y salimos por la puerta.

—¿Qué te parece si dejamos de ir al pub con los chicos, cenamos helado y vemos alguna porquería en la tele?

Le paso el brazo por la cintura y ella a mí por el hombro.

—Me parece un gran plan.

—Porque lo es.

Así que justo eso es lo que hacemos.

—Pues con estas llamaditas por FaceTime... —me susurra Noah sonriendo a la pantalla—. Igual no deberías provocarme como antes.

—Ah, ¿no? ¿Y eso por qué?

Noah reprime una carcajada y levanta los ojos por encima de la pantalla. Un segundo después, una voz que conozco bien grita desde algún sitio:

—¡Más vale que sea mi hermana a la que estás sonriendo, imbécil!

Me dejo caer en la cama, riendo y poniendo los ojos en blanco exageradamente.

—Seguro, compartes habitación con él, claro.

—Mañana juega casi todo el primer cuarto y quería repasar con él algunas cosas más sin que estuviera todo el mundo alrededor.

Me incorporo de pronto, pasmada.

—¿Es titular?

Noah sonríe.

—Sí, tenemos un plan de juego con el que creemos que los vamos a derrotar, y lo pondremos en práctica.

—¿Mi hermano es titular mañana en un partido universitario? —Me levanto de un brinco, voy corriendo al cuarto de Cameron y, en el camino, me doy un golpe en el dedo gordo del pie—. ¡Ay, carajo! —digo riendo; golpeo la puerta e irrumpo adentro un segundo después.

Se quita bruscamente los audífonos de diadema, aterrada.

—¡Mason es titular mañana!

—¿Qué? —exclama, y se levanta de golpe con torpeza y se cae al suelo, pero se incorpora al instante.

—¡Amiga, qué fuerte!

—Carajo, se lo has dicho, ¿no? —se oye preguntar a Mason, y yo vuelvo a mirar a la pantalla a tiempo para verlo asomar la cabeza al lado de la de Noah.

—¡Diablos! —exclamo sonriente, pataleando.

—Ya —contesta él, y se le escapa una risita de orgullo. Se me llenan los ojos de lágrimas y él se finge molesto—. Va, no empieces...

Reímos, y suspiro hondo.

—¡Dios mío, Mase! Lo vas a lograr.

—Las quiero, chicas —dice emocionado.

—Y nosotras a ti.

Mase desaparece y yo le chillo de alegría a Noah, que me mira fijamente con ojos tiernos.

—Vamos, te dejo que te vayas a la cama ya —me dice en voz baja.

—¿Con este notición? ¡Ni de broma! Voy a ver si encuentro a mis padres. Creo que es de día en Alemania, pero suspendí Historia dos veces, así que igual no.

Noah ríe y me comunica:

—Igual mañana no estoy accesible...

—Cara de partido. Me conozco la rutina a estas alturas —señalo mordiéndome el labio—. Anda, vete por ahí, Romeo.

—*For you, I will.*

Esbozo una sonrisa lenta.

—R&B de los noventa, me gusta.

La sonrisa de Noah es letal, y me dan ganas de meterme por la pantalla.

—Adiós, preciosa.

Me despido rápido con la mano y cuelgo.

Mañana mi hermano alcanzará otra de las metas que se había propuesto, y yo no podría sentirme más orgullosa.

Sé que se lo ha ganado, que es bueno de sobra, pero no puedo evitar pensar que Noah ha contribuido a que se le presentara la ocasión de ser titular, y Mason se ha agarrado a ella como a un clavo ardiendo.

—A ver, ya he sacado las alitas del horno, he volteado las patatas fritas en el recipiente y... he cerrado la puerta —dice Cameron saliendo un segundo de la cocina para poner el pasador.

—Yo ya he abierto las cervezas y he subido... el volumen —respondo tomando el control. Me acerco a la cocina para ayudarla a llevarlo todo a la mesita de centro, y justo entonces empieza el partido.

En la línea de banda, vemos a Mason ponerse el casco y jalarse del cuello del suéter mientras da saltitos con ambos pies para mantener a tope el flujo sanguíneo.

Nuestro chico cae en la yarda veinte y la ofensiva entra en el campo, liderada por mi hermano. Aplaudimos y vitoreamos, demasiado pegadas a la tele mientras explica la jugada a sus compañeros. Se separan, ocupan sus posiciones y, ni cinco segundos después, Mason grita *hike*.

Atrapa el balón, sujetándolo fuerte con las manos, y luego gira y finge que se lo va a lanzar al corredor, pero entonces retrocede, lo lanza y consigue un primer *down* rápido.

—¡Yujuuu! —gritamos aplaudiendo.

Se vuelven a colocar y esta vez Mason se mete por un hueco, corre otras once yardas más y, deslizándose sobre la cadera, evita el placaje.

—¡Sí! ¡Dos capturas, dos *downs* a la primera!

—¡Dios mío, esto les está pareciendo una maravilla a esos entrenadores ahora mismo! —dice Cameron sonriente, bebiéndose de golpe media cerveza.

Agarro la mía y veo que Mason echa un vistazo a la banda. Asiente con la cabeza y luego da media vuelta, señalando a la derecha antes de levantarse y plantar el pie izquierdo. Se entrega el balón y él retrocede, mirando hacia delante, pero el contrario hace un *blitz* y rompe su línea.

A Mason le hacen un *sack* por la parte posterior derecha y frontal izquierda. Gira el torso en la dirección contraria a las caderas y se le dobla la espalda. El casco sale disparado del impacto y Mason cae al suelo.

Cam y yo nos quedamos pasmadas varios segundos.

—¡No jodas!

—¡Me lleva el demonio!

Cunde el pánico y nos acercamos más a la tele.

—No, no, no.

—Ari, que no se levanta...

Cruzo las manos delante de mí, volteándome de un lado a otro.

—¡Levanta, Mase!

—Ari..., ¡¡¡no se levanta!!!

—Caraaajo...

Aparte del puñado de jugadores que estaba cerca de Mason, el resto del equipo está cayendo ahora en cuenta de que su *quarterback* no se ha levantado aún. Brady se abre paso entre los compañeros de equipo arremolinados en el campo y, en ese mismo instante, Chase sale corriendo de la banda.

Aprieto los dientes y se me llenan los ojos de lágrimas cuando el miedo que acaba de asaltar a los chicos me destroza por dentro a mí también. Se acercan bastante a Mason, pero a los dos los apartan enseguida varias personas del equipo de entrenadores del Avix. Brady y Chase gritan e intentan ver más allá del grupo de personas que van corriendo al lado de mi hermano, pero no los dejan pasar.

Brady se quita el casco, furioso, y lo levanta mientras replica a gritos, pero solo consigue llamar la atención de otros dos jueces de línea, que, a modo de escudo, lo retienen y lo hacen retroceder. Tira el casco al suelo y, agarrándose la cabeza, da media vuelta, y yo me tapo la boca con las manos.

Doy un salto cuando me vibra el celular en la mesita de centro y, con el pecho encogido, contesto.

—¡Papá! —digo aterrada.

—Arianna, tranquila —me pide en voz baja y serena—. Inspira hondo, que se escuche, vamos.

Lo intento, pero lo hago entrecortadamente y me noto una opresión en las costillas.

—No se mueve, papá.

—Lo sé, cariño. Lo estamos viendo. ¿Me tienes en manos libres?

Lo pongo en manos libres.

—Ahora sí —digo.

—Cameron, cielo, ¿cómo estás? —le pregunta con delicadeza, sabiendo sin preguntar que la tengo a mi lado.

Ella asiente con la cabeza, aunque él no pueda verla, mordiéndose las uñas.

—Ajá —contesta sorbiendo.

—Bien, eso está bien. Sus madres están las dos aquí mismo, y tu padre también, Cam, y los Lancaster —nos explica, y Cameron me estruja la mano.

Me siento en la mesita de centro y ella se queda de pie a mi lado. Miramos fijamente la pantalla mientras los médicos le estabilizan el cuello a Mason, otros tres se acuclillan a su alrededor y sus compañeros de equipo pululan por allí cerca.

—¿Mamá está bien? —pregunto moviendo nerviosa la pierna.

—Está asustada —me responde mi padre con sinceridad—. Como todos. Pero estamos juntos, que es lo que importa. Mason sabe que estamos con él, aunque nos encontremos en sitios distintos.

Sorbo los mocos y me levanto de un brinco cuando Noah sale al campo. Uno de los árbitros intenta retenerlo, pero él discute y yo contengo la respiración cuando su entrenador, parado a escasa distancia de Mason, lo divisa, se acerca corriendo, le dice algo y Noah le da una palmada en el hombro y corre hacia la línea de anotación.

—¿Qué hace? —susurra Cameron, y yo niego con la cabeza.

—¿Qué hace quién? —quiere saber mi padre.

Noah alarga el brazo y agarra la cámara gigante que hay a la derecha del poste de gol, y yo hago un aspaviento cuando la cadena de televisión divide la imagen y se ve un primer plano de la cara de Noah en la segunda mitad. Los comentaristas dejan de hablar de la trayectoria del golpe de Mason y empiezan a hacer suposiciones sobre lo que estará haciendo el *quarterback*, pero no tienen ni la menor idea.

Yo sí.

Porque, en cuanto sabe con certeza que Mason está vivo, Noah mira fijamente a la cámara, me mira a los ojos, y asiente con la cabeza. Se me agrieta todo por dentro, se me rompe y luego se me vuelve a fusionar. Me derrumbo en el sofá y las lágrimas me caen por las mejillas.

—Está bien —digo con voz ronca.

—¿A qué te refieres, cielo? —pregunta mi padre.

Cameron voltea de pronto la cabeza de la pantalla a mí.

—¿Cómo lo sabes?

—Por Noah —les digo a los dos—. Eso es lo que está haciendo: diciéndome que Mason está bien.

Cameron comienza a llorar y también se deja caer en el sofá.

—Carajo, adoro a ese hombre.

Se me escapa una risa ronca, y sonrío.

—Está bien, papá.

—Cielo..., no se mueve.

Cabeceo, pero apenas unos segundos después, Mason dobla la rodilla y el aspaviento de mi madre me forma un nudo en la garganta.

Los médicos se levantan y se sitúan a la altura de los hombros de Mason y, en cuanto lo hacen, él sube el brazo izquierdo para que todos los que lo ven sepan que está bien. Sale el cochecito al campo, pero no acuestan a Mason en una camilla. El público se vuelve loco mientras lo ayudan a ponerse en pie y luego lo colocan despacio en la parte de atrás. Se lo llevan y mis padres lo celebran al otro lado de la línea telefónica.

Hablamos otro rato y mi padre me promete que llamará si se enteran de algo más. Como Mason es mayor de edad, muy posiblemente no sepamos nada hasta que nos pueda llamar él.

Pasan horas hasta que vuelve a sonar el teléfono y, cuando lo hace, es Brady quien llama. Cam y yo nos apretamos para entrar las dos en la pantalla.

—Brady...

—Hola, chicas —dice en voz baja, con una sonrisa triste en los labios y Chase a su lado—. ¿Saben algo?

—Aún no, ¿y ustedes? —pregunta Cameron.

—Se lo han llevado a un hospital que hay a unos tres kilómetros de aquí para seguir el protocolo de posible conmoción cerebral, hacerle pruebas y esas mierdas. —Suspira—. Eso es lo que nos ha dicho el entrenador.

—¿Los dejan ir a verlo?

Abatidos, niegan con la cabeza.

—Vamos a tomar el autobús aquí, pero ha ido con él uno de los auxiliares. El entrenador dice que nos irá informando cuando pueda, pero, sin permiso de Mason, no le van a decir una mierda. Él piensa que igual lo han drogado, con lo que lo más seguro es que solo esté consciente a ratos.

—Tenían intención de sacarlo en camilla, pero él quería salir por su propio pie —dice Chase pasándose las manos por la cara sudada—. Creo que lo ha hecho por ti y por la familia.

Asiento.

—Sí, seguro. Nos han llamado. Lo estaban viendo.

—Caraaajo —dice Brady mirando a su espalda, a un lado y de nuevo al frente—. Uno de los compañeros dice que lo ha oído resollar y decir algo de las costillas, yo qué sé.

Vuelvo a asentir, mordiéndome el labio por dentro.

—Voy a llamar a mi padre. Si me entero de algo, les cuento.

—Y nosotros.

—Ari, se va a poner bien —me dice Chase mirándome a los ojos—. Se va a poner bien. Llámenos a Brady o a mí si..., bueno, si necesitan hablar.

—Eso haremos —contesto, y, mirando a Cam, le tomo la mano.

—Por lo pronto, intenten descansar en el autobús —tercia Cameron apoyando la cabeza en mi hombro—. No pueden hacer nada. No se preocupen demasiado.

Unas sonrisas sombrías asoman a los labios de los chicos, y Brady suspira.

—Nos vamos a la regadera, que dentro de poco tenemos que estar en el autobús.

—Vayan, ya les escribiré.

Entonces cuelgan, y Cam y yo nos desplomamos sobre los cojines.

Llamo a mi padre para contarle lo poco que he averiguado y él me explica que acaba de hablar al hospital, pero nada. Cameron y yo nos pasamos las siguientes horas paseándonos nerviosas, calentando y recalentando comida que vuelve a enfriarse cada vez.

Aún estábamos despiertas cuando ha salido el sol, pero en algún momento nos hemos quedado dormidas, porque de pronto me despiertan unos golpes en la puerta. Cam se levanta de un brinco, corre a abrir y entran enseguida Brady y Chase. Brady abraza a Cameron primero, y luego a mí.

—¿Saben algo? —pregunta esperanzado.

Niego con la cabeza y me volteo hacia Chase, que me abraza también.

—¿Cómo es que no ha llamado a nadie? ¿Y cómo es que el hospital no ha llamado a tus padres?

Cierro los ojos con fuerza.

—No lo sé. Nos hemos pasado la noche en vela, esperando, y nada. Estoy asustada.

—Claro... —susurra apretándome contra su cuerpo, y yo entierro la cara en su pecho—. Ya lo sé.

Alguien llama discretamente a la puerta que Cameron ha dejado abierta de par en par, y yo levanto la cabeza de golpe y veo a Noah en el umbral.

—¡Noah! —exclamo, y se me relajan todos los músculos.

Voy corriendo hasta él y se dibuja en mis labios una pequeña sonrisa cuando entra, y me envuelve despacio con los brazos en cuanto me arrojo a ellos.

Comienzo a llorar, pero él me susurra al oído:

—Chisss, Julieta, te va a oír llorar.

Levanto la cabeza de golpe y, cuando lo miro extrañada, veo que sus ojos se enternecen. Me suelta y acerca el celular para que lo veamos los dos.

—Ya estoy con ella —le dice al hombre plantado, incómodo, al otro lado de la videollamada, que cabecea y pulula por ahí arrastrando los pies. Se oye un clic y cambia la cámara, y llena la pantalla la imagen de Mason acostado en una cama de hospital.

Se me escapa un sollozo y le arrebato el celular a Noah.

—Mase...

—Hola, hermanita —me saluda con voz baja y una sonrisa forzada en los labios.

—Estás bien —digo llorando—. ¿Estás bien?

Ríe, pero en cuanto lo hace se queja y aprieta con los puños la manta que tiene encima.

—Sí, estoy bien.

Cameron se cuela en la imagen, apretujándose a mi lado, y luego se suman los chicos también, todos amontonados. Mason nos mira a todos y se le ponen los ojos llorosos, así que aparta la vista.

—¿Qué pasa, me extrañan, chicos? —bromea Mason con gratitud en sus ojos cafés.

—Pues claro, hombre, hemos venido directo aquí —contesta Brady, porque sabe que eso es justo lo que Mason necesita de sus mejores amigos—. Nada más bajar del autobús.

Mason asiente y se mira el regazo; luego se humedece los labios y vuelve a mirar a la pantalla.

—Dos costillas rotas y... —se aclara la garganta— una luxación de hombro. Voy a estar sin jugar por lo menos cuatro semanas, igual más —añade, y le vibra el músculo de la mandíbula.

No decimos nada porque conocemos a Mason. No quiere oír hablar del asunto. Se ha resignado y listo.

—Vaya forma de eludir de los entrenamientos, imbécil —bromea Brady, aunque se haya forzado a hacerlo, pero Mason sonríe, y de eso se trata.

—Ari, no les digas nada a mamá y papá. Ahora los llamo yo, pero a mamá le voy a decir que estoy magullado y necesito descansar, y solo eso.

—¿Seguro?

Asiente.

—No quiero que se preocupen ni que abandonen el viaje para el que se han pasado los últimos cuatro años ahorrando.

—No me extrañaría que mamá ya hubiera comprado los boletos de vuelta.

Sonríe.

—Sí, más vale que cuelgue y la llame enseguida.

—¿Cuándo vienes a casa?

—Me dan el alta ahora mismo, estoy esperando los papeles. Este tipo —dice señalando al hombre que sostiene la cámara— me ha prestado unas sudaderas y eso para que me vista, y el entrenador me ha conseguido un vuelo a casa. Es un vuelo chárter... Un estudiante que estaba viendo el partido, vio la lesión y le avisó... Así no tengo que esperar en el aeropuerto con estas fachas.

—Bien. ¿A qué hora vamos a recogerte?

Niega con la cabeza y luego pone cara de angustia.

—Voy a llamar a Nate. Le voy a pedir que venga por mí y me lleve a la casa de la playa.

—¿Qué? ¿Por qué?

—Tengo que estar tranquilo un par de semanas, Ari. No voy a poder moverme de la cama, y eso no lo puedo hacer en la casa del equipo.

—Quédate aquí. Yo te ayudo.

—Tú tienes clase, y tenemos una casa entera desocupada. No voy a hacer otra cosa que dormir y estar por ahí acostado. Por allí andan Lolli y Nate, y Parker y Kenra... Y Payton. Si necesito algo, los tengo a ellos.

Me fastidia, pero accedo. Le digo que de acuerdo cuando, en el fondo, se lo quiero discutir, y él lo sabe, y por eso esboza una sonrisa.

—Ari...

—Que sí —repito, encogiéndome de hombros y sorbiendo—. Pero, como no me contestas el teléfono, ¡una sola vez, Mase!, te juro que me subo al coche y me voy para allá.

—Hecho —responde con el semblante enternecido, y suspira, echando la cabeza hacia atrás cuando se le empiezan a empañar los ojos.

Me parte el corazón.

—Mase...

—Los quiero, chicos —me interrumpe.

—Y nosotros a ti.

—Les llamo luego —dice—. Cuelga —añade volviendo a mirar al que sostiene la cámara.

Cuando termina la llamada, se me encoge el cuerpo entero, tiro el celular a la encimera y me tapo la cara con las manos.

—¡Maldición!

Alguien me pone las manos en la espalda y me masajea en círculos.

—¿Seguro que está bien? —pregunta Cameron preocupada.

—Es Mason —contesta Brady—. Yo no esperaba otra cosa de él en una situación así.

Volteo y veo a Chase a mi lado. Asiente, coincide con Brady.

—¿Quieres que nos quedemos? —me dice apenado.

Pero yo niego con la cabeza con un suspiro.

—Váyanse a casa, chicos, que tienen cara de haber dormido tanto como nosotras.

—¿Seguro? —insiste bajando la voz, pero yo asiento, y la mano que tengo a la espalda, que es suya, baja a su costado.

Los chicos se agachan para tomar sus bolsas del suelo y después se giran hacia nosotras.

Cameron me mira.

—Me acaba de escribir Trey... ¿Quieres que me quede o...? —pregunta mirando a Noah de reojo.

—Vete, ya estoy más tranquila —contesto rascándome el ojo izquierdo de agotamiento.

Luego miro a mi espalda, a Noah, que se ha apartado bastante y ahora está recostado en la pared. Me giro hacia él y se incorpora despacio y se acerca. Nos encontramos a medio camino y él me pasa el pelo por detrás de la oreja.

Me mira fijamente, con esos ojos azules rebosantes de preocupación, y yo asiento y le aprieto un instante la muñeca.

«Ya estoy mejor, te lo juro».

Él da una sacudida brusca con la cabeza, como acusando recibo de mi mensaje.

—Gracias —le digo con la voz quebrada.

Noah niega con la cabeza, no quiere aceptar mi respuesta porque su intención no era hacerlo para que se lo agradeciera. Lo ha hecho porque sabía que yo lo necesitaba, y él podía ofrecérmelo.

—Nos vamos yendo a casa, chicas.

Les echo un vistazo y asiento.

Chase mira al frente mientras sale por la puerta y Brady le hace un saludo militar a Noah en señal de agradecimiento.

—Llámame luego, Aribaby —me pide muy serio.

—Claro —contesto, y abrazo deprisa a Cameron, que cierra la puerta al salir.

En cuanto se van, me giro hacia Noah y las emociones me vencen de nuevo. Me brotan las lágrimas, así que me doy la vuelta y me aprieto los ojos con los dedos.

—Perdona —susurro procurando contener el llanto que me nace en la garganta.

—No te disculpes ni te escondas de mí. —Me rodea y, una vez delante de mí, me estrecha contra su pecho—. ¿De qué te sirvo si no puedo abrazarte cuando lo necesitas?

—Se me ocurren un montón de cosas —digo riendo entre lágrimas. Luego suspiro y lo miro a los ojos—. Es solo que estoy preocupada. Mason no es Mason sin el futbol, y ese empeño en que no nos preocupemos no es más que un indicio de que hay algo de que preocuparse.

Con los pulgares me limpia despacio las lágrimas.

—Igual necesita un par de días para enojarse y digerirlo...

Asiento, y ladeo la cabeza para besarle la mano. Él esboza una sonrisa y yo suelto un suspiro hondo.

Apoya la frente en la mía.

—Me has estado escribiendo toda la noche. ¿Has dormido algo?

Me encojo de hombros.

—Recuerdo que ha salido el sol y luego los chicos han tocado a la puerta.

Me envuelve las mejillas con sus manos fuertes y cálidas.

—Deberías intentar dormir un poco —dice, y me suelta, retrocede para tomar su celular y se lo guarda en el bolsillo.

Lo sigo a la puerta y, con la mano ya en la manija, se da la vuelta para mirarme.

—¿Me llamas cuando te despiertes? Puedo venir a prepararte algo, traerte café...

Gira la manija y abre la puerta, pero yo la retengo antes de que se separe del todo del marco, y Noah me mira de pronto a los ojos. Se me encoge el pecho mientras deslizo la mano hasta la suya y la separo del metal frío.

Noah frunce ligeramente el ceño, algo extrañado, pero no se opone cuando cierro la puerta, y tan solo se oye el clic de la cerradura. Infla el pecho con una inspiración honda y yo me pongo de puntitas y se la robo de los labios.

Me entierra los dedos en el pelo y me devuelve el beso, de forma apasionada, voraz. Sanadora.

Necesito esos besos.

Lo necesito a él.

Abrimos los ojos a la vez y él debe de ver algo en los míos, porque ese súbito descubrimiento lo estremece.

Se me desboca el corazón mientras le acaricio los brazos hasta llegar a las manos. Entonces entrelazo sus dedos con los míos y le susurro:

—Quédate.

28

Arianna

Noah no dice una palabra, pero tampoco retrocede, ni yo esperaba que fuese a hacerlo. Mantiene los ojos clavados en los míos, y yo me lo llevo a ciegas a mi cuarto y, con cada paso, aumenta su extrañeza.

Al llegar a la puerta, se detiene, y esos ojos de intenso azul me exploran, así que lo suelto, me aparto medio metro y me levanto la camiseta. Despacio, me la quito y la tiro al suelo, entre los dos. Noah me mira y luego mira la prenda, y cuando me llevo las manos a la espalda y me desabrocho el brasier, levanta la vista de golpe.

—Si entro en esta habitación...

—Entra, Noah —le digo en un susurro ronco.

Aprieta la mandíbula y avanza, y lo hace con presición. Me envuelve la nuca con la mano izquierda y me acaricia la mejilla con la derecha, pegando su cuerpo caliente al mío. Baja la boca a la mía, pero en el último segundo la evita y ancla sus labios en mi mandíbula.

Succiona con delicadeza, tentándome la piel con sus labios suaves hasta llegar a ese punto sensible del cuello. Ahí me da un mordisquito y yo jadeo, y le subo al pelo la mano izquierda.

No me doy cuenta de que me ha hecho retroceder hasta que con la corva de las piernas me topo con el borde de la cama, pero, cuando me dispongo a acostarme con él, Noah muerde más fuerte y yo me estremezco entera.

Me lleva las manos a la espalda y me baja el brasier por los brazos. Se descalza y, en el momento en que le agarro la camiseta, se agacha para que se la quite, pero me planta los labios en el vientre y la camiseta se le enreda en la cabeza.

Ríe pegado a mi piel y yo presiono firmemente los dedos de los pies en la alfombra.

—Yo sé de alguien que tiene cosquillas —dice apretándome las caderas.

Lo vuelvo a intentar, y esta vez consigo quitársela, y sonrío cuando me mira un segundo.

Se levanta y, al hacerlo, me lleva consigo, tomándome por debajo de los muslos. Le enrosco las piernas al cuerpo y él sonríe satisfecho y acerca sus labios a los míos. Me besa fuerte, gimiéndome en la boca en cuanto lo jalo del pelo. Clava una rodilla en el colchón y luego la otra, y me mira un segundo.

—No sé si entiendes el efecto que esto está a punto de tener en mí —dice solemne y rotundo, con una mirada oscura y pausada, prometedora.

Hipnotizadora.

Me agarro más fuerte y él acomoda las rodillas en el colchón.

—Quiero contarte una cosa —le suelto de pronto.

—Dime.

Bajo la mirada.

—Es que me da vergüenza...

Levanta una mano y me acaricia con los nudillos el hueco del cuello, provocador, levantándome la cabeza hasta que me veo obligada a mirarlo a los ojos.

—Cuéntamelo de todas formas.

Lo dice con tal desesperación que casi duele.

Paseo los pulgares por su labio inferior y me acerco a su oreja.

—Pensaba en ti —le susurro—. Cuando no estabas..., pensaba en ti. Por la mañana, por la tarde y por la noche. —Le beso el borde de la mandíbula—. Sobre todo por la noche...

Le suena el pecho con las carcajadas, y enreda sus dedos grandes en mi pelo y jala suavemente hasta que levanto del todo la cabeza, hasta que nos miramos, y se le acentúan las arruguitas de las sienes.

Trago saliva, y él me mira un segundo el cuello, pero luego vuelve a mis ojos.

—Me preguntaba cómo sería tenerte en mi cama —reconozco, y el ardor de sus ojos me emborracha, me envalentona—. He soñado con ello..., fantaseado con ello. —Se estremece de deseo—. Tanto que me dolía —ronroneo—. Y tenía que...

—Tocarte —dice, y baja la frente a la mía y pasea la lengua por mis labios—. ¿Tenías que tocarte?

Asiento con la cabeza.

Despacio, Noah me acuesta en la cama, me suelta las manos y las piernas de su cuerpo. Luego desliza las manos por mis muslos, me agarra los shorts y me los quita, y se lleva la tanga con ellos. De nuevo a cuatro patas, planta las manos en el edredón, junto a mis costillas, y me dice:

—Enséñame cómo.

Noah

Abre mucho esos ojos dorados y su cuerpo perfecto se tensa un poco, así que la tranquilizo. Le cuento lo que se ha estado cociendo en mi cabeza y alineo mi boca con la suya.

—Yo he hecho lo mismo, Julieta —reconozco—. En la

regadera, en la cama... —Le cuelo la lengua entre los labios y ella me suplica más, con insistencia, sin palabras—. En mi cama.

Abre de pronto los ojos, en busca de un engaño que no va a encontrar. Despacio, pero sin vacilación, se acaricia la clavícula y el rubor le sube por todo el cuerpo cuando hace que su mano descienda y se pierda entre sus piernas.

Me vibra el cuerpo entero, se me pone dura y me aprietan los jeans.

—Cuéntame lo que yo te hacía —le susurro.

Se pone roja, pero cierra los ojos y contesta:

—Primero me besabas el cuello. —Bajo los labios a su sitio favorito, justo en el centro del lado izquierdo—. Y luego me arañabas la piel con los dientes hasta llegar al hombro. —Sigo ese recorrido, lamiendo en las pausas, y ella inspira hondo. Me roza con los nudillos los pantalones mientras se toca, y yo tenso todos los músculos, desesperado por sentir el contacto de su cuerpo con el mío—. Luego bajabas, pero no del todo. —Le atrapo el pezón con la boca y, despacio, describo círculos con la lengua. Succiono un poco más fuerte que antes. Gime y se retuerce debajo de mí—. El cierre...

Mueve más rápido la mano y abre de golpe los ojos al oír el sonido de mis jeans cuando me los desabrocho. Baja la vista y se queda pasmada en cuanto sus ojos aterrizan en la erección debajo de mis calzoncillos.

Me desprendo del resto de la ropa y ella hunde la cabeza en la almohada. Tensa los muslos y empieza a cerrar las piernas, buscando la presión que le produce el apretarlas, pero, cuando me bajo un poco, mi erección descansa en la parte exterior de su muslo y sus músculos se relajan.

Entonces me mira a los ojos.

—Esta vez no usabas la mano —dice, y se le encienden las mejillas mientras se toca el clítoris con los dedos, y le tiemblan las piernas a medida que se acerca al orgasmo.

Cambio de postura una vez más y en esta ocasión hinco una rodilla entre sus piernas. Luego bajo los labios a los suyos y susurro:

—¿Y qué hacía, entonces? —Gime, y yo meto la mano entre los dos, agarro la suya y se la pongo por encima de la cabeza, a la vez que coloco la otra rodilla entre sus piernas—. Dime qué hacía.

—Pegabas tu cuerpo al mío.

Bajo completamente y los dos gemimos cuando nuestros cuerpos calientes se tocan por primera vez.

Aprieto la mandíbula y entierro la cara en su cuello. Llevo la mano a su sexo, está empapada, y eso me excita de inmediato. No lo puedo evitar: me mezo contra su cuerpo.

—Sí —gime—. Justo así.

Clavo los dedos en el edredón.

—¿Y te hacía esto? —pregunto, y me retiro un poco, recorro su cuerpo con mi erección, presionando hacia delante un poco más, y se me contraen los muslos.

—Sí —contesta con voz ronca, moviendo la cabeza hasta anclar los labios en mi cuello. Succiona, muerde y susurra—: Y luego, despacio, te me metías dentro. —Le doy un mordisquito yo también, y ella levanta las rodillas y se pega a mis caderas—. Métete despacio, Noah.

Me vibra el pecho y se me contraen los músculos de deseo.

—No quiero hacerte daño.

Pone una cara tierna y me sujeta las mejillas, negando un poco con la cabeza.

—Eso no va a pasar —murmura atrapándome los labios con los suyos. Su beso es tierno y dulce, pero su voz, cuando me repite la petición, es de lo más sexi—. ¡Métete!

Me aparto y lo hago.

Entro en ella despacio y hasta el fondo.

Gime y estira el cuello hasta posar los ojos en la pared que tiene a su espalda, y yo me elevo y contemplo a la diosa que tengo delante. Asoma los ojos por encima del puente de la nariz y me mira fijamente mientras la lleno del todo, por completo.

La ternura que la embarga me acelera el pulso, y cuando, con el siguiente aliento, se dibuja en sus labios la más sedosa de las sonrisas, listo: estoy perdido.

Muerto.

Hace tiempo que lo estoy.

Me mezo contra su cuerpo, entro y salgo, lento y constante. Mis embestidas son largas y profundas, una tremenda tortura. Una especie de dulce agonía que necesitaba muchísimo.

Ari me enrosca las piernas a la cintura y me presiona con los talones la parte inferior de la espalda, llevándome hacia delante.

Se acelera nuestro ritmo y ella se vuelve más ruidosa.

Lo son sus gemidos, sus jadeos.

El latido de su corazón.

Poso los labios sobre el órgano completamente desbocado y ella me presiona la nuca, así que le doy lo que quiere: los dientes.

Muerdo, y ella grita.

Lamo, y se estremece.

Succiono..., y se hace pedazos.

Se tensa, y se me agarra fuerte con los brazos cuando empieza a venirse. Pero intenta aguantar, acercando mis labios hacia los suyos. Me besa con ganas, voraz, persiguiéndome, y yo le correspondo.

Yo entro y salgo, giro las caderas, trazo círculos y empujo, procurando tocarle el clítoris con mi cuerpo, tanto como el sexo. Sigo excitándola, alargándole el orgasmo todo lo posible mientras ella jadea sin control.

Se aparta de pronto, vuelve a buscarme la oreja; su voz es un grito entrecortado, su cuerpo, un manojo de tensión que va liberando en sacudidas bruscas. Quiere seguir, se resiste a ese final que anhela con desesperación, pero termina por romperse. Despega muchísimo la espalda de la cama y suelta unos gemidos crudos y enloquecedores mientras levanta las caderas contra mi cuerpo, queriendo que la penetre aún más. Entonces abre la boca y tartamudea:

—Y l-luego m-me venía.

—¿Conmigo dentro? —digo con voz ronca, doblando las rodillas para sentarme con los tobillos pegados al trasero, dejándole las caderas en el aire.

—S-sí. —Se acalora y mi cuerpo se contrae, cada vez más caliente. Ari se echa bruscamente hacia delante y me atrapa con la boca el labio inferior, clavándome sus ojos aturdidos en los míos mientras susurra—: Y luego te vienes tú también.

Y eso es mi perdición. Me empuja al vacío. Sumido en el trance que me produce la chica de los sueños más alocados que jamás me habría atrevido a soñar, me vengo. Fuerte y largo.

Su interior se contrae a mi alrededor, y yo gimo, y me tiemblan las extremidades.

Mantengo la postura hasta que los dos, con el cuerpo empapado en sudor, volvemos a respirar con normalidad.

Solo entonces salgo de su interior, y nos acostamos en el colchón.

Sus ojos no se apartan de los míos y, tras unos minutos de silencio, empieza a mordisquearse el labio por dentro, cruza las manos bajo la nuca y se voltea para mirarme de frente.

Extiendo la mano y le libero el labio de la tortura a la que lo está sometiendo.

—¿Qué?

—¿En serio pensabas en mí? —Río en voz baja, pero asiento contra la almohada—. ¿De verdad te... tocabas... imaginándome a mí?

Vuelvo a asentir, deslizando la mano por debajo de su cuello y a lo largo de su hombro. Solo esbozo una sonrisa pícara cuando ella deja de disimular la suya y me susurra justo lo que yo sabía que me iba a decir.

—Enséñame cómo...

La complazco.

Y estoy convencido de que siempre lo voy a hacer.

29

Arianna

Meto la mano por debajo del edredón, pero Noah me la atrapa arqueando una ceja.

—¿No se supone que ibas a dormir un poco? —me dice con una seriedad fingida.

—Ya dormiré cuando sea vieja.

Riendo, baja de la cama, exhibiendo ese espléndido cuerpo desnudo. Se pone los calzoncillos y los jeans, y se voltea hacia mí con la camiseta en la mano. Luego da unas palmadas en el borde de la cama, así que repto hasta allí y él me pone la camiseta, me da un beso tierno en los labios y, acto seguido, me cuelga de su hombro.

Chillo e intento taparme el trasero, pero él extiende la mano y me da una nalgada del lado izquierdo mientras me lleva a la sala, de modo que me rindo y disfruto del tacto caliente de sus manos.

—Si no vas a dormir, por lo menos déjame que te alimente, porque hace una hora que te ruge el estómago.

Me deja en el sofá y esboza una sonrisa pícara al vislumbrar algo cuando su camiseta se me enreda en la cintura. Me pasa una manta por la cabeza y se va a la cocina.

Incapaz de reprimir una sonrisa, me acurruco en los

cojines, me tapo con la manta hasta la barbilla y pongo en la tele el partido de anoche. Sigo por donde lo dejamos... justo después de que sacaran a Mason del campo en el cochecito, porque entonces estábamos ya demasiado preocupadas para continuar viéndolo ni un segundo más.

En cuanto inicio la reproducción y los comentaristas comienzan a hablar, Noah hace lo mismo, y la ternura de su voz me calienta partes del cuerpo que no puedo negar.

—No hace falta que lo veas —me dice.

Me humedezco los labios, con los ojos clavados en la pantalla.

—Mi chico es el *quarterback* —contesto sonriendo detrás de la manta—, así que sí, hace falta.

Noah no dice una palabra, pero sé que también está sonriendo, y eso hace que se me ensanche la sonrisa a mí.

No tengo ni idea de qué hace Noah, porque, cuando quiero darme cuenta, me despierto en una habitación oscura, y él se ha ido.

Me bebo un vaso de agua, me meto en la regadera y me quedo parada debajo del chorro de agua tibia hasta que se enfría, repasando mentalmente la mañana una y otra vez.

Cuando salgo, entro en la cocina, tomo el celular de la encimera y me encuentro un mensaje de Noah.

Romeo: He intentado despertarte
para decirte que tenía que
marcharme, pero ni te has inmutado.
Y, sí, te he tomado el pulso. Tienes
la comida en el microondas.

Se me escapa una risa.

Romeo: Voy a ver a mi madre. A las
siete, el equipo ha quedado en un

pizza pub que hay a unas manzanas
del campus. Dime si quieres ir.

Pienso en que mi hermano no va a estar ahí y siento una punzada en el pecho, pero seguro que se enoja si no voy porque él no puede, aunque le repatee imaginarme ahí con un montón de tipos.

Solo que voy a estar con Noah. Y también estarán Brady y Chase.

Así que le digo que sí.

En el microondas me encuentro dos burritos de huevo y queso, porque poco más se podía hacer con lo que había en el refrigerador. Como ya son las cinco de la tarde, caliento solo uno y dejo un hueco para la pizza de más tarde.

Le hago un FaceTime a Mason y me alivia ver que ya está en casa, instalado en su cama con un plato gigante de pan francés que le ha llevado Lolli.

Sonríe y tiene mejor color que esta mañana, aunque siga pareciendo agotado, pero solo hace un día de la lesión, por lo que cuelgo animada y con ganas de ponerme y arreglarme con tranquilidad.

Me dejo el pelo suelto, con mis rizos grandes y sueltos, y me pongo sombra brillante en los ojos, que resalto con un perfilador oscuro. El lápiz de labios es tan rojo como la camiseta, y los vaqueros que llevo son de tiro largo y ajustados.

Acabo de terminar de atarme las botas negras cuando viene Noah a recogerme. Esos preciosos ojos azules lo delatan: lo que menos quiere en estos momentos es salir del departamento.

Ladea la cabeza y abre la boca, pero lo único que sale por ella es una risa ronca. Reprimo una sonrisa y salgo por la puerta.

El pizza pub es un establecimiento familiar adorable. La mujer de pelo cano que está al otro lado de la barra es amable y acogedora, con una boca audaz que me recuerda a la de mi abuela.

La comida es deliciosa y abundante, que es la clave del éxito con una treintena de atletas rondando por allí, varios de los cuales se me acercan para preguntarme por mi hermano, y a todos les digo lo mismo: que está bien, descansando y deseando volver al campo. Seguro que Brady y Chase les contaron algo parecido al llegar a casa, pero a los chicos alcoholizados les gusta hablar con las chicas. Estoy convencida de que esas preguntas son una excusa para abordarnos a Cameron y a mí y a las otras chicas que han migrado en nuestra dirección. No tarda en sonar en la rocola algo lento y seductor, y los chicos borrachos apartan unas cuantas mesas. Poco después soy la única que sigue sentada, porque todas las demás se han levantado a bailar con ellos.

Noah intenta volver conmigo, pero Trey lo engancha en cuanto queda libre una de las mesas de billar. Me mira, pero lo dejo ir.

—Ve —le digo sonriente—. Lleva persiguiéndote para que juegues con él desde que hemos llegado.

Entonces se me acerca Brady y me pone delante una cerveza recién salida del barril.

—Bébete esto. Sé que lo de anoche te dejó hecha polvo, porque yo estaba roto.

—No te lo voy a negar. —Brindo con él y le doy un sorbito—. ¿Has vuelto a hablar con él?

—Nah, no quiere hablar con nosotros aún. Le doy dos días y ni un minuto más.

—Seguro que no espera nada menos —contesto sonriendo, y doy otro sorbo a la cerveza. Luego deslizo la mirada por encima del hombro de Brady y me inclino hacia delante—. No mires ahora, pero acaba de entrar por la puerta una chica que me es familiar y me parece que te ha visto.

Brady gira el cuerpo entero y a mí me da risa. La chica

mira enseguida a otro lado y se pasa el pelo por detrás de la oreja. Satisfecho, me vuelve a mirar.

—Es la chica tímida de la biblioteca, ¿no?

—Eso es.

—Uyyy... —susurra, y termina la bebida rápido y la deja encima del mantel con gran estruendo. Luego se levanta y se agacha—. Y, según tú, estaba a punto de conseguir algo.

Riendo, me despido de él con un saludo militar y ni un segundo después Chase se deja caer en el asiento de al lado. Se pone cómodo y casi se escurre, pero enseguida se endereza, con una sonrisa ebria en la boca.

Entretenida, frunzo los labios.

—¿Te encuentras bien?

Asiente, bebe otro sorbo y se gira hacia mí.

—Hola.

—Hola —contesto riendo.

—¿Estás con él?

La diversión se me atraganta de pronto y, aunque abro la boca, no sale de ella ni una palabra. La pregunta, tan repentina e inesperada, me ha dejado de piedra. Me atraviesa con la mirada y siento que se me contraen los músculos.

—¿Me lo estás preguntando en serio?

—¿Por qué no...? —Frunce el ceño—. ¿Por qué no me contestas sin más? Por favor.

Una vacuidad aterradora se apodera de mí, pero asiento.

—Sí, estoy con él —respondo con firmeza, segura de mí misma, y sé que lo nota.

Chase agacha la cabeza y empieza a dar golpecitos en la mesa con los nudillos.

—De acuerdo —dice, mira a un lado y se va.

Lo veo marcharse y me inunda una especie de tristeza, pero la supera con creces el alivio de haber despejado la duda por fin.

Cameron ocupa el sitio de al lado y me observa expectante.

—Quería saber qué hay entre Noah y yo.

—¿Y...?

—Y le he dicho la verdad: que estamos juntos.

Cam suspira de alivio.

—Bien. Eso está bien. Igual solo necesitaba asegurarse de que estabas bien.

Le doy la razón, pero poco convencida.

—Sí.

Tal vez.

Unas cuantas horas y varias jarras después, en el local hay un alboroto que era de esperar, pero la recarga de energía que he conseguido volviendo a la cama esta mañana se me empieza a agotar. Apoyo la cabeza en el hombro de Noah y él me masajea la espalda.

—¿Te quieres ir ya?

Lo miro.

—Sí, pero quédate tú si quieres —contesto, y miro hacia donde está Cameron. Trey y ella se están despidiendo de varias personas de la mesa—. Me parece que Cam se marcha ya. Me puedo ir con ella.

Noah me acaricia la mejilla con los nudillos y sonríe.

—Quiero llevarte yo y darte un beso de buenas noches.

Me enternece y cabeceo afirmativamente.

—Bueno.

—Oye nos vamos ya —me suelta Cameron parándose delante.

Me pongo en pie y Noah me sigue.

—Nosotros también.

—Genial —responde Cam, engancha su brazo en el mío y me jala.

—Voy a despedirme de un par de amigos, espérame en la puerta —me dice Noah, y nos vamos en direcciones opuestas.

—Oye... —me susurra Cameron mientras Trey habla por teléfono a cierta distancia—, voy a pasar la noche con Trey.

—Ah, ¿sí?

—Sí —contesta moviendo las cejas arriba y abajo, y reímos las dos—. ¿Te las arreglas sin mí? —pregunta preocupada.

—Perfectamente —digo yo, y la abrazo, y abrazo también a Trey, y en cuanto se van, llega Noah.

Unos minutos después, nos estacionamos en la puerta de mi residencia.

—Ha sido divertido —le digo mientras paso la tarjeta por la cerradura de seguridad del edificio y llamo al ascensor.

—Cuando te he preguntado si querías venir, me he sentido un poco imbécil.

Volteo para mirarlo.

—¿Qué? ¿Por qué?

—Por Mason —explica encogiéndose de hombros—. No he sido muy oportuno.

Niego con la cabeza y lo abrazo por la cintura.

—¿Cómo puedes ser tan... tú? Eres un universitario de último semestre con veintiún años que, además, es un crack del futbol americano. Tendrías que ser el típico idiota egoísta y engreído. —Noah suelta una carcajada y me pone una sonrisa en la cara—. En cambio, eres tierno y modesto, y supergeneroso.

Asoma a sus labios una sonrisa de satisfacción, y me estruja las caderas.

—*I got it from my mama* —canturrea, y entonces soy yo la que ríe.

Acto seguido, suspiro y digo:

—No lo dudo ni un segundo... y lo sabes bien. Mason se habría enojado mucho si no llego a ir por su culpa.

—Y con razón.

Lo miro boquiabierta, y él ríe, me toma de la mano y me lleva por el pasillo.

—Imbécil —digo, y le doy un golpe en el abdomen con la mano libre; él me la sujeta por la muñeca y me besa los nudillos.

Saco las llaves, abro la puerta de mi departamento y miro a Noah.

—Lo de darme un beso de buenas noches...

Sonríe con picardía, se acerca y me besa, pero yo meto enseguida los dedos entre nuestros labios, y él se finge molesto.

—Julieta...

—Noah...

Me acerca un poco más jalándome de las costuras del pantalón, y me hace reír.

—Déjame que bese esos labios —me pide en voz baja.

—Cameron se queda en casa de Trey esta noche.

Me mira a los ojos enseguida. Casi me arrepiento, y él lo nota, porque empieza a dibujar círculos con los pulgares en los huesos de mis caderas. Entra en casa, se esconde conmigo detrás de la puerta, y su aroma cálido y fresco a bosque me inunda los sentidos, y mi cuerpo se derrite contra el suyo.

—¿Vas a andarte con remilgos conmigo? —bromea, con una sonrisa completamente pecaminosa—. ¿Después de lo de hoy? —Me mete las manos en los bolsillos traseros y aprieta, pegándome a él—. ¿Aun después de que haya estado dentro de ti?

Se me enciende la entrepierna y él sonríe aún más, porque sabe lo que me está haciendo..., igual que sabe ya lo que está a punto de hacerme.

Lo agarro por los cordones de la sudadera y lo jalo.

Su risa es profunda y prometedora, y me retuerce el estómago.

Cuando estamos ya dentro de casa, Noah pone el seguro.

30

Arianna

Lori pulsa el botón de llamar a la enfermera del control remoto que tiene en el costado de la cama, y Noah se levanta de un brinco, preocupado.

—Tranquilo, cielo —le dice volteándose hacia él—. Solo necesito que me hagan un pequeño favor, nada más.

—Te lo puedo hacer yo —contesta Noah molesto, y apaga el interruptor, pero ella lo vuelve a pulsar.

—Noah, para —pide ella sonriente, mirando a la mujer que entra con sigilo en la habitación—. Cathy, por fin vas a conocer a la... Ari de mi hijo.

Río, y Noah me mira, y el fastidio le ha desaparecido ya del semblante. Saludo a la mujer con la mano.

—Encantada.

—Lo mismo digo —responde ella con una sonrisa, y se acerca a los pies de la cama de Lori—. ¿Qué te traigo, cielo?

—¿Sabes esa impresora nueva del vestíbulo de la que me hablaste...? —pregunta Lori—. ¿Podrías sacarme una foto de estos dos? Igual junto a las calabazas que dices que hay en el jardín trasero, si es que aún están.

—Pues claro —afirma la mujer con una sonrisa amable. Luego nos mira y dice—: ¿Vienen?

Noah vacila, pero luego se pone en pie despacio.

—Nos vemos en el vestíbulo dentro de un minuto —indica.

Aunque se me hace raro, accedo.

—Sí, claro.

En cuanto se van, Lori se gira hacia mí.

—No te importa que te tomen una foto, ¿verdad?

—En absoluto.

—Es que... quiero recordar esto, a mi hijo feliz. —Se le empañan los ojos, pero parpadea para no llorar—. Casi todas las sonrisas que me dedica están teñidas de tristeza. Me preocupo cada vez que sale por la puerta. No por mí, por él. ¿Sabes que estuvo a punto de nacer en Nochevieja?

—¿En serio?

—Ajá. Yo ya estaba en el hospital y todo, pero se puso terco. Pensé que llegaría unos días después, pero tampoco. Me hizo esperar.

—Hasta el 29 de enero.

—Sí —dice con la voz quebrada, orgullosa de que yo lo sepa.

Miro hacia la puerta y me inclino sobre ella enseguida.

—Me gustaría organizarle algo especial, pero voy a necesitar tu ayuda.

Se lo explico brevemente y, con los ojos de nuevo empañados, me acerca una mano temblorosa a la mejilla.

—¡Ay, mi niña tierna! —exclama con voz ronca—. No sé ni qué decirte para que entiendas lo que has hecho por mí, lo que sigues haciendo por mí.

Me ruborizo un poco.

—Entonces, ¿puedo llamarte luego?

—Pues claro que sí —contesta, y me empuja con delicadeza para que vaya corriendo a reunirme con Noah en el pasillo.

Con cara triste, él me toma de la mano y salimos con Cathy al patio. Es un patio de piedra precioso, forrado de focos grandes que producen un suave resplandor amarillo. Hay pacas de heno apiladas en un rincón, al fondo, calabazas de todas las formas y tamaños estratégicamente colocadas en torres alrededor. Cathy nos lleva hasta allí y saca el celular.

—Acomódense donde quieran —dice sonriente.

Noah contempla la decoración festiva, y noto que de pronto cae en cuenta de la época en que estamos. Así que, para que no vincule el momento ni el recuerdo a una época del año concreta que pueda pesarle en el futuro, lo agarro de la mano y me lo llevo a la fuente del centro, donde hay macetas grandes de piedra repletos de peonías dispuestos a modo de escalones de derecha a izquierda.

Noah me mira a los ojos y, solo con esa mirada, se esfuma la tristeza no manifiesta que lo inundaba. Se sienta al borde y me sube a su regazo, retorciéndose un poco, de forma que mi hombro derecho quede apoyado en su pectoral derecho. Me besa en la mejilla antes de mirar al frente y yo apoyo la cabeza en la suya. Me pasa el brazo por la cintura y la mujer levanta el celular.

—¿Listos?

—Listos.

Sonreímos y toma la foto, y agitando el celular en el aire, se marcha.

Antes de que me dé tiempo de levantarme, Noah me entierra la mano en el pelo y se lleva mis labios a los suyos. Su beso es tan tierno, tan lento que creo que se me va a cerrar la garganta.

—Gracias —susurra.

—¿Por qué?

—Por todo.

Me lleno de emoción, y nos quedamos ahí sentados un rato, simplemente mirándonos. Volvemos juntos a la habitación de su madre y hablamos con ella otro ratito, pero la visita se ve interrumpida cuando ella empieza a farfullar.

Nos despedimos, y esa vez el trayecto hasta el coche se hace algo sombrío. Noah está callado, demasiado callado, así que, cuando ya estamos en la carretera y han pasado unos minutos, bajo la ventanilla y lo sorprendo con el aire fresco, y me mira un segundo.

Y entonces, como sospechaba que ocurriría, se dibuja en sus labios una sonrisa.

—Llévame a algún sitio.

Alarga el brazo, me jala hasta el asiento del centro y entierra la mano entre mis muslos, enfundados en unos jeans.

—¿Adónde quieres ir?

—A algún sitio que te encante. A uno al que puedas ir en cualquier momento y que solo estar allí te haga feliz. —Me mira con sus ojos provocadores y yo río—. Vamos, algún sitio habrá. Todos tenemos uno, ¿no?

—¿Tú me vas a enseñar el tuyo? —contraataca.

—Claro.

—Te apuesto lo que sea a que ya sé cuál es.

—Seguro que sí.

Ríe y hace un giro prohibido.

Juro que habría sabido adónde íbamos a terminar si hubiéramos jugado a adivinarlo, y por eso no estoy sorprendida en absoluto cuando Noah se estaciona, bajamos de la camioneta y nos dirigimos a la parcela de cien yardas de hierba verde pintada de rayas blancas.

—¿Tu escuela? —pregunto mirando el edificio grande de la izquierda con un águila gigante dibujada en el lateral.

—Mi escuela —confirma, y no podría borrarse la sonrisa de la cara aunque quisiera.

Suspira y contempla hasta el último centímetro. Del campo a la pista que lo rodea, de las escaleras a la cabina de los locutores, en lo alto de las gradas.

Sale al campo de futbol y da unos golpecitos con la punta del tenis en la línea de cuatro yardas.

—Aquí es donde Thomas Frolly atrapó el último pase que yo hice en este campo y corrió con el balón hasta lograr el *touchdown*.

Aplaudo y él bromea haciéndome una reverencia.

Corre como si estuviera haciendo una ruta, quebrando a la izquierda y luego a la derecha, y dando un brinco como si saltara por encima de un defensor. Me vuelve a mirar desde el sitio donde aterrizan sus pies, cerca del cincuenta.

—Aquí es donde estaba yo cuando anunciaron al rey del baile. Perdí.

Río, y Noah me guiña un ojo.

Corre hacia la puerta y yo me doy la vuelta y lo sigo despacio. Le da una palmada a un letrero metálico de color blanco y negro que advierte que está prohibido fumar en las instalaciones del campus.

—¡Y aquí es donde besé a la reina del baile! —me dice a voces.

—¡Qué afortunada! —repongo, y, de puntitas, atrapo sus labios con los míos. Sonríe y se aparta, con algo de cautela en el semblante.

Se humedece los labios.

—La reina del baile era Paige.

—Lo sabía —le digo sin querer, y lo miro espantada—. Perdona. No pretendía..., solo quería... A ver, suponía que había habido algo entre ustedes.

—No fue eso —contesta negando con la cabeza, pero lo piensa mejor—. O si fue, pero no fue... No era por nosotros. Su padre enfermó más o menos cuando lo hizo mi madre, y los dos necesitábamos encontrar consuelo en algún lado, pero nunca hubo nada más. Ni ha vuelto a haber nada después de la escuela.

Al oír esa última parte, siento un alivio que no sabía que necesitaba, y pienso en Noah cuando recibió esa primera llamada sobre su madre. En que, después de eso, estuvo volviendo a una casa vacía mientras su madre dormía en una cama de hospital. Sé que tenía amigos, pero, por lo que me dijo Lori, no eran amigos como esos con los que yo crecí, no de esos a los que puedes acudir en cualquier momento, por cualquier razón.

Con Paige podía contar de una forma que lo hacía sentirse menos solo, porque ella entendía su dolor. Me siento de pronto agradecida de saber que tuvo una persona en la que apoyarse.

—Se sentían solos y se tenían el uno al otro —susurro—. Si yo no tuviera a mi familia y mis amigos... La verdad, no lo puedo ni imaginar. Me alegro de que pudieras recurrir a ella.

Parece que relaja los hombros.

—Es una buena amiga.

—Sí —coincido—. Lo es.

Un segundo después, Noah esboza una sonrisita de satisfacción y me abraza por la cintura.

—¿Qué? —pregunto mirándolo de reojo mientras se pone, de pronto, presumido.

—Creo que, para entonces, yo ya te gustaba más de lo que querías reconocer.

—Ah, ¿sí? —digo amusgando los ojos y reprimiendo una sonrisa.

—Ajá. Cam y tú se creían muy hábiles con todo eso del príncipe azul...

Ríe y me da un besito en la nariz, pero luego lo asalta la ternura y se le ablanda el gesto.

—A ella le parecía una genialidad.

Me aparta el pelo de la cara con el meñique.

—Aunque no me hubiera dicho nada, lo habría sabido igual.

—Cuénteme, señor Riley.

Guarda silencio un momento antes de hablar.

—Yo lo notaba, te notaba y notaba tus pensamientos. He sentido en las entrañas esa constancia de tu presencia desde el día en que te conocí, pero cada vez que te veía o estaba contigo, procuraba no pensar demasiado en ello.

Se me hace un nudo en la garganta y pregunto con voz ronca:

—¿Por qué?

—Porque no estaba seguro de que fueras a concederte tiempo para meditarlo.

Sus palabras me llegan muy adentro, demasiadas emociones aún sin nombre intentando salirme del pecho a la vez, y busco sus labios y lo beso con algo más que la boca.

Con algo más que la cabeza.

Con una parte de mí que pienso que tal vez sea suya.

El beso dura minutos, puede que más, y cuando se separa, me regala una sonrisa.

—Ha funcionado.

—¿El qué?

—Has superado a la reina del baile de graduación.

Suelto una carcajada y Noah se agacha, me toma en sus brazos y yo le enrosco los míos al cuello.

—Más te vale que mi beso haya sido cien veces mejor que el de la reina del baile de graduación.

Noah ríe en voz baja, y me relaja, como me relaja la promesa de sus ojos en estos momentos.

—Guapa, tú superas a todas las mujeres del mundo entero, hasta en sueños.

Se me encoge el pecho y le entierro la cara en el cuello. Me estrecha aún más en sus brazos y me lleva de vuelta a la camioneta.

Noah

Mientras la veo bailotear en el asiento, a mi lado, sonriendo de oreja a oreja al mismo tiempo que picotea el pan de su hamburguesa, comiendo como un pajarito, igual que hace siempre, siento que todo encaja. Aquí y ahora.

La quiero.

Adoro todo de ella.

Me encanta el modo en que va transformándose su semblante con lo que canta, sintiendo todas las emociones de cada canción. Adoro la forma en que agacha la cabeza y frunce los labios cuando discutimos. Me fascina que se quede así, y que, de pronto, ya no. Es descarada y atrevida cuando estamos los dos solos, en la intimidad. Es franca y auténtica, le gusta mucho compartir pedazos de su vida y me pregunta por la mía, no por darme conversación, sino porque de verdad quiere saberlo.

Me fascina la sonrisa que se dibuja en sus labios cuando me ve. Siempre es la misma, grande y luminosa, como si yo apareciera por sorpresa, cuando sabía de sobra que venía. Me encanta cómo trata a mi madre, con paciencia y cariño, pero no por compasión, sino por orgullo, como si supiera lo buena que es, como si entendiera todo lo que mi madre significa para mí. Y encima ella también es importante para mi madre.

Ari despierta en mí pensamientos que nunca había tenido, sobre cosas que ignoraba que quisiera, pero que ahora busco con desesperación: raíces más hondas y una familia.

Un amor para toda la vida.

Sé que ella acaba de empezar su viaje y que yo me gradúo este año. Tendré que pasar por el sorteo de la primera ronda, dice mi entrenador, dado que estoy clasificado como receptor, mi posición original, y como *quarterback*, posición en la que he brillado durante mis años universitarios. Me pasaré la vida en la carretera, con un horario apretadísimo casi todo el año, todos los años.

Pero ¿y si no?

¿Y si, en vez de eso, dedicara mi vida a amar a la mujer que tengo al lado?

¿Y si encontrara un modo de hacer ambas cosas?

Justo entonces, los ojos cafés de Ari voltea hacia mí, me sorprende mirándola y deja caer la cabeza en el reposacabezas del asiento.

—Oye, Noah... —dice sonriendo, relamiéndose la sal de los labios.

—¿Sí? —Sigo con la vista el recorrido de su lengua.

—¿Qué tal si manejas? —me sugiere burlona.

Levanto la vista enseguida, miro al frente y veo que cambia el semáforo antes de que me dé tiempo siquiera a quitar el pie del freno.

La miro otra vez y asoma de pronto esa sonrisa tierna y cariñosa que siempre me regala, acompañada de una risa ligera y etérea, con un destello de algo más grabado en sus ojos.

Le aprieto la rodilla porque necesito tocarla, y observo, encantado, ese sonrojo que se extiende por su piel sedosa. Se me acelera el corazón al saber que algo tan sencillo como que le ponga la mano en la piel puede provocarle esa reacción.

—Ven conmigo a la gala del futbol.

Sonríe.

—¿Una gala? Suena elegante.

—Lo es. Hay que ir de etiqueta y todo eso.

—¿Cuándo es?

—En enero.

—En enero... —Se interrumpe—. Eso es dentro de dos meses.

Asiento despacio.

—Sí, así es. Dime que vas a venir, que lo vas a poner en ese calendario tuyo...

Ari se muerde el labio y me dice en voz baja:

—Ya sabes lo que voy a contestar.

Eso espero, por Dios.

Cuando el semáforo se pone en verde otra vez, piso el

pedal y sonrío para mis adentros al oír el suspiro suave que se le escapa.

Estoy enamorado de ella y, si no me equivoco, ¡y espero no equivocarme!, ella está a punto de enamorarse también.

Si lo consiguiera, yo ya no necesitaría nada más.

Solo a ella.

31

Arianna

—Tengo preparación física dentro de diez minutos. El entrenador tiene reuniones y se me ha complicado el día. Luego me toca video y entrenamiento a las cuatro.

—Pues sí vas a estar entretenido, sí —digo sonriendo a la pantalla—. Yo voy camino de una clase obligatoria sobre «las infinitas posibilidades que se ofrecen aquí, en la Universidad de Avix» —añado imitando el tono del discurso de campaña que nos ha mostrado hoy mi profesor.

—Igual hasta te especializas en la materia —bromea Noah.

—Eso sería espantoso. Ya te he dicho cuál es mi plan de vida. —Río—. Lo bueno es que este sería el sobresaliente más fácil de conseguir de toda mi vida.

—¿Ves lo que te digo? —Saluda a alguien cuando entran en el vestidor, y luego vuelve a mirar la pantalla—. Voy a colgar antes de que la gente empiece a desnudarse.

—No, mejor déjame la llamada abierta.

Me lanza una miradita de advertencia, y yo sonrío.

—¿Me llamas luego?

—Sabes que sí.

Colgamos y me pongo en pie.

Mientras entro en el aula, pongo el celular en silencio y doy un brinco cuando una mano me agarra del hombro por la espalda.

Levanto la vista y veo que es Chase.

—Hola —lo saludo sonriente, pero enseguida lo miro extrañada—. ¿No tienes entrenamiento en este momento?

Niega con la cabeza y se queda a mi lado.

—Nop. Tengo una tutoría después de esto, para hablar de mis notas y mierdas de esas, y luego no tengo nada hasta la sesión de video. Te aseguro que he intentado librarme de esto —me dice golpeándome el hombro con el suyo.

—Lo creo —contesto riendo, y después nos sumamos, en silencio, a la fila de alumnos.

Nos sentamos el uno al lado del otro en el centro del aula y, durante los siguientes cuarenta y cinco minutos, escuchamos a distintas personas hablar de cómo van a dar forma a nuestro futuro las decisiones que tomemos ahora.

Es un tanto aburrido, rozando lo evidente, pero es cierto que nos presentan una barbaridad de opciones profesionales que no están presentes de manera expresa en los listados de titulaciones.

Cuando salimos, le digo a Chase:

—Quedé de verme con Cameron en la cafetería; ¿quieres venir?

Asiente, pero luego niega con la cabeza y se detiene en seco.

—¿Podemos hablar?

—Sí, ¿qué pasa? —digo volteándome para mirarlo.

—No, me refiero a que si podemos hablar de verdad... —Me mira con fijeza—. De todo. De... —Ni siquiera es capaz de decir la palabra *nosotros*, y estoy convencidísima de que no va a ser él quien la diga—. Quiero explicarme, disculparme —insiste.

—Da igual, no hace falta —contesto—. Ya no lo necesito. Lo entiendo, de verdad.

Y es cierto. La realidad es que ya se lo he perdonado todo a Chase. No sé cuándo ha sucedido, pero así ha sido, y tampoco es que él creyera que necesitaba mi perdón (ignoro si lo necesitaba o no), ni que él hiciera algo que precisara mi perdón, porque tampoco esa es necesariamente la verdad.

Los dos éramos adultos muy conscientes de lo que hacíamos y libres de expectativas ni repercusiones.

En el fondo, yo sabía que él nunca iba a ser mío del todo. Lo había sabido desde el principio, solo que esa noche decidí que me daba lo mismo. Él me ofreció algo que yo quería desde hacía muchísimo tiempo y, codiciosa, lo acepté sin pensar en las consecuencias.

Eso no significa que no me doliera cuando se me pasó el subidón y volví a la realidad a la vez que la marea matinal borraba el recuerdo que habíamos dejado en la arena hacía solo unas horas.

Me dolió, pero no fue culpa suya, sino mía.

Así que lo he perdonado por mí, porque lo necesitaba, porque es mi amigo, y que forme parte de mi vida es importante para mi hermano y para mí.

Revivirlo todo ahora sería como abrir una herida ya cicatrizada, ¿y para qué? Yo ya he pasado página, a él le va estupendamente y el grupo ya no es víctima de nuestras decisiones.

—Déjame que intente explicarte dónde tenía la cabeza y por qué fui tan imbécil —dice, y me busca la mano, pero yo me limito a apretarle la suya y me zafo de él.

—Ya sé por qué, Chase. Hace años que lo sé. Da igual, te lo digo en serio. Estamos bien. Vamos a... dejarlo ir, a olvidarlo, ¿de acuerdo? —le propongo sosteniéndole la mirada, y él asiente despacio—. Me tengo que ir, me está esperando Cameron.

—Sí, eh... —Se aclara la garganta—. Dile que me llame. Tengo los apuntes de Psicología que me pidió.

Asiento y salgo corriendo, y me encuentro a mi amiga ya instalada en uno de los taburetes cómodos de la barra, con las bebidas y los bagels esperando.

A última hora de esa noche me llega un mensaje en el celular, pero no es de Noah, como yo pensaba, sino de Chase.

Chase: ¿Y si yo no quiero olvidarlo?

Me quedo sin aire en los pulmones y miro despacio al techo.

Me asaltan los recuerdos, que me producen una opresión en el pecho. Me llevo la mano al tórax para aliviarme el dolor y empieza a caerme el sudor por el cuello.

¡Qué absurdo!

No entiendo por qué me dice eso. Ya le he contado lo que pensaba, que le he perdonado por mi bien. Lo sabe. Ya no hay rabia ni tristeza entre nosotros.

Estamos bien.

Yo estoy bien, mejor que bien, de hecho. Soy superfeliz.

Lo que a él le pase por la cabeza cuando está solo no es asunto mío. Si no lo quiere olvidar, pues que no lo olvide. En realidad, tampoco es que podamos hacerlo ninguno de los dos. Los recuerdos no mueren cuando mueren las posibilidades. Se transforman en dolor.

Un dolor que tienes que decidir si alimentar o combatir.

Yo he optado por combatir.

Y he ganado.

Como no tengo ni idea de qué decirle, no le digo nada.

32

Arianna

En casa, el Día de Acción de Gracias siempre ha sido algo grande. Venían mis tíos de Alrick, con mis primos, y también Brady, Chase y Cameron con su familia, con uno que otro acompañante que traían, o no, dependiendo del año.

Mi padre preparaba el garaje, que normalmente no era más que un refugio de hombres para él y para los chicos. Las esposas se encargaban de las guarniciones mientras que los maridos hacían concursos para ver quién cocinaba el mejor pavo. Una vez emplatados, la cata era a ciegas y votábamos nuestros favoritos al final. Tío Ian, el padre de Nate, ganaba todos los años. Estoy convencida de que le guiñaba un ojo a su mujer para ganarse su voto cuando ella le servía.

Puede que fuera mi fiesta favorita en cuanto a tradiciones; por eso este año me entristece un poco que mis padres no vayan a estar aquí, claro que eso no se lo diremos jamás.

La aventura de su vida termina justo el 1 de enero, cuando el padre de Brady tiene que volver a la base, así que ya habrá otras celebraciones de Acción de Gracias.

No obstante, este año vamos a intentar hacer caso omiso

de la diferencia organizando nuestro propio Acción de Gracias en la casa de la playa y, cuando volvamos, nos traeremos a mi hermano con nosotros.

—La última vez no llegaste a entrar en la casa, ¿no?

—Nop —contesta Noah mientras saca nuestras bolsas por el lateral de la camioneta—. Me dejaste esperando en la arena.

Me doy la vuelta para mirarlo y arqueo una ceja.

—¡No haberme dado un balonazo en la cabeza!

Noah suelta las cosas, se me acerca corriendo, me carga de la cintura, me da unas vueltas y me planta un beso fuerte y rápido en los labios.

—Lo mejor que he hecho en la vida ha sido no atrapar a tiempo ese balón.

—Mmm —digo, y le doy un beso tierno—. Y yo que pensaba que lo mejor había sido acostarme en la cama y...

—No acabes la frase.

Me giro de pronto y se me ensancha la sonrisa al ver a mi hermano. Sacudo los pies para que Noah me baje al suelo, corro hacia Mason y lo abrazo, y él se queja y aprieta fuerte la mandíbula.

Enseguida me aparto asustada.

—¡Rayos, perdona!

—Tranquila, ven aquí —dice estrechándome en sus brazos, y se le escapa un suspiro largo—. Estoy bien, hermanita, te lo prometo.

—¿Sí? —pregunto reprimiendo mis emociones.

—He estado muy jodido un par de semanas —reconoce—, pero ahora estoy bien.

—Menos mal.

Me volteo y veo a Payton recostada sobre el marco de la puerta, con el estómago enorme, como si estuviera a punto de estallar.

—¡Dios mío! —digo admirada, y me acerco deprisa—. ¡Mírate!

La abrazo y, cuando le miro el abdomen, ríe como una boba.

—Vamos, toca.

Sonriente, le llevo las manos al abdomen y palpo la turgencia del lado izquierdo, deslizando después la mano a la derecha, donde vuelve a nivelarse. Luego la muevo otra vez a la derecha.

—¿Esto es el bebé?

Payton asiente.

—Le gusta aplastarme los pulmones.

—Es sorprendente, ¿verdad? —tercia Mason acercándose.

Lo miro intrigada.

—Sí, lo es —confirmo—. ¿Cuándo darás a luz? Tengo la sensación de que llevas embarazada una eternidad.

—La semana que viene. Tu primo y yo acabamos de terminar de prepararle su cuarto. Tienes que venir a verlo.

—¿Kenra?

—No. —Suspira divertida—. Nate. —Suelto una carcajada y ella sonríe—. A mí me ha sorprendido tanto como a ti, te lo aseguro.

—Lo creo —contesto, y me doy la vuelta hacia Noah, que se acerca y estrecha la mano que le tiende Mason.

—Riley —dice Mason con una ceja arqueada—, parece que mi hermana sigue en una pieza. ¿Lo suyo va en serio ya, o qué? —pregunta con el ceño fruncido.

—Va como ella quiera que vaya.

Mason esboza una sonrisa.

—Una respuesta muy buena, chico —afirma riendo, y se voltea hacia Payton—. Payton, este es Noah; Noah, esta es Payton.

—Hola, Payton.

Ella se ruboriza un poco y yo disimulo una risa.

—Hola —saluda mirándolo.

—Bueno, basta ya de presentaciones. Vamos dentro, que empieza a hacer mucho frío aquí fuera.

Mason da media vuelta, se para delante de mí y lo seguimos todos.

—Ari, ¿sabías que tu hermano es la persona más mandona del universo? —me dice Payton.

—Sí, al final te acostumbras —contesto con una sonrisa.

Mason refunfuña y me pinta el dedo por encima de la cabeza, y yo no puedo evitar sonreír. Se encuentra mejor.

Cameron dobla corriendo la esquina y, de un salto, me sienta en el sofá. Mason se lleva a Noah a la cocina y le vuelve a presentar a todo el mundo, por si no se acuerdan de su breve presencia entre nosotros durante el verano.

—Sarah e Ian no han podido venir —me explica Cam, refiriéndose a mis tíos—. Nate dice que su madre se hizo daño en la espalda cuando salieron con los *quads* hace un par de días, y él decidió mentir y decir que no iban a estar en casa para Acción de Gracias, para que ella no se sintiera mal y se empeñara en viajar aun estando dolorida.

—Muy Nate. ¿Por qué no me lo contó?

—Por si se te escapaba que pensaban venir aquí, seguramente.

Me giro de pronto hacia ella... y nos reímos las dos, porque, sí, se me podría haber escapado perfectamente.

Payton se levanta casi enseguida de sentarse, se lleva una mano a las lumbares y apoya la otra en la mesa. Mason va disparado hacia ella, le pasa un vaso de agua y le acerca la silla con la pila de cojines.

—Estoy bien —le asegura ella, pero, como Mason es como es, no se mueve.

Payton se sienta despacio.

—Mase tiene buen aspecto —dice Cam señalándolo con la cabeza.

—Sí, yo también lo creo.

—¿Tendrá algo que ver con esa embarazada de la que está tan pendiente?

—Cameron, basta.

—Yo solo digo que no se aparta de ella —susurra.

—Ella está a punto de estallar. Seguramente su hermano y Kenra le habrán pedido ayuda.

—Cierto, no se me había ocurrido.

Me meto a presión en la cocina y saludo a todos con un abrazo mientras Cameron repasa las tareas de mañana. A todo el mundo se le asigna una tarea, y yo les les pinto el dedo a los demás por ponerme a pelar papas.

—El día menos pensado los voy a dejar con los ojos cuadrados con una receta de la familia Riley. —Varios de los presentes me miran espantados y el resto se lanzan miraditas cómplices—. M-me refiero a q-que... —tartamudeo—, que sé hacer algunas cosas que él... —Les veo las sonrisitas y, al final, me río yo también—. Mira, ¡a la mierda todos!

Noah me aprieta el muslo por debajo de la mesa, pero no lo miro. Si lo hago, me voy a poner como un jitomate, y lo sabe.

—Bueno, ya veremos si las recetas de su familia son tan buenas, porque es uno de los encargados de preparar el pavo.

—¿Qué? —pregunta Brady volteándose de pronto con medio rabo colgándole de la boca—. ¡El pavo lo quería hacer yo!

—A ti te ha tocado el jamón —replica Cam.

Brady asiente y se voltea de nuevo hacia el refrigerador abierto.

Charlamos un poco más, disfrutando de no tener que ir a ningún lado ni andar corriendo de aquí para allá.

Al cabo de un rato, Mase lleva a los otros a casa, porque ya es de noche, hace frío y no quieren irse a pie el kilómetro de regreso con Payton.

En cuanto vuelve Mase, Brady mira a su alrededor y se da cuenta de que falta la tercera pieza de su rompecabezas.

—¿Y Chase?

—Se ha ido a la cama hace una hora —les dice Mason poniéndose en pie—. Por cierto, estoy agotado.

Todos coincidimos y nos vamos a nuestro cuarto, pero no sin que Mason le lance una miradita a Noah.

—Tú estás en el cuarto de invitados, mamón.

—Eso es lo que pretende —dice Brady meciéndose en la silla y mirándonos.

Noah se limita a reír.

—Mis maletas ya están en la habitación extra. Gracias por alojarme.

—Eeeh..., también es mi casa, y no depende solo de ellos.

—Va a ser que sí —dice Noah con una sonrisita.

Le lanzo una mirada asesina, y Mason me empuja la cabeza y, plantándole una mano en el hombro a Noah, le repite el comentario de antes.

—Una respuesta muy buena.

—Vete a la cama ya, anda —bromeo, y me relajo al lado de Noah.

Varios de nosotros nos instalamos en el salón para ver una peli, y no llevamos ni una hora durmiendo cuando los gritos de Mason despiertan a la casa entera.

—¡Payton está de parto, y muerta de miedo!

Y, sin pensarlo, nos vamos al hospital.

—¿Siempre se tarda tanto en tener un bebé? —pregunta Cameron levantándose y estirando el cuello.

—No sé. —Me encojo de hombros y levanto la cabeza del de Brady—. ¿Cuánto hace que ha salido Parker a informar?

—¿Como una hora?

—Ya viene —dice Nate, señalando la puerta de doble hoja que empieza a abrirse y por la que asoma el hermano de Payton.

Este niega con la cabeza.

—Nada aún. Le han dado algo para acelerar la cosa, y ahora está llorando un poco —dice con cara de pena—. Querían echarle un vistazo y me ha obligado a salir de la habitación, pero no le suelta la mano a Kenra.

Asiento y me froto los ojos.

—Este bebé ya es obstinado, y aún no ha nacido siquiera —comenta Lolli con una sonrisa.

—¿Verdad? —dice Parker, y ríe sin ganas.

Cam se vuelve a sentar y me da un golpe en la rodilla con la suya.

—¿Sabes algo de Noah?

—Nada desde que lo he mandado a casa. ¿Trey ha llegado ya?

Contesta que sí con la cabeza y me enseña una foto que le ha enviado él, de los dos sentados junto al brasero que tenemos en el jardín de atrás.

Río y niego con la cabeza.

Después de las ocho primeras horas, he mandado a Noah a casa. Se resistía, pero he insistido, sobre todo porque llegaba Trey y no iba a haber nadie. Alguien tenía que recibirlo, ¿y quién mejor que su amigo?

—¿Y Mason? —pregunto mirando a mi alrededor.

—Estaba aquí hace un...

—Se ha metido cuando ha salido el médico —explica Chase levantando la vista del móvil, y prestando atención de nuevo. No ha dicho mucho más hoy.

Parker suspira molesto.

—Claro... Voy al baño y vuelvo adentro.

Cinco minutos después, cuando Parker cruza otra vez la puerta de doble hoja, sale Mason del otro lado.

—¡Ya viene el bebé! —grita dando una palmada.

—¿Qué? —exclama Parker atónito, y corre por el pasillo mientras todos los demás nos levantamos de un brinco del asiento.

Nos acomodamos junto a la puerta, a la espera de que

vuelva a salir alguien que nos informe, y no tarda en salir sonriente mi prima Kenra.

—¡Es niño!

—¡Oooh! —digo emocionada—. Ella tenía razón.

—¿Podemos pasar? —pregunta Cam, y sale disparada.

—Sí, pero de dos en dos.

Cam y yo ni nos molestamos en mirar a los otros: cruzamos a toda velocidad la puerta, doblamos la esquina y nos detenemos en seco delante de la habitación.

Payton levanta la vista.

—Hola...

Entramos con sigilo y nos acercamos a la cama; Mason y Parker están plantados detrás de ella.

El bulto que Payton tiene en brazos es minúsculo y, cuando me acerco a ella, le veo la carita, con el gorrito tapándole ya la cabeza.

Un recién nacido absolutamente maravilloso.

—¿Ya tiene nombre? —susurro.

Ella asiente, con los ojos llenos de lágrimas.

—Se llama Deaton.

Como su papá. Al que no tendrá ocasión de conocer.

—Un nombre precioso para un niño precioso —le digo sonriente, acariciándole con las yemas de los dedos la manita suave. El bebé se mueve y salen de su boquita unos ruiditos tiernísimos que me derriten el corazón—. Feliz Día de Acción de Gracias, Deaton.

Agotados, bajamos del Tahoe de Mason y cruzamos la terraza hasta la puerta de la casa.

—Habrá que pedir algo a domicilio para la cena, ¿no? —Cam resopla.

—Pero ¿funciona en un día como hoy? —dice Brady entre bostezos.

—No sé. Para mí es suficiente con unos cereales. Me muero de hamb...

Al entrar en casa, nos recibe un aroma de lo más agradable, a fuego recién encendido y al relleno de pavo de mi abuela.

Entro corriendo en la cocina y, al doblar la esquina, me da un vuelco el corazón y me detengo en seco.

La isla está cubierta de comida típica de Acción de Gracias, y se me ensancha la sonrisa. Cameron llega tan rápido como yo, choca conmigo y hace un aspaviento.

—¡Diablos!

Después vienen los otros y examinan los platos igual que yo. Hay puré de papas y salsa, camotes y cazuela de ejotes, un jamón resplandeciente cubierto de rodajas de piña y un bol de relleno.

Noah entra por la puerta del jardín con un pavo en las manos. Se queda sorprendido al vernos, pero enseguida se dibuja en sus labios una sonrisa y sigue su camino hasta la encimera, donde deposita la bandeja.

—Hola...

—Noah, hombre, ¿en serio? —dice Brady sonriente, metiendo el dedo en el puré de papas y recibiendo de inmediato un manotazo de Cameron.

—Colega... —añade Mason acercándose a él y sujetándolo de las manos—. Gracias, hombre. Esto tiene una pinta que te cagas.

Rodeo la isla mientras los otros siguen contemplando la comida, y me acerco a Noah.

—¿Nos has hecho la cena de Acción de Gracias?

—¿De verdad pensabas que los iba a dejar a todos en el hospital para venir aquí a descansar?

Lo pienso.

—Pues, ahora que lo dices, habría sido completamente impropio de ti, la verdad.

—A ti te hacía mucha ilusión la cena de hoy y no quería

que te la perdieras —dice, y se se da la vuelta hacia mí y me abraza por la espalda para que pueda ver la comida, mientras los otros empiezan a sacar platos y bebidas—. Algunas cosas no las había hecho nunca; espero que estén medio decentes.

—¿Google?

Noah ríe y me empuja hacia delante.

—¡A comer!

No discutimos. Comemos.

Noah no tenía de qué preocuparse, porque estaba todo riquísimo y, aunque jamás se lo diría a mi madre, la receta de camotes de la de Noah está riquísima y la costra de nubes de azúcar que lleva encima ya es un postre por sí sola.

Casi todo el mundo repite algo y, poco después, a punto de reventar, disfrutamos de unos cocteles junto al fuego.

Me escapo un rato para estar sola, bajo por el patio y salgo a la arena. Dejo los tenis atrás y sonrío al mar, acercándome cada vez más hasta que el agua me cubre los pies. Entierro los dedos en la arena mojada y me tapo las manos con los puños de la camiseta cuando se levanta una brisa que me azota la cara como dándome la bienvenida a casa.

Avanzo un poco más hasta que veo el muelle y, parado al lado, justo en el sitio donde estuvimos una vez...

—Chase...

No pretendía decir su nombre en voz alta, pero se me escapa, y él voltea hacia mí.

No se mueve, así que me acerco un poco más.

—Hola —dice contemplando molesto el mar.

—¿Estás bien? —le pregunto.

Al principio se queda callado, pero luego echa la cabeza un poco hacia atrás.

—No, la verdad es que no —contesta al aire, muy frustrado, al parecer. Cruzo los brazos sobre el pecho y espero a que se explique—. Pensaba que lo entendías —dice, y se aproxima un poco.

Levanto la cabeza.

—¿Que entendía el qué?

—A mí —responde clavándose el dedo en el pecho, y caigo en cuenta de que está un poco borracho, puede que incluso demasiado—. Pensaba que me entendías, que lo captabas.

—No sé a qué te refieres.

—Ese es el problema. —Se inclina y hace hincapié en cada palabra, casi pegado a mí ya—. ¿Cómo ha podido pasar esto? ¿Cómo es posible que no lo veas?

—¿Que no vea el qué, Chase? —pregunto algo molesta—. No te estás explicando muy bien. ¿Qué es lo que se supone que tengo que ve...?

—¡Que te deseo! —me interrumpe con un berrido. Me tenso entera, pero, despacio, niego con la cabeza—. Sí, Arianna, te deseo —repite arqueando de golpe las cejas.

¡Dios mío!

Me empiezo a agobiar y doy media vuelta, pero él me agarra de los brazos y me obliga a voltearme.

—Chase...

—Te deseo —susurra furioso, y un segundo después se ablanda—. Te deseo... —repite más sereno.

Aprieto los dientes, la cabeza me da vueltas.

—No digas eso, por favor.

—Dime que tú también, que no has renunciado a mí.

—Chase... —le digo en un murmullo quebrado, intentando zafarme—. Suéltame.

Pero él niega con la cabeza y se acerca más.

—Ari, mírame, escúchame.

—Voy a tener que pedirte que le quites las manos de encima. —Se oye de pronto la voz de Noah en la oscuridad.

Chase se pone rojo de inmediato y la rabia se apodera de él en cuanto mira por encima de mi hombro.

Tan tranquilo como de costumbre, y con las manos metidas en los bolsillos de los jeans, Noah se acerca despacio, sin dejar de mirar a Chase.

—Más vale que te vayas —le dice.

—Más vale que te vayas tú, maldición —replica furioso Chase.

Se me descontrola el pulso mientras miro a uno y al otro alternativamente.

—Estás borracho —le dice Noah.

—¿Y...? —contesta Chase, y me señala—. Ella está a salvo conmigo de todas formas, y lo sabe.

—Deja que se te pase la borrachera y vuelves a probar mañana —le propone Noah en un tono desprovisto de emoción.

Me quedo en shock y me giro enseguida hacia Noah, pero Chase aún me tiene agarrada de un brazo.

—Yo jamás le haría daño —asegura Chase resoplando.

Noah lo mira a los ojos.

—Ya se lo has hecho.

Se me paraliza la columna, y Chase se pone blanco, me suelta y retrocede tambaleándose, atónito.

—Se lo has contado. —Chase me mira perplejo—. ¿Se lo has contado a un maldito desconocido? —Agacho la cabeza arrepentida, pero procuro no bajar la mirada—. ¡Era cosa nuestra! ¡¡¡Algo nuestro!!! —me suelta negando con la cabeza, asqueado, y luego da media vuelta lleno de rabia y se larga.

—¡Chase! —Me duele todo—. Espera, yo... —Me dispongo a seguirlo, pero me detengo en seco y me doy la vuelta bruscamente hacia Noah—. Noah, tengo que...

—Tranquila —me dice impasible—, ve con él. Sé que es lo que quieres —añade en voz más baja.

—No es eso —respondo, y juro que se me está cerrando la garganta.

Se me acerca, me toma la cara con las manos y me besa la mejilla. Luego se aparta y me mira a los ojos.

—¿No?

Niego con la cabeza.

—Noah...

—No te lo voy a repetir... ¡Ve!

—No quiero que me malinterpretes. Es que...

—Julieta... —me advierte.

Aprieto los dientes hasta que me duelen, reprimo las lágrimas y, dando media vuelta, me voy detrás de Chase. Tardo unos minutos, pero lo veo a unos cincuenta metros en la dirección contraria, sentado en una piedra, sujetándose la cabeza con las manos.

—¿Qué demonios ha sido eso? —Levanta la cabeza de golpe, mira furioso más allá de donde estoy y, en cuanto ve que vengo sola, vuelve a mirarme. Le noto algo raro en el semblante, pero se limita a contemplarme—. Chase... —le espeto mirando al frente—. Querías hablar. Bueno, pues aquí me tienes. Habla.

—Estoy harto de esta mierda —dice yendo al grano.

—¿Harto de qué?

—De él, de ti, ¡de todo!

—Pero... —empiezo mientras gesticulo confundida—. ¿Qué quieres que haga, Chase? ¿Que me esconda?

—No...

—¿Dejarte disfrutar de la vida que me pertenece tanto como a ti para que te sientas mejor...?

—Ari, no es eso...

—Porque eso ya lo he hecho, y ¿sabes qué? ¡Que es una mierda! Me he perdido muchísimas cosas y no pienso volver a hacerlo, así que para de intentar hacerme sentir culpable por decidir ser feliz.

—¡Quiero que me elijas a mí! —grita.

Se me evaporan las palabras, me quedo petrificada en el sitio.

Él ablanda la mirada y se acerca.

—Quiero que seas feliz, pero conmigo.

Se me revuelve el estómago, se me tensa y se me retuerce.

—No hagas eso.

—Quiero que vuelvas a desearme.

—Chase... —le digo, y me duele todo.

—Que vuelvas a mirarme como antes.

—Para.

—Quiero que me prefieras —susurra, e intenta tocarme la cara, pero yo lo aparto—. Arianna...

Niego con la cabeza y siento náuseas, pero está justo frente a mí.

Y, de pronto, sus labios presionan los míos, me asaltan.

Me suplican.

«Que me prefieras...».

Perpleja, me quedo helada, pero mi cabeza me libera, zarandeándome, gritándome que no.

¡Ni de broma!

Esto está mal.

Levanto las manos y lo empujo.

—Eres... un imbécil. —Me tiembla la voz y me empiezan a rodar las lágrimas por las mejillas casi de inmediato—. ¿Por qué has hecho eso? —Tuerce el gesto y frunce mucho el ceño—. Ya te dije que estoy con otra persona, que estoy con Noah, ¿y vas y haces esto? —Se me quiebra la voz.

Chase se pone muy tenso.

—¿Y qué quieres que haga si tengo la sensación de que te me escapas?

—¡Ay, por Dios! —Trago saliva para deshacerme el nudo de la garganta, pero solo consigo que se me vuelva a formar—. Es que no lo puedo creer. ¿Cómo puedes ser tan egoísta?

Agobiado, intenta tocarme.

—Ari...

—¡No! —Me aparto—. Me pasé cuatro meses esperando

sentada a que te pararas en mi puerta, sabiendo en el fondo que jamás lo harías, así que ahora no me vengas con que «te me escapas», porque me has tenido frente a tí meses, años incluso, si lo piensas, y no me veías.

—Te veía —replica negando con la cabeza, molesto—. Ari, ¡te veía!

Aprieto la mandíbula, y la rabia cubre la tristeza y la entierra.

—Muy bien, pero ahora ya es tarde.

—Yo no lo creo.

—Sí, claro que sí. —Trago saliva y me voy apartando—. Si no, no me habrías besado.

La tortura de tenerlo delante se me hace insufrible, de modo que me voy.

—Te veo, Arianna —repite derrotado, roto.

Aunque mis pies se detienen en la arena, no lo miro, mantengo la vista al frente, a la nada.

—Ya no quiero que me vean, Chase. —La emoción se me amontona en la garganta, pero la contengo—. Quiero que me quieran.

Despacio, me pongo en marcha otra vez; los músculos se me tensan con cada paso, pero, por suerte, Chase no dice una palabra, ni hace ademán de seguirme.

Me dan ganas de tirarme a la arena a llorar, de gritarle a la noche que me envuelve y rogarle una explicación que sé que jamás voy a conseguir y que ni siquiera sé si quiero. Pero no hago nada de eso.

Vuelvo a casa y se me encoge el corazón cuando me encuentro a Noah sentado en el escalón más alto del pórtico. Levanta la vista y, más despacio que nunca, se pone en pie, con el llavero colgándole del bolsillo derecho.

Me da un ataque de pánico, pero los pies no me responden. Niego con la cabeza con los ojos empañados, y él hace un gesto con la cabeza, como instándome a hablar.

—Me ha besado —le digo, porque el remordimiento

me hierve en las venas, y me presiono el vientre con la mano.

Él aprieta la mandíbula y me dice con suavidad:

—¿Y...?

—Yo a él no. Lo he apartado de un empujón.

Vuelve a negar con la cabeza y baja la vista a la arena y, cuando vuelve a levantarla, la incertidumbre de su mirada me resulta casi incapacitante.

Se me acerca y, con las yemas de los pulgares, me limpia las lágrimas que no me había dado cuenta de que estaba derramando.

—Lo he apartado de un empujón —repito desesperada.

—Lo sé. —Me besa la frente y me dice con los labios pegados a ella—: Sé que lo has hecho.

—Dime qué piensas.

—¿No es obvio?

Me aparto y lo obligo a mirarme.

—No, no lo es. Dime.

—Vamos, Julieta —murmura, y el dolor de sus palabras me aplasta el alma—. No puedo competir con esto, y menos aún cuando tienes al alcance de la mano todo lo que has querido siempre, esperando a que lo tomes.

—No lo quiero.

—¿Estás segura?

Se me cierra de golpe la boca, pero asiento, y lo único que me sale es su nombre.

—No pasa nada —me promete.

—Claro que pasa —lo contradigo, y le tomo las manos y me las llevo al pecho—. Claro que pasa. No nos puede hacer esto. —Niego con la cabeza e inhalo su aroma—. No tendría que haberlo hecho, no tendría que haber ido tras él. Tendría que haber vuelto adentro contigo. Debería haberlo dejado estar.

Se cierne una sombra sobre nosotros y Noah me acaricia la mejilla.

—Hay conversaciones que es necesario tener, aunque cueste.

—Ya —digo bajando la frente hasta la suya—, pero yo no quiero que nada estropee esto. —Me empieza a hormiguear la nariz—. Noah, yo quiero esto. Quiero lo nuestro.

—Amor... —dice, y me enmarca la cara con las manos temblorosas.

—Te quiero a ti. Solo a ti.

Sus labios se estremecen pegados a los míos. Entonces cierra los ojos y, cuando vuelve a abrirlos, su azul satén me atraviesa la mirada mientras él me susurra:

—Júramelo.

Mi risa es casi más un llanto, y le asalto los labios con los míos, presa de un torbellino de emociones.

Me besa él también y la caricia de su lengua en la mía es como una promesa.

Un susurro sobreentendido, de su corazón al mío.

Un susurro al que estoy dispuesta a responder con uno mío.

—Te lo juro.

33

Arianna

Después del desastre de Acción de Gracias, Noah y yo hemos buscado el modo de pasar aún más tiempo juntos, ya sea un trayecto corto hasta el aula o una escapadita rápida para tomarnos un café a primera hora de la mañana, y hasta unas cuantas noches a la semana en mi casa.

Una de las noches que estuvo aquí fue bastante embarazoso, porque me llamaron mis padres muy tarde y tuve que dejar que entrara el buzón de voz, arreglarme y llevarme a Noah la sala conmigo para poder devolverles la llamada. En cuanto les dije que él estaba conmigo, como me temía, mi madre se empeñó en que mejor hiciéramos un FaceTime.

A mi madre la encandiló de inmediato y a mi padre se lo ganó desviando todos los cumplidos que le hacía respecto a su valía como futbolista y encontrando un modo de atribuirle el mérito al equipo en vez de convertirse en el centro de atención.

No podría haber estado mejor y, al final de la conversación, lo invitaron a pasar con nosotros las vacaciones, a lo que yo respondí enseguida que ellos ni siquiera iban a estar en casa y, claro, mi madre le soltó como si nada que, por supuesto, se refería a la Navidad del año que viene... Su forma de hacerme ver que lo consideraba un buen partido.

Tuve que darle la razón.

Mason ya está en plena forma, mejor que nunca, según el repaso jugada a jugada de Noah de los últimos entrenamientos, que yo había decidido saltarme. Esta semana van a usar de nuevo el plan de juego que adoptaron cuando Mason se lesionó, pero con varios ajustes en la banda.

Ahora Brady es titular. Solo sale del campo cuando el balón cambia de manos y le toca el turno a la defensa.

Chase también lo está haciendo bien, supongo, pero no puedo ni mirarlo, menos aún hablar con él.

Estoy enojada, y tengo motivos. Pero ojalá no lo estuviera, porque la rabia siempre lo estropea todo.

Y, por lo visto, la mía no era una excepción.

Noah ha tenido que saltarse el gimnasio de esta mañana porque tenía un examen que ya había reprogramado con el último partido, así que, cuando me ha escrito para decirme que iba a ir al estadio a entrenar en el gimnasio, del que tiene llave, me ha preguntado si quería ir con él.

Lleva ya cuarenta minutos esforzándose, pero yo estoy exhausta. Agotada, me bajo de la caminadora, agarro la toalla del barandal para limpiarme el sudor de la cara y, al dar media vuelta, hago un aspaviento y me quedo con la mano congelada a medio camino.

A menos de tres metros tengo a Noah, con el torso desnudo, y ladeado de tal forma que le veo perfectamente contraer y relajar los abdominales, mientras trabaja esos brazos maravillosos.

Me muerdo el labio y sigo con la vista el recorrido del sudor que le chorrea por el centro del pecho, entre los relieves deliciosos de sus costillas y su vientre, para terminar desapareciendo por la pretina del pantalón.

Me cuesta respirar, las entrañas se me contraen igual que sus músculos con cada movimiento que hace, y un deseo ardiente me nace de ellas y me recorre entera. Por el altavoz de mi iPod suena *Skin*, de Rihanna, y no puedo pensar en otra cosa que en la sensación de su cuerpo sobre el mío.

Alzo la mano, me acaricio la mandíbula con las yemas de los dedos y la hago descender despacio por el cuello hasta llegar a la clavícula, donde la extiendo.

Noah levanta las mancuernas por encima de su cabeza con movimientos fluidos, dobla el brazo hacia atrás, con el codo hacia arriba, con lo que tengo una vista perfecta de su tronco en pleno ejercicio. La sensual inscripción de su tatuaje me provoca, me suplica que lo toque, que lo bese. Que pasee las manos por él como he hecho tantas veces, esperando a que le cambie el color de los ojos.

A que se le oscurezcan.

Esperando a que mi chico pierda la paciencia y me dé lo mío.

Cuando vuelve a bajar los brazos al frente, mira de reojo y después vuelve a mirar, clava esos ojos tormentosos en los míos y un escalofrío me recorre de arriba abajo. Se me eriza todo el vello de la piel.

Ahí está mi sonrisita preferida.

Tengo todos y cada uno de los nervios de mi ser en alerta máxima, y me estrujo las piernas una contra la otra en un intento penoso de aliviar un poco la presión.

Él, que lo sabe, me aprisiona la mirada y me hace una seña para que me acerque.

Carajo, ahora mismo estoy a punto de irme, pero no como él piensa.

No me muevo.

Me siento como un animalito muerto de hambre, trastornado y aturdido. Debería darme vergüenza, pero no. Estoy con Noah. Y a él no le tengo que ocultar nada.

Sin perder el contacto visual, voltea su cuerpo espléndido hacia mí y me deja la parte frontal perfectamente visible mientras sigue entrenando con una sonrisa pícara en los labios.

Sabe que me está poniendo cachonda, y le encanta.

Con los ojos entornados, me observa, consciente de que me tiene completamente hipnotizada.

Se me alborota aún más el corazón, y me humedezco los labios, sin darme cuenta de que me estoy moviendo hasta que mi espalda se topa con el espejo que tengo detrás.

Noah empieza otro ejercicio, y esta vez se lleva ambas mancuernas a la altura del ombligo y, con la siguiente respiración, pone los brazos en cruz. Para eso, tiene que separar las piernas, mantener firmes las caderas e inflar ligeramente su pecho cincelado con cada extensión de brazos. Y yo ya no aguanto más. Me arde todo, to-do.

Es un deseo crudo y desesperado que no puedo combatir, ni falta que hace.

Así que no me resisto.

Mientras deslizo las manos por mi silueta, imagino que son las suyas, que recorren despacio los laterales de mis pechos hasta mi vientre. Echo la cabeza hacia atrás, contra el cristal, y se me cierran los ojos.

Justo cuando llego a la pretina de los shorts de fitness, una mano caliente me rodea con delicadeza el cuello, y me quedo helada, esbozando una sonrisa.

Lo comprendí.

Ya es tarde para abrir los ojos, sobre todo cuando su cálido aliento me acaricia el rostro de la forma más erótica: suave, caliente y entrecortado.

Volteo la cabeza, incapaz de manejar la sensación que crece en mi interior.

Ansiando alivio, paso los dedos por debajo de la licra, pero él me detiene, presionando su cuerpo compacto contra el mío.

Gimo, porque ese exceso de calor es demasiada provocación para mí, que ya conozco el tacto de su piel en la mía. Noah jadea al oírme gemir.

Desliza la mano por mi cuello y por la clavícula, y se me queda la respiración atrapada en la garganta. Sumerge la cabeza en el hueco de mi cuello desnudo, su rincón favorito, ¡el mío!, saca de golpe la lengua y saborea mi piel cubierta de sudor.

—Mmm... —Se relame—. Me encanta cómo sabe tu sudor. —Me recorre el cuello con la lengua hasta la oreja—. Quiero saborearte entera.

—Ya lo has hecho.

—Aquí no —dice, y me agarra por las nalgas—. Ni con la lengua.

Aprieto los muslos y él me atrapa con los dientes el lóbulo de la oreja, mordiendo ligeramente. Me aprieta un poco más con la mano, y luego la desliza hacia arriba hasta sumergir los dedos por debajo de la pretina.

—Me gusta esta parte —comenta sembrándome el pecho de besos húmedos y calientes.

—Ah, ¿sí? —jadeo ladeando aún más la cabeza.

—Ajá —masculla, y la vibración de sus labios en mi piel me produce un escalofrío por todo el cuerpo.

—Pues toda tuya —jadeo de nuevo—. Adelante, ataca ya. —Le brinca el cuerpo con una risa silenciosa—. Me alegra divertirte tanto... —empiezo, y me interrumpo con un gemido cuando sus dedos firmes me acarician el sexo antes de posarse en el punto clave.

Me entrego a sus caricias con una súplica desesperada y necesitada.

—Por favor.

Gime y me rodea con el brazo libre y me aprieta contra él.

—Dime, mi vida —dice con la voz más sexi que he oído en mi vida—. Dime lo que quieres.

Cierro los ojos aún más fuerte.

—Quiero venirme.

Mi chico no me hace esperar ni un segundo más. Me encaja enseguida una pierna entre las mías, para separármelas, y me mete un dedo, y luego otro.

Jadea y posa sus labios en los míos, y mi excitación le impregna los dedos mientras entra y sale, al tiempo que obra su magia en mi clítoris con el pulgar.

—Qué excitada estás, Julieta.

—Caraaajo —digo temblando.

Noto su mirada, abro los ojos y lo veo sonreír y mordisquearme los labios.

—Te estás contrayendo, como lo haces cuando estoy dentro de ti —dice con la voz ronca y la mirada oscura.

—Sí... —gimo—. Ya casi...

—Carajo, qué sexi eres —contesta; devolviendo la atención a mi cuerpo, me lame los labios y me mira mientras se hinca de rodillas en la colchoneta.

Me saca los dedos y sube un poco la mano para bajarme la el resorte de la tanga, deteniéndose cuando los nudillos le quedan justo a la altura del clítoris, sin dejarme completamente desnuda. Yo extiendo la mano, lo agarro de la nuca y lo acerco.

—Vas a ser el primero —reconozco, consciente de lo que eso supone para él.

Le brillan los ojos.

—Dilo otra vez.

—Vas a ser el primero.

Tiemblo solo de imaginarlo, y entonces se muerde el labio y yo levanto bruscamente las caderas, le llevo las manos al pelo, me lo pego al cuerpo.

Pasea la lengua por mi sexo, la hace girar, succiona, y yo miro al frente y, mientras me lleva al clímax, observo, en el espejo del fondo de la sala, el movimiento de los músculos de su espalda.

Estudio mi reflejo y me veo las mejillas rojas. Me excita verme en el espejo como me ve él mientras baja por primera vez.

Es demasiado. Estoy a punto de estallar.

—Mírame, Julieta. Mírame con esos preciosos ojos color miel.

Obedezco. El azul intenso de sus ojos es ahora aún más oscuro; los párpados, caídos, casi cerrados, y su labios están en mi sexo.

Se me acelera la respiración y lo jalo del pelo.

—Eso es —ronronea—. Vente, amor.

—Bésame mientras me vengo.

Gime, succionando fuerte, y cuando vuelvo a subir las caderas, se levanta de golpe, baja la mano a mi entrepierna mientras me besa en la boca y me come viva, pidiéndome acceso con la lengua, que se enrosca en la mía y me acompaña en el orgasmo.

Me separo de golpe, buscando un aire que Noah tampoco parece encontrar, porque respira tan agitadamente como yo en este momento.

Repara en el brillo travieso de mis ojos y me mete los dedos despacio, sonriendo satisfecho al notar que me contraigo alrededor de ellos. Gimo aún más cuando los saca y se los chupa, relamiéndose.

Me vuelvo a encender, me tiemblan partes del cuerpo que no creía capaces de excitación. Quiero repetir lo que acaba de pasar. ¡Ya!

Levanto las manos y le agarro un puñado de pelo, y él me abraza fuerte, posesivo.

Algo se estampa contra el suelo cerca de nosotros, y los dos damos un brinco.

Noah no se aparta ni me suelta para no exponer mi cuerpo, pero sí levanta la vista al espejo en el que estoy apoyada, y se paraliza.

—Mierda —masculla mirándome de pronto.

La rigidez de su mirada me revuelve el estómago, pero me muevo un poco y me asomo por encima de su hombro.

Y veo a Chase en el umbral de la puerta, mirándonos fijamente. El ruido era el de su bolsa del gimnasio cuando se le ha soltado de los dedos y se ha estampado contra el suelo.

Me invade una especie de frialdad, y no aparto la mirada, pero él sí. Su gesto se endurece y clava la mirada asesina en la nuca de Noah.

Pero ¿cómo demonios se atreve?

Le subo la mano por el brazo a Noah, recuperando de nuevo su atención.

—Vámonos a algún sitio privado a terminar eso.

A Noah le pasa algo por el semblante, pero parpadea y lo hace desaparecer tan rápido como ha aparecido. No dice una palabra, pero mira hacia abajo y me acomoda los shorts de forma que todo lo que hay que tapar quede tapado, y luego se acerca adonde están las mancuernas por su camiseta.

Chase aún no ha dicho nada, pero me mira directamente, y sigue mis pasos en dirección a él mientras voy con Noah hacia la única puerta que permite salir de allí, la que está justo a la espalda de Chase.

Cuando estoy a punto de cruzarla, me detengo y Noah casi choca conmigo.

—Ya tienes todo el gimnasio para ti —le digo, y salgo, seguida de Noah.

Camino más despacio para esperarlo, pero él pasa de largo y continúa caminando. De pronto para y alza la cabeza antes de voltearse bruscamente para mirarme. Me cuesta interpretar su expresión, una mezcla de rabia y decepción, de pena.

Y, de pronto, me siento muy pequeñita.

Me consume la humillación y me cuesta mirarlo a los ojos. Salgo disparada hacia delante, tapándome la boca con la mano.

—¡Dios mío, Noah! Yo... —Él va a decir algo, pero cierra la boca de golpe y niega con la cabeza—. No sé por qué he hecho eso —digo pasándome las manos por el pelo—. Lo siento mucho. No pretendía... No...

¿Qué diablos me pasa?

No soy vengativa, ni quiero hacer daño a nadie, y menos a él. Pero lo que acabo de hacer... Eso ha sido supercruel.

Malicioso.

Estoy asqueada.

Me dan ganas de vomitar, dejo caer los hombros derrotada y miro a otro lado, demasiado avergonzada para hacer frente a Noah.

Al cabo de un momento, habla por fin.

—Ven aquí, anda —me dice con ternura, procurando disimular lo dolido que está, aunque yo se lo noto.

Lo presiento.

Tengo una corazonada.

Como un perrito con el rabo entre las piernas, me acerco, y él me mete el pelo suelto por detrás de la oreja y me deja la mano ahí un instante.

—Vámonos de aquí, ¿sí? —dice sacando las llaves de la bolsa—. Empieza a hacer frío.

Asiento y lo sigo a la camioneta.

Me siento tan..., no, ¡soy! tan asquerosa que no sé ni qué decirle. No hay palabras que justifiquen lo que he hecho. Seguramente, la incertidumbre de la que hablaba hace dos semanas preside ahora su pensamiento, y es culpa mía. Lo he utilizado para hacer enojar a Chase, y los dos lo sabemos.

El tiempo pasa despacio y el aire es cada vez más tenso, con lo que el trayecto del coche a casa se hace incómodo.

Cuando llegamos a mi residencia, para en la entrada en vez de estacionarse, como suele hacer. Pasan unos segundos sin que digamos nada, así que, con manos temblorosas, me bajo del coche y cierro la puerta a regañadientes. Me volteo para mirarlo y veo que ni siquiera ha levantado las manos del volante.

—Noah, lo siento mucho, de verdad.

—Lo sé —me dice dolido, aunque de la herida reciente solo emane comprensión—. Lo sé. —Me destroza más que la rabia, porque significa que piensa que hay algo que comprende, cuando no lo hay—. Pero necesito que me hagas un favor —me susurra con voz ronca.

—Lo que sea —le prometo, preparándome el estómago para lo que está a punto de decir y viéndolo apretar la mandíbula como si le doliera hacerlo.

—Quiero que te detengas de verdad a pensar, en todo, en todo esto. —Agacha la cabeza, molesto, y luego levanta los ojos despacio a hacia los míos—. Quiero que pienses en él. —La sorpresa me hiela las entrañas y me tensa tanto los músculos que me duelen—. Si aún lo quieres —añade ronco—, si existe la más mínima probabilidad de que haya algo entre ustedes, te pido que me olvides.

Suelto un suspiro y se me desboca el corazón.

—Noah...

—Ten piedad de mí, Julieta..., y olvídame. —Me angustio y un sollozo, que amenaza con abrirse paso desde mi interior, me hace convulsionar. Nerviosa, toqueteo la manilla de la puerta, pero Noah niega con la cabeza, y yo me quedo helada, aferrada al coche una vez más—. Entra en casa, Julieta —dice, y mira al frente—. Por favor.

Me cuesta un poco, pero consigo ceder. Retrocedo tambaleándome, sin aliento, rota. Se me empieza a nublar la vista y me presiono las sienes, y hago lo que me ha pedido, mientras él se aleja en la camioneta.

No sé bien cómo consigo subir a mi departamento, porque no recuerdo haber abierto la puerta del edificio ni haberme metido en el ascensor. No recuerdo entrar a la casa ni que Cameron saliera de su cuarto. No recuerdo haberme caído al suelo, pero aquí estoy, con mi mejor amiga al lado, acariciándome el pelo. Aunque mueve los labios, yo no oigo nada, y luego no veo nada, pero, ¡maldita sea!, lo siento todo.

Absolutamente.

TODO.

34

Arianna

El sol trae consigo la tristeza de anoche, por lo que me tapo la cabeza con las mantas y me refugio en el calorcito. Y así me quedo todo el día, y el siguiente, pero al tercero Cameron se sube a mi escritorio para quitar a jalones las cortinas. Literalmente.

Las tira al suelo y las mete a patadas debajo de la cama, y luego pone las manos en la cintura.

—Levántate y báñate, que te voy a hacer algo de comer.

—No tengo hambre —digo, y me giro del otro lado, mirando a la pared.

Me arranca las mantas de encima y yo cierro los ojos con fuerza y me pongo bocarriba.

—Amiga, sé que ahora mismo todo te parece una mierda, pero no puedes seguir así.

La miro, y ella me regala una pequeña sonrisa. Se acerca y da unas palmaditas al colchón.

—Levántate y arréglate. Y carga el celular. —Pongo cara de pena y ella deja caer los hombros—. Sabes que no te ha llamado —me susurra—. Te dijo que necesitaba unos días.

Se me empañan los ojos, y asiento con la cabeza.

—Ya...

Agarra mi teléfono del escritorio y se acerca a ponerlo en el cargador inalámbrico de la mesita.

—Entonces, no tienes nada que temer, Ari. Vamos, levántate. O uso la artillería pesada... y llamo a Mason.

Me aprieta el brazo, sonríe y se va, así que, antes de que me dé tiempo a arrepentirme, me meto a regañadientes en el baño y me encierro dentro.

Aunque me he pasado los dos últimos días en la cama, no albergaba la falsa esperanza de dormir, y no lo he hecho. He estado en vela casi todo el tiempo, pensando en qué decirle a Noah, pero, por más versiones de «Lo siento, perdóname, por favor» que se me ocurrían, ninguna es suficiente. Ni de lejos.

Noah llegó a mi vida en un momento en que necesitaba un amigo, y justo en eso se convirtió. Fue él quien, sin darse cuenta, me ayudó a superar todas las mierdas en que me permití caer después de lo de Chase, así que vio lo profundos que eran mis sentimientos, lo mucho que me estaba costando olvidarlo y todas las demás situaciones embarazosas que compartí con él voluntariamente. Carajo, Noah fue el que me ayudó a curarme, y ni siquiera me di cuenta de que había ocurrido hasta que un día todo cambió. De pronto, el hombre que me quitaba el sueño por las noches ya no era el de antes.

Me enamoré de Noah, perdidamente.

Si hace unos días me hubieran preguntado si nuestra relación tenía algún punto flaco, habría jurado que no existía semejante cosa. Ahora veo lo ciega que estaba. Sí hay un tema delicado entre los dos.

Chase.

Lo que pasa es que solo lo notaba uno de nosotros.

La inquietud incesante.

El miedo a que, en cualquier momento, la persona a la que quieres decida que quiere a otro.

Yo sabía que Chase siempre iba a estar en mi vida, de una forma u otra. Lo sabía antes y después de que cruzáramos la línea, y Noah decidió aceptarlo. Empezó a conocerme mejor, le gusté y me demostró cuánto me quería siendo perfectamente consciente de que el único hombre de mi pasado sería una constante en mi futuro.

Por eso, hacer lo que yo hice y servirme a la ligera de un momento con Noah para mostrarle mi rabia al chico por el que él temía perderme fue... una cagada descomunal.

La cagué, y ya no tiene remedio.

Le he hecho daño al chico por el que haría lo que fuera.

En mi vida he sido más imbécil.

Lo único que quiero es llamarlo, ir corriendo a su casa y vomitarle mi arrepentimiento en los pies, suplicar su perdón.

Pero no lo voy a hacer. Aún no.

Me ha pedido tiempo, y estoy intentando concedérselo.

Es lo mínimo que puedo hacer.

Por desgracia para mí, cuando vuelvo a mi cuarto y tomo el celular por primera vez en días, el tercero en discordia no quiere precisamente espacio.

Me aguarda una retahíla de mensajes, todos ellos de Chase.

Inspiro hondo y los abro; el primero es de la noche que nos sorprendió en el gimnasio.

0:05, Chase: ¿Qué demonios era eso?

0:15, Chase: ¿Por qué no me contestas?

0:25, Chase: De acuerdo, Ari. Espero que la estés pasando bien.

1:47, Chase: ¿Podemos hablar?

Se me llenan los ojos de lágrimas de rabia, y gruño. ¡Cómo me fastidia!

Todo ha salido mal y no sé cómo arreglarlo, así que hago lo único que puedo hacer: centrarme en mis estudios, decidida a, por lo menos, terminar el semestre con las mejores notas que pueda sacar, deseando en todo momento que cada hora que pasa sea la hora en la que Noah me llame.

Pero no me llama, y eso me está matando.

Noah

Esto me está matando, carajo.

En los tres días que han pasado desde que vi a Ari meterse en su residencia, es como si no supiera funcionar en un mundo en el que ella no está conmigo, porque, aun cuando no estaba físicamente, siempre la tenía ahí, en la cabeza, presidiendo mis pensamientos. ¡La tenía por todas partes!

Pero, con cada día que pasa, parece que se me escapa un poco más.

Se me aleja un poco más.

Antes, si no estaba con ella, contaba los minutos que faltaban para volver a verla. Ahora me quedo sentado viendo pasar las horas. Las manillas giran y giran, apretándome el pecho como una llave inglesa, arrebatándome las entrañas y dejándome hecho un despojo sin remedio.

Todo el mundo sabe que la única forma de arreglar un tornillo jodido es sacándolo de tajo, y así es como me siento: como si me arrancaran de golpe el corazón, directamente a través de las costillas magulladas.

No sé qué me impulsó a pedirle que pensara en él. ¿Y si lo ha hecho?

¿Y si lo nuestro se ha acabado?

¿Y si ella se convierte en la mayor de mis pérdidas y yo en el mayor de sus errores?

¿Y si mis mayores temores no se corresponden en absoluto con la maldita realidad?

¿Y si mi chica la está pasando mal y se está muriendo por dentro como yo?

¿Despacio, y un poco más cada día?

¿El doble de mal por las noches?

¿Y si me echa de menos y lo único que quiere es que la abrace, que la estreche contra mi cuerpo y le diga que no pasa nada, que estamos bien, y que la amo con todo mi ser y la quiero por todo lo que es?

Eso está a punto de matarme.

La sola idea de ser la razón de su sufrimiento es demasiado para mí.

Siento náuseas. Me duele todo.

Mi cabeza y mi corazón están en guerra, y no tengo claro que ninguno de los dos vaya a ganar.

Por lo que he hecho.

Le he pedido a mi chica que considere la posibilidad de que yo no sea el amor de su vida, ¡sabiendo en todo momento que ella sí lo es para mí!

La necesito, y solo me queda esperar que ella me necesite tanto como yo.

35

Arianna

Ignoro cómo es posible que cinco días me pesen como cinco años, pero así es. Los minutos transcurren despacio, cada paso que oigo en el pasillo me pone en alerta y la cabeza me engaña, haciéndome creer que a lo mejor, solo a lo mejor, es él quien se acerca a la puerta, que será él quien llame con los nudillos y que, cuando abra la puerta, estará ahí parado, con una sonrisa, pero eso nunca pasa.

La ansiedad me impedía estar en casa, y por eso me he estado escondiendo en la biblioteca cuando no tengo clase, y me obligué a saltarme el partido hace dos noches, pero, a pesar de lo que me dolió, lo vi en la tele.

Mason está enojado porque no le cuento lo que ocurre.

Brady me llama todas las noches para ver si estoy bien.

Y Chase me ha estado llamando y mandándome mensajes dos veces al día, y yo lo he ignorado.

No sé por qué, pero esta mañana todo se me ha hecho demasiado. Me he despertado con una fuerte sensación de desesperación, de necesidad, y no lo he podido evitar. He llamado a Noah cuando he pensado que estaría libre, pero no me ha respondido, así que le he mandado un mensaje, confiando en que eso funcionara.

No me ha respondido.

Cameron dice que lo ha visto una o dos veces cuando ha ido a ver a Trey, pero que no se para a hablar con nadie y se mete derecho en su cuarto. Con Chase sí ha hablado. Según ella, le ha dado por venir a verme ahora que tiene claro que estoy ignorándolo. Por lo visto, ya se ha venido a casa dos veces esta semana, las dos cuando yo no estaba, gracias a Dios.

Con lo decidido que está, por lo visto, a dar conmigo, no sé si podré evitarlo mucho tiempo. Y enseguida lo compruebo, porque, al doblar la esquina de la biblioteca, donde me he estado escondiendo casi todos los días, veo a Chase allí sentado, a menos de quince metros de distancia.

Me quedo helada en el sitio, con un millón de pensamientos rondándome la cabeza y el más ruidoso de ellos instándome a salir corriendo, solo que mis pies no se mueven. A lo mejor ha llegado el momento de dejarle decir lo que sea, de tener una conversación de verdad, como deberíamos haber hecho hace mucho. Lo que pasa es que yo no estaba preparada para eso entonces y, la verdad, tampoco creo que lo esté ahora.

Estos últimos días he pensado mucho en Chase, más de lo que me gustaría reconocer, pero eso fue lo que me pidió Noah, y no he tardado en darme cuenta de la falta que me hacía.

Lo había bloqueado todo. El dolor que me producía la sola mención de su nombre era demasiado en su momento, y terminó embrollándolo todo. Metí a Chase en una caja y me la quité de en medio.

Necesitaba recordar, revivir cada momento que pasé con él, ver en qué nos habíamos equivocado... y en qué no. Mis recuerdos me han ayudado a entender por qué me había enamorado de él. A solas con mis pensamientos, he llorado y reído, y luego me he dado cuenta de que...

Lo he echado de menos.

Extraño al chico que me defendía cuando los demás se ponían pesados con una falda que les parecía demasiado corta, al que nos pasaba a Cameron y a mí un par de cervezas en secreto cuando Mason decía que no podíamos beber, al que se quedaba en el agua conmigo mucho después de que los otros se quejaran del frío, porque sabía que me fastidiaba salir del mar.

Pero no solo por él.

Extraño nuestras noches en grupo, a las que no estaba invitado nadie más, solo nosotros cinco.

Cameron, Mason, Brady, Chase y yo.

Desde secundaria, solo nos separábamos unas semanas en verano, cuando los chicos iban al campamento de futbol americano, pero, incluso entonces, nos hacíamos una videollamada al menos una vez al día.

Claro que Cam y yo la pasábamos en grande sin nuestros guardaespaldas, pero enseguida extrañábamos las otras piezas del rompecabezas. Aun el verano pasado, cuando estábamos en Florida, donde Cam conoció a Trey, pasándolo mejor que en toda nuestra vida, extrañábamos a nuestros chicos.

Después del incidente con Chase, a principio de semestre, todo cambió, y no era justo para los demás, sobre todo porque no tenían ni idea de por qué el ambiente había cambiado.

Ya es hora de arreglarlo, esta vez de verdad. Lo sé, pero, pese a todo, me siento muy culpable por extrañar a Chase.

¿Cómo es posible que extrañara tanto al hombre con el que estaba furiosa como para hacerle tanto daño a mi chico?

Me duele por Noah, mucho, con desesperación.

Esa pérdida que me va devorando día a día no se parece a nada que haya sentido antes. En múltiples ocasiones me han dado ganas de mandarlo todo a la mierda e irme corriendo a su casa, pero me he contenido. Más o menos. Es cierto que llegué a ir una vez que me sentía solísima, pero, nada más ver su camioneta, me eché a llorar y di media vuelta.

Lo que más me destroza es que sé cómo está viviendo ahora mismo: solo y en silencio. No va mucho de fiesta, si es que va a alguna, ni sale en grupo. Todo el tiempo libre que tenía lo pasaba conmigo, y sé que no ha llenado esos huecos con otra cosa.

Sé que está tan solo como yo, incluso más.

Lo peor es lo que le debe de rondar la cabeza: la duda que yo le provoqué.

Me corresponde a mí disiparla.

Precisamente por eso, no doy media vuelta ni me voy en la dirección contraria.

Me acerco a Chase.

Está sentado, con la cabeza gacha, vestido con pantalón de deporte y sudadera con capucha, y con la bolsa deportiva delante de él. Mueve la pierna como si estuviera nervioso y se mira las palmas de las manos mientras se frota una con la otra.

—Hola —digo cuando ya estoy cerca.

Levanta la cabeza de pronto, muy inquieto.

—Hola. —Se levanta de un brinco y abre la boca, pero no dice nada, así que le regalo una pequeña sonrisa, y parece que eso lo tranquiliza un poco—. ¿Tienes un segundo? —me pregunta.

Se me enredan los nervios en el estómago, pero, de todas formas, señalo una mesa de picnic cercana. Extiende la mano y lo dejo que me lleve a un asiento. Bajo la vista a nuestras manos agarradas y, despacio, me suelto y lo miro.

Asiente y traga saliva.

—Te extraño, Ari. Lo extraño todo —dice con aprehensión—. Siento muchísimo todo lo que he hecho y lo que debería haber hecho y no hice.

—Lo sé, y yo siento haberme comportado como lo hice después. No debí enojarme contigo porque lo nuestro no fuera a ninguna parte después de aquella noche. Yo sabía lo que hacía y me daba igual lo que viniera después. Eso era cosa mía.

—No... —dice muy serio, y voltea para verme mejor—. No hagas eso. Yo fui..., no, soy un imbécil. Tendría que... No tendría que... ¡Carajo! —Suelta un suspiro de frustración y me mira a los ojos.

Nos miramos los dos en silencio varios segundos. Veo en sus ojos dolor y arrepentimiento, y luego confusión.

Con una pequeña sonrisa, me pasa el pelo por detrás de la oreja. Deja la mano ahí un momento y, cuando me acaricia muy sutilmente la mejilla con el pulgar, cedo a ese contacto sin poder remediarlo. Chase ha estado muy presente en mi vida, y no es que me cueste renunciar a eso, porque ya lo he hecho una vez, sino que me duele verlo sufrir, porque nunca me lo había demostrado, no de este modo.

Pero la sensación que me produce el contacto de su piel no está bien, así que cubro su mano con la mía, y se le ponen los ojos vidriosos cuando retiro los míos de su rostro.

—Ojalá pudiéramos empezar de cero —señala.

Suelto una pequeña carcajada y niego con la cabeza.

—No. Es cierto que todo se ha estropeado, pero que las cosas salieran mal no significa que aquella noche no fuera especial.

—Lo fue —susurra—. Fue especial.

Esbozo una sonrisa y me miro el regazo.

—He estado pensando mucho.

—Y yo —dice enseguida sujetándome fuerte las manos, y yo lo miro—. Quiero decirte muchas más cosas, pero ahora mismo no tengo mucho tiempo. Llevo ya un par de horas aquí afuera, pensando que te encontraría un poco antes —reconoce tímidamente—. ¿Crees que podríamos hablar mañana después del entrenamiento?

Se me revuelve el estómago, pero consigo sonreír, y asiento.

—Eliminatorias. Un gran momento.

Chase ríe, pero mira al césped.

—Sí, un gran momento.

Un segundo después, suspira y se levanta, y yo me levanto con él.

Indeciso, se acerca y me abraza y, aunque me tenso un segundo, luego lo abrazo yo también. Hay tensión entre nosotros, está claro, así que, con la intención de aligerar los ánimos, bromeo:

—Me alegro de que me hayas acosado antes del entrenamiento, porque, si no, ahora mismo me estarían dando arcadas.

Chase ríe, y yo me aparto y le sonrío, pero, en cuanto me mira a los ojos, se me seca la garganta.

Me noto en la espalda un cosquilleo que conozco bien, y me estremezco y me paralizo de inmediato. Chase me mira confundido y, despacio, miro por encima de su hombro. Se me cae el alma a los pies y me asaltan unas náuseas repentinas.

No...

Petrificado en el sitio, con las llaves colgando de los dedos. Abrasándome con esos ojos azules.

Bajo enseguida las manos y él mira de reojo a Chase.

Saluda con la cabeza y yo niego con la mía.

—Noah... —Susurro su nombre con desesperación, y me dirijo a él. Pero da media vuelta—. ¡Noah, espera! —Corro, pero ya se está subiendo a la camioneta, y desaparece.

Se me llenan los ojos de lágrimas y me aprieto el abdomen con una mano, intentando recomponerme.

—Ari... —empieza Chase a mi espalda.

—Dame un minuto —le digo sin voltear, siguiendo la camioneta de Noah desde el estacionamiento.

—Arianna...

—Te he dicho que me des un minuto. Por favor. —Trago saliva.

Con el rabillo del ojo lo veo cabecear, agarrar su bolsa y marcharse. Durante varios minutos me falta el aire, contengo las lágrimas y aúllo para mis adentros. Y luego me armo de valor, respiro hondo y sigo adelante.

Voy directo al campo de entrenamiento, en la dirección opuesta a la que ha tomado Chase, y me quedo rondando el estacionamiento.

No veo la camioneta de Noah.

Entro en el estadio y exploro el campo mientras lo ocupa el equipo.

Noah no está ahí.

Espero y, cuando me quiero dar cuenta, se ha puesto el sol y el entrenador está dando por terminada la jornada.

Noah no aparece en ningún momento.

36

Arianna

Entro en la casa de los futbolistas, giro a la derecha y golpeo la puertecita de las escaleras cinco minutos largos hasta que Brady aparece a mi lado. Despacio, me toma las manos y me las baja.

—Aribaby, no creo que esté ahí —me dice con ternura, y yo me derrumbo.

Me abraza e intenta mantenerme derecha, y luego Cameron se pone delante de mí, con el rostro lleno de preocupación.

—Ya hace dos días. —Me empiezan a caer las lágrimas, y giro la cara porque pasan unos futbolistas que se quedan mirando—. No estaba en el entrenamiento de ayer y tampoco está aquí hoy, así que ¿dónde está?

—Igual ha salido por comida o algo —dice Brady con escaso convencimiento, pero su intento de animarme resulta inútil y lo sabe.

—Vamos —espeta Cameron enganchando su brazo en el mío—, vámonos a casa, que tienes que...

—No me digas que tengo que dormir, Cameron —la interrumpo frotándome los ojos.

—Cariño, él no está aquí, y tampoco sabemos si ha estado

en los dos últimos días. ¿Qué vas a hacer?, ¿acampar en la puerta?

—Si no me queda otra...

—Ari, no te hagas esto.

—Ustedes no le han visto la cara —contesto mirándolos a los dos—. Estaba... Dios, estaba... —Destrozado—. No me quiero ni imaginar lo que estará pensando.

Se abre la puerta del edificio, otro grupo de chicos que llega a casa, y yo contengo la respiración, pero es Chase el último en entrar.

Me mira, mira la puerta de Noah y luego vuelve a mirarme a mí.

Se acerca.

—Ari...

—Ahora no, por favor... —le suelto gesticulando mucho mientras paso de largo.

—¡Arianna! —me grita Cameron, y sale al pórtico detrás de mí, pero yo ya he enfilado el camino de acceso y he salido a la calle.

Dando vueltas en el sitio, exploro la zona, con las manos en la cabeza.

Cierro los ojos con fuerza, aprieto la mandíbula y doblo las rodillas hasta que me quedo en cuclillas.

—¡Carajo! —grito por fin, temblando.

Varias personas se vuelven para mirarme, pero las ignoro.

Me levanto de golpe y empiezo a andar.

Recorro el campus entero, rodeando todos los edificios y cubriendo todas las esquinas, del centro hacia fuera. No creo que esperara encontrarlo, pero, cuando ya no me queda adónde ir, caigo en cuenta de que a lo mejor sí lo esperaba.

Me siento derrotada y me dan ganas de tirarme al césped y acurrucarme, pero mis pies no paran de moverse. Camino hasta que sale el sol, y luego me voy a casa. Me encierro en mi cuarto y lloro hasta que me quedo dormida.

Más tarde, cuando Cameron toca a la puerta, le digo que se largue y, cuando vuelvo a despertarme, son más de las nueve y media, y seguramente el partido de hoy esté a punto de terminar.

Me baño para quitarme del cuerpo el sudor de anoche, me visto deprisa y salgo corriendo de casa, con el pelo mojado y todo, pero, cuando tengo el estadio a la vista, aún al menos a cien metros de distancia, el campus ya está inundado de seguidores que salen del partido y van en busca de un sitio donde terminar el sábado por la noche. Me dejo caer en el banco más cercano y entro en la página web de la universidad, donde ya han publicado el resultado.

Los Sharks han perdido la primera ronda eliminatoria y su temporada ha terminado esta noche. Eso significa que esta noche era el último partido de Noah como *quarterback* universitario, y yo no estaba ahí para verlo.

La impotencia me rompe por dentro, y cierro los ojos. Noah no ha aceptado ninguno de mis intentos de ponerme en contacto con él, de modo que, con el alma estremecida y pura desesperación, abro nuestro chat y le mando un mensaje que espero que no pueda ignorar.

Apago el celular y me quedo sentada en el mismo sitio hasta que el estacionamiento está casi vacío, y luego me voy a la casa de los futbolistas y rezo para que, cuando llegue allí, Noah me esté esperando.

Por desgracia para mí, no está, pero hay un barril entero de cerveza barata.

Así que me lleno un vaso.

Y luego otro.

Me acabo de rellenar el vaso cuando, al voltear, me topo cara a cara con Chase.

Me detengo en seco, sonriente, y él me mira con extrañeza.

—Hola.

Mira al chico que controla las bebidas, a mi espalda, y luego examina mi vaso.

Le sigo la mirada y río.

—Sí, no las sirve muy bien. Es casi todo espuma, pero me sirve igual.

Sigo adelante, cruzo el jardín y me meto en la casa.

Él me alcanza, y percibo su mirada inquisidora.

—¿Y para qué te sirve?

—Piensa en todas las razones por las que le gente recurre al alcohol y márcalas todas.

Lo miro y veo que frunce aún más el ceño.

—Igual este no es el mejor momento, pero se supone que íbamos a hablar y, al final, no lo hemos hecho.

—Sí, al final no hemos hecho muchas cosas, ¿verdad? —Dejo de caminar y me llevo el vaso a los labios—. Parece que lo nuestro fue hace una eternidad.

—No es verdad.

Resoplo y asiento.

—Sí, sí es verdad.

Suspirando, extiende la mano hacia mí, pero yo me doblo y la esquivo.

—No me toques. —Río, me termino la cerveza y le digo señalándole con la cabeza—: La última vez que me tocaste volviste a estropearlo todo, claro que ya lo había estropeado yo antes, así que ¿qué más da?

—Las cosas no tienen por qué ser así, ¿sabes?

—¿Y cómo van a ser si no, Chase?

—Mejores —contesta, y se acerca—. Podrían ser mejores para nosotros.

—Por favor... —digo poniendo los ojos en blanco—.

Hasta que nos vea Mason, ¿no? Eso ya lo he vivido, ya lo he pensado. Y ya me ha fastidiado la vida antes.

Se abalanza de pronto sobre mí y mis ojos tardan un segundo en adaptarse a su proximidad. Y entonces lo tengo en la cara.

—Dime que puedo besarte y lo haré. Aquí mismo, ahora mismo, donde lo vea todo el mundo. —Me agarra de la barbilla—. Dime que puedo besarte.

—Pero ¿qué demonios...? —retumba la voz de Mason en algún lado.

Y, de repente, el parloteo de la fiesta se extingue y mi hermano me lleva con delicadeza a otra parte, interponiéndose entre Chase y yo.

Chase se queda pasmado una décima de segundo, pero luego se yergue y le da la cara a su mejor amigo.

—¿Qué le acabas de decir a mi hermana? —pregunta Mason empujándolo por el pecho y haciéndole retroceder unos pasos. Brady se acerca corriendo, acompañado de Cam.

Chase niega con la cabeza y levanta las manos.

—Lo siento, pero... vas a tener que acostumbrarte a esto.

—¿Qué? —espetamos Mason y yo a la vez, mirándonos de pronto. Él frunce el ceño, confundido, y enseguida lanza una mirada asesina a su amigo.

Cam intenta intervenir.

—Chicos, igual deberíamos irnos afuera...

—¡Me da igual! —responde Mason levantando las manos—. ¿Qué demonios has querido decir con lo de que voy a tener que acostumbrarme? ¿Acostumbrarme a qué? ¿Te estás cogiendo a mi hermana? —exige saber Mason antes de voltear hacia mí—. ¿Te lo estás cogiendo?

—Mason, basta —le dice Brady muy seco.

—No, ¿sabes qué?, que da igual, Brady —digo—. Hagamos la maldita sesión de terapia aquí mismo, en plena fiesta. —Si el alcohol me hace arrastrar las palabras, lo desconozco. Miro fijamente a mi hermano—. No, Mase, no «me lo estoy cogiendo».

—¡Más te vale, carajo! —brama.

«Y ¿sabes qué?, ¡a la mierda todo!»

—Ah, ¿sí? —Me aparto y me cruzo de brazos desafiante—. ¿Y eso por qué? ¿No soportas imaginarte a tu mejor amigo encima de tu «hermanita»?

—Ay, carajo —murmura Brady a mi lado.

Cameron intenta interferir, pero la aparto de un empujón, y cierra la boca de golpe.

—Cuidado con lo que dices, Arianna —me amenaza Mason muy serio.

—Pues ¿sabes qué, imbécil? —Oigo el «No» de Chase a mi lado, pero ¡que se vaya al demonio él también!—. ¡Que ya ha pasado! —Veo a mi hermano desviar su mirada asesina hacia Chase y se echa a correr, pero Brady se interpone entre los dos y retiene a Mason—. Ah, pero tranquilo, Mase, porque lo que te he dicho es cierto: no «me lo estoy cogiendo», porque su amistad era más importante que yo, justo como tú esperabas, así que ¡enhorabuena, Mason! ¡Todo tuyo! —digo haciendo un aspaviento.

Salgo furiosa por la puerta principal, haciendo caso omiso de la conmoción que genera mi salida.

—¡Ari, espera! —me grita Chase pisándome los talones, pero no me detengo hasta que me agarra por el brazo y me obliga a voltear—. ¡Ari, maldita sea, espera!

Se para delante de mí de un salto.

—¿Qué? ¿Qué quieres, Chase? —Agotada emocionalmente, dejo caer los hombros—. ¿Qué quieres de mí?

—¡Todo! —grita—. Lo quiero todo, Arianna. —Me dispongo a gritar también, pero él levanta las manos para pedirme silencio—. Espera, déjame hablar, ¿sí? —Me le quedo mirando un segundo, y luego asiento—. Mira, ya sé que me dijiste que era demasiado tarde, pero no tiene por qué ser así. Ari, este verano... —Traga saliva—. Me porté como un imbécil . Todo lo que pasó entre nosotros no debería haber sido así. Ahora lo veo. Necesito que me creas cuando te digo que no volverá a ocurrir. No volveré a rechazarte, ni dejaré que nada se interponga entre nosotros si tú concedes a lo nuestro la oportunidad que merece.

Empiezo a negar con la cabeza antes de que termine siquiera.

—No, Chase, yo ya no estoy en el mismo sitio que en verano.

—Y lo entiendo —me dice con insistencia, agarrándome las manos—. Lo entiendo, de verdad. Solo quiero que sepas que estoy preparado, que estoy aquí. Sé que tienes miedo, que fui yo quien te dio motivos para tenerlo, pero...

—Chase... —lo interrumpo.

Sigo negando con la cabeza.

No entiende nada.

No lo comprende.

Me masajeo las sienes con las yemas de los dedos.

—Deja de hablar, por favor.

Sigo caminando, pero vuelve a interponerse en mi camino.

—No, tienes que escucharme. Tienes que entender lo que te digo. Prácticamente acabo de mandar a la mierda a mi mejor amigo para que veas lo en serio que voy —dice señalando la puerta de la casa—. Dame una oportunidad de demostrarte que puedo quererte como mereces, porque, Arianna, yo te quie...

—¡Yo ya no te quiero! —le grito, y se me contraen los músculos.

Chase se queda helado y, por encima de su hombro, veo a mi familia, que venía hacia nosotros, detenerse todos en el mismo segundo. Se van acercando despacio, cada uno con su versión de sorpresa y confusión en el rostro.

Han oído lo que acabo de decir, a lo mejor algo más.

Las lágrimas me empañan los ojos y empieza a hormiguearme la nariz. Chase se lleva las manos a la cara y aprieta mucho los labios.

Trago saliva para deshacer el nudo que se me ha hecho en la garganta. Nunca le dije a Chase que estaba enamorada de él. Esta es la primera vez que lo oye, la primera vez que lo oye mi hermano.

No se me escapa la paradoja de este momento: el hecho de que esa omisión sea también mi rechazo, que el secreto haya salido a la luz cuando ya no hace falta guardarlo.

No tendrían que haber sabido esto antes que Noah.

Nadie tendría que haberlo sabido.

Hasta que hubiera podido mirarlo a los ojos y decírselo en voz alta.

Hasta que él supiera, sin la menor duda, que era suya.

Me retiro, pero Chase me agarra.

—No hagas esto —me suplica.

—Suéltame.

—Arianna, por favor...

—Te ha dicho —le repite mi hermano interponiéndose entre los dos— que la sueltes, carajo —gruñe, empujando fuerte a Chase por el pecho. Salgo disparada cuando Chase retrocede tambaleándose, aunque me suelta enseguida y caigo al césped.

Cameron se acerca corriendo, pero yo consigo ponerme en pie justo cuando Mason se abalanza sobre Chase, le suelta un derechazo antes de que el otro pueda decir una palabra y le hace sangre en el labio.

—Vamos, cabrón, no te acobardes ahora.

Mase escupe a un lado, se lanza sobre él y lo tira al suelo, y Chase le hace una llave de cabeza, pero Mason se escapa rodando y le da un codazo en la nariz.

—Caraaajo —masculla Brady interviniendo—. Bueno, ya está bien —dice, y agarra a Mason por los brazos, jalándolo hacia atrás, y Chase se levanta de un salto.

—¡Es que no lo puedo creer, carajo! —le suelta Mason furioso—. ¿Te cogiste a mi hermana? —dice dando patadas al aire, pero Brady lo mantiene a raya.

—¡No fue así!

—Sí fue así, carajo. Por eso estaba deprimida cuando vino aquí, porque te la cogiste y luego la dejaste.

—Tú eres el que...

—Ni se te ocurra terminar esa frase, cabrón. Decidiste estar con ella y después le diste la espalda.

—¡Porque no quería hacerte daño! —confiesa Chase, pero solo consigue enfurecer más a Mason.

—¡Eso es una estupidez y lo sabes! Si por protegerla a ella me haces daño a mí, pues me lo haces. Eso es lo que habría querido yo. ¡Me conoces de sobra, carajo! —dice negando con la cabeza—. Lo sabes bien.

Chase mira a otro lado avergonzado.

—No quería estropear nada.

—Lo estropeaste todo cuando la desvirgaste y le partiste el corazón.

Chase palidece de inmediato y me mira enseguida. Los demás hacen lo mismo. Yo estoy atónita, con los ojos llenos de lágrimas.

—No... —susurra avanzando sin darse cuenta—. Arianna, no.

Mason consigue soltarse un brazo y lo alarga a tiempo para agarrar a Chase de la camiseta antes de que lo ignore, y luego se planta a Chase delante de la cara. Pero, mientras mira a su amigo a los ojos y el otro deja caer los hombros, el gesto ceñudo de mi hermano me encuentra a mí detrás.

—¿No se lo contaste? —me pregunta.

Tengo el cuello rígido, pero niego con vehemencia, a modo de disculpa, de arrepentimiento. Miro a Cameron, que se muerde las uñas, a Brady, que agacha la cabeza.

—Me... tengo que ir —digo, y retrocedo, sacando el brazo

enseguida cuando me topo con el coche estacionado junto a la acera, y lo rodeo deprisa y cruzo la calle.

—Anda, Ari —espeta Mason, y avanzan todos juntos por el jardín hacia la calle—. Vuelve aquí.

—¡Arianna, espera! —me grita Chase, y yo me aprieto las sienes.

—¡Apártate, carajo! —exclama Mason.

—¡Voy por ella! —brama Chase—. ¡Ari! Pero ¿adónde vas?

Hago un gesto de duda, se me nubla la vista.

No lo sé.

No puedo pensar.

—No me obligues a derribarte, Chase, porque lo haré, carajo.

—¡Vete a la mierda, Mason!

—¡Chicos, paren ya! —grita Cameron—. ¡Mason, déjalo ir!

Cierro fuerte los ojos para no oírlos.

Casi no puedo respirar.

Tengo que encontrar a Noah.

Quiero hablar con él.

Tengo que decirle que sé lo que quiero.

Que es él.

Tengo que decirle que lo quiero.

Noah

Mis pies se detienen, y me doblo y apoyo las manos en las rodillas. El corazón me late con furia e intento respirar hondo, pero no es tan fácil.

Cuando me ha entrado el mensaje de Ari, llevaba ya seis cervezas, pero sabía que tenía que ir por ella, así que he echado el seguro de la camioneta y he salido corriendo.

He corrido por lo menos ocho kilómetros sin parar.

Se me calma un poco la respiración; me yergo y, cuando

avanzo unos metros, oigo unos gritos. Levanto la mirada y, forzando la vista, diviso hasta un par de casas más allá de la nuestra, y entonces es cuando la veo.

Ari, agarrándose el estómago y caminando de espaldas. Corro hacia ella y me helado al ver a Mason y a Chase dándose empujones, y luego Mason le suelta un puñetazo a Chase y le grita en la cara, pero yo me detengo al borde de la acera.

—¡Mason, déjalo ir! —grita Cameron.

Me aparto de la acera, ignorándolos.

—¡Julieta! —la llamo.

Su cuerpo se yergue de pronto como si se hubiera estampado contra un muro invisible, y luego, despacio, me encuentra.

Abre la boca y un grito desgarrado se le escapa de los labios.

—¡Noah...!

El anhelo de su voz casi me destroza, y me agarro el pecho.

Mi chica...

Encoge los hombros, aprensiva, abrazándose el cuerpo como si se preparara para un golpe, por si le doy uno como el del otro día.

Como el de la semana pasada.

«Mi Julieta, yo también te he hecho daño».

El arrepentimiento me hierve en las venas y miro de reojo a Mason y a los demás. A Chase, que está a menos de tres metros de mí, con el labio y la ceja derecha partidos. Están al borde del jardín y se puede palpar la tensión que hay entre ellos, mirándonos los dos a ella y a mí, mirándose entre ellos. No sé qué es lo que ha pasado, pero me da igual.

Volteo hacia mi chica, levantando el celular al aire, y su cuerpo se curva. La tengo ya delante, y me susurra esperanzada:

—¿Has visto mi mensaje?

—Lo he visto.

—Y has venido.

Esbozo una sonrisa y asiento.

—Tendría que haber venido antes.

Llora y se le escapa una risa rota.

—Está bien, pero no lo vuelvas a hacer —bromea, aunque eso no basta para ocultar el dolor de su voz.

Un dolor que yo he alimentado, temiendo ser el único que sentía nuestra pérdida.

No era así. Ella también la sentía.

La siente.

Ari es mía.

—Nunca, amor —le digo, y se me encoge el pecho—. Nunca más.

Se tapa la boca con el dorso de la mano y sorbe los mocos mientras yo rodeo la vieja camioneta estacionada junto a la acera.

Ella baja los brazos y sonríe, y luego echa a correr.

Río, pero entonces veo un destello.

Giro la cabeza de pronto a la izquierda y me asalta el pánico.

Salgo disparado hacia delante.

—¡No!

—¡Ari! —grita Mason, y el aullido de Cameron resuena a su alrededor.

Unos brazos se enroscan en mi cuello y caigo de espaldas.

En el mismo instante, el rechinido de unos frenos perfora el aire, seguido de un golpe seco tan fuerte que me sacude las entrañas. Solo se oyen gritos, y yo me zafo del cuerpo que me retiene por la espalda.

La calle está sembrada de cristales rotos que me cortan las rodillas y las manos cuando repto entre ellos, avanzando hacia la defensa abollada de la vieja camioneta.

Me brota de dentro un alarido y, de pronto, se me acercan los otros.

Alguien me agarra de la camiseta.

Alguien llora.

Alguien suplica.

No me muevo.

No puedo respirar.

Lo único que puedo hacer es mirar fijamente a la mujer a la que amo tendida, inerte, en medio de la calzada.

37

Noah

Siete horas sin noticias se hacen insufribles, pero las cuatro siguientes, cuando la enfermera se acerca por fin a nosotros para decirnos que ha habido una complicación, son las peores.

No las llena más que el miedo y el remordimiento, el dolor y las conjeturas.

¿Y si hubiera llegado a tiempo hasta ella anoche?

¿Y si no la hubiera dejado tirada el otro día?

¿Y si ya nunca puedo decirle que la quiero?

Que ella es más de lo que pensaba que podía existir, todo lo que yo podría necesitar y todo lo que siempre voy a querer...

Arianna Johnson constituye todo mi ser.

Sin ella, no soy nada.

No se dice mucho en las siguientes dieciséis horas, y me refiero a todos nosotros. Nos paseamos nerviosos por la sala y, de vez en cuando, uno de nosotros le da un puñetazo a una pared o una patada a una silla, o enfila furioso el pasillo y vuelve de inmediato y se tapa la cara con las manos.

Por fin sale el médico, agotado y ojeroso, y se baja el cubrebocas.

—¿Los familiares de la señorita Johnson? —pregunta, aunque ya sepa quiénes somos.

—¿Está bien? —dice Mason acercándose enseguida.

Cameron me agarra de la manga, temblando.

—Está estable.

Me brota del pecho un suspiro entrecortado y me dejo caer contra la pared. Apretándome los ojos con las manos, echo la cabeza hacia atrás. Una mano me agarra fuerte el hombro y, cuando volteo, veo a Chase. Mueve la cabeza, apretando la mandíbula, y miramos los dos al médico.

—¿Cuándo podemos verla? —pregunta Brady.

—Pronto, pero debo decirles que aún no está completamente fuera de peligro.

—Díganos, doctor —pide Mason tragando saliva.

Nos mira a todos un momento y queda claro que está eligiendo con cuidado las palabras.

—Arianna ha sufrido daños en casi toda la parte superior del cuerpo y le hemos encontrado una pequeña fractura en el cráneo. Como consecuencia de esa lesión, su cuerpo entró en shock y nos vimos obligados a inducirle un coma.

—¡Ay, Dios! —Cameron llora, y Mason se da la vuelta enseguida y la abraza. La estrecha fuerte contra su cuerpo y aguarda más información.

—¿Tiene dolor? —pregunto con voz ronca.

—Ya no —contesta el médico plegando el portapapeles de clip—. Estaba sufriendo mucho y, con las lesiones que tenía, eso podía llevarla al coma. Su cerebro se habría cerrado sin más, como respuesta al trauma, y por eso nos pareció más seguro proceder como lo hemos hecho.

—¿Por qué?

—Para evitar que el cerebro reaccione o responda. Hay que darle tiempo para que se recupere, porque después habrá que monitorizarla por si hay inflamación.

—Y si eso pasa... —tercia Chase acercándose—. Si se le inflama el cerebro...

—Habrá que buscar una forma de reducir esa inflamación.

—¿Cuánto tiempo la van a tener dormida?

—El que sea necesario. Un día, quizá dos. Tal vez algo más. Todo depende de cómo vayan las próximas horas. Si supera la noche sin complicaciones, mañana podremos respirar un poco más tranquilos.

Asentimos todos y nos miramos unos a otros para asegurarnos de que nadie más tiene alguna pregunta que no se le haya ocurrido a otro.

El médico asiente, y entonces se le acerca la enfermera a la que le encargaron que se ocupara de nosotros cuando llegamos.

—Doctor Brian, este es el señor Johnson —dice dirigiéndolo hacia Mason.

El hombre, impasible, le tiende la mano a Mason.

—¿Podemos hablar un momento en el pasillo? —pregunta el médico, y se aparta un par de pasos.

Yo cierro los ojos, me doy la vuelta y planto la frente en la pared. Mi respiración es irregular y me arden los pulmones. La conversación entre susurros de los otros se diluye a mi alrededor y cierro los ojos aún más fuerte.

Veo un destello de la sonrisa de Ari, seguido de un eco de su risa.

Alarga el brazo hacia mí, pero, cuando estoy a punto de tocarla, se funde en negro y después ya no hay nada.

Estoy vacío.

Solo.

Me arden los nudillos y, de pronto, me noto una mano en la mía. Me he desplomado contra la pared, y Brady, Cameron y Chase están arrodillados delante de mí cuando Mason dobla la esquina. Me mira espantado y luego mira a sus amigos, pero, al darse cuenta de que la sangre que me corre por el brazo es mía, veo que mira al boquete de la pared, que debo de haber hecho yo de un puñetazo.

Aprieta la mandíbula y cruza la sala. Arranca de la pared una fotografía enmarcada, llevándose también el clavo de la pared. Entonces agarra un libro de la mesa y lo usa de martillo para clavar de nuevo el cuadro y tapar el boquete.

—Vamos, hombre —me dice, abatido, ofreciéndome la mano.

Agacho la cabeza y le acepto la mano. Me ayuda a levantarme y luego me abraza, me abraza de verdad, disculpándose como si me lo debiera, aunque no sea así.

Cuando me suelta, tengo los ojos rojos. Después se gira hacia Chase, que parece indeciso, pero Mason lo abraza igual.

Salgo de la sala dando tumbos, ignorando sus llamadas mientras me muevo por este maldito hospital como el experto que soy. Giro a la izquierda al final del pasillo y salgo adonde el personal de enfermería hace sus descansos. Rodeo la fuente y me meto entre los edificios hasta llegar al que está escondido a la izquierda.

Entro con determinación, prescindiendo del registro de la entrada, y enfilo a ciegas el pasillo. Ella está despierta cuando llego y la preocupación que le inunda el semblante me hace pedazos el corazón.

Me lo hace pedazos todo.

—Ay, cielo —dice levantando las manos—, ven aquí.

Me dejo caer en la cama de hospital de mi madre y pierdo el control.

Las dos únicas personas a las que quiero en este mundo están aquí, y su vida está en manos de otros, y yo no puedo hacer nada en absoluto.

Nunca me he sentido más impotente.

Tri-City Medical vuelve a convertirse en mi hogar una vez más, en el hogar de todos nosotros, de hecho, porque ninguno se va de aquí más que un puñado de horas de vez en cuando, ya sea para darse un baño o para dormir, quizá, unos minutos en una cama de verdad.

Mason aún no se ha puesto en contacto con sus padres, porque en el último tramo de su viaje era cuando no iban a estar localizables, yendo de mochileros por Europa y completamente desconectados durante treinta días, así que no tienen ni idea de que a su hija la ha atropellado un coche, y menos aún de que ha estado en coma.

Fue la víspera de Nochebuena cuando vino el médico a darnos las noticias que habíamos estado esperando. Después de seis días largos y tortuosos, el peligro de inflamación cerebral por fin había desaparecido, se esperaba que el dolor hubiera remitido y ya estaban preparados para dejar que despertara.

Algo en mi interior me renueva las energías, y una angustia que no había experimentado en la vida me despierta. Pronto podré mirarla a los ojos. Podré decirle lo mucho que siento haberme marchado, haber puesto en duda sus sentimientos hacia mí. Podré prometerle que no volveré a hacerlo y que confiaré en que soy suficiente para ella, cuando, en el fondo, sé que ella es más de lo que ningún hombre podría merecer, sobre todo un hombre sencillo como yo.

Yo no tengo una familia grande que la quiera y la adore, ni una casa repleta de recuerdos a la que llevarla, ni un camino que seguir juntos y hacer nuestro. No tuve lo que tuvo ella de pequeña, de modo que juego en desventaja, pero sí tengo el amor de una madre que me ha enseñado a ser un hombre, a esforzarme y a valorar lo que se me ofrece.

A amar con todo mi ser, y eso hago.

La amo con todo lo que soy, lo que no soy y lo que seré.

Tendría que haber podido mirar a esos ojos preciosos y decirle todo esto el día de Navidad, pero no fue posible, porque Ari no despertó.

Nos dijeron que podía hacerlo en cualquier momento a partir de las primeras cuarenta y ocho horas. Han pasado cuatro días y el único cambio que ha experimentado es que ya se le notan menos los hematomas. El color morado fuerte se ha convertido en amarillo claro, le ha desaparecido la inflamación de los labios y su boquita perfecta vuelve a ser la de siempre, pero con una cicatriz minúscula debajo del labio inferior.

Le acaricio las puntas del pelo con el pulgar, añorando poder pasarle las yemas de los dedos por la cabellera, como he hecho tantas veces. Con la ayuda de una enfermera, dejaron que Cameron le lavara el pelo como pudiera, y luego le hizo una trenza a un lado, como la que Ari se había hecho el primer día que salimos. Y cada seis horas, como un reloj, Cam le echa bálsamo labial, para que tenga una cosa menos de la que recuperarse, según ella.

Ari no podría tener una amiga mejor.

Mason no habla mucho, se limita a ver molesto la tele del rincón, aunque no tengo claro que vea, en realidad, nada de lo que ponen en ella. Está perdiendo la cabeza y no tardará en estallar.

Igual que todos.

—¿Alguna novedad?

Cameron levanta la vista del montón de cuentas con el que está haciendo pulseras y me ofrece una sonrisa.

—No, Noah, no ha pasado nada en los cero coma dos segundos que has tardado en hacer pis.

Se me escapa una risa en voz baja, que se esfuma en cuanto llego a la cama de Ari.

Suena el celular de Cameron y de pronto se levanta.

—Dicen los chicos que por fin han puesto café recién hecho abajo. Voy a pedirle a Mason que me invite a uno. ¿Quieres?

—No, gracias.

Con delicadeza, le paso a Ari el pelo por detrás de la oreja e, inclinándome hacia delante, le doy un beso suave en la frente y me siento en mi sitio.

No me hace falta levantar la vista para saber que Cameron vacila en el umbral.

—Noah... —me susurra con preocupación.

Me limito a negar con la cabeza y, acto seguido, se va. Y nos quedamos los dos solos, algo inusual que egoístamente cada vez deseo más. Deslizo la mano por debajo de la suya inerte. Necesito tocarla, abrazarla.

—Julieta, amor, abre los ojos, que ya toca despertar —le digo en voz baja—. Abre esos ojos grandes y hermosos, y mírame... Por favor, mírame.

Apenas sale de mi boca la última palabra me veo desbordado por todas las emociones que he intentado reprimir. Aprieto los dientes hasta que me duele, contraigo la mandíbula y ansío que no caigan las lágrimas que se me están formando en los ojos. Aquí no. No quiero que ella perciba mi angustia, como hace siempre.

Sentado a solas con ella, ruego, suplico y rezo para que pase algo, lo que sea. Le volteo la mano hacia arriba, bajo la cabeza a la cama y alojo la mejilla en la palma suave, y me quedo así, con la cabeza hecha un revoltijo de recuerdos.

No tengo claro cuánto tiempo ha pasado cuando alguien me pone una mano en el hombro y, al levantar la vista, veo a Cameron parada a mi lado.

—¿Por qué no te vas a casa un ratito? —me dice con una sonrisa tierna.

Me incorporo y, aclarándome la garganta, miro a mi

alrededor y veo a los chicos en su sitio de siempre. Niego con la cabeza y me froto la cara con las manos.

—Estoy bien —le aseguro.

—Noah, no has salido del hospital. —Mason se incorpora, se inclina hacia delante y apoya los codos en las rodillas—. Te bañas aquí, duermes aquí, comes aquí..., y eso si comes —observa arqueando una ceja.

—Como cuando tengo hambre.

Asiente, y mira a Chase en el momento en que este se levanta y sigue con la vista a su amigo, que se acerca a mí con un vaso de café.

—Sabe asqueroso y ya no humea, pero está lo bastante caliente —dice ofreciéndoselo—. Creo que te vendrá bien.

Esta es su ofrenda de paz, igual que la pizza que no se comió anoche y el sándwich de desayuno del día anterior. Ni quería aquello ni quiero esto, pero no tiene nada que ver con quien me lo ofrece. Mi estómago no procesa nada. Coma lo que coma, termino vomitándolo.

Estoy hecho un nudo, de la cabeza a los pies.

Seguramente piensa que tengo ganas de aplastarle la cara de un puñetazo, y me da igual. A veces eso es justo lo que me gustaría hacer: reventarle la mandíbula de un derechazo.

A él y a cualquier cosa que se me ponga por delante.

Pero sigue ahí como un tonto, así que al final le acepto el café.

—Gracias —le digo, bebiendo un sorbo y viéndolo volver a su sitio junto a la ventana—. ¿Dónde está Lancaster? —le pregunto a Mason, cayendo de pronto en cuenta de que al trípode le falta una pata.

—Debe de estar de camino ya. Tenía un entrenamiento a primera hora.

—Bien, eso está bien. Tiene que mantener la rutina. El entrenador nos dijo que está disponible un central que esperaban fichar para el año que viene.

—Yo también lo he oído —tercia Chase irguiéndose—. Un estudiante de bachillerato, de Detroit. Por lo visto, es un máquina.

—Y lo es. He visto sus vídeos.

—Da igual —replica Mason encogiéndose de hombros—. Las estadísticas de Brady de este año estado brutales, y no para de mejorar. Nadie sabe interpretar las jugadas ofensivas como él.

—Sí, es muy rápido en los ajustes. Si diriges tú, llegarán muy lejos la próxima temporada, chicos.

Me arrepiento nada más decirlo, consciente de que lo he dejado muy en el aire y que lo único que tenemos ahora mismo es tiempo, con lo que la conversación va a continuar.

En cuanto bajo la mirada, Mason prosigue.

—Entonces, ¿estás preparado para el sorteo, amigo? —me pregunta con una pizca de entusiasmo, el primero que le detecto en semanas—. Esa mierda debe de ser surrealista, estar tan cerca después de años de esfuerzo, carajo.

Ahí está, justo el tema del que no quiero hablar, y menos aún con las grandes promesas a las que he estado capitaneando los últimos seis meses.

—Aún quedan meses para eso —contesto levantando la vista, y la reacción retardada de Mason me indica que empieza a sentir curiosidad.

—Sí, pero tienes mucha preparación por delante. Carajo, para la Senior Bowl solo quedan unas semanas. Probablemente tendrás que volar...

—No voy a ir —lo interrumpo.

Desde su sitio en el suelo, Cameron se da la vuelta y me mira, pero yo no levanto la vista. Paseo los dedos por los de Ari, acariciándole el esmalte suave de color lila con el que Cam le ha pintado las uñas.

—¿Quieres decir que no vas a ir con antelación para familiarizarte con aquello, sino que vas a esperar al día del partido?

—Le he pedido al entrenador Rogan que le ceda mi puesto a otro, que yo no voy. —Le volteo la mano a Ari y deslizo las yemas de los dedos por la palma de su mano como me ha indicado la enfermera—. También he pedido que me saquen del Pro Day.

—¡Qué dices! —masculla Cameron, pero, con el comentario de Mason, casi no se le oye.

—¡Vamos, no fastidies! —espeta.

Levanto la vista.

Mason me mira furioso, Cameron, atónita, y Chase mira molesto al suelo.

—¿Que has hecho qué? —pregunta Mason ladeando la cabeza.

—No sigas por ahí —le suelto lo más serio que puedo—. Ya me he comido el sermón de todos los entrenadores en nómina y del resto del personal por ese asunto, incluidos mis entrenadores físicos. Ya está hecho. No hay más que hablar.

—Noah, amigo —dice Mason negando rotundamente con la cabeza—, no hagas eso. Te has agotado con Avix y te lo has ganado. Por no hablar de todos tus años en juveniles y alevines. No lo dejes escapar, que te vas a arrepentir.

—¿A arrepentir? —No pretendo reírme, pero eso es lo que me sale—. ¿A arrepentir? —repito impasible.

—Noah, maldición...

—¿Tú crees que ahora mismo me importa una mierda mi carrera futbolística? —suelto subiendo la voz una octava, y le suelto la mano a Ari para protegerla de la rabia que me vibra por todo el cuerpo—. ¿Crees que he pensado en ello desde que estoy aquí? ¿Desde que ella está aquí? Porque no, no lo he pensado ni una puta vez.

—Entiendo que esto es una injusticia y que ahora nada es normal, ¿sí? ¡No olvides que es mi hermana la que está ahí acostada, carajo! —grita Mason mientras señala a Ari con el dedo—. Pero no pienses ni por un maldito segundo que eso es lo que ella querría que hicieras, porque no. —Lo tengo ya parado delante de mí. Me mira muy furioso, pero de pronto se le descomponen el semblante y el tono de voz—. No, amigo —dice ablandando la mirada y bajando la voz—. No, amigo, ella no querría eso para ti.

Me le quedo mirando un minuto, y luego asiento despacio.

—Te escucho, en serio, y sé que tienes razón, pero si en algún momento voy a poder ser egoísta es ahora, porque, pese a lo que ella o cualquier otra persona pueda pensar, para mí es lo correcto ahora mismo. Ni de broma podría salir al campo y hacer absolutamente nada mientras mi razón de vivir esté aquí acostada. —Hago un gesto de resignación—. Me arrepentiría de dejarla, no de quedarme. Jamás lamentaría quedarme donde estoy ahora. Este es mi sitio, y aquí es donde voy a permanecer. Eso no va a cambiar, ni hay nada, ¡nada!, más importante que eso.

Mason aprieta la mandíbula, frunce el ceño. Extiende la mano, me agarra fuerte del hombro y me zarandea un poco.

—Precisamente por eso no te he dado una paliza todavía —dice entre risas, y todos los demás reímos también.

Nos tranquilizamos un rato y todo el mundo sigue con lo que estaba haciendo antes, así que inspiro hondo y bebo un par de tragos de café tibio.

—Eres consciente de que da igual que hayas pedido que te saquen del Pro Day, ¿verdad? —me pregunta Chase sin molestarse en apartar la vista de la tele—. Ya has conseguido tus credenciales universitarias y estás confirmado como joven promesa —añade, y me mira—. El departamento de validaciones ya ha dado luz verde. Estás dentro.

Le sostengo la mirada hasta que él la aparta, y solo entonces bajo la mía, obligado a considerar sus palabras. No le falta razón. Sé dónde me he metido y a quién le intereso.

Y también sé que voy a pasar de todas las ofertas que me lleguen.

Le levanto la mano a Ari, me la llevo a los labios y le doy un beso en los nudillos. Cierro los ojos y aprieto los párpados, tomándole la mano con las mías, hablándole a la piel sin susurrar una sola palabra.

Imagino que me acaricia el pulgar con el suyo, y lo hace.

Me pongo tieso, abro los ojos de golpe. No me atrevo a moverme.

No me atrevo a hablar.

Contrae el pulgar una vez más y yo alzo la cabeza como una bala. Me acerco más. Los demás se levantan de sus asientos.

—¿Qué? ¿Qué pasa?

—¿Qué ocurre?

—¡Noah! —espeta Mason.

—Se ha... —Niego con la cabeza sin apartar los ojos de su cara—. Se ha movido. Ha movido la mano. Se ha movido.

Le miro la cara y luego la mano, y otra vez, y entonces mueve la muñeca.

Cameron me pone las manos encima, y aprieta.

—¡Dios mío! ¡Se ha movido! ¡Mason, se ha movido!

Giro la cabeza hacia los demás, pero mis ojos esperan al último segundo para mirarlos. A Mason se le empañan los suyos y nos mira alternativamente a los dos.

—¿Se habrá...? ¿Crees que...? —Traga saliva, incapaz de decirlo en voz alta.

Abro la boca, pero no sale nada, así que volteo, le suelto la mano y le cubro las mejillas con las manos. Despacio, la acaricio.

—Abre los ojos, amor —le susurro mientras Mason me agarra fuerte el hombro en señal de apoyo—. Abre los ojos, Julieta.

Empieza a parpadear y la habitación se llena de pequeños aspavientos.

Se me acelera el corazón, se me encogen los pulmones, que suplican que ella los llene una vez más de esperanza, de ilusión.

—Listo. —Cameron llora—. Se está despertando. Ari, vamos, amiga, despierta, carajo.

—Vamos, amor... —murmuro, esforzándome en vano por controlar mis emociones. La observo, aguardando a que el mundo vuelva a dar vueltas, mientras mi chica va abriendo los ojos muy despacio.

Una especie de mezcla de risa y llanto me brota del pecho, y le apoyo la frente en el estómago. Me tiembla el cuerpo de alivio y entorno los ojos para intentar calmarme, aunque solo sea un segundo.

Ella parpadea unas cuantas veces y, tras pasear los ojos por la habitación, los abre muchísimo. Los posa en Mason y levanta el brazo izquierdo. Solo de ver eso se me ensancha la sonrisa.

Movimiento en ambos lados.

Gracias a Dios.

Mase se acerca, le agarra una mano y se la aprieta.

—Oye, revoltosa, ¡vaya susto nos has dado, carajo! —le dice él con la voz quebrada.

Eso le saca una pequeña sonrisa a Ari, a la que siguen las nuestras, ahogadas en sollozos. Intenta incorporarse un poco, pero pone cara de dolor y se lleva las manos a las costillas.

—Procura no moverte demasiado —le sugiero con ternura.

Ella me mira enseguida y me sostiene la mirada.

Y, sin más, mi cuerpo supertenso se relaja. Me sereno y levanto cada vez más el lado izquierdo de la boca, hasta que ya no puedo sonreír más.

—Hola, Julieta.

Mi voz suena fatigada, y ella toma aire y abre la boca, pero se lleva enseguida la mano al cuello. Intenta aclararse la garganta y vuelve a poner cara de dolor.

Se oye un arrastrar de pies, pero ella no mira a otro lado hasta que alguien le pone delante un vaso de agua. Ari mira y esboza una sonrisa.

—¡Cuánto tiempo! —dice Chase sonriendo también y poniéndole el vaso en la mano abierta.

En cuanto da un sorbito, Cameron se para ahí para agarrarle el vaso enseguida; luego se lanza a darle un abrazo, procurando no estrujarla demasiado, y se le cae todo el agua por el suelo.

—¡No puedo creer que por fin hayas despertado! ¡Qué susto me has dado! —le dice riendo entre lágrimas.

La risa ronca y débil de Ari me recorre entero y me despierta aún más. Todos los nervios de mi cuerpo están volviendo de pronto a la vida y me cuesta parar.

Ari inspira hondo y apoya la espalda en la almohada que tiene detrás.

Con el nudillo del dedo índice, le aparto el pelo de la cara y ella me mira con los ojos entornados.

—¿Cómo te encuentras, amor? —le pregunto, consciente de que puede parecer una idiotez, pero necesito saberlo, necesito oírla hablar, saber que está bien.

Al principio, vacila y frunce el ceño intrigada, pero luego asiente con la cabeza.

—Estoy bien. Me duele todo y me empieza a doler la cabeza, pero creo que estoy bien.

Trago saliva y aprieto los dientes, para no echarme a llorar y asustarla, pero su voz...

Carajo, la extrañaba.

La extrañaba a ella.

¡Dios, cómo la quiero!

Antes no me atrevía a reconocerlo, pero ha habido unos momentos en que he pensado que nunca tendría ocasión de decírselo.

—Espera... —dice, de pronto, tensándose y mirando a su alrededor—. ¿Qué hago aquí? ¿Qué ha pasado?

Miro a Mason un segundo y luego me inclino hacia delante para retener su atención.

—Cruzaste la calle...

—¿Y me atropellaste? —pregunta mientras se aferra a la manta, y el monitor que tiene a su espalda empieza a pitar como un loco.

—¿Qué? ¡No! —Niego con contundencia y bajo la cabeza para que me mire a los ojos—. No, amor. Venía un coche y no llegué a tiempo para impedirlo. Cuando el conductor te vio, ya era demasiado tarde.

Se relaja visiblemente, pero sus respiraciones son cortas y trabajosas, y vuelve a poner cara de dolor.

—Tranquila, hermanita, que ahora ya estás bien —tercia Mason emocionado, agarrándole el tobillo.

—Pero ¿qué demonios pasa aquí? ¿Se despierta mi chica y nadie me avisa? —Brady se abre paso por la pequeña burbuja que hemos formado alrededor de Ari—. ¡Vaya grupo de imbéciles! —Sonríe y se agacha a plantarle un beso enorme en la mejilla, y me dan ganas de limpiárselo y reemplazarlo por uno mío—. Me alegra que hayas vuelto, Aribaby. Tenías aquí a nuestro chico cada día más hecho mierda —le dice mirándola; el humor es su forma de hacer frente a los problemas—. Yo le dije que necesitabas tu sueñito reparador, ¿a que sí? —bromea, dándome un puñetazo cariñoso en el hombro.

—Muy gracioso, Lancaster —contesto sonriente, y me recuesto en la silla.

Ari pone cara de extrañeza y luego ríe.

—Yo también te he extrañado, Brady.

—¿Qué es todo ese ruido? Ya les he dicho, chicos, que nada de ver futbol en esta habitación si no saben... ¡Vaya! ¡Hola, cielo! —exclama la enfermera Becky contentísima al ver a Ari despierta en la cama—. Menos mal que has despertado. Este grupo es peor que un puñado de niños. ¡La lata que dan! —bromea guiñándole un ojo.

—No te dejes engañar, Ari, que en el fondo te adora —dice Brady.

Becky suelta un suspiro de resignación fingida.

—Pues claro que sí. —Sonríe y se acerca a la cama, y le da unas palmaditas suaves en la pierna—. Soy Becky. He tenido el placer de ser tu enfermera de día desde que llegaste aquí, y debo confesar que estoy encantada de verte los ojos. Ya veo esas motitas doradas de las que tu chico no paraba de hablar en susurros. —Abro la boca para protestar, pero la cierro y río, porque me han descubierto. Mason me da un golpe con la rodilla y sonríe satisfecho para sí—. Ya sé que te acabas de despertar, pero seguro que estás agotada y tienes montones de preguntas. Voy corriendo a buscar al doctor Brian.

—Gracias —responde ella, y el tono suave de su voz va volviendo a ella con cada palabra que dice.

Le aprieto la mano y ella se la mira y luego me mira a mí enseguida, como si acabara de darse cuenta de que se la tengo sujetada.

Le concedo el momento que me está pidiendo tácitamente y no digo nada mientras me contempla desde la barbita que está empezando a salirme, porque me he negado a invertir diez minutos en afeitarme sabiendo que ella estaba tendida en esta cama sin mí, hasta la ropa arrugada, sacada de una bolsa deportiva desorganizada que le pedí a mi colega que me trajese.

Despacio, sus ojos vuelven a los míos y se quedan ahí.

—Hola, preciosa —le digo ladeando la cabeza—. He extrañado esos ojos color chocolate.

Sonrío aún más cuando un pequeño rubor le colorea las mejillas, pero entonces mira a otro lado. Despacio, se zafa de mi mano y empieza a acomodarse la manta. Siento una punzada en las entrañas, me humedezco los labios y me deslizo hasta el borde de la silla.

—Bueno, bueno... —dice el doctor Brian irrumpiendo

en la habitación con una sonrisa. Se lava rápidamente las manos en el lavabo que hay al otro lado de la habitación y, cuando se acerca a la cama, el grupo se aparta para dejarle espacio. Yo no me muevo—. Soy el doctor Brian, ¿y usted es...?

Ella lo mira extrañada.

—Eeeh..., Arianna Johnson.

—Eso es —contesta él—. Prueba superada.

Ari ríe preocupada.

—Igual que la enfermera Becky, aquí presente, la he estado atendiendo desde que llegó. Le voy a hacer unas preguntas y luego le hablaré de sus lesiones. ¿Le parece bien?

—Sí, doctor —masculla ella nerviosa, estrujándose las manos en el regazo.

—Muy bien. Entiendo, entonces, que podemos hablar ahora, ¿no? —quiere saber el médico, y levanta las manos como refiriéndose a nosotros, pero ella asiente—. Estupendo. Vamos a empezar por algo fácil. En una escala de uno a diez, en la que diez es lo máximo, ¿cómo calificaría el dolor que tiene?

—Ocho o así.

—Ay, mi pequeña —dice Mason para tranquilizarla, y carraspea cuando la emoción se apodera de él.

Funciona, porque ella esboza una sonrisa, pero se mantiene atenta al médico.

—Bien, ¿qué es lo que le duele más?

—La cabeza me duele más que ninguna otra cosa —contesta, y luego se lleva la mano al tórax—. Y el pecho. Me cuesta respirar.

Nos paralizamos todos de preocupación al oírla, y yo me muerdo los labios por dentro.

—Eso es normal, dadas las circunstancias —indica el doctor Brian cruzando las manos y dejándolas suspendidas delante de su cuerpo—. Antes de que le desglose las lesiones que ha sufrido, quiero preguntarle una cosa. ¿Es consciente de lo que ocurrió?, ¿de por qué terminó aquí?

Ella tuerce un poco el gesto y mira a Mason con ojos suplicantes. Él la anima a hablar con un movimiento de aprobación y ella voltea de nuevo hacia el médico.

—¿Me atropelló un coche?

—Eso es —confirma el médico—. Se llevó un buen golpe. En los brazos y las piernas apenas unos raspones, pero el hombro derecho se lo tuvimos que recolocar. La costilla inferior derecha la tiene fracturada, pero la fractura es insignificante y no nos preocupa; es en la izquierda donde está el problema. Verá, tiene rotas dos de las costillas superiores del lado izquierdo —le dice, señalándose su propio cuerpo para que ella lo pueda visualizar mientras se lo explica—. Cuando eso ocurrió, sufrió una lesión traumática de la aorta. Su aorta, la arteria principal del cuerpo, se rompió, y causó una hemorragia extensa. Por suerte, su cuerpo hizo lo que tocaba y el tejido colindante contuvo la sangre el tiempo necesario. Si se le hubiera perforado el pulmón, ahora mismo no estaríamos aquí hablando de esto, pero no vamos a seguir por ahí.

Ari asiente, para indicarle que lo sigue, y a mí me empieza a temblar la pierna de forma descontrolada mientras oigo al médico explicar por primera vez lo que le pasó a mi chica.

—Además, sufrió una fractura en la base del cráneo, en el lado izquierdo, justo alrededor del ojo izquierdo. Al principio nos preocupaba que pudiera haber una fuga de líquido cefalorraquídeo, pero, después de hacerle unas pruebas, pudimos descartarlo. No obstante, por esa razón le indujimos el coma, para poder monitorizarla durante los primeros días. Luego suspendimos la medicación y esperamos a que se despertara por su cuenta, y aquí está.

—Un momento... —dice ella incorporándose un poco

más en la cama y explorándose el cuerpo—. ¿Cuánto tiempo llevo aquí?

—Once días. —Ari pone cara de espanto, pero él le pide tranquilidad—. Sé que da un poco de miedo y confunde, pero sigue aquí, su familia la ha acompañado todo el tiempo y se va a poner bien. —Ella se encoge de hombros, pero asiente—. Por fortuna, lo más difícil ya está hecho. Ahora solo necesita un tratamiento conservador. La tendremos lo más cómoda posible con gestión del dolor y podemos darle también algo para las náuseas que seguramente seguirá teniendo. Desde luego, la vamos a retener un tiempo para monitorizarla, pero no será más de uno o dos días.

—De acuerdo —contesta Ari con un hilo de voz, asustada, y me dan ganas de abrazarla—. No suena mal del todo.

—Sí, ha tenido muchísima suerte —explica el doctor Brian, pero luego carraspea y el semblante se le vuelve sombrío, y la enfermera Becky baja la mirada y se finge ocupada con el expediente de Ari. Pasa algo. Lo presiento—. Después del accidente, debido a la cantidad de sangre que perdió, su cuerpo entró en shock hipovolémico.

—Está bien... —dice ella expectante.

—Sus órganos empezaron a cerrarse como consecuencia de las lesiones. Hubo que hacerle una transfusión...

Me levanto de pronto, incapaz de seguir sentado más rato.

—Doctor Brian, con el debido respeto, ¿podría soltarlo ya? Porque me estoy preocupando mucho y sé que hay algo que quiere decirnos.

—Tranquilo, Noah, amigo... —masculla Mason.

—No, le acaba de hacer un informe completo, y eso —digo señalando al médico con un dedo amenazador— no es lo que nos dijo. ¡Nos hizo creer que se había dado un golpe en la maldita cabeza! Yo no tenía ni idea de que le estaban pasando todas esas otras mierdas.

—Noah, por favor —intenta tranquilizarlo la enfermera Becky—. Todo esto es muy complicado. Quizá no es el momento...

Me giro hacia Ari, que se mira molesta el regazo, y me siento enseguida como un imbécil. Asiento y vuelvo a instalarme en la silla.

—De hecho, ¿sabe qué? —añade Mason levantándose de repente—: que yo creo que deberíamos salir un rato mientras habla usted con ella. —Le tiembla la voz—. Así tendrán un poco de intimidad.

—Vamos, no me fas... —Estoy a punto de perder la paciencia cuando mi chica interviene y me interrumpe.

—No, no se vayan —suplica, y le sostiene la mirada unos segundos a su hermano.

Al final, Mason cede y se muestra derrotado. Me mira a mí y luego al suelo, y cruza los brazos detrás de la nuca.

—Doctor Brian... —dice Ari.

—Dígame, señora Johnson...

—Señorita —lo corrijo automáticamente.

—¿Señorita? —El médico me mira a mí y luego al expediente—. ¿Becky...? —dice girándose confundido hacia la enfermera.

Ella mira a Mason.

—¿Señor Johnson? ¿Es usted o no el marido de Arianna? —le pregunta en un tono muy maternal.

Los otros ríen por el error, pero mi mirada asesina lo atravesaría si eso fuera posible, sobre todo cuando se niega a levantar la vista del suelo.

—No, señora, soy su mellizo.

—¿Qué demonios está pasando aquí? —Rodeo la cama y lo miro a los ojos.

—Ay, Dios mío —susurra Becky mirándome—. Supongo que di por sentado que la situación no era del todo convencional.

—Mason... —espeto.

—Noah, por favor —me pide Cameron, que me agarra del brazo y voltea hacia el médico—. No es más que un malentendido.

Frunzo el ceño y me doy la vuelta, de forma que miro de frente a Ari, con el médico parado a su derecha.

—No pasa nada. Por favor, diga lo que tenga que decir —lo insta ella.

—Siento mucho tener que informarle de esto, pero, cuando nos dimos cuenta, ya era demasiado tarde...

—¿Demasiado tarde para qué? —lo interrumpe ella muy tensa, aferrada a la manta.

—Lo siento, Arianna, pero me temo que has perdido el bebé.

38

Noah

Doy un brinco y la cubetada de agua helada que me cae encima me produce espasmos musculares, me inmoviliza de dentro afuera. Se oyen aspavientos por toda la habitación y el cuerpo me pesa tanto que no puedo sostenerme; alguien, a mi lado, me sujeta. El médico sigue moviendo los labios, pero lo que dice no me llega a los oídos.

Siento náuseas y me tambaleo.

Una mano me agarra del hombro.

Confusión, dolor, rabia, ira, tristeza, pérdida.

Siento todo eso.

Angustia, auténtica y absoluta.

Me cuesta respirar.

Un bebé. Mi bebé.

Nuestra criaturita...

¿Ya no está?

—Yo... ¿Qué? —La voz de mi ángel precioso se abre paso entre la bruma, y levanto la vista—. ¿Estaba embarazada?

Su susurro hecho pedazos me parte en dos, y aprieto los puños. Hago un esfuerzo sobrehumano por levantarme y, aun así, alguien me ayuda a ponerme en pie.

El médico dice algo más y luego se va.

Me trago la bilis que amenaza con brotarme de la garganta.

—Lo siento muchísimo, Julieta. Nadie me lo dijo. No lo sabía.

—¡Ay, Dios mío! —Llora, y le caen las lágrimas por las mejillas antes de que se las tape con las manos.

—Mi amor... —digo con la voz quebrada, y la tristeza me inunda los ojos en forma de lágrimas, y, saliendo de mi trance, me acerco a la mesita.

Ella levanta por fin la cabeza, y lo que veo me parte el corazón.

Abre los ojos, pero no me mira a mí.

Extiende la mano, pero no me la tiende a mí.

Y entonces susurra, pero no es mi nombre el que dice llorando.

¡Lo llama a él!, y todos los poros de mi piel se comprimen, se retuercen y se desgarran.

Lo llama a él y mi mundo se incendia. Hierve en mi interior una lava pura, ardiente y devastadora, que me llena de gotas de sudor el cuerpo entero. Me obligo a mirarlo.

Chase se queda clavado en el suelo, sin atreverse a moverse ni un milímetro; la habitación entera está en el silencio más absoluto.

—Chase... —Le llora—. ¿Íbamos a tener un bebé?

Me falta el aire, se me para el corazón.

—¡Caraaajo...! —dice alguien, y sale corriendo, y de pronto tengo un cuerpo delante, encerrándome con sus brazos, y luego otro.

No me doy cuenta de que estoy intentando llegar hasta el imbécil atónito del otro extremo de la habitación hasta que un brazo me rodea el cuello por detrás y otro, la espalda por delante.

—Noah, no —me susurra furioso Mason al oído—. Por favor, ahora no. Vamos a... ¡Quédate donde estás, carajo!

Cameron corre al lado de Ari y la abraza.

—Noah, amigo... —dice Chase negando con la cabeza—, que no, que aquí hay algo raro. —Mira a Mason—. Te lo juro, Mason. Yo... Ella... —Hace un gesto de incomprensión mientras mira a Ari de reojo.

—¡No me jodas! —masculla Brady en voz baja.

Y entonces la realidad nos cae encima como un camión de diez toneladas.

—Eeeh... —Niego nervioso mientras me zafo de Mason—. No.

Me acerco corriendo a ella, me hinco de rodillas a su lado.

—No —repito en un murmullo, porque no quiero creer lo que está pasando—. Mírame —le pido con ternura.

Se hace el silencio en la habitación y, cuando ella se encoge de hombros indecisa, me sube la tensión y el corazón me aporrea el pecho como un animal que intentara escapar.

—¿Ari...? —le susurra Cameron, pero Ari ni se inmuta.

Le paso un nudillo por debajo de la barbilla y se la levanto del hombro de Cameron. La obligo a mirarme, explorando sus ojos, deseando encontrar en ellos lo que busco.

—Julieta... —musito, para que lo oiga solo ella.

Me mira a los ojos, con lágrimas en los suyos, y su cuerpo se estremece cuando esa única palabra mía le recorre el cuerpo entero, como hace siempre, como ha sido siempre desde que nos conocimos, aun cuando ella no se daba cuenta.

Pero veo más allá de esa reacción involuntaria.

Veo al otro lado de sus enormes ojos pardos ese destello de incertidumbre, de curiosidad, el mismo de hace muchísimos meses, antes de que ella renunciara a su primer amor.

Antes de que cediera a lo nuestro.

Antes de que fuera mía.

Se me cae la mano y da contra el muslo con un golpe seco. Cameron llora junto a su amiga al darse cuenta de lo que acabo de descubrir.

Retrocedo dando tumbos, me caigo de sentón y me pongo en pie enseguida; luego, dando un tropezón, llego a la puerta y salgo por ella a trompicones. Me largo de la habitación antes de perder el control por completo.

Los oigo llamarme a gritos, pero no paro. Sigo alejándome.

Del hospital.

Del lugar en el que ha muerto mi hijo nonato.

Del hombre que me lo ha ocultado.

Del imbécil enamorado de mi chica.

Y de la chica a la que quiero... y que no tiene ni idea de que ella también me quiere a mí.

39

Arianna

El silbido repetitivo se hace más largo y más fuerte, desgarrador.

Cada vez es más rápido y me genera un eco en la cabeza, y entonces alguien grita.

Me arde el cuerpo, el calor me produce náuseas y, cuando intento llenar de aire los pulmones, me es imposible.

Oigo un chillido y unas manos sudorosas me cubren las mejillas, pero no sé de quién son.

Estoy hecha un caos.

Esa cara, mis pensamientos..., mi vida.

Todo es una nebulosa..., pero entonces cierro los ojos y, de pronto, lo veo claro.

La bruma se ha esfumado.

Ya veo.

Tengo el vientre hinchado.

Sonrío contenta.

Se entierra en mi pelo una mano, grande y fuerte, pero delicada. Y luego él abre los ojos y me lleno de paz.

Sus ojos, del más maravilloso color...

Se me meten unas voces y me arrebatan ese sueño.

«¿Qué le han dado?»

«Un sedante. Hay que bajarle la frecuencia cardiaca». Vuelve el silbido y todo se pone negro otra vez.

Noah

Hace un par de horas que me he marchado del hospital y, ni cinco minutos después de que posara el trasero en el asiento de la camioneta, ya me estaba llamando Mason. Y luego me ha vuelto a llamar unas cuantas veces, pero no he contestado.

Mientras Mason me llamaba, Brady ha abierto un chat nuevo en GroupMe, la app que usa el equipo para los chats de grupo y para compartir información. Lo ha abierto con un puñado de chicos con los que debe de pensar que hablo más, entre ellos Trey, y ha empezado a preguntar si alguien me había visto y, en caso contrario, dónde pensaban que podía encontrarme. Un par de chicos han dicho los típicos sitios como el gimnasio, el campo o mi casa, pero las personas con las que he estado haciendo vida en el hospital saben que no estoy ahí, y minutos después me suena de nuevo el celular. Tanto Mason como Brady me llaman y me escriben una y otra vez.

Debería agradecer su preocupación y que les importe dónde estoy y qué estoy haciendo, pero ahora mismo no puedo pensar en nada más, así que desactivo las notificaciones, me acerco a la tienda de la esquina y luego vuelvo a agarrar el coche y me alejo unos kilómetros de la ciudad, sin rumbo en mente. El primer giro que veo después del rótulo que marca los límites de la ciudad es el que agarro, y entierro la camioneta en medio de un huerto. Escondo las llaves en la guantera, bajo el portón trasero y me subo a la zona de carga.

Casi no suelo beber, nunca me ha dado por ahí, pero esta noche lo voy a hacer a lo grande.

He optado por un vodka barato. Está asqueroso, quema horrible, pero no quería ir por whisky, porque habría terminado imaginándome sumergido en esos ojos que yo me sé, y prefiero ahogarme en un líquido de color claro.

Me bebo hasta la última gota, estoy desesperado por desvariar.

Quiero perder el sentido, desconectar total y absolutamente, porque, si mi chica no recuerda lo nuestro, yo no quiero recordar nada.

Ni siquiera mi maldito nombre.

Por primera vez en mi vida, me gustaría ser otra persona.

Me gustaría ser él.

40

Arianna

Un destello de color azul me despierta de pronto y, cuando abro los ojos, veo a Cameron.

—Hola, amiga —dice entre bostezos, sentada en la silla con el cuerpo doblado hacia delante y la cabeza apoyada en mis piernas. Cruza los brazos por debajo de la mejilla y sonríe—. ¿Qué tal esa cabeza?

—Aún me pesa, pero no tantísimo como antes. Lo de las costillas ya es otra historia.

—Supongo.

Echo un vistazo a la habitación y veo a Mason desparramado en la silla del rincón, y el resto de la estancia despejada.

—Brady y Chase se han ido a casa un par de horas, a bañarse y a dormir un poco. Mase no ha querido moverse, claro.

Curvo los labios, pero miro a otro lado cuando se me empañan los ojos sin saber siquiera por qué.

—¿Qué día es hoy?

—Sigue siendo 29 de diciembre —susurra al cabo de unos segundos—. Solo has dormido un par de horas —me dice muy preocupada.

Asiento, pero me empiezan a temblar los labios. Cameron se incorpora y Mason se me acerca enseguida.

—Lo siento. No sé por qué me pasa esto todo el rato.

—No te disculpes. No hace ni veinticuatro horas que saliste del coma. Es lógico que estés sensible. Lo entendemos y es suficiente con saber que estás bien.

—¿Lo estoy?

Mase hace ademán de acariciarme, pero yo niego con la cabeza y me limpio las lágrimas antes de que empiecen a caerme por las mejillas. Me duele el pecho cuando inspiro hondo, pero lo aguanto como puedo y procuro deshacerme del millón de sensaciones que me embotan la cabeza.

—Ari...

—Ojalá mamá y papá estuvieran aquí —digo llorando, entre convulsiones, y Mason cambia de postura y se sienta en la cama, a mi lado.

—Lo sé, a mí también me gustaría —me contesta con la voz quebrada, y me estrecha en sus brazos—. Lo he probado todo, pero nos llamarán en cuanto vuelvan a estar accesibles en el continente. Serán solo dos días más, como mucho.

Dos días más para volver a oír la voz de mi madre, para que mi padre esté aquí, prometiéndome que todo va a estar bien y suplicándome que le diga qué puede hacer para mejorar la situación.

No sé qué se puede mejorar, si es que se puede mejorar algo. Estoy demasiado asustada para querer saber más de lo que sé y, por lo visto, no sé nada. Claro que eso tampoco es nuevo.

El médico dice que esto pasa más a menudo de lo que la gente cree, que la pérdida de la memoria, aunque no sea tan habitual, tampoco es rara cuando hay conmoción cerebral. Dice que en cuanto mi cerebro tenga tiempo de curarse, empezaré a recordar poco a poco, que ellos confían en que será así, y yo debería hacerlo también.

Y quiero, pero me cuesta deshacerme de esta sensación de impotencia, y creo que mi mellizo lo nota. Sorbiendo, levanto la vista y él me limpia las lágrimas con los pulgares y se esfuerza por sonreír, pero no lo consigue del todo.

—Si logras localizarlos, mejor no les digas nada hasta que vuelvan —digo, procurando distraerlo con algo menos relacionado conmigo—, porque se van a pasar el viaje de vuelta estresados.

—Yo estaba pensando lo mismo. —Afirma con la cabeza y se frota los ojos como hacía cuando éramos pequeños.

Le tomo la mano.

—Vete a casa, Mase.

Levanta de golpe la vista y se pone muy tenso.

—¿Qué? No, estoy bien.

—No, la que está bien soy yo, te lo prometo. —Al ver que no lo convenzo, añado—: Además, quiero intentar darme un baño. La enfermera Becky me ha dicho que podía, con ayuda. Solo tengo que buscar el modo de controlar el suero.

—Yo te puedo ayudar —propone.

—Mase, se va a bañar desnuda —bromea Cameron, consciente de que él no lo ha tenido en cuenta—. Vete, anda. Yo ya estuve en casa unas horas anoche y, además, los dos sabemos que, en cosa de una hora o así, Ari se cansará de oírnos y volverá a quedarse dormida —se burla.

Mason se esfuerza por reír, porque le ve la intención a Cam, pero está agotado y sabe que me deja en buenas manos. Ya no hay peligro, con lo que ahora es el momento perfecto para marcharse.

—Sí, bueno. De todas formas, tengo que hacer una cosa.

—Sí, dormir, por ejemplo.

Sonríe sin ganas y me besa el pelo.

—Vuelvo enseguida, ¿de acuerdo? Si me necesitan, que me llame Cam. No tardo nada.

—Lo sé, y eso haré.

Agarra unas cosas de la silla y, volteando para mirarme una última vez, sale por la puerta.

Se me bajan los hombros de inmediato y, cuando me doy la vuelta hacia Cameron, a ella le empiezan a llorar los ojos.

—Vamos, amiga —me susurra levantándose—, vamos a arreglarte un poco.

Tardo varios minutos en ponerme en pie, pero lo hago mucho más rápido que ayer, cuando la enfermera me pidió que fuera hasta el otro lado de la habitación y volviera.

Sigue doliéndome todo, pero tengo más o menos controlados los movimientos y sé qué me duele más y qué menos.

Cameron me coloca la bolsa del suero lo más cerca que puede, estirando la vía el máximo posible; luego yo me meto debajo del chorro de la regadera, pero ella no se aleja más de medio metro de mí en ningún momento.

Cuando ya me he lavado el cuerpo lo mejor que puedo, me echo champú en el pelo, procurando no tocar las heridas del lado izquierdo de la cabeza, que ya empiezan a cicatrizar, por miedo a que me duelan.

Cameron asoma la cabeza para echarme un poco de acondicionador en las manos y, en cuanto me lo aplico en las puntas de pelo, se me cierran de pronto los ojos y una especie de imagen fugaz me hace fruncir el ceño de extrañeza.

Me apoyo en la pared, me acerco las puntas del pelo a la nariz y vuelvo a inhalar. El acondicionador tiene un olor como a eucalipto, o a pino, a fresco y a limpio, un olor que me resulta... familiar. Me sobreviene una súbita sensación de bienestar, que viene acompañada de lágrimas de confusión, y de pronto me sorprendo jadeando, buscando un aire que no sabía que estuviera negándome.

—¿Estás bien? —me pregunta Cameron desde el otro lado de la cortina.

—Ajá —digo, y esa respuesta con la boca cerrada me delata.

Cam asoma la cabeza y sus ojos me miran con una sombra de preocupación.

—Ari...

—¿Me puedes..., eeeh..., ayudar con el acondicionador superrápido, por favor? —le pido, y sin decírselo directamente le dejo claro que no quiero hablar del asunto—. No voy a aguantar de pie mucho más.

Cameron descorre la cortina, sin importarle que el agua le salpique el pants, me hace girar con cuidado y me agarra la cabellera.

—Vamos a ponerte esto. Hace unos días que te traje una crema para después del lavado, por si acaso, así que podemos echarte un poco cuando ya estés sentada.

Asiento y ella se pone manos a la obra. Cuando está cerrando el agua y pasándome la toalla, susurro su nombre.

—¿Cam...?

—Dime, guapísima...

—Gracias. —No quiero llorar—. Por esto. Por estar aquí. Por todo lo que no recuerdo, pero que seguro que has hecho en estos últimos meses.

—Yo siempre voy a estar aquí, Ari, ya lo sabes —dice sorbiendo, y me ata el camisón a la espalda, colocándome con delicadeza el pelo a un lado. Luego se pone delante de mí, con los ojos llorosos—. Pase lo que pase.

Vuelvo a asentir y me acerco un poco más a mi mejor amiga, que me estrecha en sus brazos.

«Pase lo que pase», dice.

Eso es lo que asusta de todo esto, ¿no? La realidad que hay detrás.

Que esto podría ser el principio.

Que la cosa podría empeorar.

Si eso ocurre, ¿qué va a ser de mí?

Anclada en el pasado... o perdida en el futuro.

Noah

El aire fresco de California me despierta y, con el frío, me llega la resaca en la que no pensé. No puedo ni ponerme de lado sin que me duela todo, pero consigo levantarme y llegar dando tumbos a la cabina de la camioneta. Me cuesta una barbaridad subir, y tanto ajetreo me revuelve el estómago, mientras se me forman gotas de sudor en el nacimiento del pelo. Volteo y, doblándome, saco rápidamente la cabeza por la puerta, justo a tiempo para no vomitarme en el regazo.

Tardo una eternidad, o a mí me lo parece, en sacarme del estómago el veneno que le he metido y, aun así, sufro una serie de arcadas después. Jadeando, me quito la camiseta y la uso para limpiarme el sudor de la cara y de la cabeza. Me enjuago la boca con la mitad de la botella de agua que dejé en el asiento y uso la otra mitad para intentar tragarme un ibuprofeno, algo que aprendí a tener siempre a mano después de mi primera semana de entrenamiento en mi primer año en Avix.

Apoyo la cabeza en el reposacabezas, vuelvo a cerrar los ojos y me abrasa los huesos un dolor que en la vida había sentido, y que no tiene nada que ver con mi terrible dolor de cabeza.

Hace un mes llevaba una vida plena por primera vez, rebosante de una paz que ni siquiera sabía que existía. Hace doce días, esa paz se hizo pedazos, añicos, cuando a mi chica se la llevó una ambulancia para intentar salvarle la vida, la suya y, aunque entonces no lo supiéramos, la de nuestro bebé. Y anoche, ¡anoche!, me reventó el corazón, se me hizo polvo, cuando miré a los ojos a la persona más increíble que he conocido jamás, esos ojos que antes me miraban como si el premio fuera yo, como si fuera yo lo más alucinante del mundo, y descubrí que en ellos ya no estábamos los dos.

Así, de pronto, mi mundo se desmoronó, y dudo que pueda llegar a reconstruirlo.

Y eso es demasiado, carajo.

Cierro los ojos con fuerza y revivo cada instante, desde la primera sonrisa hasta la última risa, y luego repito.

Debo de quedarme dormido otra vez, porque, cuando vuelvo a abrir los ojos, ya es tarde. No sé cuánto porque no he llegado a mirar la hora, pero habrán pasado al menos un par, porque mi vómito está seco, en la tierra, y el retumbo de la cabeza me ha pasado de heavy metal a ska. Siguen reventándome las sienes, pero ya es más soportable.

Agarro el celular del asiento y miro las llamadas perdidas y los mensajes que me han entrado, pero, al ver que no aparecen ni el nombre del centro en el que está mi madre ni el nombre de mi chica entre los montones de notificaciones, vuelvo a tirarlo al asiento.

En vez de irme a casa, utilizo lo que me queda de la beca de este último semestre y rento una habitación de hotel, en la que paso los dos días siguientes, repitiendo el anterior.

No ayuda. Ni la distancia ni la distracción.

Cada vez que abro los ojos, me sacude la cruda realidad.

Es lo malo del alcohol: que es un refugio temporal, uno que te deja más jodido que antes. Y jodido ya lo tenía todo, desde luego.

La cabeza, el cuerpo.

El futuro.

Aprieto la mandíbula, dejándome caer sobre la pared del baño, conteniendo la respiración mientras me corre el agua por la cara.

¿Qué futuro?

Golpeo la pared con la mano abierta y luego me doy de cabezazos contra ella.

Y después me caigo al maldito suelo.

Oigo los pasos antes de que su cara asome por la esquina, y casi me siento lo bastante humillado como para dar media vuelta. Casi, pero no del todo.

Lo último que quiero es que el chico con el que he estado trabajando, codo con codo, toda la temporada, entrenándolo para que sea el siguiente líder de mi posición, me vea con la cabeza gacha en una habitación que apesta a alcohol cuando al hombre que él cree que soy jamás lo ha visto borracho.

Pero ni siquiera me sostengo en pie. Estoy sentado en el suelo de un balcón de mierda de un hotel carísimo, con la espalda pegada a la pared.

—¿Cómo me has encontrado?

—Solo hay cuatro hoteles a cinco minutos en coche del hospital. Sabía que iba a ver tu camioneta estacionada en la puerta de alguno de ellos. No ha sido difícil mentir en recepción para que me dieran el número de tu habitación y la llave. —Está enojado, y lo entiendo—. Tienes que volver al hospital.

Suspirando, me levanto como puedo y me acerco al barandal. Apoyo el brazo en el metal frío, me inclino hacia delante, y me asomo al parque infantil vacío.

—¿Tú crees que no quiero estar ahí? ¿Que no me mata seguir aquí? ¿Que no me siento como un imbécil por haberme ido y haberla dejado allí? —Me giro un poco para mirarlo—. Porque sí.

—Pues no lo parece.

—¿Ha preguntado por mí?

—¿Acaso tiene que hacerlo para que sepas que te necesita?

¡Carajo!

Sus palabras son una ofensa afilada, envuelta en cristal,

que me corta tan hondo como pretendía, porque la respuesta es «no». No tiene que hacerlo. Eso era lo bueno de lo nuestro. Su dolor era tan mío como suyo. Nunca nos hicieron falta palabras para saber que el otro lo estaba pasado mal..., pero ella no se acuerda de eso.

Miro al frente.

—Ella no lo recuerda, Mason.

Se queda callado tanto rato que casi pienso que se ha marchado, pero, cuando volteo, lo veo parado en el mismo sitio, con los labios muy apretados.

—He visto el mensaje que te mandó, el de aquella noche.

Entorno los ojos y un extraño hormigueo me tensa los hombros.

—¿Leías nuestras conversaciones privadas?

—No —contesta, y se yergue sin remordimientos—, no lo hacía, pero lo habría hecho si me hubiera parecido necesario. Lo que sí hice fue llevar el celular roto a la tienda. Le compré otro y pedí que me pasaran al nuevo los datos del antiguo. El mensaje que te mandó a ti fue lo último que hizo con el teléfono. —Se me encoge el pecho mientras lo miro fijamente—. Por eso viniste a casa esa noche —dice, y se acerca—. Viniste a buscarla. A decirle que tú también la quieres, ¿verdad? ¿También la quieres?

Rechino los dientes, y paso por su lado ignorándolo.

—No voy a hablar de esto contigo.

Mason se pone delante de mí, molesto. Está enojado, pero hay algo más. La incapacidad de proteger a la única persona a la que se ha pasado la vida protegiendo lo está devorando por dentro.

Conozco la sensación.

Yo tampoco he podido proteger a las personas más importantes de mi vida.

Mason niega con la cabeza y reconoce:

—No sé por qué, pero en el fondo me decía a mí mismo que a mi hermana le importabas, pero que estar contigo era su forma de hacer lo posible por ser feliz mientras se aferraba en secreto a otra cosa.

—Querrás decir «a otra persona». No pasa nada por que digas su nombre.

—Entonces, ¿sabes lo que pasó entre ellos?

—¿Por qué crees que le dejé espacio? ¿Por qué crees que me aparté? —No le doy tiempo a contestar—. Porque de pronto él se dio cuenta de lo que se estaba perdiendo y sabía que por lo menos debía intentarlo. Tardó meses, años, en realidad, en ver lo que yo vi nada más conocerla, y tampoco se lo reprocho, maldición, porque merece la pena jugársela al cincuenta por ciento si ella termina en tus brazos.

Mason tuerce el gesto.

—Pero ¡ella te eligió a ti! Y tú lo sabes, así que ¿por qué demonios no estás en el hospital, que es donde deberías estar?

—Porque intervino el destino y enseñó sus cartas, y yo no estoy en la baraja, ni siquiera al fondo del mazo.

Aprieta la mandíbula, enojado, y yo desvío la mirada.

—Haznos un favor a los dos y borra nuestro chat antes de darle el celular nuevo.

—¿Qué? ¡Ni hablar! —Se aparta bruscamente—. ¡Ni de broma! ¿Por qué te comportas como si todo hubiera terminado, carajo?, ¿como si ya no hubiera nada que hacer y ella no fuera a recuperar la memoria?

Trago saliva, porque la posibilidad es demasiado real, y me cuesta digerirlo.

—Porque igual es así.

—No me obligues a darte una paliza, —me dice furioso, apretando los puños contra el cuerpo—. ¿Qué demonios te pasa? Mi hermana está perdida ahora, ¿y tú la dejas tirada? ¿Qué clase de mierda...?

En una milésima de segundo lo agarro del cuello de la camiseta y lo estampo contra la pared que tenemos a la espalda.

—Yo nunca la voy a dejar tirada —le espeto, y me tiembla el cuerpo entero—. Jamás.

—Entonces, ¿qué demonios haces aquí, emborrachándote, cuando ella no puede ni respirar? —me susurra lleno de rabia.

—¡Yo qué sé! —reconozco, y se me tensan los músculos del cuello. De golpe me separo de él, me llevo las manos a la cabeza y me jalo el cabello—. No sé qué diablos estoy haciendo. No sé una mierda. Me aterra pensar que, si entro en esa habitación, pueda hacer o decir algo que le complique más las cosas, que la haga sentirse peor, porque yo no podría con eso.

—¿Y crees que a mí no me aterra? —me suelta con voz ronca, y entonces vuelvo a mirarlo—. Pues me aterra, te lo aseguro, como a todos, pero ella necesita... No sé qué necesita, pero no soy yo, ni Cam ni los demás, así que tienes que ser tú. Tienes que ser tú.

Negando con la cabeza, lo rodeo y entro en la habitación, y él me sigue como una sombra.

—Ella no se acuerda de lo nuestro, Mason.

—Ya lo sé.

—Ah, ¿sí? —Me dejo caer al borde de la cama, y lo miro desde abajo—. ¿Tú sabes cómo decirle a una mujer que piensa que solo ha estado con un hombre en su vida que tú, ¡tú!, eres el padre del bebé que ha perdido?

Como si no hubiera llegado a plantearse ese lado del asunto, el mío, el lado más desesperante y asqueroso, se queda serio y se deja caer en la silla que tengo enfrente. Echa la cabeza hacia atrás y mira al techo derrotado, porque ahora lo entiende. Sabe lo que yo ya sé.

Que no hay forma.

Que. No. Hay. Forma. Carajo.

41

Noah

Paso algo más de veinte minutos sentado junto a su cama antes de que abra los ojos despacio, y entonces me obligo a sonreír todo lo posible.

—Hola, mamá.

—¿Por qué no me has despertado, cielo? —Me toma una mano con la suya y, cuando me ve mejor, se le ensombrece el semblante—. Noah, no. ¿Ari no...? ¿No ha conseguido...?

—No, no, Ari está bien —contesto con la voz ronca y pastosa de agotamiento.

—¿Noah...?

Me muerdo la parte interna del cachete y miro a otro lado en cuanto se me empiezan a empañar los ojos.

Salvo cuando era un niño, mi madre solo me ha visto llorar una vez: el día que vine a contarle el accidente de Ari.

Durante los once días que ella estuvo en coma, no salí del hospital, pero, cuando el médico hacía la ronda y nos pedía que dejáramos la habitación para que la enfermera y él le tomaran las constantes vitales a Ari, yo me acercaba corriendo a ver a mi madre, algo que nunca podía hacer durante la temporada de futbol americano, y gracias a Dios que contaba al menos con esos minutos en que me obligaban a apartarme de la cama de mi chica. De no haber pasado esos ratos con mi madre, no sé bien qué habría sido capaz de hacer. Puede que no fueran más que veinte minutos o así, menos aún en los días en que se angustiaba demasiado y me pedía que volviera corriendo con Ari, pero era lo único que me mantenía cuerdo.

Solo que ya no me siento cuerdo.

Mi madre me aprieta la mano y yo agacho la cabeza e inspiro hondo.

—No se acuerda de mí, mamá —digo, y la veo borrosa de lo empañados que tengo los ojos ahora mismo—. Despertó por fin, pero a un mundo del que yo aún no formaba parte.

La respiración entrecortada de mi madre me obliga a tragar saliva, a intentar ser fuerte por ella, como ella hace siempre conmigo, pero no encuentro ni una pizca de fortaleza dentro, y la cara que pone mi madre me dice que tampoco hace falta.

—Ven aquí, cariño —dice jalándome de la mano, y yo me dejo caer sobre su cuerpo.

Me masajea la espalda, y a mí me fastidia haber venido a verla así, haberla hecho partícipe de mi pesadilla, aunque eso sea lo que ella quiere.

Cierro los ojos y recuerdo que tengo suerte de no estar solo en la vida, que debo dar gracias por lo que tengo, pero mi cabeza se rebela y me grita que cierre la boca.

Que claro que estoy solo.

Que no tengo nada.

Porque ¿qué va a ser mi vida sin Arianna Johnson?

Una vida vacía, eso será.

Arianna

—Creo que quiero saberlo —reconozco, y Mason me mira angustiado.

Rodea al médico y se sitúa junto a Cameron, justo al otro lado. Se miran, y luego me miran a mí los dos.

—Ari... —Mason me toma la mano mientras se sienta en la cama a mi lado con cara de angustia—, ¿estás segura de que es buena idea? El médico acaba de decir...

—Que podría tener consecuencias o resultar traumático. Ya lo sé, estaba prestando atención, pero ¿cómo crees que sienta despertar y caer en cuenta de que tu cabeza se ha quedado atascada en el mes de julio? —Alguna de esas emociones emborronadas me enciende las mejillas, y Mason me aprieta la mano más fuerte—. Necesito saber por qué me miran todos como si ni siquiera fuera yo. ¿Tanto ha cambiado mi vida en un semestre?

Mason baja la mirada y, cuando vuelve a levantarla, tiene los ojos empañados.

—¿Por qué no hacemos una pequeña pausa y procuramos entender dónde nos encontramos? —tercia el doctor Brian—. ¿Te parece bien? —Mase espera a que yo acceda para mirar al frente—. Bien, dices que lo último que recuerdas es que te marchabas de la playa, ¿correcto?

La angustia me ahoga, pero me aclaro la garganta.

—Sí. Pasamos el verano en nuestra casa de la playa, pero yo me fui un poco antes de lo previsto. Recuerdo que me marché, pero no recuerdo el viaje ni haber vuelto a mi casa.

—Mencionaste unas luces intensas...

Cierro los ojos e intento recordar.

Era ya de noche cuando salí por la puerta; mi padre me esperaba en la camioneta para llevarme a casa. Crucé la calle y vi una camioneta estacionada más abajo. No estaba segura, pero pensé que igual era Chase. Antes de que me diera tiempo a verla mejor, se encendieron los faros. Levanté el brazo para protegerme del resplandor, pero no sirvió de nada.

El brillo me cegó.

Y luego vino la oscuridad.

—Eran... unos faros. Yo estaba cruzando la calle, y los faros se encendieron y la luz me dio de pleno en los ojos.

El médico asiente y mira a Mason mientras habla.

—Igual que aquella noche —dice Mase, molesto, dirigiéndose al médico—. Es casi lo mismo. Ella estaba cruzando la calle y entonces vino la camioneta. Miró, pero... ya era demasiado tarde —agrega tragando saliva.

Se me acelera un poco el corazón y pongo cara de dolor al intentar inspirar hondo.

El doctor Brian devuelve a su posición las hojas del portapapeles de clip que sostiene delante de su cuerpo y ladea ligeramente la cabeza.

—Arianna, ¿pasó algo esa noche, la noche que sí recuerdas?

Me inunda el pánico y, aunque no tengo claro que se me note, los monitores a los que estoy conectada me delatan. Mason se paraliza y Cameron me agarra la parte superior del brazo, por miedo a que me dé otro ataque de ansiedad.

—Oye, oye, tranquila —me dice enseguida Mase, y cuando lo miro a los ojos y veo la ternura de los suyos, inspiro—. Si ya lo sé... —añade.

Le sostengo la mirada.

—¿Sí?

—Sí, hermana, sé lo tuyo con Chase. Igual no todo todo, seguramente no, pero sí lo principal. Sé que... —Mira un segundo al médico y luego, tragando saliva de nuevo, vuelve a mirarme a mí—. Sé que te hizo daño, que hasta puede que... te hiciera pedazos el corazón —me dice muy serio.

Las ganas de gritar se apoderan de mí, así que aprieto los labios a un lado, porque el tono de su voz es significativo, como la tristeza de sus ojos.

—Mase...

Él me entiende, niega con la cabeza y la agacha.

Chase me hizo daño, me hizo pedazos el corazón, y esta es la forma que tiene Mason de decirme que su mejor amigo no volvió a juntar los pedazos. Cierro fuerte los ojos y vuelvo a asentir, y unas lágrimas saladas me caen a las comisuras de los labios.

—Arianna, ¿así es como recuerdas esa noche? —me pregunta el médico con delicadeza.

Asiento y me obligo a mirarlo.

—Sí, fue un día difícil. —Por decirlo suavemente.

El médico pasa unas cuantas páginas y repasa algo de mi historial. Lo cierra y vuelve a mirarme.

—A menudo, en casos de amnesia como este, el cerebro relaciona un trauma con otro, y creo que eso es lo que te está pasando a ti.

—No entiendo...

—Es como lo que te expliqué de la razón por la que tuvimos que inducirte el coma. Tus lesiones te producían muchísimo dolor y corríamos el riesgo de que el cerebro se te bloquease. Esto es lo mismo, pero en relación con la memoria. Viviste una situación dramática y tu cerebro la asocia a un trauma anterior y borra el tiempo transcurrido entre los dos.

Se me seca la garganta, me hormiguean las piernas.

—No sé si le sigo. ¿Qué trauma? ¿Un trauma «nuevo»?

¿Qué ha podido pasarme que me doliera tanto como lo de aquella noche?

¿Sería lo del bebé?

¿Ya lo había perdido?

Sorbo los mocos cada vez con mayor dificultad y poco después me aletea el pecho, y ese movimiento produce un dolor por toda la mitad superior del cuerpo que me recuerda las heridas externas, pero no es nada comparado con el dolor interno.

Iba a ser mamá, algo con lo que siempre he soñado, pero que imaginaba que me pasaría más adelante en la vida. Era lo único que tenía clarísimo, lo único que deseaba por encima de todo, y ni siquiera recuerdo si llegué a saber de mi pequeña bendición antes de perderlo.

Una buena madre lo recordaría pasara lo que pasara. ¿Cierto?

El doctor Brian dice algo, pero no tengo ni idea de qué, y luego se va.

Cierro los ojos.

Me han dicho que estaba de siete semanas, no lo suficiente avanzada como para saber el sexo del bebé..., ni lo bastante para haberme quedado embarazada en verano. Con lo que Chase no era el padre. Eso es lo que me ha dicho Mason.

Salvo que volviéramos a vernos y no lo supiera nadie...

Si eso fuera así, se habría acercado a mí cuando me eché a llorar, me habría abrazado y habría llorado conmigo, ¿no?

Unos sollozos silenciosos me sacuden el cuerpo y, cuando me obligo a abrir los ojos, mi hermano me mira. Vacila un instante, y yo, angustiada, encojo los dedos de los pies dentro de los calcetines.

—Ari...

Se interrumpe cuando se oye un pequeño golpeteo en la pared.

Todos volvemos enseguida la cabeza hacia la puerta y se me cae el alma a los pies con lo que veo. Me vienen de pronto a la memoria unos ojos azules destrozados, y contraigo la mano, recordando el tacto de la que me la tenía agarrada el día en que desperté en esta habitación.

«Abre los ojos, Julieta...».

Lo miro intrigada.

Cabello oscuro revuelto, ojos de un azul insondable.

Es el chico al que conocí este verano, el chico de la playa.

Amigo de mi hermano.

¿Y mío?

—Noah... —No pretendía decirlo en voz alta, pero se me escapa. Mase da un brinco a mi lado y Noah suelta una exhalación entrecortada. Se me contrae el vientre, y a su frente le pasa lo mismo—. Me diste un balonazo.

Traga saliva.

—Así fue.

—Viniste a la fogata.

—No me quedé mucho.

—Lo sé, me acuerdo.

Se humedece los labios y asiente algo rígido.

—Tengo ese efecto.

Se me escapa una pequeña carcajada, pero la interrumpo en cuanto me doy cuenta, y su mirada se enternece. Como si le costara, desvía a regañadientes la vista. Mira a mi hermano, pero solo un segundo, y luego vuelve a mirarme a mí.

Le noto algo distinto, pero no tengo claro qué.

—Yo..., eeeh... —empieza, y la ronquera de su voz me forma un nudo en la garganta—. No me puedo quedar.

Mason se levanta tan de repente que le rechinan los tenis en el suelo, y me nace en el pecho una extraña inquietud.

—Está bien...

Noah mira al techo un momento y, cuando baja la mirada, parece derrotado.

—Me he encontrado a unas personas a las que te va a encantar ver —me dice.

Voltea, sin que yo pueda quitarle los ojos de encima, y luego se aparta y entra alguien.

Siento un alivio inmenso y me tapo la cara con las manos, sobrepasada por una imagen de lo más agradable que hace que brote de mí un llanto incontenible. Sollozo, agitándome, y luego unos brazos fuertes me envuelven y me estrechan.

—Papá...

—Tranquila, chiquitina —me dice con la voz quebrada—. No llores, que ya estoy aquí, y mamá también.

Mason sorbe los mocos a mi lado, y acto seguido tengo a mi madre acariciándome el pelo. Me dejo caer sobre su pecho, y mi padre nos abraza fuerte, pero antes miro al otro lado de la habitación.

A Noah, que me observa atentamente y, aunque lo veo sereno, sus ojos me dicen otra cosa. Solo que, antes de que me dé tiempo a observarlo más, se ha ido.

Noah

Salgo de la habitación y me derrumbo contra la pared. Cierro los ojos mientras inspiro hondo por la nariz y expulso el aire despacio por la boca.

Me he vuelto a ir. La he vuelto a dejar.

He mirado a mi chica a los ojos, he visto arder en ellos ese destello y luego extinguirse.

Otra vez.

Me ha faltado poco para acercarme a ella, hincarme de rodillas a su lado y besarla. Besarle la zona donde no habría tardado en crecer nuestro bebé si el mundo hubiera sido más amable. Pero no lo es. Lo sé por experiencia, solo que yo habría dado cualquier cosa por haber podido evitarle a ella que se enterara.

Dándome unas palmadas en el pecho, me retiro de la pared, pero no me he apartado ni medio metro de ella cuando oigo unos pasos a mi espalda.

—¿Adónde vas? —La voz de Mason me sigue por el pasillo—. ¿Para qué te molestas en venir si te vas a volver a largar?

—Tu madre me ha visto en el estacionamiento y me ha pedido que la acompañara. No he sabido negarme, pero igual debería haberlo hecho.

—¿Qué hacías en el estacionamiento?

Trago saliva.

—Vuelve con tu familia, Mason.

—¡Vuelve tú con tu familia!

Al oírlo, me vuelvo bruscamente, decidido a replicarle con dureza, pero su sonrisita de satisfacción me descoloca. Claro que está justo ahí el tiempo necesario para que la vea y luego se esfuma, y la misma impotencia que me devora a mí se apodera de él.

—Tú eres de la familia, Noah. En cuanto ella decidió que lo eras, te convertiste en uno más. —Se acerca—. No te vayas. Ari te necesita.

—Si ni siquiera me conoce.

—Ya la has oído: recuerda todo lo que pasó en verano. Lo que tiene borroso es lo sucedido tras marcharse de allí, pero se acuerda de ti.

Niego con la cabeza, y un dolor punzante se apodera de mí.

¡Carajo!, ¿y por qué eso me hace sentir aún peor?

—Se acuerda de un chico con el que estuvo hablando en la playa un minuto, igual que se acuerda de que ese día estaba enamorada de otro, el mismo al que sentó en esa cama de hospital y quiso acariciar cuando toda la habitación se enteró de que estaba embarazada y había perdido el bebé. Nuestro bebé, ¡mi bebé!, que ella cree que era de él, y por el que lloró con otro hombre en mente, que no era yo. —Una sensación abrasadora de tormento me recorre el cuerpo entero, y trago saliva—. No pude consolar a la mujer a la que amo después de una pérdida a la que nadie debería tener que enfrentarse, y eso es algo que nunca me perdonaré. Jamás.

Apenado, Mason arruga la cara.

—Eso no fue culpa tuya, Noah.

—Pero siempre lo llevaré conmigo. Siempre. Vuelve ahí dentro. Sé que tu padre quiere hablar contigo.

—Ven, amigo. El médico nos ha dicho que Ari ha conectado dos episodios traumáticos y que, por eso, su cabeza ha dado un salto atrás o no sé qué mierda, así que hay que encontrar un modo de ayudarla a separarlos. Te necesito para eso. Vuelve adentro.

Se abren las puertas del ascensor, a nuestro lado. Vemos salir a Brady, seguido de Chase, que lleva un ramo de flores en las manos. Se me hiela la sangre en las venas y me tenso.

—Noah, colega, ¿qué demonios...? —dice Brady acercándose, pero Mason levanta la mano para detenerlos.

—Mis padres están ahí dentro, vayan a saludar —le pide Mason sin mirarlos siquiera, y, algo confundidos, ellos obedecen y se dirigen despacio a la habitación.

Con cada paso que dan, siento una punzada en la espalda. Entran y yo me giro de pronto, incapaz de quedarme ahí viéndolos hacer lo que ojalá yo pudiera hacer.

Estar con ella, carajo, cerca de ella. Algo.

Se cierran de nuevo las puertas del ascensor y yo estoy deseando que vuelva. Me voy hacia las escaleras.

—¡Se lo he dicho a ella! —me grita Mason antes de que me dé tiempo a desaparecer.

Me paro en seco y la puerta batiente viene hacia mí y casi me atiza en la cara. Lleno de rabia, volteo un poco para mirarlo.

—¿Cómo que se lo has dicho a ella? —Mason mira a otro lado y yo me acerco a él—. Mason —le digo parándome delante de él y reteniéndolo en su sitio.

—Que ya sabe que el bebé no era de él.

Juro por Dios que algo se me rompe por dentro.

—No me vaciles con esto.

—¿Por qué iba a hacerlo? —me replica, pero se tranquiliza después de unos segundos—. Le he dejado claro ese punto, pero no he especificado más. —Me llevo las manos a las caderas, me inflo las mejillas de aire y miro al infinito, mordiéndome la lengua para no derrumbarme—. Ya no sé qué hacer —insiste—. Necesito que ella sepa que no está sola.

Se me hace un nudo en el estómago.

—No lo está. Eso nunca.

—Lo sé —contesta en voz baja, comprensivo—. Noah, seguro que hace preguntas y, aunque me fastidie reconocerlo, no estoy seguro de si voy a saber responderlas todas. Por favor, ayúdala a recordar.

Me da un brinco el corazón y se me tensan los tendones.

—¿Y si no lo consigue?

—¡Pues a la mierda la memoria! —Suelto una carcajada y una sonrisa asoma a sus labios—. Ya se enamoró de ti una vez, ¿no? —dice encogiendo un hombro—. Dale la oportunidad de volver a hacerlo.

Tragándome mis miedos, le hago la pregunta que me ha estado atormentando.

—¿Y si no quiere?

Mason ladea la cabeza.

—¡Vamos! Estamos hablando de Ari. Ella sigue siendo ella y tú sigues siendo tú. —Al ver que dudo demasiado, tuerce el gesto—. Noah, por favor. Necesito saber que va a estar bien y, tal como yo lo veo, no va a estar bien si no está contigo.

—Eso no lo sabes.

—Te apuesto lo que quieras.

Si estuviera pensando con claridad, yo también lo haría. Apostaría por ella, por nosotros, pero el universo no para de encontrar formas de recordarme que la vida es dura y que, con cada cosa buena, te toca un puñado de malas. Cada vez que pienso que las cosas se empiezan a arreglar, que lo difícil ya está casi superado, me cae encima un alud y tengo que buscar el modo de salir de ahí. Pero esta vez no puedo hacerlo.

Estoy a merced de una cabeza en la que ya no tengo sitio.

Suspiro y miro a la puerta por la que han entrado Chase y Brady.

—A ella ni siquiera le gustan las flores.

Mason suelta una carcajada, pero la tristeza que esta contiene no me pasa inadvertida.

—Sí, carajo, lo sé. Eso viene de mi padre.

Lo miro entonces, con el corazón una pizca más caliente.

—¿Sí?

Ríe satisfecho, consciente de que me ha atrapado, porque sus palabras me ofrecen otro pequeño dato sobre mi chica, pero la respuesta, un «Sí», viene del pasillo.

Al girarnos, vemos que se acerca el señor Johnson.

Me yergo, y él agarra fuerte del hombro a su hijo y me mira.

—Las flores son bonitas, pero lo son más en la tierra, y no se mueren al cabo de una semana —dice esbozando una sonrisa—. A mis chicas las agasajo con comida, caprichos y cosas así.

Esbozo una sonrisa, y Mason arquea una ceja victorioso.

—¿Por qué crees que le gustaba tanto cocinar contigo? La estabas conquistando sin darte cuenta siquiera.

Me vienen a la cabeza recuerdos de la primera vez que cociné para ella, y miro a otro lado.

—Por eso he salido —explica el señor Johnson, y lo miramos los dos—: está muerta de hambre y dice que no le gusta lo que le traen.

—Puedo ir a buscarle un pollo picante del Popeyes —se ofrece Mason, sacando enseguida las llaves del coche del bolsillo.

—No, eeeh..., me ha dejado clarísimo lo que quiere

—indica, y desliza sus ojos pardos a los míos, con algún pensamiento oculto en ellos—. ¿Sabes dónde podemos conseguir un pastel de carne por aquí? —Se me bloquean todos los músculos y algo me revive por dentro, y se hace la luz en una pizca de oscuridad. Incapaz de hablar, me limito a asentir con la cabeza—. Pues vamos allá, hijo, que nuestra chica está esperando —añade señalando la habitación con la cabeza.

Rezo a Dios para que, muy en el fondo, así sea.

Y luego recuerdo que el hombre al que cree que ama está con ella ahora mismo, y la poca esperanza que pudiera haber albergado se esfuma.

42

Arianna

Llena a reventar, echo la cabeza atrás, feliz de que mis padres estén de vuelta.

—Estaba riquísimo.

Mi padre agarra el *tupper* y lo mete en la bolsa que hay en la mesita.

—Sí, ese Noah desde luego sabe cocinar.

—¿Noah Riley? —pregunto mirando a mi padre—. ¿Lo ha hecho él?

—Uy, sí, y de cero. Impresionante, la verdad. ¿Por qué crees que hemos tardado tres horas en volver?

—Pues ni se me ha ocurrido que el *quarterback* de la Universidad de Avix fuera, además, chef, te lo aseguro. —Hago un aspaviento y miro a Mason—. ¡Ay, Dios! ¿Y su temporada? ¿Cómo fue? ¿Jugaste? —Mason ríe y, cuando se dispone a contármelo, lo interrumpo—: ¡Espera, no me lo cuentes, que he cambiado de opinión! —le digo a mi familia, y me miran todos.

Cuando han vuelto Mason y mi padre, hemos podido llamar al doctor Brian, que, esta vez, venía acompañado de un especialista. Nos lo han explicado todo una vez más para que mis padres lo entendieran, y la forma en que ha expuesto el médico la situación a la que me enfrento me ha hecho ver las cosas de otro modo y tomar una decisión.

—No quiero que nadie me cuente nada de los últimos meses.

—Ari... —dice Mason negando con la cabeza—, hay cosas que debes saber.

Sin darme cuenta, me llevo las manos al vientre y asiento.

—Sí, y les preguntaré sobre algunas cosas, pero quiero que me dejen hacerlo cuando yo lo necesite. El médico ha dicho que la perspectiva de otra persona podría confundirme más de lo que ya estoy, y no quiero jugármela. Intentaré recordar por mi cuenta. Me han dicho que puedo.

—Pues claro que puedes, cariño —tercia mi madre apartándome el pelo de la cara—. No hay prisa. Decidas lo que decidas, aquí estamos.

—A propósito de eso, me dan el alta mañana y no..., no quiero ir a casa.

Mi madre me mira y luego mira a mi padre.

—¿A la casa de la playa? —supone Mason.

Asiento y los miro a los tres alternadamente.

—Es el sitio que recuerdo, y quiero estar cerca. También quiero volver a la universidad cuando comience el semestre.

—Eso es dentro de menos de un mes.

—Y el médico ha dicho que podría empezar a recordar en cualquier momento. El accidente fue hace quince días ya. No creo que tarde en venirme todo a la cabeza. Hasta podría ser mañana mismo.

Se hace el silencio en la habitación y mi madre sonríe sin ganas.

—¿Y si te cuesta un poquito más?

Siento náuseas de repente, pero las controlo.

—Aun así, quiero volver, sobre todo en ese caso. Estar en el campus, moviéndome por las mismas zonas y con las mismas personas me podría ayudar. Terminé en el campus, ¿verdad?

—Pues claro. —Mason se aclara la garganta—. A mí me parece perfecto. Le pido a Cameron que te meta tus cosas en una maleta esta noche y mañana las tendré listas.

La preocupación se refleja en el ceño fruncido de mi padre, pero asiente de todas formas, y le lleva la mano a la espalda a mi madre cuando ella se levanta.

—Papá y yo podemos hacerte la despensa, llenarte el refrigerador y eso —dice mi madre angustiada—. Pero si piensas que me voy a marchar a casa es que estás loca. Me quedaré en el departamento que tenemos en la playa.

—Suponía que dirías eso. —Le agarro la mano y se la aprieto.

Me guiña un ojo y, de pronto, se levantan todos, porque está a punto de terminar la hora de visitas y, ahora que ya no me encuentro en estado crítico, no se hacen excepciones. La verdad, es un alivio, y reconocerlo me hace sentir culpable, pero me ven los ojos medio cerrados y me sugieren que descanse. Me lo dicen con cariño, pero, si supieran cómo se me revuelve el estómago de pensar en la noche, se morirían de preocupación.

Así que mientras se despiden me finjo serena, pero, en cuanto se van, el fingimiento se desvanece y la angustia se apodera de mí.

Pronto apagarán todas las luces y no se oirá ruido alguno en los pasillos. Los enfermeros dejarán de gritar desde el puesto de enfermería y empezarán a hablar bajito entre ellos. Habrá el silencio en el piso y me vencerá el agotamiento.

Me revienta.

Me aterra pensar en dormir.

¿Y si cierro los ojos y se me olvidan más cosas?

¿Y si los cierro y no los vuelvo a abrir?

¿Y si, al abrirlos, no recuerdo ni quién soy?

Ahora mismo sigo siendo yo, aunque me falten algunos pedazos.

¿Y si mañana soy una desconocida atrapada en el cuerpo de Arianna Johnson?

Echo la cabeza hacia atrás y me limpio furiosa las lágrimas.

Me sobresalta un toquecito en la puerta y me sorprende ver a Noah en el umbral, con una bolsa de plástico en la mano.

—¿Gasparín te está poniendo nerviosa otra vez? —dice tenso pero cariñoso.

Parpadeo para disimular las lágrimas.

—Sí, es un imbécil: no para de echarme agua por los ojos. Me tiene un poco harta.

Suelta una risita y asiente como si entendiera a qué me refiero.

Estoy cansada de llorar.

—Te he traído una cosa —dice, y titubea un poco en la puerta, pero, al ver que no digo nada, entra. Me da la bolsa y yo extiendo la mano despacio para agarrarla.

—¿Qué es?

—Algo para que pases mejor la noche —contesta, y se dispone a salir, pero, no sé por qué, lo llamo.

—No hace falta que te vayas..., salvo que quieras hacerlo.

De primeras no se gira, pero, cuando lo hace, el aire de la habitación se vuelve más denso. No quiere marcharse, lo noto.

¿Cómo lo noto?

Me aclaro la garganta.

—Puedes esperar a que vengan a echarte, que no creo que tarden mucho.

Asiente despacio, se mete las manos en los bolsillos de la sudadera, acercándose poco a poco, y luego se sienta a mi lado.

Me observa atentamente mientras hurgo en la bolsa y saco un par de audífonos y un iPod antiguo.

Lo miro emocionada.

—¿Me has traído música?

Me sostiene la mirada.

—He pensado que igual te venía bien distraerte un poco.

¿Cómo sabe que no puedo dormir?, ¿que la música me va a venir bien?

¿Cómo sabe lo que necesito?

—Gracias —susurro, y, cuando tengo el cacharro encendido y los audífonos conectados, le paso uno.

Sin dejar de mirarme, Noah se lo pone y yo me recuesto en la cama. Pulso el botón de reproducción y, a los tres acordes, se me cierran los ojos, y la historia se reproduce en mi cabeza. Me inunda una especie de sosiego y empiezo a respirar hondo.

—Da gusto verlo dormir un poco por fin...

Abro los ojos y veo que entra la enfermera Becky. No sé cuánto tiempo ha pasado, pero debe de hacer un rato, porque, cuando miro a Noah, veo que se ha dormido, a mi lado, con la mano apoyada en el colchón.

—Lo siento —musito—. Sé que ya no es hora de visitas.

—Tienes toda la habitación para ti sola, nadie te va a decir nada —contesta con un manotazo al aire, como quitándole importancia—. Además, yo ya he terminado mi turno —dice con la chamarra colgada del brazo—. Solo quería entrar a despedirme, por si no te veo mañana antes de que te vayas.

—Gracias por todo lo que ha hecho por mí.

—Ha sido un placer. Da gusto ver a una familia que se quiere tanto. Tristemente, no es tan habitual por aquí —dice con un suspiro, y sonríe mirando a Noah—. Y este hombre, que no se ha apartado de tu lado.

Me da un vuelco el corazón.

—Ah, ¿no?

Niega con la cabeza y lo mira con un cariño casi maternal.

—El pobre no cerraba los ojos más que una o dos horas al día en todo el tiempo que estuviste en coma, y menos aún el último par de días, mientras se escondía en la sala de espera del fondo del pasillo. Si no estaba en ese baño, estaba en esa silla, inquieto como un niño en Nochebuena. —La miro extrañada—. Parece que por fin duerme a gusto —dice mirándome a los ojos con un brillo discreto en los suyos—. Me marcho ya, no lo vaya a despertar.

Asiento y me despido, pero en cuanto se va miro a Noah, le miro la mano, a escasos centímetros de mi muslo tapado por la manta. La contemplo un momento, estudio sus dedos largos y la leve curvatura de sus nudillos, la suavidad de su piel y las venas de la parte inferior del antebrazo, donde la manga se le sube un poco.

Le miro la cara, esas pestañas largas que descansan sobre sus pómulos. El pelo oscuro le asoma por la capucha de la sudadera y le veo una barbita de varios días. El pecho le sube y le baja con unas respiraciones completas, profundas.

Me vuelvo a poner el audífono y, cuando quiero darme cuenta, ya es de día, la silla que tengo al lado está vacía y alguien llama a la puerta.

Abro los ojos y sonrío de inmediato.

—Chase...

Noah

Paso algo más de una hora sentado en el banco que hay a la puerta del hospital antes de que la voz de Ari me saque de mis pensamientos y, en cuanto giro la cabeza, la veo aparecer y mirarme enseguida a los ojos como si yo la hubiera llamado.

—Noah...

Lo dice con una alegría que me acelera el pulso, y no puedo evitar la sonrisa que asoma a mis labios.

Me dan ganas de agarrarla, abrazarla, estrecharla contra mi cuerpo. En cambio, me quedo sentado y cruzo las manos, porque no sé si voy a saber contenerme.

—Julieta...

Me mira extrañada un segundo, pero luego ríe, y, carajo, me encanta oírla reír. Se acuerda del apodo que le puse aquel primer día.

—¿Sabes que el día de la charla de orientación de la universidad nos hablaron del peligro de los acosadores? —dice ladeando la cabeza.

Me pongo nervioso y contesto algo cohibido.

—Ah, ¿sí?

—Ajá —bromea ella—. Y que estés aquí sentado raya en el acoso.

Trago saliva.

—¿Y si te dijera que no estoy aquí por ti?

—Te diría que mientes más que hablas.

Río, porque la ligereza de esta conversación me reconforta de una forma que no sé explicar, pero trae consigo cierta tristeza, porque, aunque es cierto que estaba esperando verla salir, ella debería saber por qué otra razón estoy aquí un domingo por la tarde, con la de veces que me ha acompañado. Me deshago de ese pensamiento y me pongo en pie, y ella levanta la cabeza para poder seguir mirándome a los ojos.

—Pues acertarías.

Se dibuja en sus labios una sonrisa, que luego se deshace, y entonces mira a su espalda, y el calorcito que se gestaba en mi pecho desaparece de pronto. Sale Chase sonriente, pero en cuanto me ve se le esfuma la sonrisa. Desvía la mirada un segundo.

—Hola, Noah.

Lleva el remordimiento escrito en la cara, como debe ser.

Mi cerebro se niega a permitirme responder, pero entonces salen Cameron y Brady, y oigo rugir un motor a mi espalda. Mason se estaciona junto a la acera. Baja del coche de un salto y los demás meten las maletas en la cajuela mientras él se acerca, pero Ari se queda en la acera, a menos de medio metro de mí.

—Anoche te llamé dos veces —me dice malhumorado.

Yo miro a Ari y ella agacha la cabeza, mordiéndose el labio, y Mason entorna los ojos intrigado.

Se suben todos al Tahoe de Mason, menos ellos dos, y Ari me mira, con menos ojeras que ayer.

—Vamos a pasar el resto de las vacaciones en la casa de la playa —me dice, y se me encoge el pecho.

—Ah, ¿sí?

Asiente.

«¡Cielos...!»

—¿Tú...? ¿Tienes planes con tu familia?

«Mi familia eres tú».

Niego con la cabeza, se me acelera el pulso y me inunda una mezcla de emociones.

—Ah... —dice, y hace una pausa.

Casi.

—Solo vamos a estar nosotros cinco y hay una habitación extra... si quieres venir —me dice, como si yo nunca hubiera estado allí. Me mata, pero no tanto como la indecisión de su voz.

De sus ojos.

De su pose.

Me dan ganas de acabar con todo eso de una vez, de decirle que no dude nunca de dónde quiero estar, porque la respuesta es, y siempre va a ser, que donde ella esté.

A su lado.

Pero eso no se lo puedo decir.

Así que simplifico. Recurro a nuestro idiolecto.

—Ya sabes la respuesta.

—Ah, ¿sí? —Ríe, pero no tiene ni idea de por qué y, por una vez, eso me dibuja una sonrisa en los labios, porque, aunque no se acuerde, su cabeza hace la conexión subconsciente—. A lo mejor prefiero que me lo digas...

Al oírlo, sonrío satisfecho.

«Pues claro que lo prefieres, amor».

—Sí, Julieta —le digo—. Me encantaría ir.

Sonríe con los labios juntos, y asiente.

—Pues, entonces, ya estamos todos.

Tarda un segundo, pero me rodea y se desliza despacio en el asiento, donde Mason le ha preparado un par de cojines.

Él se acomoda a mi lado.

—¿Qué clase de chica invitaría a «un chico con el que estuvo hablando en la playa un minuto» a dormir en la habitación de al lado de la suya durante dos semanas?

Se me inflan los pulmones y volteo hacia él.

—La misma que se acuerda de algo que le dijeron en la charla de orientación de la universidad.

Me mira sorprendido.

—Eso..., eso fue después de que se fuera de la casa de la playa. Semanas después.

Asoma a mis labios una pequeña sonrisa, y asiento.

—Bueno...

Dicho eso, me voy a mi camioneta, y dejo que sea Mason quien explique a los demás por qué no tengo que ir a casa por mis cosas para la escapada.

Porque ya las llevo conmigo.

43

Noah

Dos días se convierten en cuatro, y cuatro en una semana, y la memoria de Ari sigue sin volver. Son ya veintidós en total y, con cada hora que pasa, mis días se vuelven un poco más oscuros.

Su recuerdo subconsciente sobre las jornadas de orientación de la universidad es el último y único comentario que ha hecho que demuestre que, de algún modo, sus recuerdos siguen por ahí enterrados. Que yo sepa, es también el único momento en que se ha referido al pasado, claro que tampoco ha sido de forma consciente. Que yo sepa, insisto.

Me ponen una cerveza delante y, al levantar la vista, veo al señor Johnson. Como no quiero ser grosero, me dispongo a aceptarlo, pero titubeo más de la cuenta y se me escapa una risa en voz baja.

—Sí, conozco esa cara —dice, y, sentándose a mi lado, le da un trago lento a su cerveza y sujeta la otra cerveza entre las piernas—. Es la de un hombre que llegó a llamar por su nombre de pila al tipo de la tienda de bebidas alcohólicas.

Curvo ligeramente los labios y bajo la vista al suelo de madera de la terraza.

—Se llamaba Darrel, y tenía debilidad por el refresco de cereza.

El señor Johnson esboza una pequeña sonrisa que no le llega a los ojos. Suaviza el gesto y asiente con la cabeza.

—¿Puedo pedirte que seas franco conmigo? —me pregunta.

—No tengo motivos para no serlo, señor.

—Me gusta tu respuesta, pero nada de «señor» —contesta con un manotazo al aire—. Ni «señor Johnson». Con «Evan», de acuerdo. —Agacha la cabeza y yo asiento.

—No le voy a mentir, Evan —digo mirándolo a los ojos—. Según la pregunta, quizá decida no contestar, pero sin malicia alguna.

—¿Qué clase de pregunta decidirías no contestar? —Estoy a punto de responder, pero él me lo impide con una risa—. Solo quiero saber cómo estás, hijo, cómo estás en realidad.

—No estoy seguro, la verdad —respondo con sinceridad—. Dadas las circunstancias, no estoy mal, pero «dadas las circunstancias» y...

—¿Y estás hecho un maldito desastre?

Lo miro de pronto y sonríe, y eso me hace reír.

—Sí, señor. —Arquea una ceja y yo levanto las manos como disculpándome—. Perdón, gajes de atleta. Los que no eran mis profesores eran «señor» o «entrenador». Cuesta deshacerse del hábito.

—No es malo —dice—. Lo de ser atleta.

Miro a otro lado.

—Igual esto nos lleva a una de esas preguntas que prefiero no contestar.

—Porque no quieres que te pida que no abandones tus sueños.

—Si es eso lo que me acaba de insinuar, señor, le agradecería que entendiera por qué estoy aquí y no en otro sitio.

Aprieta la mandíbula y desvía despacio la mirada, asintiendo e intentando disimular que se le empañan los ojos.

—«Evan», hijo, llámame «Evan», no «señor». —Le da un trago largo a la cerveza y, cuando me mira, vuelve a mover la cabeza—. ¿Cómo lo llevas? En serio, Noah. Sé que tu madre aún se está curando, que se te echa encima el último semestre y que el asunto del futbol está en el aire. Y con todo lo que está pasando con Ari, me preocupas. Es mucho que digerir para cualquiera, pero, en lo relativo a mi hija, imagino que la situación en la que te encuentras atrapado es la peor posible.

—No me siento atrapado, señor..., Evan. Algo impotente, sobrepasado, sí, pero no atrapado.

—Sé que es complicado, y no tengo claro que el que todos guardemos silencio sea la mejor opción, pero te agradezco que hayas accedido a la petición de Ari —dice resoplando y negando con la cabeza—. Yo, en tu lugar, me habría encerrado con mi mujer en una habitación y se lo habría contado todo esa primera noche.

Río en voz baja.

—Sí...

Nada me gustaría más que hacer eso precisamente. Lo tengo en la cabeza a todas horas: por dónde empezaría, qué le diría... He mantenido esa conversación imaginaria con ella cientos de veces ya, pero al final siempre se le llenan los ojos de lágrimas y la confusión nada en ellas mientras contempla al hombre que le asegura que ella lo quiere y se jura para sus adentros que ama a otro.

No voy a hacerle daño solo para sentirme mejor.

Miro al señor Johnson.

—Nunca me ha costado mucho morderme la lengua. Es otra de esas cosas necesarias para un atleta.

—Un atleta que se deja entrenar, en cualquier caso.

Asiento.

A un atleta, uno que se deja entrenar, como bien ha

señalado, no siempre le gusta lo que ve, lo que oye o lo que se le pide, pero lo hace igual por varias razones.

—Esto es muy distinto, Noah —dice, expresando con palabras justo lo que yo estaba pensando.

—Sí, es cierto, pero tener la boca cerrada no es lo que más me cuesta.

Frunce el ceño al comprender lo que le digo, y suspira.

—No, hijo, supongo que no.

Los dos levantamos entonces la mirada al mar, a la orilla, adonde se encuentra Ari, con el pelo alborotado por la brisa y una amplia sonrisa en los labios mientras ríe... por algo que Chase le ha dicho.

Se me acumula la tensión en el pecho y me obligo a mirarme los pies.

Quedarme sentado en esta ocasión significa ver de primera mano cómo se emborrona mi futuro cada día un poco más, pero lo que ella quiere es lo que yo quiero para ella, así que, de verdad, no hay nada que yo pueda hacer.

Aquí seguiré hasta que ella esté preparada para volver conmigo.

O hasta que no me quede otra que marcharme.

—Tú quieres a mi pequeña —susurra el señor Johnson volteándose hacia mí.

—No soy el único. —Aprieto mucho los labios y alzo de nuevo la vista a la orilla—. Empiezo a preguntarme si alguna vez tendré ocasión de decírselo.

Me agarra fuerte el hombro y presiona un poco.

—Cuando empiece a parecer que no, a lo mejor tienes que jugártela y decírselo —replica agachando la cabeza, y yo consigo asentir. Se levanta despacio—. Es un honor tenerte aquí, hijo.

—Gracias, señor.

Me lanza una mirada asesina y se me escapa una risa.

Entonces sale Mason de la casa y nos mira, pero enseguida se fija en Chase y Ari, y frunce mucho el ceño.

El señor Johnson ríe, le da una palmada en el hombro a su hijo y lo rodea.

—Me voy a buscar a mi mujer para comer. Hasta luego, chicos.

Se va, y la parejita de la playa viene hacia nosotros y se detiene a escasa distancia de donde estamos. Chase le dice algo a Ari y ella disimula la risa tapándose la boca con una mano oculta por la manga del suéter, pero la carcajada me retumba en los oídos. Hago una mueca, debatiéndome entre la felicidad que me produce su carcajada y el destrozo que me ocasiona por dentro no ser yo quien se la ha provocado.

—Caraaajo —dice Mason suspirando, y nos miramos un segundo—. ¿Qué haces, amigo?

—Preguntarme cómo demostrarle a una chica que ya no quiere al hombre al que ha querido toda la vida.

Mason pone cara de pena, que se va convirtiendo en rabia según mira a esos dos.

—¡A la mierda! —exclama, y sale disparado hacia la orilla, pero yo me pongo en pie como un rayo, lo agarro de la muñeca y lo detengo en seco. Me mira con los ojos entornados—. Noah...

—Tienes que prometerme una cosa —le digo.

Frunce el ceño.

—No.

—Mason, por favor.

Furioso, se para a mi lado.

—¿Qué?

—Cuando él le diga que ha cambiado de opinión, no interfieras.

—Pero ¿qué demonios...? —me suelta indignado—. ¿Me lo estás diciendo en serio?

—Sí, porque sé que no quieres hacerle daño a Ari, que es lo que vas a conseguir como pierdas los estribos.

—Esto ya no es solo por apartar a mi hermana de mi

amigo. Igual antes sí, pero ahora es distinto. Se trata de que ella recupere la vida que ha perdido. ¿No lo entiendes?

—Lo entiendo, te lo aseguro, pero intento hacer las cosas de la forma correcta. Esto es lo que ella quiere.

—Tú eres lo que ella quiere.

—Mason...

—¡Te quiere, amigo! Y eso es lo correcto, ¡punto final!

—Baja la voz —le advierto, pero ya es demasiado tarde.

Ari oye gritar a su mellizo y, claro, voltea hacia nosotros. Avanza con cautela, pasándose el pelo por detrás de la oreja mientras se muerde el labio inferior. Se le infla el pecho con una inspiración honda y no desvía la mirada.

Se detiene en seco.

Pero no es a Mason a quien mira, sino a mí.

—Mírala, Noah —me susurra Mason desesperado—. ¡Mírala, carajo! Lo lleva escrito en la cara y ni siquiera lo sabe. Es tuya, hermano. No dejes que se le escape lo que siempre ha querido y por fin había encontrado.

Se me hace un nudo en la garganta y tengo que tragar saliva, pero no me ayuda a disimular la agitación de mi voz.

—Ahora mismo, en su cabeza lo quiere a él. ¡A él! Déjala que se aclare sola, por favor.

Frustrado, se pasa una mano por la cara.

—¿Por qué?

—Porque está perdida, tú mismo lo has dicho. Solo tiene lo que sabe, y lo que sabe es... —Trago saliva de nuevo—. Lo que sabe es cómo la hace sentir él. —Callamos los dos un instante y luego añado—: Él es lo único que tiene sentido para ella en estos momentos.

—Sabes que esto es una cagada, ¿verdad?, ¿que te podría salir el tiro por la culata? Si él la quiere de verdad y ella le da a lo suyo la oportunidad que no tuvieron porque yo soy un imbécil, podrías perderla. —Me mira de frente—. ¿Estás preparado para eso? Porque podría pasar.

Las arterias que me rodean el corazón se comprimen y me cuesta un poco respirar.

Ari sonríe entonces, saluda con la mano, y me duele hasta el alma. Me arde todo.

Carraspeo y me doy la vuelta. Miro a Mason a los ojos.

—No te estoy pidiendo que la empujes a él, sino que le concedas la oportunidad que le negaste de decidir si es eso lo que quiere.

Mason niega con la cabeza.

—Ese no es un chico cualquiera de la calle. Tenemos historia, lazos familiares, una amistad de años —dice, y me mira un instante—. Chase es un buen hombre, Noah.

—Si no lo fuera, yo no estaría aquí parado.

Suelta un suspiro, largo y sonoro.

—Está bien, pero que sepas que esto es una mala idea, y puede que te des cuenta por las malas.

Y acto seguido baja furibundo los escalones de la terraza, va hacia la derecha y se pierde en la playa. Ari y Chase lo ven marcharse, y, cuando ella me mira a mí, me dejo caer en el asiento.

Me froto los ojos con los puños, confiando en estar haciendo lo correcto y deseando que hubiera una forma de averiguarlo, pero ¿cómo voy a encontrar la respuesta cuando ni siquiera sé cuál es la pregunta?

La vida nunca ha sido fácil para mí, pero esto ya es otro nivel, y no lo llevo bien.

Quiero recuperar a mi chica.

Quiero el futuro con el que me he atrevido a soñar.

La quiero a ella.

44

Noah

—Gracias por venir a charlar con Kalani —dice Nate, el primo de Ari, mientras me acompaña a la salida—. Supongo que lo que menos quieres ahora mismo es hablar de futbol americano, así que te agradezco mucho que la hayas distraído.

—No quiero que pienses que no me interesa jugar para los Tomahawks, porque no es así —digo dando la vuelta para mirarlo—. Sería un honor para mí entrar en cualquier equipo, sobre todo en uno que quiere que vuelva a ocupar mi posición original, pero es que...

—¿No puedes hacer planes de futuro ahora mismo? —Asiento—. Oye, yo te entiendo, hombre, de verdad. A mí se me hizo pedazos el mundo por un momento hasta que llegamos adonde estamos ahora. No como a ti, pero...

—Nah, no digas eso. Un corazón roto es un corazón roto, ¿no?

—Estas mierdas duelen igual —coincide, y me tiende la mano, que yo le estrecho—. ¿Vienes a la parrillada del domingo?

—Allí estaré —contesto, y me despido con un saludo militar y vuelvo a la casa de la playa de Ari.

De camino, Trey intenta contactar conmigo, por cuarta vez ya desde que Ari salió del coma, pero no quiero contestarle, como tampoco me he visto capaz de contestar a los mensajes de Paige o de mi entrenador.

No sé qué decirles, ni a ellos ni a nadie. Supongo que se habrán enterado, pero no lo sé con seguridad, y no estoy preparado para tener esa conversación con nadie. Hablar de lo ocurrido solo lo va a hacer más real de lo que ya es, y por ahí no paso.

No tardo en llegar a la terraza de la casa de la playa. Brady y Cameron están sentados en el sofá, jugando con los celulares. Cuando llego hasta ellos, Cameron levanta la vista de su teléfono con una sonrisita en los labios.

—¿Qué? —pregunto reduciendo la velocidad.

—Ha llegado oficialmente Martha Stewart. —Levanta las piernas y encuentra una papa frita del tazón que tiene Brady en el regazo—. Entra y verás, Snoop Dogg.

—No te sigo...

Ella continúa con lo que estuviera haciendo en el celular.

—Tú entra.

Sonriendo un poco, niego con la cabeza y entro.

Nada más poner un pie dentro, un aroma que podría reconocer en cualquier parte me asalta de pronto los sentidos, y se me congelan los pies, y miro nervioso por toda la estancia.

El señor Johnson está sentado a la mesa, leyendo una revista de deportes, y Mason está recostado sobre la isla de la cocina. A su espalda, frente a la estufa, está... Ari, removiendo algo en una olla, y, si no me falla la memoria, sé perfectamente qué es eso que prueba con tanta cautela: la receta que compartí con ella, la que preparé con ella.

La receta de mi madre.

Se me hace un nudo en la garganta. Me acerco despacio y me apoyo como Mason en la encimera.

—¡Mamá, ¿los has encontrado?! —grita Ari sumergiendo el dedo en la cuchara para probar la salsa humeante.

—No, cielo, aquí no hay ninguno. —La señora Johnson vuelve la esquina y se le ilumina el rostro al verme—. Noah, ya estás de vuelta. ¿Qué tal Lolli?

—Tan loca como de costumbre, seguro —tercia Mason empujándome por el codo, y a mí se me escapa una carcajada en voz baja.

—Es muy linda. Hemos tenido una conversación agradable.

Ari voltea entonces para mirarme, y a mí se me infla el pecho.

—¿Qué..., eeeh..., qué buscabas? —Me quito la chamarra y la dejo encima de la silla. Me remango y rodeo con prudencia la isla.

Me detengo a su lado y se dibuja en sus labios una sonrisa nerviosa.

—Mamá andaba buscando unos pimientos —contesta Mason.

Asiento y procuro respirar con tranquilidad, porque creo que sé adónde va a parar todo esto.

—Hay unos jalapeños en el refrigerador.

—¿Crees que eso le siente bien? —me dice Ari mirando hacia donde estoy.

—Podría, pero ¿qué clase de pimiento buscabas?

—Pimiento rojo molido. —Callo a propósito, y entonces me mira—. Ya sabes, como el de la pizza...

Reprimo una sonrisa.

—Bien, bien..., pimiento de pizza.

Ari detiene la mano en el aire y me mira de pronto. Arruga un poco la frente, pero, un segundo después, se dibuja en sus labios una pequeña sonrisa.

—¡Espera! —Se acerca a uno de los cajoncitos, hurga un poco dentro, saca unos sobrecitos de pimiento molido de Benito's Pizza Café y los agita triunfante en el aire—. Sabía que algún día nos servirían.

Vuelve a la estufa, rasga los sobres y vierte el contenido

en la cazuela. Yo apoyo el codo en la encimera, mirando hacia ella.

—Eso le dará un toquecito muy agradable, ¿eh?

—Exacto —contesta con una gran sonrisa.

Clava los ojos en los míos y se me hace un nudo en el estómago.

Dios, qué guapa es.

—¡Caray! —grita Brady al entrar, y rompe por completo el hechizo—. Tenemos extintores, ¿verdad?

—¿Y seguro del hogar? —añade Cameron.

—Muy graciosos —replica Ari frunciendo el ceño—. Están empeñados en que soy una inútil, Noah.

Me acerco un poco más, y entonces me roza sin querer el pecho con el codo mientras remueve, y el pecho se le infla con una inspiración profunda. Me mira a los ojos y esas pestañas largas y oscuras le abanican las mejillas.

—Pues yo creo que no se te está dando nada mal —le digo yo en un tono algo más ronco de lo que habría querido, pero me da igual.

Ella parpadea y le veo en la cara un destello de algo, pero luego agacha la cabeza porque la asalta esa timidez suya tan tierna que a mí me encanta.

«Te extraño».

Frunce el ceño, pero la confusión se esfuma enseguida, y entonces voltea para mirar a su espalda.

—Sí, no se me está dando nada mal. Igual no soy tan desastre en el fondo. —Hace una pausa—. ¡¡¡Madre!!!

—Oye, que yo no he dicho nada —se defiende la señora Johnson, apoyándose en su marido mientras se lleva a los labios una taza de café para ocultar una sonrisa.

Ríen todos y, cuando estoy a punto de desviar la mirada, veo que me mira el señor Johnson, me guiña un ojo y sigue con su lectura.

Después de eso, ya no le quito los ojos de encima a Ari.

Está trabajando de memoria, jalando un recuerdo que yo le generé, y ni siquiera lo sabe.

Mason y yo estamos haciéndonos pases con el balón en la calle cuando Ari sale dando tumbos de la casa y tropieza con los tenis de su hermano.

—¡Carajo, Mason! —protesta riendo, y se agarra a la silla que hay junto a la puerta.

—¡Perdona! —se disculpa él, y mira a su espalda cuando el rugido del Hummer de Nate se acerca.

—¡Mierda, diles que esperen, que me he dejado el celular!

Regresa adentro corriendo y nosotros nos volteamos para mirar a las chicas.

Llevan las ventanillas bajadas, la música altísima y Lolli no pisa el freno hasta que no está justo delante de la casa, con lo que al final tiene que frenar de golpe. Payton y Mia, una prima de Lolli, sonríen desde el asiento de atrás, con medio cuerpo asomado por la ventanilla.

—¿Qué hay, chicos?

—No gran cosa, aquí, haciéndonos unos pases —digo señalando a Mason, que se acerca molesto.

—¿Y el pequeño D? —pregunta con el balón debajo del brazo.

Payton lo mira y luego mira hacia donde está Ari.

—Me da la impresión de que a tu hermana le produce cierto recelo, así que... —Posa los ojos en mí y me ofrece una sonrisa de circunstancias—. Perdona, Noah.

Siento una fuerte punzada en el pecho, multiplicada por la constancia de que Ari está evitando al bebé de Payton, pero niego con la cabeza.

—Tranquila —le digo.

—Como no quería incomodarla, lo he dejado con mi hermano.

—Yo te podría haber ayudado —sostiene Mason.

Payton se sonroja.

—No necesitaba tu ayuda.

Mason voltea hacia mí, me lanza el balón y entra corriendo en la casa. Lolli se da la vuelta en el asiento delantero y mira intrigada a Payton, que se entretiene con el celular.

—Perdónenme, estoy lista —dice Ari, que se acerca corriendo, con el pelo chorreando y recogido en un chongo.

—¿Día de chicas? —pregunto.

—Sí, va a ser divertido.

Sonrío, feliz de verla cambiar de escenario. No ha salido mucho de casa desde que llegamos aquí, salvo para bajar a la playa.

—A mí me llevan a la fuerza, por si te lo preguntas —tercia Lolli molesta.

—Calla, Lolli, que te vamos a dar tequila, no te preocupes —bromea Mia.

—Vamos al centro, de boutiques —dice Payton sin levantar la vista—. Kenra se ha enterado de lo de la gala y se ha vuelto loca.

Me agarroto, y me cuesta abrir la boca.

Miro a Ari.

—¿La gala?

Ella sonríe.

—Sí, no queda nada para el evento de tu equipo y necesito encontrar algo ya o lo tengo complicado.

Se me revuelve el estómago, me hormiguean las extremidades.

—¿Te...? —empiezo, y luego trago saliva.

¿Se acuerda?

Debo de parecer bobo, porque le da un ataque de risa.

—Al principio no estaba segura de si estaba por la labor, por si acaso, ya sabes —dice, y yo asiento con ganas, desesperado por tocarla y apartarle el cabello de la cara—, pero luego pensé, «¡a la mierda!, que necesito divertirme».

—Sí, tienes que divertirte. —«Los dos tenemos que hacerlo, amor».

—Así que le he dicho que voy. —Se encoge de hombros y abre la puerta del asiento trasero.

—Le has dicho que vas...

¿Le ha dicho que va?

Se me hace un nudo en la garganta.

En el estómago.

En el pecho.

Ari asiente con la cabeza y una especie de angustia le hace encoger los hombros.

—Eeeh...

Me mira confundida, así que me aclaro la garganta e intento sonreír, por ella, pero no sé si lo consigo.

Y entonces doy media vuelta y me dirijo a la casa, pero no entro. La rodeo furioso hacia la parte de atrás, y me zumban los oídos cuando me llegan las voces del patio. Me vibra la visión, que se me nubla intermitentemente, pero me basta con ver una cosa.

Me basta con acertar un blanco.

Y lo localizo.

Tomo impulso y le doy un puñetazo en la mandíbula a Chase.

Se cae de la silla al suelo y, cuando se levanta de un brinco y voltea la cabeza hacia mí, lo agarro por la camiseta y lo hago retroceder hasta que choca con el barandal. Le atrapo los brazos a la espalda y le levanto un poco las piernas, de forma que se queda medio suspendido sobre el borde de la terraza. Le presiono el pecho con el antebrazo, descargando sobre él todo el peso de mi tronco.

Protesta e intenta zafarse, pero yo aprieto más.

Grita de dolor y, de pronto, aparece Brady a mi lado, se oye un portazo a nuestra espalda y viene Mason también.

—¡Suéltalo, Noah!

Le clavo el codo en la boca del estómago y le hundo la

base de la mano en el omóplato. Se lo podría reventar con solo aplicar un poco más de presión.

—Le vas a partir el brazo —me dice Brady agarrándome de la muñeca.

Se me revuelve el estómago.

—A lo mejor se lo merece —contesto.

Me tiembla el cuerpo entero, me castañetean los dientes, y lo suelto, pero no me aparto.

Chase se ve obligado a erguirse delante de mí, justo delante de mí.

Le sale sangre del labio y se la quita con el pulgar.

Se me caen los hombros y niego con la cabeza.

Una forma retorcida de suplicio me arde por dentro, una mezcla de rabia y remordimiento que me dificulta la respiración, porque aquí estoy, furioso con el tipo que tengo delante cuando, en el fondo, está ahí porque yo se lo he permitido.

Esto es culpa mía. He querido hacer lo correcto, cargar con el muerto porque eso era lo que ella quería, lo que necesitaba, y lo único que me importaba era lo que ella quisiera. Solo buscaba complacerla.

Y eso hice, y me aparté, y este cabronazo...

Se ha aprovechado.

Pero no lo entiendo.

—¿Por qué haces esto? —Chase tiene el descaro de poner cara de dolor, y mira a otro lado—. ¿En serio? ¿Eres lo bastante hombre para dar el paso, pero no para decirlo en voz alta?

Entonces se gira bruscamente y me pregunta exasperado:

—¿Qué quieres que haga, Noah?

—Quiero que me des una razón para que no te derribe de una maldita paliza, para que no vaya ahora mismo a recordarle a ella en qué se convirtió su vida después de lo suyo, porque era mejor, ella era más feliz, se sentía...

Querida. Estaba enamorada.

Era mía.

—Yo solo quiero que pueda contar conmigo, Noah, y que sepa que yo..., que me tiene aquí si decide... —Se interrumpe.

—¿Cómo vas a ser la mitad del hombre que ella necesita si ni siquiera eres capaz de reconocer en voz alta lo que quieres?

—Perdona, pero yo a ti no te tengo que decir nada.

—No, tú sigue fingiendo ser el tipo que ella te suplicó que fueras hace meses y verás lo bien que te sale.

—¡¿Crees que no sé que la cagué?! —me grita—. Porque lo sé, ¿bien? Lo sé, pero ahora no me puedo largar. Me he pasado meses esperando una señal de que lo que hicimos estaba bien, de que lo nuestro estaba bien, y ahora no puedo pasar por alto esa señal, porque jamás en la vida había visto una más clara.

Río sin ganas y trago saliva para deshacerme el nudo del pecho.

—Una señal. —Niego con la cabeza—. ¿Te has pasado meses, incluso años, esperando a que alguien o algo viniera a convencerte de que ella merece la pena?

Vuelve a desviar la mirada, pero yo me acerco más, me pongo delante de su cara y, por fin, me mira otra vez a los ojos.

—Yo he sabido que esa chica era un tesoro desde el momento en que la conocí —digo parpadeando mucho, haciendo un esfuerzo por no perder el control mientras miro a los ojos al imbécil que me intenta arrebatar ese tesoro.

Mason me pone la mano en el hombro, pero yo me zafo bruscamente, doy media vuelta y me dispongo a marcharme, aunque solo doy un paso.

—Ella me quiso una vez, Noah... Podría volver a quererme. Igual deberías empezar a planteártelo.

Se me hielan las entrañas. Me doy la vuelta, tan rápido

que me mareo, pero me chascan los nudillos al entrar en contacto con su nariz, y agradezco el dolor que me produce.

—¡Caraaajo! —exclama Chase llevándose la mano a la cara, por la que le chorrea la sangre.

Mason agacha la cabeza y Brady mira a otro lado. Ninguno de los dos dice una palabra, porque, en el fondo, ¿qué van a decir? Estaba cantado que esto iba a suceder, y lo saben.

Como necesito salir de allí cuanto antes, subo los escalones de dos en dos, y me voy de la finca para que no me vuelvan a ver.

Me tiembla el cuerpo a modo de cruel castigo. Un dolor insufrible me sube por la garganta y me vence. Me acerco dando tumbos al bote de la esquina y vacío el estómago en la bolsa de basura negra, deshaciéndome así de la pizca de esperanza que la cena de anoche me hizo albergar.

A lo mejor me estoy equivocando.

A lo mejor esta no es la forma correcta de hacer esto.

A lo mejor tengo que ir en contra de los deseos de Ari.

A lo mejor debería tirar la toalla y desaparecer.

45

Arianna

Bajo deprisa las escaleras, salgo corriendo a la puerta y me subo al coche de mi madre.

—Perdona —le digo, secándome la lluvia de la frente y poniéndome el cinturón de seguridad—. Mia me ha puesto en un pedestal, llena de alfileres, más rato del que esperaba, intentando ajustarme el vestido.

—¿Cuándo es el baile ese? —pregunta mi madre mientras se incorpora al tráfico.

—Mamá —río—, que esto no es la escuela, no es como el baile de graduación. Se trata básicamente de una ceremonia de entrega de premios de fin de temporada.

—Por lo que he oído, hay que ir de etiqueta, y lo organizan en un salón alquilado.

—Cierto. —La miro sonriente—. Pero bueno, que es el miércoles que viene.

—Mmm... —musita mi madre volteando hacia mí.

—¿Qué?

—Nada.

—Mamá...

Me giro en el asiento, para verla mejor.

—Nada, cariño —contesta, y me da una palmadita en el

muslo—. Que aún es pronto, eso es todo, y las clases empiezan la semana que viene, ¿no?

—Sip. El 27 es el primer día de clase. Chase me va a llevar a ver mi residencia dos días antes. Se me hace rarísimo no tener ni idea de cómo es, habiendo vivido allí un semestre entero.

Entramos en el estacionamiento del hospital, para que el neurólogo conductista me haga el seguimiento. Mi madre se estaciona delante del edificio y voltea hacia mí.

—Has estado pasando mucho tiempo con Chase. —Me acaloro y me encojo de hombros. Ella ladea la cabeza, con una mirada tierna—. ¿Cómo va eso?

—Va —respondo, y se me escapa una risa—. Nos divertimos. Recuperamos lo que supongo que ha sido un tiempo perdido. No para de pedirme que vayamos juntos a sitios, aunque solo sea bajar a la playa. Al principio me agobiaba, pero ahora me..., no sé... —No termino la frase porque me noto una especie de torbellino en el estómago.

—¿Te emociona? —susurra.

Esbozo una sonrisa y, al mirarla, veo que se le acentúan las arruguitas de los ojos, pero sonríe a pesar de su preocupación y me acaricia la mejilla.

—Es raro. Como si fuera el mismo Chase, pero no. Solo que no consigo descifrar qué es lo que ha cambiado, pero lo noto, ¿sabes? Hay algo distinto.

A veces me frustra comprobar que esa niebla invisible no levanta, pero agobiarme constantemente con ella me impide funcionar, incluso respirar, así que procuro estar entretenida para no tener que pensar más que en el momento presente.

Eso no se lo digo.

—¿No se te ha ocurrido pensar que a lo mejor no ha sido él quien ha cambiado? —me dice mi madre con una leve sonrisa—. ¿Que igual eres tú la que es distinta?

—Pues... —Niego con la cabeza—. Yo no soy distinta. He perdido recuerdos, pero sigo siendo yo. Además, en algún momento volverán esos recuerdos. Esta noche quizá. Tal vez después de esta cita.

Me suben las pulsaciones y entierro los dedos en la tapicería del reposabrazos.

—No me refería a que el accidente te haya cambiado —se explica, y me toma la mano, algo indecisa—. Ari, cariño, Avix te ha sentado muy bien y, desde luego, aunque solo haya sido un semestre, ese primer contacto te ha sentado de maravilla.

—Y pronto lo recordaré todo —digo apretándole la mano—. Más vale que entre si no quiero llegar tarde. Ya sé que dijeron que no podía pasar a consulta acompañada, pero ¿seguro que no quieres venir a la sala de espera?

—No te preocupes —contesta con voz ronca—. Me tomo un café ahí abajo y te espero leyendo un poco. Cuando salgas, aquí estaré.

Asiento y bajo del coche.

Al bajar, se me va la vista hacia la izquierda, a un edificio pequeño que hay junto al principal, con un rótulo sobre la puerta de doble hoja que reza en letras grandes y bien visibles CENTRO DE REHABILITACIÓN TRI-CITY.

Me noto una opresión en el pecho mientras contemplo las ventanas oscuras.

—¿Todo bien?

La voz de mi madre me saca de mi ensimismamiento, y me obligo a sonreír.

—Sí, sí, te veo dentro de un rato.

Entro en el edificio y, aunque tengo la sensación de estar horas esperando, en el fondo son solo unos minutos, y cuando me doy cuenta estoy sentada en el sillón aterciopelado, con el médico que acompañaba al doctor Brian el día que me explicaron lo sucedido sentado enfrente de mí, al otro lado de su mesa.

Me sonríe, y yo me meto las manos debajo de los muslos, algo nerviosa de pronto.

—Me alegro de volver a verte, Arianna. Tienes mucho mejor aspecto.

—Sí, ahora ya me puedo mover sin tener la sensación de que me están apuñalando.

Ríe, cruza una pierna y yo hago lo mismo.

—A ver, lo he vuelto a leer todo y...

—Perdone, doctor Stacia... No quisiera parecer grosera, pero ¿podríamos prescindir de los preliminares?

El hombre sonríe un poco y se inclina hacia delante.

—¿Por qué no me dices qué tienes en mente y partimos de ahí? ¿Te parece?

Asiento, y me estiro para destensarme un poco.

—No me acuerdo de nada —le suelto—. Hace un mes ya, y nada. Es como que me despierto y tengo esa especie de bruma delante de los ojos, pero veo bien igual. La cabeza no para de darme vueltas, pero no completo ningún pensamiento. Veo algo que me deja sin aliento, pero no sé por qué. Oigo una canción triste y lloro, pero ¿por qué razón? Percibo olores que me resultan familiares, pero no lo son, no sé si me explico, y entonces se me cierra la garganta y me cuesta respirar. Me da la impresión de tenerlo todo en la punta de la lengua, en la yema de los dedos, pero, cuando voy a tomarlo, se esfuma.

»Hay una... sensación que tengo todo el rato —prosigo, y se me empañan los ojos—. Una especie de sensación abrumadora de urgencia que requiere mi atención, como de necesidad, de constancia. Me grita a todas horas que se me escapa algo, algo importante, algo que forma parte de mí, pero no sé qué es. Me resulta doloroso físicamente, con un dolor hondo, como por debajo de los huesos, inaccesible, insondable pero intenso, y la desesperación que me entra cuando eso pasa me debilita.

»Me ocurre tan a menudo que me ha dado por evitar

las cosas que ya sé, y temo que dentro de nada no sea siquiera capaz de hacer eso y me vuelva loca. Me siento como si me hubieran abandonado en alta mar, y tengo la sensación de que si me acuesto bocarriba e intento flotar, si intento recordar, me voy a ahogar, así que sigo nadando. Me mantengo ocupada. Solo que empiezo a agotarme. Mi familia se está portando genial, pero eso es porque yo sonrío todo el rato, y no sé cuánto tiempo más voy a poder seguir haciéndolo.

Tomo aire y miro al doctor Stacia, que asiente, meditando todo lo que le acabo de decir, y cuando empieza a hablar, desglosando lo que le he contado y relacionándolo con mi situación de una forma que tenga sentido para él como médico, noto que me cae un peso encima.

Me dan ganas de gritar, de llorar, de salir corriendo.

En cambio, hago lo que he estado haciendo durante las últimas semanas.

Me lo quito de encima, lo entierro bajo una sonrisa y, cuando el médico se levanta del asiento y me da la mano, yo se la estrecho y salgo por la puerta, lamentando haberla cruzado antes.

Como me ha prometido, mi madre está esperando a la puerta del edificio, y cuando me instalo en el asiento del copiloto, sin decir una palabra, ella me lo nota en la cara. Sus lágrimas son tan inmediatas como las mías. Entonces yo miro a otro lado y ella dirige la vista al frente.

Desconecto y, cuando me doy cuenta, ya estamos accediendo a la casa de la playa; a la entrada está estacionada la camioneta de mi padre, detrás de la de Chase.

Al ver que no me bajo del coche, mi madre me pregunta:

—¿Quieres venir con nosotros al departamento?

Niego con la cabeza, me muerdo el interior de los cachetes y me bajo corriendo.

Me meto en casa, con movimientos atolondrados, los ojos llorosos y las mejillas coloradas. Están todos sentados en la sala, viendo la tele, pero en cuanto me ven ponen pausa.

Mi padre mira enseguida a mi madre, y Mason frunce el ceño y se inclina hacia delante. Chase se levanta y viene hacia mí, pero levanto enseguida las manos para detenerlo, tiro el bolso al suelo y sigo caminando.

Necesito... Necesito...

«¿Qué demonios necesitas, Ari? ¡Maldición!»

En cuestión de segundos, estoy saliendo por la puerta de atrás y corriendo hacia la playa. La brisa me azota la cara, me quema la piel, pero me da igual. Sigo corriendo.

Como a un kilómetro de la playa, se me cierra la garganta, las lágrimas me ahogan y gruño, limpiándomelas furiosa. Me detengo en seco y algo me hace voltear, mirar al frente, y entonces es cuando lo veo.

Noah.

Se me caen los hombros y, como si hubiera dicho su nombre en alto, voltea y me ve al instante. Frunce el ceño y se aferra al borde del muelle donde está sentado con los pies colgando, pero no se mueve, aunque me da la impresión de que quiere hacerlo.

Sin darme cuenta siquiera, de pronto estoy a un metro de él, y él me está mirando.

—No quiero hablar ahora —digo, y no sé muy bien por qué, teniendo en cuenta que he sido yo la que se ha acercado, pero eso es lo que me sale.

Noah asiente desconcertado.

—Hablar está sobrevalorado.

Se me escapa una risa, y sorbo el aire a la vez que reparo en la leve curvatura de sus labios. Encojo los dedos de los pies dentro de los tenis, le doy una mano y le digo:

—¿Podríamos... no hablar juntos?

Saca la lengua y se humedece los labios, y me entra una especie de angustia mientras aguardo su respuesta, aunque no entiendo la razón, porque, cuando vuelve a asentir, es como si yo ya supiera lo que me iba a contestar antes de que lo hiciera.

Tengo la sensación de que es así.

Noah

Ari me mira desde arriba, con una pequeña sonrisa en los labios, la mano extendida y los ojos irritados. En cuanto la he visto he sabido que estaba triste, que había estado llorando, pero también sabía que no quería contármelo. Necesita tiempo para procesar a solas sus pensamientos, igual que yo.

Así que acepto la mano que me ofrece y, de inmediato, siento como si unas agujas nos pincharan la piel, y esa sensación la sobresalta a ella también. Suelta una carcajada y no puedo evitar sonreír mientras me levanto.

Ya en pie, volteo para mirar en la misma dirección que ella, y esta vez soy yo el que le ofrece la mano, que ella acepta con una sonrisa coqueta.

Echa la cabeza un poco hacia atrás para verme entero y, despacio, muy despacio, se apodera de ella una suerte de ternura. Sus ojos se pasean por mi rostro, se contraen entre los míos, y antes de caer en cuenta de lo que hace, antes de agobiarse y apartarse confundida como ha hecho en todas las demás ocasiones, se permite estar cerca de mí.

—Pues vamos a «no hablar», entonces, ¿no?

Ari sonríe y empieza a caminar conmigo por el muelle, pero, en vez de ir hasta el final, donde la madera se encuentra con la arena, da media vuelta a mitad de camino. Saltamos por un lado, porque el suelo no está ni a un metro de distancia.

En cuanto pisamos la arena, me mira y el brillo de sus ojos pardos me tensa los músculos. La suelto enseguida y entierro la mano en el bolsillo de la sudadera, y ella hace lo mismo.

Sin otra cosa que el rugido del mar a nuestro alrededor, me lleva por la playa hasta una rampa para barcos que hay como a kilómetro y medio de distancia. Se agacha y empieza a desamarrar un bote de remos para dos personas.

—¿Tengo que preocuparme?

Gira la cabeza y me sonríe, y yo me arrodillo a su lado.

—Es de Lolli, no le importará.

Asiento y me acerco más a ella cuando la veo subirse, pero no necesita mi ayuda. Lo ha hecho un millón de veces. Subo a su lado y empezamos a remar, adentrándonos en el mar, pero sin alejarnos mucho de la orilla.

Como una hora después, y tras pasar por delante de la casa de la playa por segunda vez, Ari deja de remar, se sienta en el suelo de madera, las piernas en los bordes del bote y la cabeza en el asiento, mirando al cielo nublado, y yo hago lo mismo.

—¿Alguna vez te dan ganas de irte a otro sitio y vivir una vida completamente distinta? No sé, decirle a todo el mundo que te llamas John, que eres carpintero y no tienes familia, y dejarte llevar...

—No.

Voltea enseguida al oír mi respuesta monosilábica y rotunda a su fantasía.

—Yo le diría a todo el mundo que me apellido McLovin. —Ríe, sacudiendo todo el cuerpo, y luego vuelve a mirar al cielo con un suspiro.

—Me encanta esa película.

Lo sé.

Se le ensombrece el semblante, y espero. Tarda un minuto, pero luego cierra los ojos, y cuando los vuelve a abrir los posa en el esmalte de uñas amarillo que de pronto se está arrancando del pulgar.

—Hoy he ido al médico, ¿sabes?, a revisión, por lo del accidente.

Lo sabía. Por eso he venido aquí precisamente, al único sitio en el que podía sentirme cerca de ella, aunque ella no estuviera conmigo. Yo tendría que haber estado allí, aguardando en la sala de espera, para poder tomarla de la mano y abrazarla cuando saliera, y celebrar con ella las buenas noticias o consolarla si eran malas.

Se me hace un nudo en la boca del estómago.

—Piensan..., piensan que estoy bloqueando los recuerdos. Dicen que a veces lo hacen las personas que están... muy deprimidas. —Se le llenan los ojos de lágrimas y niega con la cabeza—. ¿Cómo voy a saber yo si eso es lo que me pasa cuando ni siquiera sé si estaba deprimida?

Me esfuerzo por no soltar la respiración que contengo en el pecho, porque el dolor que revela su voz es demasiado para mí. El llanto silencioso le sacude el cuerpo entero y mira a otro lado avergonzada. Se está rompiendo a mi lado y no puedo soportarlo. No puedo con esto.

Quiere enterarse de las cosas ella sola, pero necesita algo a lo que agarrarse, saber que está bien, que se le pasará.

Le acerco un nudillo al mentón y, cuando le paso el pulgar por el espacio de debajo del labio inferior, abre la boca con un pequeño jadeo y me mira inmediatamente, antes de que me dé tiempo siquiera a girarle la cara hacia mí.

Hay una súplica en sus labios, pero, ¡maldita sea!, mi chica no tiene ni idea de lo que me está pidiendo. Lo hace de forma inconsciente: su corazón y su cabeza saben que estoy aquí, deseando librarla de ese dolor, consolarla y apoyarla pase lo que pase. Siempre.

Toda la vida.

Se le infla el pecho y se dibuja en sus labios una sonrisita tierna.

—Te hicieron daño y te pareció lo más horrible que podía ocurrirte. —Le tiembla el labio, pero no se atreve a desviar la mirada—. Lloraste mucho, te escondiste y fingiste que tampoco era para tanto, pero poco a poco... —Trago saliva—. Muy poco a poco, volvió la luz a tus ojos.

Su parpadeo se ralentiza, las lágrimas se le escapan y le ruedan por la cara hasta llegar a mi piel.

—¿Por qué tengo la sensación de que tú me ayudaste a salir de ahí? —me susurra. Me obligo a bajar la mano, y también la mirada—. ¿Me ayudaste? —insiste.

Sé que quiere recordar por su cuenta, pero lo acabo de fastidiar contándole lo que le he contado. Ahora me pide más.

Un poco más.

Le prometí que jamás le negaría nada, y no lo voy a hacer.

Me aclaro la garganta y contesto de la mejor forma que sé.

—Eso espero.

Sonríe sin prisa, mira al mar y murmura:

—Yo creo que sí.

«Yo creo que te estoy perdiendo...».

46

Arianna

Cuelgan de las paredes unas luces blancas titilantes, y unas cortinas azulísimas ondean a su alrededor para crear una atmósfera de ensueño, de paraíso invernal. Unos pilares grandes ocupan las esquinas de las paredes y, al fondo, elevada sobre una pequeña tarima, hay una mesa llena de trofeos y placas.

Los chicos visten trajes elegantes y las chicas, vestidos vaporosos, todos menos el equipo técnico, que ha optado por su atuendo de partido.

La música es suave y la comida, un surtido de diversos estilos.

Cuando el personal recoge las mesas después de la cena, se reparten copas de champán entre los que llevan brazalete; para los demás, sidra con gas. El entrenador principal sube al escenario, da unos golpecitos en el micrófono y comienza a dar la bienvenida a todos a la decimonovena gala anual de invierno.

—No es inusual contar con un buen equipo y tener una temporada decente. Llevo aquí veintidós años y no ha habido ni uno solo en que no haya podido afirmar esto mismo, pero no es lo mismo bueno que espectacular, y este año, chicos, los Sharks, el equipo de futbol americano de Avix U ha sido más que espectacular.

Estallan los gritos y los silbidos en el salón, y los sonoros alaridos de Brady se oyen por encima de todos los demás.

El entrenador continúa hablando de su equipo, elogiándolo como unidad, compartiendo algunas de sus dificultades con los que no estábamos al tanto, y luego hace una pausa, agarra el borde del pequeño atril que tiene delante, asiente con rotundidad y se dibuja en sus labios una sonrisa.

—Ya saben que, como entrenador, no puedo hacer gran cosa, y lo hago lo mejor que puedo, pero sé que muchos de mis chicos me insultan para sus adentros a diario. Un entrenador no es más que un entrenador. El verdadero responsable del éxito de esta temporada es el capitán.

La gente silba y a mí se me alborota el estómago. Me inclino hacia delante sin darme cuenta.

—Por desgracia, Noah Riley no está con nosotros esta noche, pero, si estuviera, me quitaría el sombrero ante ese hombre. Tomó un equipo compuesto por un tercio de novatos y nos ha llevado a las eliminatorias en un año en el que se esperaba que estuviéramos en el último puesto de nuestra división. Se ha convertido en mentor de muchos de ustedes, y puede que no sepan esto, porque desde luego él jamás ha dicho una palabra, pero ese joven se las ha arreglado para entrenar y tutelar a todo el que se lo pedía. Ha hecho de nosotros una familia.

Me arden los ojos.

—Por esa razón es, sin lugar a duda, y con el voto unánime de los treinta y nueve miembros del equipo, el MVP de este año. Me gustaría invitar al estrado a Trey Donovan para que recoja el premio en su nombre.

Se oyen ovaciones por todo el salón, y Cameron, su cita de esta noche, grita desde el asiento de al lado del mío.

Trey se sube las mangas un poco más y unos cuantos le silban, y consiguen que esboce una sonrisa pícara.

—Oye, que tengo novia, y es celosa —bromea, y yo le doy un manotazo cariñoso a Cameron. Trey se aclara la garganta, levanta el pequeño trofeo y lo estudia—. Hace ya tres años que Noah es mi mejor amigo y sé que dentro de treinta podré decir lo mismo.

—Eh... —me susurra Chase, y lo miro a regañadientes—. ¿Quieres tomar algo? Mi colega está en la barra.

Niego con la cabeza y vuelvo a mirar al estrado mientras Trey sigue hablando.

—No hay un hombre más trabajador ni más merecedor de todo lo bueno que el mundo pueda ofrecerle que él. Sé..., sé que el entrenador me ha pedido que recoja yo este premio, pero a mí me gustaría invitar a otra persona a que lo hiciera en mi lugar. —Trey mira a Cameron, a mi espalda, y yo lo observo extrañada cuando veo que suelta el micrófono del soporte, baja del escenario de un salto y va hacia la derecha en dirección a ella. Pero entonces dice al micrófono «Arianna Johnson», y a mí se me paraliza la columna. Trey sonríe—. Ari, la mejor amiga de mi mariposita, puede que ahora mismo pienses que estoy loco, y un poco sí, la verdad, así que no pasa nada. —Lo tengo ya delante, y miro a Cameron cuando lo veo hincar una rodilla y guiñarme un ojo—. ¿Aceptas este premio en nombre de nuestro querido Noah?

—Eeeh...

Abro la boca, pero solo me sale una risita nerviosa, consciente de que me miran todos.

—Anda, porfa... —me dice con ojitos de cachorro grande.

Levanto las manos, encogiéndome de hombros.

—Claro. —Río y lo acepto.

El salón entero aplaude y Trey vuelve al estrado riendo y le lanza el micrófono a su entrenador.

El entrenador hace entrega de unos cuantos premios

más, entre los cuales Brady es el único alumno de primer semestre en recibir uno, y luego se atenúan las luces y sube la música.

Chase voltea hacia mí, me extiende una mano y me señala con la cabeza la pista de baile.

—Aún no hay nadie bailando.

—¿Y...? —me dice con una sonrisa luminosa—. Quiero bailar contigo y no quiero esperar.

Me emociono y me pongo en pie. La sonrisa de Chase se ensancha cuando me toma de la mano y me lleva al centro de la pista.

Me hace dar vueltas y reír, y me sonrojo cuando, al echar un vistazo a mi alrededor, veo que nos observan varios pares de ojos, algunos con menos afecto del que esperaba. Me tenso un poco y Chase niega con la cabeza, se me acerca y, pegando la mejilla a mi cara, me susurra:

—Ni caso. —Se aparta, desliza la mano por mi cintura y, con la derecha me toma la mía, pero pegada a un costado. Sus ojos de color verde claro me sostienen la mirada mientras separa los labios y me los planta en los nudillos—. ¡Qué guapa eres, Arianna! Preciosa —añade con el tono aún más bajo, y hace que se me encoja el pecho.

Se nos unen algunos otros en la pista de baile, pero yo no les presto ninguna atención. Me centro en el hombre que tengo delante.

—Yo soñaba con cosas como esta —reconozco—: bailar contigo, abrazarte...

Pega su frente a la mía, y yo cierro los ojos.

—Yo no he pensado en otra cosa —confiesa—. No estaba seguro de que algún día fuera a tener la oportunidad. Fui un imbécil, pero eso se acabó. Te prefiero a cualquier otra, Ari. Pase lo que pase. Te prefiero a ti.

Me da un vuelco el corazón y entierro la cara en su cuello, inhalando su aroma.

Dulce y picante, sutil.

¿Dónde están la madera de cedro y la salvia, la brisa mentolada?

Abro los ojos y frunzo el ceño extrañada, pero entonces Chase me suelta la mano y me acaricia la mejilla con su piel suave.

¿Dónde está la textura áspera, la piel caliente?

Me aparto un poco y él me mira a los ojos.

—Ari... —me susurra acercándose más, y a mí se me encoge el pecho.

Pero no tengo claro si de ilusión o de aprensión.

Estoy confundida, y duele, pero igual es que lo anhelo a él...

Que anhelo lo nuestro.

Que quiero más.

Así que, cuando me mira los labios, levanto la cabeza como invitándolo.

Su boca se posa en la mía y yo cierro los ojos.

El corazón me late fuerte contra las costillas, y Chase se acerca más y me entierra la mano en el pelo.

Entonces me brota de dentro un sollozo y me aparto bruscamente, pero antes de que me vea obligada a mirarlo, antes de que le dé tiempo a decir nada, mi hermano se para allí.

Mason se interpone entre nosotros, me estrecha en sus brazos y apoya mi cabeza en su pecho. Oculta mi rostro al resto de los bailarines. Yo me aferro a su saco y él nos va meciendo despacio.

—Tranquila, bonita —dice con voz pastosa, besándome la cabeza—. Tranquila.

—No sé qué me pasa. No sé por qué lloro. —Me estremezco y él me abraza más fuerte—. Creo que estoy abrumada, ¿sabes? Lo he esperado tanto tiempo...

El suspiro de Mason me recorre entera.

—Sí, ya...

La frustración y la pena con que lo dice me hacen

levantar la cabeza. Me limpio las lágrimas y lo miro a los ojos.

—¿Qué?

—Nada.

—Mason, ¿qué? —le suplico—. ¿Qué pasa?

Agacha la cabeza y frunce el ceño.

—Que me cuesta muchísimo hacerme a un lado y dejarte al mando. Me aterra, eso es todo.

—Eso no es todo y lo sabes. —Dejamos de movernos—. ¿Te molesta verme con él?

—No de la forma a la que estás acostumbrada.

—No entiendo lo que me quieres decir.

—Bien, pero es que no me dejas explicártelo. —Levanta la mano, me la pasa por el borde del ojo y luego me enseña la motita negra de la yema de su pulgar—. Da igual. Solo prométeme que vas a ir despacio. Que lo vas a pensar bien antes... de hacer cualquier cosa.

Se me sonrojan las mejillas, asiento y río en voz baja.

—Más vale que vaya a buscar a mi cita, no vaya a pensar que estoy loca.

—Sabe de sobra que no —dice haciendo una mueca, y me suelta—. Ve.

Inspiro hondo y doy media vuelta. Para sorpresa mía, Chase no anda lejos ni parece desconcertado. Me está esperando a menos de cinco metros, con unas copas de champán en la mano.

Mordiéndome el labio, me acerco a él y acepto la copa que me ofrece. Me toma en silencio de la mano y me lleva a nuestra mesa.

—Gracias por acompañarme esta noche —dice acariciándome el brazo—. Este no tendría que haber sido nuestro primer baile. Debería haberte llevado al de inicio del semestre, y a todos los de después. Tendría que haberte demostrado hace tiempo lo importante que eras para mí, y quiero compensarte —añade con voz ronca, y me da un beso tierno en el hombro—. Déjame que te lleve por ahí este fin de semana. Solos los dos.

—¿Me estás pidiendo una cita, Chase Harper?

Lo asalta una timidez fugaz, y luego asiente.

—Sí, te estoy pidiendo una cita. ¿Qué dices? ¿Quieres salir conmigo?

Se me alborota el estómago y asiento, con lo que consigo la sonrisa victoriosa de Chase. Después de eso, miramos al frente, y desde nuestros cómodos asientos escuchamos la música.

Mientras contemplo los rostros sonrientes de los que nos rodean, a nuestros amigos a escasa distancia de nosotros, una sonrisa ilumina mi semblante y, por primera vez en mucho tiempo, bulle en mi interior una levísima esperanza.

Estoy a gusto.

Entonces, ¿por qué me cuesta tanto mantener la cabeza bien alta?

Más tarde, cuando llegamos a casa y nos instalamos, busco a Noah para enseñarle el premio que le han dado, pero no lo encuentro por ninguna parte, así que dejo el trofeo en mi cómoda y me quito el vestido para darme un baño rápido.

Sonrío feliz mientras me meto debajo del chorro de agua tibia, reproduciendo mentalmente la velada, ilusionada con lo de mañana, pero, según va creciendo la emoción en mí, se me empiezan a retorcer las entrañas, hasta que me duele, y de pronto no puedo respirar.

La calma de hace unos instantes se va con el agua, por el desagüe, y yo me voy con ella. Sin darme cuenta siquiera de que me he movido, me encuentro agazapada en el rincón, con las piernas pegadas al cuerpo y la cabeza enterrada en las rodillas.

Me echo a llorar.

Al principio son lágrimas de confusión, desprovistas de emociones, pero poco a poco ese dolor se da a conocer.

La vergüenza me cala.

Y el remordimiento se me hace casi insoportable.

Como le dije al médico, llevo semanas rogando a gritos, para mis adentros, recordar lo que he olvidado bloqueando lo que sabía, porque lo que sabía era demasiado doloroso y lo que no, algo por lo que estaba desesperada.

Así que me libré de todo, de lo bueno, de lo malo y de lo triste.

Y de lo maravilloso.

Me brota de dentro un sollozo, y cedo a él.

Dejo que me consuma.

Sola en el rincón del baño, lloro por todo lo que me he empeñado en sacarme de la cabeza, pero que me sigue doliendo todos los días de todas formas.

Lloro por el bebé que he perdido, en el que apenas puedo pensar porque la angustia que me produce esa pérdida se me hace insoportable, del todo devastadora. Ser madre es lo que más deseo en el mundo, y aquí estoy, demasiado débil para pensar siquiera en la criaturita que ya no es.

Se abre la puerta de golpe y aparece Cameron, espantada.

—Ay, amiga...

Agarra la toalla de la encimera del lavabo, cierra rápidamente la llave, se arrodilla a mi lado y me envuelve con ella, abrazándome.

—No sé qué me pasa. Hoy me la he pasado fenomenal, pero... —Suelto otro sollozo entrecortado.

—Pero ¿qué?

—¡No sé! —grito—. No sé cuál es el pero, aunque lo note. Todo el tiempo. Me persigue. A cada paso que doy, el pero está ahí mismo.

Hay algo que me está destrozando y ella no lo entiende.

Nadie lo entiende.

Ni siquiera yo.

Me inunda de pronto una sensación abrumadora de odio a mí misma, y encojo los hombros.

—Llevo semanas sin permitirme pensar en lo que he perdido, Cameron. He apartado de mí lo único que sabía con certeza. ¿Quién hace algo así? —Me caen las lágrimas por la cara—. ¿Quién se deshace de un recuerdo que debería atesorar? —No he hablado del bebé que llevaba en las entrañas, ni he permitido la más mínima alusión a su recuerdo. Mi bebé. Ni siquiera soy capaz de acercarme a Payton. Así de duro me resulta—. Duele, Cam. Cuando pienso en él, tengo la sensación de que se me resquebrajan los huesos, tal cual —reconozco—. Creo que habría sido un él, un niño, no sé por qué —digo negando con la cabeza—. Pero cada vez que me toco el vientre o pienso en él sin querer, me parece que me va a dar un infarto.

—No pasa nada, Ari —murmura.

Suelto una risa amarga y me limpio la nariz.

—Sí pasa, sí. Lo que ocurre es que no sabes qué más decirme.

—No pasa nada...

—Sí pasa —le replico sin quererlo—. Que soy patética, eso pasa.

Se me instala el pánico en el pecho, y se hincha, me bloquea las vías aéreas, y empiezo a sudar. Es como si mi cerebro empezara a reproducir esos fragmentos borrosos de películas y palabras.

Creo que voy a vomitar.

—No quiero seguir escondiéndome de mí misma, pero no sé cómo hacer esto. A veces me dan ganas de tomarme un puñado de pastillas para dormir con la esperanza de que, al despertar, todo sea distinto.

—No digas eso.

—Es que es lo que siento, Cam. No lo voy a hacer, pero me dan ganas. Me siento impotente. Me siento una maldita impostora, y no sé cómo arreglarlo.

Mis músculos se rinden y el cuerpo se me queda lacio, desmadejado.

Se me cae la cabeza sobre los azulejos y, aunque tengo los ojos abiertos, no veo nada.

Creo que grito, pero no estoy segura.

No veo nada.

Pero un fuerte estruendo me hace parpadear y descubro a mi hermano ahí parado. Me mira con cara de espanto y se le inflan las aletas de la nariz. Se agacha, me recoge del suelo.

—Ven aquí, hermanita —dice con la voz quebrada.

Me deposita en mi cama y Cameron me echa enseguida una manta por encima y me quita la toalla mojada de debajo.

Me corren las lágrimas por la cara, empapando la almohada.

—No puedo con esto, Mason.

Mi hermano me aprieta más fuerte la mano que me sujeta. Me sostiene la mirada un buen rato, mientras su pecho se infla con respiraciones hondas. Se humedece los labios, pero no dice nada, hasta que yo esbozo una pequeña sonrisa de ánimo.

Se lo comen los nervios, pero de pronto se pone muy derecho, con los ojos clavados en los míos.

—Sé que estás confundida y triste hasta un punto que no llego ni a imaginar, pero necesito que sepas algo que me da pánico contarte, pero que debo decirte de todas formas. —Se reacomoda, inquieto, de rodillas, y junta la mano libre con la otra, la que me tiene agarrada la mía—. Quiero que sepas que, por muy mal que lo estés pasando en este momento, por muy mal que lo hayas pasado ya, hay un hombre ahí fuera que lo está pasando igual de mal que tú, al que le duele hasta respirar. —Inspiro entrecortadamente y a mi hermano se le ponen los ojos vidriosos—. Y no por él, sino por ti. —Me mira el vientre—. Por ustedes dos.

Me tiemblan los labios.

—¿Sí?

—Sí, hermanita. —Parpadea, y le brillan las lágrimas en el borde de las pestañas—. Así es.

Cierro fuerte los ojos y asiento. Despacio, él se inclina hacia delante y me besa la frente y luego me suelta y se deja caer hacia atrás, apoyando la espalda en la pared.

Cameron se sube a la cama conmigo y se coloca mirándome, encima de las mantas.

Poco a poco empiezo a respirar más tranquila y asoma a mis labios una leve sonrisa.

A Cameron le caen lágrimas de los ojos y, cuando voy a limpiárselas, ríe.

Cierro los ojos y, al cabo de un rato, oigo abrirse y cerrarse la puerta de mi cuarto y me despierto. Mi hermano se ha ido, pero Cameron duerme como un tronco delante de mí. Los susurros del pasillo llegan a mis oídos.

—Dime que está bien.

—No está bien. No quiere pensar en ello. Se va a romper.

—Voy a entrar.

—No creo que sea el mejor momento.

—Es mía, Mason. Debería ser yo quien la abrazara, quien le recordara que es más fuerte de lo que cree.

Me vuelvo a quedar dormida y mi sueño está lleno de color.

De azul.

De un azul intenso e infinito, como el del mar por la noche.

Suya.

Soy suya.

¿De quién?

Noah

Ayer fue un día complicado. Anoche fue aún peor.

Esa parece ser la tendencia descendente.

Despierto esperanzado y me voy a la cama flojo y abatido. Sigo esperando el momento en que las cosas mejoren, pero no. Cada día trae consigo otra montaña que escalar, cada vez más alta y con la pendiente más pronunciada. Me siento como si estuviera abajo, con el arnés roto y sin cuerda. Solo que parece que llevo una invisible alrededor del pecho, que se tensa cada vez que levanto la vista y la veo sonreír a un hombre que no soy yo.

Mi madre se va a dar cuenta de que la cosa va peor en cuanto la tenga delante, así que hago una pequeña parada en el baño, me remojo la cara y me tomo un momento para enmascarar al hombre destrozado que veo en el espejo.

Me cuesta menos esfuerzo cuando llego a su habitación y me la encuentro con la cama levantada al máximo, y a ella completamente sentada, con una sonrisa en el rostro.

—Hola, mamá —digo, y me acerco con una sonrisa que me siento ajena.

Reparo en que hay una silla de ruedas al lado de la cama, y entonces Cathy me rodea.

—Hola, Noah —me saluda con una pequeña sonrisa, y me mira a los ojos un instante, antes de centrarse en mi madre—. Esta joven de aquí lleva todo el día mirando el reloj, esperando a que vinieras.

Mi madre da un manotazo al aire, como quitándole importancia, y luego hace algo que no le había visto hacer hasta ahora: gira las caderas noventa grados por su cuenta. Me mira a los ojos y a mí se me escapa una risa silenciosa.

—Guaaau, pero ¿y esto? —le digo, y rodeo la cama corriendo, incapaz de controlar la sonrisa que me asoma al rostro mientras ella alarga el brazo hacia mí.

Le agarro la mano derecha con la mía, la guío, preparado para sujetarla del lado izquierdo si me necesita, pero ella gira y se acomoda directamente en el asiento. Con la rodilla hincada en el suelo, levanto la vista y la miro, y, aunque estoy casi sobrepasado, no quiero estropear este momento, así que me lo trago.

—Yo sé de una que la está rompiendo en las sesiones de fisio, ¿eh?

Mi madre ríe suavemente.

—Me encuentro fenomenal, hijo.

—Eso es lo que quiero oír —contesto; me pongo en pie y me agacho para abrazarla—. Bueno, ¿adónde vamos?

—Cathy dice que tienen pastelitos en la cafetería de al lado. Igual podríamos probarlos, para ver si se parecen en algo a los míos.

Río, y muevo la rodilla inquieto.

—Lo dudo.

—Pues habrá que comprobarlo. Además, el café de aquí sabe a rayos, y no me vendría mal uno mejor.

—Sabes que te habría traído lo que fuera si me lo hubieras pedido...

Me hace un gesto con la mano, como para que me olvide del asunto, y da unas palmaditas en la silla, así que me sitúo a su espalda y agarro las agarraderas.

—Quería ir contigo. Me han dicho que aún tienen la decoración navideña.

Sonriente, me despido de Cathy con un movimiento de cabeza y nos vamos.

Dos rebanadas de pastel de chocolate y una taza de café abandonada después, mi madre suspira, con los ojos puestos en el inmenso cascanueces navideño que hay al otro lado del ventanal. Luego desliza la vista hacia la escarcha con lucecitas hasta el muñeco de nieve con un cuento de Navidad.

—¿Te acuerdas del año que pasamos las Navidades en

la sierra? —dice mirándome—. ¿Que me dijiste que no querías más regalo que una noche en la nieve y reservamos aquella cabañita para una noche?

—Y luego nos cayó una nevada y nos pudimos quedar otra noche gratis.

Mi madre ríe y, de pronto, se enternece.

—Sí, tuvimos suerte, ¿verdad?

Voltea hacia la mesa y picotea la cobertura del pastel que le queda en el plato, paseando la mirada por el establecimiento con un gozo tal que se me cierra la garganta.

He esperado muchísimo este momento: verla levantada, moviéndose y feliz de estar de nuevo en el mundo. Se había debilitado demasiado. Ella lo intentaba, pero desplazarse a la silla sola le suponía semejante desgaste que luego estaba demasiado cansada para cualquier cosa que no fuera un paseo corto por el centro de rehabilitación.

Lo peor para mí ha sido no saber cómo se encontraba cuando estaba sola, aunque supongo que el sentimiento de culpa injustificado que la inundaba al principio le asoma a veces, seguido de una oleada de impotencia, pero aún le queda mucha vitalidad dentro. Lo noto cuando voy a verla. Cada vez que entro en su habitación es la madre que siempre he conocido: buena, tierna y generosa.

Hoy lo demuestra.

Se está fortaleciendo, hay luz en sus ojos y aún no le cuesta moverse, a pesar de que llevamos ya una hora aquí sentados.

Yo necesitaba esto.

Mi situación es jodidísima, pero, cuando veo a mi madre voltear hacia la mujer de la mesa de al lado y charlar con ella de la flor de Pascua y de que el rojo es el color típico de las fiestas que todo el mundo debería respetar, me encuentro a gusto. Por primera vez en una eternidad, siento que puedo respirar.

Al cabo de un rato, llega el momento de llevarme a mi madre de vuelta al centro.

Ya en su habitación, me hace una seña para que me siente, así que me dejo caer en la silla que tiene enfrente.

—Anoche tuve un sueño —me susurra—. Era Nochebuena y tú estabas sentado junto a un árbol de Navidad con una cajita en la mano. La abriste y estaba esto dentro... —dice, y se mete la mano en un bolsillito de la pechera. Frunzo un poco el ceño cuando me pone un anillo de compromiso en la palma de la mano—. ¿Te acuerdas de este anillo? —pregunta.

Niego con la cabeza, lo levanto y estudio los diamantes chiquititos de alrededor.

—Lo encontraste cuando tenías seis o siete años. Viste al vecino usar el detector de metales y le pediste que te lo prestara, así que nos lo llevamos al muelle. Pasamos horas dando vueltas por allí y no encontramos nada, ni una tapa de botella. Ya estabas a punto de rendirte, casi llorando, cuando de pronto empezó a sonar. —Me viene a la memoria un vago recuerdo mientras me vuelvo a dejar el anillo en la mano y la miro—. Este es el anillo que desenterraste. Lo envolviste y me lo regalaste por Navidad ese año.

—Me acuerdo —digo con voz ronca, y sonrío—. Lloraste de la emoción.

Ríe.

—Es verdad. Y luego lo llevé a que lo limpiaran bien y lo guardé para ti. Casi lo había olvidado, hasta anoche.

—¿Por el sueño?

—Sí, estaba ahí, en la cajita, y a ti te temblaban las manos al sacarlo, pero se te pasaba en cuanto se lo deslizabas por el dedo a ella.

Trago saliva y mi madre me mira con ternura. Me toma la mano y aprieta.

—Mamá...

Me acaricia la mejilla y se le llenan los ojos de lágrimas.

—Estoy orgullosísima de ti, Noah Riley. Te has convertido en el hombre que siempre quise que fueras.

Se me empañan los ojos a mí también, y aprieto la mandíbula.

—Porque una gran mujer me ha ido enseñando el camino.

—Sí, ¿verdad? —La emoción impregna mi risa, y ella sonríe—. Te quiero, cariño. Con toda mi alma. Siempre.

—Y yo te quiero a ti.

Inspira hondo y me da una palmadita en la mejilla, y yo la ayudo a meterse en la cama.

—Hoy ha sido un buen día —susurra ya algo cansada, y sé que ha llegado el momento de marcharme.

Salgo al aire fresco de enero y procuro no aferrarme a ese momento de alivio que siento. Luego saco el celular del bolsillo, repaso la lista de llamadas perdidas y pulso una de ellas. Trey responde al primer tono.

—Vamos, no fastidies, si está vivo.

Miro al cielo.

—¿Nos tomamos esa cerveza?

—Ya estoy saliendo por la puerta, hombre. ¿Nos vemos dentro de veinte minutos?

—Perfecto.

Me siento al volante de mi camioneta, bajo las ventanillas, subo la música y, sintiéndome más ligero de lo que me he sentido en mucho tiempo, me dirijo al campus.

47

Arianna

Chase baja enseguida de la camioneta, estacionada a la entrada, rodea corriendo el cofre, llega a mi puerta justo cuando la estoy abriendo y, con una sonrisa triunfante, me extiende la mano.

—¿Sabes qué? —le digo deslizándome hacia el borde y tomándole la mano—: Que no es la primera vez que bajo de un brinco de este mismo asiento.

—Ya, ya lo sé. —Sube la mano libre, me toma la otra, yo bajo de un saltito al suelo y él, entrelazando mis dedos con los suyos, me estrecha contra su cuerpo—. Pero esta noche es un poco distinto.

—¿Y eso? —vacilo.

—Porque las otras veces venías aquí como amiga.

Me noto una punzada en las entrañas.

—¿Y esta noche?

—Esta noche eres mi pareja —susurra, y se me paralizan las pantorrillas—. Y me gustaría darle a mi chica un beso de buenas noches antes de entrar, y no veo el momento.

Río en voz baja y estoy a punto de responder, pero veo algo por encima de su hombro que me llama la atención, y aparto a Chase con delicadeza. Mason, Brady y Cameron han salido de la casa y, de pronto, me asalta la inquietud. Los repaso y veo que falta uno, la misma persona a la que llevo cuatro días buscando, pero que no he vuelto a ver desde antes de la gala, aunque me han dicho que volvió esa noche y se marchó de nuevo antes de que amaneciera.

Noah.

Se me tensan los hombros.

Cameron se estruja las manos. Abre la boca, pero se la tapa enseguida y hace un gesto de negación. Agacha la cabeza, se aparta y yo miro enseguida a la puerta de la calle.

Unos ojos tiernos se clavan en los míos.

—Hola, Ari.

—Paige... —Frunzo el ceño con el estómago encogido—. ¿Dónde está Noah?

Ella se muestra sorprendida y contesta tartamudeando:

—Pues..., s-se..., s-se... —No termina la frase, se acerca y me toma las manos. Se le empañan los ojos y a mí me castañetean los dientes.

—Paige... —Se me hiela la sangre—. ¿Está bien?

Le tiemblan los labios, niega con la cabeza y le caen las lágrimas de los ojos.

Algo se rompe en mi interior; se me encienden las mejillas y un sollozo me brota de dentro. De pronto me cuesta respirar y se me nubla la vista. No me doy cuenta de que tiemblo hasta que mi hermano me agarra fuerte de los antebrazos por la espalda y me estabiliza. Volteo hacia él y me susurra al oído, pero no distingo lo que me dice.

Unas manos suaves envuelven las mías, y levanto la vista.

Asoma a los labios de Paige una sonrisa rota mientras mueve la cabeza.

—¿Te puedo contar lo que ha pasado?

Bajo en silencio del Tahoe y me giro para contemplar la fila larga de camionetas que entran en el estacionamiento, cada una cargada con tres o cuatro jugadores de los Sharks de Avix, que van bajando uno a uno y se unen, sombríos, a nosotros junto a la acera.

Con los ojos empañados, asiento cuando el entrenador se me acerca, me agarra de los brazos un instante como si entendiera el dolor que siento cuando yo misma aún lo estoy procesando.

En cuanto han estacionado todos los coches, Mason, Cameron, Brady, Chase y yo llevamos al grupo a la parte de atrás, donde el servicio está a punto de empezar.

No tengo la certeza de que esto sea lo que Noah habría querido, pero me parece que sí. Me parece lo correcto.

Al doblar la esquina, vemos a Trey y Paige sentados en la fila única de sillas sacadas al jardín, y al oficiante parado delante de ellos con una Biblia en la mano. El sacerdote levanta la vista, ve al grupo grande y asoma a sus labios una pequeña sonrisa.

Hasta que no estamos en el claro, con el estanque y el jardín de flores perfectamente visibles, no reparo en Noah.

Temblando, enfilo el senderito, inundada de lágrimas, y me siento en la última silla libre. Lo miro estremecida a los ojos cerrados, poso la mano sobre las suyas cruzadas y le digo con la voz rota:

—Lo siento muchísimo, Noah.

Noah tensa el cuerpo, sus ojos se desplazan a la izquierda y me ven a su lado. La sorpresa asalta su semblante, pero solo por un segundo, y luego se escapa de sus labios un suspiro entrecortado.

Se empaña de inmediato su mirada vacía y, acto seguido, libera la mano izquierda y envuelve con ella las de los dos. Aprieta, y después todos los músculos de su cuerpo parecen relajarse.

A mí me pasa lo contrario: se me duplica el peso de los

hombros mientras lo miro. Está muy triste, destrozado, y puede que incluso rabioso, aunque lo disimule bien. Hacía días que no lo veía y sé que, en ese tiempo, no ha dormido mucho.

Está agotado, deshecho.

Como estaría yo también si perdiera a mi madre.

El equipo empieza a situarse a nuestra espalda y Noah, muy serio, aparta a regañadientes la vista de mí y mira a la multitud que empieza a amontonarse detrás de nosotros. Con la mandíbula apretada, cabecea, dando las gracias en silencio a los que alcanza a ver. Y al voltear hacia mí casi se echa a llorar, rebosando gratitud por todos sus poros.

—He pensado que te vendría bien un poco de apoyo.

Él traga saliva, sin confiar en su propia voz, y luego levanta la mano, me acaricia la mejilla y me pasa el pelo por detrás de la oreja. La sensación es de lo más relajante y tranquilizadora.

No caigo en cuenta de que he cerrado los ojos hasta que vuelvo a abrirlos y veo que su mano envuelve de nuevo la mía.

Al otro lado de Noah, Paige asiente con la cabeza, con una pequeña sonrisa en los labios, y mira al frente.

Poco después, se hace el silencio mientras el hombre que tenemos delante lee la alabanza de la mujer que obsequió al mundo con Noah Riley.

¡Qué mujer tan increíble debió de ser!

Unas horas más tarde estamos todos mirando al estacionamiento, viendo cómo suben a su vehículo los últimos jugadores de futbol americano y salen de allí tocando el claxon.

Mason voltea hacia Noah y, acercándose, le da un abrazo fuerte de colegas y, cuando se aparta, me mira a mí.

—¿Vuelves en nuestro coche?

Miro a Noah.

—Mis padres están en casa, preparando un montón de comida, y han encendido el brasero del jardín. Trey y Paige están invitados. —Me mira confundido—. ¿Vienes a casa? —le susurro sin querer—. O sea, vuelve a casa, anda... No deberías estar solo. —Noah asiente. Mira a otro lado un segundo. No sé bien por qué, me acerco un poco más y levanto la cabeza para mirarlo—. No quiero que estés solo, Noah. Ven con nosotros, por favor.

Aunque la pérdida le arde en la mirada y esos ojos de un azul intenso gritan añoranza, se curvan sus labios. Me mira la mano, así que le tomo la suya. Algo se me alborota por dentro, y él inclina ligerísimamente la cabeza.

—Ven conmigo en mi coche —dice apretándome la mano.

Y yo le aprieto la suya también.

Todo el mundo charla a mi alrededor, con una bebida en la mano y el estómago lleno de la mejor comida casera de mi madre. Mason ha invitado a varios chicos a los que, según él, Noah había orientado personalmente, y a otros tantos de los que había sido muy amigo durante sus cuatro años en Avix.

Me cuesta creer que ya esté en el último semestre, el último de su vida universitaria, y su madre no vaya a poder ver en lo que se convertirá después, sea lo que sea.

Ahora está completamente solo. ¡Qué vacío debe de sentirse!

Se me congelan las articulaciones, y me miro el regazo. Está completamente solo... Noah no tiene más familia.

Levanto de golpe la cabeza, lo veo, a menos de cinco metros, y se me acentúa el dolor de espalda.

Noah está sentado, mirando al infinito, con Paige a su lado a modo de apoyo.

Noah

No paro de pensar, pero, paradójicamente, me parece que tengo la mente en blanco, como si no pasara nada por ella, y aquí estoy, del todo inmóvil, agotado de una carrera que no recuerdo haber corrido.

Lo de hoy me supera, y ese es el asunto, al parecer.

El lunes me pone a prueba, el martes es aún peor, pero luego llega el miércoles y les hace una trompetilla a los otros dos; el jueves tampoco se queda corto, y luego el viernes me saca de quicio y me lleva al fin de semana en plan «ponerme una borrachera». Es como una cuerda de escalada, interminable y sin meta visible, que me destroza las extremidades cada vez que intento trepar por ella.

No me quedan ganas ni energía.

«No tienes nada, Noah».

Agacho la cabeza.

—Me imagino la respuesta, pero te voy a preguntar igual: ¿quieres hablarlo? —me dice Paige, indecisa pero tierna.

Niego y me obligo a mirarla. Está sentada una silla más allá, con el cuerpo girado para poder mirarme y una taza de té en la mano. Sonríe y apoya la cabeza en el respaldo de la silla mientras me observa. Se le pone la nariz un poco colorada y tuerce la boca hacia un lado, intentando contener las lágrimas que la consumen.

Me dan ganas de mirar en otra dirección. No quiero su compasión y me fastidia que mi estado de ánimo afecte a las personas que me rodean. No quiero que nadie esté triste por mi culpa.

No quiero que nadie se sienta como yo.

Total y absolutamente indefenso.

—Paige... —Le pongo una mano en la rodilla y ella sorbe a la vez que asiente.

Desliza los ojos más allá de donde yo estoy y luego infla el pecho y me vuelve a mirar.

—¿Ha recordado algo?

Frunzo el ceño y miro al frente de nuevo.

—No exactamente. —Me viene a la cabeza que se acordó de las jornadas de orientación, y lo a gusto que estaba en la cocina—. Nada de lo que sea consciente ni que haya desencadenado ningún otro pensamiento, que nos haya dicho, por lo menos.

—A mí me ha llamado por mi nombre.

Me volteo de pronto hacia ella y la veo asentir con la cabeza.

—No me ha dado tiempo a decirle quién era. Me ha visto y me ha llamado por mi nombre.

Se me revuelve el estómago.

—¿Qué te ha dicho?

—Me ha preguntado por ti.

Me brota la esperanza en el pecho, pero se esfuma con el mismo aliento.

Ahora ya no es tan sencillo.

Si Ari recordase algo, ya no sería garantía de nada. Chase la tiene casi en el bote. Y tengo el presentimiento de que ella está a punto de caer.

Lo veo en la mirada, ese destello que tenía reservado para mí cuando el universo decidió arrebatármela. Es sutil todavía, pero está ahí, creciendo con cada día que pasa.

Lo supe cuando la conocí, que su corazón no estaba libre del todo, igual que supe cuando me enamoré perdidamente de ella que la escalada a la cima sería dura, en caso de ser posible, solo que saber cómo podía terminar aquello no era motivo suficiente para disuadirme.

El camino hasta la encrucijada es uno que ya he recorrido una decena de veces, y me da igual adónde lleve, porque querer a Arianna Johnson merece la pena.

Y que ella te quiera no tiene precio.

La tortura de la espera me ha compensado. Sobre todo cuando me vi obligado a aceptar lo que estaba empeñado en negar, una posibilidad en la que no había pensado antes.

Que enamorarse de mí no significaba que se desenamorara de él.

Significaba que nos quería a los dos.

Yo quiero que me quiera más a mí.

Mientras le doy vueltas en el bolsillo al anillo que me regaló mi madre, cierro los ojos y recuerdo su sonrisa del otro día. Ni siquiera caí en cuenta entonces, cuando tendría que haberlo hecho. Aquel era su último día de sol, la última vez que su alma brillaría en este mundo cruel antes de que se la llevara de aquí, de mí.

Dicen que ese día llega cuando ya has aceptado el fin de tu existencia; es ese último estallido de energía y las últimas risas con tus seres queridos, disfrazados de falsa esperanza.

Mi madre solo quería a dos personas cuando murió: una era yo, y la otra, la chica que no la recuerda.

¿Cómo pudo aceptar el final sin saber adónde la llevaba?

Me avergüenzo de pensarlo y rezo en silencio para dar gracias a quien me escuche por hacer realidad su sueño antes de que llegara su hora.

Me vio feliz y eso era lo único que ella le pedía a este mundo: la felicidad de su hijo.

«Haré lo indecible por complacerte, mamá. La encontraré».

En algún lugar.

Paige me pone la mano en el hombro y yo se la agarro a ciegas y acepto el calor humano que me ofrece, porque por dentro el frío me cala hasta los huesos y no sé bien cómo pararlo.

Otra mano me toca la rodilla y, cuando miro, me encuentro con los ojos cariñosos de la señora Johnson.

—Ya están todos afuera —me susurra, y me acaricia la mejilla como lo hacía mi madre, y eso me da sosiego.

Asiento y ella se yergue. La veo acercarse a Ari y sentarse en la silla de detrás. Ari, que me mira fijamente, no aparta los ojos de mí cuando me pongo en pie.

Me aclaro la garganta, pido la atención de los presentes y cesa la charla.

—Hoy... —Me aclaro de nuevo la garganta, incapaz de centrarme, sin saber lo que quiero decir y arrepintiéndome de haberle pedido a la señora Johnson que me avisara cuando fuera un buen momento para decir unas palabras; pero, al levantar la vista, me topo con un par de ojos pardos de lo más tierno y perfecto, y se me aclaran las ideas—. Hoy me he despertado al alba. Aún no había salido el sol y no se veía gran cosa. Sabía que estaba a punto de vivir una pesadilla y no tenía claro cómo iba a llegar a la noche, pero entonces aparecieron ustedes —digo mirando a Ari a los ojos, viendo como se le empañan antes de que voltee hacia los demás—. Mi madre era una mujer muy generosa, la persona más generosa que he conocido, de hecho. Toda mi vida la he visto volcarse en ayudar y complacer a los demás, sin preocuparse mucho por sí misma. Me llevó mucho tiempo entender que así era como le gustaba ser.

»Si no hacía algo para que mi vida, o la de quien fuera, mejorara, prefería no hacerlo. Era buena y abnegada en ese sentido. —Me enderezo y miro a mi alrededor, a los grupitos de personas—. Pensaba que hoy estaría aquí a solas con ella, frente al reverendo, y que me bastaría con eso, pero me equivocaba. Ella se merecía más.

»Me... —titubeo, mirando de nuevo a Ari—. Me dijo una vez que lo único que quería era ser una madre de la que su hijo estuviera orgulloso, y lo consiguió. —Ari frunce el ceño, pensativa, intrigada, y yo miro a otro sitio—. Merecía el homenaje de las personas que respetaban su misión en la vida, que era criarme a mí, así que significa muchísimo para mí tenerlos aquí a todos, porque sé que valoran nuestra amistad y, al hacerlo, han conseguido que el sueño de mi madre se haga realidad. Lo de hoy ha sido soportable porque estaban todos conmigo.

Ari se agarra el pecho.

«Porque tú estabas conmigo».

—Si mi madre estuviera aquí, les daría las gracias a todos por venir, pero no por ella, ni siquiera en un día destinado a recordarla. Les daría las gracias por mí, así que quiero hacer algo que ella jamás haría y pedirles que piensen en ella un momento, no en mí.

Se hace el silencio entre los presentes y luego se acerca el señor Johnson y me envuelve en un abrazo. Pasan otros a darme el pésame también, camino de la salida, y en cuanto puedo escabullirme, lo hago.

Aunque no es mi intención, no puedo evitar preguntarme si ella me perseguirá por la playa como lo persiguió a él.

Cuando pasan veinte minutos, acepto la cruda realidad como es: insoportable.

48

Arianna

El mar es muy similar a la vida, siempre cambiante e impredecible. Siempre me ha parecido que en ello residía su belleza, pero últimamente me pregunto si será cierto.

¿Qué belleza hay en la posibilidad de un tsunami que destroce todo lo que encuentre a su paso, tanto los recuerdos del pasado como las ilusiones del futuro? ¿No es esa la razón por la que volvemos a los lugares que amamos? ¿Por la paz que nos dan y los recuerdos que nos traen?

¿Qué pasa cuando eso desaparece y no hay nada que recordar?

¿Cómo vas a seguir adelante sabiendo eso?

Se levanta brisa y cruzo los brazos sobre el pecho, pero algo me llama la atención a mi izquierda. A unos diez metros de distancia está Noah, y viene directo hacia mí. Mis pies se mueven antes de que me dé cuenta siquiera, y nos encontramos a medio camino.

Se dibuja en sus labios una pequeña sonrisa y, despacio, me pasa uno de los dos cafés que lleva en la mano.

Lo acepto encantada y aprovecho la temperatura del vaso de cartón para calentarme las manos.

—¿Cómo sabías que estaba aquí? —bromeo, fingiendo que mi presencia es la razón de la suya.

—Porque siempre estás —me contesta enseguida, y, por un instante, se me tensan los músculos.

Noah sabía dónde encontrarme, tanto es así que primero se ha desviado un momento a la cafetería, convencido de que, al volver, me vería donde esperaba.

Me noto una presión fuerte en el vientre, pero respiro hondo y se me pasa y, sin mediar palabra, nos dirigimos al brasero de piedra y nos sentamos juntos en el borde.

Levanto mi vaso de café e inhalo el delicioso aroma.

—Tranquila, no lleva caramelo —me dice Noah recolocando la tapa del suyo.

Giro la cabeza enseguida y la ternura de su mirada me hace susurrar:

—¿Qué lleva?

—Menta.

Mi favorito. Noah sabe cuál es mi favorito.

Sabía que iba a estar en la playa, cerca del mar.

De pronto me siento muy confundida, y me parece que él lo nota. Entonces rompe el contacto visual y se lleva el café a los labios, y me deja intrigada.

—¿Qué lleva el tuyo?

—Alcohol.

Se me escapa una carcajada y Noah esboza una sonrisa de lado.

—Bueno, pues comparte... —Le quito la tapa a mi vaso y se lo acerco.

Me estudia un segundo y, divertido, se saca una botellita del bolsillo de la sudadera y me echa un chorrito de Baileys.

Lo agito un poco y doy un traguito.

—No hay nada como un licorcito después de comer.

—No son ni las ocho.

—Sí, pero lo de después de comer queda mejor.

Noah ríe.

—Me sorprende que no me hayas salido con un Alan Jackson y me hayas dicho que *It's five o'clock somewhere.*

Sonrío enseguida.

—He estado a punto de hacerlo —confieso.

Suelta un «mmm» y, cuando me mira a los ojos, algo se me calienta por dentro.

—Lo creo —dice. Un bostezo me rompe la sonrisa, y los ojos azules de Noah me miran con ternura—. ¿Aún no duermes bien? —añade, y también su voz suena ronca de agotamiento.

—¿Tanto se nota? —contesto compungida.

Noah niega con la cabeza, despacio y de manera uniforme, y susurra:

—No, no es eso.

Me mira a los ojos un buen rato, y me envuelve una especie de afecto que me es a la vez familiar y ajeno. No, no es que se note, sino que él lo sabe.

«Porque te conoce, Ari».

Parpadeo.

«Y tú a él».

Vuelvo a parpadear.

Nos miramos, y es él quien mira al mar primero, así que yo hago lo mismo.

Sentados en silencio, disfrutamos del calorcito que nos proporciona el café y de la calma que nos brinda la compañía mutua. Llevo muchísimo tiempo inquieta y esta es la primera vez que tengo la sensación de que puedo ser yo sin más, como que puedo dejar que la pena asome por donde quiera sin preocuparme por los demás ni por la angustia que tratan de disimular en mi presencia.

Mi familia se empeña en fingir que todo es normal y sé lo difícil que debe de ser eso. Noah no lo hace. Está aquí conmigo y ya. No me siento obligada a sonreír, y ese detalle ya me anima.

Solo cuando veo el fondo de mi vaso me decido a contarle una cosa, aun sin tener claro lo que significa ni por qué siento la necesidad de compartirla con él. Pero quiero que lo sepa, así que me volteo para mirarlo.

—Anoche te busqué —le digo en voz más baja de lo que pretendía, y él gira la cabeza tan rápido que se me atasca el aire en la garganta. Sus ojos azules buscan los míos con una mezcla de sorpresa y sosiego, de dolor tácito y perturbador—. Pensé que, a lo mejor, te habías ido con Paige.

Frunce el ceño enseguida, extrañado; luego niega con la cabeza y se humedece los labios, como si reprimiera palabras que quiere decir, así que asiento en silencio, pidiéndole que las diga.

—Paige es mi amiga —me responde. Y la tensión le contrae los rasgos cuando añade—: De la escuela y de Avix. —Me late el corazón un poco más fuerte, y espero a que siga—. Sé que no eres consciente de eso, pero ahí fue donde la conociste, en Avix. —Me mira a un ojo y luego al otro alternadamente—. No antes. Ni en verano. En el campus, cuando ya llevábamos varias semanas de este semestre.

Lo miro boquiabierta, y me encojo.

—¿La conocí en la uni? —Asiente—. ¿Y por qué recuerdo su cara y su nombre? —me pregunto en voz alta—. ¿Ha sido importante para mí?

Niega con la cabeza.

—No, no necesariamente.

El significado profundo de sus palabras no me pasa inadvertido y siento de pronto un temor inesperado.

—Ha sido importante para ti.

Tuerce el gesto y un millón de pensamientos le cruzan fugaces el semblante antes de que hable.

—No de la forma que estás pensando.

—Ni siquiera sé qué estoy pensando —reconozco en voz baja—. Es como que tengo pensamientos y preocupaciones, o rabia y tristeza, pero no sé por qué ni a quién van dirigidos. No paro de preguntarme si no cometí un error, si no tendría que haber dejado que entre todos rellenaran los huecos, pero no quería que lo que alguien pensara que yo sentía ahogara lo que sentía de verdad, porque ¿uno comparte de verdad sus sentimientos con los demás? O sea, ¿los comparte de verdad, sin restricciones?

Noah me mira a los ojos y dice:

—Nosotros sí.

Esas dos palabras, tan tiernas y dichas con esa candidez, me generan un dolor tan hondo en los huesos que no tengo ni idea de dónde empieza o termina, ni sé si es mío o suyo ese dolor que siento.

Noah ladea la cabeza. Su sonrisa parece tensa, pero sus palabras son auténticas.

—Y no estoy de acuerdo, por cierto. Creo que lo que estás haciendo es muy valiente. Cualquiera podría haberse sentado a escuchar lo que los demás quisieran contarle de su vida, pero tú has preferido vivirla, a pesar de la confusión que te produce y de ese dolor del que no consigues deshacerte. Tú eres fuerte, Julieta —me dice, y traga saliva—. Mucho más de lo que crees.

«Es más fuerte de lo que cree...».

Se me cierra la garganta y, mientras miro a Noah, se me activa la cabeza. Como un relámpago de día, los destellos están ahí, pero en cuanto vas a seguirlos con la mirada, desaparecen. No queda prueba de lo que has visto, ni indicio de lo que era.

—¿En qué piensas? —pregunta.

—En lo orgullosa que estaba tu madre de ti —contesto, y él pone cara de pena y suspira—. En lo orgullosa que debía de estar.

Asiente y baja la mirada enseguida, apartándola de mí un momento.

—La vi el día que murió. Estaba... Fue un día estupendo. Me dio una cosa que encontramos hace años, algo de lo que yo ya me había olvidado, y justo allí, junto a ese muelle, fue donde lo encontramos. —Suspira—. No recuerdo exactamente dónde, pero por ahí cerca.

Eso lo hace sonreír, y yo miro al mar.

—El mar siempre trae sorpresas. Espero que sea dentro de muchos años, pero a mí también me gustaría que me incineraran.

Noah voltea hacia mí y, por primera vez, tengo la sensación de que acaba de enterarse de algo de mí que no sabía aún.

—¿Sí?

—Sí, de esa forma podrán enterrar mis cenizas o esparcirlas, y será como si estuviera para siempre en mi sitio favorito. —Lo miro—. ¿Quieres saber cuál es?

—Sé cuál es.

—Ah, ¿sí? —Río, porque su respuesta es inmediata e inesperada.

Noah asiente.

—Es aquí, en la playa.

Lo miro sorprendida.

—¿Cómo lo...? Da igual —digo algo avergonzada, y miro a otra parte.

—Julieta... —me llama, y volteo y lo veo negar despacio con la cabeza—. No me lo contaste. Una vez me pediste que te llevara a mi sitio favorito. —«¿En serio?»—. Y yo te pregunté si tú ibas a hacer lo mismo.

—¿Y te traje aquí? —susurro, con el vientre alborotado bajo la mano.

—Accediste a enseñármelo, pero yo te dije que te apostaba lo que quisieras a que ya lo sabía, y tú me contestaste que..., que tú también apostabas lo que fuera a que ya lo sabía. —Sonríe un poco, y luego ya no—. Yo no llegué a confirmar lo que pensaba, pero tú lo acabas de hacer.

—¿Esa fue la primera vez que adivinaste algo?

—Sí, pero no tengo la sensación de haberlo adivinado, sino más bien de que ya lo sabía —dice, y traga saliva.

Me recorre un escalofrío.

—Porque me conoces.

—Sí, te conozco, igual que tú sabías lo que yo necesitaba para que el día de ayer fuera medianamente soportable.

Siento una opresión en el pecho y aguardo el mareo, la bruma y el sofoco, pero el pánico no llega.

La curiosidad sí.

Así que volteo hacia Noah y le pregunto:

—¿Cuál es tu sitio favorito?

Al oírlo se enternece su mirada y, con un hilo de voz, me dice:

—Te lo enseño si quieres...

Mientras contemplo toda la extensión del campo de futbol, me llevo las rodillas al pecho.

—Me pregunto si este sería también el sitio favorito de Mason si le preguntara.

Me giro hacia Noah y estiro el cuello para seguirlo cuando se levanta de golpe. Me da la mano y, con un escrutinio crítico, lo dejo que me ayude a ponerme en pie. Ríe y luego, sin dudarlo, me acerca a su cuerpo. Me pone una mano en la cadera y con la otra me agarra la derecha. Despacio, empieza a mecerse, y solo cuando se hace el silencio, que se hace, la suave melodía me llega a los oídos. Miro de reojo a mi espalda, veo su celular en el suelo y lo miro a él otra vez.

—Me debes un baile —me susurra, y el calor de su aliento me produce una sacudida eléctrica que me recorre la espalda entera.

Se me alborota el corazón e intento sonreír con desenfado.

—Ah, ¿sí?

Noah se limita a asentir, y seguimos bailando.

Es una forma extraña de tortura: la pureza tierna de estar en sus brazos y la historia devastadora que cuenta suavemente la canción que está sonando.

Una tortura que te rompe por dentro, pero es lo que tienen los Rascal Flatts.

La canción trata del amor y del buen talante, de no querer nada más que lo mejor para alguien, pero sobre todo habla de la abnegación, de la aceptación que viene solo con la pérdida o la posibilidad del adiós, y los labios de Noah se mueven al ritmo de la letra de la canción como si la estuviera cantando.

Es como si supiera el efecto que la música tiene en mí y me estuviera hablando a través de la canción.

Quiere que sea feliz por encima de todo, y ojalá supiera exactamente por qué.

«Tienes que saber por qué, Ari. Recuerda».

Parpadeo, trago saliva y entonces la canción cambia, y la cosa empeora.

Porque esta vez Noah no solo me sujeta, también me necesita.

Lo noto en el fondo del alma. Siento a Noah.

La derrota, la pérdida de la que habla la canción, brota de él, y yo ansío hacerla desaparecer. Habla de oportunidades perdidas y de sueños futuros. Es una canción sobre la angustia que generan las conjeturas con las que nos deja la vida, de ese momento casi perfecto en que todo parece posible, en que tu felicidad parece alcanzable, para que luego todo se haga pedazos y arda, cuando no te queda otra que sentarte a ver cómo el viento se lleva las cenizas.

Me siento de pronto desesperada y, cuando Noah pega su frente a la mía, noto que se tensan mis hombros. Me duelen las costillas, más cuando intento respirar hondo, y entiendo por qué cuando su aliento entrecortado me abanica el rostro.

Noah se está rompiendo delante de mí. Lo noto en las arrugas cada vez más acentuadas de la frente, en lo fuerte que cierra los ojos y en lo lentos que se vuelven sus movimientos. Apenas puede mantener la compostura.

Mi intuición resulta ser acertada cuando, con el siguiente aliento, se disculpa y se excusa.

Y yo me quedo allí parada, sola, en plena zona de anotación, preguntándome por qué cuanto más se aleja de mí, mayor es la angustia que siento.

49

Arianna

Muevo insistentemente la rodilla, nerviosa, mientras entramos en el estacionamiento de delante de mi residencia universitaria. Se me hace raro reconocerlo todo perfectamente, pero no saber si es de la visita que hicimos el año pasado o del semestre durante el que este ha sido mi hogar.

Como los cinco teníamos que venir a hacer nuestras cosas, hemos decidido subirnos todos en el Tahoe de Mason. Los chicos nos llevan el equipaje a Cam y a mí mientras comentan el estado lamentable en que han dejado sus habitaciones, y nosotras entramos en al edificio y tomamos el ascensor.

Cameron pulsa el tres y yo lo apunto en la memoria. Los chicos hablan y yo sonrío, pero no tengo ni idea de lo que dicen. El latido del corazón me retumba en los oídos y no me deja sitio para nada más.

A lo mejor no debería, pero estoy nerviosa.

¿Y si no me gusta nada?

¿Es porque ahora soy distinta, porque he cambiado sin saberlo siquiera?

¿Y si entro en el departamento y, de pronto, me vienen todos los recuerdos de golpe y me superan?

¿Y si entro en el departamento y no pasa nada?

Cuando me doy cuenta, estoy parada delante de la puerta de madera barata, con el número 311 al lado. Saco la llave del bolsillo, la paso por la cerradura y giro la manija.

Se abre la puerta de par en par y contengo la respiración.

Temblando, entro despacio en el departamento y, en cuanto cruzo el umbral, me quito un peso de encima. Se dibuja en mi rostro una sonrisa y contemplo las velas de la encimera y el tazón traslúcido medio lleno de corchos y tapas de botellas que hay entre ellas.

Miro de reojo a Cam, que agarra el tazón y lo agita un poco.

—Esto es todo lo que hemos consumido como mejores amigas desde el día que nos mudamos aquí. Solo tú y yo, las tapas grupales no cuentan.

—Me gusta —digo pasando las yemas de los dedos por la encimera, y voy a la sala.

Los cojines son de color morado y blanco, mullidos, y hay dos mantas a juego muy bien dobladas (desde luego no por mí) y escondidas bajo el cristal de la mesita de centro. Los controles remotos están metidos en una taza gigante en la que pone EL TAMAÑO IMPORTA, y la alfombra que piso es negra y gruesa.

—Veo que con la alfombra me salí con la mía...

—Sí, y menos mal, porque Brady tiró encima un helado medio derretido.

—¡Me declaro culpable! —grita desde la puerta.

Volteo hacia ellos y me los encuentro a los tres disimulando que esperan, como es lógico, que de pronto sufra un ataque de nervios.

No he hablado mucho desde lo de Noah, que fue hace solo dos días ya, pero aun así. Se nota un montón, más aún al saber luego que se marchó al campus, sin mediar palabra, apenas unas horas después de que volviéramos de su sitio favorito.

—Voy a echar un vistazo a mi cuarto —les digo—. Ustedes, chicos, se pueden ir a su casa. Vuelvan cuando hayan terminado.

No se mueve nadie, así que lo hago yo, y solo entonces Cameron se gira hacia ellos y empieza a cuchichear. Les promete que no pasa nada y que, si hace falta, les avisa, pero no me quedo a oír el resto.

Entro en el cuarto que tiene mi nombre pintado con plantilla en la puerta, cierro despacio, me giro enseguida y me quedo un buen rato mirando el triplay, hasta que me convenzo de que puedo darme la vuelta.

Se me revuelve el estómago, pero, cuando me permito echar un vistazo a ese pequeño espacio personal, me relajo. Sonrío al ver la pared forrada de lucecitas, y me acerco a buscar el interruptor de encendido de la regleta en forma de cubo. Al encenderlas, las potentes lucecitas blancas empiezan a titilar, y me hacen reír en voz baja, y luego me dejo caer encima del edredón mullido que me regalaron mis padres antes de que me mudara.

Hay notas adhesivas esparcidas por todo el espejo y lápices rosas en una taza de Avix que tengo en la cómoda, además de otras tantas cositas dispersas por ahí. Por encima de la cabecera de la cama, hay un cuadro abstracto hecho con salpicaduras de pintura y con un par de labios rosas fruncidos y sangrantes en el centro. Junto al armario, hay una torre de libros de texto, así que me acerco y me siento en el suelo para echarles un vistazo.

Abro uno de los libros por la primera nota adhesiva que sobresale y leo un pasaje sobre los momentos más difíciles de la historia de Estados Unidos. Al lado hay unas ideas garabateadas con mi letra, una propuesta sobre cómo podemos hacerlo mejor las siguientes generaciones.

No recuerdo haberlo escrito.

No recuerdo esta habitación.

Pero tampoco me disgusta.

Al contrario, me encanta.

¿Significa eso que sigo siendo yo?

Me pongo en pie, me asomo por la ventana y hago un aspaviento. Noah está aquí, en el estacionamiento, sentado en su camioneta con el motor en marcha. No le veo la cara desde aquí, pero mira al frente, en la misma dirección en que está estacionado el vehículo de Mason.

Saco el celular del bolsillo, dispuesta a mandarle un mensaje, pero justo entonces empieza a moverse, así que dejo el celular en la mesita que tengo al lado.

Alguien llama quedito a la puerta y, cuando miro, veo a Chase asomar la cabeza. Echa un vistazo a su alrededor y se dibuja en sus labios una pequeña sonrisa, y entonces caigo en cuenta de que esta es la primera vez que ve mi cuarto.

Nunca ha estado aquí.

La inquietud me eriza el vello, y Chase se acerca.

—Nos vamos a casa, pero quería ver primero qué tal vas. —Me pasa el pelo por detrás de la oreja, algo que me hace fruncir un poco el ceño—. ¿Cómo estás?

—Estoy bien, de verdad —digo—. Solo quería echar un vistazo y volver a familiarizarme con el sitio.

—Está bien —susurra, y, cuando se acerca más, se me forma un nudo en el pecho. Intento contenerlo, reprimirlo, pero no funciona.

Me planta los labios en la frente y ese nudo se aprieta y se me hunde la clavícula, pero, cuando abro los ojos y me encuentro los suyos de color verde claro, la presión se hace algo más tolerable.

Sonríe y cierra la puerta al salir.

Suelto un suspiro largo, me acuesto en la cama, me entierro en la montaña de almohadas y cierro los ojos.

Inspiro hondo y se me contraen los músculos. Inspiro otra vez. Y otra, y de pronto me encuentro ciega en medio de una bruma densa.

Mis sentidos se vuelven locos, buscando.

Me vienen a la memoria mañanas en la sierra y tardes en el mar. Y un aroma a especias, a pino y a menta.

Abro los ojos cuando me asalta de pronto una imagen del hospital.

Ese aroma estaba ahí, perduraba, y con el vapor caliente de la regadera, se reavivó, e inundó mis sentidos y se apoderó de ellos. Me seduce, me sosiega y me arrastra.

No sé cuánto tiempo pasa hasta que la voz suave de Cameron me despierta.

—Eh, bella durmiente —susurra acurrucándose delante de mí—. Me alegra ver que por fin has caído como un tronco.

—Tengo la sensación de haber dormido un día entero.

—Solo ha pasado una hora.

—Pues que viva la comodidad del hogar. —Reímos las dos y Cameron empieza a morderse las uñas—. ¿Qué pasa? —pregunto.

Me mira molesta.

—Estoy preocupada por ti.

—Tranquila, que estoy perfectamente.

—Sigues teniendo ataques de pánico, Ari. ¿Cómo vamos a ir a clase sin tener la certeza de que tú puedes ir a las tuyas por tu cuenta?

—No puedes ser mi niñera a todas horas, Cameron.

—Bueno, pero... ¿qué le vamos a decir a la gente de nuestro edificio? ¿Nos hacemos un mural con las fotos de todo el mundo como en *Juego de gemelas* para que puedas fingir que los conoces? ¿Te van a aceptar en la uni como alumna del segundo semestre si no recuerdas el primero? ¿Y si suspendes? ¿Y si te echan?

—Para, para. —Río un poco y me incorporo, y ella hace lo mismo—. Relájate, ¿de acuerdo? En serio. Todo va a ir bien. Estoy...

Por encima de su hombro, veo un calendario sujeto a la pared con una tachuela.

—¿Ari...? —Se revuelve en la cama y mira hacia donde miro yo—. ¡Ay, Dios! —exclama, se levanta de un salto, lo arranca de la pared y se lo pega al pecho, y entonces yo me pongo de pie en la cama.

—Cameron...

—Ari... —dice ella negando con la cabeza.

Bajo de un salto, cada vez más tensa.

—Dámelo.

Se le llenan los ojos de lágrimas y los cierra antes de dármelo.

Me pongo de espaldas y lo sostengo en alto delante de mí, y de pronto me empiezan a temblar las piernas. Los ojos se me van a las gruesas letras azules encerradas en corazones de color rosa, morado y amarillo sobre el 19 de enero, pero son las palabras escritas en ese cuadradito lo que me produce un dolor pulsátil por todo el cuerpo: GALA CON NOAH.

Comienzo a respirar con jadeos cortos, expulsando cada bocanada de aire con cada resoplido sin llegar a inhalar lo suficiente para completar el ciclo.

Me mareo, me caigo al suelo y me acerco aún más al cuerpo el calendario de estampado de leopardo.

Se me revuelve el estómago y gimo. Miro a Cameron.

—¿Qué es esto?

—Ari... —Suspira.

—Cameron —le espeto agitando el calendario—, ¿qué diablos es esto?

Abatida e indecisa, se dirige a mi armario. Me mira un segundo, abre las puertas de par en par y agacha la cabeza. Allí colgado, en el centro, y mirando al frente, como si yo hubiera querido verlo perfectamente cada vez que entrara en este cuarto, hay un vestido de fiesta.

Un elegante vestido de sirena de un solo hombro. Satinado y sedoso, y de un precioso... azul.

Me llevo la mano a la boca, y lloro, y luego me tapo la cara.

Cameron se tira al suelo delante de mí y me envuelve en un abrazo.

—Lo siento muchísimo, pero nos pediste que te prometiéramos que no íbamos a decir ni una palabra. Solo queríamos hacer las cosas a tu manera.

—¿Cómo ha podido...? ¿Por qué no...? —Gruño, arranco la hoja del calendario y me levanto de un salto.

Salgo por la puerta todo lo rápido que puedo.

—¡Ari, espera! —Cameron me sigue de inmediato. Corro, opto por las escaleras, y sus gritos no tardan en resonar a mi espalda—. ¡Ari!

Pero yo ya estoy saliendo por la puerta.

El aire de enero es algo fresco, pero brilla el sol, que calienta cada vez más.

Sigo corriendo. Cruzo el estacionamiento, rodeo la cafetería, atravieso el campus, y corro hasta que estoy a menos de un metro de la camioneta de Noah. Mason anda por allí cerca.

Avanzo decidida justo a la vez que Mason sale volando por la puerta de la casa con el celular pegado a la oreja. Me ve enseguida y baja el celular, con la tensión escrita en la cara.

—Ari...

Lo empujo por el pecho y levanta las manos en señal de rendición.

—¿Cómo has podido dejar que me convierta en esta chica?

—Eso no es justo.

—Le dije que iba a ir con Chase a la gala esa y se me

quedó mirando como... —Me noto una opresión en las costillas—. Ay, Dios, me miró como destrozado, y yo no lo entendí, pensé que estaba... triste, y ahora sé que era por mí. Era él, ¿verdad? Él es... Él fue...

—Ari, tienes que calmarte...

—¡No quiero calmarme! ¡Quiero recordar! —Lloro—. ¡Quiero recuperar mi vida!

A mi hermano se le empañan los ojos y me jala y me estrecha contra su pecho, como haría nuestro padre si estuviera aquí.

—Ya lo sé, hermana, ya lo sé.

Vacila un instante y luego me mira.

—Voy a entrar ahí, Mason. Necesito hablar con él.

—¿Estás segura de que es buena idea?

—No estoy segura de nada, así que ¿qué daño puede hacerme?

—A él sí.

Volteo y veo a Cameron, con las manos en las caderas, jadeando. Se acerca a nosotros con el semblante sombrío.

—Podría hacerle daño a él, que no ha hecho otra cosa que sufrir desde el día en que te atropelló esa camioneta, precisamente en esta calle, aquí mismo, delante de esta casa.

—Cameron... —espeta Mason, pero ella continúa.

—Fue justo después del último partido de la temporada, una derrota en las eliminatorias. Viniste aquí a buscarlo, pero Chase te encontró primero. —La miro extrañada y niego con la cabeza—. Esa noche tenías algo que decirles, a Chase y a Noah, pero solo tuviste ocasión de hablar con uno de ellos, cara a cara por lo menos.

—¡Cameron! —le grita mi hermano.

—Al otro le mandaste un mensaje.

Se me pone la carne de gallina y me encojo.

Cameron me lanza el celular y yo lo atrapo al vuelo.

—Si de verdad estás preparada para esto, restaura la copia de seguridad del chat, Ari.

Mason me suelta de pronto y lo enfrenta.

—¿Qué demonios haces?

—Lo que tendrías que haber hecho tú hace mucho —responde ella furiosa—. Fuiste tú quien le compró el celular nuevo y le activó el usuario. —Me giro enseguida hacia Mason, que sigue mirando furioso a Cameron. Ella se encoge de hombros—. Soy su mejor amiga, también me sé sus contraseñas y, cuando decidió que no quería saber nada, le agarré el celular con la intención de hacer lo mismo que tú, pero los mensajes ya no estaban. El chat entero había desaparecido. Lo borraste tú, ¿verdad?

—Hice lo que me pidieron. —Al cabo de un rato, me mira a los ojos, avergonzado—. Él no quería ponértelo más difícil.

Él... Noah.

Se me acelera la respiración, y entonces doy media vuelta y entro corriendo en la casa. Una vez dentro, echo el cerrojo, y Mason golpea la puerta de inmediato.

Alguien que dobla la esquina me mira extrañado y se dispone a abrir el cerrojo, pero yo ya estoy cruzando la puerta que lleva a la habitación de Noah.

Cuando estoy subiendo el último peldaño de las escaleras, Noah se asoma y nos quedamos los dos helados.

—Yo..., eeeh... —Parpadeo, miro a mi espalda y vuelvo a mirarlo a él—. Nadie me ha dicho dónde estaba tu habitación...

Noah me mira confundido y luego asiente despacio.

—Sí, has estado aquí —contesta a la pregunta que no le he hecho.

—¿Mucho?

—Eso es subjetivo.

—Noah...

—Sí, mucho.

Asiento, agacho la cabeza y entonces recuerdo a qué he venido. Rodeándolo, entro en su cuarto y casi me desmayo.

Ese aroma, a menta y a pino... Es Noah.

—Ari...

Levanto el calendario, volteo hacia Noah y se lo pego al pecho. Puede verlo caer o agarrarlo y leerlo, y decide dejar que se desplome a sus pies.

Cierta ternura inunda su semblante, y luego él ladea la cabeza un poco. Ya sabe lo que hay escrito ahí.

—Siento que hayas tenido que ver eso —dice con voz ronca.

Río sin ganas y niego con la cabeza.

—¡¿Qué?! —exclamo atónita—. ¿Eso es todo lo que tienes que decir al respecto?

Vuelvo a negar con la cabeza, y luego me aparto de él y me adentro más en su departamento.

—No quiero hacerte daño —responde en voz baja, y el calor de su presencia se hace mayor—, pero cada vez me cuesta más saber cómo conseguirlo. —Lo tengo justo detrás, mi cuerpo lo percibe—. Las mentiras destrozan a las personas y tengo la sensación de que, cuando te miro, no hago otra cosa que mentir.

Trago saliva.

—Pues no lo hagas.

—¿El qué?

El calor de su aliento me eriza el vello de la nuca.

—Mentir. —Me doy la vuelta despacio para mirarlo y se me expanden los pulmones—. No me mientas, Noah.

—Está bien —dice atravesándome con esos ojos azules y asintiendo con la cabeza.

—Júramelo.

Escapa de sus labios una respiración quebrada, y vuelve a asentir.

Presa de oleadas de angustia, señalo el calendario tirado en el suelo.

—La gala... Iba a ir contigo. —Asiente una vez más y yo me noto una punzada en el pecho—. Tenía ya el vestido...

Esboza una levísima sonrisa.

—Ah, ¿sí?

—¿No lo sabías?

Niega con la cabeza.

—Seguro querías darme una sorpresa. ¿De qué color?

—A ver si lo adivinas. —Noah mira al suelo, como si lo supiera pero no quisiera decirlo—. Te referías a la gala cuando me dijiste que te debía un baile... Porque tendría que haber bailado contigo entonces.

Vuelve a asentir.

Se me empañan los ojos, pero procuro no llorar.

—¿Por qué pinté unos corazones alrededor de la fecha?

—No...

De pronto frustrada, me agacho a agarrar el calendario del suelo, y se lo pongo en la mano.

—Me lo has jurado.

—Tú pusiste el evento en el calendario. Los corazones los dibujé yo.

—¿T-tú dibujaste los corazones? —tartamudeo—. ¿En tres colores? ¿En el calendario de mi...?

—De tu cuarto —completa la frase, y me mira fijamente, indeciso, pero solo un segundo—. Y en tu agenda de clase. Y en el calendario del mío.

—De tu... ¿qué?

—De mi cuarto —susurra.

Se me cierra la garganta.

—Enséñamelo.

Asiente y me extiende una mano. Yo la acepto y cruzo despacio la sala y el umbral de la puerta abierta que lleva a una cama recién tendida, con unos tenis al pie y unos papeles esparcidos por todo el pequeño escritorio del rincón.

Me quedo helada al ver una camiseta vieja tirada en ese rincón, una que se parece mucho a la de la antigua escuela de Mason, y que yo le robé para usarla de camisón.

Volteo enseguida hacia él y me sonrojo al verlo asentir con la cabeza.

Se me adelanta, agarra el calendario de mesa de su escritorio y me lo pasa. Aún lo tiene en el mes de diciembre, que está completamente en blanco, así que paso la hoja y, en efecto, allí esta, con sus corazoncitos y todo.

Con manos temblorosas, paso el pulgar por lo escrito.

—Noah...

—Nos hacía mucha ilusión, solo es eso —dice con voz ronca.

—¿Cómo pudiste dejarme ir con Chase? —pregunto mirándolo a los ojos.

—Yo no te dejé hacer nada —contesta abatido—. Lo decidiste tú.

—Pero yo ya había decidido otra cosa. De haberlo sabido, no habría aceptado su invitación.

—Pero no lo sabías.

—¡Eso también es culpa tuya!

No pretendía gritarle, y el remordimiento me oprime el pecho.

—Échame la culpa si quieres, de lo que quieras, por favor —me dice destrozado, impotente, y su dolor me cala las venas—. Cargaré con ese peso encantado, feliz, si así tú te lo quitas de encima. No quiero hacerte daño. —Se me acerca más, casi suplicándome que lo deje absorber el dolor que llevo dentro y hacerlo suyo—. Si hubiera ido en contra de tus deseos, si te hubiera mirado a los ojos y te hubiera contado cualquier cosa del pasado, me habría arriesgado a espantarte. No me la podía jugar.

—No me habrías espantado.

—Eso no lo sabes —contesta, con el tormento reflejado en los ojos, y a mí me empiezan a temblar los labios.

—¿Le pediste a Mason que borrara algo de mi celular?

Se encoge visiblemente, suplicando clemencia en silencio. No se la concedo.

«Me lo has jurado...».

Asiente.

—¿El qué?

Traga saliva.

—Un mensaje... Todos nuestros mensajes.

¿Teníamos muchos?

—¿También los has borrado de tu celular?

Agacha la cabeza.

—No.

—¿Por qué?

Cierra los ojos y, cuando los vuelve a abrir, los veo limpios, y me cautiva la tristeza que contienen.

—Porque necesitaba aferrarme a lo que me diste con tu último mensaje.

—¿Qué te di? —musito.

—Esperanza, Julieta —me susurra él—. Me diste esperanza cuando no tenía nada claro que la hubiera.

Cierro los ojos y reparo en que he derramado lágrimas cuando el calor de los pulgares de Noah entra en contacto con mi piel, conmocionándome, calentándome. ¿Sosegándome?

Abro de golpe los ojos y le sostengo la mirada.

Deja de acariciarme, pero no se aparta.

Se me cae de las manos el calendario y las pongo en su pecho.

Me sobresalto al principio, pero luego las dejo ahí. Me noto en la palma el latido de su corazón y el mío lo sigue. Empieza a alborotarse, poco a poco, y, con cada segundo que pasa, el ritmo cardiaco se va acelerando y yo voy levantando la vista.

Los dedos de Noah se contraen al contacto con mi pelo, y lo veo tragar saliva.

Me pongo de puntitas y él me mira asustado.

—Julieta... —dice con voz ronca—. ¿Qué haces?

—No sé —reconozco, muy cerca ya de sus labios.

—No sé si me parece bien.

—¿Qué sientes por mí?

No dice nada, así que alzo la mirada y, al hacerlo, de pronto su silencio tiene sentido.

No hace falta que diga una palabra. Lleva la verdad escrita en la cara.

No podría ocultarla aunque quisiera, y me temo que quizá lo esté intentando...

Noah

Carajo, es preciosa, perfecta.

Ha venido a mí furiosa, me ha encontrado en sus recuerdos y ahora me mira con desesperación. Pero mi chica no tiene ni idea de lo que necesita, cuando la respuesta, aunque difícil de encontrar, es sencillísima.

Una sola palabra, una sola cosa.

Yo.

La angustia de su voz me rompe. Me destroza.

¿Que qué siento por ella?

Deslizo los nudillos por su mejilla, la mano entera un segundo después, y ella parpadea despacio.

«Te quiero, amor. Te quiero entera.

»Me encanta que encuentres una canción para cada momento de la vida, que sonrías a la luna y ames como el mar, inmensa e insondable, sin pretextos. Me encanta que seas tan generosa, tan sincera y tan buena, aunque la vida no se haya portado muy bien contigo últimamente. Me encanta que procures ser valiente por tu familia, para que no sufran, aunque al hacerlo sufras un poco tú.

»Te quiero tanto que solo deseo volver a casa y encontrarte allí, despertar a tu lado y pasar el resto de mi vida adorándote. Quiero esa casa de la que hablabas y la familia con la que siempre has soñado. No quiero ser solo el hombre que necesitas, sino también el que deseas. Ese del que no puedes prescindir. Quiero amarte toda la vida, y aún más después.

»Pero, sobre todo, quiero poder volver a hacerte mía.

»Porque yo soy tuyo. Siempre.

»Pase lo que pase».

—Noah... —me dice ella con voz pastosa, y salgo de mi ensimismamiento.

Vuelvo a la chica vulnerable que tengo delante, confundida por la forma en que se le alborota el corazón cuando está cerca de mí, y que entiende perfectamente lo que siente cada vez que le pasa eso.

Se siente a salvo y serena, en paz y desconcertada porque no le dan ganas de salir corriendo, porque sabe que no hay motivo.

Porque, conmigo, está en su sitio.

«Tu sitio está conmigo, amor, no lo olvides...».

Ari inspira hondo.

—¿Me harías un favor?

—Lo que sea.

—Enséñame lo que sientes tú por mí —me suplica.

Se me encogen las entrañas, pero mi pensamiento se ilumina de pronto.

Se mordisquea el labio.

—Sé que soy un caos y que...

—No eres un caos.

—Nada me ha parecido real desde que desperté, pero estar aquí... —Indecisa, desliza hacia arriba la mano, y no para—. No lo sé explicar.

El corazón me bombea sangre a lo loco y se me contraen todos los músculos del cuerpo.

—Una vez te hice una promesa.

—¿Qué promesa?

—Que jamás te negaría nada, así que, por favor, medita el siguiente paso, porque ya no me quedan fuerzas para ser el hombre perfecto. Nunca voy a incumplir una promesa que te hice, aunque tú no lo recuerdes, pero no tengo claro si estoy siendo noble o egoísta. —Bajo la mano y deslizo el pulgar por su labio inferior. Ella se estremece y yo me acaloro—. Es mejor que te vayas, Julieta.

—No me quiero ir.

Se le llenan los ojos de lágrimas, agacha la cabeza y yo apoyo mi frente en la suya. Lo más despacio posible, posa los labios en la comisura de mi boca y se queda ahí un buen rato.

No puedo ni respirar y me cuesta no enterrarle las manos en el pelo, pero, no sé bien cómo, consigo estarme quieto.

Cuando ella por fin se aparta, lo hace con la más tierna de las sonrisas.

—¿Crees que podríamos hablar un ratito?

La promesa de esas palabras me calienta el corazón, y se me relajan los músculos del cuello.

—Siempre. Todo el rato que quieras.

Pensaba que tal vez querría ir a la sala, pero se sienta en el suelo, con la espalda apoyada en la cama, así que me siento yo también, me recuesto en la pared de enfrente y espero.

Arianna

Noah me mira mientras doblo las piernas, me llevo las rodillas al pecho y apoyo la barbilla en ellas.

—Cuéntame algo —le digo.

Lo inunda la ternura y mira al suelo, reprimiendo una sonrisa como si escondiera algún secreto y, de pronto, yo quisiera saberlo todo.

Me mira risueño.

—¿Qué quieres saber?

—Todo.

Sus ojos atraviesan los míos, y juro que los veo empañados, pero un segundo después están despejados y cautivados por mí.

Noah sonríe y a mí se me alborota el pecho.

Empieza a hablar y lo escucho con suma atención.

50

Arianna

Ya era más de medianoche cuando mi hermano por fin ha decidido que no aguantaba más y ha llamado a Noah. Me he reunido con él al pie de las escaleras y nos hemos acomodado todos en su Tahoe, donde ya iban Chase y los otros.

No hemos hablado mucho durante el trayecto de vuelta a la casa de la playa y, cuando hemos llegado, ninguno quería otra cosa que irnos a la cama.

Tampoco esta vez he dormido mucho, no paraba de recordar todo lo sucedido durante el día ni de pensar en lo que podría haber ocurrido. Se me hace duro no tener claro si lo que me pasa por la mente es un recuerdo o una fantasía retorcida fruto de esa necesidad desesperada por saber que me consume por dentro.

Cuando sale el sol, ya estoy saliendo del baño y voy directa al primer sitio en el que siento la necesidad de estar.

Como sospechaba, ella está levantada y me ve por la ventana del mirador. Sonriendo sin ganas, Payton me abre la puerta, con el pelo recogido de cualquier manera en un chongo y los ojos cansados.

—Hola, Ari. —Me hace pasar y vuelve a la encimera, donde está preparando un biberón para el bebé—. ¿Qué haces levantada tan pronto?

—Payton..., yo... —Me mira a los ojos—. Lo siento.

—¿El qué? —dice extrañada.

Cuando le dedico una mirada cómplice, suspira, se acerca y me abraza.

—Lo entiendo, Ari, de verdad.

Asiento, la estrujo y suelto un suspiro largo cuando me suelta.

—¿Te vendría bien dormir un rato más? —le propongo.

Me pongo nerviosa al ver que se detiene y voltea para mirarme. Pero entonces se acerca a mí otra vez.

—Me vendría bien un baño sin interrupciones...

Mordiéndome el labio, asiento, agarro el biberón de las manos y doblo la esquina. Me acerco al moisés y me vuelvo enseguida hacia Payton antes de que se vaya.

—Payton... —Se detiene en seco—. Gracias.

Sonríe, asiente y desaparece por el pasillo.

Recorro con ambas manos el borde de la suave mantita azul y, en cuanto Deaton me ve, me mira a los ojos.

—Hola, chiquitín —le susurro, y río al verlo agitar las piernecitas.

Inspiro hondo y lo cargo en brazos, y los ruiditos que hace despiertan en mí un instinto que llevo tiempo temiendo alertar.

Mientras me siento con él en la mecedora, se me empañan los ojos, pero no de tristeza. No sé bien de qué. Lo único que sé es que tenerlo en brazos es una delicia. Se agarra a la tetina enseguida y me agarra con sus manitas, decidido a sujetar el biberón él solo, y se me escapa una carcajada en voz baja.

—Ya te estás portando como un hombre...

Levanto la vista y veo a mi hermano cruzar la cocina.

—Hola. —Lo miro sorprendida—. No sabía que estabas levantado ya.

Asiente, viene a sentarse a mi lado y, en cuanto Deaton lo ve, esboza una sonrisa sin soltar la tetina del biberón. Mason ríe.

—¿Qué pasa, pequeño?

—O igual es que no sabías que estaba levantada yo... ¿Mase...?

Se encoge de hombros y se deja caer en el sofá, a mi lado.

—A veces vengo por las mañanas. Parker pasa mucho tiempo fuera, por trabajo, y Kenra siempre anda ocupada.

Lo miro extrañada, pero no dice nada más.

Mason contempla al bebé y luego a mí, y se enternece.

—Me preguntaba cuánto tardarías en venir...

—Entiendo... —murmuro acariciando el pelo suave de Deaton—. Yo también.

Tener en brazos a un bebé da una paz que no te da ninguna otra cosa. Es como si el tiempo se detuviera y los pulmones se te ensancharan al máximo de su capacidad. Es como contener la respiración e inspirar hondo a la vez, una sensación superagradable que te llena de los pies a la cabeza.

—¿Estás bien? —me susurra mi hermano.

—Sí —contesto con sinceridad, y me noto un cosquilleo en la mano al acariciar las mejillas suaves del bebé con la yema del pulgar—. Ojalá hubiera pasado más tiempo con él las últimas semanas.

Miro a mi hermano y él asiente, pero frunce un poco el ceño mientras contempla al pequeño que tengo en brazos.

—Si lo hicieras, eeeh..., mañana igual te costaba un poco más marcharte.

—Ah, ¿sí? —pregunto. Me mira—. ¿A ti te va a costar más irte mañana?

Infla el pecho, pero permanece callado, y a mí me invade la preocupación.

—Mase... —Niego con la cabeza—. Ella no está preparada.

—Lo sé —contesta mirando a Deaton.

Pasan varios minutos y, hasta que no vuelvo a dejar al bebé en el moisés, dormido como un tronco, Mason no habla otra vez.

—¿Qué vas a hacer, Ari? —me pregunta—. ¿Con lo de Noah y Chase?

Niego con la cabeza y me giro hacia él.

—No lo sé.

—¿Qué te dice el corazón?

La vergüenza se apodera de mí mientras susurro:

—Que quiero lo que siempre he querido y que a lo mejor por fin tengo.

—¿Que por fin lo tienes a él, quieres decir? —Agacho la cabeza y Mason continúa—. Te conozco y sé que enterarte de cosas sobre Noah y tú te lo ha puesto más difícil.

—Es que... no quiero hacer daño a nadie.

Mason suspira y me mira con ternura.

—Ya sé que no, pero, ocurra lo que ocurra, alguien lo va a pasar mal, hermana. Es inevitable.

—Lo sé.

Mis padres siempre nos han dicho que hagamos caso a nuestro corazón, que nunca nos va a traicionar, pero el mío no funciona como es debido. Porque, si manda el corazón, el cuerpo y el alma deberían acompañarlo. Los míos no lo están haciendo, y no sé qué hacer al respecto.

Cam y yo pasamos el día desempacando mientras mi madre obra su magia en nuestra minúscula cocina, reabasteciéndola y organizando todo lo que hemos metido sin más en los gabinetes. Nos hace unos filetes con puré de papa, y vienen los chicos a cenar por primera vez desde nuestro regreso.

Unas horas más tarde, cuando ya se ha ido todo el mundo a casa, me encierro en mi cuarto. Abro la ventana para oír mejor el repiqueteo de la lluvia y saco el calendario de debajo de la cama antes de instalarme en ella.

«Tú puedes con esto».

Me dedico una pequeña arenga y luego paso las hojas hasta septiembre.

No hay gran cosa, salvo unos recordatorios de exámenes y de partidos, como si los necesitara, así que salto a la página siguiente.

Boquiabierta, me acerco el calendario a la cara.

Después de la primera semana, hay por lo menos dos días coloreados, pequeñas pistas de planes que anoté y que no tengo ni idea de si llevé a cabo o no, solo que los dibujitos de la sección de notas de la parte inferior me hacen pensar que sí. Pero luego vuelvo a pasar la página y casi me quedo sin aliento. Octubre no es nada comparado con noviembre.

«Cocinar con Noah».

«Noche de cine con Noah».

«Excursión con Noah».

«Partido de Noah».

Como a mediados de mes, dejé de escribir su nombre, pero los planes son muy parecidos. El mes entero está lleno, y los dibujitos de abajo son de comidas irreconocibles y frases de películas conocidas, una montaña y salpicaduras de agua.

Corazones con caritas sonrientes.

Paso a diciembre y me da un vuelco el corazón.

Sin dar crédito, lo leo todo y la inquietud me contrae los hombros cuando, al cabo de unos días, los comentarios empiezan a tener otro aspecto.

Veo «Lo siento» garabateado varias veces, corazones rotos con llamitas en el contorno.

—Pasó algo —susurro para mí.

Pero ¿qué?

¿Me dejó?

¿Me hizo daño?

¿Salíamos o...?, ¿qué éramos?

Y luego llego a la última entrada de la página, el 23 de diciembre, donde escribí: «Recoger el CB», con una dirección garabateada debajo.

No tengo ni idea de lo que es el CB, pero busco en Google la dirección y veo que se trata de una imprenta que no está lejos del campus. Intento llamar y ya han cerrado.

Me paso el resto de la noche preguntándome qué encargaría y, cuando se hace de día, estoy más que dispuesta a averiguarlo, pero hoy empiezan las clases, así que, sea lo que sea, va a tener que esperar.

Noah

Esta mañana me despierto algo menos angustiado. Las cosas no van bien, ni mucho menos, pero ella ha venido a verme sin indicaciones, y me mira como antes.

Lo ha notado igual que yo.

Por todo su ser, solo que no lo entiende. Tendría que haber cerrado la bocota y haberla besado, pero besarla sería la más cruel de las torturas, y no sé cuánto más aguantaré. Ya no tengo a mi madre para que me oriente y tampoco voy a molestar a mis amigos con problemas que no van a poder solucionar.

Han sido las seis semanas más largas de mi vida, pero confío en que todo vaya a mejor.

Ya hemos vuelto al campus, al jaleo de la vida universitaria, y espero que, allá adonde vaya, allá adonde mire, me vea a mí, igual que yo la veo a ella.

La veo en la fuente donde nos sentamos la noche que me la encontré en el bar.

La veo en la cafetería y en las mesas de merendero.

En la biblioteca y en la pista del polideportivo.

En el gimnasio, en el campo y en absolutamente cada centímetro de este sitio, porque la he tomado de la mano en todos ellos, la he besado en cada rincón.

La he amado en secreto, aunque no tengo claro hasta qué punto era secreto.

Creo que ella lo sabía.

Espero haberle demostrado lo que significaba para mí.

Lo que siempre significará.

Si al final no es mía, yo seguiré siendo suyo.

Una tortura.

Pero es cierto.

Con una chica como ella, no hay vuelta atrás.

Confío en no tener que hacerlo, pero, al salir de la cafetería, algo me recuerda por qué abandoné toda esperanza hace tiempo, tras el segundo ictus de mi madre.

Ari está parada a un lado del edificio, con un café con leche y menta en la mano, seguramente con la leche supercaliente, como el que me abrasa la mano izquierda a mí en estos momentos. Chase está a menos de medio metro de ella.

Mi chica sonríe a un hombre que no soy yo y, cuando él le pasa el brazo por el hombro, me deja hecho polvo. Empiezan a avanzar hacia mí y yo me escondo a la sombra de un árbol y cierro los ojos cuando su risa amenaza con arrancarme el corazón del pecho. Hasta que no se van, no salgo de mi escondite y tiro a la basura el café sin tocar que había comprado para ella.

Tengo clase dentro de una hora, pero me da igual. Los pies me llevan a la camioneta y la camioneta me lleva a la autopista. La misma autopista por la que la he llevado a ella tantas veces que he perdido la cuenta ya.

Como digo, está por todas partes.

Mi Julieta.

Suelto una carcajada amarga y niego con la cabeza.

A lo mejor nuestro final estaba destinado desde el principio.

Si yo soy Romeo y ella es Julieta, quizá este sea el destino que nos adjudiqué aquel primer día. Un amor prohibido, solo que prohibido por el destino en nuestro caso.

Igual yo no era más que el reserva, como pensaba Mason. Igual no soy el hombre de sus sueños, sino el tonto que le ha hecho el trabajo sucio, que se hizo amigo de la chica destrozada, que le enseñó lo que significaba importarle a un hombre y ser amada. Ahora ya sabe que vale un oro y que merece aún más.

Ahora ya es lo bastante fuerte como para exigir lo que siempre ha querido, y la persona a la que sigue creyendo que se lo quiere pedir está dispuesta a dárselo.

51

Arianna

Cuando termino la jornada y consigo localizar a Mason para que me preste el Tahoe, la imprenta ya ha vuelto a cerrar. Por teléfono no me han dicho gran cosa, salvo que tienen en el estante de pedidos por entregar uno mío empolvándose.

Chase me ha llamado unas cuantas veces, pero después de su visita inesperada de esta mañana, cuando yo estaba deseando tener un poco de tiempo para explorar el campus por mi cuenta, algo de lo que creo que él debería haberse percatado, no he querido contestarle.

Por suerte, Mason accede a traerme las llaves del coche mañana por la mañana antes de clase, así que tomo la decisión de saltarme el primer día de mi segunda tanda de clases.

Me aseguro de mandar un correo electrónico a mis profesores antes de acostarme para que no me saquen de sus clases y, a la mañana siguiente, estoy de camino a la imprenta poco antes de que abra. Tardo quince minutos en llegar, y sonrío al ver el rótulo de neón que reza: PAPER DREAMS AND THINGS.

La mujer que está al otro lado del mostrador sonríe

al verme entrar y gira hacia la pared gigante hecha de cubitos.

—¡Te va a encantar cómo ha quedado! —dice entusiasmada, poniéndome delante un paquete del tamaño de una caja de zapatos—. Vamos a sacarlo para que veas que todo está correcto —añade, y empieza a jalar el lazo dorado que mantiene la caja cerrada, pero yo extiendo una mano enseguida.

—No, espere —le suelto.

Se queda quieta.

—Es que está tan bonito con la cinta... que no quiero estropearlo. Seguro que ha quedado perfecto —digo, y asiento angustiada.

—Ah, no pasa nada. —La mujer dobla unos papeles, los pone encima de la caja y me la acerca—. Ay, se me olvidaba. Esto... —Retira una nota adhesiva del lado de la caja que yo no veo y también la pone encima—. Vino una mujer que dejó esta dirección. Nos encargó que te pidiéramos que volvieras después de recoger esto. Supongo que habrá estado intentando localizarte también.

—Sí, lo siento. Ahora mismo se me amontonan los correos.

—Bueno, cielo, que tengas un buen día.

Y, sin más, se pone a atender a otro cliente, y yo, tensa, me llevo al coche la caja, que no pesa más que unos zapatos. En vez de abrirla, meto en el GPS de Mason la dirección de la nota adhesiva y, quince minutos después, estoy entrando en un estacionamiento que habría preferido no volver a ver en la vida.

Apago el motor, bajo del vehículo y, algo perdida, confío en dirigirme al sitio correcto, hasta que, al acercarme, veo el nombre del sitio: TRI-CITY REHABILITATION CENTER.

Recuerdo este lugar. Lo vi cuando vine a la consulta de revisión.

Inspirando hondo, entro y siento náuseas de inmediato.

La mujer de admisión me sonríe y me hace una seña para que pase, así que, con paso lento, me aproximo a ella, que cuelga el teléfono y ensancha la sonrisa.

—Firma aquí, cielo. ¿A quién vienes a ver?

—Pueeesss...

—¿Ari?

Volteo bruscamente la cabeza y veo que se me acerca una mujer de la edad de mi madre con portapapeles de clip en la mano.

—Hola...

—¡Cuánto me alegro de que hayas podido venir! Llevo días queriendo dar contigo. Iba a llamar a Noah, pero ella me hizo prometer que no lo haría.

Se me desboca el corazón, y asiento con la cabeza.

¿Quién se lo hizo prometer?

Frunce el ceño y se va despacio detrás del mostrador de admisión.

—Dame un minuto, ¿de acuerdo, cariño?

—Sí, claro. —Trago saliva y me planteo la posibilidad de salir corriendo, pero tampoco sé por qué. Me está entrando un agobio muy fuerte que amenaza con derribarme.

Pasan menos de diez minutos y vuelve la mujer con un sobre cerrado y algo duro dentro.

—Perdona que te haya hecho esperar... Toma —dice, y me lo pasa—. Siento mucho tu pérdida —añade con delicadeza—. Aquí la queríamos mucho.

Sonrío sin ganas y asiento con la cabeza.

—Cuídate, Ari.

—Gracias, Cathy —le contesto, y salgo del edificio, pero me detengo en seco nada más cruzar la puerta.

Cathy.

¿Cómo...?

Procuro no pensar en ello, más confundida que al principio.

Subo el coche y vuelvo al campus, moviendo la rodilla, nerviosa, todo el camino, y subo corriendo a mi cuarto. Por suerte, Cameron no está en el departamento, así que cierro mi puerta con seguro y pongo la caja y la carta delante de mí.

Paso minutos, puede que incluso horas, sin moverme. Luego me paseo nerviosa por el cuarto, peinándome el pelo montones de veces, sin apartar la vista del edredón ni una sola vez.

Suena mi celular, pero lo ignoro.

Me ruge el estómago, pero lo ignoro también.

—¡A la mierda!

Me subo de un salto a la cama, abro el sobre desgarrándolo y lo vacío. Me quedo pasmada al ver que cae otro sobre cerrado, y un papelito doblado dirigido a mí que le cae encima.

Una carta.

Es una carta.

Aunque me cuesta un poco, reúno el valor necesario para abrirla y la dejo delante de mí.

Agarro una almohada a modo de apoyo, la abrazo, entierro la boca en ella y contengo la respiración.

Luego bajo la vista y leo.

Querida Arianna:

No sé bien cómo empezar esta carta, así que voy a ser directa y te diré que tú, cariño, has sido un regalo que jamás esperé recibir, que me ha permitido respirar por primera vez en muchísimo tiempo. Gracias a ti, mi lucha diaria ha sido menor y, por fin, puedo bajar la bandera blanca.

¿Qué significa eso? Pues que mi mente y mi corazón se hablan ya con mi cuerpo y, si no he entendido mal los secretos que mi ser me confiesa, ya no estoy con él.

He dejado a mi hijo.

Por si aún no lo has adivinado, soy yo quien te escribe, Lori Riley, la madre de Noah.

Hago un aspaviento y estrujo aún más la almohada.

Sé que no te acuerdas de mí, aunque somos buenas amigas, tú y yo, pero volvamos a lo de Noah.

Como supiste en su momento, yo era lo único que él tenía en este mundo. Toda su vida hemos sido él y yo, y, aunque no cambiaría absolutamente nada de la existencia que hemos llevado, me he arrepentido de muchas cosas. Y ese arrepentimiento me ha generado resentimiento, un resentimiento del que solo yo era culpable.

¿Ves?, no me di cuenta de que, al quererlo, al volcar hasta la última pizca de energía que tenía en nuestra vida juntos y en su futuro, no dejé sitio para otras cosas, algo en lo que no caí hasta que tuve el primer ictus durante el último año de escuela de Noah.

Desde ese día, no he dejado de tener miedo, miedo de que me pasara algo y mi hijo se quedara solo en este mundo.

Y luego tuve el segundo ictus, el que me trajo hasta aquí.

Ese temor se volvió incapacitante, pero yo procuraba disimularlo y aferrarme a las energías que me quedaban. Había días que apenas podía hablar, porque mi cuerpo intentaba decirme que había llegado mi hora, que debía despedirme de este mundo y marcharme, pero no podía. Todavía no. Menos aún si, al hacerlo, a Noah no le iba a quedar más que un corazón roto. Jamás me había sentido más fracasada.

Yo era una mujer que, hasta no hacía mucho, se sentía orgullosa de la labor que había hecho criando ella sola a un hombre tan maravilloso, y de pronto me odiaba a mí misma. Me estaba ahogando en una impotencia de la que no sabía cómo salir. Me iba a ir marchitando despacio delante de los ojos de mi hijo, intentando aguantar.

La derrota me consumía.

Y entonces te conocí.

Se me llenan los ojos de lágrimas y, agarrando fuerte el papel, me lo llevo al pecho.

Tuve la sensación de que ya te conocía de antes, y te quise en cuanto te vi.

Como te dije el día que me pediste que te ayudara a hacerle un regalo a Noah, tú le devolviste la vida a mi hijo. Hacía tanto que no le brillaban los ojos, que su sonrisa no era de verdad, en vez de fingida para mí. No quiero decir con eso que no fuera feliz. Lo era. Consiguió lo que se había propuesto y se ganó su sitio en Avix U, algo que, en el fondo, sé que hizo por mí. Así que, sí, era feliz, pero su felicidad era momentánea y no llegaba a la medianoche. Mi hijo llevaba un gran peso sobre los hombros, y por eso se cerraba a todas esas cosas que una persona necesita para seguir adelante.

Hasta que llegaste tú.

Se enamoró de ti, puede que incluso el día que te conoció.

La estabas pasando mal y él ansiaba ser el motivo de tu recuperación. Y lo fue.

Dulce Arianna, mi Noah se convirtió en tu Noah y, cielo, él lo era todo para ti, igual que tú lo eres todo para él.

Te enamoraste de él también, y fue para siempre.

Con cariño,

Lori, la madre eternamente en deuda con la mujer que ama a su hijo.

Me brotan lágrimas cuando leo la última línea, y luego paso al texto que hay debajo, escrito en otro idioma:

Non temere la caduta, ma la vita che nasce dal non aver mai saltato affatto.

Mis dedos se ven atraídos hacia el texto, y lo acaricio con las yemas.

Me vienen a la cabeza unas imágenes fugaces que me dejan paralizada.

Conteniendo la respiración, vuelvo a hacerlo.

Otro montón de imágenes fugaces.

Y otro.

Y entonces la carta se transforma.

De pronto, mis dedos no acarician las palabras en un papel rayado, sino en el pecho bronceado y terso de un hombre, un hombre acostado en el centro de mi cama.

Me noto un hormigueo en la mano cuando él la cubre con la suya, suelto una respiración entrecortada mientras desliza mis dedos por su cuerpo caliente, y me fijo en sus labios.

Me besa los nudillos y después su cuerpo se eleva de las almohadas hasta que su aliento me acaricia la piel. Se inclina hacia delante y yo cierro los ojos, y un destello azul se revela al otro lado.

No es un azul cualquiera.

Es oscuro e insondable.

Intenso y luminoso, como el centro del mar o el cielo nocturno en la sierra.

Sus ojos, tiernos e infinitos, se anclan en los míos.

«Julieta...».

Jadeo, ahogándome sin saber por qué. Se me cae el papel de las manos y bajo de la cama tropezando, golpeándome con la pared y deslizándome por ella.

No veo lo que tengo delante, pero veo.

Lo veo a él.

Veo la noche de la fogata y la de la disco.

Veo el café matinal y las tardes cocinando.

Veo las barcas de choque y sus labios a dos centímetros de los míos.

Me noto sus manos encima, sentada en la encimera de la cocina, y el furor de sus ojos.

El calor de su cuerpo.

El latido de su corazón... pegado al mío.

Lo noto a él. Por todas partes.

Por. Todas. Partes.

Me asalta un súbito anhelo que me roba todo el aire de los pulmones, y los sollozos me sacuden el cuerpo.

—Ay, Dios mío..., Noah.

52

Arianna

Si pudiera retroceder en el tiempo, haría muchísimas cosas de otra forma.

Qué triste que, para aprender la lección, haga falta un golpe brutal.

Que la pérdida te sacuda las entrañas como ni siquiera el amor puede hacerlo.

El amor duele, pero es una bendición, algo que experimentas si tienes suerte.

La pérdida destroza, pero es necesaria, algo por lo que debes pasar.

La pérdida hace que nos demos cuenta de lo que queremos. Alumbra con su fuego un sendero oscuro y nos guía entre las llamas, abrasando las incertidumbres que se interponen en nuestro camino. Nos lleva a descubrir aquello que deseamos, porque la vida es corta, demasiado corta.

E impredecible.

La pérdida te obliga a reconocer de quién no puedes prescindir, a quién te niegas a ver desaparecer. La pérdida te vuelve temerario, porque te libera.

Al menos eso es lo que me ha pasado a mí.

Es extraño que una persona atrapada en su propia mente avance sin miedo.

Miedo es lo único que no estoy segura de haber sentido todo este tiempo.

Me he sentido nerviosa, angustiada, insegura, irritable, pero nunca he tenido miedo.

Ahora sí.

Estoy aterrada.

Porque estoy a punto de destrozar a alguien.

Dicen que querer a alguien con toda tu alma es lo más altruista que se puede hacer, pero a mí me parece que es justo lo contrario.

El amor me ha vuelto egoísta porque no sé vivir sin el hombre que me ha secuestrado el corazón, el hombre al que le pertenece de verdad.

He pensado mucho esta noche, he repasado los últimos cuatro años de mi vida y, al despertar esta mañana, ha sido como si lo viera claro por primera vez.

Lo que significa que voy a tener que partirle el corazón a un hombre cuyo único defecto es que yo necesito a otro.

Va a ser duro.

Puede que hasta devastador.

Pero, como digo, el amor me ha vuelto egoísta. La pérdida me ha hecho ver.

Y no puedo vivir con este anhelo.

Y por eso ya he salido de casa.

Es hora de que él sepa lo que siento.

Que esto va en serio.

Y que lo nuestro es para siempre.

Subo los escalones de dos en dos y, cuando llego a la puerta principal, aparece el hombre al que he venido a ver.

Me mira a los ojos de inmediato y asoma a sus labios una sonrisa tierna.

La mía viene después.

—Te he llamado.

—Lo sé.

Chase me extiende la mano, y yo la acepto.

53

Arianna

Nada incita a un hombre a plantearse lo que siente por una mujer tanto como el interés de otro hombre. Eso fue lo que me dijo Noah el día que nos conocimos. Chase estaba al otro lado de la fogata, observando preocupado cómo un hombre al que yo acababa de conocer captaba mi atención, y bien captada.

Fue entonces cuando empezó «lo nuestro».

El masaje en la sala.

El helado en la cocina.

Nuestra noche en la playa.

Y en cuanto cruzamos esa línea, la que dicen que no hay vuelta atrás, empezamos a retroceder.

Chase tomó una decisión y, aunque me dolió, lo entendí.

La respeté, y luego me desmoroné.

Fue entonces cuando llegó Noah.

Poco a poco, empecé a recomponerme. Me enamoré y él me puso el mundo al revés revés, y entonces me di cuenta de que ya estaba enamorada. Antes.

Mucho antes.

Sentada aquí hoy, veo lo que no vi en su momento. La belleza de la caricia sutil, el anhelo de la mirada robada.

Esas cosas me han vuelto a la cabeza en oleadas brutales, tan brutales como la inoportunidad de su presencia.

Después de la nota con el número de Noah apuntado.

Después de la sudadera con su dorsal.

Después de recuperar lo que había entregado para dárselo a otro.

Y, esta vez, el hombre al que le supliqué que lo aceptara no solo me quería también, sino que me quería de antes.

En cuanto Chase se percató de esto, lo asaltó el miedo, lo sacó del rincón en el que él mismo se había metido, pero para entonces ya era demasiado tarde.

Yo ya no estaba.

Solo que, cuando pienso en el tiempo que pasamos juntos, ya no siento tristeza. No me siento engañada ni burlada. Ahora me doy cuenta de que tenía que suceder así. Chase tenía que ser el elegido, o las cosas habrían terminado de una forma muy distinta.

Creo que él también lo sabe, y por eso baja sus ojos verdes a las manos, cruzadas en el regazo, cuando me pregunta:

—Entonces, ¿si no te hubiera apartado de mí...? ¿Si hubiera luchado por ti desde el principio...?

Le cuesta un poco, pero vuelve a mirarme.

—Habría sido yo quien te habría hecho daño —le digo, con delicadeza, pero con franqueza.

Chase asiente. Sabe a lo que me refiero. Lo inunda el remordimiento, y suspira.

—Lo siento muchísimo, Ari. De verdad. Ojalá no te hubiera hecho daño y las cosas hubieran sido distintas para nosotros, pero lo comprendo. Lo he entendido, en serio. Veía cómo lo querías y, cuando de pronto no te acordabas de él, pensé que igual eso significaba que lo nuestro estaba destinado desde el principio. No tendría que haber interferido. Debería haber esperado a ver qué decidías y que pudieras contar conmigo... si me necesitabas.

Tenía miedo, y no puedo darte otra excusa, pero me avergüenzo, y tú me importas de verdad. Espero que lo sepas.

—Lo sé —confirmo, y, cuando me levanto, se levanta conmigo y me abraza.

—Me tengo que ir —le susurro.

—Sí... —Me suelta, y me dedica una sonrisa triste pero alentadora—. Me alegro por ti, Arianna. Te mereces a un hombre como Noah.

Con una pequeña sonrisa, doy media vuelta y me marcho.

Lo que le he dicho a Chase es cierto.

Si él no me hubiera hecho daño desde el principio, habría terminado haciéndoselo yo a él de una manera muy distinta, porque habría conocido a Noah de todas formas. No me cabe la menor duda.

Igual que tampoco me cabe la menor duda de dónde encontrarlo ahora.

Cuando tomo el desvío, apenas faltan unos minutos para que se ponga el sol, así que rezo en silencio para que él aún esté ahí, y no me decepciona. Nada más doblar la esquina veo su camioneta, de modo que estaciono el Tahoe, agarro mis cosas del asiento y subo corriendo por la pequeña ladera.

Al llegar a la cima, se me calienta el cuerpo entero. Está sentado justo donde yo esperaba, y el resplandor del sol crea la silueta perfecta de Noah.

Aunque apenas hago ruido, él sabe que he venido y gira tan rápido que doy un brinco. Me mira sorprendido y luego extrañado, y después se guarda algo deprisa en el bolsillo, pero a mí me da tiempo a vislumbrar lo que es.

Se me encoge el corazón y me hinco de rodillas a su lado, con el cuerpo mirando al suyo mientras él mira al frente. Dejo la mochila en el suelo y le dedico una pequeña sonrisa, intentando combatir ese ardor de ojos que amenaza con lágrimas.

—¿Me dejas verlo?

Con los ojos empañados y clavados en los míos, Noah se lleva la mano al bolsillo y saca lo que pretendía esconder. Un balón de futbol americano, pero no uno cualquiera. Uno minúsculo, de peluche blanco, no mayor que la palma de su mano.

Lo sostengo entre los dedos, dándole vueltas, y se me cierra la garganta.

En el frontal, donde debería estar la costura del balón, hay un bordado en suave hilo amarillo que reza RILEY JÚNIOR.

—Esto..., esto es para... —Trago saliva y lo miro a los ojos.

Noah aprieta con fuerza la mandíbula, pero consigue asentir con la cabeza.

—Ni siquiera nos dio tiempo a quererlo, o quererla —le digo con la voz quebrada, mientras me caen las lágrimas—. Ni siquiera un día.

Noah se pone rígido y sus ojos exploran mi rostro con urgencia.

Estrechando el baloncito contra mi cuerpo, meto la mano en la mochila que tengo al lado y hurgo a ciegas, y con manos temblorosas coloco la bolsita entre los dos.

—Feliz cumpleaños, Noah —digo, e intento en vano que no se me quiebre la voz mientras vuelvo a mirarlo a los ojos.

Ensancha las aletas de la nariz y se le pone la nariz colorada.

—Julieta...

—Ábrelo —le susurro.

Estremecido, jala el papel de seda y, cuando ve lo que hay dentro, que no es más que un balón de futbol americano de veinte dólares, el mismo regalo que le hacía su madre todos los años por su cumpleaños, pero que ya no está aquí para hacerle hoy, los ojos se le empañan el doble.

Noah agacha la cabeza y, tapándose la cara con las manos, se deja agitar por los sollozos silenciosos, mientras que yo empiezo a sollozar.

Me abalanzo sobre él y, en cuanto mi mano toca la suya, me mira a los ojos y lo ve.

Me ve.

Me lleva las manos a las mejillas, con delicadeza, y yo me dejo acariciar, y se las agarro con las mías mientras me mira con anhelo.

—Amor... —masculla desesperado—. ¿Has vuelto a mí?

—Dios mío, Noah —digo ahogándome con mis propias lágrimas, y pego la frente a la suya—. Lo siento mucho, muchísimo. Siento no haber estado allí cuando murió y siento que hayas estado solo y... Lo siento mucho. —Lloro, aferrada a sus manos—. Te he abandonado.

—Shhh, cariño, no. —Traga saliva y niega con la cabeza—. No lo sientas. Eso nunca. Tenías que encontrar tú sola el camino de vuelta. —Cierra los ojos—. Pensaba que te había perdido. ¿Eres mía? —pregunta preocupado con un hilo de voz—. Por favor, dime que eres mía.

Asiento deprisa, acariciándole la cara.

—Siempre. Para siempre.

Se le escapa un suspiro, y tiembla.

—Dilo.

Abro de golpe los ojos, los anclo en los suyos, aún aferrada a él, y susurro:

—Te lo juro.

Noah no titubea. Estampa su boca en la mía.

Me besa fuerte, intensamente. De forma arrebatadora, estimulante, exigente.

Su beso es una promesa de su alma a la mía de que, pase lo que pase, este es mi sitio.

Con él.

Epílogo

Arianna

Día de San Valentín

En las semanas que han pasado, Noah y yo hemos crecido mucho, como pareja y como individuos. Juntos decidimos saltarnos un semestre para poder procesar y digerir todo lo que nos había ocurrido. Mis padres se mostraron más que comprensivos y, aunque yo no quería eso para Noah, que su último semestre y su graduación se pospusieran, fue él quien lo propuso.

Con todo lo que estaba sucediendo, no tenía tiempo de recuperarse. Se había partido por la mitad en diciembre para luego hacerse añicos en enero. Pensaba que me perdía, había perdido a nuestro hijo y después perdió a su madre. No solo quería disponer de tiempo para recuperarse, sino que, además, lo necesitaba. Lo necesitábamos.

Así que nos tomamos el descanso que nos merecíamos. Recogimos las cosas de mi departamento, en la residencia universitaria, y las del suyo, en la casa de los futbolistas, porque ninguno de los dos iba a volver al campus hasta el otoño y, para entonces, otro capitán ocuparía la antigua vivienda de Noah, y nos fuimos a casa de mis padres. Al llegar, mi padre nos sorprendió con que había transformado su guarida en un acogedor estudio en el que insistió en que nos instaláramos Noah y yo.

Nadie entendió por qué no nos trasladábamos a la casa de la playa, pero yo quería empezar de cero en un sitio que no nos trajera malos recuerdos, y por eso nos hemos quedado aquí.

Pero hoy es San Valentín y Noah quería traerme a mi sitio favorito, así que ¿quién soy yo para negárselo?

Con un suspiro largo y relajante, miro por la ventanilla mientras nos detenemos a la entrada. Me emociono y estoy deseando bajarme de la camioneta. Por eso, en cuanto Noah se estaciona, agarro la manija de la puerta, pero él pulsa de inmediato el botón del seguro, y yo volteo sorprendida.

Esboza una sonrisa pícara, baja del vehículo y, asomándose dentro, me jala y me deja en el asiento del conductor con las piernas fuera. Se pone entre ellas y me besa, enterrándome las manos en el pelo. Inhalo su aroma, inflando el pecho, y me cuelgo de su cuello. Me levanta del asiento y, agarrándome de las nalgas, me empotra contra el lateral de la camioneta.

—Deberíamos entrar —me dice entre besos.

Se me acelera el pulso, asiento y le empujo el pecho para que me baje al suelo.

Cuando rodeo el cofre y me dirijo a la puerta principal de la casa de la playa, no puedo evitar sonreír al pensar que Noah y yo vamos a tenerla para nosotros solos todo el fin de semana.

En cuanto abro la puerta con la llave me doy la vuelta, apoyando los hombros en ella, para ver a mi chico venir hacia mí. Tanta ilusión me está matando: se me sale el corazón del pecho, y Noah lo nota. Arquea una sola ceja oscura, receloso.

—Julieta...

—Hemos perdido muchísimo tiempo, Noah. Quiero recuperarlo.

—Amor... —añade angustiadísimo, y se le acentúan las arruguitas de los ojos mientras me acaricia.

Lo tomo de la muñeca, le aparto la mano de mi mejilla y le doblo los dedos. Luego le beso los nudillos y él me mira desconcertado.

Giro la manija, aún de espaldas, abro la puerta de un empujón, y entro caminando hacia atrás, a ciegas, porque no quiero perderme su reacción.

Tarda varios segundos en apartar los ojos de los míos, pero, a regañadientes, los dirige a la sala y, sorprendido, recorre con ellos la estancia y vuelve a mirarme a mí.

—Ari... —dice con un hilo de voz.

Agarro los gorros rojiblancos del respaldo del sofá y me acerco a él. Se agacha un poco, sin dejar de mirarme, mientras le calzo el gorro de Santa Claus en la cabeza y, cuando me voy a poner el mío, lo agarra y me lo pone él.

Me abraza y me acaricia, sensual, el labio inferior con el pulgar, y se dibuja en mis labios una sonrisa tierna. Entonces deja de mirarme y posa los ojos en el árbol decorado, espléndido, en un rincón de la estancia. Está decorado con luces rojas y verdes, luminosas luces plateadas que lo cubren de arriba abajo, y con un solo regalo envuelto debajo. Todas las paredes están forradas de lucecitas de colores y de la chimenea cuelgan dos medias navideñas.

—¡Feliz Navidad, Noah! —le susurro.

Aprieta la mandíbula mientras mira fijamente el árbol de Navidad y luego la repisa de la chimenea, en la que hay un juego minúsculo de alas de ángel de porcelana con una cinta roja atada en la base.

Y de pronto me está besando otra vez, despacio, con ternura, y el ansia que siento en el pecho se hace más honda, pero esta vez es de deseo y de amor.

Lo agarro de la mano, me lo llevo a la cocina, me quito

el gorro de Santa, se lo quito a él y los tiro al suelo en cuanto doblamos la esquina.

Del techo cuelga escarcha plateada y dorada, a juego con el confeti brillante del suelo.

Le suelto la mano, me acerco al rincón, pulso el interruptor, se enciende la minibola de discoteca que hay encima de la isla de la cocina y empieza a girar y a producir destellos por las paredes.

Me subo de un salto a la encimera y observo a Noah.

Emocionado, mira por toda la cocina y levanta una mano para acariciar una de las escarchas que cuelga encima de él.

Entonces me mira a mí, y veo en sus ojos un montón de intensos sentimientos encontrados.

—Ven —le digo.

Viene, y me abro de piernas. Noah se mete inmediatamente entre ellas, me agarra los muslos y aprieta.

Agarra la tiara de plástico que tengo a mi espalda, me la pongo en la cabeza y luego le pongo a él el sombrero de copa en la suya. Le doy una trompetilla y yo agarro otra.

—Ok, Google, reproduce —le pido al altavoz inteligente.

Noah me mira confundido, y entonces empieza una cuenta atrás de diez segundos.

Noah esboza una sonrisa y a mí se me escapa una risita.

Me sumo a la cuenta atrás en los últimos cuatro segundos y él hace lo mismo, se lleva la trompetilla a los labios, y soplamos a la vez.

Pero no tarda en deshacerse de ella y anclar sus labios en los míos, y esta vez no lo hace con ternura ni despacio, sino apasionada e intensamente, y a mí se me contraen las entrañas.

Le gimo a la boca y, cuando por fin se retira, me mordisquea los labios, soltando un jadeo ronco.

—¡Feliz año nuevo! —le digo con la voz entrecortada, de deseo, y a él se le enturbia aún más la mirada.

Cierra los ojos con fuerza y pega la frente a la mía.

Me bajo de la encimera, me pongo de puntitas, le beso la comisura de los labios y le susurro:

—Quédate aquí, que vengo enseguida.

—Amor...

Me agarra de las caderas, me detiene en seco y me busca los labios, pero yo me escabullo con una sonrisa, y río cuando me lanza una mirada asesina de advertencia.

—Un minuto, Noah —digo; sonrío, me alejo y le lanzo una última mirada—. Quédate ahí.

Entro corriendo en el baño de la planta baja, donde tengo escondido lo que necesito, a sabiendas de que probablemente venga a buscarme si tardo más del minuto prometido.

Me despojo a toda prisa de las mallas y la camiseta, me cambio deprisa y me retiro del pelo con cuidado esos pasadores que me he puesto estratégicamente. Recogido, mi cabello parecía un desastre, pero suelto, según me lo sacudo, parece que me hubiera hecho los rizos.

Salgo disparada, agarrando por el camino el control remoto del equipo de música, y cuando entro en la cocina, no sé por qué, se me enredan los nervios en el estómago.

Nota que me acerco y gira la cabeza para mirar.

Se le tensa el cuerpo entero y, como a cámara lenta, se gira despacio hacia mí.

Me mira los pies y sus ojos empiezan a trepar despacio por mi cuerpo y, ¡Dios mío!, se toma su tiempo, asegurándose de que no se le escapa ni un centímetro de mi ser, hasta que llega por fin a mis ojos. Abre la boca, deja caer los hombros y traga saliva.

Se me desboca el corazón y me acerco un poco más, engancho un dedo al suyo y lo jalo despacio para acercármelo. No mira adónde lo llevo, no se resiste. Me mira fijamente a la cara y su expresión pasmada casi me da ganas de llorar.

Abro la puerta corrediza y me lo llevo al patio trasero, pulsando el interruptor justo antes de salir. Se encienden las luces, que titilan sobre nosotros y a nuestro alrededor. He pegado el mobiliario del patio a las paredes de la terraza y extendido una alfombra azul sobre el suelo de cerezo.

Noah aprieta fuerte los labios mientras nos situamos en el centro, y no duda un segundo de lo que tiene que hacer. Me toma una mano y me pone la otra en la parte baja de la espalda. Luego me estrecha contra su cuerpo, hasta que el satín de mi vestido de noche se le pega al pecho.

—Mira a tu espalda —le susurro.

Noah me mira intrigado, sin apartar los ojos de mí hasta el último segundo posible, y entonces los posa en la pared, de la que cuelga un banderín en el que dice GALA ANUAL DE ENTREGA DE PREMIOS DE FUTBOL AMERICANO DE AVIX.

Se le contraen las manos de la emoción. Me acerca más a su cuerpo y vuelve a mirarme a los ojos. Sonrío, pulso el botón de reproducción del control y lo tiro a un lado.

Levanta de pronto la cabeza cuando se oye por los altavoces a su entrenador, y deja de moverse, y escucha las palabras hermosas que el hombre que ha sido su tutor durante los cuatro últimos años dijo sobre él aquella noche, y que él se perdió.

Se le agita el pecho, se le escapa un resoplido y, cuando empieza a hablar Trey y me pide que recoja el premio en su nombre, Noah ríe y, ¡por Dios, cómo me reconforta esa risa!

Acto seguido, Noah me estruja contra su cuerpo, apretando fuerte.

—Amor... —Suelta un suspiro y se aparta, llevándome las manos a las mejillas—. ¿Qué has hecho?

—Ya te lo he dicho... —Se me empañan los ojos—. Nos hemos perdido muchísimas cosas, y no me parece bien.

Quería recuperarlas, así que nos las he conseguido. He estado ausente en lo que tendrían que haber sido nuestras primeras Navidades, nuestra Nochevieja, nuestra gala del futbol. Me niego a prescindir de una sola cosa que nos habría tocado disfrutar juntos —digo negando con la cabeza.

Escapa de sus labios una respiración entrecortada, y acerca su boca a la mía, deslizando los labios por los míos.

—Te quiero, Noah. Con toda mi alma.

—Y yo te quiero a ti, amor. Siempre. —Se le ponen los ojos vidriosos y le tiemblan las manos, pegadas a mi piel—. Necesito sentirte.

Con una sonrisa pícara, me cuelgo de su cuello y le susurro:

—Pues llévame a mi cuarto.

Suelto un chillido cuando, ni un segundo después, me tira sobre su hombro y, sin más, nos dirigimos a mi habitación.

Noah

Subo los escalones de dos en dos y, al entrar en su cuarto, me detengo en seco. ¡Ay, Dios mío!

«¡No fastidies!»

Despacio, la bajo al suelo y la miro pasmado.

—¡Feliz San Valentín! —me susurra, y un rubor asoma a sus mejillas.

Le aprieto las manos, pero enseguida la suelto y me acerco al calendario abierto encima de la cama, rodeado de pétalos de rosa roja.

La propia habitación está forrada de lucecitas rojas atenuadas y hay velas LED encendidas por toda la estancia, algo que tendría que haber preparado yo, como demuestran los artículos que llevo en la bolsa de viaje que me he dejado en la camioneta, pero esto...

El calendario.

El objeto que me la devolvió.

Aunque no es el mismo. Está abierto por el mes de febrero, el mes actual, y la imagen de la parte superior es una foto de ella, vestida con mi chamarra universitaria. Vestida, ¡solo!, con mi chaqueta universitaria.

Está un poco ladeada, sentada sobre los talones, con las piernas plegadas en el ángulo justo para ocultar lo que es mío y la chamarra cerrada estratégicamente para que no se vean los pezones, pero los pechos, el esternón y el vientre quedan al descubierto.

Lleva suelto el pelo castaño, liso y sedoso; los párpados, pintados de sombra dorada, y las pestañas, gruesas y pintadas de negro. También tiene doblados los brazos y, mirando a cámara, se agarra con las manos el cuello de la chamarra, por cuyas mangas asoman solo las uñas pintadas de azul. La chamarra le queda enorme a ese cuerpecito.

Agarro el calendario y levanto la vista a Arianna, que me sonríe desde la puerta, entre destellos de su vestido producidos por el brillo de las velas de la estancia.

—Espera, que aún no has visto las de tu camiseta de uniforme.

Se me enciende la entrepierna y me dirijo a ella, acechante, pero Ari levanta las manos enseguida para detenerme, y yo le lanzo una mirada asesina.

Ríe un poco y desliza las manos por mi pecho.

—Vete al mes de julio.

—¿Te has pintado el cuerpo de rojo y azul? —le digo, y me lo imagino: su cuerpo forrado de color y nada más.

Se le escapa otra carcajada y niega con la cabeza, de pronto tierna.

Impaciente por ver más, salto enseguida a agosto, y se me tensan los músculos. No recuerdo haber retrocedido, pero de pronto estoy sentado en el borde de la cama, contemplando una foto de los dos, la que nos sacó en noviembre la enfermera de mi madre.

Solo que la foto no es la que yo conocía. No es esa en la que sonreímos a la cámara, la que tenía mi madre en su habitación para poder verla, para poder vernos. Es de un instante antes, cuando yo estaba abrumado por el detalle que tuvo Ari al preferir que posáramos delante de la fuente en vez de asociar para siempre la tristeza al recuerdo de las calabazas y las balas de heno.

Yo me había sentado, la había sentado a ella en mi regazo, volteándola un poco para que estuviera de lado, con el hombro apoyado en mi pecho, y nos habíamos mirado a los ojos. La foto está hecha en ese preciso instante, cuando ella me miró, y lo veo ahí, lo que yo esperaba pero no me atrevía a pedir, por si acaso.

Que me quisiera.

Es tan obvio...

Mi Julieta.

—¿De..., de dónde has sacado esto? —le susurro con voz pastosa.

Se acerca a mí, se sitúa entre mis piernas y me levanta la cabeza, enterrando las manos en mi pelo.

—De tu madre... Me la dejó ella. —Se me encoge el pecho, y me aferro a ella, dejando caer con cuidado el calendario al suelo, al otro lado de la cama—. Hay más... —empieza a decir, pero yo ya la jalé y estoy haciendo míos sus labios.

Porque lo son.

Hasta el último centímetro de ella es mío.

La beso con vehemencia, enredando su lengua con la mía, y succionándola después, mordisqueándole los labios, la barbilla, el cuello.

—Ese más va a tener que esperar. Necesito estar dentro de ti. Ya, ya. Ahora mismo.

—¿Y qué haces que aún llevas el pantalón puesto?

Gimo, la lanzo a la cama, me quito los *joggers* de un jalón y me instalo encima de ella, entre sus muslos, y asoma a sus ojos cafés un brillo salvaje.

Le meto la mano por debajo del vestido, le agarro la parte inferior del muslo y me llevo el tejido por delante.

—¿Este es el vestido? ¿El que te ibas a poner para mí esa noche?

Ella asiente con la cabeza y se humedece los labios mientras nota cómo se va acercando mi mano a ese punto delicado.

—Mi color favorito.

Gimo, y entonces se me tensan los músculos cuando, al llegar al vértice de sus muslos, descubro que no hay tanga de algodón ni de seda. No lleva ropa interior.

Ari se muerde el labio, apoya fuerte la cabeza en la almohada y sonríe con picardía.

—Lo mismo que te habrías encontrado esa noche. A mí, desnuda para ti.

Jadeo e, hincando las rodillas en el colchón, empiezo a descender, sosteniéndole la mirada, hasta quedarme suspendido a escasos centímetros de su clítoris.

Saco la lengua y la recorro con ella tan rápido que ni siquiera le da tiempo a disfrutar del calentón. Asoma a sus ojos una mirada furiosa, y entonces le soplo aire caliente en la zona húmeda, y ella inspira hondo.

—No me hagas sufrir...

—¿Qué canción tienes para eso? —le pregunto atrapándole el clítoris con los nudillos, y ella se retuerce.

Ari abre la boca, pero no dice nada, y luego la abre aún más, pero esa vez de sorpresa.

—Me acabas de dejar muda —jadea sorprendida.

—Te dije que lo haría, algún día.

—Eso es trampa, señor Riley.

Riendo, me agacho, le guiño un ojo y le doy un bocado en el sexo.

Succiono despacio, paseando la lengua por el clítoris, y entonces ella empieza a jalarme el cabello, así que le meto dos dedos para ofrecerle la presión de un pene y el calor mágico de una lengua.

Levanta las rodillas, tapándome las orejas, y yo, hincado de rodillas, paso el brazo libre alrededor de ella y le aprieto los muslos. El tren inferior de Ari está completamente levantado del colchón, donde solo tiene apoyados los omóplatos y la cabeza.

Se contonea.

—Ay, por Dios, Noah, no pares.

Baila contra mi cara, buscando el orgasmo, y yo estoy a punto de proporcionárselo, pero entonces se zafa bruscamente de mí, y le saco los dedos de dentro; luego me tira en la cama bocarriba y casi me doy con la cabeza en el borde la cabecera.

Mi chica se me sube encima y, con el vestido azul eléctrico recogido en la cintura y la cola enroscada en torno a nosotros, me monta.

—¿Conduces tú? —pregunto, y le paso el pelo por detrás del hombro y veo que le brillan los ojos—. ¿Mmm? —Se contrae a mi alrededor, y yo cierro los ojos.

—Agárrate a mí, Noah.

Me vibra el pecho, y hago lo que me pide. Le estrujo el trasero y le doy una palmadita en una nalga; ella me coloca las manos en el pecho.

Empieza a describir círculos con las caderas y yo levanto las piernas para que suba un poco más las nalgas y yo pueda entrar más profundo, y ella gime.

—Más rápido, Julieta.

Agarra velocidad, levantando las caderas y bajándolas fuerte después, con el recorrido completo. Subo las manos, engancho con un dedo la hombrera del vestido y jalo hacia mí a Ari.

Sus labios chocan con los míos, su lengua se sumerge en

mi boca de inmediato, y yo alzo las caderas y me aprieto contra ella. Me jala el pelo, se aparta bruscamente y entierra la cara en mi cuello, y sus gemidos me producen un escalofrío.

Empieza a estremecerse, a bajar el ritmo, así que me escurro por el colchón hasta que me llegan los pies al suelo y me pongo en pie, llevándomela conmigo.

Ella suelta un chillidito y se le escapa una carcajada, pero enseguida reclama mi boca otra vez, restregándose contra mi cuerpo, buscando más.

—Un segundo, amor. Esto va a ser genial, te lo prometo, pero el vestido..., el vestido te lo tienes que quitar, que necesito vértelas —digo mordisqueándole el tejido mientras giro con ella y la subo al borde de la cómoda.

Se lleva las manos a la espalda para bajarse lel cierre, pero al ver que apenas llega la ayudo a completar la tarea. Luego le subo el vestido, se lo saco por la cabeza y lo tiro al suelo.

Apoya de golpe los hombros en la pared y aprovecha el punto de apoyo para mecer las caderas contra mi cuerpo. Le arrastro el trasero hacia mí, obligándola a levantar las rodillas hasta que los arcos de los pies le quedan a la altura del canto de la cómoda.

Inclinando las caderas hacia delante, me hundo en ella con un ángulo que aún no habíamos probado y que es un maldito éxito.

—¡Qué hondo! —digo con la voz ronca.

Ella responde con un gemido y saca la lengua para humedecerse los labios.

Me doblo hacia delante, le atrapo con la boca el pezón derecho y ella arquea la espalda, acercándome aún más las caderas. Paseo los labios por el pezón erecto y se la meto fuerte y hasta el fondo.

Y ella me pide más a gritos.

—Noah... —me dice a modo de tierna exigencia.

—¿Quieres más? —pregunto, y muerdo un poquito,

empujando fuerte y restregándome contra su clítoris—. ¿Quieres que vaya más rápido?

—Sabes que sí.

Me retiro y ella jadea, abriendo de golpe los ojos.

A ella le encanta. La anticipación, ese ardor en las entrañas.

—¿Pero...?

Se estremece, sin poner fin al juego que jugamos, sino más bien yendo al grano, diciendo lo que quiere.

—No pares, Romeo. Más rápido... Más fuerte... ¡Ya!

Un gemido me alborota el pecho y le estrujo las nalgas para agarrarla mejor.

—Apriétalas fuerte, amor, y dale rápido.

Cruza las piernas a mi espalda, me enrosca los brazos al cuello y, cuando le jalo el cabello, que yo llevo ya bien sujeto con un par de vueltas a la muñeca, se estira hasta señalar con la barbilla al techo.

Y entonces le doy justo lo que me ha pedido.

Le doy fuerte, rápido, sin piedad.

El choque sonoro de nuestros cuerpos ardientes inunda la estancia, y Ari gime al aire, y sus entrañas se contraen alrededor de mi miembro.

—Estrújamela, Julieta. Aprieta fuerte.

Y eso hace: se tensa a mi alrededor, siento como se contrae una y otra vez, y luego empieza a estremecerse.

La sangre me bombea rápido por las venas, y encojo los dedos de los pies, le clavo las uñas de las manos en la piel. Le suelto el pelo y, de inmediato, posa sus labios en los míos, pero apenas ha empezado a besarme cuando se viene.

Abre la boca, cierra fuerte los ojos y un gemido largo y embriagador le brota de la garganta.

Me agarra la cara, se lleva mis labios a escasos centímetros de los suyos y me susurra:

—Ahora te toca a ti. Acaba para mí, Noah. Ya.

—Siempre, amor.

Bajo la boca a su cuello y le lamo la piel mientras me vengo dentro de ella. Es un sueño hecho realidad.

Agotador.

Instantes después, su cuerpo se derrumba sobre el mío y yo acepto encantado su peso, salgo de su interior y la tomo en brazos. Pero, cuando me dirijo a la cama, ella niega con la cabeza y la apoya en mi hombro.

Me acaricia la mandíbula, con una sonrisa tan tierna que se me encoge el pecho.

—Llévame a la sala, que te quiero enseñar una cosa.

Sin mediar palabra, le paso el pelo por detrás de la oreja, agarro la manta que cuelga de la cama y se la echo por encima. Se tapa hasta la barbilla, con los ojos clavados en mi cara mientras hago lo que me ha pedido.

Salgo del dormitorio con mi chica, bajo las escaleras y entro a la sala, donde nos aguardan las Navidades que nos perdimos.

Arianna

En cuanto Noah me deja en la alfombra mullida, delante del árbol, se acerca a la chimenea y enciende los leños dispuestos en el hogar. Luego se planta a mi espalda, me acerca a su pecho y vemos juntos cómo prenden las llamas, añadiendo luz al titilar navideño que nos rodea.

Miro de reojo debajo del árbol y se me revuelve el estómago de angustia.

Llevo meses preparando esto: empecé mucho antes del accidente y nunca me he sentido más orgullosa de nada en mi vida. Estoy a punto de hacerle a Noah un regalo que, sin duda, significará para él mucho más de lo que yo soy capaz de imaginar siquiera.

Estiro la pierna debajo de la manta y toco el envoltorio

rojo con la punta del pie. Noah gira la cabeza, con la mejilla pegada a la mía.

—¿Es para mí?

—Sí —contesto.

—Eso no es justo, Julieta —dice besándome la sien.

—Se me ocurren varias formas en que puedes igualar el marcador...

Protesta en broma y me hace cosquillas.

Río, apoyo de nuevo la cabeza en su hombro para mirarlo a los ojos, y él me besa en la boca. Sonrío contra sus labios y susurro:

—Ábrelo, Noah.

Me sostiene la mirada un buen rato y luego, con delicadeza, me deja a un lado, se inclina hacia delante y agarra el paquete de debajo del árbol. Estudia el envoltorio, el cartelito que reza DE SANTA PARA NOAH y se dibuja una pequeña sonrisa en su rostro.

Vuelve a mirarme y yo le hago una seña con la cabeza, cruzando las manos nerviosísima. Como a cámara lenta, jala las cintas y caen todas a los lados. Destroza el papel y llega a la caja blanca que hay debajo.

Aprieto mucho los labios, y entonces Noah levanta la tapa, queda al descubierto lo que contiene la caja y las manos de Noah se quedan congeladas en el aire. Petrificado, suelta muy despacio la tapa y, temblando, mete las manos dentro de la caja y saca el libro encuadernado en suave piel negra.

A regañadientes, me mira, solo un segundo, y luego sus ojos vuelven al regalo.

Noah se cae de sentón y traga saliva.

—Julieta... —Apenas puede respirar—. ¿Qué es esto?

Se me empañan los ojos y hago un esfuerzo por respirar correctamente.

Me acerco y acaricio despacio la cursiva de la cubierta.

El título no son más que dos palabras: *Recetas Riley*.

Noah se tapa la boca con la mano, niega con la cabeza.

—Amor..., no puedo —susurra mirándome con los ojos llenos de lágrimas.

—Ábrelo.

Suelta una exhalación entrecortada, se yergue y me complace. En cuanto posa los ojos en la páginas nítidas de color crema, el libro de recetas cae al suelo y se cubre la cara con las manos.

Cuando por fin alza la vista es para agarrarme, arrastrarme hacia él, subirme a su regazo y acercar mis labios a los suyos para poder besarme con todo su ser.

Tarda varios instantes en apartarse y, cuando lo hace, le sonrío con ternura.

—¿Te lo puedo leer?

Asiente, me abraza y cierra los ojos, escondiendo la cara en mi pecho mientras yo agarro el libro de cocina.

> Este libro es para mi chico favorito, el que dio sentido y propósito a mi vida. Para el que me hizo madre, lo único que aspiraba a ser desde siempre. Para el que ha superado todas mis expectativas y se ha convertido en un hombre del que no podría sentirme más orgullosa. De verdad, no me cabe más orgullo en el alma, porque tú ya has ocupado hasta el último resquicio, y sé que esto no es todo: estoy segura de que aún vas a ser más increíble.
>
> Este recetario es para ti, mi querido Noah, y en él encontrarás mi recuerdo. Tengo el corazón tan lleno como espero que algún día lo estén los estómagos de tu mujer y de tus hijos cuando empieces a consultar las páginas de este libro y les hagas todas las comidas que yo te hice a ti. Y así verás que estoy siempre contigo, viva en los aromas que un día inundarán tu hogar como inundaron el nuestro.
>
> Albergo la esperanza de que algún día completes el recetario, que crees más platillos de la familia Riley con la mujer

que te ha robado el corazón tanto como tú se lo has robado a ella.

Con todo mi cariño,

Mamá

Me caen lágrimas de los ojos y Noah, también emocionado y lloroso, me las atrapa con los pulgares.

—Una de las veces que fuimos a verla, le pregunté si querría ayudarme a hacerte esto y, por supuesto, me contestó que sí. Empecé a llamarla cuando nos quedaba a las dos y fui grabando lo que me decía. Algunos días no hacíamos más que media receta y otros, en cambio, dos en un ratito. Las pasé en limpio y los de la imprenta me ayudaron a compilarlas.

Noah traga saliva, visiblemente emocionado, y niega con la cabeza.

—Esto es...

No tiene palabras, pero tampoco me hacen falta para entender lo que siente.

Lo entiendo igual.

Ancla sus ojos en los míos y me abruma la adoración pura que veo en ellos.

Este hombre me quiere con toda su alma.

No sé qué he hecho para merecerlo, pero Noah es todo lo que podría esperar, y mucho más.

Me giro en su regazo, le enrosco las piernas a la cintura y deslizo las manos por su cuello hasta la mandíbula, acariciándole con una de ellas la nuca.

—Te quiero, Noah Riley.

Se le escapa un suspiro y cierra fuerte los ojos.

—Santa se ha portado genial.

Suelto una carcajada y él esboza una sonrisa.

Luego me besa, enterrando las manos en mi pelo, como ha hecho siempre, algo que ahora se ha convertido en rutina cada vez que nos vamos, llegamos, nos encontramos o nos separamos. Nunca me faltan sus caricias. Jamás. Me genera tanto sosiego como malestar, pero solo por lo hondas que son las razones que los producen.

Noah tiene miedo. Teme que en cualquier momento algo pudiera apartarme de él, pero no vamos a permitir que eso ocurra. Otra vez no. ¡Ni hablar!

El día que recuperé la memoria anoté, en brazos de Noah, la noche en que nos conocimos, la conversación que tuvimos, la fogata de después. Y he seguido haciéndolo todas las noches, contando nuestra historia en un diario con dibujitos y garabatos y, sí, corazones de colores. Ya he llenado dos diarios y ayer mismo estrené el tercero.

—Estoy deseando añadir el día de hoy a mi diario.

—¡Si acabas de empezar! Aún te queda para rato.

—Bueno, pero aun así...

Noah me acaricia los labios con los suyos, cerrando los ojos, y me dice supertierno:

—¿Y si no consigues ponerte al día...? —Lo miro desconcertada y él se enrosca a ciegas un mechón de mi pelo en el dedo—. ¿Y si sigo dándote más que escribir? —La mano con la que le acaricio los tatuajes se detiene en seco y lo miro enseguida. Él se toma su tiempo, observa cómo se desenrosca el mechón de cabello oscuro cuando lo suelta, y luego me lo pasa por el hombro. Solo entonces me mira a los ojos—. ¿Y si, a partir de hoy, todos los días te doy algo que escribir?

—Noah... —le digo, con el corazón desbocado.

Se dibuja en sus labios una sonrisa pícara y mete el dedo por debajo del collar que me ha regalado esta mañana, nada más despertarnos: una cadenita con un corazón de plata. Me ha dicho que terminaría poniéndose feo, que la plata no lograría mantener su brillo, pero que, a lo mejor, cuando eso ocurriera, podía permitirse cambiármelo por uno mejor.

—Te conté que mi madre me regaló una cosa el día que

murió, algo que ella y yo encontramos en el muelle, pero no te dije qué era. —Me gira la cadenita hasta que el cierre queda por delante; luego lo abre y sostiene el collar con la mano abierta, sin dejar de mirarme—. Te quiero, Arianna Johnson, como ningún hombre ha querido nunca a una mujer, estoy convencido. Quiero darte la vida que has soñado, la que has compartido conmigo. Quiero darte una casa en la playa, una que sea nuestra, con una terraza que dé al mar, para que podamos sentarnos fuera por las noches, mientras se pone el sol, pero solo para que puedas contemplar el reflejo de la luna en el agua, que a ti te encanta. Quiero llegar a casa y cocinar para ti mientras tú descansas con nuestro pequeño en brazos y te relajas. —Me caen las lágrimas por las mejillas, pero ni me molesto en parpadear. No quiero perderme ni una sola expresión de su rostro—. Quiero darte todo lo que has deseado siempre, y mucho más, pero primero...

Abre la mano y luego el corazón que yo llevaba colgado del cuello, del que sale un pequeño anillo de plata que me cae justo en las manos. Hago un aspaviento, porque no tenía ni idea de que el corazón era un medallón.

—Noah...

—Primero... —repite, levantándome la cabeza con los nudillos bajo la barbilla para que lo mire a los ojos—. Primero quiero casarme contigo. —Se me escapa un grito y me tapo la boca con la mano—. Cásate conmigo, Julieta. Podemos esperar a que termines tus estudios o agarra el coche ahora mismo e ir a buscar una capilla, me da igual, pero cásate conmigo.

Ya estoy asintiendo antes de que termine siquiera de hablar, y besándolo apasionadamente mientras lo estrecho contra mi cuerpo todo lo posible, aunque no sea suficiente.

Nunca va a ser suficiente.

Pero para siempre es un comienzo estupendo.

—¿Aceptas? —pregunta con voz ronca.

—Pues claro que acepto.

Con las manos temblorosas, me toma las mejillas y me atraviesa con la mirada.

—Júramelo...

Le pongo la mano en el tatuaje y recito su significado, esas palabras en otro idioma que encajan con las del final de la carta que me dejó escrita su madre.

—No temas la caída, sino una vida en la que nunca hayas saltado. —Sonrío entre lágrimas—. Yo siempre voy a saltar si la caída me lleva a ti, Noah Riley. Siempre.

—Y para siempre.

—Te lo juro.

Me besa, y me pierdo en el hombre que tengo delante.

Mi Romeo.

Mi prometido.

Mi todo.

Escena extra

Capítulo 53
desde el punto de vista de Noah

Llevo horas aquí afuera.

He visto salir el sol y pronto lo veré ponerse, ocultarse tras el horizonte hasta que no quede rastro de él, casi como si no existiera, como si nunca hubiera existido y no fuera más que fruto de la imaginación, porque tan pronto está aquí como... desaparece.

Como el bebé que crecía en el vientre de la mujer a la que amo.

Mi pequeño.

Mi hombrecito, quizá.

«Lo siento, Arianna, pero me temo que has perdido el bebé». Llevo las palabras del médico grabadas en la cabeza y me pesan más en el pecho que ninguna otra cosa en mi vida.

En una décima de segundo, me asaltaron más emociones de las que me veía capaz de procesar.

Confusión, nerviosismo, comprensión, rabia, tristeza...

Desolación total y absoluta.

La gran ilusión que había albergado en secreto durante meses, puede que incluso desde la primera vez que vi a Arianna Johnson: un futuro pleno y una familia con la única chica de este mundo con la que estaba destinado a encontrarme. Y allí estaba ella.

No me cabe la menor duda de que ella es la razón de mi existencia. Mi madre me trajo al mundo para que yo pudiera estar con ella.

Amarla siempre será el mayor de los honores de mi vida..., aunque ella nunca lo sepa.

Y es muy probable que no lo sepa.

Aprieto mucho los labios y miro al horizonte: las olas se hacen cada vez mayores y más ruidosas, rompen contra las rocas y borran el recuerdo del día.

Por un momento, me dan un poco de envidia. La pena que llevo dentro no se ha calmado ni una pizca, ni una milésima, y a veces, en mis peores días, quisiera poder olvidar, aunque solo fuera un segundo, para no tener que sentir ese dolor nunca más. Pero, en cuanto me viene el pensamiento a la cabeza, lo sigue el azote del remordimiento.

Me llevo la mano al pecho y me masajeo ese dolor pulsátil que vive ahí mientras le suplico mentalmente a Ari su perdón, como hago siempre, aunque no tenga sentido. Ella nunca va a saber que la idea se me ha pasado por la cabeza, pero da igual. Algo en el fondo de mi alma me exige que le sea fiel, por lo menos de pensamiento.

No puedo aceptar otra cosa.

No sé hacerlo de otro modo, ya no.

Nunca voy a olvidar lo nuestro, ni quiero hacerlo, aunque eso signifique morir lentamente por dentro, porque así es como me siento.

Todos los días pierdo una parte de mí, y no me importa. Yo lo perdería todo muy a gusto si con eso consiguiera recordar cómo es quererla y que me quiera.

Mi Julieta.

Mi... todo.

Agarro el celular que tengo al lado y releo por enésima vez el mensaje que ella me mandó la noche del accidente.

Julieta: Pensaba que ya sabía lo que era el amor, pero entonces te conocí y todo cambió. Es a ti a quien quiero, Noah. Hoy, mañana y siempre. Te quiero con toda mi alma, y siempre te querré. Te lo juro.

«Yo también te quiero, amor. Siempre».

Cierro los ojos y levanto un poco la cabeza, dejando que los últimos rayos de sol me calienten la piel.

He perdido al amor de mi vida, a mi bebé y a mi madre, todo en cosa de un mes.

Mi chica sigue aquí, pero ya no es mía.

Mi madre, que Dios bendiga su alma, ya no está, pero vive en mis recuerdos, y jamás olvidaré su sonrisa ni su voz.

Pero con mi bebé no tengo nada a lo que agarrarme, ni esperanzas ni recuerdos. Ni una sola vez le he podido tocar la barriga a Ari ni susurrarle a la criatura que crecía en su interior. No he tenido pruebas de la pequeña vida que habíamos creado juntos.

Nada tangible, al menos.

Eso era lo que peor llevaba de todo, así que uno de esos días que necesitaba alejarme de todo encontré una tiendita en Oceanside cuya propietaria, con una sonrisa, me dijo que tenía justo lo que necesitaba.

Hoy precisamente, el día de mi cumpleaños, me ha llamado para decirme que ya lo tenía.

No esperaba que me fuera a dar un baloncito de futbol americano con mi nombre bordado en él. Bueno, el nombre que habría llevado nuestro bebé.

Me miro las manos y asoma a mis labios una sonrisa mientras paseo la yema del pulgar por el suave bordado de color amarillo.

Riley Júnior.

Trago saliva y agacho la cabeza.

Más que nada, quisiera poder hablar con Ari de él, o de ella. No sé por qué, pero tengo el presentimiento de que el bebé era niño. Nuestro niño. Mi pequeño. Pero no encuentro palabras con las que expresar lo mucho que agradecí que mi madre aún estuviera aquí, conmigo, después de la pérdida.

Ojalá hoy estuviera aquí.

—Sé que ahora mismo lo tienes en brazos, mamá, y lo estás meciendo para que se duerma. A lo mejor por eso has tenido que dejar este mundo, porque él te necesitaba. —La emoción me cierra la garganta, pero consigo sonreír al peluche que llevo en la mano, deseando que fuera el bebé—. A lo mejor él te necesitaba más que yo —susurro cerrando fuerte los ojos mientras me empiezan a temblar las manos—. No podría estar en mejores manos.

Suelto un sollozo y me encojo; me cuesta mucho pensar en el futuro, así que, como hago todos los días desde el accidente de Ari, aparto esos pensamientos.

El sol está a punto de desaparecer, y me centro en los colores cambiantes del cielo, aunque solo sea para despejarme la cabeza un rato. Pero el amarillo anaranjado se vuelve enseguida rosa y luego azul, y yo aprieto aún más fuerte el baloncito.

«Carajo, no puedo con esto».

De pronto, noto un escalofrío en la espalda y me tenso. Giro enseguida la cabeza y me quedo congelado. Abro mucho los ojos, sin dar crédito, y después los entorno, entre asustado y confundido, pero no es nada comparado con la sensación de paz que me produce solo verla. Aun no siendo más que un hombre del que no se acuerda, ha sabido llegar hasta mí.

Esboza una sonrisa triste y desganada, y se acerca.

Aprieto los puños y recuerdo que aún sujeto el baloncito, así que me lo guardo enseguida en el bolsillo, y trago saliva al ver que ella me sorprende haciéndolo.

Me empiezan a temblar las manos cuando se sienta a mi lado sin mediar palabra, con la larga cabellera castaña cayéndole por la cara, y yo muriéndome de ganas de retirársela, de volver a sentir la suavidad de su piel.

Se ha ladeado y está mirando hacia mí, pero su llegada me ha dejado demasiado perplejo para moverme y no quiero arriesgarme a que se levante y se vaya.

¿Es eso? ¿Hoy es el día en que me va a decir que se acabó, que quiere librarse de lo que le pasó y seguir con su vida?

¿Me va a contar que ahora está con él?

Puede que no lo sepa todo, pero ahora ya sabe bastante.

Me preparo mentalmente para lo que pueda venir y enmascaro mis sentimientos lo mejor que puedo, porque no quiero ponérselo aún más difícil. Y esto, sea lo que sea, es difícil para ella. Se lo noto en la cara, se lo veo escrito en esos cálidos ojos pardos. Dolor y remordimiento, pérdida. Miedo.

Incertidumbre.

Deja una mochila a un lado, y está clarísimo que intenta no llorar.

—¿Me dejas verlo? —susurra, tanto que casi no lo oigo.

Se me empañan los ojos y, sin apartarlos de ella, me hurgo en el bolsillo y saco el baloncito de futbol americano.

Ella se queda mirándolo y a mí se me hace un nudo en la boca del estómago, porque no sé si he hecho bien enseñándoselo.

No se acuerda de lo nuestro.

El corazón me golpea el pecho cuando los dedos finos de ella lo agarran, y yo contengo la respiración mientras le da vueltas hasta que tiene delante el bordado.

Releo las palabras por enésima vez.

RILEY JÚNIOR.

—Esto..., esto es para... —Traga saliva y me mira a los ojos.

Apretando la mandíbula, consigo, no sé cómo, asentir.

—Ni siquiera nos dio tiempo a quererlo, o quererla —dice con la voz quebrada, y le caen las lágrimas por las mejillas—. Ni siquiera un día.

Me quedo paralizado. El corazón deja de latirme, los pulmones dejan de funcionarme, pero mis ojos..., mis ojos exploran su rostro con urgencia, sondeándolo.

Se lleva el peluche al corazón y lo estruja, mientras saca una bolsita de la mochila que tiene al lado. Con manos temblorosas, la pone entre los dos. Por fin me mira y, ¡Dios mío, ese anhelo de su mirada! Como esté malinterpretando esto, me muero, carajo.

Ahora mismo estoy preparado para procesar lo que sea.

Pero entonces dice:

—Feliz cumpleaños, Noah.

Y yo casi me rompo.

—Julieta... —musito, con la voz pastosa.

—Ábrelo —susurra.

Temblando, hago lo que me pide y, en cuanto lo veo, revienta la presa.

Agacho la cabeza y me tapo la cara con las manos mientras mis hombros se agitan con los sollozos silenciosos que me fastidia que ella vea.

Oigo el llanto suave de Ari, y luego me toma las manos. Me inunda su afecto y levanto la vista a los ojos más bonitos que he conocido en mi vida.

Y ahí mismo veo en ellos la verdad.

Nervioso, agarro la cara con delicadeza, y suelto un suspiro cuando ella cede a la caricia y cubre con su mano la mía.

—Amor... —mascullo desesperado. Me aterra preguntar, pero necesito oírla decir esas palabras más de lo que necesito respirar—. ¿Has vuelto a mí?

—Dios mío, Noah. —Llora, apoyando la frente en la mía—. Lo siento mucho, muchísimo. Siento no haber estado allí cuando murió y siento que hayas estado solo y... Lo siento mucho —dice entre lágrimas, agarrándome las manos—. Te he abandonado.

—Shhh, cariño, no —le digo, tragando saliva y negando con la cabeza—. No lo sientas. Eso nunca. Tenías que encontrar tú sola el camino de vuelta. —Cierro los ojos—. Pensaba que te había perdido. ¿Eres mía? —le pregunto con un hilo de voz—. Por favor, dime que eres mía.

Me acaricia despacio la cara.

—Siempre. Para siempre.

Se me escapa un suspiro de alivio y me tiembla el cuerpo entero: ese momento por el que he rezado cientos de veces por fin ha llegado. Y casi no me lo creo.

—Dilo.

Abre de golpe los ojos y los clava en los míos mientras me agarra y me sostiene. Y susurra esas tres palabras, las nuestras.

—Te lo juro.

No vacilo ni un segundo. Anclo mis labios en los suyos y me entrego por completo. A este instante con esta chica.

Con mi chica.

Mi Julieta.

Mi objetivo.

Ella es mi objetivo.

Y yo voy a serlo todo para ella. Siempre.

«Te lo juro».

Nota de la autora

¡¡¡Has llegado al final!!! ¿Cómo te sientes? Ja, ja, ja.

Cielos, no sé ni cómo expresar lo que ha supuesto para mí terminar esta novela. Me ha costado mucho parirla porque, aunque empecé a escribirla hace cinco años, me daba muchísimo miedo. No me veía capaz de contar la historia como merecían esos personajes, pero estoy superorgullosa del resultado final.

Say You Swear (Júramelo) es una historia de crecimiento personal, de convertirte en ti mismo, de encontrarte y salir de tu zona de confort para descubrir todo lo que te espera. ¡¡¡Y, Dios mío, nuestro Noah!!! ¡¡¡DIOS, QUÉ HOMBRE!!! *SE DESMAYA.*

Me parece que el término «novio de libro» se queda corto, ¡porque este hombre tiene madera de «marido de libro» directamente! Ja, ja, ja.

Suspiro hondo de felicidad.

Te agradezco con toda mi alma que hayas leído la novela. Esta historia es la que me llevó a escribir y casi no puedo creer que por fin haya llegado a tus manos.

Besos y abrazos,

MEAGAN

Agradecimientos

Esto claro que es fácil. Hay unas cuantas personas a las que tengo que dar las gracias por ayudarme a superar esto, y por confiar en mí, ¡que no era fácil! Esta novela casi me mata. Como procuro hacer siempre, se lo he dado todo a esta historia, pero, por lo que sea, no funcionaba. Resultaba pesada, profunda, y no se podía forzar ni acelerar ni una sola línea, así que un gracias ENORME al hombre de la casa por ocuparse de todo durante los últimos meses, cuando pasé tantísimas noches en vela, absorta en esta aventura. ¡Y por adorar a Gordon Ramsay tanto como yo! Ja, ja, ja.

Rebecca, ¡no tienes ni idea de lo bien que me has hecho con esta novela! Tu sinceridad y tus comentarios han tenido una enorme repercusión, tanto que me atrevería a decir, sin lugar a duda, que la historia de Noah y Ari no habría sido lo que es si tú no hubieras participado en este proceso. Siempre te estaré agradecida por tu trabajo incansable y tu apoyo. Te has portado genial y no sé cómo agradecértelo.

¡Melissa! Como de costumbre, has sido tú la que me ha hecho bajar de las nubes y me ha animado a seguir adelante. Tu apoyo y tu amistad significan muchísimo para mí, y me alegro también de que seas mi loquilla favorita. Siento haberte torturado mandándote los capítulos de dos en dos. Ja, ja, ja.

¡Serena! Gracias por formar parte de este viaje. Tu opinión es muy valiosa para mí.

Ellie y el equipo de My Brother's Editor, muchísimas gracias por trabajar conmigo siempre con plazos tan apretados. Soy un desastre, pero por eso cuento con ustedes.

¡¡¡Blogueros y primeros lectores!!! Son parte fundamental del proceso. Muchísimas gracias por encontrar un hueco en su apretada agenda para conocer a mi nueva pareja protagonista y darla a conocer al mundo.

Y, por último, ¡gracias a mis lectores! ¡¡¡SON LA RAZÓN POR LA QUE ESTOY AQUÍ HOY!!!

Muchísimas gracias por seguirme en esta travesía. Es un gran honor para mí que decidan leer mis palabras y se enamoren de los mundos que creo. Les prometo que siempre voy a darlo todo y que jamás sacaré una novela con la que no esté satisfecha al cien por ciento, porque ustedes se lo merecen. GRACIAS por permitirme escribir lo que siento y estar aquí por eso.